ちくま文庫

隔離の島

J·M·G·ル·クレジオ

中地義和 訳

筑摩書房

日本語版に寄せて

一八九一年のことであるが、私の母方の祖父アレクシ・ル・クレジオは、医学校〔パリ大学医学部の通称〕入学の準備を終え、のちの私の祖母（当時はまだ十五歳！）と結婚できるようになるのを待ちがてら、モーリシャスの家族のもとに帰省することにした。祖父が乗船したのはフランス郵船会社のアマゾン号、その少し前に紅海を横断してアフリカからイエメンのアデンにアルチュール・ランボーを移送したまさにその船だった。短時間アフリカ東岸に寄港した船は、ザンジバルで二人の移住者を不法に乗船させたために、モーリシャスで足止めを食う羽目になった。船上で天然痘の症状を呈する者が一名見つかったのである。そこで乗組員一同と乗客は、四十日間の検疫隔離に服すべく、モーリシャスの北に位置するプラト島に下船することを余儀なくされた。この強制滞在をめぐる祖父の記憶が、以下に読まれる小説の起源になった。

私はその祖父の記憶に、よく知られた歴史的事件を絡めた。プラト島でのクーリーの反乱と、そうした住民が悲惨な境遇のなかに放擲されたという事実である。大農場の経営主たちが、天然痘と革命が合わさって伝染するのではないかと考えて、怖気を震ったからである。このエピソードが現実に起こったのは、一八五七年、インド独立の第一章であるシパーヒー（セポイ）の反乱の時期だ。私は、祖父が経験した冒険にこの解放戦争の日録を撚り合わせ、インド農村部の住民が地上の楽園と信じるモリス・デシュ、すなわちモーリシャス島〔小説中では「ミリチ・デシュ」とも〕、に向かう大移動の様子を喚起した。しかし実際には、そこは彼らにとってプランテーションの地獄にほかならなかった。私は一つの遭遇を考案した。モーリシャス出身の理想家肌の青年と、身体も心も自由なユーラシア人の娘の出会いである。

この小説の執筆に当たっては、なじみ深い伝説をある程度自由に変形した。私の先祖のなかでモーリシャス島やプランテーションとの、また旅との縁が深い系統の者たちの歴史を、いわば書き直したのである。祖母から聞いた話では、祖父は、パリの小学校に通っていたころ、因習打破をモットーとするジュティスト〔たえず「ちぇ！」(Zut!)の語を吐く詩人仲間の通称〕のサークルが集会を開いていた酒場でアルチュール・ランボーに逢ったそうである。その話もまた、敷衍して小説に利用した。

最後に、今日のプラト島ではかつての悲劇の痕跡はほぼ完全に消え去ったと言える。自生のランタナが繁茂するなか、そここに碑銘のない墓が見つかり、伝染病患者を収容した隔離所の建物の残骸や、あの驚異的な「熱帯島」こと、ファエトン・ルブリカウダの巣に出くわすだけだ。それでも島はなお、その荒々しい美しさと神秘を保っている。こうした美しさと神秘を見るにつけ、以前から、小説というジャンルと島という場所との間にはどこか通じるものがあるという思いが、脳裏を離れない。

この日本語版『隔離の島』は、すべてを訳者の才能に負っている。訳者が取り組んだのは、多数の文化にまたがる手ごわいテクストである。モーリシャスの生活を語りながらインド人の移住を語り、移民の時代を語りながら現代の生活をも語るからだ。翻訳の困難は、モーリシャスの現実に結びついたもろもろの表現を尊重しながら、浅薄な異国趣味の効果を回避しなければならない点に由来する。この場を借りて中地義和教授に、氏の類まれなお仕事に、敬意を表することをお許しいただきたい。

J・M・G・ル・クレジオ

二〇一三年七月

主な登場人物

レオン・アルシャンボー〈レオンⅡ〉（一九四〇― ）　小説の話者。中米を放浪したあと、離婚を経て、まもなくパリ郊外の研究所での勤務を始めようとしている医学者。人生の岐路にあって、惹かれてやまない大叔父レオンの、また大叔父を魅了したランボーの、足跡をたどるべく、パリの街路を彷徨し、モーリシャスに旅立つ。

レオン・アルシャンボー〈レオンⅠ〉（一八七一― ？）　レオンⅡの大叔父（ジャックの弟）で、彼が憧れ、足跡を追い求める対象。一八九一年、ジャック、シュザンヌとともにモーリシャス到着直前にプラト島での四十日間の隔離を経験、その間にシュルヤと知り合い、失踪する。

ジャック・アルシャンボー（一八六二―一九四八）　レオンⅡの祖父、レオンⅠの兄。イギリスで医学を修めた医師で、結婚後、一度は一家が追放された故郷モーリシャスに、ふたたび根を下ろすことを夢見ている。

シュザンヌ・モレル＝アルシャンボー（一九五四没）　ジャックの妻。レユニオン島出身でパリ育ち。フローレンス・ナイチンゲールを尊敬し、貧者のための無料診療所を開く希望を抱いている。

アントワーヌ・アルシャンボー（一八八四？-没）　ジャックとレオンの父。いろいろな事業に手を出すが、成功できない夢想家、浪費家。

アマリア・アルシャンボー（一八七二没）　アントワーヌの妻、ジャックとレオンの母。「ユーラシア人」の血を引く。セポイの反乱の際に、ウィリアム少佐の兄に拾われ、養子となり、養父の死後は、ウィリアムの庇護を受ける。レオンを出産してまもなく死亡。

アレクサンドル・アルシャンボー（一九一九没）　アントワーヌの異母兄、一族の〈長老〉、サトウキビの大農園所有者・製糖業者、「道徳秩序」党・「連帯政治」運動の首領。アントワーヌ一家の財産を没収し、モーリシャスから追放した。

ノエル・アルシャンボー（一八九二？－一九五三または五四）　ジャックとシュザンヌの長男、レオンⅡの父。

アンナ・アルシャンボー（一八九一－一九八〇）　〈長老〉アレクサンドル

の孫娘。一家の没落後もモーリシャスにとどまり、生涯独身を通す。

ウィリアム少佐　アマリアの後見人であるイギリス人。

シュルヤヴァティ（シュルヤ）　レオンＩが隔離の島で出会い、恋仲になり、やがてレオンとともに失踪する島の娘。

アナンタ（一八九一没）　シュルヤヴァティの母親。イギリス人の両親の間に生まれ、セポイの反乱の際に孤児となり、死んだ乳母の胸に抱かれているところを、ギリバラに拾われる。シュルヤとプラト島の賤民村に住むが、病気を癒し、呪いを祓う能力を備え、住民から尊敬されている。レオンたちの隔離中に病死する。

ギリバラ　アナンタの養母。アナンタを伴って大河を下り、インド洋を渡って、一八五九年モーリシャスに移住。到着直前に、船上でのコレラの発生により、プラト島での隔離を体験する。

ジュリユス・ヴェラン　隔離の対象となったアヴァ号のヨーロッパ人乗客の一人で、事業に失敗した自称貿易商。隔離期間中の横暴なふるまいにより、当初から「性悪者ヴェラン」とあだ名される。

バルトリ　アヴァ号乗客、元郵便局視察官。ヴェランの手下としてふるまう。
ジョン・メトカルフ　アヴァ号乗客、イギリス人植物学者。レオンを連れて植物採取を行ないながら、知識を伝授する。ボー・バッサンの再洗礼派の高等中学校で教鞭をとる予定だったが、隔離開始後まもなく天然痘を発症し他界する。
サラ・メトカルフ　ジョンの年若い妻。夫の死後、正気を失う。
シャイク・フセイン　一八九一年の隔離期間にプラト島で移民を取り仕切る現場監督。
ラマサウミー　移民たちの精神的支柱である老人。
ショト　耳が聞こえないが横笛を吹く少年。シュルヤヴァティに可愛がられている。
ラザマー　悲惨な境遇にある美しい娼婦。
ミュリアマー　ラザマーの母。
ポタラ　ラザマーの弟。

アルシャンボー一族略系図

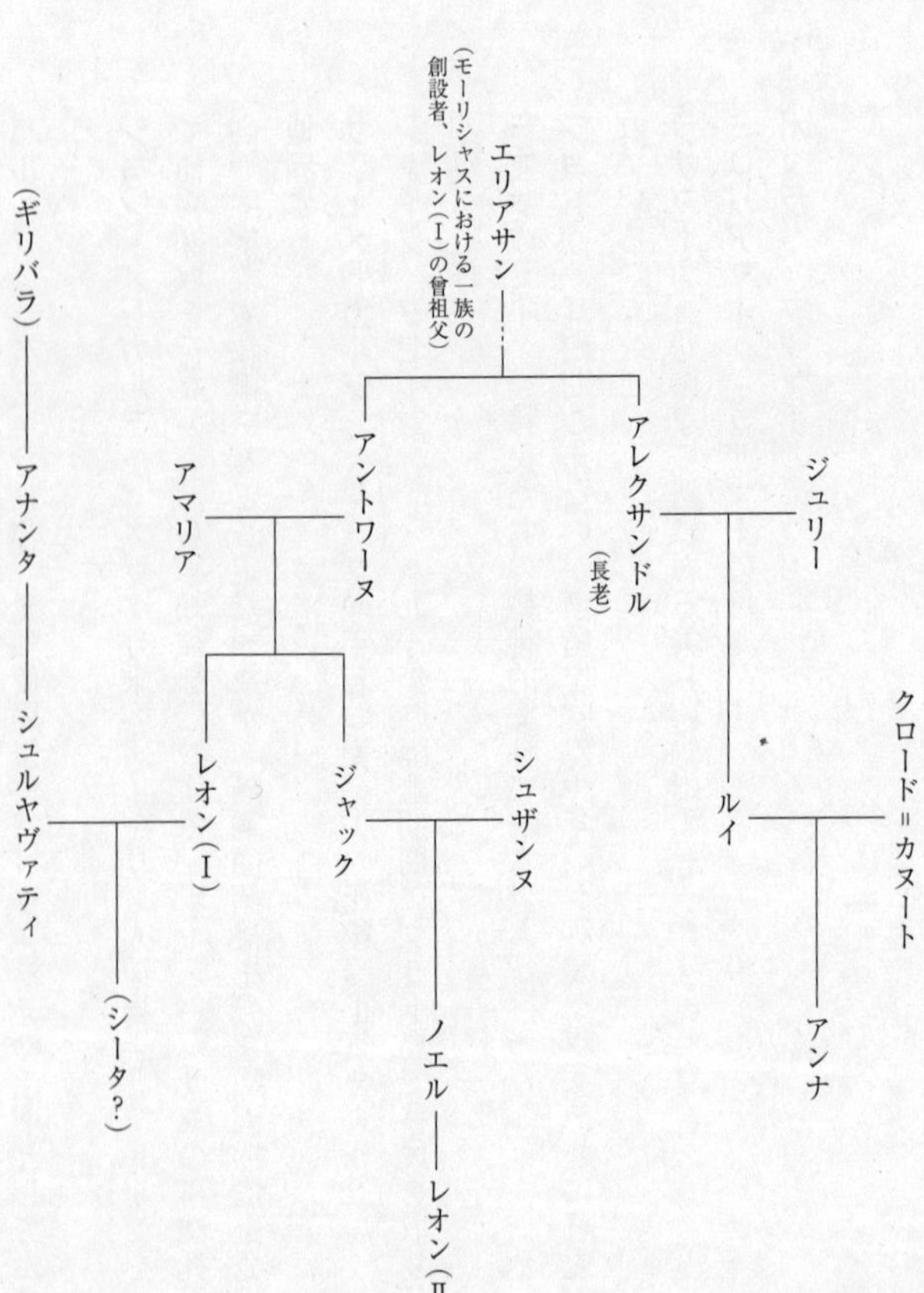

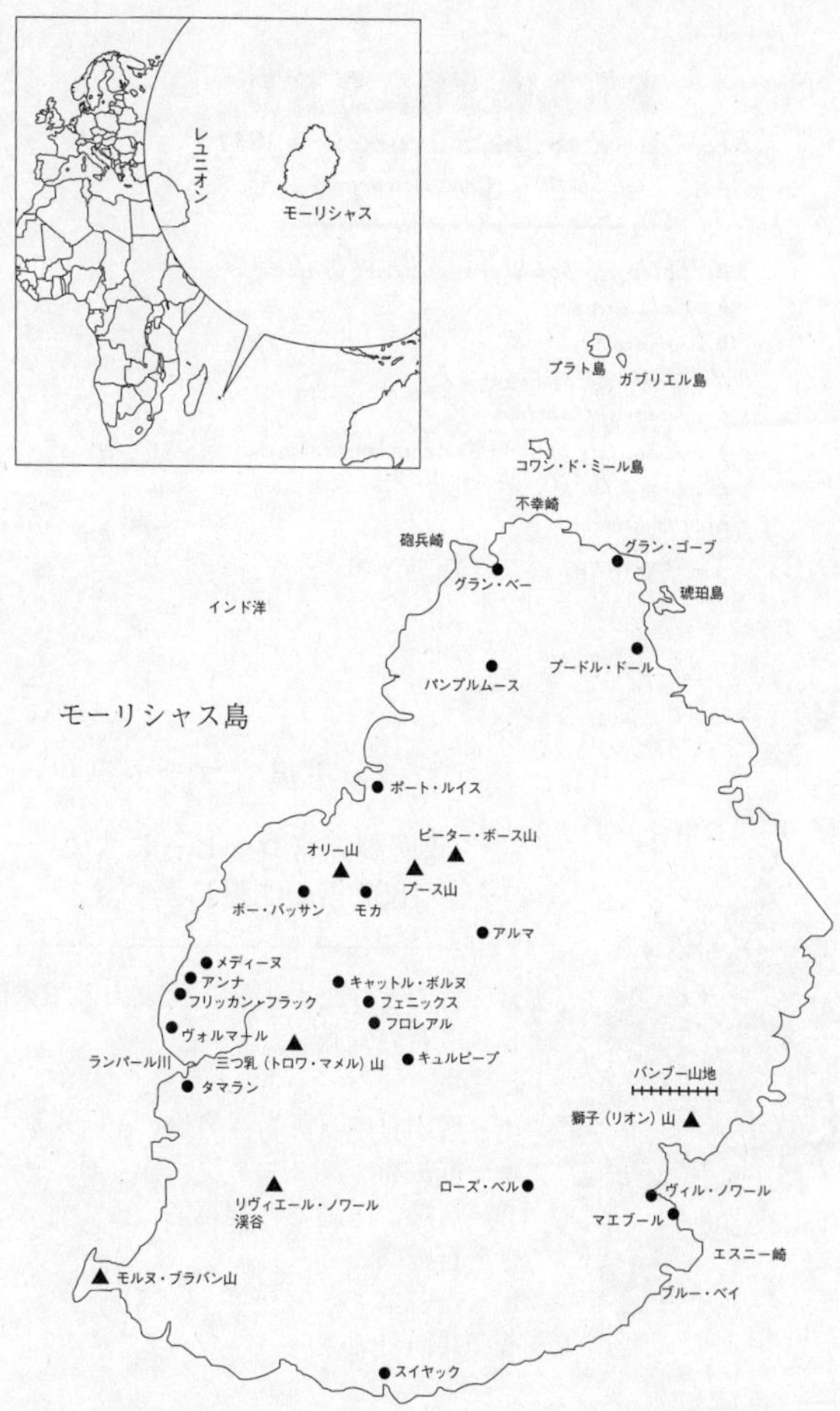

レユニオン
モーリシャス
プラト島
ガブリエル島
コワン・ド・ミール島
不幸崎
砲兵崎
グラン・ゴーブ
グラン・ベー
琥珀島
インド洋
プードル・ドール
パンプルムース
モーリシャス島
ポート・ルイス
ピーター・ボース山
オリー山
プース山
ボー・バッサン
モカ
アルマ
メディーヌ
アンナ
キャットル・ボルヌ
フリッカン・フラック
フェニックス
フロレアル
ヴォルマール
ランパール川
三つ乳（トロワ・マメル）山
キュルピープ
バンブー山地
タマラン
獅子（リオン）山
ローズ・ベル
ヴィル・ノワール
リヴィエール・ノワール
渓谷
マエブール
エスニー崎
モルヌ・ブラバン山
ブルー・ベイ
スイヤック

FLAT ISLAND

according to the Surveys in 1857.
by Corby Gov.t Surveyor.

---

a - Volcanic boulders, Extinct Crater
b - Talc Veins.
c - Springs.
d - Coral lime, Stone rocks.
e - Telegraph Station.
f - Hospitals, Doctor's, Superintendant's, etc.
g - Lime Kiln.
h - Old Graves.
† - Cemetery.

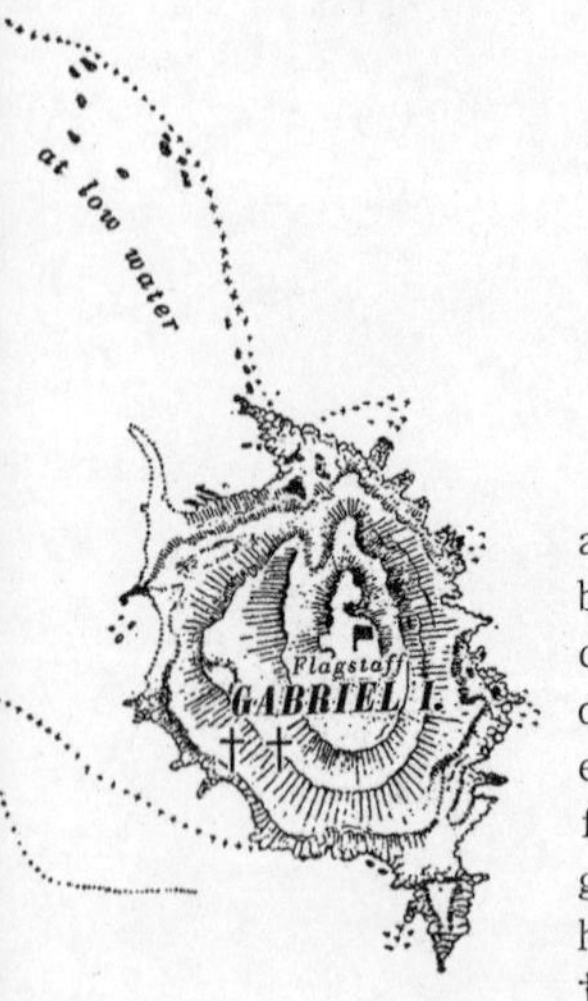

フラット島［プラト島］

政府調査官コービーによる
1857年の測量に基づく

---

a－角のとれた火山岩、死火山の噴火口
b－滑石の鉱脈
c－泉
d－珊瑚質の石灰岩、岩礁
e－電報局
f－病院、医師宅、警視宅、その他
g－石灰窯
h－古い墓
†－共同墓地

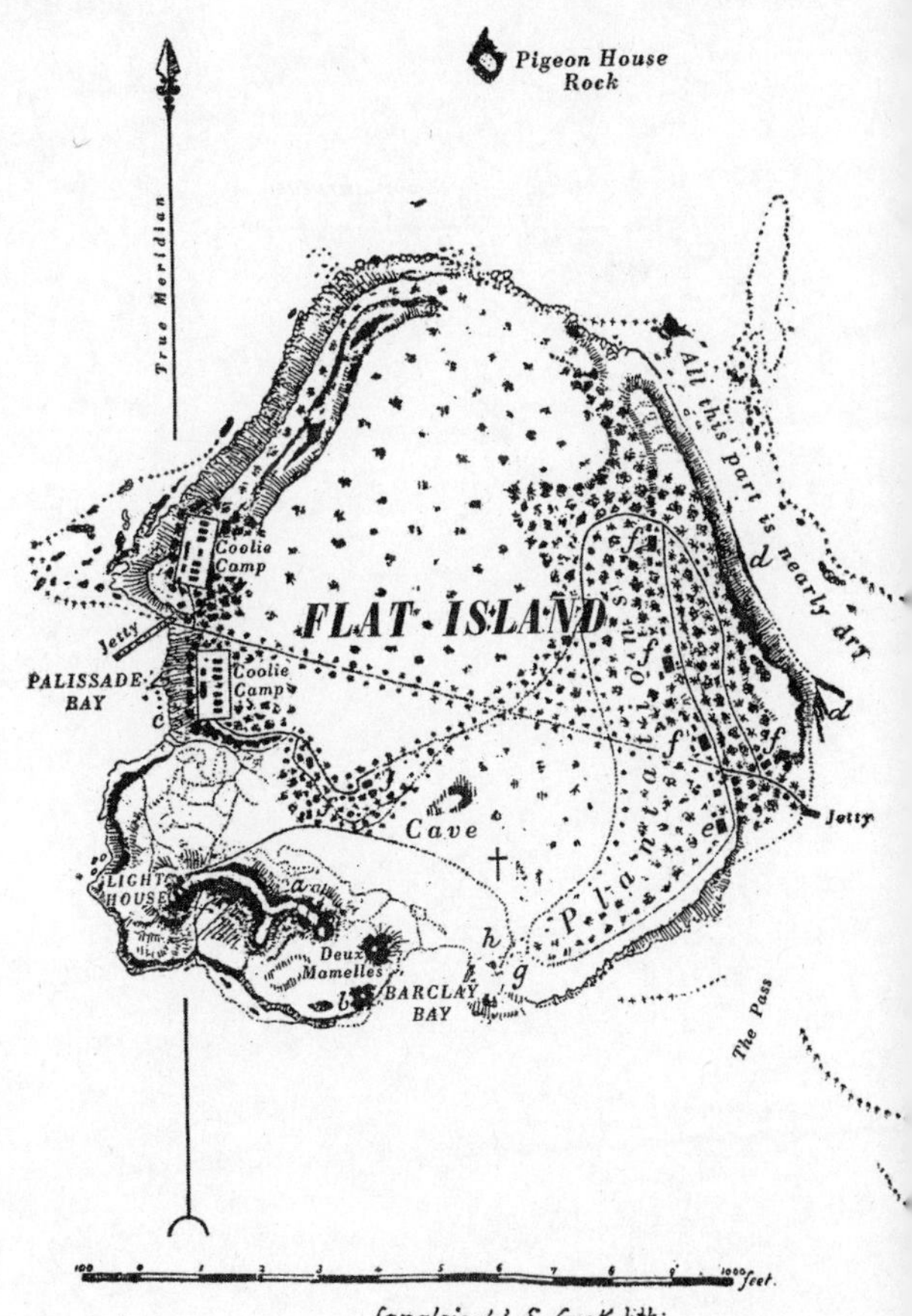
Pigeon House Rock
True Meridian
Coolie Camp
Coolie Camp
FLAT ISLAND
Jetty
PALISSADE BAY
All this part is nearly dry
Plantations
Jetty
Cave
LIGHT HOUSE
Deux Mamelles
BARCLAY BAY
The Pass
feet.
Langlois del. E. Crook lith:

目次

隔離の島

この薄明の時代に、
王という王が盗賊に成り下がらんとするときに、
ヴィシュヌ神の栄光から
宇宙の主たるカルキが化身される。

『バーガヴァタ・プラーナ』[1] 第一巻、第三章、第二六節

エスニー崎への街道をたどるたびに、

「ここで金持ちの楽園は終わり、貧乏人の地獄が始まる」

と言っていたアリス叔母さんの思い出に。

終わりなき旅人

たばこの煙が立ちこめる、ケンケ灯に照らされたカフェに、その男は現れた。ドアを開け、そのシルエットは闇を背景に一瞬戸口に立ち止まった。ジャックはその光景を忘れなかった。頭が桟に届きそうなほど長身で、ぼさぼさの長髪、子供らしさを残す純真な顔、長い腕と大きな手をして、ボタンがひどく高い位置に付いたきちきちの上着に包まれた身体は、窮屈そうだった。とくにあの血迷ったような顔つき、酔いのせいで濁った、いかにも意地が悪そうで偏屈な視線。男は入るのをためらうように戸口にじっとたたずんでいた。やがて悪態を吐いて恫喝しはじめ、両の拳を振り上げた。すると店中が静まり返った。

祖父がはじめてランボーに会ったときの様子はどんなふうだったかと考える。一八七二年のはじめ、一月か二月のことだ。アマリアが死んで、サン・シュルピス街の彼女の住んでいた建物の一階にあった葬儀屋をウィリアム少佐が訪ねたことがあったので、日にちを特定することができる。〈長老〉と絶縁し、アンナの屋敷を追放されたあと、アントワーヌとアマリアは七一年末にモーリシャス島を離れ、パリのモンパルナス界隈に居を定めていた。その冬のパリは凍てつく寒さで、セーヌ河を氷塊が流れていた。アマリアはレオンを出産したあとの発熱がなかなか治まらなかった。〈長老〉アレクサンドルとの諍いのせいでいっそうもろくなっていたのかもしれない。彼女は一月末に肺炎で死んだ。レオンは一歳にもなっていなかった。ぼくの祖父ジャックは九歳になったばかりだった。ウィリアム小父さんに付いて、サン・シュルピス街とマダム街が交わる角のカフェに入ったにちがいない。小父さんは、花輪を選びに葬儀屋の店に入るなど、ジャックの年ごろにはふさわしくないと考えた。それでお椀一杯のホット・ワインを注文してテーブルにつかせ、その場に残していったのだ。

ジャックがモーリシャス島を離れたのはそれがはじめてだった。フランスでは何もかもがすばらしく、また恐ろしいものに見えた。六階建ての建物、敷石道を走る乗合馬車、汽車、灰色の空にもくもくと黒煙を吐くモンパルナスの公衆浴場の高い煙突、公園沿いの雪の吹きだまり、とりわけ、ぶつかり押し合いながら急ぎ足に行き過ぎる人々が、厚く密集した雑踏。彼らはひげに覆われた生気のない顔をして、シルクハットをかぶり、詰め物をした袖広外套を着こみ、ゲートルを巻き、ステッキを携えていた。女たちはペチコートやコルセットやドレスやオーバーを何枚も重ね着して、大きな巻き髪にした小さな頭にヴェール付きの奇妙な帽子をピンでとめていた。ジャックはウィリアム小父さんにぴったりと身を寄せ、きっと小さな手を大男の手につぶれんばかりに握られていただろう。彼にはこの街の言葉の奇妙な抑揚がわからなかった。近所の女の子たちの質問にも答えられなかった。「なんてばかな子！」と女の子たちは言った。間抜けだの、変わり者だのと呼ばれた。母親が亡くなる前の何日かはいつもウィリアム小父さんといっしょだった。母親の苦しそうな呼吸を聞き、血の気の失せた顔や枕いっぱいに広がる美しい黒髪を目にするのは辛かった。アントワーヌは打ちひしがれていた。臨終のアマリアには、幼い長男のことも赤子の次男のこともわからなかった。うわごとを言っては、自分がフーグリー川〔インド東端、カルカッタ近郊を流れる〕のほとりの父親の家に戻り、ヴェランダで雨の到来をうかがっていると思いこんでいた。

チャールズ・ウィリアム少佐は、家族のあいだで「ユーラシア人」と呼ばれていたアマリアに付き添うために、サン・シュルピス街にあった葬儀屋の上階の小さなアパルトマンに住みついた。セポイの反乱〔一八五七―五九〕のときにアラハバード周辺の森をさまよっているところを少佐の兄に拾われて以来、彼女は家族の一員になっていた。その兄が死んでからは、アマリアは彼のただ一人の子供、愛情の対象になっていた。その冬、彼女が他界したとき、ウィリアム小父さんは死ぬほどつらい思いを味わった。彼は遺された二人の子供の面倒をみるためにパリにとどまった。アントワーヌはそれができる状態にはなかったからだ。その後、彼はロンドンに戻った。今、ウィリアム家がどうなっているか何もわからない。アマリアの死去のドラマはあらゆる絆を解いてしまった。

アルシャンボー家は呪われた一族となった。〈長老〉と絶縁することがなかったら、ことの成行きは今とは違っていただろう。アマリアはアンナの地に残り、ぼくらも土地と起源と祖国を手放すことはなかっただろう。

その冬、パリでは何もかもが暗かった。アントワーヌはパリに着いて、自分の財産の大半がなくなっていることを知った。財産とは、アンナの土地の相続分だった。結婚後パリで暮らしたそれまでの歳月の間に、彼は金を湯水のように遣った。アマリアを驚嘆させたかったし、自分も驚嘆したかった。うさん臭い商売人や事務員や執達吏にくすねられた。アントワーヌは夢想家だった。詩や文学が彼の主な関心事だった。彼はあれこれ突飛な思いつきに金をつぎこんでいた――実体のない野菜栽培地だの、架空の鉄道だのに。モーリシャス島から遠く離れ、彼は自分をかばってくれるもの、庇護してくれるものをなくしていた。もう何も彼を守ってはくれなかった。それにアレクサンドル・アルシャンボーがこの片親違いの弟に憎しみを抱いていた。アントワーヌはアレクサンドルが六歳のころ、闖入者のようにやってきて、彼には似ても似つかない、のんきで浅はかな異母弟だった。アレクサンドルには行動を起こす必要などなかった。弟の没落が始まると、それをじっと眺めていればよかった。

話を戻すと、一八七二年の一月末、アマリアが死に瀕していたとき、少佐はジャックをサン・シュルピス街に連れ出し、葬儀屋の店の向かいの角にある酒場に置いていったのだった。ジャックは何度か、葬儀屋（ショヴェ商会）の陳列窓の前に立ち止まり、キリスト磔刑像やマリア像、聖人像を刻んだお守り、花輪や黒大理石のプレートなど、少々怖くもある驚くべき品々をしげしげと眺めたことがあった。ある日、あとからやってくるウィリアム小父さんを待っているときに、店の主人から話しかけられたこともあった。頭の禿げた老紳士で、忘れな草のように青い眼をしていた。そんな眼をジャックは見たことがなかった。通りの向かいにあるカフェは、不気味なたたずまいを見せていた。ガラス戸が開くと、人声のざわめきをはらんだ空気が、笑いのどよめきが吹いてくる。けれども少佐は常連だ。腰を下ろし、太く短いパイプをくゆらせ、長く黒々とした口ひげを撫ぜながら、ホット・ワインをすするのが好きなのだ。

祖父のジャックがぼくにこの話をしたことは一度もない。晩年、モンパルナスに居を定めたが、寡黙な人で、幼いぼくを構ったりせず、ひっきりなしにたばこを吸いながらいつまでも新聞を読んでいた。すべては祖母のシュザンヌから聞いた話だ。祖母は何よりも話を聞かせるのが好きだった。大方は作り話で、ザミという名の抜け目ない猿を登場させた。けれども、ときには本当の話もした。そんなときは、こう予告するのだった。

「よくお聞き。これから話すのは本当にあったことだよ。余計な付け足しなどないさ。お前に子供ができたら、あたしから聞いたとおりに話して聞かせるんだよ」ぼくは祖母が大好きだった。小柄で、どちらかというと肉付きのよい、ほっそりした鼻と小さな口の美しい顔立ちをしていた。灰色の眼が老眼用の眼鏡のせいで大きく見えた。白髪を短く切って、当時は驚きの目で見られた。そんな髪形をしたのは自分がはじめてだと言っていた。祖父が死んで六年後の一九五四年に祖母が死んだとき、ぼくは十四歳だった。とても悲しかった。カーテンの引かれた寝室に入ると、祖母は細工を凝らした真鍮のベッドでいつもどおり清潔できれいな姿をして、まるで眠っているようだった。ぼくは祖母の凍てついた額と両の頬に触れた。まぶたの下にできていた大きな隈を忘れもしない。できることなら、あの明るい灰色の祖母の眼をもう一度見たかった。

すべての書物を保管してきたのも祖母だ。一九一九年、アレクサンドルが死んだあと、最終的な決済のために祖父が最後にモーリシャスに戻ったとき、祖母は本をそっくりもち帰るよう頼んだ。大半は曾祖父アントワーヌが若いころにパリで収集したもので、モーリシャスを離れるにあたり、彗星館にあるマホガニー製の三つの大きな本棚に残していった本だった（彗星館とは、一八四三年の大彗星通過のときに建てられたことにちなむ名で、有名な流星の名前を飾り文字で彫りこんだ木片がその小尖塔に取り付けられていた）。さまざまな詩集や哲学書や旅行記に、祖母は自身の蔵書を加えていた。それはシェリー、ロングフェロー、ユゴー、エレディア、ヴェルレーヌといった彼女の好きな詩人たちだった。祖母は優しい情熱的な声をして、父の重々しい声音とは対照的だった。

母は祖母の話を聞くのが好きだった。シュザンヌは女優になるべきだったわ、というのだった。祖母のとくに好んだ詩はロングフェローの「蜃気楼」だった。

おお、歌の甘美な幻影よ
どこにいてもお前は誘いかけてくる、
さびしい野原でも、群衆で
ごった返す往来でも！(2)……

忘れもしない。ある日、「巷に雨が降るごとくわが心には涙降る」(3)を読んでくれたあと、祖母は、アマリアが死に、祖父がカフェ・バーに入っていったその夜、サン・シュルピス街で起こったことを話してくれた。時刻は宵ですでに暗く、ひょっとすると雨が降っていたのかもしれない。話の細部は定かに覚えていないが、いっさいが空想にすぎず、祖母の忠告に反して、自分の記憶を付け加えてしまったように思う。戦後、動員を解かれた父を迎えに、ぼくがロリアンを離れて母とはじめてパリにやってきたのも、同じころのことだ。そこには同じく荒廃した街、雨に打たれる暗鬱な街路、暗く貧しい何かがあった。着膨れた老人たちが、板切れ、紙、コークスのくずなど、燃やせるものなら何でも燃やすストーブの臭いがしていた。

ときどき、あのできごとを体験したのが自分のように思えることがある。あるいは、自分がもうひとりのレオン、永久に姿をくらましたあのレオンで、子供のころにジャックからすべてを話してもらったように思えるのだ。暖房が効いて煙が充満するなかを漂う、鼻を突くたばこの臭いとアプサントの胡椒めいた匂い。九歳の子供には、地獄の門をくぐるような体験だっただろう。

少佐はジャックをカフェの奥のテーブルまで連れていった。そこは、いんげんスープとパンで食事をしたり、ボールに注がれたホット・ワインを飲んだりする場所である。常連の多くは、カルティエ・ラタン〔ソルボンヌ大学を中心とする学生街〕の学生や医学生、またはモンパルナス方面のファルギエール街のアトリエに暮らす芸術家たちだ。それにさまざまな乞食や、コサック騎兵めいた出立ちの浮浪児、身をもち崩した娘もいたにちがいないが、そんなことはウィリアム小父さんに懸念を抱かせなかった。しかしそこは、たとえ石もひび割れるほどに凍てつく夜だったとしても、幼い男の子を残していくには奇妙な場所だった。少佐は理性でものを考え、宗教的権威を認めない人だった。兄の養女の結婚に同意したのはひとえに、アントワーヌがモーリシャス島の利己主義で画一主義のお偉方（グラン・ムーヌ）とは違っていたからだ。

アントワーヌはあれこれ思案せずにアマリアと結婚した。彼は船上で出会った、濃い褐色の肌のエキゾチックな美しい娘に恋した。娘は家庭教師になるための勉強をするためにフランスに渡るところだった。ユーラシア人でしかもイギリス名をもつ娘。二人がモーリシャスに戻り、アンナの家の改装した彗星館に居を定めたとき、アマリアはすぐに自分の過ちの重大さに気づいた。それでもその後の十年を耐え抜いた。依怙地になったアントワーヌが、事態を理解しようとしなかったからだ。彼はなおさまざまな権利が自分にはあって、決定したり、選択したり、兄に向って自分の考えを主張したりできるものと思っていた。だが、知らないうちに何もかもなくしてしまっていた。製糖工場は抵当に入り、収穫の利益取り分は負債を払うには足りなかった。アマリアにはすぐにわかったはずだ。この土地のだれひとりとして、なかでもアレクサンドルと〈道徳秩序〉(4)派の人々は、アントワーヌの無節操なふるまいを、その無頓着を、容赦すまいと本能的に見てとった。その社会にアマリアの居場所はなかった。生まれたばかりのレオンを抱えてふたたびヨーロッパに渡ったとき、アントワーヌはいつか戻ってくるつもりでいたかもしれない。けれどもアマリアには二度と戻らないことがわかっていた。まるで彼女が、早くも死の冷気を自分のうちに感じていたかのようだ。

これらはみな、ずっと後になって、いろいろな話をしてくれるシュザンヌがいなくなってから理解できたことだ。ひとりカフェの奥のテーブルに着いて眼を凝らしているジャック。四つ辻の向かいにある葬儀屋の店で、少佐がアマリアのために花輪を選んでいると思うと奇妙だ。少佐が戻ると、いんげんスープの小鉢とホット・ワインのお椀が出された。少佐はとても大柄で頑強で、ジプシーのように赤銅色の肌をしていた。その夜はとくに、呼び交わす声や、酒浸りの詩人たちのわめき声や、医学生の冷やかしや暴言が飛び交うカフェの雰囲気を好んだにちがいない。少佐はジャックに、ホールの反対側のテーブルにいる少々禿げた小太りの小男を見ろという。男は手入れの行き届いた頰ひげをして、長いパイプを吹かしている。「見えるかい、あそこにいる男はポール・ヴェルレーヌ。大詩人だ」そのときだ、カフェのドアが乱暴に開く。子供のような顔をした若者、というか少年が、戸口に現れる。大柄で、粗暴な顔つきをして、酒のせいで視線が定まらない。戸口に立って、罵ったり脅したりする。両の拳を振り回しては、縁日のレスラーのように一同を挑発する。カフェのボーイ二人が追い出そうとするが、若者は押し返し、二人を殴る。ジャックは怖がり、少佐にしがみついて身を守ろうとする。興奮のあまり、戸口に立った若者の眼は落ち着かず、その声は静まり返ったカフェに響きわたる。やがて彼らの真向かいのテーブルにいたひげの紳士が立ちあがる。長い、品のよいオーバーを着て、異様に大きな蝶ネクタイを着けている。戸口まで静かに歩き、若者に話しかける。何を言っているのか他のだれにも聞こえないが、どうやらなだめることができた。紳士が若者の片腕をとり、二人はそろって夜の闇へと出ていく。出ていく前に若者は振り返った。髪はぼさぼさで、上着の袖刳りがほころんでいる。若者は偏狭で威嚇的な一瞥を皆のうえにもう一度投げかけ、二人の男は遠ざかっていく。一瞬カフェのなかに吹きこんできた凍てついた空気だけが残る。「あれはだれ?」とジャックがたずねる。「あの男か? 何でもないさ。ただのごろつきだよ」それは祖母シュザンヌの編み出した言葉にちがいない。ランボーを話題にするときには決まって「ごろつき」と言うのだった。しかし祖母は、ごろつきが書いた詩を何度も読んでくれた。ぼくにはよくわからない奇妙な音楽があり、それはカフェの客たちに彼が巡らせた眼差しのように濁っていた。

一九八〇年夏、モーリシャスへ飛び立つ前の週に、ぼくは祖父がごろつきに逢ったカフェを探した。マダム街と交差する角には、たしかに宗教関連の品物を扱う店がある。ウィリアム少佐はこの建物の上階のアパルトマンを借りていたのだ。向かいの歩道の、曲がり角の少し手前に、古ぼけて畳まれた店が一軒ある。扉が低くて、毎日夕方になると窓に鎧戸代わりの板を一枚はめこむ古めかしい造りだ。そここそ、少佐がぼくの祖父ジャックを連れていった酒場、ヴェルレーヌがランボーと待ち合わせていたあの怪しげなカフェであってほしかった。六月第一週は連日、青春時代この方はじめてというほどパリの街路を歩き回った。気持ちのよい季節で、ライトブルーの空に雲が流れていた。女たちは夏の装いで、カフェのテラスには人があふれていた。

ランボーが足を踏み入れた街路はどこも歩いたし、彼が暮らした場所はどこも自分の目で見た。当時の影を留めてはいないカンパーニュ・プルミエール街。カルティエ・ラタン、ムッシュー・ル・プランス街、サン・タンドレ・デ・ザール街、セルパント街、オート・フイユ街の角の建物。リス・ホテル(5)の錆びた鉄のランプは彼の足もとを照らしたはずだ。彼が見たままの建物の正面。ヴィクトル・クーザン街のクリュニー・ホテルの最上階の一室を借りさえした。奥に行くにつれて両側の壁が接近する狭苦しい部屋で、床が揺れた。あの一八七二年という年、パリ中で爪はじきに遭ったランボーが泊まった部屋がここなのだと想像した。壁も扉も当時と変わらず、当時のままの高窓が中庭側の周囲の屋根に向かって開かれているが、彼はここで午後の日差しを受けて目覚めたのだ。紛れもなく時の始まりに触れているかのように、放心したように車や人には目もくれず、ぼくは近隣の街路を歩き回った。

あのころ、ジャックとレオンは仲がよく、いつもいっしょの兄弟だった。過ぎ去った時代の二人きりの生き残りとして、毎年休暇ごとに会っていた。モーリシャスに二人が帰国した年であり、また二人の決裂の年でもある一八九一年まではそうだった。その年レオンは、永久に〈失踪者〉となった。

ここを、これらの街路を、あの春、終わりのない旅に出る前のランボーが歩いたのだ。モベール広場では、日が暮れると、しこたま飲んだ浮浪者たちがいつも段ボールを広げて、車の騒音を子守歌代わりに眠りこむ。彼らだけが夢のなかで、すでに消え失せた時代に本当に触れているのかもしれない。じっと動かずにいた浮浪者たちとは対照的に、彼、あの旅人は、大地の果てから果てを経めぐった。そうしてあの男がすべてを捨て、骨まで焼きつくす空を求めてアデンやハラルに向かったとき、ジャックとレオンは長じて、孤独のなかで生きるすべを学んでいるところだった。ジャックが学校のノートに書き写してくれた「陶酔の船」や「母音」や「座った奴ら」(6)をレオンは暗記した。レオンはすでに出立を夢見ていた。彼にはすでにわかっていた。いつかあそこに行くこと、アンナの家に戻ること、それも自分の財産を取り戻す者としてではなく、新しく生まれ変わるため、自分もまた空と海に焼かれるためであることを知っていた。

今、ぼくにはそれがわかる。一八七二年の冬の晩、サン・シュルピス街のカフェですべてが始まった。そうしてぼくは、レオン・アルシャンボー、かの〈失踪者〉になったのだ。

サン・ジャック街一七五番地に「アプサント学院」(7)を確認した。壁が古くなり、屋根にはいくつも段差があってところどころスレートの代わりに波形のトタン板が張ってあるが、美しい建物だ。「学院」はパキスタン料理店になっている。がたつく扉を開けて入るのは昔と変わらず、中に入ると、細長く暗いホールが奥に向かって低くなっている。テーブルのひとつで、パキスタン人の料理人たちが鍋の上でズッキーニと蕪(かぶ)の皮を剝いていた。こちらを不審そうに見る。「以前ここは何という名前でしたか」とぼくは尋ねた。彼らの口から「アプサント学院」のことを聞けるなどと期待していなかった。他の者に尋ねてから一人がこう答えた。「ここは以前、〈大塩(グラン・セル)〉という店でした」レストランの隣には建物の正門があり、それを潜ると石を敷き詰めた広い中庭が開けるが、そこは荒廃している。あの冬、片隅に濃い褐色の肌をした幼い少年が腰を下ろし、猫のように警戒している。あの冬、アプサントに酔ったランボーは、この中庭で架空の敵どもと格闘した。ひょっとしたら、少年のいるあの片隅に、背を壁にもたせかけて座っていたのかもしれない。夜明けの黒い露に濡れて、敷石の上で眠りこんだかもしれない。

今も消えずに残っている当時の生活の音を聞きとろうと、眼を見開いたまま眠るようにしてあの街路を余さず歩いた。怒りの目で世界を眺めているようだった。不眠のせいで髪は乱れてごわごわになり、節々の痛みで背中は丸まり、顔には台なしにされた幼年の渋面が浮かんでいる感じがした。旅することに費やしたあの歳月を経て、アンドレアと別れ――ぼくらが言い合ったこと、し合ったことのすべてが、取り返しのつかないものになった――、ぼくは今、乗継便を待つような気分でパリにいて、数時間後には世界の果てに向かう飛行機に乗る。ソルボンヌ界隈の街路やカフェのテラスには学生がいる。六月のパリにはふしぎな魅力がある。そこかしこに金粉が舞っている。花粉に、いろいろな反射光、女の子たちの髪を輝かせる日差し。ぼくの身体にはまだ、コロンビアやユカタン半島のひどい道路に舞っていた砂ぼこりが残っている感じだ。パナマの大河の泥がぼくの髪の毛や衣服のなかで乾き、赤い粉となって歯の間できしる。カンペチェ(8)の非常勤教師職に志願するのに(前任者は同性愛関係のもつれで殺されていた)、メキシコシティの文化部に行くと、コロニアル風のスーツに縞のネクタイを着けた小柄の役人が優しくこう言った。「あんたのようにリュックを背負って毎日やってきますよ、金策か職探しにね。そうして帰っていきますが、その後の消息はまったく聞きません」

カルティエ・ラタンには学生時代の知り合いはもうひとりもいない。一九六八年五月(9)の敷石道はアスファルトで覆われた。道路は渋滞している。近郊電車は生皮を剝がれていて、模造皮革の座席はマジックペンで落書きされ、カッターナイフで切られている。ぼくに目を向ける者などおらず、ふと自分が透明人間になったように思えることがある。だれがぼくのことなど必要としているだろう。さしたる理由もなく、離陸する飛行機を眺めにロワシー(10)〔シャルル・ド・ゴール空港のある地名〕へ行った。十歳のころ、祖母のシュザンヌがブルジェ空港に連れていってくれたことがあった。祖母は飛行機がゆっくりと空に昇っていくのを見るのが好きだった。自分では何があっても乗らなかっただろう。「あんなたばこ入れみたいな物になんか絶対に乗るものですか」けれども、飛行機の離陸を見るのは好きだった。今では空港に行っても何を見ることもしないが、それでも旅の香りはある。デリー、バンコック、ブリュッセル、リオ、ダカールといった名前。それは天球が奏でる音楽のようだ、宇宙の歌のようだ。夜は翌日にも旅立つかのように長椅子で寝た。どこか出かける場所が本当にあるかのように。そうしてぼくは、モーリシャスに行くことにした。

街路を歩くあの男の眼は怒りで曇り、薄い下唇が少々引っこんでいるせいで顎がひどくずんぐりして見える（妹のイザベルにもこの欠点があった）。ぼさぼさの髪が小さな丸帽からはみ出したところは、アヤクーチョ[11]のインディアンに似ている。鋲を打った彼の靴は、ヴィクトル・クーザン街やセルパント街に反響する。すでにパリは彼には狭すぎる。どこまで行っても同じ街、窓のカーテンを閉ざした同じ建物、一様に無表情な人々の顔、物事にうとい長老めいた男たち、それにあのような軍帽やふつうの帽子、かつら、折りカラー、堅苦しい胸当て、フロック・コート、チョッキ、足裏に帯紐をかけて固定したズボン、それに黄色いゲートル、釉(うわぐすり)で光沢を加えたオーダーメイドのブーツ、あのような仕こみ杖に、黒い傘。そのとき詩は、ブルジョワのたしなみ事とは違っていたか。歳入と歳出のバランスめいたものとは違っていたか。資産と負債、財産と支出を記入する黒い手帳とは違うものであったか。ときおり昂揚が生まれて、叫びや嘆息が発される。迸る感情やときめきの表現がある。句末の豊かな韻や送り語や、語中音の消失といった技法がある。マダム街の酒場には、他人が一節朗読するごとに「糞喰らえ！」と間の手を入れるアルチュール〔ランボー〕の声が響く。もうだれも彼のことをおもしろがったりしない。彼は今や他人をいらだたせ、怖気づかせるのだ。扉が夜の闇に向かって開く。イタチの巣穴のように、戸口はひどく狭くて低い。彼は両の拳を握りしめ、幼い巨人といった風体でそこに突っ立っている。顔を闇に隠し、髪は乱れ、いかにも田舎者めいた窮屈な上着を着こんでいる。毎晩のように取っ組み合いをするせいでその袖刳りはほつれている。彼は罵詈雑言を吐き、近づく者はだれ構わず殴り倒すぞと威嚇する。一同は静まり返る。怖いのだ。これこそ本物の、強烈で不吉な感情だ。風車を回す風や、句末の豊かな韻や、「ああ」だの「おお」だのという感嘆詞や、オランダたばこの心地よい匂いではない。暗い青をたたえた彼のまなざしは、祖父の眼をかすめ、祖父の内部に入ってきて（いや祖父を通してぼくにまで届くのだ）、もう出ていくことはない。夜の闇に開かれる扉、そして一同を挑発する年若いごろつき。その後、アデンまでは何も起こらない。

　祖母シュザンヌは、ロングフェローの詩を読むのと同じ声音で「酔いしれた船」や「夏の夜明け」[12]を朗読する。ごろつきが作った詩だ。天使のような顔に、ぼさぼさの髪、意地の悪い濁ったまなざし。その眼は何をも、だれをも、凝視しない。狭く暗いパリの街路は彼をはじき出す。建物の中庭では、アラブの国々で市の立つ広場のように、寄る辺ない者たちが段ボールを敷いて寝る。そしてシャルルヴィルでは、ムーズ川の渓谷を包む朝霧。寒気、静まり返った灰色の空、砂糖大根畑で鳴くカラス。人はこうしたものを捨てることができるのだろうか、それらから自分を解放できるのだろうか。見えない空。陥穽めいたパリ。「ああ、ぼくは向うで何をするのだろう」(13)

ぼくが思うのは、他でもない、レオン・アルシャンボーのことだ。かの〈失踪者〉、「道徳秩序」にも「連帯政治(シナルシー)」(14)にも反抗し、愛する女と出奔して二度と戻らなかった男だ。八〇年代に(一八八四年か)アントワーヌが脳炎で死んだとき、レオンは十二歳で、ジャックはすでにロンドンに行って医学の勉強をしていた。たぶんウィリアム少佐の家に身を寄せていた。レオンは最初ロリアン(15)の寄宿舎にいたが、やがてリュエイユ・マルメゾン(16)のだれもが知るル・ベール夫人のところに世話になった。夜、眠れないときには、遠い島の海のざわめきを心のなかで聞こうと、共同寝室を横切り、乾き切った中庭が眼下に見える大きな格子窓のところまで行くこともあった。

その時期、モロー先生の影響で――レオン以前にジャックが教わり、祖母シュザンヌが直接面識のあった人のようにぼくに話してくれた先生だ――レオンはリシュパン、エレディア、ボードレール、ヴェルレーヌといった詩人、それにランボーの詩を読む。「呆気にとられた子供たち」「虱を探す女たち」「座った奴ら」や「母音」のソネットのような、『ヴォーグ』誌から筆写した詩、それに一八八八年のアンソロジーから筆写した「谷間に眠る男」だ。祖母もこの詩をレオンから教わったと言っていた。刊行時にモロー先生が買い求めた『呪われた詩人たち』に掲載されていた「陶酔の船」を、レオンは自分の学習帳に筆写し、毎晩、祈りを唱えるようにそれを朗誦していた。それに、その春に、禁止されているにもかかわらず修辞学級で読んだボードレールの詩も。「地獄に堕ちた女たち」「サタンへの連禱」それに「仇敵」だ。

おお、苦痛よ！　おお、苦痛よ！　時は生命を貪る、
そうしてぼくらの心臓をついばむ得体の知れない〈敵〉は
ぼくらが失う血で育ち、たくましくなる！[17]

レオンには都会は狭苦しい。建物の作るアングルは、彼の体に突き刺さるくさびだ。遠方に延びて見えなくなる大通りは、切れ味鋭い刃身だ。セーヌの河岸は真っ赤な霧氷に包まれている。あの夏、彼も今のぼくと同じく、サン・ラザール駅近くのホテルの部屋に何日もこもっていたのかもしれない。夜になってようやく外出し、界隈の街路をうろついてはブランシュ広場まで、またはモンマルトルの丘の方角に行き、われとわが息に窒息するパリの街を眺める。その夏（一八九〇年八月のはじめ）、ジャックが迎えにきてレオンをイギリスに連れていく。ジャックはロンドンで結婚したばかりの相手、レ

ユニオン島〔モーリシャスの南西二二三〇キロに位置するフランス領〕出身のシュザンヌ・モレルに、弟を紹介したいのだ。三人は海辺の町へイスティングズまで汽車で行く。祖母がこの夏のことをぼくに話したのは一度きりだ。幸福というものは口にするものではないからかもしれない。祖母は雲ひとつない青空、温かい風、海水浴のことを一度だけ話した。キャスター付き脱衣室を波打ち際まで運んでいったときのことを。日が暮れても彼らは戸外にいた。あるいは防波堤に腰を下ろした。シュザンヌはロングフェローの「渡り鳥」の

丈高い菩提樹から
黒い影が下りてくる。
木々は南の空を背景に
その分厚い壁を屹立させ(18)……

という一節や、ボードレールの詩の一節を読む。

自由な人よ、おまえはいつでも海を愛おしむだろう。
海はお前を映す鏡(19)、など

おそらくはじめてのことだが、レオンは自分が強くなった気がする。愛情の温もりを、家族の一体感を感じる。小石の浜辺に三人で寝そべる。二人の兄弟の間にシュザンヌが寝る。レオンはシュザンヌのとてもなめらかな肩に顔を寄せて、彼女の髪の香りをかぐ。その夏、海の上の暗い虚空に隕石が流れる跡に目を凝らしていたひとときのことだ。すべてが岩肌のように剝離してしまう以前のことだ。

けれども、事のしだいをよく理解したいと思えば、ぼくはパリに、マダム街のあのカフェにたち戻らなければならない。ぼさぼさ頭の若者、酔っ払って戸口でよろめきながら、気が触れたように澱んだ眼つきで罵詈雑言をわめき散らす若者が、扉の向こうから現れる、あの戸口に引き返さなければならないのだ。アンナの家の喪失も、アルシャンボー一族の終焉も、すべての彷徨が、まるであの男の出現に続いて始まったかのようだ。ジャックがレオンに伝えた人物像、それはシュザンヌを介してぼくにまで伝わり、ぼくのなかで自分の生活と混じり合い、ぼくの記憶のなかに閉じこめられている。人が姿を消すとき、もろもろの感動や夢や願望のいったい何が残るだろう。アデンの男、ハラルの毒盛り男は、ある夜マダム街のカフェの扉を押し開け、当時九歳の子供だったぼくの祖父に暗いまなざしを投げかけたあのいきり立った若者と同じ人物だろうか。ぼくはその男が歩いた街路を歩き回る。ヴィクトル・クーザン街で、セルパント街で、モベール広場で、コントルスカルプ広場へ通じるいくつもの通りで、夜の闇のなかにぼくの踵の反響が聞こえる。ぼくの探している男は名前をもたない。影よりも、何かの形跡よりも、亡霊よりも稀薄な存在だ。その男はひとつの震えのようなもの、願望のようなものとして、ぼくのなかにある。ぼくをよりよく飛翔させるための想像力の飛躍、心の弾みのような存在として。それにぼくは明日、世界の反対側の果てに向かう飛行機に乗る。そこは時のもう一方の先端だ。

毒を盛る男

一八九一年五月八日、祖父がシュザンヌ、レオンとともに、アヴァ号のデッキから見たアデンの海を思う。雲ひとつない空の下で鏡のようになめらかな海だ。午前八時にはすでにかまどの中のような暑さで、日陰で四一度もある。やがて到来する季節を先取りする暑さだ。想像するに、上甲板の乗客たちには、長椅子に身を横たえ、水面にさざなみを立てる微風を堪能する特権があるが、そうでない移民やアラブ商人たちは、通路の下で息詰まる思いをしながら下甲板の床にじかに寝るのだろう。

どんなわけで、ジャックとレオンは岸辺を往き来するボートに乗船する気になったのだろう。アデン湾の生皮を剝がれたような風景、スティーマー・ポイント〔アデン半島西端の港で、当時イギリス植民者が利用〕、信号柱の立つ裸の丘、港が描く三日月形のカーブ、漆喰で固めた白く醜い建物の列、その端には電信会社のいかめしい建物、そして湾の中央には作りかけのまま頓挫した防波堤。それは杭と溶岩塊からなる桟橋の残骸で、漁師のダウ船がつながれている。

たぶん退屈のせい、海上に浮かぶ町に囚われの身となっているという印象のせいかもしれない。副船長が商品の荷揚げを監視し、往き来するはしけが小麦粉袋やジャガイモ袋、りんご籠、イギリス綿布の端切れ、貴重な固形石鹸などを桟橋まで運ぶまる二日間の寄港が、ひどく長く感じられるからだ。

ボートは、六人のソマリア人船員が乗った速い大型カヌーだ。港に付属するカヌーで、ひどく壊れやすい商品、器具類や医薬品を大量に積むことができる。ジャックは非の打ちどころのない灰色の三つ揃いにパナマ帽をかぶった医者らしく、舳先のベンチに腰を下ろした。レオンは帽子をかぶらず、シャツ姿で荷箱の上に乗っている。船体に沿って流れ去る、湖のような、青い金属を思わせる海水と、間近に迫った対岸の黒いラインに眼を凝らしている。

シュザンヌは来なかった。スエズ運河を越えてからというもの、暑さに苦しんでいるのだ。今夜も彼女を息詰まらせる暑さだ。岸から蚊が飛んでこようが、シュザンヌは朝までデッキにいたかった。風は船上に吹いて、彼女のまぶたを発熱のようにひりひりと焼いた。朝方、デッキの木材にじかに寝ているかたわらのジャックの腕を触り、「ねえ、嗅いでみて、息を吸ってみて……なんて気持ちのよいこと！」という。アヴァ号は気づかないうちにアデン湾に入っていた。今、夜明けとともに、陸(おか)の微風が砂漠の冷気と匂いを乗せて吹いてきた。「早く出発したいわ。海に出たくてたまらないわ」シュザンヌはマルセイユ行きの汽車に乗ったときからうずうずしている。アヴァ号、このボルトで留めた鉄製の丸天井は、風に震え、油脂の臭いを立てながら、彼女に吐き気を催させる。

シュザンヌは途中何度かの寄港には無関心だ。彼女が待ち望んでいるのはモーリシャス島、ジャックが話してくれた、水平線上にそびえ立って雲を引っかける尖った山々だ。彼女はその島を自分の国にしたい。

その夜、紅海を進みながら彼女は星を見つめていた。空は藍色だった。「なんて美しい……」ジャックは彼女にいろんな星座の名を教え、水平線近くで一番明るい輝きを放つ星、アルデバラン星を指さした。そのインド名「ロヒニ」さえ口にした。子供のころから忘れない名だ。

今、シュザンヌは船室で、汗でぬれたシーツの下に何も身に着けずに眠っている。兄弟が出かけるとき、シュザンヌはレオンにキッスをして「迷子にならないでね！」と言った。

カヌーの舳先で、レオンも眼がひりひりするのを感じている。顔や手はすでに黒く日焼けしている。縮れ毛の彼は若いインド人の見習船員に似ているにちがいない。彼もまた到着を、誕生の地を踏むのを待ちわびている。そんなふうにぼくはレオンのことを想像する。彼の漆黒の瞳がきらりと光る。それはアルシャンボー一族の憂愁を帯びたまなざしではなく、母なるユーラシア女性の胸を焦がしていたあの熱狂、冒険への渇望だ。

海岸は埃の立つ長い並木道で、東のスティーマー・ポイントまで湾曲している。商館、税関、倉庫、病院などが立ち並んでいるが、その背後の高みがすでに火口の断層の始まりだ。さらに向こう、灰色の霧のなかに、アラビア半島の最初の荒涼とした丘が現れる。斧で叩き割ったような形をして、砂色のなかにところどころ粘土質の白い地層が細長く露出している。熱気は極端だ。まだ午前八時半前だというのに、町の上空や埃っぽい波止場では大気が揺らめいている。担ぎ人夫たちがはしけの荷を下ろしはじめ、桟橋前の道路に荷箱を積み上げる。いたるところに埃が上がり、ハエが舞っている。大きなハナアブがりんご籠の周囲を、羽音を立てて飛んでいる。背後では、人夫たちが荷車を引いて待っている。それはイッサ族[20]の大柄の黒人たちで、ぼろ同然の腰衣しか身にまとわず、身体は薄い外皮に包まれて小麦粉を塗ったようだ。彼らの背後には、日差しを避けて大きな黒い傘の下にいる男たちのシルエットが見える。アデンで文明を代表する、文明の代役を果たす人々だ。白いガンドゥーラを着たアラブ商人、イギリス人医師、それにリユーク・トマス、ペニンシュラー・アンド・オリエンタル、郵船会社（メッサージュリー・マリティーム）といった、ヨーロッパのいくつかの商社[21]の代表者である。

ジャックとレオンは波止場を歩く。これほど遠隔の土地とはいえ、一人の男がその奇抜な風体のせいで彼らの注意を引いたにちがいない。それはでっぷりした五十がらみの男で、黒い上着と灰色のズボン、チョッキを身に着け、暑いのにハードカラーとネクタイをしている。しかも傘の陰に入っていないのはこの男だけである。縁の広い麦わら帽をかぶり、ハンカチでうなじを覆っている。しかしジャックとレオンの視線を引くのは、その一風変わった頬ひげである。長くて太い、たっぷりとしたひげで、炭のような黒の中に銀色の筋が光っている。男はアラブ商人たちから少し離れて、ひげをなでながら荷下ろしの作業を監視している。その代わり、しびれた手足を伸ばすためにアヴァ号から下船した二人の旅行者には目もくれない。

商人たちが自分の荷箱を見つけ、アヴァ号の副船長とともに検分してから、声を張り上げることもなく指令を出すと、まもなく人夫頭――ジャックはモーリシャスの大農園の現場監督を想起したはずだ――の口から皆に伝わる。人夫頭は積荷をいくつかに分割し、並木道を通って倉庫に向かう荷車を送り出す。

この時刻、港は何やらせわしさが支配して、がらんとした空の下でときおり犬の遠吠えだけが聞こえていた夜のまどろみとは対照的だ。そんななか、籠からこぼれ落ちる果物を拾おうと、上半身裸の子供たちが陸揚げされた船荷の間を走り回る。彼らはジャックのまわりで踊るように飛び跳ねながら、小金をせびる。「一タレル！　一タレルちょうだい！」あるいは「一ドル！」と叫ぶ。ジャックは何サンチームかを一人ひとりにくれてやる。子供たちはキャーキャー言いながら走り去る。

子供たちを避けるためか、涼しい空気を求めてか、ジャックとレオンは湾沿いを、ロバの歩く山道が始まる地点まで歩いた。山道は上り坂で、岬の高みの石切り場に通じている。ペニンシュラー・アンド・オリエンタル社の建物の陰に腰を下ろした二人は、アヴァ号が黒い不動の姿で投錨している停泊地の光景を眺める。高い煙突から立ち上る煙がなかったら、難破船と思われたことだろう。

半島の向こう側には、火山の切り立った崖と火口の崩れ落ちた縁がある。夜明けに船が到着したとき、ジャックはそっと起きて、甲板を船尾楼まで歩いた。欄干に寄りかかっていたボワロー船長が、海の中からすっくと突き出ている巨岩を指して言った。「あれがジェベル・シュム・シュム、ジブラルタルの岩(22)に次いで世界に名だたる岩ですよ」そしてこう付け加えた。「どちらもイギリス領です」

アデンの静寂には、感嘆を誘うと同時に不吉な何かがある。それが、これから不可解な試練を潜り抜けようとしているかのように、ジャックとレオンの心をかき乱したにちがいない。

マルセイユの波止場に蟻のように群れた人々。駅と汽車の人混み。四月の冷たい風のなかで出航する蒸気船の喧騒。そして旅の雑踏。——そうした出発時の熱狂のあと、黒い山を背景に、湾に静かな水を湛えたアデンの停泊地は、何か非人間的な巨大さを感じさせる。それがレオンの心臓の鼓動を早め、視線をかき乱す。ジャックにとってこの寄港は帰郷の途上のひとときにすぎない。おそらく彼は、埃っぽい波止場も、油の臭いも、カヌーの動きも、一切を体験済みのこととして思い出しているのだ。しかしレオンにははじめてだった。彼が探しにきたものすべてがここから始まるのだ。それは新たな体験、リュエイユ・マルメゾンの寄宿舎との絶縁、子供時代の忘却だった。ジャックから聞いていた海がここから始まる。アンナの地で目にする海、文字どおり沸き立つようにオー・ブイイ〔沸騰した湯、の意〕の岸に打ち寄せる海だ。世界中から切り離された筏に乗っている感覚だ。レオン自身にも理解できない神秘のように、彼のまなざしのなかに、海のなか、あまりに強烈な光のなか、砂漠の熱気のなかに輝いているのは、おそらくはそれだ。もう到着したも同然に思える。いわば入口に立っているような、自分の土地を見つける直前に最後の敷居を今まさに跨いでいるように思える。出発前にジャックがくれたクロス装丁のスケッチ帳に、レオンは目にするものを描く。三日月状にカーブする湾、スティーマー・ポイント、いくつもの白い建物、運搬人の姿、カヌーや漁船に混じって係留されているはしけ。毛を逆立てたような遠方の黒い山は廃墟を思わせる。レオンは別のページに、停泊地の中央でダウ船の帆に囲まれて動かないアヴァ号を描く。

はしけの往来が止んだ。一時活気づいた波止場はふたたびがらんとなった。日差しはあいかわらず強い。ジャックとレオンは、港の端まで歩いてみようと、倉庫の日陰を離れた。最初に出くわすのは、乾ききった庭の奥に立つ「グランド・ホテル」で、トタン葺きの屋根をもつ二階建ての建物だ。その先に商店が立ち並んでいるが、どれも玄武岩にのろを塗っただけの、平屋根の正方形の建物である。そのなかに、作りかけの偽物のお城を思わせる「ヨーロッパ・ホテル」がある。化粧漆喰を塗った列柱の陰に、ジャックは先ほど波止場で見かけた男、黒のフロック・コートと灰色のズボンを身に着けて、預言者じみた頰ひげをなでていた男がいるのに気づく。

ジャックが医者であることがどうしてわかったのだろう。たぶん、一時寄港のためだけに当地で下船する乗客への無関心を装いながら、シュサック副船長に尋ねたのだろう。男は名乗りさえしただろうか。男の名など、ジャックにもレオンにも何の意味ももたなかった。二人はその名を耳にさえしなかった。

男は愛想のよい口ぶりで、訛りのない、完璧なフランス語を話すが、田舎者の気取りをかすかに感じさせる。何カ月も同胞との一切の接触が絶たれていたとでもいうように、ジャックに話しかける。ひとつふたつありふれたことを言ったあと、ヨハンネス皇帝の殺害とイタリア政府に対するメネリクの反乱(23)以来の政治問題を口にする。彼の店は薄暗い大きな部屋で、ハエがうるさく飛び回っているが涼しい。ジャックは商人と話すために椅子に腰かけるが、レオンは戸外にとどまり、回廊を往き来する運搬人たちの動きを眺めている。ジャックには、奥の間で商品の荷解きや整理に忙しいアラブ人やインド人の従業員の姿が見える。フランス・ワインの箱がひとつあり、別の箱からは、宝物でも取り出すような手つきで、従業員が一台のミシンを取り出している。商人にはこのミシンを入手したことがとても自慢らしい。「アビシニアでこいつをたくさん売りたいのです」それから、彼の協力者だという一人の男の話をする。目下スティーマー・ポイントの総合病院に入院中のフランス人で、マルセイユまで送還されるのを待っているという。男はいう。「ひどく具合が悪いのです。アマゾン号が着くのは二日後ですが、それまで待てるかどうか」ジャックは無言のままだ。警戒しているにちがいない。商人が近づいてきたのはもっぱらそのため、入院中の協力者の話をして、何にすがったらよいか知るためであるのは今や明らかだ。ジャックは即興の診察が大嫌いだ。たとえ同国人であっても、死にかけた人間に会いに病院に行く気などまるで起きなかった。ひどく気温が上がっていて、スティーマーの波止場で過ごした朝の心地よさが台なしになりかねない。それにシュザンヌが待っているにちがいない。だが商人は執拗で、断るのはむずかしい。ジャックはアヴァ号の出発が迫っていることを口実にしようと思う。弟をボートに乗せて船に戻そうとするが、レオンはいっしょに行かせてほしい、戸口で待っているから、という。

商人は、いつもの一風変わった白い帽子をかぶって歩き出した。ジャックはしぶしぶ付いていく。ひと言も質問しない、これから訪ねようとしている不幸な男の名前さえ知ろうとはしない。

狭くてひどく暑い病室に入ると、ジャックはロンドンのセント・ジョゼフ病院で習得した身振りで、医者らしい顔つきになるために眼鏡をかけ直す。彼は病人の相貌に強い印象を受ける。まだ年若い、とても大柄の男で、骸骨のようにやせ細り、短すぎるベッドに長々と横たわっている。顔の肉は削げて、日焼けした肌が頬骨と鼻骨に薄く張りついている。額には深いしわが刻まれ、熱帯地方でなめされた白い肌に特有の染みができている。しかしジャックを捉えたのは、この男の眼、青灰色の、冷たい、聡明な、怒りを含んだまなざしである。商人を認めた病人は、商人がひと言も発さないうちに身構えて起き上がり、彼を追い払おうとする。「帰ってください。出ていってください。あんたに用はない」だが、商人は引き下がらず、モーリシャスに帰る途中の医者としてジャックを紹介する。すると男は嘲るようにいう。「それでわたしがどうなると言うのだ？この人を連れて帰ってくれ、いっしょに出ていってくれ。まっぴらだ」男は怒りのあまり精根尽きて、枕の上に倒れこむ。

ジャックは男が病人服を着ていないことに驚く。旅行中の衣服のままで、染みだらけのすり切れた灰色のズボンに、素地のままの布で作った襟のない大きなシャツをまとっている。動物の骨に彫刻を施したボタンは、アビシニア人の間ではやりだ。

ジャックを引きとめるもの、それは病人の顔に浮かぶ苦痛の表情だ。片脚は太腿の中ほどまで包帯が巻かれているが、もう一方の脚は道中の埃が付いた黒い革の重たい靴を履いたままで、すぐにでも出かけられる、また歩き出せると言わんばかりだ。ベッドのそばの漆喰を塗った壁に黒檀の頑丈な杖が立てかけてあり、ドアの後ろには旅行かばんがそろっている。肩かけの付いた皮製のバッグと、革を張ってベルトで縛った大きなトランクだ。

商人はベッドの足もとの一脚きりの藁入りの椅子に腰を下ろした。暑さに参っているようで、大きなハンカチでうなじを拭っている。ジャックは、立ち去る用意ができているというように、ドアの前に突っ立っていた。レオンは近づくが、廊下というか、病室の敷居の上にいて、あえて入ろうとはせずに目を凝らしている。商人は暑いだとか空気が乾燥しているだとかありふれたことを言うが、枕の上に仰向けに寝た男の反応は、顔をしかめたり、夢遊病者のような声で短い語を発したりするだけだ。その病室は、どこを見ても痛々しい。壁の漆喰も、鎧戸をなかば閉ざした狭い窓も、むき出しの床も、男が神経を張り詰め、押し殺された叫びのようなしわがれ声を発しながら服を着たまま横たわる、脚が金属製の使い古したベッドも。

病人の名は発せられただろうか。ジャックはその名を耳にすらしただろうか。それに、たとえ聞いたにしても、血の気が失せて疲弊した、苦痛に硬直したその肉体に、二十年近くも前にパリの古い界隈の酒場にある晩入ってきた男を、拳を振り上げて一同を威嚇したあの猛り狂った若者、その定まらぬ眼が九歳の少年の眼と合った若者を認めただろうか。詩人ヴェルレーヌが夜の戸外に連れ出した奇妙な若者、呪詛を吐きながら姿を消し、ウィリアム小父さんが「何でもないさ、ただのごろつきだよ」とだけ言った若者を。

　ぼくは今、日差しに照りつけられて燃えるように暑い病室、大人になったあの若者が苦痛に研ぎ澄まされた顔をして横たわっている病室に突っ立っているジャックを想像する。もしかしたらジャックは一瞬、何かを思い出したかもしれない――鋼のように鋭い、青い眼の光を、口ひげに隠れたふくれ面を、怒りに駆られたような薄い下唇を、それともあの手、大きくて節くれだち、日に焼かれて痛み、染みの付いた農民の手、追い出そうとする酒場のボーイを威嚇し押し返したあの手を。

　病人を診察させる考えを商人は捨てていない。彼は病人のほうに身をかがめ、小声で何か言うが、病人は断固として拒む。乾いた声は荘重だが、押し殺されてもいる。言葉はきれぎれで一貫しない。陰謀だ、医者どもは自分の脚を切断したがっている、と言うかと思えば、商売のこと、アフリカで金をくすねられたこと、用心棒たちが隊商を襲わないようにメネリクに支払わなければならない貢物（ドウルゴ）の話をする。昼夜を問わず病院の周囲、自分の周囲をうろつくせいで気が変になりそうな野犬[24]のことを口にする。やがて不意に静かになる。皮肉を含んだ口調でこういう。「それにこの旦那の手を煩わすのはまったくむだですよ。横になってからうんとよくなりましたから」

　狭い部屋はいっそう暑くなった。高温で空気が膨張し、壁を圧迫する。ジャックは、商人の額に吹き出す粒の汗が両の頬を流れ、長い頰ひげを濡らすのをじっと見る。商人にはここは明らかに居心地が悪く、退出する機会をうかがっている。彼はハンカチで顔を拭い、白檀製のインド扇子でしきりとあおぐ。

ベッドに横たわった病人は、そんなことには気づいていないようだ。肉の削げ落ちた顔はあいかわらず無愛想で、その手にも短く刈った毛髪にも汗の跡はまったくない。ぎらぎらと光る目にこもる力がレオンを驚かせる。レオンはゆっくりと病室に入り、ベッドに近づいた。ジャックも、何か抗しがたいものがあるのか、この光景に幻惑されているようだ。男は架空の商品について独り言を続ける。何ヤードものイギリス木綿、藍色の男物長衣を織る糸玉、リューヌや緋木綿（ターキー・レッド）の糸玉、麝香猫から採るゼバッドという香、とくにコーヒー、いまいましいコーヒーの話をする。レオンは、世界でこのうえなく重要な名前のように男が並べ立てるこれら奇妙な言葉をじっと聞いている。それに、隊商の出発を幻めいたものにするあのような日付。四月、三月、未来の日付、過去の日付、何もかもが入り混じる。男はものの値段や数字を列挙し、象牙、銃、タレルといった語を口にする。何を言うにも、理解しがたい代数の問題を語るような、急きこんだ、単調な口調である。男の言葉をさえぎろうと商人が椅子から立ち上がると、病人は声を高め、声音は金属的な威嚇の響きを帯びる。その手は横柄にはねつけるような動作をして、ベッドの縁を叩く。

商人はなおも男に容態の話をしようとするが、男は「そうとも、わかっている。あんたたちゃ、寄ってたかってこの脚を切り落とすことに決めたのだ」男はふたたびベッドの上で身を起こした。目は怒りでぎらぎらしている。「だがおれは五体満足で国に戻るんだ。フランスで結婚せねばならないからだ。片脚のない私に妻が見つかると思うかね」

男はまた枕の上に倒れこむ。顔色はひどく黄ばみ、墓石の横臥像のように両の手を脇に置いている。商人にはそれ以上耐えられない。病室のまん中に立ち尽すジャックとレオンを残して逃げ出した。

「ひどく痛みますか。アヘンを処方しましょうか」ジャックの声には奇妙な響きがこもる。医者の口調とは違う何かだ。

男は一瞬ジャックをじっと見つめ、何かを思い出そうとするように、その灰色の瞳で探る。彼はまた、開け放たれたドアの前に立っている褐色の肌の青年を見つめる。この瞬間に何かが生じるのかもしれない、険しい目つきを和らげるヴェールのようなものが、ある種のためらい、ある憂愁の感情が。男は答えずに、後ろに身体を倒して目を閉じる。小声に近い疲れた声で、ようやくこう言う――「喉が渇いた。水を少しもらえませんか」彼が所望しているのは、故郷の水、ロッシュの水、青春の泉の水であり、アデンのアルカリ性の井戸水、病院の除塩鍋のなかの澱んだ、味気ない水ではない。しかしもらえないものだから、目を閉じて、夢のなかに落ちていく。

すでに正午だ。きっとシュザンヌがしびれを切らして、停泊地のボートの動きをうかがっているだろう。アヴァ号は木箱や大樽の荷下ろしを終え、機械の振動が少し強まった。病室まで響いてくる低い振動だ。スティーマー・ポイントは、日差しの重みに押しつぶされたひとつの島に見える。病院ののろを塗った壁や亜鉛板の屋根は、波打つ光を放って輝いている。シュザンヌが遠方に見るのは、塩田の白い広がりやアラビア半島の山々だ。ボワロー船長は先ほど彼女に言った――「よい報せです。今夜出航できます」何がそれほど彼を喜ばせるかを船長はシュザンヌに打ち明けただろうか、ザンジバルに予定外の寄港をし、さる将校の女房とこっそり逢引きするつもりであることを、そのためなら伝染病の脅威も海運会社の禁止もものともしないことを語っただろうか。だが、シュザンヌも、待ちくたびれていて、船長にいろいろ問いかけることなど思いもよらない。

病院では、ジャックが辞去しようとしていた。弟の腕をつかんで促すが、レオンは抵抗してその場に残ろうとする。それどころか、ベッドに近寄って、眠る男の顔をしげしげと眺める。先ほど耳にした病人のうわごとのせいではない。ジャックが詩を書き写したノートのなかで跳ね回っていた言葉のせいだ。それもひとえにヴェルレーヌの筆写のおかげなのかもしれない。(25)

気ままに煙を吐き、紫の霧を乗せて
ぼくは穿った、赤々と輝く壁のような空。
そこにこびりつく太陽の苔と蒼空の鼻水、
ご立派な詩人どもが舌鼓を打つジャムだ。

一八八九年、外套のポケットにノートを突っこんで、リュエイユ・マルメゾンの寄宿舎をあとにしたとき、レオンは十七歳だった。これらの詩句は彼だけに――いつも故郷の島に、モクマオウを吹きすぎる風の音に、夕闇に聞こえるムクドリの祈るような声に、毎日、日暮れ時、アンナ一帯で真っ赤に映える灼熱の海に思いを馳せながら、パリの街路に流謫の身を置く彼だけに――もっぱら語りかけていた。

だがレオンには、病院のベッドに投げ出された大きな肉体に、包帯を巻かれた片脚が病室いっぱいに死臭を発散している、苦痛で憔悴し軽くなった肉体に、姿をくらましたかつての詩人を認めることなどどうしてできただろう。男はふたたび目を開いた。先ほどよりも落ち着いている。揺るぎない声でこう問う。

「いつお発ちですか」

「何時間かあとです」

じっと考えている様子だ。

「この忌々しい脚がなかったら、ぜひ同行したいところです」

男はベッドに身を起こす。この男の背中や尻はかさぶただらけにちがいないと、ジャックは思う。左脚を少し移動するにも、動かない物体のように両手で抱えなければならない。灰色のズボンは、膝から足首まで巨大な包帯で覆うために、太腿のなかほどで切られている。「いまいましい医者ども、奴らは私を殺そうと決めているんだ！」ヌークだの、病院の外科医師ステパンだのの名を口のなかでつぶやく。湾岸の三日月道路沿いのホテルまで移送してもらいたいのだ。

「診察しましょうか」――ジャックは思い切って尋ねた。しかし男は拒む。先ほどと同じく、きっぱりとした手の動作で拒否する。「いやいや、それには及びません」どうでもよいことをしゃべるような口ぶりだ。ジャックは立ち去る用意をするが、病人は突然身を起こし、目には狼狽の色が見える。苦痛と孤独の襲来をもう少しだけ引き延ばそうとしているかのようだ。

男は不安の混じった声で、この見知らぬ二人組、臆病な青年医師と、ハラルの羊飼いを思わせる暗い目をした若者を引きとめるのに、不安気な声でいろいろと質問する。だがそれは質問ですらなく、返答を待ってはいない。彼はフランスの政治状況、フルミの殺戮(26)や無政府主義の台頭を話題にする。トンキンやコンゴ征服のこと、コンゴのサンガ地方に出店をもちたいことも話す。メネリクや、バルデー、サヴレ、デシャン、しみったれのティアン、裏切り者のイルグといった商売相手を、だれ彼なしにこき下ろす。唯一許せるのは、ともに旅したことのある探検家ボレリだ。ジャックはいらだっているが、レオンは魅せられたようにその男の筋の通ったうわごとを、単調で挑発的なその声音をじっと聞いている。やがて男は、またも夢に戻っていく。彼は自分の好きなものを語る。アンコベール〔エチオピア中部ショア地方の町〕に向かう街道、チェルチェル、オボラー、ミンジャールといった地方の山、秘境の町エントット[27]。夜の寒気、夜明けの道端に張った氷は、蹄鉄をつけた馬が踏むとパリパリと割れる。埃のせいで赤味を帯びた暑苦しい空気の充満した病室で、男は声を上げてハラルを、冬の凍てついた青空を夢見ている。そうかと思うと、不意にロッシュの実家で母親と妹のそばにいる。二階の寝室の洗面台では水が凍っており、畑に霧が下りてくるのが窓越しに見え、カラスの鳴き声が聞こえる。

ジャックは音がしないように爪先立って病室を出た。しばらく廊下で待つ。ドアからほど近いところに、二十歳くらいの若者がいる。エリトリア出身の黒人で、晒さない布で作った襟のない大きなシャツと白のズボンという、病人と同じ服装だ。壁にもたれて立ち、通りすぎるジャックを無言で眺める。

病室では病人のうわごとが止んだ。仰向けに寝ており、すべて白いものに囲まれた顔は、濃灰色の斑点のようだ。よく見ようと、レオンはベッドに近づいた。男は今、穏やかな表情を浮かべ、顔のどのラインも安らかである。もしかしたら、水面の夢、氷の張った朝の夢のなかを旅しており、病室にみなぎる苦痛を忘れて、燃える照り返しのような赤い微光を自ら放って輝きつづけているのかもしれない。

その午後、ジャックはアヴァ号に戻った。船の作業はまだ終わっておらず、結局出航は翌日明け方ということになった。スティーマー・ポイントで過ごした朝のせいで疲れ切り、ジャックは狭い船室の固い簡易ベッドの上に、シュザンヌと絡まり合って横になった。二人は赤い薄明りのなかで汗だくになりながら、長いことセックスをした。レオンはずっと港にいた。スケッチ帳を携えはしても何も描くものが見つからないまま、がらんとした街路を歩き回る。アデンの火口がどんなふうか最もよく表すのは、真っ白な紙なのかもしれない。

重苦しくて息詰まるようなその午後が、ぼくには想像できる。船室の壁と壁の間を照らす赤い灯、色あせたカーテンに覆われた半開きの窓。その一日の記憶を、ぼくの父が胚胎された瞬間のように、自分のなかにもっている気がする。二人の肉体にのしかかる熱気の重み、汗の味、緩慢になる拍動――まるで二人して火の井戸の底まで沈んでしまったかのようだ。ぼくはいつも、自分が世界の果てのある町、つまりアデンなのだが、その停泊地に投錨した船の上で孕まれたように想像してきた。

ジャックはランボーの話はしなかった。どこを目的地とするわけでもない旅人のように服を着たまま、靴を履いたまま、病院のベッドに横たわったあの痩身の病人がだれかなどと、想像すらしなかったのは確実だ。彼はシュザンヌにただこう言った——「死にかけている男を見たよ」シュザンヌは驚いて彼を見た。ロンドンのセント・ジョゼフ病院でもエレファント・アンド・キャッスル〔ロンドン南部の交差路およびその周辺地域〕でも、彼は目にしたものを話すことなどなかった。シュザンヌは尋ねる——「それでレオンは？」「ずっと向うにいる。最終のボートで戻ると言っていた」

三日月道路を歩くレオンの姿が見えるようだ。日差しは垂直に照りつけている。影は地面に付いた墨の染みのようで、壁はまぶしく光っている。レオンをふたたび総合病院のほうへ引き寄せるものは何だろう。スズメバチがうるさく飛び回る息苦しい廊下を抜け、猛々しく張りつめた顔、まばたきひとつせず、いぜん力のこもった青灰色の眼をした病人が横たわる狭い病室まで、何が彼を引き寄せるのだろう。はしけの荷下ろしは終わり、倉庫はどこも閉まっている。波止場には人けがない。商人たちは昼食をとっている。船員は係留されたダウ船の柔らかい帆の影で眠り、運搬人たちは湾沿いの回廊に群れて、ダイスをしたりパイプでハシッシュを吹かしたりしている。レオンは彼らの前を通って海運会社の石炭倉庫まで、いやその先のリューク・トマス社の建物まで歩く。埃っぽい街道を進んでいくのはただ一台の二輪馬車だけで、痩せこけた雌ラバたちにマアラ地区のほうへ、火口のほうへ引かれていく。

生命の気配といえばそれだけだ。ここには鳥も昆虫もない。停泊地の水は黒味を帯びたなめらかな青で、その上に浮かぶアヴァ号の姿は金属製の宮殿が浸水したみたいだ。湾を外れる少し手前で、レオンは犬たちを見かける。遠くのほうのがらんとした大きな建物の間から出てきては群れをなしているが、埃っぽい色をして、腹を空かし、地面を嗅ぎまわりながら斜め歩きをしているさまは、幽霊めいている。レオンが振り向くと、犬たちは壁の影に隠れる。それからまた歩き出しては後を追ってくる。わずかばかり距離が縮まる。突如レオンは恐怖を覚える。あの男がうわごとに語っていたのは、こいつらのことだ。街を取り囲み、中庭に侵入しては病院の窓の下まで徘徊する、飢えた狂犬病の野犬だ。男が毎晩、毒を盛った肉片を投げつけていたハラルの犬たちだ。

レオンがふたたび病室に入ったとき、ランボーにはだれだかわからない。息詰まる熱気と埃と苦痛のせいで、病室は炎のような赤と緑の微光に満ちている。けさ商人がいた場所には、ガラ族の若い黒人が藁椅子に腰かけている。ぶかぶかの衣服をまとった蔓のように細長い身体をしている。両の頬に、銅のやすり粉で付けた奇妙な印があった。レオンは病人に近づこうとするが、黒人は無言のまま腕で遮ってそうさせまいとする。彼は黄色い、落ち着いた無関心な目でレオンを見つめる。おそらくはレオンのことを、主人の脚を切断しにきた医者の一人と思っているのだろう。病室の奥の、微光に映える薄闇のなかで、病人はうわごとを言っている。叫び声ではなく、商売の勘定をしていたときと同じ単調な声、金属的な声でしゃべっている。枕に仰向けになって動かず、両腕は身体に沿わせ、起き上がろうとするかのように左脚は横に投げ出している。「奴らはあそこ、窓の前にいるぞ。おれにはわかっていた。毎日同じことの繰り返しさ、だけどだれも何もできない。ほら！　奴らはあそこ、窓の前にいるぞ」

たしかにレオンの耳には、死んだような街の静寂のなかに、しわがれた叫び声が、うなり声がはっきりと聞こえる。アデンの本当の主はあの犬たちだ。乾いた丘から、峡谷から出てきては、餌を求めて海岸をさまよい、砂色の幽霊のように街を取り囲んでは侵入してくる。アビシニアの山奥から、ハラルの寒い街路から、ここ打ち捨てられた岩山まで、彼らはレオンを追ってきた。幼い子供をさらい、死人を掘り起こす犬たちだ。

日暮れまでレオンは、何かを探しながら、スケッチ帳を携えてスティーマー・ポイントの街路を歩いた。若い彼に、総合病院の病室で死にかけている旅商人の本当の正体が見抜けただろうか。だとしたら、苦痛と乾燥に蝕まれた病人の肉体のうちに、ダンスでもするように言葉を駆使した子供の霊感を、あらゆる虚飾を見破るその皮肉な視線を、その憤激を、察知したということか。しかしぼくは思い違いをしている。レオンには病人の正体などわからなかった。だれにもわからなかった。それがわかったのは、男の臭いを同定できたのは、犬たちだけだ。来る日も来る日もその遠吠えで男を苛むために、地中の洞穴から抜け出して、かすかな気配のするところに走り寄ってきたかのようだ。

五月九日の明け方、レオンは機械の振動で目覚めた。ゆっくりと影のなかに入っていくアラビア海岸を眺めようと、甲板を裸足で船尾楼まで歩く。ジャックは、まだ夜気に曇る双眼鏡を手に、すでに欄干にもたれているはずだ。二人は並んで、遠ざかる岩山を、標識の石油ランプがまだ灯っているスティーマー・ポイントの黒い頂上を眺める。

大きな海鳥たちが、さびしげな鳴き声を立ててのんびりと飛びながら航跡を追ってくる。早くも火口の上空で大きな赤い染みのように輝く朝日が、砂漠と海を照らしている。このとき二人は、不眠のためにひりひりする目でじっと一点を見据えながら今も病室にいて遠くにアヴァ号のサイレンを聞いているにちがいない男のことを思っているだろうか。日本の浴衣を着たシュザンヌがようやくやってきて、二人の間に身を滑らせ、両の腕で二人を抱える。起きたばかりのシュザンヌの身体の温もりを感じながら、二人はすべてを忘れてしまう。

アヴァ号が停泊地を出るまさにそのとき、水平線上に、アマゾン号のデッキの楼閣と二本の高い煙突の、現実離れした、見事なシルエットが現れる。

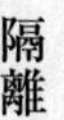

隔離

五月二十七日

プラト島〔英語名「フラット島」〕[28]は南緯十九度五十二分、東経五十七度三十九分に位置している。モーリシャス島の不幸崎の北二十里ほどにある島で、円形に近いその形は縮小したモーリシャスを思わせる。その名前が示唆するものとは逆に、島の南西部はふたつの火口の名残に占められ、その縁は海の方向に崩れ落ちている。一千万年も前に大洋の底をもち上げた恐るべき噴火から生まれた島は、当初一本の地峡でモーリシャス島と結ばれていたが、それは徐々に大洋に陥没した。プラト島の南東にはガブリエルという名の荒涼たる小島が控えている。ピラミッド型をした大きな玄武岩が北端の岬から切り離され、海鳥の避難所になっている。その名も「鳩舎岩」。沖合には他の島々がいくつも散らばって、かつての高原を示している。ロンド島、蛇島、もっとモーリシャスに近いところには、ガナーズ・クオイン島、フランス名コワン・ド・ミール島[29]がある。

九時ごろ、海は荒れていたが、ぼくらはプラト島に上陸した。古いスクーナー〔二本マストの

（小型縦帆船）を汽船に造り替えた船、イギリス海軍の旗を掲げたダルージー号が、明け方にポート・ルイスの停泊地で、アヴァ号の下甲板にじかに舷門をつないでぼくらを乗せた。正午ごろ、スクーナーはプラト島の南東に投錨した。しかし風が強く、波が高かったので、日暮れまで待たねばならなかった。乗客を上陸させる作業を行なうのに、二艘のボートがようやく海に浮かべられた。乗客が滑車による巻き上げ機に宙吊りになっている間に、ボートは何度も転覆しかけた。ジャックとシュザンヌは、目の前まで来ている一行が足止めをくらう島を不安げに眺めていた。火山の小暗い岩壁、斜面を覆う藪、それに雷鳴のような音を立てて波が打ち寄せるパリサッド（防御柵の意）湾の玄武岩の大きな岩盤。島には生き物の気配がしない。ときおり、風に運ばれるカモメが通りかかるだけだが、それも軋るような鳴き声を立てると同時に姿を消す。スクーナーの甲板では、巻き上げ機のまわりで乗客たちが押し合っている。ヨーロッパ人――男も女もいる――が何人か、毛布にくるまり、黒い傘を差して雨交りの突風から身を守っている。甲板にメトカルフ夫妻、実業家のヴェランのほか、識別できない人影がある。それ以外の乗客は、ザンジバルから乗船してきたインド人移民であるが、大方はインドから来てかの地に一時寄港した人々だ。ときおりスクーナーの船倉から、思いがけない大声や呼び声、子供の泣き声が聞こえてくる。低く垂れこめた暗い空、横なぐりの雨、緑の海上を走る泡に縁取られた波、それは遭難の光景に似ていた。

そばにいるジャックを見ると、ひどく青白い顔をして弱々しく、シュザンヌに身体を押し当てている。海に棲む巨大な哺乳動物が嵐に遇って子供とともに遭難したような、小島に寄り添われた島の陰気な形に、二人とも幻惑されているようだ。

このとき、大惨事が迫っている印象がぬぐいがたかった。火山の防壁に遮られた風が、湾のなかで渦を巻き、逆方向に打ち寄せる波のしぶきを飛ばしていた。上空では黒雲が南へ流れ、それがあまりに速いので、大地全体が前方に傾いているかに見えた。最初の上陸者を降ろしたボートがもう戻っていた。浜辺の杭に固定されたケーブルが、カヌーを介してスクーナーにつながれていた。この操作が有効かどうか自問する間などなかった。まもなく荷台が滑車に吊り上げられ、波を越えて、岸辺まで最初の荷を運んだ。

奇妙にも、乗客たちは船から島に渡されたケーブルを見て安心したらしく、今やボートまで下ろしてくれるデッキに近づこうとして戸口で押し合っている。女と子供に続いて男たちが乗る。一等船客が移民に混じっている。嵐の混乱のなかでは、人種の区別も、特権者とそうでない者の区別もなくなっていた。だれもが荷物の大半をアヴァ号に残しておいたはずだ、数日以上の滞在を予想していなかったからである。アラール氏は、不安がる乗客たちを前に、声を張り上げることもなく、モーリシャスの砲兵崎に移送する手はずを整えるまでのわずか数時間の隔離処置だとさえ告げた。それでも、荷物をもち運んだ者もいた。メトカルフ夫妻は植物学者が使う器具の入った吊りかばんを携帯し、移民たちは衣類の包みや食糧の詰まった袋を運んだ。

ボートはスクーナーと岸との間を往き来しはじめた。盗まれるのを恐れてプラト島に持ち物をそっくり運ぶつもりであった移民たちは、それがどれほど危険かを見てとり、あきらめざるを得なかった。打ち寄せる波を受けて転覆しないように、ボートは岸から十メートル以内には近づけなかった。乗客たちは高波と高波の合間を狙って海に飛びこみ、渡し綱を伝って玄武岩の岩棚にたどり着かねばならなかった。荷物にしがみついた移民たちは危うく溺れ死ぬところで、船員の一人が力ずくで彼らの荷物を引き離さなければならなかった。返し波で沖合へと引かれていったからだ。

まもなく大方の乗客が上陸した。ジャックとシュザンヌは最後に下船した。ジャックは医者の手提げかばんとシュザンヌのバッグをもち、ぼくはといえば、スケッチ帳と、昔曾祖父エリアサンが使っていた金色の色鉛筆、それにシュザンヌから預かったロングフェローの詩集を持参した。波しぶきと雨のしみこんだ衣服が、濡れたシーツのように肌に貼りついた。それとは対照的に、岸まで泳ぐために波間に飛びこむと、海は心地よいほど温かかった。強烈な大波に押されて、玄武岩の岩棚にたどり着いた。前年の夏に海水浴をしたヘイスティングズの海を、ぼくらは同時に思い出していた。

不意に雲間から日が射して、パリサッド湾が明るくなった。風をさえぎる暗緑色の樹木に囲まれた湾は、広大で悲劇的な風情で、火山のふもとに円く広がっていた。湾の奥から男たちがやってきた。島に住みついているインド人だ。きっと棕櫚の陰で雨を避けながら、一同の上陸を見守っていたのだろう。すでに試練を乗り越えた旅人たちが向かってくる間、彼らは道に立ちどまっていた。シュザンヌは海のほうを向いて道端に立ちつくして、吹きつける風のなか、もくもくと煙を吐きながら早くも遠ざかっていくスクーナーの影を見つめていた。ジャックはシュザンヌの肩を抱き寄せた。「さあ、あっちに行こう」シュザンヌはしぶしぶ従った。海水に浸かった長いワンピースが、両脚と胸に貼りついた。心昂って緊張の面持ちだった。シュザンヌはこの旅を、ジャックがモーリシャスに、そしてアンナの家に戻るのを、長く待ちわびていた。こんな調子で待たされるなど、風雨に打たれる離れ小島に難破するなど、考えられるかぎり最悪の成り行きだった。シュザンヌは震えていた。「おいで。陰に入ろう」シュザンヌを二人で抱きかかえるようにして、ぼくらはクーリーの村に入っていった。

旅行者の多くはすでに、湾岸の高みのプランテーション近く、屋根を棕櫚の葉で葺いた大きな家屋に避難していた。その少し先に、中心街に沿って別の家々が並んでいた。屋根から煙がもくもくと立ち上っていた。海岸では移民たちが渡し綱で届いた食糧の荷下ろしに従事していた。棕櫚の葉葺きの屋根の下には手荷物や荷箱が積んであった。油樽がいくつも玄武岩の岩棚まで波に運ばれてきて、インド人たちが海岸の上のほうまで押していった。こうした作業の一切が、痩せて大柄の一風変わった一人の男の監視のもとに行なわれた。上下ひと続きの長い衣服をまとい、水色のターバンをかぶって、自分の背よりも高い杖に寄りかかっていた。現場監督シャイク・フセインを見たのは、それがはじめてだった。この上陸には、ぼくを怯えさせる厳粛なものがあった。アラール氏が皆に思いこませようとしたように何時間かの休憩などではなく、それはいつ終わるかだれにもわからない滞在の準備だったからだ。

プラト島に上陸し、クーリーのキャンプに向かってパリサッド湾沿いに歩きはじめたときのことは、けっして忘れないだろう。沈む太陽の最後の光を隠してしまう雲に先導されて、夜が早くも下りてきていた。パリサッド湾は西向きで、雲間には真赤に燃える空が見え、きらめきながら荒れ騒ぐ溶岩色の海も見えた。「この世の終わりの風景」とジャックはつぶやいた。

移民たちは村に到着し、いくつかの家屋に身を寄せていた。現場監督がわれわれに会いに来た。マリという名のインド人の老人を伴っていた。現場監督は英語がしゃべれないふりをし（少なくともジュリユス・ヴェランが独りごとのようにそうつぶやいた）、マリを介してわれわれに、島の反対側のヨーロッパ人隔離区域に泊まるにはもう遅すぎると説明した。われわれが夜を過ごさなければならない場所として男が指さした小屋は、集落のはずれに位置する板張りの小屋だった。クーリーの村は十二の共同住宅でできていたが、約三メートルの間隔で砂の道に隔てられていた。既婚カップルと独身女性が手前の何軒かの家屋に住み、独身男たちは村の端に住んでいる。

その先は、湾のもう一方の端に向かって、賤民（パリア）の住居が始まっていた。

ぼくらは疲れ切っていた。ジャックとシュザンヌは、海水で濡れたかばんの中身を乾かす労をとりもせずに枕代わりにして、地面に寝た。マリ爺さんが食べ物を運んできた。乾燥ライスに魚のだし汁をかけたもので、多くの乗客は食べようとはしなかったが、ぼくは旺盛に食べた。嵐はいぜん吹き止まなかったが、小屋のなかは息苦しく、船倉のようにじっとりと重い空気が充満していた。マリ爺さんは去り際に、石油ランプを置いていった。その明かりは小屋に集った者たちの顔を奇怪な風に照らしながら、闇をうがっていた。ぼくらが小屋に入ったとき、ござに寝ていた一人の男が、肘をついてなかば起き上がった。痩せた顔、ぎらぎらと光る眼が、ハリケーン・ランプに照らされていた。自分の言語でぼくに何かを尋ねようと、優しいしわがれ声で話しかけたのかもしれない。それからまた寝てしまった。

夜どおし、交替でバッグの見張りをした。ジャックは医療器具を盗まれるのを恐れていた。トイレに行くシュザンヌに付き添わなければならなかった。野営地の高みにある、板張りの細長い小屋で、地面にいくつか穴を掘っただけだった。臭気がひどく、ぼくらは近隣の畑で用を足すことにした。

夜中に風はやんだが、今度はあまりに暑苦しくてなかなか眠れなかった。地面と壁からは煤と汗の混じった臭いが立ちのぼり、そのせいでジャックは気分が悪くなった。音を立てないようにして（すでに現場監督の権威がわれわれにのしかかっていたからだ）、ぼくらはバッグを戸口まで運び、通気のあるところで寝た。ときどき雨混じりの突風に濡れたが、むしろ心地よかった。それに、小屋の奥でぼくらの血を吸いはじめていた蚊を、風が追い払ってくれた。シーツ代わりのシュザンヌの大きなショールの下に三人で身体を絡ませ、藪に吹きこむ風の音、玄武岩の岸に打ち寄せる絶え間ない波のとどろきを聞きながら、ぼくらはそこで寝た。

寝入る前、戸口に置かれたランプのぼんやりした明かりに照らされたジャックの姿が見えた。かばんに寄りかかり、空を眺めようとするように顔を戸外に向けていた。子供を寝かしつけるときのような声音でシュザンヌに話しかけるジャックの無意味な言葉が聞こえた。「明日になったらわかるさ。船でモーリシャスに行って、夜にはアンナに着いているよ」ひょっとすると寝言を言っていたのかもしれない。シュザンヌの返事はなかった。

植物学者の日記

五月二十八日、午前

　暑さを避けて早朝に出かける。隔離所の周囲の土は、ひどく乾燥して小石が多い。多種のシバムギ、すべて固有種。イネ科植物――パニクム・マクシムム（ギニアグラス）とステノタフルム・コンプラナトゥム（ギョウギシバ）、ともに飼い葉に適す。アザミ（アザミゲシ属）と、マエ島でも見本を何本か採取した、棘のある種類。黒人がほうき草と呼ぶエノキアオイ属（アオイ）だ。シダ・ロンビフォリア〔キンゴジカ〕――別種のほうき草、これは棘がない。

　島のこの海岸一帯はおおむね、茎が丈夫で葉が鋭利なゾイジア・プンゲンス〔芝草〕の領分。地味は貧しく、砂は火山性で石灰質。

岬の北端でアンドロポゴン・シェーナントゥスこと、レモングラスの見本を一本採取。

強烈な香り。その薬効や用途を知っていたので、側根付きの苗を一本採取した。

プラト島では、空も海も火山も溶岩流の痕跡も、ラグーンの水もガブリエル島のシルエットも、すべてがすばらしい。この島は、鈍く光る大洋からそそり立つ尖峰、波に打たれ、風に削られた巨岩にすぎない。いわばモーリシャス島の緑の島影を前に難破した筏だ。それにしても、ここほど広大で神秘的に見える場所をぼくは知らない。島の境界は海岸ではなく、囚人めいたぼくらには、それは水平線の向こうにあって夢の世界とつながっているみたいだ。

翌朝にはさっそく、島を横切って、ヨーロッパ人乗客に割り当てられた地区まで歩いた。その隔離所には、病院、警視宅、保管庫といった仰々しい呼び名が付いていた。都合六軒ほどの家屋で、溶岩塊をセメントで固めていた。そこに着いてぼくらが目にしたのは、パリサッド湾のクーリーたちの村の家々に劣らず仮ごしらえの住居だった。家具はなく、明かりは蠟燭かハリケーン・ランプ、簡素な便所には藪が侵入している。唯一手に入る水は、ゴキブリやら蚊の幼虫やらが生息している貯水槽の水だった。だが少なくともここでは、風に身をさらすことができ、荒涼とした東岸が満喫できる。パリサッド湾で窒息しそうな夜を過ごしたあとだから、それだけでもジャックとぼくには並はずれた贅沢に思えた。母屋にはぼくら七人がいた。ジャックとシュザンヌとぼくのほかには、ボー・バッサンの再洗礼派の高等中学校で教鞭をとることになっているメトカルフ夫妻、バルトリという元郵便局視察官、それに変人ジュリユス・ヴェランだ。ぼくらより前に二人の男が下船させられ、ただちに、埠頭近くの、ガブリエル島の真向かいに位置する医務所に連れていかれた。トゥルノワ氏という乗客と、ニコラという名の乗組員で、二人ともザンジバルから不法に乗船していたのであった。二人があまりに重篤なので、ポート・ルイス衛生局はボワロー船長に入港許可を拒んだ。ニコラ船員を間近から見たジャックは、彼には天然痘のあらゆる徴候が現れているとぼくに明かした。

ジュリユス・ヴェランは、迷惑な旅の道連れの典型で、できれば付き合いたくないと思わせるような人物だった。マルセイユを出航して以来、毎日アヴァ号の甲板でこの男とすれ違った。五十がらみのちょっとした美男子で、濃い口ひげを生やし、黒い毛髪を刈りこんで、衛兵隊下士官か悪辣な周旋屋といった風情だった。彼の悪い噂は船上に広がり、この男を滑稽に見せていた。賭け事好きで女の尻ばかり追い回す、ほら吹きのペテン師だというこの男は、商売に失敗して、あたふたとフランスを去ることを余儀なくされたらしい。貿易商を名乗る男は、フランス・ワインの輸入業を立ち上げるためにポート・ルイスに行くところだと言っていた。ジャックはすぐさま、この男のもったいぶった様子や、女性を相手にするときのいやに慇懃な態度、シュザンヌの手に接吻するその仕方に、嫌悪を覚えた。そして男に「性悪男ヴェラン氏」とあだ名をつけた。バルトリは、ぼくらの船がザンジバルに寄港したことをイギリス当局に知らせた郵政省のスパイではないかと疑われていたので、ヴェランがそのバルトリと親しくしていることで、人々の好感をそそりはしなかった。

昨晩、ジャックがシュザンヌを安心させようとしていたとき、ぼくはヴェランが冷笑するのを耳にした。にらみつけると、肩をすくめ、バラック小屋の奥に行って横になった。ハリケーン・ランプのほのかな光に照らされた蒼白な顔は、口ひげに閉ざされて無感動に見えた。しかし敏捷に動くその眼は、邪悪な表情に輝いていた。ぼくは長いこと、ヴェランを監視しながら起きていた。地面にはたえず震動が聞こえていたが、それが何なのかわからなかった。ときに緩慢で重厚な、ときに耳をつんざくような鋭い音だった。「聞こえるかい？」――ぼくはジャックに尋ねた。ジャックは頭をもたげ、闇のなかでぼくを見ようとした。「あの音だよ。チ、チというかと思えば、チュン、チュンという……」ジャックは肩をすくめた。抵抗しがたい寄せ波のような眠気が襲ってきて、視線も物音もことごとくかき消してしまった。

現場監督は、隔離所の保管庫に米と干し魚、それに油脂や食用油や灯油の備蓄を積ませた。夕方には料理人を派遣すると約束した。しかし悪天候は一日中続き、やってくる人影は見えなかった。マリは天然痘で穴だらけの顔になり、盲人のようなまなざしをした年老いたインド人であるが、無料診療所の近くに住んでいて、真っ黒な鍋を二つぼくらにくれた。ぼくらはそれを使って食いつないでいくことを覚えなければならなかった。隔離所の周囲の茂みで、火を作るための薪を集めてくるのがぼくの役目だ。鍋のひとつは米と魚を煮るのに使い、もうひとつは、貯水槽の怪しげな水の煮沸用とした。ぼくらは、現場監督が約束した援助に頼らずやろうと決心したのだ。

ジョンとサラのメトカルフ夫妻は、新教徒特有の熱意をもってすべてを組織した。家をきれいにし、ごみを掃き、雑草をむしり、ただひとつの窓に鎧戸を取り付け、扉にはカーテンを添えた。それから、ひけらかすような素振りはなしに、聖書の一節を読んだ。島で過ごすぼくらの第一日は安息日であったから。ぼくは土曜のまる一日を、ジョンといっしょに隔離所の周囲を探検しては、食用に適した漿果や植物を探すことに費やした。ジョン・メトカルフは植物学に情熱を燃やしている。吊りかばんのなかに道具一式を入れてもち歩く。ホルマリンの広口瓶、ピンセットやハサミ、それに肌身離さず携帯して発見したことを書きとめる大きなメモ帳などだ。ジャックとシュザンヌも伴って、ぼくらは貯水槽に水を汲みに行った。ブリキの容器に取っ手代わりの枝を通しただけの、にわか作りのバケツに入れて運ぶのだ。

午後、雨が降っていたが、ぼくらは海岸まで行って、スクーナーが戻ってくるのを待ち受けていた。海は荒れて緑色を呈し、島に着いたときよりも激しい波がうねっていた。ラグーンの向こうから風がしぶきを吹きつけてきた。大火事の噴煙のような雲が水平線から群れ立つように見えた。海水混じりの凍てつくような雨が降りつけて、ぼくらは震えながら隔離所まで走って戻らなければならなかった。火を起こそうとしたが、風で煙が屋内に吹き返されて息苦しくなった。最初の夜を過ごした、クーリーの村のバラック小屋の蒸し暑さが恋しかった。

つい何時間か前にプラト島に上陸したばかりなのに、もう何日も、何週間も経ったように思えた。雨風に急き立てられながら滞在場所を探し求めるなか、刻一刻と様相が変わる、とても長い数時間だった。モーリシャス島に向かう船に乗るために急いでパリサッド湾に向かえと告げるスクーナーのサイレンを待ちわびながら、口もきかずに過ごした数時間だった。夕方、晴れ間があった。ぼくは海岸が切れる南端の岬まで走っていき、雲間から浮かび出るモーリシャス島のラインを眺めた。岩礁に沿った白い線と高くそびえる山々の形が一瞬見えた。やがてすべてが閉ざされ、夜が到来した。

続く数日の間に、水平線への興味はしだいに失せた。毎朝、炉で温め直したお茶を四分の一リットルほど飲んでから、海岸の小道をたどった。南の方角の、火山に向かって歩いた。何年も前から手入れされていないのだろう、道は歩きにくかった。あちこちで藪と見分けがつかなくなり、茨の藪を一方に、玄武岩に打ち寄せる波を他方に見ながら、岩から岩へ跳び移らなければならなかった。岩が尖りすぎていれば、鋭利な草のなかを行かなければならなかった。

風が雲を押し分け、ここに来てはじめてとても美しい青空が顔を覗かせた。燃えるような太陽が輝いていた。リュエイユ・マルメゾンで過ごしたあの冬の間じゅう、これを、この太陽と海を、どんなに待ちわびていたかを思い出した。寄宿舎のホールの窓が切り取る灰色の長方形を、マロニエの枯れ枝が引っ掻いていた。

ある晩、海の音が聞こえたのを覚えている。父が死んで間もないころのことだ。あまりに強烈で、紛れもない音だったので、目が覚めた。寝巻のまま、共同寝室の冷たい床石を裸足で歩いた。音はぼくのなかで高まり、あまりに強烈なので両耳を手で押さえた。まるで息が止まるようにしてその音がぼくから逃げていき、共同寝室のなかに一人取り残されるのが怖かったのかもしれない。ドアのところまで歩き、よりよく聞こうと目を閉じながら、おもむろに握りを回した。開いたドアの向こう側から、冷たい風が渦を巻きながら吹きこんできて、風の音、海の音、それに軋るような鳥の声が聞こえた。凍てついた中庭を前に、風に身をさらしてじっとしていた。するとフレシューという名の少年が近寄ってきて、ぼくを後方に引っ張った。その顔、そのおびえたような眼つきを今も覚えている。「何をしているんだ。どうしたんだ」といった。「聴けよ、聴けったら」

とぼくは繰り返した。フレシューはドアを閉めた。すると音はそれきり止んだ。パリサッド湾の小屋の戸口に寝たジャックとシュザンヌとともに過ごす今夜まで、それは二度と聞こえなかった。

火山のふもとの海は、沖のような深い青を見せている。目がくらむような青だ。毎朝、夜が白むころ、海を眺めるのに座りにくるのはここだ。その口実に、シュザンヌには、渡し船の到着をうかがいに行くと言った。ここに来るのは、じつは陶酔に浸るためだ。十三のころ、父が死んだときに睡眠中のぼくを覚醒させたあの音を聴くためだ。

海鳥は、プラト島をその子供のようなガブリエル島から隔てる水路に沿って、滑るように移動する。潮の動きに従って、ラグーンの水が海に吸い出されて空っぽになるかと思うと、また逆に、狭い水路を通って波が無理やり流れこんでくる。熱帯鳥がその赤い吹き流しのような尾を引きずりながら、風に逆らって重そうに飛ぶ姿をはじめて見たのはここだ。

日が水平線に沈みかけて空が赤い斑点でいっぱいになった時刻に、また来てみた。藪をかき分けて灯台のある地点まで登り、島の反対側、クーリーの村があるパリサッド海岸を眺めたかった。火口の縁に着いたときには、喉が渇いて、沈む夕日に肌をひりひりと焼かれていた。海は白熱した巨大な溶岩流のようだった。激しい風に吹き飛ばされないように、岩にしがみつかなければならなかった。火口の縁を伝って灯台まで歩いた。それは溶岩塊で造られた小さな塔で、昔は漆喰で固められていた。今では上部がなかば崩れかけているが、かつて毎晩灯油ランプをともしたはずの照明室の残骸を、なおも支えている。ハリケーンで壊れたこの塔を修繕しようとは、だれも考えなかったらしい。船乗りたちにこの海域の危険を知らせるには、砲兵崎の灯台で十分なのだろう。なぜだかわからないが、この夕べ以来、ぼくは照明室を修理し、灯台にふたたび明かりを灯すことを夢見ている。もしかしたら、隔離所の奥からその明かりが見たいだけ、雲の覆いに照り映えるその微光を感知したいだけなのかもしれない。

火口の反対側まで歩きつづけると、パリサッド湾の真上に出た。

今ちょうど、ぼくらの上陸した時刻に近いが、あれからずいぶん時間が経った（三日、あるいはもう四日になるか）。溶岩の盛り上がった縁に腰を下ろして、ぼくらの渡し船の前に島が出現したときの姿を思い浮かべる。嵐の、荒れた海に、火山の黒々とした斜面が見え、ココヤシの生えた長い陸の帯は、高くそびえる鳩舎岩のところで終わっていた。

ぼくらが足を踏みしめた浜辺に目を凝らすと、大きな玄武岩の岩盤に波が砕けている。もっと高い位置には、木立のまばらな空き地やクーリーの町があり、長く延びる白い道を移民たちが歩いている。高みの、便所の側には、ぼくらが最初の夜を過ごした小屋がある。

あのときは、ぼくらは難民キャンプに上陸したような印象をもった。そこは、追放されたみじめな者たちが生きつづける未開の島の一隅に建てられた、木の葉作りの小屋の集まりにすぎなかった。「あっちに行ってはいけない。あんたたちの金や、時計や、着物までも盗もうとして、襲ってくるかもしれないぞ」とヴェランが言った。メトカルフ夫妻は真に受けない様子であったが、シュザンヌはおびえてジャックにしがみついた。隔離所は城砦のような建物で、大きな玄武岩塊にしても狭い開口部にしても、インド人の攻撃に抵抗しやすいように造られていた。パリサッド湾では事情は違った。火山に守られる格好で、風は凪ぎ、嵐の音も聞こえなかった。

今では、時間があれば、クーリーの村を見にいく。当初とはずいぶん違って見える。小屋は大きくてしっかりした造りだ。編んだ木の葉で葺いた屋根は、風が吹くと音を立てるだろうが、雨や日差しから守る衣服代わりになってくれる。今のように日暮れになると、しゃべったり遊んだりするのに女や子供が陣取る入口は、上部にあのように軽い張り出しを備えている。街路は清潔でまっすぐであり、珊瑚の砂を撒いてあるので白い。家屋の土台には漆喰が塗ってある。窓には鎧戸が付いてあり、壁沿いに花が植えてある。そのとき、現場監督が笛を吹いて仕事の終わりを告げた。すると、どの家からも人が出てきて、街路は家事に励んだり、掃き掃除をしたり、水で洗ったりする男女でいっぱいになった。独身者の小屋の前では、床屋が若い男のひげを剃ってやっている。ぼくのいるところからも、露天の厨房から立ち上る煙の匂いが嗅げる。とても心地よくて軽やかな匂い、パンやカレーやパセリの匂いが、突風に運び去られることなく周囲に広がる。サリー(30)をまとった女たちが火を囲んでしゃがんでいる。その声や笑いがはっきりと聞き取れる。動物の鳴き声も聞こえる。ヤギの呼ぶ声や、おんどりの甲高い鳴き声だ。こうしたすべてが現実のものとは思えない、ふしぎだ。そこからなかなか気を逸らすことができない。

夜になると、湾の反対側の賤民の村にいたるまで、家々の奥にランプがともる。歌か、祈りか、それとも子守歌か——音楽めいたざわめきが聞こえる。沈む日の最後の輝きが赤く燃え、白檀の匂いが空の中心に上っていく。昔ジャックから聞いた話を思い出す。サトウキビの伐採が済んだメディーヌ(31)での長い夕べの話だ。皆が火を囲んで歌を歌い、娘たちが踊るという。まるですべてが自分の内部にあって、ついにそれを取り戻したかのようだ。

Lと西海岸（昔の共同墓地の界隈）をくわしく調査。

海岸で、かの有名な「プラト島香」の見事な見本をいくつか収集。プシディア・マクロドン〔キク科〕、頭状花序は幅も長さもあって、それぞれの花序には三十から四十の花。とくにプシディア・バルサミカ。火傷、感染、化膿、虫さされ、有毒性の噛み傷などの特効薬として最も珍重される。先のほうが幅広になり三本の平行脈が走る葉、この品種は葉柄がほとんど消失している。ブルボン島〔現レユニオン島〕やセーシェル諸島には固有種あり。この斜面には種類多し（数時間で六十種以上の苗を採取）。ニアウリの種類はどうやらないようだ。

パリサッド村の生活は、現場監督が吹く呼び子で区切られる。そんなこともすっかり忘れていた。昔、ジャックがメディーヌの様子を話してくれたものだ。——明け方、遠くで、うんと遠くの方で、弱まった物音のような合図が聞こえる。毎朝、ジャックが寝ているうちに、耕作人を畑に呼びだす甲高い呼び子が鳴り、一日の生活が始まる。犬が吠えたり子供が叫んだりするのも聞こえる。

最初の呼び子は、夜明け前、闇が白むころに鳴り響く。パリサッド村の共同住宅では、木の葉で葺(ふ)いた屋根に風が吹きこんでごうごうと鳴る。最初の朝、呼び子の音はぼくらに突き刺さる感じがした。鋭い音、凍てついた容赦のない音、鳴り響いて臓腑のなかまで侵入し、鳥肌を立たせる音だ。まだ暗かったが、シュザンヌが起き上がろうとするので、ジャックは腕をつかんで支えた。「何でもないよ。現場監督の合図さ。こいんときが女たちの起きる時刻だ」ジャックは「今が(マントナン)」とは言わず、クレオール風に「こんときが(アステール)」と言った。思わず知らず、この語がジャックの記憶によみがえったのだ。

ぼくらは薄闇のなかで待った。ランプは消えていた。半時間ほどしてから、男たちの起床を告げる呼び子が、先ほどよりも長く、執拗な調子で鳴った。ぼくらは起床して、おぞましい便所の向うの畑まで行けるのだった。どんよりとして雨の降る朝だった。まさに冬の朝だ。

島の反対側の隔離所で、明け方の呼び子が聞こえる。あの音はぼくには聞き慣れない。シュザンヌにとっても同じだ。あれが聞こえるたびに、ぼくらに向けて吹かれているみたいにびくっとする。不吉な呼び子は、潮流が立てる波の音に混じって、丘を越え、プランテーションを越えて風に運ばれてくる。四時半になるとそれが聞こえる。ぼくの鼓動は速くなり、自分がパリサッド村にいて、人々が山道を裸足で歩く音や、いつも泣きべそをかいている子供の声が聞こえてくる気がする。苦い茶を沸かす火の匂い、身体を温めてくれる米飯のとても甘い匂いを嗅いでいるようだ。こちら、島の反対側の隔離所にあるのは、ただ寒さと孤独、夕暮れ時に鳴くササゴイ〔サギ科、魚を捕食〕のうめくような声だけだ。ときおり聞こえる現場監督の呼び子や回教寺院の祈禱時報係の呼び声は、どこか別世界からやってくるようだ。

毎朝、男たちが仕事に出かける時刻に、火山の頂上の見張り台に立つ。労働者たちは列をなして、村を見下ろす位置にあるプランテーションに出かける。他の者は火山のふもとに行き、地表に露出している滑石を、縞模様の南京袋に何袋分も詰める。さらには、周旋業者（アーコティーズ）の監視のもと、パリサッド湾の防波堤改修のために玄武岩の塊を運ぶ者もいる。そんなことをしても、次のサイクロンが到来すればまた台なしになるだろうに。移民労働者たちが働いている間、島には長いこと静寂が続く。あの男たちが、彼らの静かに意を決した態度が、我慢強さがうらやましい。女たちは畑で働くためにぼろ着をまとった。地面に身をかがめ、黒い石を一つひとつ取り除いては籐の籠に入れて、畑のはずれに荷を空ける。野生の植物が生い茂ったなか、灰色の土の部分が、治癒の不可能な疥癬のように、日々大きくなっていく。

きのうの夕方、ジャックとシュザンヌが、ぼくのいる火山の頂上にやってきた。ジュリユス・ヴェランがしばらくそこにいた。プランテーションと防波堤を見渡して、軽蔑するように「アリっ子ども!」とつぶやいた。シュザンヌは光景に驚いて「あの作業は何のためになるの。拾い集めた滑石をどうするの。それにあの防波堤は?」ヴェランの声が答えた。「奴らをちゃんと働かせておかねばならないのさ。休んではいけないのだ」、ヴェランは、インカ帝国では虱を集めさせる、とも言ったと思う。シュザンヌは聞いていなかった。パリサッド湾でじつに小さな人影が忙しく立ち働いている移民キャンプの様子を、恐怖の混じった陶然とした面持ちで眺めていた。いかにも、岬から見やるクーリーの村は、蟻塚のように清潔で整然として見えた。現場監督や周旋業者の吹く呼び子は、ときに鋭く尊大に、ときに荘重に応答し合い、喘ぐような響きが、岩礁に打ち寄せる海のとどろきと混じり合うのだった。シュザンヌに聞かれないように顔をそむけて、ジャックがつぶやく声が聞こえた。「おれたちは囚人だ」

五月二十九日の午後

悪天候といろんな問題のせいで調査が遅れた。南西岸（墓地側の湾）。通常の風やときたまの突風にさらされるため、海沿いで生育する植物群落は、蔓（つる）植物、グンバイヒルガオ、シバムギに限られる。火山近くには、シダ類、イネ科植物。クワ科植物の群生。フィークス・ルブラ（フォーク草）とカッシータ・フィリフォルミス（スナヅル、無限ヅル――ぴったりの表現、何しろ、一本の伸び具合をたどると、十二ピエ〔一ピエは三十二・四センチ〕近くもあるものが墓の間を這っていた）。海岸沿いや珊瑚が露出している場所には、もっとありふれたアンドロポゴン・シェーナントゥス（レモングラス）。またアンドロポゴン・ナルドゥス（シトロネラ草）、かの名高い甘松香である。生姜のような強烈な臭い。

地面の割れ目には、アディアントゥム〔ホウライシダ〕（クジャクデンダ、アラゲクジャク）の見本がかなり多数。前者のほうが数多く、ちくちくする柔毛に覆われた幅広の葉でそれとわかる。樹木がないので地面の割れ目を這うしかない。

山の斜面と湾に守られて、見事なパンダヌス（タコノキ）が生えている。そのヴァンデルメーシュ種のなかには二十ピエに達するものがブルボン島〔現レユニオン島〕にはあるが、当地ではわずか七ピエほどである。上陸したときに確認したが、北西岸にはユティリス種がかなり頻繁に見られる。かばんやサンダルを作るのに移民者が栽培しているのかもしれない。

六月八日

今となってはどうでもよい。一週間経ったのか、二週間か、それ以上か。ひと月にはなるまい。耐えがたいものに慣れるには十分な時間だ。相変わらず火山の頂上に行く。時刻は夕方が多い。クーリーの村の穏やかなざわめきを味わい、夕餉の煙の匂いをかぐためだ。灯台の監視室を新たに築く計画は早くもあきらめた。そんなことをして何になる。防波堤を修復するほうが有益だ。それに携わっている連中は、衛生局のボートがいつかそこに接岸しにくることを知っているにちがいない。

パリサッド湾の村を見にくるのは思い出すためだ。昔、リュエイユ・マルメゾンで過ごした冬に、ジャックが話してくれたことをそっくり思い出すためだ。メディーヌのアンナの家に夜の帳が降りてくる。今と同じ物音、同じ匂いだ。サトウキビ畑を夕日が斜めに照らし、帰宅する労働者たちが犬のように「アウワ！」と叫ぶ。女たちは鍬を頭に載せてバランスを取り、子供たちの弾けるような話し声や笑い声が聞こえる。霧のなかに浮かぶ製糖工場の高い煙突は蛮族の城のようだ。夕闇が迫ると、暗礁のラインが途切れるところで黄色い海が黒々とした岸に打ち寄せてとどろく。それがこれほど真実で強烈なものとして、自分の奥底に宿っているとは思わなかった。まるで自分が現に体験したことのように、それはひとつの痛みとなり、夢の思い出のように、心地よくも辛くもする。だとすると、ぼくはそうしたものから作られているのだ、クーリーたちが身を屈めて働くサトウキビ畑の緑青色の広がり。溶岩で指の皮を剝き、日差しに目を焼かれながら、女たちが石を一つひとつ積み上げて作るピラミッド。サトウキビの搾りかすの匂い、一切のものに沁みとおる鼻をつくように甘い匂い。それは女たちの身体や毛髪を浸し、汗と混じり合う。パリサッドは経験の再開に過ぎない。最初の朝、現場監督の呼び子が夜の闇をつんざいたとき、ジャックもぼくも戦慄を覚えたのはそのせいだ。

朝、でこぼこだらけのブリキのコップに鍋からじかに紅茶を注いで飲むと、シュザンヌとサラ・メトカルフが冷飯を温めて朝食の仕度をするのも待たずに、海岸沿いで植物採集するジョンに同伴する。ジョンには囚われの身になった感覚などない。ぼくらが上陸した日から、木の葉や花や種を採取し、細い筆でホルマリンを塗布したあと、簀の子の上で丁寧に天日干しする。ジョンはインディゴを含む草を執拗に探している。ここはそうした草の栽培を始めるには理想的で、そうなれば、隔離所にいる移民者の生活条件の改善が可能になると確信していた。

大きな岩から岩へ跳び移りながら、海岸沿いを歩く。岩の間には藪とシバムギがはびこっている。草が高く伸びて、胴まで隠れてしまう場所もある。海岸沿いはどこも幅広の葉と赤い小さな花を付けた肉厚の蔓植物で覆われている。マリ爺さんはそれを「バタトラン」と呼び、ジョンは「イポメー」と呼ぶ〔ともにグンバイヒルガオの呼称〕。折ると、透明でやや粘り気のある汁が出る。これが生育する場所には他の植物はまったく育たない。北の突端の金剛岩の真向かいで、ジョンに追いつく。これはインド洋からそそり立つこの溶岩のピラミッドにぼくが付けた名前だが、ジョンによると、海軍省の地図では「鳩舎岩」というのが本当の名前らしい。鳩とはいうものの、岩のまわりを絶えず飛び回って糞で白くしているのは大小のカモメだ。鳥たちの羽ばたきと喉から絞り出すような鳴き声は、暗礁に砕ける波のとどろきを覆ってしまうほどだ。朝日を浴びて、しぶきがきらめく。何百万年も前にモーリシャス島がインド洋の深海から出現したとき、海原の真ん中にあの並はずれた量の灰を吐き出した火山の噴火を思う。

ありそうにもない自生のインディゴ草を探し出して、それに自分の名を付けたがっているジョンの邪魔はせずに、巨岩の窪みのなかで風を避けながら金剛岩を眺める。海はロケットのように垂直に噴き上げ、虹を現出させる。何時間も身動きせずに、ただ海を眺め、波が岩を打つ音を聞き、突風が吹きつけてくる塩の味を味わっている。ここにいると、悲劇的なものなどまったくないように思える。男たちに食事をしにいくよう命じたり、防波堤工事の現場で一定のリズムに従って溶岩塊を地中に落下させたりしている現場監督の不吉な呼び子の音を忘れることができる。無料診療所に閉じこめられている病人も、彼らの目や唇を干からびさせる発熱や、正面で彼らを待ち受けているガブリエル島の黒い島影さえ、忘れることができる。

雲に覆われているのに、太陽は空の真ん中で燃えている。ジョン・メトカルフは採集した木の葉や根を携えて隔離所に戻った。サラの助けを借りて、今日の残りの時間を選別したり分類したりすることに費やすだろう。ジョンは頭痛と節々の痛みを訴えている。ジャックの考えでは、ジョンはパリサッド湾に上陸した最初の夜からマラリアに罹っている。ぼくらは戸口に突風の吹きこむ場所で寝ることで、蚊に刺されるのを免れた。

夕方、ふたたび金剛岩のほうへ向かっているときに、のちにシュルヤヴァティ、太陽の力、と呼ぶことになる娘にはじめて会った。それは娘の本名なのか。それとも、旅立つ前の夏、ロンドンで読んだトーネー訳によるソーマデーヴァの本のなかで、カシミールの王妃に語られたウルヴァシーとプルーラヴァスの恋物語(32)の記憶から、ぼくが付けた名前なのか。彼女は何かを探しているように少し前かがみになって、岸辺を歩いていた。ガブリエル島の真向いの、埠頭のぼくがいる位置から見ると、娘は水上を歩いているようだった。ほっそりした体つきと、斜めに差す光を受けた長い衣服が見えた。警戒するようにゆっくりと進んでいた。そうだ、娘が歩いているのは、潮位が低くなるとプラト島とガブリエル島を結んでくれる弓型の暗礁なのだ。目に見えない壁の上でバランスを取るようにして、足先で探りながら進んでいた。彼女の前方にはほの暗いラグーンの深みがあり、反対側には逆巻く外海が空にしぶきの雲を跳ね上げていた。

娘はおそらくぼくを見た。しかし顔をこちらには向けなかった。ぼくは、密生したグンバイヒルガオのなかになかば隠れるようにして、砂に腰を下ろした。娘が水中を暗礁伝いに歩きつづけるのを見つめていた。沖に向かっていくかに見えた。あたりにはだれもいなかった。風のせいで、鳥たちは島の反対側の岬の陰まで追いやられていた。ぼくら二人はまるで島の最後の住人のようだった。

娘は暗礁伝いに、ときに腰まで水に浸かり、水しぶきの中に見えなくなりながら歩きつづけた。見ると、彼女は長い棒きれを手にしていた。いやそれは銛だった。それを使って魚を獲ったり、貝やウニを採取したりしていたのだ。日が傾いて、すでに暗い水を背景にした彼女の肢体は、一風変わったぎこちない鳥のようだった。いっとき、ぼくの背後のどこか、藪の中だろうか、子供たちの叫びが聞こえた。メーメーという動物の鳴き声が聞こえ、ヤギを追いかけては石を投げている男の子たちの姿が見えた。娘はラグーンの真ん中で立ち止まり、ためらったあと、打ち寄せる波に背を向け、平らな暗礁を伝って岸に向かって歩いた。たちまちにして岸に着き、岬の向こう側に姿を消した。娘がもう一度現れるのを期待しながら、ぼくは長いこと浜辺にいた。ラグーンの水はますます暗さを増し、金属製の鏡を思わせた。あれほど間近にありながら近づけない小島、ガブリエル島を見つめていた。熱があるかのように、ぼくの心臓は早鐘を打っていた。しかも宵闇とともに藪から蚊が出てきたので、隔離所のほうへ退散しなければならなかった。

六月九日

夜明けとともに、またも金剛岩のある岬に行く。ジョン・メトカルフは家屋の奥に横になっている。疲れているうえに発熱している。出かけるぼくを非難の目で見ていたように思う。植物学のよい生徒ではないぼくは、彼が採取した見本の選別作業を手伝わなかったから。

金剛岩が気に入っている。旋風のごとく群れ集い、雪を戴いた尖峰さながらに岩を糞まみれにしてしまう海鳥たちに囲まれて、海からすっくとそそり立つ規則的な二十面体を呈する奇妙な形が好きだ。ここに来れば、現場監督の呼び子も、隔離所の重苦しい空気も、ジュリユス・ヴェランの繰り言も忘れられる。ジャックに同行を勧めたが、シュザンヌから離れたくないと言った。シュザンヌは、きのうからひどい高熱を出している。偏頭痛のせいで眠れず、血の気が失せて疲労困憊している。牛乳がないので、ジャックは米のとぎ汁にキニーネを溶かして病人に与える。ぼくが出かけるとき、戸口近くに腰をおろして海を眺めていた。しかしジャックの位置からは、ほの暗い丸屋根のようなガブリエル島しか見えない。

岬に向かう間、潮の音が聞こえる。大洋の底から、地球の基底から伝わってくるあの震動だ。ぼくにはわかる、潮が引きはじめると、きっとシュルヤヴァティがやってくる。決めた場所で、岩間の窪みに茂ったグンバイヒルガオの背後に隠れるようにして待つ。ラグーンは、栓を抜かれた貯水槽のように、西のほうから水が引いていく。まもなく暗礁の黒々とした縁と、ガブリエル島に通じる半月状の砂州が現れる。金剛岩の土台が露出する。船首に似た形の磨滅した岩盤だ。波が激しさを失い、風さえ先ほどよりも穏やかになった。静寂めいた感じ、ある種の平穏が生まれた。まさに今から、シュザンヌの熱は下がるにちがいないと思う。ジャックの膝に頭を載せて地面に横たわり、ようやく寝入ることができるのだ。

シュルヤヴァティが現れた。潮はまだ完全に引いていないが、彼女はためらうことなく暗礁の上を歩きはじめる。銛を使って岩の割れ目を探り、貝を採っては首にかけたかばんに入れる。水溜りでも歩きやすいように、上下続きの服をめくり上げ、トルコ人の半ズボンのように両脚の間で結わえた。

彼女は容易に、滑るように、何の苦労もなしに歩く。暗礁伝いに追いかけようとすると、水は曇り空のように濁り、おまけに返し波に翻弄された海藻が絡まって、たどるべき道がよく見えない。まもなく、胴まで水に浸かった状態で迷子になってしまった。同時に、返し波で背後へ、逆巻く波のほうへ押しやられた。鋭く尖ったサンゴ礁の先につかまりながら、岸にたどり着くまでがひと苦労だった。遠くのラグーンの真ん中に見える娘の姿は、この世のものと思えぬほど軽やかだった。暗礁の上空を海鳥が飛び、いらだった熱帯鳥が甲高い鳴き声を上げていた。いっとき娘が振り向いた。ぼくは両膝と両手に擦り傷を付けて、ラグーンから浜に上がろうとしていた。シュルヤヴァティは遠くにいて、顔は赤いショールの陰になっていたが、ぼくには彼女が笑っているように見えた。服はずぶ濡れで、ズボンの両膝が裂けて、さぞみっともない格好をしていたにちがいない。

右足の裏が痛かった。潮に流されまいともがきながら、ウニを踏みでもしたのだろう、ひりひりする痛みだった。浜に上がると同時にふたたび潮位が高くなり、波が珊瑚礁に打ち寄せはじめた。突風が吹きだした。自分でもなぜだかわからないが、浜辺に立ち上がって娘を呼んだ。こちらの声が聞こえるかのように「おーい！」と呼んだ。娘は急いで踵を返した。彼女も嵐の接近に気づいていたのだ。

びっこを引きながら浜を歩いていると、娘がラグーンから上がってきた。「こんにちは」というと、まじまじと見つめた。海緑色の服が波に濡れていた。ショールを外していたので、髪の毛が両肩にべったり付いていた。首にかけたタコノキの葉で編んだかばんには採ったばかりのウニが見えたし、銛の先には射止めた大タコがぼろ着のようにぶら下がっていた。何よりぼくの注意を引いたのは彼女の眼だ。これまで見たこともないような琥珀か黄玉の色をして、とても黒い肌のなかで輝いている透明な眼だ。まばたきもせず、恐れる様子もなしにひとしきりぼくを見つめるので、こちらは心臓が高鳴るあまり、何を言ってよいかわからなかった。

娘はぼくを砂にべたりと座らせた。銛をそばに突き立てて、袋からナイフを取り出す。ナイフといっても、柄のない尖った刃だけだ。何をしようとするのかわからないうちに、ぼくの右足をつかんで、親指の付け根の硬い皮膚を切開した。青みがかった小さな破片を手のひらに載せてぼくに見せる。「よかったわね。ただの珊瑚のかけらよ」そう言って、暗礁の方を指さした。「ここはカサゴがたくさんいるの」ぼくがまじまじと見つめるので、何のことかわかっていないと思ったのだろう。「あなたたちはマムシウオと呼ぶわ。刺されると死ぬことだってあるのよ」ぼくは驚いて見つめていた、彼女が訛りのないフランス語を話したからだ。いろいろ質問したかった。名前は何というの。なぜここにいるの。いったいいつから。だが娘は立ち上がり、持ち物を手に取り、いそいそとその場を離れ、藪を駆けていく。岬の突端のゆるい斜面を登り、パリサッド湾とこちら側を隔てるモクマオウの小さな林に入っていった。

足に傷を負っていたが、彼女の後をつけようとした。まるでそれが彼女の仕かけた遊戯であり、木立の陰に隠れてぼくを驚かそうとしているかのようだった。それとも、彼女が暗礁の上にやってきたのは、ぼくと遭遇するため、ぼくを見つけるためだと、考えたのかもしれない。今となれば、児戯に類したことを考えたのはぼくのほうだった。血管の中で血が脈打ち、風と光にめまいがした。両膝と両手がひどくひりつくのを感じながら、藪のなかを裸足でびっこを引きながら歩いた。

不意に、モクマオウの茂みの反対側の、パリサッドの前に出た。北側の斜面の賤民たちの居住地に来ていた。枝を組み合わせて造った小屋で、目塗りもしない溶岩塊で補強されていた。屋根を覆う棕櫚は朽ちていた。なかには、嵐が来るたびに損壊し、そのつどにわか修繕を施された、とても古い小屋もあるにちがいなかった。いたるところから煙が立ちのぼり、突風を受けて渦を巻いていた。立ち並ぶ小屋の背後の切り立った山のふもとに灰色の畑があって、グリーンピースやインゲン豆、日差しに干上がったトウモロコシなど、何種類かの野菜が栽培されていた。小屋の間を、腹を空かせた犬たちが徘徊していた。ぼくの臭いを嗅ぎつけて唸りだした。そのなかの一匹が、牙をむき出して威嚇しながら、背後から近づこうと距離をおいて周囲を回った。

幼いころジャックから教わったことを思い出した。アンナの家の料理人、トプシー爺さんから聞いた話だと言っていた。「犬と闘うにゃ銃は要らねえ。必要なのは石だ」ことわざであるが――それぞれにふさわしい遇し方がある――今の場合にはとくに的確に思えた。尖った溶岩を拾い、手を振り上げたまま、自分の住む斜面のほうへ退散した。現場監督には境界の監視に番人など不要だ。

今夜、クーリーたちの町を眺めに、また火山の頂に登った。灯台の廃墟の陰に腰を下ろし、岩間を吹き抜ける風の音を聴いていた。ときおり雨が降り、大荒れの海はぼくらが上陸した晩と同じ緑色をしていた。夕暮れ前から空が暗くなり、水平線の向こう側で火事が起こっているように見えた。風のうめきに混じって、信徒に祈禱の時刻を告げる現場監督の長い呼び子が聞こえた。家々の前、庇のかげで、火が輝いていた。炊かれている米飯の匂い、それにクミンやいろいろな香辛料の甘い匂いがした。ずいぶん長時間食事をしていなかった。肉体の真ん中に穴が穿たれたようだった。まるで欲望に震えるように、少々身体が震えていた。街路の向こう側の端の貧民の小屋の列が始まるところ、シュルヤヴァティの暮らしているところまで見たかった。ほっそりした体つきの彼女が、他の女や子供に混じって水を汲みに貯水槽のほうに歩いていくのを見ようと待ち構えていた。しかし現れなかった。もしかしたら、ぼくが待ち伏せているのを知っていたのかもしれない。

隔離所に戻った。発熱の始まりを、足の傷から生まれた苦痛が体毛の一本一本を逆立たせ、筋肉の一筋一筋をわずかに震わせながら身体中に上っていく感覚を、はじめて味わった。ジャックは心配そうに言った。「病気になるんじゃないだろうな」ぼくの足の裏を診て、メチレンブルーで消毒した。お茶がなくなったので、シュザンヌがカメレオン水〔医療用殺菌剤〕で赤みを付けた水を飲ませてくれた。シュザンヌのショールにくるまって、ぼくは震えていた。闇のなかでシュルヤヴァティの眼が猫の目のように黄色く光っていた。風が収まり、嵐の轟音が遠いざわめきに変わったとき、ようやく眠りについた。

六月十日、午後

発熱と不眠のために、昨日は一日中寝こむ。曇り空。調査再開——北東岸。カスアリナエ〔モクマオウ〕を縁どるように丈の短い植物。木陰にはアカシアが何本か。石灰岩の線に沿ってペンフィス・アシドゥラ〔ミソハギ科〕——高さ約三ピエの密生した茂み、茎の先にひとつだけ花をつけ、花柄は短く、綿毛に覆われている。風が吹きつける海岸にはたいして大きくないバダミエ〔インディアン・アーモンド・ツリー〕が何本か。くるみ大の実、硬い材質——学名はテルミナリア・カタッパ。雨谷に守られて群生することは植樹を想定させる。一番大きいものは十二ピエに達するはず。樹齢はおよそ三、四十年か。

それは島がはじめて占領された時期推定の根拠ともなろう（プラト島初の隔離施設は一八五六年）。

ジャックは憔悴し落ちこんだ様子でパリサッド湾から戻ってきた。島の反対側では天然痘が蔓延していると性悪男ヴェランが言い張るので、移民者たちの健康状態を確かめたいと思ったのだ。バルトリを伴い、ジャックは火山のふもとまで歩いた。だがそこで周旋業者たちに遭遇し、それより先に行くことを止められた。マリ爺さんを介して長いこと談判したが、むだだった。プランテーションの労働者たちが集まりはじめた。突然バルトリが怖がった。ジャックを後ろに引き寄せ、人々がこれまでにも脅しの言葉を吐き、石を投げたことがあると言った。

この日の夕刻は不吉だった。息苦しい数時間を過ごしたあと、建物内は重い沈黙に包まれていた。ハリケーン・ランプの揺らめく光が人々の顔を奇妙な具合に照らした。ジュリユス・ヴェランが部屋の奥に突っ立って、不安げにあたりを見回している。激烈で雄弁な演説を始めたが、だれも聞いていない。彼は皆が反応し、「措置を講じる」ことを期待している。骨ばったその顔は青白く、毎朝ハサミで手入れするコールマンひげが顔面を這っている。プラト島に滞在しても彼のはげ頭がどうなるわけでもない。シュザンヌはヴェランに「ベラミ」[33]というあだ名をつけた。しかし、彼がアヴァ号の客室で気取って身に着けていた白い衣服は砂で灰色になり、上着のポケットはたるんでいる。

病気の蔓延が迫っており隔離措置が長引く危険がある、クーリーの村では緊張が高まっている――そうヴェランは語る。「われわれは規則を定めなければならない。危機的状態だ。頼れるのはわれわれ自身しかない」

ジャックは肩をすぼめる。ヴェランを相手にしない。しくじった冒険家、狡猾なペテン師というわけだ。ジャックにはヴェランが、アントワーヌがフランスに住みついたときに彼の財産をむしり取った詐欺師たち、架空の会社の株や他人の土地を売りつけた者たちの一人のように思えた。ひと目見たときから、ヴェランに嫌悪を覚えた。「落伍者、性悪男」ジャックはヴェランにそんなあだ名をつけた。それがモーリシャスの習慣である。

アヴァ号の船上でジャックはヴェランを避けていた。ヴェランがぼくらと相席をしようとするたびに、ジャックは席を立った。これにはシュザンヌさえ気を悪くしたが、ヴェランは意に介していないように見えた。「あれはつまるところ、哀れな男よ」とシュザンヌがいうと、ジャックは「哀れな男？　そりゃほめすぎだ。せいぜいお騒がせ者さ」と答えた。

性悪男ヴェランは長広舌を止めない。ジャックを感銘させたくて彼に向かって話している。ジャックが医者であるからだが、とくにその家名のためだ。モーリシャスではだれもがアルシャンボー家を知っている。〈長老〉アレクサンドル、かの「道徳秩序」派のリーダーで連帯政治党（シナルシー）の創設者である恐るべき男をめぐる伝説がある。この家名のせいでぼくらは数々の辛酸を舐めたのに、ジャックが相変わらずこの家名を使っているのは、いつも驚きの種だ。性悪男ヴェランは、プラト島への遭難が自分にとっていかに有利かをすぐさま見てとった。ぼくらは島を形成するこの巨岩の先端で囚われの身になっていて、ジャックは立ち去ることができない。ヴェランは好きなだけしゃべれる、それが彼の復讐だ。

「救助の船が来るまで生き延びたいなら、われわれの生活を組織しなければならない。それには何日も、いや何週間もかかるかもしれない」

「どうしたいのだ。夜間外出禁止令を出すのか。戒厳令を敷くのか」

ジャックの声は冷たい。ジョン・メトカルフはおびえている。事情が把握できているか自信がない。ヴェランは続ける。嘲りを受けていらだっている。コンスタンティノープル規約を口にする。自警団を組織して見張りを立てること、すべての往来をチェックし、病人は全員ガブリエル島に隔離することを要求する。「マエ島の沖に水葬された男の子のことを覚えておられるか。肺炎で死んだといわれているが、肺炎に罹って数時間で死ぬものかね。ザンジバルで不法乗船した船員が今どんな状態にあるかおわかりかね。もう一人の旅行者の方も重篤だ。わたしの考えでは、二人とも長くはないさ」

高熱で火照っているのに、シュザンヌは起き上がる。怒りに駆られている。「いいかげんにお黙りなさいな。どうしてそんなことが言えるのよ」

「本当のことを言っているだけさ。あんたにもわかっているはずだよ。向こう側には同じ状態の移民が大勢いる。インド発の船から上陸したが、天然痘の兆候が余さず出ている。ドクター（ヴェランはこの語を強調した）、あの連中をごらんになりましたか」ジュリユス・ヴェランは、ジャックがパリサッド村まで行けなかったことをよく知っている。彼はあまりにたやすく勝利したことになる。

「わたしは到着後に見ましたよ。何十人もいます。明日は何百人にもなるかもしれない。ワクチンはありません。病人を小屋に隠して、遺体は浜で焼きます」

シュザンヌは身震いする。小声でジャックに訊くのが聞こえる。「あの人の言うことは本当なの」シュザンヌがジャックとともにモーリシャスに来たのは、インド人移民を看護するため、無料診療所をあちこちに立てて、フローレンス・ナイチンゲールの手本に倣いたいと考えたからであった。それなのに、突如、この島の反対側に、だれからも見放され、病重く、あるいは死にかけている人々がいることを想像する。性悪男ヴェランは、嘲りと恐怖の混じったよく通る雄弁な口ぶりと、狡猾でいかにも意地の悪そうな敏捷な目つきをしている。

「あいつの言うことなど聴くんじゃない。何を知っているわけでもない。単純に頭が狂っているのさ」

ジャックは声を抑えさえしなかった。ヴェランに聞こえただろうか。ジャックはしゃべるのを止めたが、顔は空ろだ。ただ不条理な荒々しさと、何にもぶつけようのない怒りだけを映している。いきなり家屋を飛び出して、闇のなかに姿を消した。闇が屋内に侵入してきた。ぼくらは敗北を喫したようだ。何かがぼくらの内部で動いたような、屈服したような感じがする。

ヴェランは疑いの種を撒いた。ぼくはふと夜の物音に耳を澄ます。あいつが言っていたことがもし本当なら？　シャイク・フセインが隔離所にひそかに侵入し、島で死んだ人々を忘れないことのしるしとして、虐げられた人々の復讐を遂げるためにぼくらを皆殺しにしようと決意しているとしたら？

ジャックの方を見やる。ランプの明かりに照らされた顔はこわばり、見たこともない変な表情をしている。さきほど交わした言葉とは逆に、ジャックのなかに混乱が、恐怖の幻惑が回ってしまった。戸外で野犬の群れが徘徊しているかのように、石に乗せたジャックの手が痙攣しているのを見た。

けさ、まだ熱が引いていないのに、シュザンヌはガブリエル島に通じる埠頭の向かいの医務所に行きたがった。

シュザンヌは前夜ほとんど寝られなかった。不安で興奮していた。口にするのは、病人たち、ニコラやトゥルノワ氏のこと、島の反対側で見放されたインド人や、看護を受けずに放置された女、子供のことだった。彼らが隔離所に来ることを望んだ。そうすれば、ジャックが診療にあたるだろうし、自分は彼らの看護婦をしよう。政府も自分たちのことを黙殺できまい、モーリシャスの農場主たちも自分たちに倣わずにはいられないだろう——そう確信していた。シュザンヌは総督に報告書を出すつもりだった。フローレンス・ナイチンゲールに手紙を書きたいとも思った。シュザンヌは、パリサッド村に着いて過ごした第一夜と同じく、ぼくとジャックの間で寝入ってしまった。

医務所に着くと、看護人役をしているマリ爺さんがいつもの場所にいた。戸口の前の砂利に腰を下ろしてキンマの葉を噛んでいた。何も言わずにぼくらを通してくれた。爺さんの目は緑内障でヴェールがかかり、その黒い顔は天然痘であばたになっていた。それだから爺さんには、医務所のなかでベッドに伏している二人の男を何ら恐れるには及ばなかった。ベッドとはいえ、じつに粗末な寝台で、床にじかに敷いた何枚かの板の上にあちこち破れた藁マットを載せただけだった。

ザンジバルで乗船した兵長のニコラは、容易に見分けがつかなかった。アヴァ号に乗船したときには多少熱がある程度で、マラリア熱だとボワロー船長は言った。数日のうちに、赤ら顔のこの運動家のような男は、黄ばんだ肌とひび割れた唇をして額に血腫のできた力ない肉体に変貌した。ニコラのかたわらにいるトゥルノワ氏という商人も同じ日に乗船したが、こちらはもっと元気に見える。ぼくらが部屋に入ると身を起こす。金属的な響きの、焦燥のこもった声で話す。衛生局のボートが着いて彼らを迎えにきたと思ったのだ。

そうではないというジャックの答えに、急に怒りに駆られ、それがシュザンヌを怯えさせる。彼は立ち上がり、部屋を横切って戸口まで行く。アヴァ号の無料診療所が配布した、襟がV字に切れこんだ灰色のパジャマを着ている。敷石の床に裸足でよろめきながら立っている。彼の衣服はすべて、下船前に、ごみ焼却炉で燃やされた。

医務所の敷居の上に立ったトゥルノワは、日差しと風に目がくらんで、しばらくうわごとめいた言葉を吐く。

「おれはもう行く。家に帰るんだ。皆が待っている」「家」とはどこだろう。何千キロも離れている。遠すぎて、たぶんもう思い出しもできないのだ。

光にくらんだ彼の目は涙であふれ、それが鼻と頰を伝う。シュザンヌが近づいて優しく話しかける。中に戻って風の当たらないところにいらっしゃい、と言おうとする。しかしトゥルノワはシュザンヌを見ずにそばを通りすぎ、何かを探すように周囲を見回す。パジャマが風に膨れて、痩せた脚がむき出しになる。それから、背中をかまちの石壁にもたせかけたまま、腰から崩れ落ちる。きれぎれのしわがれ声で独り言をいう。タルブの家のこと、妻や子供たちのことを語る。シュザンヌは彼のそばに座り、落ちつかせようとする。ジャックとぼくはどうしてよいかわからずにじっと見ている。結局マリ爺さんに支えられて立ち上がったトゥルノワは、唯一の避難場ともいうべき自分の藁布団に戻った。

ぼくらは無言であった。心が締めつけられていた。ジャックとシュザンヌは隔離所に戻った。ぼくはできるだけ早くキャンプから遠ざかりたかった。こうして、ぼくらが話したり、口論したり、チェスをしたり、また解放の日を夢見たりしている間に、ここ、じつに間近な、島の反対側では、何人もの人間が死に瀕しているのだ。トゥルノワの声が、彼の呪詛が、取りとめのない思い出話が始終聞こえるような気がする。ニコラの異様に澄んだまっすぐなまなざしが、たえず目に浮かぶ。ほとんど超自然的な青をたたえたマエ島沖の大洋に水葬された少年の遺体が立てる鈍い音が耳について離れない。アヴァ号船上で指令を発するボワローの声が今も聞こえる。「このことはだれにも話してはならない、とくにこれについては口外してはならん」いつの日かフランス郵船会社の年鑑で、彼は悪名高い人物になるにちがいない。

走るようにして、火口の縁まで登る。崩れた灯台のセメントで背後を風から守られたいつもの場所に落ちつく。そこからはすべてが眺められる。パリサッド湾も、クーリーたちの町も、プランテーションも、ガブリエル島をつないでいる細長い砂の岬も。そして海原の果てには、幻影めいたモーリシャス島にかかる雲の丸屋根も。

六月十一日

シュザンヌのために、彼女の心配を鎮めるために、ジャックはとても優しくしゃべる。夕暮時で、ぼくらは戸口近くの床に、毛布代わりの房付きショールをかけて寝そべっている。屋内にはぼくらしかいない。ジョンとサラは採取した葉にホルマリンを塗っているところにちがいない。バルトリと性悪男ヴェランは火口に登って、来そうにないスクーナーの到着をうかがっているのだろう。

とても穏やかだ。嵐の強風は貿易風に変わった。空には白く軽いヴェールがかかっている。シュザンヌの丸い腰がぼくの身体に触れていて、息をするたびに胸の動きを感じる。去年の夏、ヘイスティングズでもこんなふうだった。三人いっしょに浜辺で過ごし、雲とともにいろんな夢が空をよぎっていくのを眺めていた。ぼくらを隔てるものはありえないように思えた。

フランスで数年を過ごし、ロンドンのセント・ジョゼフ病院でも生活したのに、ジャックには相変わらず歌うような声音がある、クレオール特有の抑揚を失っていない。ジャックが話すのを聞くと、父の声を思い出す。モンパルナスのアパルトマンで、父は晩になるとウィリアム少佐と話していた。ぼくは父の声を聞きながらスープ皿にかぶさるように寝てしまうのだった。ジャックはシュザンヌにメディーヌのこと、アンナの家のことを話している。ずいぶん昔の話だ。もしかしたら、トゥルノワ氏のうわごとと同じく、出まかせの話をしているのかもしれない。

「ル・トゥーリス寄宿学校からクリスマスや冬に帰省したとき――冬といっても七月、八月だけどね――どんなに楽しかったか君には想像できないだろうな。実家に戻って自分の寝室に入る。サトウキビ畑のいたるところを草原まで、海まで駆け回ることができたんだ。その道を教えてあげるよ。同い年の男の子がいた、ピエールという名前だった、ピエール・パストゥールだ。もう一人、少し年上のクレオールの子がいた。アンナの土地の分益小作人の息子で、なぜだかわからないがマヨク〔メジロ〕と呼ばれていた。幼いころ、いつもぴょんぴょん跳ねて、鳥のように始終ぺちゃくちゃしゃべっていたのでそう呼ばれたのだと思う[34]。本名はアジーズだった」

「今も覚えているけどね、アンナの村の後ろに昔の製糖工場の廃墟があって、黒くて高い煙突が一本立っていた。壁には藪がはびこっていた。その少し先の海辺には石灰窯があった。全部君に見せてやるよ、レオンにも。きっと気に入るよ。緑の畑が一面に広がって、世界で一番美しい風景だ。果てしなく広がっていて、どこで途切れるのかわからない。海との境目がわからないほどさ。最後の年には、男の子たちといたるところに行った。廃墟にも行ったし、キジバト狩りもした。母さんはぼくが廃墟に行くのを嫌った、壁の一角が崩れるのではないかといつも心配していたのさ。丸天井の地下室に隠れにも行った。壁が厚かった。漆喰で固めた溶岩の塊だ。寒かったよ。洞窟にいるようなじめじめした寒さだ。大きな声を張りあげてこだまを聴いた。アジーズはぼくらを怖がらせるのにいろんな話をした。死人を目覚めさせることができるとか、幽霊の民がいて自分は彼らをジェナ族と呼んでいるとか。ぼくらはまた海まで行った。岩が累々と積み上がったなか、狭い山道を通っていった。すると不意に海岸に出て、広々とした海が目に飛びこんできた。岩礁の境界もなく、波が打ち寄せていた。じつに美しかった……」

シュザンヌがぼくの手を強く握った。目を閉じて聴き入っていた。岸に向かって崩れ落ちる上げ潮に出発点まで戻されながら、ぼくらはいっしょに筏のオールを漕いでいた。

「正午になっても家に帰らなかった。ときには母さんが、ぼくらを迎えに女の人を送ってよこすこともあった。歌うようにぼくらの名を叫ぶ甲高い声が聞こえた——『マヨーーク！　ザーーク！　パストーーー！』ぼくらは音を立てずに廃墟に隠れていた。女は甲斐なく戻っていった。『こどもら、見つからんとです。結局どこさ行っちまったのやら、わかんねえす』夕方帰宅するときにはくたくたで、サトウキビの葉で脚の皮が剝けていた。父は激怒したが、母さんは『まあいいじゃないですか。時間を忘れただけよ』と言った」

「メディーヌでサトウキビの伐採が始まるときは、お祭りだった。いやむしろ戦闘のようだった。何週間も準備し、皆が待ち望んでいた。マヨクとサン・ピエールの高台やオー・ボンヌに行って、畑を眺めた。風に揺れる海のようだった。そうでなければ、匂いを嗅ぐのにサトウキビ畑伝いに歩いた。とても暑くて、地面は足の裏が火傷するほど熱されていた。ほとんど毎年、伐採はメディーヌで真っ先に始まった。島の西端に位置してよそよりもサトウキビの熟すのが早いからだ。ヴォルマールやもっと北のラ・メックでもそうだった。ときにはヴォルマールや、カン・クレオール近くのアルビオンで最初に始まることもあった。労働者が不足しないように、順々に伐採しなければならなかった。現場監督たちが皆を製糖工場の中庭に集め、雄ラバの引く馬車に乗ったフェレ氏を先頭に、何台もの荷車が出発した。道路の両側には、労働者たちが長い伐採刀を携えて立っていた。筆頭監督がフェレ氏に伐採刀を渡し、労働者たちは畑に向かいはじめた。フェレ氏が到着するのを皆が待っていた。彼が最初にサトウキビを切るまでだれも動かなかった。フェレ氏が切り取ったサトウキビを一人の労働者に手渡すと、労働者はそれを荷車の中に投げる。それから皆が畑に散った。そうして一日中、伐採刀の音と、互いがいることを知らせ合う労働者たちの叫び声しか聞こえなかった。それは犬が吠えるような『アウワ！　アウワ！』という叫びだった」

「ぼくは他の子供たちといたるところを走り回っていた。街道を行く荷車を追いかけた。女たちはぼろのような大きな衣服を着て、サトウキビを拾い集め、荷車のなかに投げていた。マヨクやパストゥールとサトウキビのかけらに齧りつき、野原を駆け回った。そしてぼくらも伐採人のように『アウワ！　アウワ！』と叫んだ。一度など、パストゥールとぼくがある場所に行くと、鼻のない顔をしたでかい黒人がいた。ハンセン病を患ったのだと思う。ぼくらの姿をみると伐採刀を振り上げた。『何をしている。ちびはあっちへ行け』生まれてこの方、あんなに怖い思いをしたことはないよ」

シュザンヌはジャックの肩の窪みに頭を載せてもたれかかっている。ぼくの手を離さないが、寝入るのがわかる。少し子供めいた、とても穏やかな顔を眺める。明るい栗色の髪を後ろに低く巻いて束ね、閉じた眼を濃いまつ毛が縁どっている。かたわらのジャックも眼を閉じ、長髪が風になびいている。もうしゃべらない。新婚旅行でどこかの浜辺にいるかのように、別のことを考えている。ぼくの知るかぎり、二人はいつもいっしょだった気がする。二人がぼくの父と母のように思える。ぼくも床に寝そべって、穏やかな風に流れる雲を見つめる。シュザンヌの肩に頭をもたせかけると、彼女の手が軽くぼくの髪を撫でるのがわかる。

六月十二日

見つけた植物の分類に午前の一部を費やす。ホルマリンの臭いはだれにも耐えがたいので、医務所の建物に一人籠らなければならない。

これまでにナス科とイネ科を収集した。隔離所近辺で食用野菜を集める（人の存在を示すもうひとつのしるし）――ソラヌム・ノディフロルム（マダガスカルナス）、食用のネグルム（黒ナス）。他の食用種――ソラヌム・インディクム（フォレスト・ビターベリー、すなわち自生種ナス）とその変種である栽培種、ソラヌム・メロンゲナ（日本人になじみの種類）。これはおそらく初期の植民者がもちこんだもので、リネット種りんごほどの大きさの、薄紫か黒っぽい紫を呈した実である。

賞味される他のナス科植物――トウガラシの類（自生トウガラシ、キダチトウガラシ）、そして少し劣るが、アウリクラトゥム、タバコの代用品（灰色の柔毛に覆われた常緑の葉叢は、移民労働者のために政府が輸入したガンジャ（すなわちインド大麻）の代わりになりうる、しかも悪い作用がない）。暗礁の起点に隣接したゾーンの南東斜面にリキウム・フィサリス〔クコ属・ホオズキ属〕、そしてセンナリホオズキ、すべて食用ナス科。多汁質で、橙色の、スグリに似た、房状に実る漿果。インド洋では「ポケポケ」という異名で知られる。

けさの海はほとんど凪いでいて、緑とも青ともつかない、見たことのない色をしている。まるで光がそこから発して空の奥まで輝きを送っているようだ。あまりに美しいので、紅茶を飲みながら鍋底の乾いた焦げ飯を食べるために隔離所に戻ることもしなかった。金剛岩の端(はな)に向かって海辺を走った。潮の動きが止まっている。シュルヤヴァティが暗礁伝いに彼女だけが知るいつもの海藻の道を、水面すれすれに歩いているところにきっと出くわすだろうと思った。だが、ラグーンにはだれもいなかった。

風がなかった。何時間も組み鐘のようにけたたましく荒れ騒いでは不意に静まる嵐のなかで幾晩も過ごしたあとだけに、その静けさは奇妙だった。

すでにとても暑かった。溶岩の間で白い砂が、強く、容赦なく輝いていた。岬の先端では海鳥たちが金剛岩のまわりを飛んでいた。何羽かは、高潮で綱を解かれた船の舳先に止まっていた。ぼくのまわりを滑空するカモメ、アジサシ、カツオドリもあった。声高に鳴き、ほとんど威嚇しているようだった。いつもより多数の熱帯鳥が、海の上空を重たそうに飛ぶのも見えた。

いつもの朝と同じく、岩陰で服を脱いでラグーンの水に飛びこむ。珊瑚礁すれすれのところを、目を開けて泳ぐ。水は抵抗なく、ほとんど大気と同じくらいに温かい。自分も鳥になった気分だ。暗礁の壁からほど近いところに砂州がある。ウニもカサゴも恐れる心配がないので、そこで休んだ。

ここにいると、いろんなことが思い浮かぶ、昔パリでジャックから聞いてぼく自身の記憶のようになったことのあれこれが。アンナの明け方の海、まだ夜の気配をはらんで黒い砂浜に打ち寄せる海。そんな時刻に泳ぐのさ、波を立てずに、両腕を前方にうんと伸ばしてから、息をせずに身体に沿って引き戻す。そうしながら砕ける波のきしむような音に耳を澄ますのだ……日一日とぼくはその瞬間に近づいていた。フリッカン・フラックの海、ヴォルマールを過ぎると、タマランの黒い河口だ。父と母がまだアンナの家に住んでいたころに、ぼく自身がそうしたすべてを体験したみたいだ。それは昔からの夢、リュエイユ・マルメゾンで、毎晩寝入る前に思い描いた夢だ。ぼくはジャックと海岸沿いの狭い山道を歩いていて、まわりの草はぼくらの唇を切るほど伸びている。ひょっとしたら今も同じ鳥、水面すれすれに飛ぶ黒鶫(くろう)たちがいて、ぐずぐずせずに立ち去れとぼくらに告げるかもしれない。鳥たちの赤いくちばしを、その眼の意地悪い光を覚えている気がする。海は入江のなかできらめいて、溶岩湖に似ている。覚えているが、海の手前に沼地と葦がある。ジャックはこう言われていた——「あっちに行ってはならない、危ないよ。迷子になるかも知れない。流砂があるのだよ」そうしたすべては遠いものになった。この場所の静寂のなかで、海がそっと触れにくるこの砂州で、ぼくはすべてを思い出している。このぼくがもはや迷子になることなどありえない。母さんはすでに病気だった。毎晩高熱が出て吐き気に悩まされていた。涼しい夜気を感じ、祈禱のようなムクドリの鳴き声を聴きに、母さんが浜辺に向かっていたとき、ぼくは彼女の腹に宿っていた。二月には海を渡ってサイクロンが襲来し、すべてを荒廃させてしまった。ある夜、家の一方から他方に風が吹き抜け、ランプも松明も消えた。父はポート・ルイスにいた。明け方、根こそぎ倒れた木が横たわる街道を通って馬で帰宅した。ぼくが生まれたのはその日、ハリケーンの翌日のことだ。

日差しが肌を焼き、塩が滲みこんだ髪の毛はごわごわになって兜のように重い。「気をつけないとね」とシュザンヌはいう。笑いながらこう付け足す——「ジプシーみたいに黒いわよ。アルシャンボー家の人間だなんて思う人はいないでしょうよ」ぼくの血管を流れるアマリア・ウィリアムの血のせいだ。パリのモンパルナスのアパルトマンで、父は母の写真を一枚しか残していなかった。フランスに来た十八歳のころの写真で、ほっそりして褐色の肌、面長の顔、弓形の眉は対の翼のように結び合わさり、とても長い黒髪は一本のお下げに縒り合わされて肩に重く垂れていた。

やってくる気配に気づかないうちに、シュルヤヴァティがそこにいる。ラグーンのなかに立って、水色の長い衣服を両脚の間に結び、大きな赤いネッカチーフで顔を隠している。ウニやタコがいないかと暗礁の穴をうかがっている。ぼくがいないかのように平然と歩いている。ぼくは水から上がり、岩陰で急いで服を着た。彼女はゆっくりと砂州を渡って岸辺に向かう。ぼくの前まで来ると立ち止まり、ネッカチーフを外す。日差しがなめらかな顔に照り、黄色い虹彩を光らせる。この前よりも幼い印象だ。細くしなやかな体つきに、銅の環を嵌めたとても長い腕をして、ほとんど子供だ。黒髪は入念に梳かれ、まっすぐな分け目で左右に分けられている。

彼女は今、日差しを背にぼくの前に立っている。こちらからはシルエットしか見えない。背後ではラグーンの水が輝いている。暗礁の上で海が立てるざわめきは、安心を与えてくれる。すべてが本当に平穏なのは今日がはじめてだ。ぼくが話しかけるのをためらっているので、彼女はただこう訊いた——「よくなりましたか」とても澄んだ声だ。彼女がこの前ぼくに親しげな口のきき方をしたかどうか覚えていなかった。彼女の声が、その単刀直入の物言いが好きだ。

「あちらの家に住んでいるのですか」

浜の反対側の隔離所のほうを指さす。うん、とぼくは答える。問い返す間もなく、彼

女は続けて、

「わたしは母と反対側に住んでいます」

ぼくらと同じく彼女も一時的に滞在しているものと思っていた。しかし彼女はいう、

「わたしたち、ここに住みはじめてから一年になります。母はこの島に来る人たちのために働いています。彼らが必要なものを売るのです。料理もしていましたが、今は病に伏しています。それでわたしが魚やタコを獲って売っているんです」

彼女の話にすっかり驚いて、ぼくは返答できなかった。彼女は一瞬ぼくを見つめる。それから言う。ただし質問ではなく、ただ自分に言い聞かせているようだ。

「あなたはまもなくモーリシャス島に発ちますね」

彼女は銛を手に取り、暗礁の上をまた歩きはじめる。先日と同じく、ぼくは後に付いていこうとする。しかし藻に隠れて道が見えず、照り返しに目がくらむ。シュルヤヴァティはすでに遠く、暗礁の端にいる。何度も水中に落ちそうになり、尖った岩を踏んで足の親指の傷がまた開いてしまった。岸に引き返すしかない。岩に腰かけて、ラグーンのなかで獲物を獲る娘を見ている。ぼくは待つ。

あまりに長く待ったので、太陽が空の反対側に落ちはじめ、雲の背後に隠れてしまう。潮が満ちはじめた。鳥たちが暗礁のまわりを旋回する。魚が穴から出てくる時刻で、タコを獲るには絶好だ。シュルヤが暗礁のあちこちの穴を突いているのが見える。それか

ら夕コを外して籠に押しこむ。波のとどろきが島の基底に反響している。ラグーンの水は暗くなり、黒い木目がよぎる。引き返さなければならない合図だ。娘は暗礁を伝って岸に向かい、波の真ん中を歩いている。衣服が貼りついて身体の線を浮き立たせ、髪は風になびいている。彼女のような人を見たことがないと思う、まるで一人の女神だ。心臓が早打ちして、目がひりひりする。まるで自分が彼女とともに暗礁の上にいて、波しぶきの雲を肌と唇に感じ、珊瑚礁の壁にくだける波の打撃を身体の奥まで感じているみたいだ。

娘は岸に着くと、何も言わずにぼくを一瞬見つめる。逆光になった顔はほとんど黒く、表情が見えない。髪の毛は赤銅色に照り映えている。ぼくは、なぜかわからないけれども動けない。夢のなかにいるように、好奇心の強い鳥さながらに少し斜めの姿勢で岩に腰かけて、じっと見ていることしかできない。藪を抜けて、岬の向こう側の斜面から子供たちが駆け寄ってきた。「シュルヤ！　シュルヤ！」と叫ぶ。

やがてぼくがいることに気づくと、びっくりして浜辺のはずれに立ち止まる。それでも笑いながら、小声で何か言い合っている。ふたたび娘のほうに駆けていき、取り囲んだところを見ると、ぼくが危険な人間ではないと踏んだにちがいない。シュルヤが籠からタコを取り出し、皮を剝いで裏返し、海水で洗うのをじっと見ている。それから娘はタコを銛の先にぶら下げると、男の子たちは戦利品のようにそれを奪い取る。彼女はほくを見なかった、ぼくに向かってどんな合図もしなかった。ぼくも彼女の後を追おうとはしなかった。

日差しを受けて身体は燃えている。よろめきながら隔離所に戻った。ぼくは自分の世界に、自分が属する場所に戻ってきた。シュザンヌの問いにもジャックのあいまいな非難にも耳を貸さなかった。狭いバラック小屋はひどく暑く、息詰まりそうだ。腰かけ代わりになっている溶岩の塊に頭をもたせかけ、床にじかに寝転んだ。薄闇のなかで両目を大きく開き、沸き上がる雲を思い描いていた。雨の到来を願っていた。

六月十五日

三日前から小凪ぎが続いており、島の住民は熱狂に囚われている。時々刻々スクーナー到着の合図を、その機械の振動とサイレンの音を待ちわびている。隔離所には快活さを装う雰囲気がある。明け方からジャックはシュザンヌを浜辺の、ガブリエル島の真向かいの埠頭に連れていく。シュザンヌは黒い傘を開き、二人は砂に腰を下ろして日差しをよける。イギリスのどこか、あるいはブルターニュに休暇を過ごしにきているみたいだ。

火山の頂の、灯台近くにあるぼくの見張り台に戻ろうとすると、不愉快にも性悪男ヴェランがそこに陣取っていて驚かされた。いつもいっしょのバルトリがやはりいる。ジュリユス・ヴェランは、重い石で固定した一枚の幕を屏風代わりにしていた。望遠鏡を携えて水平線のすばらしい眺めを一心に観察していた。モーリシャス島の頂上に雲がからないのははじめてだった。波が海岸に作る白い縁取りがくっきりと現れていた。

ヴェランといっしょにいるのは気乗りしなかったが、火口の縁に長いこと留まって、親島にあたるモーリシャスを眺めていた。これほど間近に、親しく見えたことはなかった。水平線上に浮かべられた、緑陰と心地よさに満ちた大きな筏のようだった。心臓が激しく打ち、熱狂が自分の身体を一杯にするのを感じた。ちょうど、何時間も歩き回った末に、自分が向かっている場所に近づいていることを、まさに到着しようとしていることを突如確認したときのような、陶酔めいたものを感じていた。だれかが、友好的な人の眼が、自分に気づいてくれるかもしれない、そして一艘の船がぼくらのほうへゆっくりと近づいてきているかのように、遭難者みたいに両腕を振り回しさえしたと思う。

「すぐは来まいよ。今日の午後の干潮を待っているのさ」――ヴェランが解説した。彼はぼくのかたわらに立って、ほとんど友好的な表情を浮かべている。ふだんはあれほど寡黙なバルトリもうれしそうだ。

二人を見張り台に残して、隔離所の建物のほうへ下りた。照りつける太陽を正面に見ながら、玄武岩塊の間を縫って山道を駆けおりるにつれて、あたかも希望から不安が、暗い汚点が、戦慄が生じるかのように、奇妙な印象を感じた。心臓の鼓動を速めたものはおそらくそれだ。ぼくはわかっていなかった。解放の瞬間が近づいていると思っていた。ところが今、ぼくの目の前で舞っているのは、シュルヤヴァティの面影だった。炎のような、ラグーンのなめらかな水面に浮かぶ幻影のような、珊瑚礁の壁に打ち寄せる波から生まれ、ぼくがまもなく永久に失おうとしているシュルヤの面影だった。

尖った溶岩の上を、痛みも感じずに裸足で駆け、藪を抜けた。海岸に近づくとだれもおらず、まぶしく光る長い浜辺はがらんとしていた。皆が隔離所の建物を出て、パリサッド湾にスクーナーが着くのを待ち構えていた。唯一、埠頭近くの医務所の小さな家屋だけは、年老いた船頭が留守を守っていた。船頭は何も、だれも待ってはいなかった。暑すぎる部屋のなかには、ニコラ兵長とトゥルノワ氏が粗末なベッドに寝ていたが、高熱のために顔が膨れ、眼は一点を見据え、口を開いて苦しそうに息をしていた。

浜辺で、日々の漁から戻る途中のシュルヤヴァティに逢いたいと思った。凪は止んでいた。あまりに青い空で太陽がまぶしく輝いていた。藪に踏みこみ、彼女がやってくる道を、砂に残る彼女の跡を探した。それから、ラグーンの真ん中を、湾曲した暗礁伝いにこれから突如彼女が現れるとでもいうように、浜辺に戻った。日差しの照り返しで吐き気とめまいがした。喉が締めつけられた。モーリシャス行きの船が着けば、ただちに移民局の意向に沿って全員が立ち去るだろう、姿を消すだろう。すべては終わりだ。

ぼくは全身の力をこめて、先日の子供たちのように、「シュルヤヴァーーティ！」と叫びもした。それはすべてを停止させることのできる、水上を歩いているように暗礁に立っている娘をぼくが見たあの瞬間を永遠に続かせることのできる、魔法の名前だった。

金剛岩のまわりで、鳥が沸き立つように群れていた。熱帯鳥がガブリエル島の巣穴から出てきて、遮るもののない海上を大きく旋回し、ときおり石のようにすとんと降下した。みるみる潮が満ちてきた。シュルヤは来ないとわかった。暗礁の岩盤に波がぶつかり、虹色のしぶきを吹き上げていた。またも風が出てきたが、波の動きに従う微風だ。ラグーンの水が濁った。岸のすぐ近くで、海底に棲む犬のようなひとつの影がさっと通り過ぎるのを見た。ラグーンの主であるタゾールこと、オニカマスだ。シュルヤはこの魚を恐れていないが、マリ爺さんによれば、こいつは知らない相手には噛みつくらしい。

ジャックがぼくを迎えにきた。大事な出立にふさわしい服装をしている。灰色の上着にチョッキとネクタイ、へこみを直したパナマ帽。しかし急いでつっかけた黒靴のなかは素足だ。興奮していて不安そうだ。

「来いよ、こんなところで何をしているのだ。今日出発できるかもしれないぞ」

よくわからずにじっと見ていると、ほとんど叫ぶように言った。

「衛生局の船がパリサッド湾に来ている。軍医と交渉しなければならない、そして連れていってもらわねば。お前が病人ではないことを認めさせる必要があるんだ」

「で、シュザンヌは？」

「もうあっちに行っている。ヴェランやバルトリといっしょだ。お前はどこに行ったのかと、シュザンヌがおれに尋ねた。こんなところで何をしているんだ」

自分が何を待っているかは言えなかった。ジャックはぼくの腕を引っ張った。ぼくは言った。

「で、他の者は？」

ジャックはすぐには理解できない様子だったが、やがて思い出した。

「見放しはしないよ。しかし、まずはここを脱出しなければならない。あとはモーリシャスですべてうまく行くさ。アレクサンドルにかけ合ってもらおう。しかし、ここにいるかぎり、何もできやしない」

ジャックが〈長老〉のことを絶対的な敵以外の存在として語るのは、はじめてだった。眼鏡の向こうでジャックの目は落ちつかずに不安げだ。振り向いて、何かしるしが見えないかと火山のほうを見やる。

「結局、来るのか？　これ以上お前を待てないぞ」

ジャックは藪を火山のすそに開ける湾の方向に走りはじめた。早くも遠ざかった。そして振り向く。

「レオン、来いよ」

ジャックは急いで持ち物をまとめた。ぼくも、シュザンヌの詩集と自分のデッサン帳の入ったかばんをとる。

火山に通じる道で、ジャックは島の反対側で起こっているできごとをいらいらした様子で語る。

「蜂起が起りかけている。まずいことにならないうちに早急に動かねばならないのだ。移民は全員が浜辺に来ている。あれほど大勢いるとは思わなかった。船が来ても自分たちのためではないと彼らにはわかっていて、ひどく怒っている。海に飛びこんでボートに襲いかかりかねない」

「だけどスクーナーは来ないのかい」

「わからん。おれはスクーナーを待つ気などしない」

ジャックはふたたび駆けだす。息が切れている。往診かばんとシュザンヌの旅行かばんを携えている。ぼくらは廃墟と化した墓を飛び越えながら、古い共同墓地を抜けていく。ジャックはいっとき立ち止まって息を整える。わき腹の痛みに顔をしかめる。

「奴らは沖にいるばかりで、だれも上陸して来やしない。わかるか。ぼくらを乗せるつもりなどないのさ。だれも乗せたくはないのだ。お前はここにいなければならない。ぼくら全員の姿を奴らが目にしなければならないのだ」

「だけど、なぜ？」

ぼくも息が切れそうになるほど叫ぶ。藪を駆けたので、脚には引っかき傷ができている。突然、裸足だったことに気づく。隔離所に靴を置き忘れたのだ。戻りたいが、ジャックが大声でいう。

「あきらめろ。時間がない。ポート・ルイスで新しいのを買えばいい」

ジャックの声は張りつめて、別人のようだ。ようやく向こう側、パリサッド村で何が起っているかわかる。集団が激怒に駆られているのだ。

島の両側の斜面を分かつ尾根を越えると、目に入ってきたものに身がすくんでしまう。パリサッド湾沿いにずらっと群衆が集まっている。大方は、毎朝クーリーが従事している造りはじめの防波堤のまわりに集まって、溶岩塊の上に平衡を取りながら立っている。波が打ち寄せているのに腰まで海に浸かって、玄武岩の大きな岩盤の上に進み出ている者もいる。湾の左手の、倉庫として使われている棕櫚で葺いた屋根の近くで、ヨーロッパ人旅行客が浜辺に立って待っている。シュザンヌは屋根の陰に入って、角の柱の一本にもたれている。ぼくらのほうを向いて待っている。じっとしているが、ジャックが湾に向かって道を駆け降りてくるのに気づいたことがぼくにはわかる。

浜は移民全員を収容するほど広くはない。多くの者は湾の奥の伐採林にしゃがんでいる。女たちは唯一の財産である黒い傘を差してやってきた。彼らは畑も仕事も投げ出し、集合住宅から急いでいくつかの持ち物を携えてきた。そしてそこにいる。沿岸警備船を見つめている。それは小さな蒸気船で、岸から数鏈〔約二百メートル〕のところに錨を下ろし、その周囲を巡回している。だれもしゃべらず、静まり返っている。聞こえるのは機械の音ばかりで、ときおり子供の泣き声やだれかを呼ぶ声がする。犬たちまで黙ってしまった。がらんとした家屋の前で鼻を埃に突っこみ、まるで彼らも何かが起こるのを待っているかのようだ。

浜の、アヴァ号乗客たちからあまり離れていないところに、打ち上げられた包みや、油樽や、岸まで流れ着いた木箱が転がっている。だれも濡れない場所に引き上げようとはしないので、打ち寄せる波がそれらを泡で包み、ふたたび捉えて遠くに投げ返す。船上の将校があえて上陸する危険を冒さなかったのは、ボートを出すには海が荒れ過ぎているという判断からか、それとも移民たちに襲われるのを恐れたからか。近づいてみて、乗組員のなかには武器をもっている者がいることがわかった。男たちは甲板に立って、インド軍の重いシュナイダー銃を携えていた。

ジャックはぼくから遠ざかり、すでに浜にいる。熱された岩を縫って斜面をふたたび下っていく途中、パリサッド湾の全体を包むような喧騒が聞こえる。それは人々がこぞって立てる不安と怒りの叫びだ。大きくなってはしぼみ、また始まるといった調子で、人の口から口へと伝わって浜辺のいたるところに伝播する。男も女も発する、ときに重々しく、ときに甲高い叫びだ。こんな声は一度も聞いたことがない。身体中に戦慄が走る。それはまたひとつの歌、音楽、怒りの叫び、そして嘆きでもあるからだ。甲板上で乗組員に囲まれて待っていた軍医は——きらめく白の制服から容易にそれとわかる——船出を決めたところだ。船尾楼に入った。船員たちは舳先に沿って錨を上げ、将校はエンジンをふたたび作動させるのに船尾楼に入った。機械のとどろきが湾に鳴り響く。移民たちの怒りの叫びの口火を切ったのはこの音である、そして羽飾りのように空に広がった黒煙である。沿岸警備船は去っていくのであり、ぼくら全員がおのれの運に委ねられたことを彼らは理解した。

浜に着くと、信じられないような騒ぎだ。狂おしい絶望に囚われた男たちが四方八方に駆けまわる。かばんも持ち物も棄てて海岸に行き、波が荒いのに海に入り、大声で呪詛を吐く。周旋業者たちとその首領格の現場監督、シャイク・フセインは姿を消した。彼らは湾の上方の岩に避難したにちがいない。だれも群衆の怒りを抑えられない。あんなに柔和な様子をしていた男たち、防波堤まで運搬する砂利籠の重みに背を丸め、規則的な縦列を作って歩いていた男たちが、何かにとり憑かれたように見える。顔を血に染めて、地面に叩きつけられた者もいる。恐怖に駆られた女や子供は、クーリー村の家屋に逃げこもうとするが、棍棒や山刀を携えた男たちに突き返される。アヴァ号の乗客が避難している場所に近づくにつれて、不安が高まり、喉を締めつけられる。今いる位置からだと、密集した群衆が倉庫の屋根を中心とする円を描きながら動いているさまだけが見える。砂に混じる尖った小石を踏んで、ぼくの右足の傷口がまた開き、なかなか進めない。不意に岩間の開口部からジャックの姿が見える。恐怖と怒りで顔が引きつっている。ジャックも叫び、こぶしを突き上げている。シュザンヌの手を取って後退しようとするが、すき間のない人混みに海岸のほうに押し返される。二人はしばらく、打ち寄せる波に背中を向けて、泡立つ水のなかに立っている。アヴァ号の他の乗客、ジョンとサラ、バルトリとジュリユス・ヴェランは姿を消した。おそらく彼らは、切り立った火山のほうへ逃げる間があったのだろう。ぼくはまたシュルヤヴァティを目で探す。彼女のシルエット、彼女の顔を見つけようとする。しかし周囲には島から逃げ出そうとする者しか、狂ったようにぎらつく目をして裸足で駆け回る若者たちしかいない。防波堤の建設現場では、女たちのグループがいる。これから実際に船に乗り遠方に旅立とうとしているかのように、スーツケースや包みを脇に置き、赤ん坊を腰に馬乗りにさせている者もいる。そのなかにシュルヤはいない。湾の反対側の賤民地区に母親と留まらなくてはならなかったのだと思う。そこまで行くのはとうてい無理だ。駆け回る人々の間でジグザグに進みながらためらっていると、ぼくを呼ぶシュザンヌの声がする。即座に海に入る。ジャックといっしょに身体で砦を築き、玄武岩の平石の上で滑りそうになりながら、頭を下げて浜の端まで進む。少なくともここなら、襲撃してくる者たちもぼくらを取り囲めまい。

パリサッド湾は相変わらず喧騒に包まれているが、それは先ほどよりも低くあいまいな音になった。叫び声、呼び声、威嚇する声が同時に聞こえる。腰衣だけを着けて、汗と海水で身体を光らせた若者たちが、ぼくらの周囲の海で駆ける。ぼくらを罵り、遠ざかる沿岸警備船のほうに石を投げる。振り向くと、甲板に立つシルエットが見える。もはや太陽を背景にした影でしかない。強風が船の煙を散らす。もう機械のとどろきしか聞こえず、船は窪みに入り、大波のなかで揺れている。一瞬ののちには、火山の端の向こう側に姿を消した。

砕け散る波の音が人の声を覆ってしまう。ぼくらのまわりにいた若者たちは、大波に突き飛ばされる。彼らは水から上がり、浜辺の上のほうへ戻っていく。ぼくはシュザンヌを火山のふもとの、玄武岩が累々と積み重なったぼくらの唯一の避難場に連れていく。そこには塩気のないせせらぎが流れている。岩をよじ登りながら、ジャックの顔が血まみれであるのに気づく。若者たちが投げた小石が当たったのだ。石はジャックの左目の上に当たり、眼鏡の片方のレンズを割った。火山の南側の斜面に着いたときには、航跡のなかによろめくボートを引きながら、緑の海面を足早に遠ざかっていく沿岸警備船の姿が辛うじて見えた。

十五日

けさ、木陰のない土地で、コルブリーナ〔インド蛇木、夾竹桃科の低木〕の群生を見つけた。長さ半ピエの細長い葉からして、おそらく偶然入ったポリネシア種（たぶん海賊がもちこんだ）に近い。

パリサッド村に入ることのできた機会を利用してヤシ類を同定。ヒオフォルベ〔ヤシ科〕のアマリカウリス種〔モーリシャス固有種〕、アブラヤシに近いが食用にはならないと思われる。村の近くで、腋生の独特の花を付け、枝が対生的なラタニヤヤシ（約五十ピエ）。どの枝も一部欠けた斜行性の苞に包まれている。（遠くからオペラグラスで）アメリカリュウゼツランの数個の実例を同定。おそらくは医学的理由で初期の占領者が行なった移植の企て。

パンの木があれば、隔離状況には有益であろうに、どんな痕跡もない。

六月十六日

暴動は夜通し続いた。ぼくらは隔離所の家屋に寝た。シュザンヌとサラ・メトカルフを奥に寝かせ、ジャックとジョンとぼくが交代で寝ずの番をした。ときどき島の反対側から風に乗って鋭い叫びが聞こえてきたり、付近の藪で足音がしたりした。犬がたえず吠えていた。鼻を突く煙の臭いがした。ごく近くで炎がはぜる音が聞こえる気がした。外に出て岸の方に少し歩いた。雲に閉ざされた夜の闇は濃かった。しかし木々の上空で揺れる赤い斑点のような火事の明かりが見えた。バルトリと性悪男ヴェランは火口で夜を過ごした。ヴェランは得意そうに武器を見せさえした。古い制式拳銃で、持ち物のなかに隠していたというが、ジャックは叛徒の死体からかすめ取ったのではないかと疑っている。それで蜂起を鎮められると期待していたのか。

反乱は明け方に収まった。始まったときと同じく、理由もなく止んだ。もしかしたら、狂熱の夜が体力を消尽させただけかもしれない。

ヴェランとバルトリが戻ってきた。インド人たちは寝に帰宅したということだ。パリサッド村周辺の賤民小屋が何軒か焼けたらしい。何が起ったのか、ぼくらはのちに知った。酩酊した若者たちがラザマーという娼婦の家に押し入り、強姦したという。そして暴動は、殺戮の儀礼のように空しく不可避なこの暴力シーンで止んだ。シャイク・フセインは、ぼくらが最初の晩に泊った小屋に罪人たちを監禁させた。

ぼくはシュザンヌのそばを離れなかった。きのうのできごとがマラリア熱を引き起こし、彼女はぶるぶる震えている。家の前でひそひそ話が交わされており、シャイク・フセインの使いの者が二名、それに加わっている。大きな声が聞こえた。「で、水は？　だれが彼らの世話をするのだ、どこに泊るのだ」ヴェランは貯水槽、仮の避難場所について話していた。ぼくらといっしょにいる病人、ニコラとトゥルノワ氏を島外へ追い出したいのだとわかった。ジャックは憤慨している。一八五六年にイギリス人がガブリエル島に置き去りにしたインド人たちのことを口にしたのはヴェランである。その当人が、自分の旅を続けるために、二人を死に追いやろうとしているのだ。緊急事態だというヴェランの声が聞こえる。「生きるか死ぬかの問題だ」という、ばかげて空疎な文句を繰り返している。ひどく興奮していて、激しい剣幕だ。全員が賛成ではないのだから投票しようという。周旋業者たちは少し離れたところに立っている。彼らは無言だ。ジャックとヴェランの議論が理解できないが、ニコラとトゥルノワ氏を連れていくためにここにいる。この情景には、医務所の粗末なベッドに寝ている不幸な病人たちに下される判決に立ち会っているように、不吉でかつグロテスクなものがある。

それ以上耐えられなかった。シュザンヌにキッスをして、彼女のことをサラに頼んだ。朝の冷たい空気のなかを浜まで歩いた。埠頭近くでは、マリ爺さんがもう小舟を水辺に引いてある。船出の頃合いを見ているのだ。雲間からまだ月が輝いている。日の光がもう波頭で輝いている。

シュルヤヴァティに会わなければならない。彼女のほっそりしたシルエットがラグーンにいて、見えない暗礁の道を伝って歩いているところを見たくて仕方がない。

起きてしまったことを、パリサッド湾のけたたましい暴動を、ぼくらが逃げようとしたときにシュザンヌの心を締めつけた恐怖を、ジャックの頰を流れた血を、そして昨夜の人声のざわめきや火事の明かりをも、彼女だけが消してくれるように思う。しかし浜辺は気が滅入るほどがらんとしている。

ニコラとトゥルノワ氏が小舟でガブリエル島に連れていかれたとき、ぼくはまだ浜にいた。二本の棒にシーツを張ったにわか作りの担架に乗せて、周旋業者たちがニコラを運んだ。彼らのあとを、大きな患者用パジャマを着たトゥルノワが歩いていった。だれにも目をくれなかった。舟に乗ると、ニコラに付き添うようにそばに座った。現場監督は、パリサッド村から二人の病気のインド人を送り出していた。まるでおまけだと言わんばかりに二人とも女性だった。一人は年配で、もう一人はもっと若かった。おそらくどちらも賤民で、寝巻にくるまっていた。病人たちを風から守るために、間に合わせのシートが舟に設えられた。次いでジャックが船首に乗りこみ、マリ爺さんが続いた。爺さんは船尾に立って長いオールに力をこめた。朝の灰色の光のなかで、積載限度を超えた舟は浸水しながら鏡のようなラグーンの水面をゆっくりと遠ざかっていった。冥府の川の渡し守カロンが司る死出の旅を思わずにはいられなかった。この先いったい何人がこの旅を続けることか。

ジャックは血の気の失せた、興奮した顔つきで、ガブリエル島から戻ってきた。長居をせずにできるだけ早くシュザンヌのもとへ戻りたかったのだ。ぼくらは無言で隔離所までいっしょに歩く。事が進行していた間は、ジャックがヴェランに屈したと思って軽蔑していた。しかし今では、ああするより他なかったのだと思う。それが現場監督の意思だったし、ぼくらがスクーナーから下船したとき、おそらく彼がモーリシャス当局から受けていた指令でもあった。

サラはシュザンヌのそばに座っている。米のとぎ汁を飲ませようとするが、シュザンヌは高熱のため飲むことも食べることもできない。ぼくらのところには、このうえなくまずいカメレオン水しかない。けさはだれもお茶を用意する気力がなかった。

昨夜のできごとと病人たちの出発の記憶が、ぼくらの頭から離れない。ぼくは海岸まで行って潟を見る。水は湖面のようになめらかで、ガブリエル島の形が、熱帯鳥の住む尖峰と信号機の廃墟とともに、空を背景にくっきりと浮き出している。病人たちを収容するテントが設営されたのは島の向こう側、尖峰から風が吹き下ろす場所だ。ぼくらのいるところからそれは見えない。

「どうしてぼくらはこんな羽目に陥ったのだ」ジャックは怒らずにはいられない。シュザンヌの目をまともに見ることができない。無意識にジャックはヴェランの肩をもち、現場監督を非難する。「きのうあいつはどこにいた？　姿さえ見せなかったじゃないか。あいつがすべてを仕組んだのだ。あいつは皆の興奮を鎮めようとはしなかった。あのいやな呼び子を一度も聞かなかったぞ！」

ジャックの眉弓が腫れている。まぶたの血は乾いている。眼鏡のレンズが割れて、物が二重に見える。ジャックは神経質に動いている。両手は干からびてひりひりしている。ジャックもマラリア熱にやられている。昔、メディーヌで熱病が発生したときの様子を話してくれたのを覚えている。それは野原を吹く風のよう、ひとつの波のようだったと語った。それはアンナの家の廊下にも寝室にもいたるところに侵入し、湿ったシーツにも、甕の水にも、空気中にも、ヴェランダの陰にもあって、台所から出る煙や夕暮のムクドリの鳴き声とも、モクマオウのざわめきとも、潮騒とも混じり合った。嵐の前夜のように、吐き気のような、恐怖のような感覚が鼓動をひどく早め、皮膚を総毛立ちにしたという。

「なぜあいつは、ぼくらのために何もしないのだ」まるでガブリエル島を間に置いてモーリシャス島を、いくつもの尖峰にかかる雲の渦巻きを眺めようとでもするかのように、ジャックは海岸までやってきた。「ぼくらを気にかける者などいない。助けが来るようにぼくらを弁護してくれる人間などいないのだ！」ジャックはアレクサンドルの名を口にしようとしないが、事実、〈長老〉はぼくらがどこにいるか知っているはずだ。彼にぼくらの状況が伝わっていないことなどありえない。何もしないのは思うところあっての話だ。ぼくたちはあの世から戻ってくる幽霊なのだ。二十年近く前、アントワーヌとアマリアがモーリシャス島を離れたとき、ぼくらは存在することを止めた。今や、一八五六年の春にハイダリー号上のクーリーたちの身に起きたように、ぼくらの存在を抹消するだけだ。

「万事うまく行くさ。日数の問題だよ」ぼくはジャックを安心させようとした。しかし高熱のせいでぼくの言うことに耳を貸さない。ぼくの言葉の意味がわからないまま、まじまじと見る。あるいはぼくの思い違いで、「生きるか死ぬかの問題だ」というヴェランの文句を繰り返してしまったのかもしれない。もう覚えていない。

ジャックを助けて隔離所に戻った。ジャックは歩行もおぼつかない。「背中にだれかを背負っているみたいだ」という。『アラビアン・ナイト』に出てくる「海の老人」(35)のことを思い、ジャックにいう——「川を渡ってはだめだぞ！」ジャックは茂みに向かって小便をしようとするができない。熱のせいで脚が震え、歯ががくがく鳴っている。そんな状態をシュザンヌに見られないよう、自分を統御しようとする。ぼくはキニーネとカメレオン水を与えた。

シュザンヌは横になって眠っているようだが、薄目を開けて見ている。亜麻色の美しい髪が汗で重くなり、肩の上に崩れている。ジャックがそばに来ると、彼の名をささやく。ジャックはシュザンヌのかたわらに寝る。ぼくは優しい心もちで二人を見ている。ジャックはぼくより九歳年上だが、ぼくのほうが兄のように思える。ぼくがジャックを守り、シュザンヌを妹のように守ってやらねば、と思う。ぼくは二人を愛している。

六月十七日

隔離所に不安が居座ってしまった。バルトリとジュリユス・ヴェランは、ぼくらの蓄えの状況を明らかにした。二十キロの米と若干の干し魚、約一週間分だ。油樽はほぼ空だ。灯火用の石油は二、三日後にはなくなる。現場監督は、沿岸警備船が置いていった食糧を分配したが、ぼくらの収容所は除外した。なぜだ？　ぼくらの出発の日取りに関して、ぼくらの知らないことを知っているのか。あるいはぼくらを飢えさせることに決めたのか。暴動の混乱のさなかに、インド人たちが備蓄品を略奪した。蓄えの入った袋が切り裂かれ、中身が海に散らばった。こうすれば船はまた戻って来ざるをえない、と犯人たちは考えた。ジュリユス・ヴェランは始終悪夢に取り憑かれている。メトカルフ夫妻を証人に仕立てようとする彼の声が聞こえる。「カーンプルを忘れるな(36)」——陰気な声で繰り返しそう言った。いつだったかジャックが、インド北部で起ったことを話してくれた。ナーナー・サーヒブの率いる軍隊がカーンプルを奪取し、ガンジス川で男、女、子供を問わず、すべてのイギリス人を虐殺したのだった。しかしジョンがヴェランに返す一瞥は、それに関する記憶がまったくないことをはっきりと示していた。

外では、島々の上空の広大な雲の切れ目で太陽が輝いている。これ以上隔離所のバラック小屋にいられない。息が詰まるし、ヴェランの生気のない顔、他人に伝染させる恐怖、言葉の粗暴さに嫌悪を覚える。ジャックまでも強迫に、陰謀の観念に屈した。二人がどれほどインド人や彼らにとって鬼のような現場監督を非難したところで、ニコラとトゥルノワ氏をガブリエル島に送りだしたのは彼ら自身だ。シュザンヌとサラ・メトカルフだけがその強迫観念、その憎しみを免れた。シュザンヌは、パリサッド村に行き、救助を組織して、その天使のように純粋な夢を実現するために、熱病が癒えるときをひたすら待っている。支援してくれるようサラを説得すらした。ジョン・メトカルフのほうは、植物学の研究を再開できるのを待ち焦がれている。

ガブリエル島のどっしりした島影から視線をそらすことなく、浜辺沿いに、埠頭の前を歩く。向こうに移送された者たちの仮住まいを思い描いてみる。尖峰の陰で、風と日差しを遮る蠟引きのシートを張っただけの施設だ。

ここから見ると、島には人けがない。ただ、いくつかの藪と、黒い岩に張り付くように生えた乾いた木の茂みだけが見える。生活の気配はなく、煙も上がっていない。わずかに、尖峰のまわりを、しわがれた声を立てながら執拗に旋回する熱帯鳥の不規則な飛翔があるだけだ。ときどきこの鳥たちは海岸まで来て、ぼくを監視している。吹き流しのように背後にたなびく長く赤い羽根が邪魔をして、彼らは荘厳でありながら不器用だ。インド人の子供たちは、岩間から熱帯鳥の様子をうかがいにくる。おそらくは、長い羽根の一本を何とか捉えることを夢見ているのだろう。「フェニックス・ルブリカウダ(37)」とジョン・メトカルフはぼくに言った。アフリカではこの鳥は神らしい。

ぼくは玄武岩の自分の場所にいて、バラ色のごく小さな花をつける草が生えた砂の窪みに腰を下ろしている。夕方で海は凪ぎ、ラグーンの陰に包まれた暗礁の壁は見えない。背後にはガブリエル島と火山の黒い断崖、目の前には水面すれすれの長い陸の先端がある。グンバイヒルガオは風を受けて地面を這っている。陸の先端とガブリエル島との間の水平線に、水中から姿を見せた動物を思わせる蛇島とロンド島の島影が見える。

今になってわかる。この風景は自分にとって、ヴェランとバルトリが飽くことなくモーリシャス海岸をうかがう火山頂上の見張り場よりも大事なものになった。ここで眺めるのは東側、つまり反対の方角だ。海からは何も到来しない。しかし彼女、シュルヤヴァティは、岩間から今にも現れるかもしれない。この場所をずっと以前から知っていたような気がする。浜辺、海とひとつになった低い土地、そして鳥たちの住む巨岩。

ぼくが気配を聞きつける間もなく、彼女が目の前の浜に来ている。様子が変だ。だれかがいるのを恐れるように、不安げに目を凝らしている。水色がかった緑のいつものサリーを身に着けて、日差しに色あせた赤いショールに首をすっぽり包んでいる。額には黄土色の点を描いている。

「どうしたいの。どういうつもりなの」

ゆっくりとした、明確な物言いであるが、気取ったところはない。

質問に驚く。

「どうしたくもないさ。君を待っていたんだ」

彼女の目が輝く。まじめな口調でいう。

「それじゃ、こんなふうに毎日わたしを待っているの」

シュルヤは砂に腰を下ろしてラグーンを見つめる。ときどき日が差して、彼女の顔を照らす。とても白い歯をしている。はじめて気がついたが、左側の鼻孔に金色のピアスをしている。

「そんなにうまくフランス語を話すことをどこで覚えたんだい」

ぼくの質問はばかげていて、皮肉な返答を受けても仕方がない。

「あなたと同じだと思うわ。わたしの言葉よ」しかしこう言い添える──「モーリシャスのシスターたちに育てられたの。わたしの本当の母語は英語なの。母はイギリス人よ」

なぜかわからないが、こう尋ねてしまう。

「君のお母さんに会えるかなあ。ぜひ会ってみたいんだ」

「わたしの母に。母に会いたいですって?」およそだれも考えつかないようなばかげた考えだとでも言うように、シュルヤはかすかに笑う。

「そんなこと無理よ」

「どうして?」

シュルヤヴァティはためらっている。もっともらしい理由を探している。

「だって……だって、母はあなたが会えるような人じゃないもの」

まだためらっている。

「母は白人には会いたがらないからよ」

彼女はクレオール風に「お偉方」という。

「だけどぼくは、お偉方じゃないよ」

彼女は聞いていない。あるいはぼくの言葉を信じない。ぼくをじっと見つめ、言葉を継ぐ。

「昔、母はモーリシャスにいたの。アルマのお偉方の使用人だったわ。父も製糖工場で働いていた。それから事故があって、わたしが一歳のときに父は死んだの。それで母はわたしをシスターに預けた。そして自分はインドに戻った。母が戻ってきたとき、シスターたちはわたしを母に返したがらなかった。もう自分たちのものと言い張った」

シュルヤヴァティは、一切がごく自然なことのように、ぼくがしばしば耳にしてきた話のように語る。小さな棒切れで、砂にいろんなデッサンや記号や円を描く。色とりどりのエナメルを引いたブレスレットをいくつも腕にはめている。手首ではゆるくかけ、上腕部ではきっちり留めている。

「それでお母さんはどうしたの。そうはいっても、君を取り戻したのだろう?」

「いいえ、それはできなかった。お偉方は、自分のものは離さないわ。母はこっそりわたしに会っていた。わたしと離れずにいるために、修道院のそばに仕事を見つけた。十六になったとき、母といっしょに逃げたの。わたしたちはモーリシャスに身を隠した。そしてある日、母は船を見つけ、わたしたちはここプラト島に来たの。ここならシスターたちに見つかることはない、と母は確信していたから。今は病気だからよそへは行けないわ」

ぼくは彼女の顔を、赤銅色の肌を見つめる。彼女の目は琥珀色、薄明の色だ。こんなに美しい娘を見たことがない。ぼくは恋している。

「あっちは、君のいるところはどんなところ?」

母親のことはしゃべりたがらない。逆にこちらに質問してくる。

「フランスは、イギリスはどんなところ? イギリスのことを話して。大きな庭園や宮殿があって、子供たちは王子様、王女様に似ていて、とても美しいのでしょう」

サリーのポケットから一枚の紙切れを取り出して、丁寧に広げる。それを持参したのはぼくに見せるためだ、ここに来ればぼくがいることを知っていたのだ。それは『ロンドン画報』の一ページで、巨大な赤ん坊がほほえんでいる。その下には「フライ社の最高級ココア」と書いてある。

思わず笑ってしまう。ここ、ぼくらが置き去りにされた浜辺で見る、陽気な赤ん坊の顔には、どこか笑止で不まじめなものがある。シュルヤヴァティも、口に手を当てて笑いだす。結局、ぼくらはなぜ笑っているのかわからない。笑うのは久しぶりで、幸せな気分だ。絵の中の赤ん坊は、レースの長い産着をまとい、へんてこな縁なし帽をかぶっている。

「あちらの赤ん坊は王子なんかではないよ」ぼくは現実を、パリやロンドンの街路、雨、寒さ、石炭ストーブで暖をとるアパルトマンのこと、ぼくがロンドンのエレファント&キャッスル地区――この名前には驚きだ、イギリスには城や象がたくさんいるということになりかねない――で見たものを話してやる。しかし彼女が知りたいのはそんなことではないことがわかる。悲しい、失望したような表情を見せる。そこで、存在しないもののことを、シュルヤを夢想させるイギリス、木々に縁取られた大通り、湖と泉に飾られた公園、並木道を通って美しいドレスを着た婦人たちを運んでいく豪華馬車のことを話す。オペラ座、あちこちの劇場、ロンドンの水晶宮、パリの万国博覧会のことも。すべて作り話だ。見たこともない舞踏会や、『浮かれ女盛衰記』で読んだいろんなパーティーの様子を語って聞かせる。

シュルヤは非常に注意深く聴いている。澄んだ眼でぼくを見つめ、『千夜一夜物語』でも聴くように一言ひと言をたどっている。ぼくはさらにいろんな話をし、男や女をでっち上げる。それはお手のものだ。父が死んだとき、十三だった。リュエイユ・マルメゾンの寄宿舎で、他の寄宿生のために父のこと、母のこと、休暇中の旅行、実家のこと、すべてをでっち上げなければならなかった。ジャックが相手でもそれをした。モンパルナスのウィリアム小父さんの家で再会するたびに、ぼくらはいろんなアヴァンチュールをでっち上げた。大勢の友達がおり、夜のパーティーによく出かけ、花のように初々しい娘たちとダンスをするといった話だ。ジャックは、男に扮し、仕こみ杖と拳銃を携え、若いコクニー[38]のように鳥打ち帽をかぶってカルパティア山脈を旅した、メニー・ミュリエル・ドーウィ[39]が大好きだった。

シュルヤヴァティは魔法の名のように「メニー・ミュリエル・ドーウィ」と繰り返す。その名に魅了されている。ぼくは少し恥ずかしい。しかしこちらが話し止めたとたんに、彼女は立ち去るだろう。

太陽が一気に火山の反対側に移り、浜が影に包まれた。今日の夕暮れはとても速く過ぎた。満ちてくる潮の音、そして島の土台から発されるようなくぐもった震動が聞こえる。自分のなかに電気が走り、新しい力が湧いてくるように思える。島にのしかかる脅威を感じないのは久しぶりだ。暴動のことすら忘れていた。ラグーンの水の上を、鳥たちとともに、船尾に立つマリ爺さんを乗せて小舟がガブリエル島から戻ってくる。ラグーンのほとりにぼくは一人でいる。煙のようにすばやくシュルヤヴァティは伐採林を駆けていった。彼女に向かって叫ぶ時間はあった。「カル！」——「明日！」

十八日

他の薬草。

ティロフォラ・ラエウィガータ（トウダイグサと見紛う）、吐き気を催させるイペカクアーナ〔吐根〕としてのほうがよく知られる。

蔓性のガガイモ類を探すが見つからず、エウフォルビア・ペプロイデス（地中海種トウダイグサ）を見つける。その地方名はファンガム。

昔のプランテーション、パリサッド村の残り部分には、カプシクム・フルテセンス（キダチトウガラシ）が数種。

晩になって、東の端（はな）で柿の木がそこここに一本ずつ。ただし乾燥してほとんど葉がなく、枝はジグザグに曲がっている。葉は赤い葉脈があって美しい。黒檀材のような、または樫材のような材質。

切り立った斜面に広がるボエルハウィア・ディフーサ〔オシロイバナ科〕、地方名はホロホロ草。

ヒユ科植物。自生の固有種、そしてなぜかはわからぬが蔑まれている（見たところ、まったく栽培されていない）。

数時間しか経たないのに、パリサッド村の暴動はもう忘れられた。翌朝、強姦の犯人たちは目抜き通りで笞刑に処せられた。次いで女たちが彼らの傷口に、バナナの新芽や香木の葉を擦りつけた。そうして生活は、祈禱のはじまりを告げる呼び声と現場監督の呼び子に区切られる通常の流れを取り戻した――それが通常の生活と呼べるとすれば、であるが。

マリ爺さんと一人のクーリーの助けを借りて、ジャックは医務所と隔離所のバラック小屋の消毒を行なった。シャイク・フセインが送ってよこした二人の周旋業者も、作業を手伝った。粗末なベッドと汚れたシーツは海岸で燃やされた。次いでジャックは家々の床にコンディ消毒液を撒いた。ベッドに点火されたとき、いたたまれなかった。喉もとに吐き気を感じ、岬の岩間の自分の窪みに隠れに走った。正午までシュルヤヴァティを待ったがむだだった。海が穏やかなときは来たためしがない。ガブリエル島は、嵐の空の下では、執拗に飛び回る熱帯鳥たちに囲まれて普段より大きく見えた。

きのうの晩、ハリケーン・ランプの弱い明かりのもと（缶の灯油がほとんどなくなり、残りかすばかりだ）隔離所の家屋で行なわれた、不条理で陰気な儀式に立ち会った。取り仕切っていたのは、いつものようにヴェランである。大げさで衒学的な前置きを、ときどきrの音が巻き舌になるしわがれ声で唱えたあと、サー・チャールズ・ケイムロン・リース総督に回照器で伝えるつもりだというお達しの文面を、ぼくらに読んで聞かせた。記憶で再構成してみるが、実際にはもっともったいぶった文面だった。「今晩より、合法的機関が現状に終止符を打つにいたるまで、ヨーロッパ人旅行客とパリサッド村のインド人移民の区別なく、島中のすべての住民に夜間外出禁止令を敷く。夜間外出禁止令は日没から夜明けまで有効であり、その始まりと終わりは島の両側から発される長い呼び子によって示される。夜間外出禁止令に背く者はだれであれ、共同体にとって危険人物とみなされ、即刻拘留される。最後に、今晩より、住民の移動を限定して流行病の広がりを防ぐため、島の東部と西部の間に境界線を設ける」

次いで性悪男ヴェランは、フランス語と英語で書かれた文面を回覧させた。文章の下には彼自身とバルトリとジャックの署名があり、その下には、アルファベットに転記されたインド文字で、パリサッド村の二人の重要人物、シャイク・フセインと周旋業者アチャナーの署名があった。メトカルフ夫妻は関与を避けた。――ジョンはおそらくこのこと自体を知らなかったのだろう。

この夕べの集まりは、一同の祈りで終わった。これを思いついたのは性悪男ヴェランであるが、この儀式はいかにも彼らしかった。ケンケ灯の煙がもくもくと立ちこめる部屋の中央に立って、「ワレラガ父ヨ」〔主の祈り〕を唱えたが、その少々しわがれた声はバラック小屋のなかで奇妙に響いた。ぼくらの運命に関するいくつかの空疎な文句も即興で編み出した。シュザンヌはジャックに寄りかかりうずくまっている。目は涙と発熱で輝いている。ぼくの心臓は高鳴り、シュザンヌが感じているのと同じもの、憎しみに似た何かをひしひしと感じている。ジュリユス・ヴェランはすべてを歪めてしまった。何の価値もない彼という人間が、ぼくらの真ん中に居座ってしまった。ぼくらをまんまと彼自身に似た人間に仕立ててしまったのだ。ヴェランが島の東西を分かつ境界線を思いついたのはシュルヤヴァティを来させなくするためであることを、ぼくは一瞬たりとも疑わない。もったいぶった声でゆっくりとお達しを読む間、彼の視線は一瞬ぼくに止まった。それは彼の悪意の光で輝いているように見えた。

一日中、来るとも思えないシュルヤを待ちながら、隔離所と岩の岬の間を往き来した。グンバイヒルガオの苗や茂みには今や自分の足跡が付き、歩き回ったためにできた獣道のような小道になっているのに気がついた。どんな暦が与える印象にもまして、過ぎ去った時間を痛感させたのはこの発見だ。海辺の石の一つひとつを、死んだ珊瑚の稜と稜の間の水路の一筋ひと筋を、シバスギの茂みの一角一角を、植物の一本一本を知っているように思える。

鳩舎岩の鳥たちは、最初は恐れていたが、いまではぼくがやってきても逃げない。彼らに贈り物をもってくる。干したタラを少しばかり、脂肪を塗った乾パンを何片か。カモメたちは暗礁の入口の指標である平らな岩のまわりを旋回しては、けたたましい鳴き声を立てながら贈り物めがけて襲いかかる。何とか手なずけたいのは熱帯鳥だ。ガブリエル島と岬の端とをたえず往き来し、ぼくのすぐ近くを通る。周囲を見渡すその鋭い視線を感じる、しわがれた鳴き声が聞こえる。それから、お殿様のように泰然と無関心に、赤い吹き流しを背後になびかせながら、潟の反対側に滑空していく。

こうして島は、架空の境界線で二分された。夕方、植物調査を行なうジョン・メトカルフのお伴をしながら、ぼくがたどるのはこの線だ。ぼくらは尖峰から、藪になった斜面を伝って、島の中心部を占めるモクマオウの木立まで下る。境界線は緩斜面に沿って岬を金剛岩まで二分する。灯台に近づくと、性悪男ヴェランがそこに、医務所からもってきた木箱と防水シートで一時しのぎの避難場のようなものを造ったのを見た。いわく、そこからなら水平線が見渡せて、回照器とモールス信号解説書のおかげでモーリシャス島と通信できる。しかし彼がまた、インド人たちがプランテーションや街に出入りするのを見張っており、日が暮れて女たちが火山のふもとのせせらぎに水浴にいく様子もうかがっているのをぼくは知っている。もしかしたら、島の反対側では、シャイク・フセインと手下の周旋業者たちが、アカテツの木で作った大きな杖を片手に、境界線に沿って道を闊歩しているかもしれない。

夕暮れにかけて、息詰まるような暑さだ。ジョン・メトカルフは植物学の講義を短縮しなければならなかった。隔離所ではだれもが床に横になっている。身を寄せ合ったシュザンヌとジャックは、高熱のために上気した顔をしている。これほど息苦しい印象をもったことはない。隔離所を早く離れるために、性悪男ヴェランのお達しを受け入れ、インド人との接触を断つことで、アヴァ号の乗客たちは自分たち自身の牢獄のなかに閉じこもった。

それではばかげた夜間外出禁止令に刃向かうことに決めた。シュルヤに会うためだ。今夜、皆が寝入ったら、トイレに行くことを口実に伐採林に入って向こう側へ抜けよう。この計画にわくわくするあまり、集団祈禱というグロテスクな儀式、性悪者が火口の高みの自分の場所に戻る前に唱える主の祈りを甘受した。ジャック、シュザンヌと発酵した米、苦いお茶を分け合った。ぼくがシュザンヌに無理にでも食べさせることを、ジャックは望んでいる。これほど互いを思い合う二人はいじらしい。今夜、二人をじっと眺めていると、自分とは違う人種に、違う世界に属しているように思えてくる。二人はモーリシャスのこと、そこで待っている生活のことを話している。シュザンヌはメディーヌに創設したい看護婦学校について語っている。相続分としてもらえることを期待している敷地にこれから建築する予定の建物の見取り図も、頭のなかにある。ジャックは、まもなく間に入ってくれる人々や、電報を打ってくれた郵船会社代理人の話をする。いまだに連帯政治（シナルシー）を信じ、〈長老〉と同じ姓を冠することを完全にあきらめてはいない。ジョン・メトカルフさえ、インディゴフェラ・フラテンシスM〔自生の藍の一種〕の探索にあれほど没頭しているのに、再洗礼派のカレッジのことを口にしたし、彼らが世論に訴えて一同を隔離所から解放してくれるだろうとも言った。

ぼくはというと、苦痛のために険しい目つきでベッドに横たわっていたアデンの男と同じだ。ぼくには思い出と夢しかない。この島の外では何も期待できないとわかっている。自分が所有するものはすべてここにある。暗礁の湾曲したライン、水上を歩くシュルヤヴァティの魔法のようなシルエット、彼女の眼の光、ロンドンの町やパリについて尋ねるときのさわやかな声、ぼくの話の内容に驚くときの笑み、それらのなかにぼくのすべてがある。

この世のだれにもまして彼女こそ、ぼくには必要だ。シュルヤはぼくに似ている。彼女はこの場所に属し、他のどこにも属さない。だれのものでもないこの島に彼女は属している。彼女は隔離所に、火山の黒々とした岩に、海が穏やかなときのラグーンに属している。そして今ではぼくも、彼女の領分に入った。

尾根のライン上で夜間外出禁止令の呼び子が緩慢になった。ジュリユス・ヴェランがバルトリと火口の頂で合流したのだ。ジャックはランプの灯を吹き消した。闇のなかに横になって、ぼくは暗礁に砕ける波の音を運んでくる風に耳を澄ましている。ぼくの手が握っているシュザンヌの手は冷たい。キニーネを飲んで寝入っている。まもなくぼくは外に抜け出して、ひんやりして心地よい沖の風を感じよう。自分自身の形跡を嗅ぎながら藪を抜け、満月に輝く浜辺を歩いていこう。

　砂浜と潟を月光が照らしている。黒い空を風が吹き払った。寒いくらいだ。自分の小道を、裸足で、音を立てずに歩く。身に着けているのはズボンと襟のないシャツだけだ。夜気がぼくを心地よく震わせる。寮を無断で抜け出す中学生のように、どきどきしている。皆が寝入るのを待っている間、自分の心臓の鼓動を聴いていた。それは隔離所の建物全体に、床にまで反響するようで、時の経過を画する規則的な振動と区別が付かなくなるように思えた。下船して以来、ぼくの腕時計は止まっている。おそらくは海水か、黒い砂か、地表に露出し突風で飛散する滑石のせいだろう。それを外して脇にやった。どこに置いたか覚えがない。もしかしたら、袖口のボタンと、曾祖父エリアサンから伝わる金色の色鉛筆といっしょに、ジャックの往診かばんに入れたままなのかもしれない。ぼくには今、時を計る別の尺度がある。潮の満ち引き、鳥たちの通過、空模様や潟の変化、自分の心臓の鼓動などだ。

　泥棒さながらに屋外に出たとき、シュザンヌの眼が光るのを見た。眠ってはいなかったのだ。ドアのほうに向けた顔は、月明かりに照らされていた。冷たい頰にキッスをし、だれにも言わないように、彼女の唇に指を置いた。ぼくがどこに行くかわかっているが、問いただしたりしない。本当の姉みたいだ。

ぼくの小道は金剛岩のある端まで続く。巨大なトカゲの椎骨のように島を分割する累々たる玄武岩のなか、北に向かう脇道に入った。岩山の頂に登ると、境界線上に立つ。昼間は、島の反対側の斜面が、パリサッド湾にいたるまで一望できる。夕暮時、現場監督に出くわしたり、火山の頂上にいる二人の監視人にも見つかったりする危険なしに、クーリーの町と賤民居住地区を眺めるためにやってくるのはここだ。シュルヤヴァティの家のすぐ近くにいる。岩間にいくつも明かりが見える。

隔離所ではすべてが暗く、敵対的だ。だがここでは、どの家の戸口にもランプが灯されている。風はなく大気は穏やかだ。不幸や戦争を免れた世界の平穏な一隅であれば、どこにでもありそうな村である。月明かりが、規則的に通された並木道や棕櫚の屋根を照らし、円形をなして湾に寄せる波をきらめかせている。街の上空を漂う穏やかな匂いがある。煙の臭い、眠りの香りだ。ときおり、犬が甲高く吠え、赤ん坊がぐずっている。岩間にうずくまったぼくは、幸福な谷間をうかがう野蛮人に似ている。

息さえこらえてじっとしている。香りを嗅ぎ、いろんな声に耳を澄ます。まるで濠の底から、鉱物質の暗い場所から出てきた人間みたいだ。わからない、いったいぼくらが何を失ったのか、火山の東側で起こり、ぼくらを変えてしまったものが何なのかわからない。この前の晩、暴動が差し迫り、男たちが暴行と焼き打ちを重ねながら島中を駆けまわっていたのが信じられない。

切り立った崖を街に向かって降りていく。土や小石が崩れ落ち、犬を怒らせる。最初は一匹か二匹だったが、やがて街路越しに応答し合うようにすべての犬が吠えはじめた。囲い場でヤギが後足を跳ね上げている音や、女たちの呼び声がする。海岸まで行き、シュルヤの家のそばの砂に腰を下ろす。他の家から少し離れたところにある、板で建てた棕櫚葺きの小屋だ。戸口の前に薄暗いランプがある。

それから、石に頭を載せて砂に横になる。蚊の鳴き声に耳を澄ます。犬たちはおとなしくなり、しだいに吠えなくなった。周囲をうろついている気配がし、砂を歩く足音、あえぐような息づかいが聞こえる。この前ジャックが犬の話をしていた。発情期だから犬には要注意ということだった。ジュリユス・ヴェランは、狩りだしや毒盛りをしてはどうかと提案した。シュザンヌは身震いして「発情期よ！」と繰り返した。しかしここではだれも、犬を殺したいなどとは思わない。アデンの男のうわごとを思い出す。犬たちは高い山から下り、街に入ると言っていた。そして彼は、毒入り団子を撒きながらハラルの町を歩き回る夢を見ていた。

しかしここでは恐怖を感じない。他にもいろんな音がしている。土ガニのかさかさいう音、石の間を這うオオムカデの金属のような音、ヤギの足踏み。そうした音が好きだ。それらはぼくのなかを媚薬のように流れ、傷のひりつく痛みを芳香のように癒してくれる。ぼくの目に水を垂らし、筋肉を弛緩させてくれる。ぼくはシュルヤの間近にいて、彼女の息の温もりを感じ、砂のなかに彼女の心臓の鼓動を聞く。彼女は小屋で、床に横になってシーツをかぶり、母親に添い寝している。ぼくがいるのを知っていて、眠りのなかでぼくに語りかけているような気がする。ランプの星形が戸口でぼくのために輝いている。それをいつまでも見つめているうちに、目が曇り、ぼくは夢のなかにそれをもっていく。

シュルヤヴァティに見つめられて目が覚める。ぼくの目の前の砂に腰を下ろしている。うすら目で彼女の顔を見る。黒い眉弓、両目の間のくすんだ赤の点、鼻孔に輝く金色の点を見る。

「なぜここにいるの」

一瞬理解できずにいる。夜明けの光が現れるところだ。まだ光といえるほどのものはなく、辛うじて空に灰色のあざが見えるだけだ。大きな岩に雲がひっかかり、海上にたなびいている。彼女は続けて言う。

「なぜここに来たの。何をしようというの」

暗礁の近くではじめてぼくに話しかけたときの質問と同じだ。今、彼女の声には何か険しいもの、抑制された怒りがある。

「ずいぶん来なかったじゃないか」

「行けなかったのよ。こちらでは恐ろしいことが起きたので、母を放っておけなかったわ。それにシャイク・フセインが、向こう側に行ってはならない、武装した人たちがいて通してはもらえないと言っていたわ」

ぼくをじっと見る。黄色い虹彩が怒りと焦燥で光っている。あの夜起きたことを、ラザマーを襲った男たちのことを話したがらない。一瞬黙りこむ。昼の明かりが徐々に広がり、海岸や波や賤民の家々を照らしだす。すでに女たちが外に出てきて、火を起こしている。浜辺の、ぼくらから遠からぬところで、鼻を砂に突っこんで犬たちが寝そべっている。シュルヤは立ち上がる動作をする。

「あなたは行かなければ。ここにいてはならないわ」

「禁じたのはシャイク・フセインかい」

「いいえ。シャイク・フセインは何も禁じてはいないわ。ただ、お偉方に近づいてはならないと言っただけよ。あなたたちのほうでは病気で死者が出たから、ということだった」

彼女の言うことが理解できない。ヴェランとバルトリが設けた境界線は存在しないのか？　それはシャイク・フセインの意図したところではなかったのか。

「あなたは向こう側の自分のところに戻らなければ。あなたたちのために母が迷惑をこうむるのはいやよ」

ぼくは彼女を引きとめようとする。

「そんなこと嘘だ。ぼくらのほうではだれも死んでなんかいない。ガブリエル島に隔離された病人が二人いるだけだ」

「その人たちは死んだのよ。シャイク・フセインによると、あなたがたは彼らの遺骸と衣服をガブリエル島で焼いたそうよ」

「それは事実ではない。奴は嘘をついている」

「本当よ。あなたたちこそ隠そうとしているんだわ。わたしもこの目で煙を見たのよ」

「それはマットレスと肌着を燃やした煙だ。しかし彼らは死んではいない。兄は毎日二人の様子を診に行っている。彼らには食べ物も運んでいる。インド人の付き添いもいる」

「嘘をついているのはあなたのほうよ。人に知られないように、すべてを燃やしたのだわ。きのう、向こう側に行って、小さな島に煙が上がるのを見たわ」

彼女は首に赤いネッカチーフを巻いていない。長い髪は束ねられずに肩の上に垂れている。顔は金属のように輝いている。彼女はとても美しい。何と言って引きとめればよいのかわからない。今にも立ち去りそうだ。となると、ぼくも暗鬱な隔離所に戻らなければならない。不意にぼくは理解する――彼女の言っていることは真実だ。たぶん、眠っている間か、鳥たちが生息する岩に面した岬に出かけている間に起ったことだろう。ガブリエル島から戻ってきたときの、ジャックのおずおずしたまなざしを覚えている。シュザンヌが病人の様子を尋ねたら、ジャックはぶっきらぼうに、「すべて順調だ」と答えた。それから寝に行ったが、寒さに震えていた。

シュルヤの腕をつかみ、痛いほど強く握る。ぼくは絶望の表情を浮かべていたにちがいない、シュルヤがまた砂に腰を下ろしたからだ。少し押し殺した声でいう。

「こちらでも何人か死んだわ。きのう、おばあさんが一人亡くなった。冷たい女神[40]が彼女を召しあげたのよ。ナゼーラという名前で、向こうの家に住んでいた」彼女は賤民の村の高台のほうを見やる。並木道を駆ける子供たちがいる。「母はそのおばあさんを手助けしていたの。きのうの晩、防波堤のそばで荼毘に付したわ」

太陽が昇ってくる間、ぼくらは並んで座り、押し黙っている。まるで彼女の身体の温もりを感じながら、彼女の髪の匂いを嗅ぎながら、島のまわりをゆっくりと回転する星々を夢見ながら、ともに浜辺で夜を明かしたみたいだ。シュルヤは軽妙な娘だ。『ロンドン画報』の切り抜きをいっしょに眺めたり、ぼくからメニー・ミュリエル・ドーウィの話を聴いたりするときの、シュルヤの笑い声が聞きたい。

「今日は向こう側に来るかい」

彼女は立って、ぼくの真意を測ろうとするようにじっと見つめる。

「わからないわ。ひょっとするとね」

そそくさと、振り向かないで立ち去る。小屋に入り、ランプを吹き消す。子供をあやすときの歌うような声で優しく話しているのが聞こえる。その直後、戸口に人影が現れる。大柄の痩せた女性だ。くすんだ青色の長い衣装を着ている。小屋の入口に立ったままの彼女の鋭い顔つき、赤銅のブレスレットが光る肉の落ちた腕が見える。朝日がまぶしいので右手を庇のように目の上にかざし、左手で迷惑な犬を追い払うような軽い動作をする。そして英語で「ゴー！　……ゴー！　……」という。女たちが見ている。ぼくの破れた衣服やもつれた髪を嘲笑している。子供たちが浜を駆けている。人から石を投げられそうになっているみたいに、岬の岩まで足早に歩く。目がひりひりし、唾はカメレオン水の奇妙な味がする。両腕の血管や首の脈動が聞こえる。ひどく疲れているにちがいない。隔離所に着いて、藪に侵入されたおぞましい溶岩の建物を目にすると、何とも理解しがたい印象、安堵に近い印象を覚える。ラグーンの前で、ガブリエル島は日差しを受けて、黒い印象、黒い氷河のように輝いている。

六月十九日の分

Lと、サツマイモ属、別名バタトラン〔グンバイヒルガオ〕、の生えている範囲と種類を調査。呼称の起源について――モーリシャスでは略してデュラン芋と呼ばれる。このデュランとはだれか。なぜこの名を残さなければならないのか。むしろ、昔、ブラジルとマスカレーニュ諸島を結ぶ奴隷船が運んできた「バタタ〔ジャガイモ〕」がクレオール語（あるいはマダガスカル語）に入って変化したものと思われる。

このヒルガオ科植物は、ここで土地固有種に変化した。火山のふもとの玄武岩質の雨谷から南東岸の石灰質の浜辺にいたる、このうえなく多様な場所で生育。やけど、虫刺され、湿疹、黄疸などに効く万能薬の評判。葉には、刺すような臭いがして鹼化する乳状液が含まれる。

イポメア・パニクラータ〔ジャイアント・ポテト〕、食するに不適の塊根。しかしバタタス・エドゥリス〔サツマイモ〕はある。良好な状態の苗、太い塊根をLと取り集めた。イポメア・ペス・カプラエ（マリティマ）〔グンバイヒルガオ〕、丸い塊根、食するに不適。とても鮮やかな赤い色の花。

午後、疲れていたが、ふたたび火山の東側斜面へ行く。金午時花（キンゴジカ）（アオイ）が繁茂。カシューナッツ（アナカルディウム・オクシダンタル）、ただし低木性のもの、の見本を数例見つける（アフリカ種だと高さ二十ピエに達する）。火山のふもとにインディゴフェラ・エンデカフィーラ（草本、真っ赤な花冠）とポルチュラカ（スベリヒユ）。まもなく藍の木が見つかるのを心待ちにしている。

正午だ。ガブリエル島の前に来ている。けさ、ジョン・メトカルフと出かけたときに暗かった空は、陽光のなかに溶けた。水平線の端から端まで浜が大きく開けている。そこから空を見ると、地上のラグーンや岸が反映しているみたいだ。

ジョンはぼくをとても早く、七時ごろに連れ出した。ぼくにはいわば徹夜明けだったが、彼に同伴したかった。ジャックの目は夜間の不在の説明を求めていた。しかしぼくには植物学のレッスンのほうがよかった。

ジョンはひどく興奮していた。藪を抜けて近道をしながら、速足で歩いた。ぼくらは昔の共同墓地を横切り、パリサッドのほうへ下る抜け道のところまで火山の斜面を登っていった。境界線上にいるのだが、気にする様子はなく玄武岩の間を探索した。まだ八時なのに、もう顔と両腕が焼けるような日差しだった。ジョンは大きなパナマ帽をかぶっているが、顔が暑さのせいで頰ひげと同じくらい赤く染まっている。ふだんはまわりの植物界にあれほど注意深いのに、草を踏みつけるのも灌木をなぎ倒すのもお構いなしに、まっすぐに前進していく。付いていくのがひと苦労だ。何かはやる気持ちに囚われ、動作がぎこちなく昂ぶっている。わずかに、野菜の苗をぼくに示すために立ち止まる。

石を積み上げただけの小さな段々畑にこれほど規則的に生育しているからには、きっと昔、人の手で植え付けられたにちがいないという。どれもナス科の野菜であり、なかにはキダチトウガラシの類と幅の広い灰白色の葉がある。ジョンはその葉を摘み、葉巻のように巻いてぼくにくれる。「君の兄さんは喜ぶだろう。何があってもたばこを吸わずにいられない人だから。ソラヌム・アウリクラトゥム、別名『逃亡奴隷のたばこ』」。

　彼が探していたのは、インディゴフェラ・ティンクトリア、自生の藍の木だ。それがここ、波しぶきを免れた火山の支脈に存在するという確信をもっている。しかもこのうえなくむき出しの陽光にさらされている場所なので、生育地の連鎖を形成するのに目下欠けている見本がきっと見つかるだろうし、それがプラト島をモーリシャス島に、そしてマダガスカル島に、いやその向こうの南方の大陸にまで、結びつけることになるという。

　午前中ずっとジョン・メトカルフに付いて、火山の下の岩場を歩いた。日差しがあまりに強く、ときおり目がくらんだ。ここで育っているのはわずかにシバムギと、島で「ホウキ草」と呼ばれる金午時花（キンゴジカ）、アオイの一種である。ホウキ草と呼ばれるのは、束を乾燥させると箒にもってこいだからだ。正午少し前に隔離所に戻った。メトカルフはひどい頭痛とめまいを訴えていた。ぼくは日射病だと思い、貯水槽で新鮮な水を汲んできたあと、バラック小屋のサラのそばで休ませた。それから自分も戸口近くで身体を丸めて寝た。火山のふもとの滑石の鉱脈で女たちの仕事を差配する現場監督の呼び子が聞こえないほどぐっすり眠った。あの呼び子はもしかしたら、ぼくらのためだけに鳴らされているのかもしれない。つまり彼らがそこにいることを、島の隅々まで告げるやり方なのかもしれない。向こう側にいる大勢のもの言わぬ移民たちの存在を、旅の果てで彼らが味わう飢餓や恐怖をぼくらに忘れさせないため、モーリシャスのプランテーションで石を入れるかごを頭に載せて歩く女たちの緩慢な動きも、伐採刀でサトウキビの茎を刈る伐採人の集団のことも忘れさせないために、鳴らされているのかもしれない。

眠りから覚めたとき、一瞬、暗い部屋にいるのは自分一人だと思った。息が聞こえた。緩慢で耳障りな音だった。部屋の奥ではサラ・メトカルフが壁にもたれて腰を下ろし、夫の手を握っていた。ぼくが無言で近づくと、彼女は目を上げてハッとおののいた。彼女の目は日に焼けた顔のなかで二つの青白いあざに見えた。汗で顔が光り、髪が濡れていた。「ジョンは本当に具合がよくないわ」と言った。いつものように、とても穏やかでささやくような声音だったが、唇には少しこわばった微笑が浮かんでいた。心配というよりは不意を突かれた様子だった。「彼はどうしたのです？」と尋ねてみた。ぼくから見えるように、サラはジョンから身体を離した。ジョンはシャツの前をはだけたまま、長々と横たわっていた。目は半開きで、額がひどく熱かった。

「キニーネを飲んだ?」ぼくの問いには答えずに、虚ろな目でこちらを見た。「さっき、お兄さんが薬を飲ませたわ。戻ってきたときに、とても具合が悪かったの」けさ、ぼくが戻ったとき、ジャックは何も言わなかった。ぼくが夜間外出禁止令を破り、夜どおし外にいたことをジャックはよく知っている。ひょっとすると罰されるかもしれない。まもなく、扉も窓もない廃墟に閉じこめられる。あるいはむしろ、梅毒患者のようにガブリエル島に流される。こんな考えはあまりに不条理で滑稽に見える。

「冷たい水を汲んできましょうか」

サラは虚ろな目でぼくを見つづけた。ジョンの唇は乾いてひび割れていた。口がきけず、呼吸が苦しそうだった。腫れたまぶたの陰から見つめる彼の目は、ぼくをぎょっとさせたニコラの生き生きとしたまなざしと同じ光で輝いていた。ぼくは戦慄に似たものを感じた。貯水槽まで走り、蚊が侵入するのを防ぐぼろ布の栓を外した。亜鉛のバケツを綱の先に結んで水のなかでひっくり返るまで下ろした。インド洋南部まで達した強い雨のおかげで、方々の貯水池の水はいっぱいになっていた。水は冷たく、ほとんど塩気がなかった。

水の入ったバケツをサラのところに運ぶと、サラはジョンの顔と上半身を洗った。ジャックから禁止されていたが、自身はバケツからじかに水を飲んだ。シュザンヌは壁に寄りかかるようにして横になっていた。疲れ切った様子だった。ジャックや他の者はどこに行ったのか尋ねても、首を横に振った。彼女は眠るために、ジョンのそばに横になった。

船着場にはだれもいなかった。小舟は浜辺のいつもの場所にあった。埠頭は打ち捨てられたように古めかしく見えた。玄武岩と黒ずんだ接合部分との間から、骨組みの鉄材が突き出て錆びていた。不意に自分が百年眠りつづけていた気がする。そして目覚めた世界は亡霊じみて見える。

太陽はいつもの場所で、雲が作る湾の中央で燃えている。海は、潮の動きが止まっている。ラグーンを横切って、ガブリエル島に通じる半月形の長い道が見える。あたりは静まり返っている。すぐにでもシュルヤヴァティが現れそうだ。ぼくらが今ほど彼女を必要としたことはなかった。

服を脱いで、暗礁に近い岩陰に隠す。はじめてシュルヤに会い、毒を含む珊瑚で負った傷の手当てをしてもらったのはここだ。今では、目で確かめるまでもなく、足をそろりそろりと運びながら暗礁の上を歩くことを覚えた。針の一本一本、穴の一つひとつを暗記しているかのようだ。ラグーンの冷たい水は、ひりつく感覚を消してくれる。透明な水のなかで、目を開けたままゆっくりと泳ぐ。水底が腹や膝に触れるのを感じる、砂浜に打ち寄せる波の澄んだ音が聞こえる。海面すれすれのところを、あたり一面にきらめく陽光を見ながら、長いこと滑るように泳ぐ。よく知っている狭い水路を伝っていく。

それはラグーンの中央に向かって流れこみ、とても暗い青を呈した深い谷となって拡張する。海水がほとんど冷たくなるとき、外海の入口に達したことが分かる。ラグーンはそこで、満潮と干潮のたびに水が満ちたり乾いたりする。目を見開いて、果てしない青を満喫する。両腕を開き、鳥のように滑空する。そのとき息を長いこと止めるので、めまいがする。ぼくらがウィリアム小父さんとブルターニュのベル・イルに行った夏、こんなふうに泳ぐことを教えてくれたのはジャックだ。ブルー・ベイの海のこと、彼が泳ぎを覚えた防波堤のことを話してくれた。ジャックは六歳だった。水はとても淡く、水中を泳ぐダツ〔トビウオの一種〕が鳥のようだったという。ジャックは言った——「おいで。飛び方を教えてやるから」だが、ベル・イルの水は冷たかった。ぼくらは指がすっかりかじかんで、ぶるぶる震えながら水から上がった。

ガブリエル島の方向から逸れないようにときどき顔を上げながら、ゆっくりと泳ぐ。今、水路の上に来た。珊瑚礁の丸まった形、ウニ、海藻が見える。いくつもの魚の群れが、すぐ近くを通り過ぎる。あまりに近くて、手を伸ばせば触れそうだ。不意に心臓が早打ちしはじめる。ひとつの影が珊瑚の間を滑っていき、邪険な犬のように、ぼくの背後を回る。影はすばやく滑っていくが、背後にいることは分かっている。自分に向けられるそいつの邪悪な、問いただすまなざしが感じられる気がする。「タゾール」こと、オニカマスだ。浜にいたとき、シュルヤがこの魚の話をしてくれた。潟の主だという。

怖がると襲ってきて噛むらしい。しかしそいつの知っている者なら、通してくれるという。たぶんシュルヤがぼくのことを話してくれたのだろう、タゾールは何もせずにぼくにラグーンを横断させてくれたからだ。今はガブリエル島に通じる砂州の上にいる。ふたたび足が届くところにきて、ガブリエル島に向かって歩く。砂州を渡るのに十分もかからなかったが、世界のまさに反対側にやってきた印象だ。

ガブリエル島が目の前にある。プラト島の海岸から見た印象よりもはるかに大きい。中央の尖峰は、まるで巨人の手が玄武岩の塊を積み上げてあの円錐形を造形したかのように、完璧な形をしている。ほとんど黒といえるほどのくすんだ色で、山腹には丈の短い植物がへばりついている。岸辺近くにはグンバイヒルガオの群生が越えがたい壁を作っている。西側の、風から守られた地帯には、モクマオウの小さな林とランタナ（ジャックは「オールド・ミス」と呼ぶ）の茂みがある。海岸沿いに歩く。砂州はしだいに細くなり、やがて海が自由に打ち寄せる岩場の混沌のなかに消滅する。一番西の端を迂回しながら、大きな岩の真ん中で蒸気が穴から噴き出しているのに気づく。隠れた洞窟のなかで海が立てる深いとどろきが聞こえる。ここでは日差しがさらにきつい。背中も肩もひりひりする。服を脱いでしまい、恥部を隠すだけの小さな腰布しか着けなかったことを悔やむ。どす黒くなった肌、塩を含んでぼさぼさの長い髪、そして上唇を強調する口ひげといった風采のぼくは、インド人クーリーに似ているにちがいない。少なくとも、それが先日のジャックの言である。ぼくはとくにユーラシア人である母に似ている。ぼくの黒く豊かな髪は母親譲りだし、琥珀色の目や、鼻の付け根で左右の眉が合わさる墨で引いたような眉弓もそうだ。そんなわけでリュエイユ・マルメゾンの寄宿舎では、男の子たちはぼくを「ジプシー！　ツィガーヌ！」と呼んだ。今ではそのとおりになった。

息を整えるために、岩の窪みの陰になったところに座った。ここの海は美しい。そのせいで、自分がこの小島に来た理由を忘れてしまった。沖合は黒に近い深い青を湛え、波が砕ける前に盛りあがる瞬間にはエメラルドのような緑色になる。シュルヤのことを思う。見張り人たちの詮索の目からも現場監督の権威や呼び子からも遠く離れて、彼女といっしょに来なければならないのはここだ。ここなら自由でいられるだろう。

真正面南の方角には、プラト島からは一度も見たことがないようなモーリシャス島の海岸がある。火口の頂からでもこんなふうには見えなかった。細長く、美しく、ところどころ日差しに照らされている。日の光が当たると、山々のエメラルド色や暗礁を取り巻く泡の房が鮮明に浮き上がる。そして青灰色のサトウキビ畑の間に、家々の屋根や製糖工場の白い煙突が幻影のように描き出される。それらすべてのものの上方には、空の真ん中まで膨れたり伸びたりする雲の建築物がある。最も白いものから最も黒いものまですべての色調を含み、そここで暗い帳、「聖母の糸」と呼ばれるクモの巣のヴェールにふさがれ、背後から差す光にちぎられる。飽くことなくそうした光景を眺めている。それに、岸に向かって勢いよく押し寄せる荒波が大河のように沸き立つ海を。ぼくらとともに後方に滑走して、モーリシャスから遠く離れてどこかわからぬ目的地へと運ばれていくかのような島々を。

今ぼくは、島の内陸部の、病人たちが閉じこめられている避難小屋を探して歩いている。それが見たい。焦燥、不安で脚が震えるのを感じる。容易には進めない。道はなく、尖った小石が足を傷つける。めざす場所にたどり着けないようにするためのように、そこかしこに通行を閉ざす茨の扉がある。

不意に貯水槽が集まっている場所に出た。どれも溶岩をセメントで接合した直方体で、へこんで湾曲した屋根の中央に穴が開いていて蓋がない。開口部に身を屈めると、水は見えないが臭っている。黒く澱んだ、鼻を突く臭いを放つ水だ。プラト島の貯水槽より大きいが、ひびが入って廃墟同然だ。そのひとつからは一筋の水が漏れており、それに沿って蔓植物がへばりついている。

貯水槽の頂上から病人たちの避難小屋を探す。何もない、木がまばらになった空き地すらない。小道一本ない。あるのは、風にざわめく藪から頭を出している玄武岩だけだ。叫びたい、ニコラとトゥルノワ氏の名前を呼びたい。しかし喉が詰まって声にならない。

それに、それはむだだとわかっている。

そのとき墓に気づく。すぐ近く、貯水槽の前だ。尖峰の斜面に散在する玄武岩の塊と区別がつかない。貯水槽の頂上からは、昔いったん草木を除去され、その後ランタナやグンバイヒルガオの茂みがふたたびはびこったにちがいない一画が識別できる。そこに二十ほどの墓がある。その多くは、切って形を整えてもいない単なる岩で、地面に埋めこまれている。そのなかを歩き、名前と日付を探す。だが風がすべてを消してしまっている。ただ、そのなかのひとつは、他より最近の墓で、刻まれた文字が読める。ピラミッド形の玄武岩が一部欠けたものだ。海に向いた面に名前と日付が判読できる。

オラース・ラザール・ビジャール
天然痘により、一八八七年に死す
享年十七歳

あたりは静まり返り、鉱物ばかりの世界だ。それ以外には、気むずかしい鳴き声を立てながら上空を飛翔する不安げな熱帯鳥しかいない。海岸に向かって下りながら、自分が探しにきたものを見つける。隔離小屋だ。もう屋根もシートもなく、黒い岩でできた円形の壁だけが残っており、古い囲い地のようだ。

居住者を起こすのを恐れるように、そろりそろりと歩く。しかし生き物の気配はない。黒い石の壁やランタナの葉むらにぎらぎらと照る日差しが、影をいっそう引き立たせる。壁のなかに入ると身震いする。空気は冷たく、火を消した臭いがする。地面の灰を風が吹き上げている。いかなる居住の痕跡もない。家具もベッドもない。もうひとつの小屋もがらんとしている。めまいのようなものを感じる。気を取りなおすのに、戸口でしばらくうずくまらずにはいられない。それから、立ちはだかる藪のなかをものともせずに突き抜けて、急いで海岸のほうに歩いていく。海辺の、島の岩盤が暗礁と合流する手前で突き出した舳先のような形状をなし、波に近くてしぶきがかかっている地点に、古い炎の痕がある。それは黒い円形の大きな焼け跡で、そこから今なお燃えかすが舞いあがり、鼻を突く強烈な臭いが立ちのぼっている。シュルヤの言ったことは本当だった。ニコラとトゥルノワ氏と二人のインド人の女は、ここで葬式もなしに、いわばこっそりと、茶毘に付されたのだ。

ジャックが性悪男ヴェラン、バルトリとともに浜辺に立って、遺体を焼く薪を眺めているさまを想像する。ジャックは、コンディ消毒液の大瓶を携えて、どの小屋にも液を振りかけ、シートを下ろし、衣類もベッドも、もろもろの私物もかばんも書類も、すべてを燃やすように命令している。黒煙が夜明けの空を汚した。それなのに、ぼくはといえば寝ていた。

ジャックとヴェランはどこだろう。島の反対側で、シャイク・フセインと食糧に関して談判しているところかもしれない。それとも、火山の頂で水平線をうかがっているのか。それからシュルヤだ。なぜやってこないのか。金剛岩近くの藪のなかに隠れて、ぼくが立ち去るのを待っているのか。プラト島と真向かいの岸辺を歩いていると、自分に注がれる彼女の視線を感じる気がする。こう言ってやりたい——ぼくは何も知らなかった。遺体が焼かれたとき、ぼくは寝ていたんだ。何もぼくのことを恐れる必要はない——。ここにあるものはすべて彼女のものだ。暗礁の目に見えぬ道も、熱帯鳥のいるガブリエルの尖峰も、ラグーンの水も、打ち寄せる波も、すべては彼女のものだ。ぼくは気が触れたように、真っ黒に日焼けした裸体で歩き回る。黒い岩にぶつかる。脚は藪やランタナの鋭利な葉に引っかかれて切り傷だらけだ。陶然とさせる匂いがする、胡椒みたいな、鼻につんとくる、彼女の肌のような匂いだ。岩の間に何かがないかと、ここで死んだ男たちの痕跡を、ニコラとトゥルノワ氏がいたしるしを、インド人の女たちの身に着けていた布の切れ端を探す。あるのは黒い岩ばかりだ、そして薪を燃やした場所には灰と黒こげになった木材しかない。亡くなった者たちの思い出に、何か標識を残したい。しかし島には人けがなく、板切れ一枚ない。書きこむ場所がない。しかも岩は、彼らの名を刻むにはあまりに硬い。ぼくにできたのは、火葬場跡のそばに小石の小山を四つ造ることだけだった。奇妙にも、ニコラの墓のほうが大きくなり、トゥルノワ氏の墓は低くずんぐりしたものになった。生前の二人の身体つきに似ているといえばその通りだ。少し離れたところに、二人の女のための小山をそれぞれ造った。彼らはこんなふうにしてもらうことを望んだだろうと思う。彼らは海岸近くに陣取り、海と、水平線上に雲の丸屋根を戴いたとても美しいモーリシャス島の輪郭を、正面に見すえている。

熱帯鳥を従えるようにして、尖峰の周囲を歩く。最初は一つがいだけ、次いで二つがい、三つがいと増え、今や十羽余りの鳥が鈍重な飛び方でぼくの上空を舞っている。彼らの領分、つまり巣のある尖峰に、人間が侵入してきたために不安なのだ。ぼくが海岸にいるかぎり、相手にしなかった。しかし近づいた今は威嚇的だ。鳥はぼくにとっての証人だ。ジャックとヴェランが遺体を焼いたとき、きっと彼らは火葬場の上空を飛んでいた。呼び子のように切れ目のない彼らの甲高い鳴き声、旋回しながら発する鳴き声は、彼らの不安をぼくの内部に侵入させる。それでめまいに囚われる。尖峰の中腹に立って頭を後ろに反り返らせると、空の光で目が痛い。尖峰が中心をなす底なしの井戸に落ちていくみたいだ。

これ以上は無理だ。目を閉じ、手探りでまた海岸へ下りていく。岩が長く突き出している島の最南端まで行くと、何にも遮られない海が打ち寄せ、始終風が吹いている。ここから見るモーリシャス島はとてつもなく大きく、また遠い。さながら大陸だ。左手には黒い島々、ロンド島と蛇島が海面上に姿を見せ、真正面には、遭難した一枚岩のようなコワン・ド・ミール島が見える。ここそ自分の居場所、いつも夢見てきた、ずっと昔から来るべき場所だった。どうしてそんなことがありえるのかわからないが、土地の一画一画、個々の細部に、波に、海の色を変化させる潮流に、岩礁に、ことごとく見覚えがある。囚われの身などという感じはもうしない。熱帯鳥の不安げな飛翔、島の基底部を打つ深い海の音、風、雲を透かして照りつける陽光、閃光のような岩の輝き、満潮が残していった水たまりの鼻を突く臭い、それらすべてがシュルヤの世界だ。そしてそれをぼくも分かちもつ。昔ジャックが聞かせてくれたメディーヌ村やアンナの家、波打つサトウキビ畑、製糖工場の匂い、満天の星を戴く浜辺の祭など、童話めいた話とは無関係だ。そうしたものは今なお存在するのだろうか。ここ、シュルヤの世界では、万事がえがらくむき出しだ。ぼくがいるのは地の果て、鳥たちの世界が始まる場所だ。

相変わらず、同じめまいを感じている。岩に砕ける波の音に、熱帯鳥の孤独に、海上まで広がる灰の臭いに酔いしれている。岩の窪みの黒く焼けつく地面に横になると、寄せ波の一つひとつが泡の言葉を投げかけてくる。磨滅した石に、盲人のように両手で触れる。それは人肌のように優しい。石のなかに、細くてしなやかな、するりと逃れるかと思えばしなだれかかるシュルヤの肉体を感じる。彼女はぼくを自分の影で、自分の水で包む。ぼくは彼女の虹彩の明るい琥珀色のなかにいる。そしてぼくのためにほどかれた、夜のように甘美な彼女の黒髪に包まれる。彼女が暗礁から戻って来るとき、濡れた衣服から透かし見えるあんなに若々しく軽やかな乳房が、自分の胸に押し当てられるのを感じる。まるで二人でダンスを踊るように、彼女が長い両腕でぼくを抱き、彼女の脚がぼくの脚に絡みつくとき、彼女の両の手首にかけられたブレスレットが奏でる風音のような音楽を聴く。ぼくの性器は勃起し、痛いほど硬直している。照りつける日差しも鳥たちの孤独もそっくり解消されなければならない、ぼくのなかにあるこの力はこれ以上閉じこめてはおけない、噴出しなければならないのだ。ぼくの心臓は喉もとで脈打ち、太陽のまばゆい光で、浜辺で死者たちの遺骸を呑み込む火葬場の炎で輝いている。それは欲望で輝いている。不意に光が目に飛びこんできて、ぼくは電光のような太陽に向かってまぶたを開く。そのとき、精液が黒い岩に飛び散るのを感じる。それは迸り、焼けた岩の上、砂のなかを流れる。精根尽きて、じっとしたまま、自分の鼓動と、島の基底を打つ海の音を、光とひとつになったあの長い震動を聴いている。

熱帯鳥のしわがれた鳴き声がゆっくりと遠ざかっていく。鳥はもうぼくを怖がっていない。ぼくを相手にするのを止めて、尖峰の中腹の巣に戻っていく。

シュルヤヴァティのことを思う。プラト島の向こう側の、パリサッド村の南にある、玄武岩から湧き出る泉に向かって歩いているかもしれない。彼女の足音が聞こえる気がする。道で子供たちと戯れるときやヤギを呼ぶときの彼女の声、クーリーの町のざわめきのなかに響く彼女の声、泉に水を汲みにいく近所のおかみさんたちに返答するときの彼女の笑い声が聞こえる気がする。

今ぼくは目を閉じる。もう不安はない、時間の経過など怖くない。明日、あさって、そのあとも、ぼくは復讐などから遠く離れてここ、世界の果てにいるだろう。シュルヤがそばにいるだろう、ぼくは彼女を引きとめることができるだろう。イギリスのこと、パリのこと、ありもしない国のことを話してやろう。また、飽くことなく彼女の話に耳を傾けよう、『ロンドン画報』で読んだこと、自分の母親のことを話してくれるだろう。歌うような調子の、心地よい流暢な言葉で話してくれるだろう。

玄武岩の平石の端で波に浸かり、泡に身を包まれる。腰布を締めなおし、髪をオールバックに撫でつけた。ふしぎなことに、この瞬間どんな恥じらいも感じない。ただ、陶酔のあとの満ち足りた感覚、一種異常なほどの明晰さがあるばかりだ。

プラト島へ戻るのに、砂州の端でラグーンに飛びこむと、引き潮につかまった。激しく冷たい潮だ。今、波は雷のようなとどろきを立てて珊瑚礁に打ち寄せている。増水した川のように水が両方向に流れているので、逆波を突っ切るには、ジャックがブルターニュで教えてくれたように、水に潜り、ありったけの力をこめて泳がなければならない。一時、沖合のほうへ流されたが、水路の外を漂流したが、やがて珊瑚の真上にたどりついた。尖った先で膝や足を引っ掻く。栈橋が目の前にある。といっても、小舟を結わえる切り株にすぎない。遭難の生き残りみたいにして対岸に着いた。だが、オニカマスの影をふたたび見ることはなかった。

六月二十一日

この日は大方、モクマオウの林の入口で眠った。針のように細い枝のなかで風が立てる音が好きだ。昔、パリの父の家で再会したときにジャックがよく話していたことを思い出す。モクマオウの名は、ぼくには魔法の名前のような、伝説のなかにしか存在しない木のような響きをもつ。「アンナの家の裏の、海まで続く雨谷に沿ってモクマオウの森があったんだ。ある日、お祖父さんの友達がフランスからやってきて、家で数日を過ごした。夕食の時間になってテーブルに着いた。ちょうどそのとき、海風が吹きはじめた。祖父は米の料理を客に勧めたが、あまり食べないので尋ねた——『具合が悪いのかい』客は答えた——『いや、とんでもない、おなかがぺこぺこさ』そうして外から聞こえてくる音に耳を澄まして、という身振りをした——『揚げ物が出るのを待っているんだ！』」この話はとても愉快で、一家の記憶に残った。そうしてジャックがぼくに話してくれた。冬枯れの木々が並ぶパリの冬に聴くにはすばらしい話に思えた。メディーヌやアンナに関してぼくらの記憶に残っているのはこれだけだ。晩に海風がモクマオウの細枝を吹き抜けるとき、響き渡る揚げ物の音。そんなわけで、ぼくも今なお、熱い油のなかでぴちぴちはぜる魚の揚げ物が好きだ。

　昼間は隔離所の建物へは戻らなかった。息詰まるような暗がりや仮小屋の黒い石にも、病人たちの苦しげな息を聞くことにも、もう耐えられない。サラ・メトカルフも脱力状態にある。ジョンの介添えをして便所まで連れていき、彼のために貯水槽に水を汲みに行く以外には何もしない。夫が病に伏して以来、表情が変わった。顔は不安でこわばり、シーツを肩にかぶったまま、ほとんどものも言わず、部屋の片隅に引きこもっている。ときおり、なかば英語で、なかばフランス語できれぎれの文句を発し、ため息をつく。「うわごとだ」とジャックはぼくに言った。しかし発熱のせいではない。精神の健康が揺らいでいるのだ。アヴァ号の船上ではあんなに若くはつらつとしていた彼女を、ジョンは「ぼくのとても若い妻サラです」と紹介した。そのときのサラは、学校の先生が着るようなぴったり締まった青いワンピースを着て、金髪を後ろで巻き髪に結い、青いファイアンス陶器のような眼をしていた。シュサック副船長が冗談を言うとサラはとめどなく笑い、その声にだれもが振り返るのだった。今の彼女は哀れだ。顔は日に焼け、衣服は汚れ、何が起こっているのか理解できないように、周囲に虚ろな視線をめぐらせている。

ジャックも変わった。生気のない表情をしている。ほとんどいつもレンズの割れた眼鏡をかけているので、近視特有の虚ろで冷ややかな眼つきになる。ニコラとトゥルノワ氏がガブリエル島で荼毘に付されたことを確信して戻ってきたとき、ジャックはぼくの怒りと侮蔑を推し量った。ぼくに話して弁解しようとした。「レオン、まあ聞けよ」と始めたが、押し殺したような奇妙な声をしていた。嘘つきの声、と思った。ぼくは身を振りほどき、「放っておいてくれ、疲れているんだ」と言った。何も話すことはなかった、もう遅すぎた。ジャックは、思い違いをした人のように肩をすぼめ、シュザンヌのそばに腰を下ろしに行った。

すると一挙に、ぼくの怒りは萎えた。ジャックは自分の兄だ、自分にはジャック以外にだれもいない。それに自分でなければ、だれがジャックの味方をするだろう。いったいジャックが何をしたというのだ。あれはジャックの意思ではなかった、性悪者の意思でさえなかった。現場監督自身にもどうしようもなかった。あれはよそから来た命令だった。モーリシャスから、連帯政治（シナルシー）から、〈長老〉たちから発された命令だった。島中に広がる未知の病気への恐怖、ハイダリー号の亡霊だった。

ジャックは最後まで病人たちに付き添った。次いで、感染を避けるために、遺体を消滅させるというやな仕事を果たした。ぼくには何も言わなかった。ぼくに教えたがらなかったのはおそらくシュザンヌだろう。シュザンヌにとってぼくは子供にすぎず、死の光景など見せてはならないのだった。ジャックはぼくに対し、いつもそのようにふるまってきた。父が脳炎に罹ったときも、ぼくには何も言わず、事実を隠そうとした。自分も怖かったのかもしれない。しかも、父の死後ずいぶん経ってからも、まだ生きているように、父のことを現在形で語った。

ジャックのそばに行って腰を下ろし、安心させるために話しかける。

「シュザンヌの具合はどう」

「まる二日何も食べていない。水を飲んでも吐き気がするらしい。キニーネを呑ませることもできないんだ」

シュザンヌは眼をぼくらに向けているが、話を聞いてはいないようだ。息をすることに懸命で、胸に大きな重しを載せられているように苦しげだ。目のまわりに隈ができて痩せ細り、強膜が充血している。家のもう一方の端にいるジョン・メトカルフの具合も同じくよくない。さしあたり、ただのマラリア熱ということになっている。しかしヴェランが来たとき、病人たちに鋭い一瞥を投げた。妻をガブリエル島に送りだすのを回避するために、ジャックが何か深刻なことを隠しているのではないかと疑っている。たばこの最外に出たジャックに追いついた。夕方の薄明のなかに腰を下ろしている。たばこの最後のひと箱を取り出し、巻きたばこを一本作る。ジョンが先日、火山の斜面で見つけたソラヌム・アウリクラトゥムこと、逃亡奴隷のたばこのことは話さなかった。「なくなったら、皆と同じくガンジャをやるさ」とジャックは冗談めかして言った。意気阻喪しているようだ。あれほど若く美しい妻を、ここ、検疫隔離の罠のなかに、流行病のさなかに連れてきてしまったことで自責の念に駆られている。

「流行病？　何の病気？」

ジャックはぼくを見つめる。今起こっていることを知らないのはぼくだけなのか？

「いろんな病気だ。マラリアに、天然痘に、コレラだ」

けさ、クーリーの村で目にした光景を語る。虚脱状態にあって、高熱で燃えるように熱く、赤くほてった顔をした人々のことだ。全員に配るだけのキニーネはなく、ワクチンはまったくない。薬を、食糧を、とくに若い雌牛をモーリシャスから送ってもらわねばならない。しかし、人間のことさえ考えないのに、いったいだれがこの辺鄙な岩礁の島に雌牛を送る労をとろうとするだろうか。ジャックは現場監督と交渉して、米を少々と、レンズ豆と干し魚を手に入れてきた。だが、四日後にスクーナーが来なければ、ぼくらは餓死する運命にある。

楽天的になろうと努める。

「ぼくらを迎えに来ないなんてありえないよ」

ジャックは肩をすぼめる。

「流行病の広がりが阻止されないかぎり来ないだろうよ。それに、嵐が近づいているそうじゃないか」

ジュリユス・ヴェランの気圧計は、ぼくらが島に来て以来、気圧が猛烈に低下していることを示している。しかし空はすばらしく澄み、完璧な青だ。夕日に赤く染まったちぎれ雲が浮かんでいるだけだ。

ジョン・メトカルフの容態が悪化してからは、ジュリユス・ヴェランとバルトリは少し離れたところ、医務所に隣接する警視宅に居を構えた。トタン屋根の細長い建物で、昼間は日が照りつけてかまどのように熱される。火山の頂の見張り場にいないときには、二人の男はこのいわば物置にいて、インド人といかに戦うか、また将来どのように島を分割するか、存分に想を練ることができる。しかしそんなことをだれが気にかけよう。独裁者ヴェランの空威張りには皆がうんざりしている。この男は連帯政治（シナルシー）クラブのお偉方の猿まねをしており、自分もまたプラト島に「道徳秩序」を創設することを夢見ている。だが、そんなものを信じるのは彼一人だ。暴動の昂揚のあと、島には当初の諦観的な無気力が戻ってきた。変わりなく響いているのは、起床の時間や、防波堤工事現場に向かう男たち、滑石の鉱脈に向かう女たちの出発を告げる現場監督の呼び子と、あの世で発される嘆き声のように風に運ばれてくる、夕べの祈禱へのいざないだけだ。

パリサッドに向かう山道は、火山のふもとの黒々と連なる岩の入江に沿っている。滑石の鉱脈が始まるのはそこだ。鉱脈とはいえ、今では海を見下ろす高みにある白い溝にすぎず、そこにインド人の女たちがバケツ何杯分もの滑石を集めにくる。湾の奥には玄武岩が累々と重なり、蔓(つる)植物がはびこっている。ジョンはここで土地固有の藍を探したが、成果はなかった。古い共同墓地があるのもここだ。墓は風に磨滅していて判読しがたい。苔生し、斜めに傾いた平墓石に、ひとつの名前を読みとった。

トマス・メロッテ、一八五六年没

二本マストの帆船ハイダリー号でカルカッタから来た何千人もの移民が、船上で発生した天然痘とコレラを理由に、この年プラト島に置き去りにされた話を、ジャックから聞いた。ぼくらと同じく、移民たちは来る日も来る日も、がらんとした水平線とモーリシャス島のラインを窺いながら、自分たちを連れていってくれる船が現れないかと待っていた。切羽詰まったメッセージを何通も送り、あちらの対岸にいて自分たちを緩慢な死へと追いやっている未知の人々の注意を引こうと、浜で大きな松明をいくつも焚いたにちがいない。ほとんど全員が病気と窮乏に屈した。モーリシャス政府がようやく救援を送ることを決めたのは三カ月後のことだが、島に着いた者たちが目にしたのは、数名のまれな生存者と地面に散らばった人骨だった。

共同墓地にはだれも来ない。岩とサイクロンがひっくり返した墓石とが無秩序に転がるこの場所には、何か超自然的なものがある。見捨てられた移民たちのまなざしが今も生きていて、一心に水平線のほうを見つめているかのように、ぼくの心をかき乱し、高鳴らせるものがある。それは島の岩盤に響く波の長い震動か。パリサッド村で過ごした最初の夜、地面に耳を付けて寝たときに耳にしたのはこの震動だった。

海辺の、かつて遺体を焼いた場所を見つけたいと思った。しかし外海から岸に打ち寄せる波が、最初の墓があるところまで湾をうがっている。

それでもぼくは、好んで共同墓地までやってくる。ここにはときに、教会のなかで実感したことがあるような、とても大きな平穏、ある種の優しさがある。それは自分の一生よりも大きな時間があり、自分の視線よりも広大な存在がある、という印象である。よくは理解できない何かだ。毎晩、現場監督の呼び子を聞くたびに、ここ見捨てられた共同墓地に来たい気になる。

長いこと墓の上に腰かけて、髪のまわりで蚊が奏でる歌を聴いていた。蚊は脚にも上腕にもとまるが、嚙まれる感じがほとんどしない。あまりに数が多くなると、身振りで追い払うか、息を吹きかける。大胆で攻撃的な彼らは、虎斑（とらふ）のある身体をもち、身軽で賢い。スナバエやアリもいる。ときどき、長いムカデがばさばさと音を立てながら、墓の上を走る。ジャックはムカデが嫌いで、憤激して踵で踏みつぶす。だがぼくは慣れっこになった。こうした昆虫は、鳥とともに島の真の住民だ。ぼくらが去ったあとも、ずっとここにいつづけるだろう。

ここは静寂そのものだ。そよとの風も吹かない。二日前からぼくらは静まり返った広大な湾の中央にいる。その縁は水平線まで退いてしまった。ジャックによると、今は嵐の目に入っている。目が移動すれば、ふたたび雨が降るだろう。

ガブリエル島で味わった、焼けるような日差しの感覚がまだ残っている。きのう、背中の、両肩の間のあたりの肌が玄武岩に触れて、傷が開いた。ここでは、ハイダリー号の乗客たちのまなざしがすべてのものに沁みこんでいる。彼らは今ではこの入江に棲みついて、がらんとした水平線を辛そうな視線で一心に見つめている。いや、もしかすると、高熱のせいで毎晩ぼくの神経と筋肉がこわばり、血管にゆっくりと戦慄が注がれるのかもしれない。シュルヤヴァティの名を、魔法のような名を、そっとささやく。そうすれば、女神のように波しぶきに包まれて、暗礁のあたりに彼女のシルエットが出現するかもしれない。ぼくには彼女が必要だ。クーリーの村も、夕餉の煙が立つ並木道も、子供の泣き声も、ヤギも、小屋の奥で口ずさむ少年の声も、横笛の軽やかな音も、死者たちが焼かれるのを待っている火葬場の恐ろしい臭いも――彼女に属するものすべてを、ぼくに授けてくれることがぜひとも必要だ。今、自分が属しているのはここ、島の反対側の、もうひとつの世界であるように思う。

不意に、火山の急斜面を越える道に出た。大規模な溶岩流が残した、あちこち尖った部分のある岩塊を横切り、茨とランタナの茂みのなかを走る。靴を履いてこなかったことをはじめて悔やむ。足の裏が固くなっているとはいえ、尖った溶岩で切り傷が付くし、藪でくるぶしを引っ掻く。火山の近くでは、何かが腐敗しているような、動物的で頭をくらくらさせる臭いが漂っており、重たく停滞する夕暮れの空気がそれを増幅する。

山道は右に向かって、クーリーの村のほうへ下っていく。しかし火山の中腹を歩きつづけてパリサッドの小川のほうに行く。そこはインド人の女たちが夕方水浴をし、水を汲みにくる場所だ。大きな岩の間を縫って、身を隠そうともせず、息を切らしながら飛び跳ねるように駆けていく。夜にならないうちに着きたい。火山の尾根を通るとき、突然西の方角に、夕映えにきらめく海が見える。まだ日が照っているパリサッド湾には、蛇の鱗のように玄武岩の平石が連なっている。

冷めて固まった溶岩流に泉から水が流れこんでいくつもの池ができ、植物に覆われ、空を映し出している。火山の中腹にへばりつくようにして育っている木もある。ハマムラサキの木が何本かと、小暗い葉むらをもつ大きなアレカヤシが一本ある。女たちが休んでいるのはそこだ。壺に水を汲んだり、流水で髪を洗ったりしている。茂みにつかまりながら、岩をひとつずつ降りていく。ベルトのところまで上半身裸の女が数人おり、水辺にしゃがんでいる。日暮れの黄金色の光を受けて、女たちの身体は輝いている。せせらぎの音や、互いに水をかけ合う笑い声が聞こえる。まるでインドやカシミールの川べりの別世界にいるように、彼女たちには何の恥じらいもない。

ぼくの気配を聞きつけた。日差しをまぶしがりながら、岩間のランタナ越しにぼくの姿を探している。肌は褐色だ。肩や胸を水滴が伝っている。黒髪は水で重くなっている。そのなかにシュルヤはいない。女たちは一瞬、隠れているぼくの姿を捉えようと、振り返った姿勢をとった。ぼくはウサギみたいに、じっとうずくまったままでいた。すると女たちはでたらめに石を投げはじめ、不作法な子供を叱るような大声を上げた。それからサリーを身にまとい、水を一杯入れた壺を肩に担いで去っていった。雨谷を伝って下り、海岸に向かうのだ。一瞬溶岩塊のなかに見えなくなるが、まだ声は聞こえていて、やがて湾沿いに共同住宅のほうに歩いていくのが見える。

夜が訪れる。早くもコウモリが空を飛んでいる。この前のように「シュルヤ！　シュルヤヴァティ！」と叫ぶ。自分の声がクーリーの村まで、望遠鏡を携えたジュリユス・ヴェランのいる見張り台まで届くだろうと想像する。もっと叫んでみよう、夜になる前の最後のチャンスだ。ふと気がつくと、彼女が来ている、かすかな足音とブレスレットの鳴る短い音が聞こえる。雨谷を通り、累々と積み重なった岩を抜けてやってくる。しかしその音は彼女ではなかった。岩から岩へ跳び移りながら甲高い声で鳴くヤギだ。やがてシュルヤが現れる。幼い男の子を連れている。石を投げながら雨谷を伝ってヤギを導く牧童だ。シュルヤは髪をすっぽり包む、赤い大きなショールをかぶっている。ぼくが待っているのを知っているように、こちらに向かって登ってくる。ぼくをじっと見つめる。ぼくがいることに驚いた様子はない。インド風に挨拶をして、ぼくの正面の石に腰を下ろす。彼女もヤギに向かって石を投げる。するとヤギたちは雨谷の底に向かって一目散に駆けていく。少し下ったところの池で立ちどまり、水を飲む。牧童は茂みに身を隠した。

何を話してよいやらわからない。何日も、何カ月も彼女に会わなかったように思える。シュルヤはただこう言う。「おなかが空いている？　食べ物を少しもってきたわ」袋から米菓子を取りだす。すべてが単純だ。ぼくは驚きさえしない。菓子をひとつ差し出すが受け取らない。「とうに食事を済ませたの」「とうに（ローンタン）」の最初の音節を、歌うように引き延ばして発音する。

最後に食事をしたのはいつだったか思い出せない。たぶん、けさ、鍋底にくっついていたきのうの飯の残りを少しばかり食べたのだろう。この菓子ほどおいしいものを食べたことがない。シュルヤはぼくを見つめて言う。声は奇妙で、どこかうわの空といった様子だ。

「あなたがお爺さんになったら、わたしが食事を作ってあげる」

ぼくが菓子を食べ終えると、シュルヤはぼくを雨谷の方角に、池まで引っ張っていく。泉の水は冷たく澄んでいる。ぼくらのいる隔離所では、貯水槽の水は酸っぱく、布で濾過して蚊の幼虫を除去しなければならない。

泉の近くでは、夕べの光は穏やかだ。ぼくらを取り巻く木々にはたくさんの鳥がいる。近づく夜に備えて呼び声を上げるムクドリだ。上空には火山が黒々と、けわしく、威嚇するようにそびえている。灯台の廃墟に隠れた見張り人たちの視線が、ぼくらを重く圧迫する感じだ。雨谷を海まで下っていき、大きな岩のなかに隠れ場を探す。幼い少年は、ヤギを追い立てながら、パリサッド村に帰っていった。シュルヤは暗い色の海を前に、平らな岩に腰を下ろした。

「またイギリスのことを話して」

空はまだとても明るく、シュルヤの顔も、眼の光も見える。髪を一本の太い編み毛にしている。鼻孔に付けた金色のピアスが雫のように輝いている。

あちらロンドンでは、人々はどんな暮らしをしているのか、どんな服装をしているのか、子供たちはどうか——彼女はすべてを知りたがっている。ぼくの口から何を聞き出したいのかよくわからない。ロンドンにはじめていったのは、父が死んだあとの夏だった。ベッケンハムというところにあるウィリアム小父さんの家に、当時ジャックが下宿していた。赤レンガの家々、少し陰気な庭、バラの木があった。むしろチャールズ・ディケンズの小説で読んだことを話してやりたい。ピックウィックの行く監獄、まるで劇場にいるみたいに囚人たちが散策する大きな円形遊歩場のことを。シュルヤは目を見開いて笑う。「なんて変な人たち！」それから一瞬考えていう――「母はロンドン生まれなの」眼が涙でうるんだように光っている。

「母は本当の両親がだれか知らない。名前も知らない。インド大反乱〔一八五七―五八〕のときにはカーンプルにいた。祖母のギリバラに拾われた。母は五歳だった。乳母の首にしがみついたまま動かなかった。皆が死んだ。祖母は母がまだ生きているのを見て連れていった。名前を付け、アナンタと呼んだ」

急に自分の多弁が恥ずかしくなる。シュルヤがぼくに求めていたのは、母親について、彼女が生まれた町について語ることであって、虚言を弄することではなかった。シュルヤはいう。

「イギリス人の名前を挙げてみて。もしかしたら母の名が出てくるかもしれないから」

ぼくは考える。これはひとつの遊戯だ。

「そうだな。メアリー、エミリー、アマリア」

「アマリアはきれいな名前ね」

ぼくの母親の名だとは言えない。

他の名を探す。

「アガタ、ヴィクトーリア」

「だめ、だめよ、ヴィクトーリアは！」彼女の大きな声はぼくを笑わせる。

「それじゃ、アン、アリス、ジュリア。だけど君のいうとおりかもしれないよ。君のお母さんはアマリアというのかも」

「とても好きなの、母が」

シュルヤはそれ以上語らない。ぼくらは、船の舳先に座るように、海に突き出した岩に並んで腰を下ろしたままでいる。ほとんど日は暮れ、彼女の横顔も見分けにくい。彼女の身体の匂い、髪の匂いがする。うんと昔からシュルヤのことを知っていたような気がする。

シュルヤはモーリシャス島のこと、マエブールの修道院のこと、会ったことのない父親のことを語る。「父はわたしが一歳のときに事故で死んだ。母は父のことをけっして話そうとはしなかった。結婚したとき、母はたしか十六だった。父はヴィル・ノワール[41]出身のキリスト教徒だった」

この瞬間がいつまでも終わらないでほしい。シュルヤはまたインドのこと、祖母がアナンタを見つけたあと水浴させた大きな川のことも話した。アラハバード、ベナレス、カルカッタといった美しい名をもつ都市のことも話した。いつか母親を向うに連れていきたい、カーンプルまで行って母親が救われた場所が見たい、それからあの大河、クリシュナ様の生まれたヤムナー川が見たいという。

今シュルヤは、ひどく疲れたように、ぼくの肩に頭を載せている。彼女の肌の匂いがぼくのなかに入ってきて戦慄させる。彼女がぼくの手をとると、優しい感触の、しかし荒れた、とても温かい手のひらを感じる。それから少し身を離す。暗闇のなかでぼくを見ようとしながら、押し殺したような声でいう。

「母のことがとても好き。わたしには母しかいないの。いつか母に母の国のことを話してほしい、わたしに話してくれたことを全部ね。祖母はこの島でずいぶん前に、わたしが生まれる前に死んだわ。浜で茶毘に付されたのだけれど、今もここにいるわ。死者はよそには行かないと母はいつも言っている。わたしたちとともに暮らし、火葬場が死者の家だそうよ」

シュルヤを抱きしめる。ぼくの顔に彼女の顔が触れる、睫毛がまたたき、唇が触れ、息が温かい。すっかり日が暮れたが、明るい夜空を背景にシュルヤのシルエットがまだ見える。深いところに波が打ち寄せ、ぼくの下方で岩が震えている。すべてがふしぎで、新しく、予想外だ。同じめまい、同じ欲望を繰り返し感じている。石の筏に乗り、行く手に波に似た山を見すえながら、シュルヤとの旅に出かけたみたいだ。

シュルヤは両の手のひらをゆっくりとぼくの顔に押しつける。それから立ち上がり、遠ざかっていく。「シュルヤヴァティ」とぼくは呼ぶ。あとを追うが、あまりに早く進むので見失う。彼女はどの岩も、どの茂みも知っている。ぼくはパリサッド村に向かう。

ヤムナー川

まるで自分が体験したようだ、ついきのう夢に見たみたいだ。カルカッタのボワニプル地区のトリース・ナラー運河沿いにつながれた船が、移民たちの乗船を待っている。カルカッタに向かう道では、運搬人の手押し車や、馬を外したぼろ馬車や、埃のなかにひざまずいた牛がたむろしており、運河の泥水がフーグリー川の河口に向かってゆっくりと流れている。黒い船の煙突からかすかに煙が出ている。貿易風にはためくミズンマストの帆、そして川面の上空には荒れ騒ぐ空。とうとう街に雨が降りはじめた。河を遡行し、行く手に冷たい風を吹きつける灰色の滝のような、あの重たい雨だ。

思うのはアナンタのこと、母親の手に握られたその小さな手だ。二人は収容所の円い建物のなかに立って待っている。周囲では、ハイダリー号やクラレンドン号やイシュカンダー号に乗船しようと、アウド地方やベンガル地方、ゴンドの丘やパンジャーブ地方やグラジャート地方など、はるか遠くからやってきた見知らぬ人々がうごめいている。

ボワニプルの収容所は静まり返っているにちがいない。黒のまだら雲に覆われた黄色い空、真昼の宵闇のようだ。木から木へご託宣を告げるように鳴く得意気なツグミは、雨に興奮して手押し車の柄に止まる。子供たちもいる。運河のほとりで遊び、泥の水に飛びこむ素っ裸の少年たち。そんな子供を呼ぶ女たちもいる。時刻は夕方で、外壁沿いの家々の台所に火が灯る。女たちは長い木の枝を片手に、いろりの前にしゃがむ。男たちは土手に集まっていて、降りだした雨に傘をさす者もいる。ときおり雲間から日が差しこみ、女たちの衣服や銅製の装身具を輝かせる。

すべてが緩慢だ。運河の水は、黄色い泡の花や枝の束を浮かべて、河口に向かってゆっくりと下っていく。ときに、なぜかぼろ切れが浮かび、渦のなかで回っては船尾に引っかかる。

「いつ出発するの」と幼いアナンタが訊ねる。その手を母親の手が握っている。ギリバラはアナンタの手を放したくない。一瞬でもよそを見ると、娘が運河の渦のなかに消えてしまいそうな気がする。玉のような汗が涙のように若いギリバラの睫毛を濡らし、顔を伝う。「わからないけどもうすぐよ。明日か、ひょっとしたら明け方ね」船の高い煙突から渦を巻きながら出る煙を、アナンタは指さす。「見て。あの煙はわたしたちを置いていってしまうの」アナンタの手を握る手に、ギリバラは痛いほど力をこめる。たしかなものは、それしかないからだ。それ以外の一切は、この運河とあの大河の虚無でしかなく、見知らぬ男たち、女たちは、ありもしない国に向かって旅立つことをいつまでも待っているからだ。

六月十九日—二十日

シュルヤヴァティの家から遠くない浜辺に寝ている。クーリー村の先端を囲む小さな珊瑚礁の壁はこの地点で岸辺と合わさり、船の舳先にぶつかるように暗礁を打つ海の音が聞こえる。夜の冷気に当たらないようにと、シュルヤがシーツを一枚くれた。すべての移民がするように、シュルヤも戸口のハリケーン・ランプは点したままにしてある。振り返ると、本物の町さながらに、ランプの光が多数の星のようにまたたいている。

耳慣れた物音が余さず聞こえる。応答する犬たち、囲い地のヤギのかぼそい呼び声、赤ん坊の声、どこかで長々と歌っている女の声、ときどき途切れる嘆き節だ。眠気が襲ってきて、島から島へとでたらめに航行していく船の甲板にいるような気になる。もうアヴァ号に乗ってはいないことをときどき忘れ、どこか知らない錨地に一時停泊しているだけで、明日にでもまた旅を再開する予定のような気がする。

夜になって凪は収まった。目が覚めたのは重苦しい暑さのせいだ。それに、暗礁が静まり返っているためだ。月は天頂にあり、真っ暗な空の中心で輝いている。シュルヤヴァティの家では小さなランプが消えている。周囲を見回しても大方のランプはもう灯っていない。もうすぐ夜が明けるはずだ。

海上にも街にも熱気が垂れこめている。無数の羽アリが周囲を飛び交い、月明かりのもと、砂を這ったり、やけに白いぼくのシーツにぶつかったりするのが見える。妙に不安が募り、よくないことが起こりそうな気配がするのだが、それは、嵐のなか、スクーナーを降りて島に上陸したあの晩に感じたものと同じに思える。音を立てずに海岸を進んでいく。潮が一番満ちている時刻なので、パリサッド湾では玄武岩の大きな平石のところまで潮位が上がり、わずかに頭を出した細い砂州には海藻や漂流する木片が集まっている。

ふだん敵対的な犬たちは、ぼくを通してくれた。ぼくの臭いを嗅ぎ、唸りはしたが、鼻面を砂塵のなかに突っこんで寝転がった姿勢を変えなかった。ぼくの臭いに慣れっこになったのかもしれない。あるいは、身を起こせないほど疲れていたのかもしれない。

今、村のすぐ近くに来ている。煙の臭いや、共同住宅の近くに生える芳香植物の匂いがする。しかし、すぐには判別できないような別の臭いもある。灰と香料がまじりあったような臭いで、動かずにそこにあり、ぼくを包み、おもむろにはっきりしてきて吐き気を催させる。

今いるのは浜の端、移民たちの共同住宅と賤民小屋を隔てる岬だ。この岬の波打ち際の付近に黒い岩でできた一種の展望台があり、月光を受けて奇妙に輝いている。人間に見捨てられ、海に向かってぽつんと静かに立つ、古い記念碑のようだ。岬の周囲の海岸はどこも尖った溶岩が林立して、泡立つ波が打ち寄せている。手足をすり剝きながら、苦労の末にその台に登った。岩壁を触ってみる。海水に磨滅したいくつもの玄武岩塊で、モルタルなしの巨大な壁を形成している。優しくなめらかな手触りがして、内側にこもる熱気のせいでまだ温かい。

この大きな岩壁にもたれると、もはや不安などない。それどころか、大きな平穏を感じる。火の臭いが身体のなかに入ってきて、ぼくをすっかり満たしてしまう。両手を平台に置くと、触ってもほとんどわからないほどのかすかな埃が指の間をこぼれるのが感じられる。そのとき不意に得心する——ここなのだ、死者を荼毘に付す火葬場は。ヴェランが毎晩望遠鏡で眺め、「移民のなかにまた死者が出た」と隔離所に暗鬱な報告をしにくるあの火葬が行なわれている場所は、まさにここなのだ。

岬は半島に近い形をして、満潮時には陸から切り離されたも同然になるが、そこから一方には金剛岩の方向に延びる暗い線が見え、もう一方にはパリサッド湾の曲線と火山のシルエットが見える。ここは世界の外ともいえる場所だ。ガブリエル島の燠の痕のような、にがい、呪われた場所ではなく、踊るような波に包まれた、とても優しく平穏な場所だ。

温かい壁に背中をもたせかけ、岩のなかに腰を下ろして海を眺める。風が吹くと灰が舞い上がり、夢をはらんだ煙のようにぼくを酔わせる。

夜が白む少し前、空の色が灰色になって海と混じり合うころに、シュルヤヴァティがやってくる。ぼくを見るが、ぼくに会いにきたわけではない。棕櫚の箒を携え、火葬台の掃除を始める。大きな赤いショールに顔と髪を隠した姿を、地面に身を屈めて薄暗がりのなかに見る。規則的に掃く箒の音が聞こえる。それから、薪の際に置いたバケツをとり、ひょうたん形の容器で黒い岩の上に水滴を撒く。

しばらくして日が昇る。シュルヤヴァティはぼくのそばに腰を下ろす。疲れた顔をして、見たこともない奇妙な表情を目に浮かべている。「母はドム族(42)なの。火葬の薪を用意するのが仕事だった。でももうできないわ」さらに続けて「これからは何もかも変わると思うわ」という。シュルヤのいうことがわかる気がする。彼女の思いは、肌の色も年齢も関係がないからだ。海がそのたゆたいのなかにぼくらを運んでいく。「祖母ギリバラがインドから戻ってきたとき、茶毘に付されたのはここだった。だれかが薪に火を点けた。祖母がヤムナー川に戻っていくようにと、だれかが遺灰を海に掃き落としたわ」

きのうと同じように、シュルヤは泉の前でぼくの手をとる。

「死人が怖い？　怖がってはならないわ。死人はわたしたちのもとにいて、去りはしない。母は夜眠れないときに死人が見えるらしいわ。死人たちは浜辺を歩いて住処を探しているのですって。鳥のなかにも、植物のなかにも、海底の魚のなかにさえ、死人たちはいる」

黒い砂に混じった灰を少しつまみ、その指をゆっくりとぼくの顔に、頬とまぶたに当てる。顔面にいろんな線や円を描くと、大きな安らぎが自分のなかに入ってくる感じがする。シュルヤは自分の言語で、祈りのような、歌のような言葉をつぶやく――「ラリルグ ガヤ、シュールム、カラ ルグ ガヤ……」

それから、両手を組んでぼくのうなじを抱え、顔を引き寄せては自分の胸に押しあて、鼓動を聞かせる。はじめてぼくを名前で、彼女が付けてくれた永遠の名前で呼ぶ。

「バーイイー……わたしの兄さんになりたい?」

太陽が島の反対側に現れた。早くも金剛岩の方向にパリサッド湾を渡っていく鳥がいる。シュルヤヴァティと、賤民の入江のほうに歩く。小屋の男たちはまだ寝ているだろう。戸外にはうちわを扇いで火を起こす女たち、しくしく泣く子供たちがいる。妙な感じだ。ぼくの奥深くで何かが割れて解き放たれたようだ。両手両足に新たな力を、神経と筋肉のなかで震える電気のようなものを感じる。関節がしなやかになった。呼吸が楽になったし、物がよく見えるようになった。

海岸沿いの山道は、黒い土の勾配が迫っていて狭い。シュルヤヴァティが前を大股で歩いていく。振り返りもしないで自宅に入っていく。ぼくはいつもの場所、満ち潮がむき出しにしていった小石に腰を下ろす。夜明けの光が今、島のこちら側に当たっている。長く鳴る陰気な呼び子が、皆に起床を告げたところだ。パリサッドの家々の前では、うちわに扇がれて火がいっそう活気づいた。熱された油や煙の匂いがする。急にひどく空腹を感じ、身体を折って両の拳で腹を押さえなければならないほどだ。ぼくは呻き声も上げたにちがいない。まもなくだれかが来たからだ。最初シュルヤが来たのかと思ったが、人影には見覚えがあった。やってきたのはアナンタだ。ぼくの前で立ちどまり、カレーライスと野菜を盛ったほうろう引きの皿を地面に置く。礼をいうのに、シュルヤが教えてくれたとても優しい言葉を発する――「ありがとう（シュクリア）」

アナンタは少し身を引いた。ぼくをじっと見つめている。極端にやせていて、その黄色の衣服もヴェールも身体のまわりではためいている。インド女性らしい土色の顔には、とても色が薄くて透明に近い浅緑の眼が光っている。そこには猜疑心や怒りは微塵もない。彼女が感じていた恐怖はすっかり消えたように思われる。やがてシュルヤがやってきて、熱いお茶の入ったコップを渡してくれる。「食べなさい、飲みなさい。そのあとは、向こう側の住まいに戻らなければだめよ」

ライスと野菜を手づかみで貪るように食べる。苦いお茶が喉を焼くように流れ、身体の中心も燃えるようだ。

今や子供たちがぼくらを取り巻いている。黒い肌の、素っ裸の男の子たちで、こぼれるような笑顔を浮かべている。おもしろがって、自分たちの言語でぼくを呼んでいる。あるいは、ドム族の言葉をさかさまに発しているのかもしれない。シュルヤヴァティは子供たちに向かって大声でいう――「さっさとお帰り！（ジャアイェー！　ウッタ！）　さっさと！（ウッター！）」あまりに近くまで来る犬を追い払っているみたいだ。

食事を終えると、皿とコップを海の水で洗い、家の前に置く。まるで小さいときからずっとこのようにしてきたみたいだ。しばらく家の前に立っている。アナンタは家に戻り、蚊帳の一隅をもち上げて横になった。シュルヤは母親のそばに座り、指先で母親の髪を編んでやっている。日差しが家の中まで届き、壁を温める。いつもどおりの緩慢で平穏な朝だ。

賤民村では、プランテーションか防波堤工事の現場に働きに出かける前に、男たちは家の表に腰を下ろしてしゃべったり、飲みかけのお茶をすすったりしている。女たちが棕櫚の葉で通りを掃くと、黒い砂ぼこりの雲が立ち、少し先の地面に落ちる。イスラム教徒の家の前では男たちが沐浴と祈禱を終えている。だれもが現場監督の呼び子を待っている。二度目の呼び子が鳴り響くと、男たち、女たちがパリサッド湾に向かう。

近くの並木道で待っている人々がいる。ショールに顔を隠した女たち、やせた男たちだ。アナンタに会える、食べ物や祝福をもらえると期待して待っているのだ。アナンタは賤民たちの母親のような存在で、病気を癒したり「呪い」を祓ったりする術を心得ている。アナンタは見たこともないぼくの実母に思える。彼女こそぼくに温もりと愛を授けてくれる人に思える。シャイク・フセインが彼女を怖れ敬う理由が、そっとしておく理由がわかる。言葉を発さず、武器をもたず、賤民村の木の枝を組んだ小屋から、島全体を支配しているのは彼女だ。

一番はずれの家の前を通りかかったとき、一人の女がよろめきながら出てきて、ぼくにしがみつく。とても若いが、顔は怒りに歪み、衣服は裂け、髪は泥だらけだ。この女はラザマーといい、暴動の夜、若者たちに犯され、殴られた娼婦である。意味不明の言葉を吐き、ぼくを後ずさりさせようとする。数歩後ろには彼女と同棲している青年がおり、片手を目の上にかざして、無言のまま成り行きを見守っている。ぼくは狂女を突き飛ばし、何とか振り切った。背後で女の呪詛が響き渡り、それにつられて犬が吠える。ラザマーがつかんだぼくの腕には、彼女の爪の痕が半月形に残っている。

岬に向かう道に一人たたずみ、火山のほうを振り向いてひとしきり眺めていた。そうしているうちに、不安混じりの怒りが湧いてくる。見張り人たち、バルトリと性悪男ヴェランが火口の頂に隠れており、今も彼らに見つめられているような気がする。村の並木道から女たちがぶるぶる震えながら泉で水浴をする小暗い雨谷まで、島中をうかがう皮肉に満ちた冷たいレンズが自分の身に向けられているように感じる。後戻りするのが、つまり隔離所に引き返すのが、架空の境界線を越えるのが、これほど困難だと想像したことはなかった。

ラグーンの温かい水に浸かるが、シュルヤが顔に描いてくれた灰のしるしは洗わない。このしるしを付けているかぎり、ぼくは自分の力と手足の関節のしなやかさを失わないだろう。シュルヤの指の軽い感触を、額にも、頬にも、まぶたにももちつづけるだろう。

・

彼女は南の方角、荒廃した畑を通ってヤムナー川に向かう街道をたどった。アワド地方では、ラクナウ、カーンプル、ファテープルといった街が燃えていた。火事の煙は、まるで薄明がはてしなく続くとでもいうように、空を覆っていた。バラ色を帯びた灰色のヴェールの背後を、太陽が船のように航行していた。街道には、衣類や食糧を抱えた逃亡者、老人、女、子供が大勢いた。男たちは姿を消していた。いたるところで血の臭いが、死臭がした。死体を投げ入れるもので井戸水は飲めなかった。飢えで腹が痛んだ。飢えのせいで、大地に生えるものはことごとく抜きとられ、泉は涸れた。ギリバラは胸に子供を抱きしめて、砂塵のなかを裸足で進む。ときどき幼い娘がショールのなかで動くのがわかる。猫のように軽く、泣きもわめきもしない。カーンプルの崩れ落ちた泥壁の前で、その子が乳母の血まみれの胸の上に横たわっているのを見た。最初は二人とも死んでいると思った。やがて子供は目を開き、彼女を見た。そこでギリバラは、赤ん坊の身体に付いている血は乳母の血だと理解した。思案もせず、本能的に駆け寄って、赤ん坊を両腕に抱えた。そして赤ん坊が白人だと見てとった。金髪で緑の眼をした四、五歳のイギリス人の女の子で、着ている服はあちこち裂け、焼け焦げていた。子供は泣き声を上げなかったが、ギリバラに拒否されるのを怖がっているかのように、必死でしがみついてきた。ギリバラは息を継ぐ間もなく、ヤムナー川に通じる道まで子供を抱えて走った。あるとき、道すがらインド人傭兵（セポイ）の一団に出くわしたが、通してもらえた。ぼろ着をまとい、肩の上になびくぼさぼさの髪をして、顔は煤まみれの彼女は、気の狂った女に見えた。ショールにくるんで抱きしめている子供、顔は血まみれで明るい色の目をした、彼女の胸もとに頭をうずめている外国人の女の子には、だれも注目しなかった。

ギリバラがヤムナー川に到着したとき、第九十三ハイランダー連隊の兵士たちがラクナウの町を砲撃しはじめた。火事の煙がふたたびあたり一面を覆った。ヤムナー川沿いの道は人や荷車や不具者でごった返していた。あちこちの村の家々でギリバラは子供に飲ませるわずかばかりの乳と、ごはんと、レンズ豆の乾パンを請うた。何時間も歩きつづけると、木陰で休んだ。ときに子供に与える食べ物がなくなることもあったが、女の子は泣かなかった。

浅緑色の眼を大きく見開いて、しゃべりもせず笑いもせずにギリバラを見つめていた。子供はきれいな面長の顔をして、金髪に近い褐色の髪にはまだ乳母の血がこびりついていた。

野生動物のように、ギリバラは夕刻になるまで川には行かなかった。昼間はけわしい山道を歩いた。謀反人を捕まえるのに、外国人兵士が蒸気船で川を遡行しているという噂だった。ときに間近で大砲のとどろきが聞こえることもあった。ギリバラには、インド人傭兵の銃撃と、「砲丸」を送ってよこすイギリス軍の大砲の甲高い音とが識別できた。

ヤムナー川の岸辺で、ある晩、ギリバラは敗走中のセポイの一団に遭遇した。剣と槍を携え、軍服は泥と血で汚れていた。そのなかの一人が、ショールにくるまれて眠っている幼い娘を見た。白い肌と金髪に気づいたにちがいない。「あんたの息子か」と訊ねた。疑っている様子だった。「わたしの娘です」とギリバラは自信なげに答えた。兵士がひげを撫でながら子供をいつまでも見つめるので、ギリバラは大きな声で言った。「じゃあ、あんたはこの子の父親かい」他の兵士たちが笑いだした。それでギリバラは先に進むことができた。

ギリバラが子供に名前を付けたのは、ヤムナー川のほとりだった。戦争や死臭や灰の味にもかかわらず、彼女が平和と幸福を実感したのはこの大河の水のなかだ。夜になる前に、高木の陰になった浜を選び、子供を胸に抱きしめてゆっくりと水に入った。

すると別世界に入る感じがした。笑みを浮かべて自分の腕の中で身体を動かしている幼子が、その世界への入口だった。何もかもが平穏で、戦争も流血もなく、憎しみも恐怖もない大河の世界、巨大な手に握られた小石のように自分をしっかりと抱きしめて隠れさせてくれる世界だった。「これからお前には名前がある、家族がいる……」

そのためにギリバラは大きな声で名前を言った。まるで大河が言わせたようだった。「アナンタ」、永遠なる者、世界の終わりまで神がまたがって身を休める蛇、という意味だ。

その晩、ヤムナー川のほとりで、ギリバラはその筏に出会った。夜を過ごすのに別の浜辺を探しているうちに、人声が聞こえた。葦の茂みを這いながら、女たちの小さなグループに年老いた男が一人混じった集団を見かけた。一同は食事を終えたあと、木の枝を編んだ筏をふたたび漕ぎだす仕度を整えていた。ギリバラが立てた音で感づいたのだろう、突然背後から現れた女たちに地べたに倒された。女たちは赤子を抱いたギリバラを手加減することなく、拳で殴り、足蹴にしはじめた。自分はもう終わりだと思ったギリバラは、邪険な女たちが子供を奪い取り、彼女の荷物をあれこれ調べて宝石や金を盗もうとしたとき、泣いてすがった。かばんには何もよいものはなく、大柄で冷淡な、いかれたような眼つきをした女がギリバラのほうを向いて言った――「あたしたちを監視して、密告するつもりで来たんだろう！」ギリバラは身体のあちこちがひどく痛み、精根尽きていたので、川から遠くへ身を引きずっていく力がなかった。だが、腰にやせた男の子を巻きつけた別の女が間に入り、ギリバラを座らせてくれた。川の水で傷口を洗い、ひどく怖がっているアナンタを返してくれた。「何ていう名前なの？」ギリバラはアナンタの名を言い、自分の名も告げた。「わたしはリル、あそこにいる爺さんはシングよ。戦争でけがをした。だけど悪い人じゃないわ」と女は言った。アイシャドーを塗ったような黒い眼で、女は幼い娘をしげしげと眺めた。「あんたに似ていないけど、あんたの子ね」それからギリバラを助けて筏に乗せてくれた。筏の端では、黄色い雌ヤギが板につながれていた。長い棹に力をこめるシング爺さんに導かれて、筏はゆっくりと、渦に巻かれながら川面を進みはじめた。リルは黒い革袋からヤギの乳を少しばかり小鉢に注ぎ、ギリバラにくれた。乳は濃厚でまだ温かかった。「ヤギはわたしのものさ。わたしに残っているのはこれだけ」娘に乳を飲ませているギリバラを眺めるのに、女は衣類の包みに頭を載せて板の上に寝た。

「これからどこへ行くの」

「わからないわ」とギリバラは言った。

「わたしたちはベナレスに行く」

「この川が運んでくれる一番遠くへ行くわ」とギリバラは言った。

リルは笑いだした。

「それならあんたは海まで行く。川が運んでくれる一番遠い場所は海だよ」

今度はリルが革袋を手にとり、自分の息子に飲ませようとした。しかし男の子は口を閉ざしたまま、その眼は高熱のせいで光っていた。乳は小鉢からこぼれて、口角を流れた。

「もう二週間もこんなふう。まもなく死ぬかもしれない」放心したようにそう言い、包みに頭を載せて筏の上にまた寝た。そして息子を寝入らせるのに、耳慣れない言葉で歌いはじめた。ギリバラにははじめて聴く歌で、歌詞の一句一句が神秘的な意味をはらんでいるように、自分のなかに入ってきて永久にとどまるように思えた。

「シュールム、カラ、シャロ　グル　ライエ、泥棒よ、こっちへ来い、この家に入ろう、お前のスリッパを脱げ、何でもとるがよい、兄弟よ、ランプを点せ、そしてお前、見張り番よ、物音を聞いたら、土団子を投げてやれ！　カッジャシャマア、スパイがお前を見張っている！　ティプジャ！　隠れろ！　バルウエ　ホジャ！　気をつけろ！　カインカル　カル！　土くれを投げてやれ！　ラッリ　ルグ　ガヤ、カラ　ルグ　ガイエ、盗みは終わり、泥棒は死んだ！」

夜闇が川面に降りてきて、もう対岸は見えなかった。筏の反対側の端では、老人のそばで、ギリバラをどなりつけ、拳で殴った意地の悪い女が、水流から外れないように、棹に力をこめて筏の縁をゆっくりと歩いていた。岸の軟泥から棹を抜くたびに、ブシュという吸引音がした。渦巻の上を大きな泡の花が旋回し、渦に吞まれた木の枝が、何匹もの蛇の頭のように、水面に現れては水中に沈んでいった。虫に夢中になって水面近くをよろめきながら飛ぶコウモリを眺めながら、ギリバラも寝入ってしまった。

六月二十一日?

相変わらずマメ科植物を探す。土壌の乾燥により、アティロジア〔ビロードヒメクズ〕やデスモディウム〔ヌスビトハギ〕はありそうにない。クリトリア(チョウマメ)やカナヴァリア(ナタマメ)のほうがありそうだ。溶岩が転がっているので容易に進めない。藍の生育に好都合な土壌と日当たり。火山の支脈にはインディゴフェラ・アルゲンテア〔コマツナギ〕(野生種)。ティンコリア〔トゥルー・インディゴ〕が見つかると確信。

六月二十二日

彼らはけさ、ジョン・メトカルフを連れていった。正午ごろ隔離所に着くと、重苦しい沈黙があった。おかしな感じだった。ラグーンはすばらしい青をたたえ、雲のない空に太陽が輝き、海の空気は春のそよ風のように心地よかった。ぼくはまだ向こう側の世界にいて、夢想していた。シュルヤの声を聞き、顔や手に、かすかな塵のようなとても心地よい灰を感じていた。不在中に起こったことが理解できなかった。

隔離所の建物にシュザンヌが一人いた。ひどく蒼白な顔をして、クッション代わりの包みにもたれていた。かたわらには彼女の青い本、ロングフェローの詩集が、ページを開いたまま伏せてあった。近づくと、ほほえんだ。いやむしろ顔をしかめ、手を差し伸べてきた。その手は冷たかった。眼は若々しい光で輝いていた。彼女の病気は治ったと思った。またなぜか、アナンタの顔が、ぼくに食べ物をもってきてくれたときの眼が思い浮かんだ。

シュザンヌはささやいた。「ジョンのことだけど、あの人たちがけさ、連れていったわ」ぼくの顔を触って、「顔に何が描いてあるの」シュザンヌは指でゆっくりと模様をなぞって、服の裾でそれをぬぐった。「灰だよ」彼女には察しがついたようだった。ぞっとして身を震わせた。「灰ですって。どうして、こんなおぞましいことができるの。ジャックはあなたを探し回ったのよ」目は怒りで輝いていた。だが、今のほうがいっそう美しかった。両の頬に赤みが差して眉間にしわを寄せていた。「けさジョンを連れていったわ。つまり……」涙目になり、両手を神経質に動かしている。「サラは、連れていかせないようにジョンにしがみついていた。ジャックは外で待っていた。サラは引きずられていった、放そうとしなかったから……」ぼくは状況を理解しようとした。「ジヨンを向うの島へ連れていったのか」シュザンヌは惑乱の表情を浮かべていた。「わからないわ。わたしにはどうしようもなかった……ジャックは『すぐ戻ってくるから待っていろ』と言ったわ。わからないけど、たぶん……サラはジョンを行かせたくなかった。それでしがみついたのだわ。ジョンの顔つきは……鼻から血を流していた。サラは言っていた、『いとしいジョン、あなた、あなた』尋常じゃなかったわ。たぶんあっちでジョンといっしょよ」

シュザンヌの頰を涙が伝った。髪が大きな巻き毛になって額や首筋に貼りついていた。ぼくはシュザンヌを抱きしめ、慰めようとした。「うまく行くさ、見てなよ。これからは万事順調に行くよ」シュザンヌは繰り返した、「ジョンは向こうで死ぬのよ。わたしたち、皆に見捨てられたのだわ」押し殺したような、抑揚のない声音だった。シュザンヌはとても疲れていて、後ずさりして荷物にもたれかかった。彼女は目を閉じ、その冷たい手は重すぎる物体のようにぼくの手から滑り落ちた。

船着場まで駆けた。舟は浜に引き上げられていた。マリ爺さんは医務所の陰に腰を下ろしてじっとしていた。白内障で濁った眼をして、放心したように、キンマの嚙みたばこを嚙んでいた。ニコラとトゥルノワ氏が最後の幾夜かを過ごした狭い部屋で、藁のむしろに横になったジョンが見えた。かたわらには、膝を折ってインド風に座った彼の妻の華奢な姿があった。ジョンの呼吸音は恐るべきもので、聞く者の心をかき乱した。死人のように頭をのけ反らして寝ていた。顔はむくんで表情がなく、すでに表皮剝離が生じていた。腫れたまぶたの間には、ニコラが見せていたのと同じ視線が、知的な輝きを放つ動かない眼が見えた。

このとき、バルトリが不意に現れた。かなり乱暴にぼくを背後に引き戻した。「君の兄さんがだれも入れないようにしてくれと言った。残念ながら、もう打つ手はないのだ」

彼はぼくをけわしい目つきでにらんだ。「それに、どこに行っていたのだ?」

「ジャックはどこだ?」ぼくの声は抑えた怒りで震えていた。

「灯台だ。ジュリユス・ヴェランが、われわれに救援が必要なことを、モーリシャス島に知らせようとしている。今までより強力な鏡を使って回照器(エリオトロープ)を改造した。しかしそんなものは必要ない。伝染の危険を避けるためにメトカルフをガブリエル島に移せ、というのが私の意見だ。君の兄さんの診断では、融合性天然痘ということだ」

伝染を避けたいのか、それとも検疫隔離を延長させるようイギリス人を仕向けるニュースの伝播を避けたいのか? よろめきながら部屋を出た。戸外では太陽がまぶしく、ラグーンは目に痛いほど鮮やかな青を呈している。

どうしたらよいのかわからない。鳥たちのけたたましい鳴き声を聞こうと岬に向かう。

あそこなら、ラッリ ルグ ガイヤ、泥棒の歌、を歌うシュルヤの声を、自分の耳の奥に聞きとることができるだろう。太陽に熱された黒い土のなかに、シュルヤの身体や髪の胡椒のような匂いをかぐ。茂みのなかに、岩の上に、老女の手のように荒れた彼女の手のひらを感じる。そんな夢を昨夜見たが、それは朝になっても終わらなかった。昼の光のなか、自分の足裏を焼く砂のひりつく感覚とともに続いている夢、ここにある何よりも、恐怖よりも死よりも真実な夢だ。

暗礁近くのいつもの場所で、身体を丸めて寝た。日差しに焼かれるまぶたには、疲労感に似たものがある。群れなすグンバイヒルガオに、風に震えるそのピンクの花に、何もかも忘れるまで見入っていた。

目が覚めたのは、ジョン・メトカルフを舟に乗せる者たちのざわめきのせいだった。太陽は西に傾いて、この世のものとも思えないほど鮮明にその情景を照らしていた。ジャックはコンディ消毒液の大瓶を携えてすでに小舟の船首にいた。ジュリユス・ヴェランとバルトリは、二本の棹とシーツで作った間に合わせの担架でジョンを運ぶ。病人に触れないようにひどく用心している。酢に浸したスカーフを顔に巻きつける周到さだ。担架に乗ったジョン・メトカルフは、ずしりと重い。衣服には染みが付き、ひげと髪の毛は埃で灰色になっていた。サラ・メトカルフは腰まで海に浸かり、丈の長い青の衣服がクリノリンのように周囲に膨らんでいる。ジョンが標本と植物学者の道具一式を入れてある小さなスーツケースを、両腕に抱えている。散歩かピクニックに出かけようとしているところのようだ。小舟の底に担架を置くと、バルトリとヴェランもすぐに水に入り、サラをつかんで船尾にもち上げる。サラは岸に背を向け、船頭のそばに座る。シュザンヌが話していた絶望的な情景とは対照的な、茫然自失の様子である。舟はすでに荷を積み過ぎて、ヴェランとバルトリは船着場にとどまっている。一方、マリ爺さんは、砂州から離れようとオールに体重をかけて踏ん張っているが、うまく行かない。別の状況なら、この情景には何か滑稽なものがあるだろう。ヴェランとバルトリは、またも水に入って小舟を沖のほうへ押さなければならない。ぼくにはサラ・メトカルフの顔が見えない。サラは一度しか岸のほうを振り返らなかった。ぼくが見るのはただ、彼女の濡れた衣服、巻き髪（シニヨン）が崩れかけたさま、この最後の旅には無用で笑止な宝石が耳のあたりで放つ輝きだけだ。ぼくは浜辺に立っている。身体は熱を帯び、喉もとで血がどくどくと脈打つ。空気は澱んで暑く、息苦しい。もしかしたら、ぼくも病気に罹ったのかもしれない。

　舟がようやく岸から離れることに成功すると、ジャックは振り返ってぼくを見る。合図をしてからふたたび腰を下ろす。何を言おうとしているのだろう？　シュルヤヴァティが好奇心の強すぎる子供たちを追い払うときのように、「さっさと帰れ（ウッタージャイエー）！」と言っているだけかもしれない。小舟はラグーンをゆっくりと滑るようにして、ガブリエル島のほうに進んでいく。今では、ぼくらがここを離れることは永久にないように思われる。

ガブリエル島でだれかが死んだことを告げる黒煙が空に昇るのを、待ってなどいられない。水平線に湧きあがる雲の下に広がる青みがかったモーリシャス島のラインを、火山の頂からじっとうかがうことさえ、もうしたくない。今かりにイギリス人の乗ったボートがやってきても、それを待ち受けにいくことはないだろう。そんなことはどうでもよくなった。むしろこの島の片隅で、干からびた火口の下で、熱帯鳥のめくるめく旋回を眺めながら死にたい。むしろ水路を流れる水に運ばれるまま、沖合で消えてなくなりたい。

もう向こう側のパリサッド村には戻れない。自分が死を担っているように思われる。シュルヤヴァティがぼくの顔に描いてくれた模様は消えてしまった。ぼくはもう、ぼろをまとい、蚊の幼虫が群れる汚水で腹を膨らませた一介の遭難者にすぎない。貯水槽の黒い水のせいで赤痢に罹り、喉もとは吐き気に苛まれている。もう前しか見えない、黒い岩とラグーンの水、わずかばかりの土地、ムカデとアリの領域しか見えない。

ジャックがぼくを探しにきた。共同墓地の上のほう、火山の斜面にいるところを見つけられた。疲れた様子だ。岩場のぼくのそばに腰を下ろすが、こちらを見ない。衣服はぼろぼろで、裸足に靴を履いている。顔は真っ黒に日焼けして痩せこけている。鼻梁の皮がむけて、かつてはあんなに手入れしていた頬ひげはもじゃもじゃで、白い毛が混じっている。ぼくの兄なのに、これほど無縁に見える人間はいない。ジャックが変わったのか、ぼくのほうか。それとも、この島に来て、兄弟のぼくらを結び合わせていた余分なものをそっくり失ったということか。とうとうジャックがこちらを向く。割れたレンズが片目を二分しているように見える。

ぼくから話しかける。

「助けは来ないのかい」

ジャックは肩をすぼめる。

「来たって何になる？　もうどうしようもないさ」黒い砂のなかに靴の先で円をいくつも描く。ジャックも、ラグーンの向う側のメトカルフ夫婦のいるところに行った病人たちのこと、インド人の女たちのことを思っている。「おれは医者じゃなくて、清掃人、墓掘り人さ。手当たりしだい消毒液で洗う。衣服は燃やす」

「で、彼らは？」

「もしかしたら、何とか切り抜けるかもしれない。ガブリエル島にはベヴィラッカ〔ボッサク〕という植物がある。傷の痛みを抑えるのに効くらしい」ジャックは少々嘲るような調子で話す。「ベヴィラッカというのは、ボワローに当たるイタリア名さ。愛人とのデートのためにぼくらをザンジバルに連れていき、まんまと天然痘に罹らせてくれた船長の名前と同じだ。そこにはきっと何か秘密の法則が……」

ジャックのいうことがよくわからない。すべてが崩れ落ち、形骸化する感じだ。メディーヌ、アンナの家、あの地上の楽園、あれはもう存在しない。ジャックはいらだっている。二日前からたばこが切れている。マリ爺さんに頼んで密輸人と交渉してもらったが、手に入るのはキンマの噛みたばこかマリファナだけだ。ジャックは熱烈な調子で話す。

「すべてが何に由来しているかわかったぞ。今となっては明らかだ。もう偶然なんかじゃない。〈長老たち〉だ、連帯政治の悪党どもだ。奴らが何もかも仕切っているんだ、何もかも決めているんだ。農作業の季節は始まっていなかった。土地を耕す人手は必要じゃなかった。ヴェランが何度もメッセージを送り、ぼくらをグラン・ベー〔大きな湾の意。モーリシャス島北部〕まで移送してくれと頼んだ。あそこには隔離所もあるし、病院も薬もある。だれからも返事がなかった。メッセージを遮ったのは奴らだ。アレクサンドルだ、〈長老〉だ。〈長老〉はぼくらが戦いを挑みにくるのを望まないのだ。〈長老〉にとっては、ぼくらはもはや存在しないのだ」

当時ぼくはまだほんの子供で、ヴァカンスにはモンパルナスの父のところによく行った。モーリシャスのことは何も、皆目知らなかったのに、もう〈長老〉たちの存在は知っていた。ラミー、フランシュヴィル、モンカルム、ケルヴォアル、ケロベスタン、ケルヴェルン、ピエールコスト、ド・サン・ボトロ、ルグリ・ド・ノワイヤルといった彼らの名前が、連続的な祈禱のようにぼくのなかに入ってきて、ぼくが想像で知るのみの領地に君臨していた。それらの領地は親しくも奇異な通称を冠していて、それをジャックはぼくに反復させた。しかしぼくには、それらをだれとも分かちもつことができなかった。メディーヌ、モン・デゼール、リッ・シャン・ノー、ベロンブル、ボー・ソンジュ、カン・ド・マスク、マプー、モレル、タマラン、イエメン、アルビオン、サヴァナー、ラマー・オー・ブルー、トゥルー・ドー・ドゥース……といった名だ。ジャックと藪をかき分けて墓地のほうに降りていく間に、それらが記憶によみがえる。

心臓がひどく高鳴り、目に涙が滲む。それをジャックは取り違え、昔下宿にぼくを迎えに来たときのように、ぼくの両肩を抱く。そしてこう言う。

「おれが言ったことは全部忘れろ。ちょっと落ちこんでいたんだ。これからはずっとうまく行くさ。あと何日かすれば、きっとおれたちは向うにいる。そうすれば、お前が想像するとおりになるさ」

ぼくが強く感じているのは、悲しさや失望ではない。それは怒りだ、憤激だ。ぼくらを島流しにした者たちに容赦のない復讐をしてやりたい。奴らの知らない間に、別名を名乗り、顔つきを変えてモーリシャスに戻り、エドモン・ダンテス[43]のように奴らの高慢

「で、彼らは？　彼らはああしたものすべてをまた見ることがあるだろうか？」ぼくにはこれ以外のことが言えず、火山の斜面と、パリサッド村からぼくらを隔てるモクマオウの森と、トルコ石の鏡にも似たラグーンの水を指さす。しわがれた変な声で「で、彼らは？　彼らはどうするんだ？」とまた言う。

ジャックは答えない。ぼくと同じことを考えているのがわかる。同じ恥ずかしさ、同じ怒りを痛感しているのがわかる。しかしジャックが何より気にかけているのは妻のことだ。妻のためなら世界を忘れ去ることさえできる。ぼくの考えを見通しているように言う。

「シュザンヌがとても心配だ。ひどく具合が悪い」

ぼくらは墓の上に腰を下ろしている。前方では、海が火山めがけて黒い岩に打ち寄せている。水平線が鮮明だ。モーリシャス島の海岸が間近に見える。コワン・ド・ミール島の遭難者めいた岩塊も、不幸崎の岩礁に描かれる波の房飾りも。海は暗い青をたたえ、船影はひとつもない。迎えが来るとしても、今日の話ではない。

「もうすぐキニーネがなくなる」とジャックがいう。ある問題のデータを述べているように無個性な声だ。出血を伴う流行性の熱病が起こり、パリサッド村ではすでに十人ほどが死んだ。「五万人の死者を出した一八六五年から六八年にかけての流行病に近い規模になるかもしれない。〈長老たち〉がぼくらを解放しようとしないのはそのためだ。しかも、ワクチンを接種した者でも罹る天然痘の新たな症例が現れた今となってはなおさらだ。こちらで何が起こっているか奴らは十分承知だ。情報はつかんでいるのだ」

名指しはしないが、モーリシャスへの情報提供をジャックが疑っているのは、回照器（エリオトロープ）をもつ性悪男ヴェランだ。ぼくらは全員、少々頭がおかしくなってしまったにちがいない。

ジャックは独り言を言い、ためらっている。自分自身を説得しようとしているみたいだ。それから、ぼくらはともに隔離所の建物のほうに戻る。

長い間兄弟で話を交わしたことがなかった。ぼくらはお互いにとってしだいに疎遠になった。ガブリエル島のあの焼けた石が、ぼくらを裸形にしたかのようだ。もうぼくは、ジャックの世界には属していない。ぼくはシュルヤの世界の人間、パリサッド側の人間だ。

火葬場で夜を過ごしたあと、灰で描いた模様を顔に付け、汚れた服で小屋に入ったとき、シュザンヌは、問いつめるようなまなざしを見せた。まるでぼくが裏切りを働いたかのように、非難を含んだまなざしだった。

だが、そうさせたのはぼくの血、母の混血の血だ。アレクサンドル伯父が忌み嫌った血、彼が怖れた血だった。だから伯父はぼくらをアンナから追放し、海へ弾きだしたのだ。

不意に知りたい欲求に駆られる。脇腹を殴られたようにそれが身を苛み、痛みさえ感じさせる。道の途中に立ちどまり、ジャックの行く手を遮る。気が触れたように見えたのだろう、ジャックがこう尋ねる。

「どうしたんだ。何がしたいんだ」ジャックは怖がっていたのだと思う。

「知りたいんだ。兄さんは知っているはずだ」

「知っているって、何を？」

「母さんがどこの出身か、どこで生まれたか。母さんの種族や肌の色、兄さんは覚えているかい？」

それ以上言う必要はない。母が死んだとき、ぼくは満一歳にもなっていなかった。兄はおよそ九歳だった。

「お前はなんて子供なんだ！」ジャックは首を横に振る。ぼくの前を通り過ぎ、岸辺をまた歩きはじめる。じつはジャックが自分の思い出を怖れていることが、今ではわかる。ジャックが昔の思い出を語ろうとしたことは一度もなかった。しかしこのときだけは、そのまま行かせまいと心に決めていた。あまりに多くのできごとがあったから。

「もう子供じゃない。ぼくの問いに答えてくれ」ぼくはジャックの上着の襟をつかんだ。ジャックも浮浪者のような風体だった。

「いいか、母さんはユーラシア人だった。だれもがそう言っていた。生まれはインドで、ウィリアムというイギリス人の養女になった。ウィリアムが死ぬと、その弟の少佐が母さんの世話をした。誓って言うが、それ以上のことは知らない。少佐だって何も語りたがらないだろう」

「だけど母さんの名は？　姓は？　母さんの本当の姓を知らないのかい？」

「少佐はその話題をもち出すことを好まなかった。母さんが一切を忘れてしまった、と言っていた。両親は大反乱のときに死んでいた。それでウィリアム家は母さんに自分たちの姓を与えた。そのあと少佐は母さんをヨーロッパにやった。家庭教師の職を学ばせるためだった。旅の船上で母さんは父さんと出会ったのだ。おれが知っているのはそれだけだ」

ジャックはふたたび歩きだす。このような話題にうんざりしている。

「来いよ。シュザンヌがおれたちを待っているぞ」

ひょっとしたら、ジャックは何かを知っているが、言いたくないのかもしれない。それとも忘れてしまったのか。一本の糸を手繰るようにして、隠れているものを引き寄せなければなるまい。ジャックの足取りは早い。こわばってまじめな顔つきだ。昔、父が病気になったころ、ジャックがぼくの父親代わりだった。ジャックの前に出ると震えたものだ。学校の成績のことでぼくを問い詰め、何度もテストを受けさせた。そのジャックが今はこんなに弱くなった。ジャックは父に似ている。ただし晩年にぼくが見た、頭もたせの付いた肘掛椅子に座って居眠りをしている衰えた父ではなく、写真で見るような、結婚直後の、豊かな黒髪にロマンティックな頰ひげを生やした、鋭い顔立ちのダンディな父に。

ウィリアム小父さんの机の上には母の写真もあった。パリの写真館で撮影された、写真家の署名入りの一枚だった。それは首までボタンの付いた黒いビロードのドレスに身を包んだ若い婦人で、巻き髪（シニヨン）に結わえたすばらしい黒髪があまりに濃くて、顔の両側に翼のように張り出していた。写真家はこの女性の顔立ちの異国的な特徴を和らげようとしたが、濃い眉弓の下の眼の表情を、瞳のなかで輝く生命のきらめきを消し去ることはできなかった。

その写真を手に入れられるなら、ぼくは何でも手放しただろう。父の死後、少佐がイギリスに戻ったとき、それをもって行ってしまった。以来一度もその写真を見ていない。

母の話をしないではいられず、ジャックに追いついて並んで歩く。

「ぼくに言ったこと、覚えているかい。おかしなことに、父さんと母さんは一度もいっしょに写真を撮っていないね」

「うん。二人の結婚式の写真は友人のコルディエさんが撮るはずだった。この人はドイツ製のカメラをもっていたから、そうしてもらうのがよいと父さんも言った。しかし感光板を現像してみると、露光過多でぼやけていた」昔なら、この話をするたびにジャックは高笑いをしたが、ここ、墓の間を縫って隔離所に向かう道では、できそこないの肖像の話はむしろ陰気に響く。

ジャックは歩きながら話しつづける。吹きつける風が言葉をきれぎれにする。これまでしゃべったことのない語り口で母のことを語る。ジャックは感傷がきらいだった、悲痛ぶることを好まなかった。母をアマリアと呼んでいた。

「アマリアはあまり大柄じゃなかった。後年は髪の毛もそう濃くはなくなった。おれが生まれたあと、父さんがアンナに住むことに決めたころ、腸チフスに罹って髪の毛が抜けたと言っていた。だけどその髪は、相変わらず黒光りしていたよ。頰の、口に近い位置に、ほくろがあった。父さんはそれをハエと呼んでいた。アマリアは使用人たちと笑うのがとても好きで、クレオール語が早々に話せるようになった。父さんはあまりいい気がせず、そんなことはしないものだと言った。だけどアマリアはそうせずにはいられなかった。アンナではだれもが彼女のことが大好きだった。旅立たなくてはならなくなったとき、クリスマスのことだったが、皆が港まで来て泣いた。覚えているが、ヤヤ婆さんがアマリアを延々と抱擁したので、周囲の者は二人を引き離せなかった。お前は揺りかごのなかにいて、何もわからなかったさ」

ジャックの声はかすれ、それ以上何も言わない。大股で歩き、隔離所の黒い家々のほうへ降りていく。

急いで降りていくジャックの姿を眺めるうちに胸が締めつけられる。ぼくが十二歳のころ、あんなに感服していた大柄で頑強な男、父の代わりを務めようと決意していた男は、もはや見る影もないからだ。

当時のジャックは、メディーヌやアンナの家のことを、怒りに満ちた声で語ることができた。島に戻ってアルシャンボー伯父に戦いを挑むのだと、不当に奪ったものを吐き出させるのだと言っていた。あるいはまた、鷹揚な侮蔑を気どり、金貨を投げつけてアンナの屋敷を買い戻し、そのあとは踵を返して立ち去るのだと言っていた。そう語るときのジャックが好きだった。兄の眼光と言葉の過激さが、リュエイユ・マルメゾンの下宿で外出することもなく過ごす何カ月もの間ぼくを支えてくれた。やがてジャックは医学の勉強をしにロンドンに発った。それからはその種の話をしなくなった。まるで忘れてしまったように。

だが、ぼくは炎を燃やしつづけている。それを消したくない。隔離所の建物の黒い壁、太陽のきらめきと海、死に取り囲まれた牢獄のようだが、すべてがぼくに復讐の火花を送り返してくる。ぼくは自分の内奥に、この島の玄武岩でできた心臓を宿している。

　何週間も、何カ月も、筏は岸に沿って漂流した。時間があまりに長く、ひどく単調だったので、ギリバラはもうそれがどんなふうに始まったのかよく思い出せなかった。ジプシーたちに殴られ、かばんを強奪された日のことは覚えているが、その続きはぼやけて、夕暮れの光のように現実離れしていた。

　正午、空の真ん中で太陽が照りつけるころ、ジプシーたちは筏を岸辺の木陰に押し上げて、夕方までそこにとどまった。枝に引っかけた古い布の陰で筏の床に寝る者もあった。ギリバラとリルは陸（おか）に上がり、夕方までの時間を過ごすのに木陰の一隅を探した。ヤムナー川の両岸は高い泥土の土手になっており、そこを歩くと膝まで泥にめりこんだ。しかし木々の下の土はとても心地よく、落葉が快適な絨毯を作っていた。

　ときどきギリバラとリルは、一人の老女に子供を預けて、村の方へ畑泥棒をしに行った。相変わらず火事の煙が地平を覆っていた。セポイたちは畑や家を焼き払いながら北へ北へと退却していた。街道のあちこちに逃亡者の群れがあり、畑のなかに身を隠している人々もいた。ギリバラとリルが村の近くまで来ると、女たちが土くれや石を投げて二人を追い払った。ののしりながら棒切れを振り回した。しかし策を弄して、年老いた雌鶏一羽をかすめとり、野菜を盗むことに成功して、筏に戻る前に土手でそれらを煮た。

ある日、畑泥棒をして戻る途中で、ギリバラは十六か十七になるかならないかの、ぼろを身にまとった娘に遭遇した。顔は煙で煤け、髪の毛には泥がついていた。腰には子供を吊るしていたが、それは素っ裸の男の子で、頭は丸刈り、骸骨のように痩せ、全身が膿疱に覆われていた。娘は最初、恐怖で後ずさりしたが、ギリバラが一人だと知り、怖れの表情は消えた。娘はよろめきながら、ひと言も言わずに、左手を前に突き出して、きわめて緩慢な動作で前進した。ギリバラは身動きできずに、その場に立ちつくした。自分自身の像を前にしているような思いで、その娘と子供を見つめていた。

不意にリルが森の空地に現れた。ひと目ですべてを見てとった。死んだ子供を抱え、片手を突き出してよろめきながら歩く娘。恐怖に囚われて身動きできずにいるギリバラ。するとリルは石を拾い、犬に立ち向かうように片手を振り上げて、ギリバラのところまで歩き、乱暴に背後に引っ張った。リルは叫ぶことなく、きつい口調で若い乞食女を威嚇した。「あっちへ行け。近づくな」リルはギリバラを川辺まで引っ張っていった。皆が筏に乗りこむと、筏が水流に乗るまで全力で岸辺を棹で突いた。あとになってこう説明した。

「子供を連れたあの女、あたしにはすぐにわかった。あれは〈冷たい女神〉シタラ〔注40を見よ〕、病気を運ぶ女さ。あの女にさわられたら、あんたはお陀仏だったよ」

もうひとつの筏では女たちが耳ざわりなしわがれ声でしゃべっている。森であの乞食女に遭遇したからには、ギリバラは自分たちの疫病神だと話しているのだった。けれどもリルは女たち、なかでも彼女をあんなに強くぶった冷淡な女に対して、ギリバラをかばった。リルがその意地悪女に話しかけるときには、言葉を変えるのだった。それは多弁な言語で、単語がさかさまになって違う意味をもつジプシーの言葉だった。

ある日、ギリバラはリルに尋ねた。

「あんたたちの話しているのは何語なの」

リルは吹きだした。

「なんだ、あんた知らないの。あたしたち、流浪の民よ。話しているのは泥棒の言葉」

リルが挑むようににらむので、ギリバラは目を伏せた。怖かったのだ。しかしリルに悪意はなかった。例の意地悪女を除く女たちも、盗んだ獲物は何でも分けてくれた。ギリバラもいつも分け前をもらった。女たちは実の娘のようにアナンタの面倒を見た。そうして日が経つにつれ、女たちは冷たい女神の一件を忘れてしまった。

くる夜もくる夜も、筏は泥土の岸沿いに進んでいった。雨のあとの川の水は赤茶けていた。ギリバラは筏の前部に立ち、アナンタをショールで腰に固定して、棹を押していた。今では手は豆だらけで、顔は日に焼けて真っ黒だった。棹を前方に投げては泥の底を押し、筏の縁を後部まで歩いて一気に棹を引き抜くこつをすっかり心得ていた。また、危険を察知することもできた。ダルマウの町の手前の、川が大きく湾曲する地点に、セポイの一隊が潜んでいた。彼らがジプシーたちに向けて発砲しはじめると、ギリバラは、ヒューヒュー鳴る銃弾をものともせずに、筏を水流に乗せてできるかぎり遠くに投げやった。その日リルはギリバラを抱きしめ、顔に接吻をした。こんなことを言いさえした――「あんたはラクシュミー・バーイーのように勇敢だわ」リルはギリバラに、自分の町を守るためにイギリス人を相手に一人で闘い、この川のほとりで死んだジャーンシーの王妃の話をした。

ある朝、明け方に、筏はさる都会がそびえ立つ巨大な湾の前に着いた。ヤムナー川とガンジス川が出会うところで、ギリバラは霧に包まれた回教寺院の塔やくすんだ赤色の巨大な壁を見た。都会の前に広がる湾には、おびただしい数の漁船が浮かび、斜めに張られた長い帆ははためくことなく静止していた。すべてが静まり返り、眠っているようだった。筏に腰を下ろし、都会の幻影めいたシルエットを眺めながら、ジプシーたちはゆっくりと漂流していた。「あれはアラハバード」とリルは小声で言った。まるで向うまで聞こえるのを怖れているようだった。ギリバラはアナンタを抱きしめた。聞こえるのは、リルの息子ナットの吐く少ししわがれた息と、筏の皮を食べようとする老いた雌ヤギが鼻を鳴らす音だけだった。

やがて霧を貫いて日が昇ると、筏は都会の正面に位置していた。

ゆっくりと、小枝の束が渦に巻かれるように、二つの筏は都会の要塞の前で旋回した。女たちは深い水のなかに棹をさして、筏を対岸の方へ導こうとする。棹が震えながら上がってくるたびに、女たちは「エイーーエ！」という長い叫び声を上げる。ギリバラも、筏の後部に身を屈め、板切れで漕いでいた。そして同じく叫び、歌っていた。彼女のそばでは、布類の包みの間に寝かされたアナンタとナットが、それが遊戯だと思って笑っていた。老いた雌ヤギまでが、常ならぬ興奮に囚われて手綱を引っ張り、めえめえと鳴きながら頭を横に振っていた。

女たちの筏ではシング爺さんが、腰にけがをしているのに、やはり棹を操っていた。木片をたくさん突き立てた二つの筏は、泥の海の真ん中で取っ組み合いをしている二匹の昆虫に見えたことだろう。

二本の巨大な川が合わさって生まれた水流は、ぐるぐる回りながら二つの筏を遠くに運び、両者を隔てたが、大きく描かれたカーブの先で、やがてまた合流させた。どちらの筏も、とうとうカーブのなかの凪に入った。そこはアラハバードの町の正面だった。ギリバラは、ここ何日も、いや何カ月も感じなかったような安らぎを身内に感じていた。もはや死臭も火事の臭いもなく、アナンタと自由に暮らせる旅の目的地に、現にたどり着いたように思われた。

六月二十三日

冷たい女神がパリサッドに住みついた。世界の向うの端からやってきた波のようで、何をもってしても止められない。隔離所にいるアヴァ号の乗客たちは、嵐の到来に備えるように屋内に閉じこもり、縮こまっている。しかしぼくは、夜になると、モクマオウの森を抜けて島の反対側に行く。溶岩と茨の茂みのなかを、野蛮人のように音を立てずに、裸足で動き回るこつを覚えた。モクマオウのなかを吹く風の音に身震いする。これは儀式のようなものだ。島を四方八方から侵食する海の音が、単一のざわめきのように聞こえてくるのも好きだ。その震動が自分のなかに、臓腑の内側にあるように思われる。

急斜面の頂上に着いて、パリサッド湾の明かりを眺める。今や死は繰り返し襲ってきて、防波堤近くの岩から賤民が住む岬にいたる湾一帯で、死骸を焼く燠が燃えている。薪の臭いがここまで上ってくる。雑役係が炎をかき立てるために投げこむ油の酸っぱい風味に混じった、鼻をつくような甘い臭いだ。

クーリーの町の上方のぼくのいる位置からは、人の言葉も泣き声もまったく聞こえない。聞こえるのはただ、海のざわめきと、モクマオウの細い枝を吹き抜ける風の音だけだ。

やがて、とても明るい空に月が昇る。大きく膨らんで、じつに美しい。風が空を洗い、ぼくらを取り巻く海よりも大きな湾を空に開いた。月明かりが島を照らし、波をきらめかせる。周囲の細部の一つひとつが、湾の岩の一つひとつが、一軒一軒の家が見える。薪の間を、街の路地を歩き回る多くの人影がある。もしかしたら、油の小瓶を携えたり長い棒きれで燃えさしの火を押しやったりしている、黄麻（こうま）の衣装を身に着けたあの人影に、シュルヤヴァティとアナンタが混じっているかもしれない。ぼくらが島に着いてからまだ何日かしか経たないのに、この情景をはるか昔から見てきたような気がしている。もう死に対する恐怖はない。シュルヤヴァティは、死人たちの支配者ヤマ〔閻魔（えんま）大王〕の住む南の方角を教えてくれた。

シュルヤがヤマの名を口にしたときのことは忘れない。薪の上に積もった灰を少し取っては唾と黒い塵に混ぜ、それでぼくの顔にゆっくりと模様を描いた。自分の身の内に火のようなものを感じた。シュルヤの声はとても穏やかで、ぼくの額や頬やまぶたを撫でる彼女の指の感触に似ていた。「ヤマは太陽の息子で、妹のヤムナー川を待っているの。妹が来ると、大きな火を灯すわ。そして妹は、愛が終わることのないよう、わたしがしたように灰で兄の額にしるしを描くの」

それからパリサッド湾のほうへ降りていく。ところどころに、湾にその名〔パリサッドは柵の意〕を与えた昔の盛り土がそのまま残り、薪にされる大きな木の幹が五本ずつ組まれて寝かされている。飛ぶように駆け下るぼくの立てる音に犬たちが吠えだす。やがて海岸に着くころには吠えなくなる。ぼくの体臭が変わったために、もう犬たちに嫌われなくなった。

薪の大半は浜辺に置かれている。海のざわめきと炎がはぜる音しか聞こえない。空が雨雲を孕んでいるように、月光を孕んだ海は波が高い。ぼくはもうひとつの世界にいる。ここには恐怖はなく、燠の熱い光が輝き、白檀と油の甘い匂いが漂っている。揺れ動く炎のほうへ近づいていくうちに、突然記憶がよみがえる。それを思いついたのはジャックだ。ずいぶん前のことだ。ある晩、ぼくらがベル・イルの浜辺に父と過ごしに出かけた最後の夏休みのことだ、夜中にぼくを起こしたジャックは、思わせぶりだった。「来いよ、見せてやるから」浜には黒い小さな河口があり、軟泥がたまっていた。今と同じような明るい夜で、風は穏やかで、海のざわめきが聞こえていた。ジャックは水面に身を屈めて、ろうそくに火を点し、重りを詰めた瓶の細長い口にそれを無理に差しこんだ。ほかにも、木の葉で作った舟や箱のなかにいくつも明かりを点した。河口のほうへゆっくりと下っていっては水に呑まれて闇に消えていく灯火を、ぼくはじっと眺めていた。一瞬、隔離所に戻ってジャックを起こしたい、シュザンヌも起こしてやりたい、二人が何も怖れるものなどなくなるように、ぼくといっしょに火葬の薪の前に立たせたい、という衝動が湧いた。

だが時間がない。ぼくは炎に惹きつけられている。燃える薪のなかを進んでいく。火葬司祭の侍者とすれ違う。頭をぼろで覆い、黒い腰衣と頭にぼろを巻いただけの賤民たちだ。だれもぼくに目をくれる様子はない。浜では燃える薪が熱の壁を作り、風に火の粉の束が舞い、鼻をつく煙が吹きつけてくる。シュルヤヴァティを探して、二晩前に彼女を待った岬まで熱に浮かされたように歩く。しかしそこには賤民のぎらつく眼をした痩せた男たち、薪番のジプシーたちしかいない。灼熱の炭を炉の中央に戻したり、燃え落ちた残骸を黒焦げになった長い枝で掘り返したりしながら、忙しく立ち働いている。ときどき、硬貨や忘れられた宝石など、何か金目のものはないかと灰をしげしげと調べている。禿鷹に似ている。けれども彼らのなかには、シュルヤヴァティもアナンタもいない。

離れた木陰に、赤いショールを身にまとった女たちがいる。男も何人かいる。言葉を交わしも泣きもしないで、じっと目を凝らしている。

思い出すのは、ニコラとトゥルノワ氏が姿を消したガブリエル島の火葬場のことだ。ぼくらもまた墓掘り人だ。ジャックがここにいればよいのにと思う。もったいぶったジュリユス・ヴェランもバルトリも、皆ここに来て、燠をこねくり回したり、火に油を注いだりすればよい。彼らも煙の臭いを嗅ぎ、死体を焼きつくす炎の唸るような音を聞けばよいと思う。

崩れ落ちる薪のそばに、ぼくもしゃがむ。長い枝をもって燠をかき立てると、火花の渦巻が立ちのぼる。ぼくに注意を払うものはいない。服は破れ、裸足で、髪は灰にまみれ、顔も腕も煤まみれのぼくは、彼らに似ている。ぼくはジプシーに似ていて、火葬場の薪番だ。こういう光景を目のあたりにして、どうして隔離所に戻ったりできるだろう。シュザンヌがぼくのなかに見るのは、死の刻印を担った禿鷹の一羽でしかないだろう。浜辺の、しだいに消えていく薪の前で、長いこと腰を下ろしたままでいる。ときおり突風が吹き、灰の中に赤い斑点を灯す。ぼくは海の匂いを嗅いでいる。

夜が明けるより少し前、人影が岸辺を歩き、ぼくの前を通りすぎる。シャイク・フセインとラマサウミーの姿が見える。彼らは長い杖を携えて、亡霊のようにゆっくりと進んでいく。現場監督は立ちどまって、離れたところにいる男たち、女たちに話しかける。慰めの言葉をかけているのか、ひょっとして、祈りを唱えているのか。やがて身を起こして、また歩きはじめる。あたりは静まり返っている。聞こえるのは、町の上方のモクマオウの林に吹く風の音と、暗礁に砕ける海の音だけだ。

日が昇ると、幼い羊飼いのショトを連れたシュルヤがやってくる。薪番たちに配る食べ物を詰めたタコノキの葉のかばんをもち、ショトがお茶の入った鍋を持参している。

ぼくは疲れて感覚が麻痺し、炎で髪も眉も焼けている。シュルヤはぼくの前まで来ると立ちどまり、何も言わずにじっと見る。顔には驚きの表情はまったくない。飯と揚げパンの入った皿をぼくに差しだす。少年がコップにお茶を注いでくれる。二人はぼくが食事を終えるのを黙って待っている。やがてショトが汚れた皿とコップを片づける。夜明けの光がショトの顔を照らす。少年の目は大きく、強いまなざしをしている。耳の聞こえない少年に、そしてシュルヤにごちそうさまを言うのに、開いた右手を肩の高さまで上げて前に延ばす。二人が別の薪番のほうへ遠ざかっていくのをじっと見ている。ぼくのなかに、自分を晴れやかにしてくれる何かがある。岩場で朝一番の鳥たちがけたたましく鳴きはじめ、陰気なササゴイたちはこぞって、金剛岩に向かって海面すれすれに飛ぶ。ぼくには出立したい気持ちなどさらさらない。この朝が永遠に続くはずに思える。黒い砂の上に寝そべり、薪が冷えていく音に耳を澄ましている。

アナンタが女たちの踊りをはじめて見たのはここだ。戦闘は今もすぐ近くで交わされていて、町の城壁は砲弾を撃ちこまれて穴だらけになり、古い家々はなかば焼け、いたるところに雲霞のようなハエと禿鷹が舞っているだけに、奇妙な感じがした。向かいにはイギリス人たちがいて、ヤムナー川の反対側に彼らが建設している野営地の大砲は町のほうに向いていた。

筏が漂着した岸辺は、二つの大河の流れから遠く離れた河口の真向かいにあたり、大きな湾に澱んだ水がたまって葦が茂っていた。アウド地方のあちこちからやってきた難民が、何カ月も前からそこで何とか生活を営んでいた。ナーナー・サーヒブ[44]の没落以来、そしてカニング卿指揮下のイギリス人兵士が、デリーと北部地方の制圧に乗り出すために砦に守られた塹壕を築いてからこの方、ここは女、子供の町と化し、飢餓と疾病で大量の死者を出していた。町に立ち並ぶ木の枝と泥土で造った小屋は、雨が降るたびに建て直さなければならなかった。

ある晩、ジプシーたちは浜辺に松明を設えた。シング爺さんが横笛を吹き、女たちはバケツに浮かべた瓢箪で水太鼓をこしらえた。そうして音楽が始まったのだが、最初は緩慢だったリズムがやがてしだいに速くなった。音楽に惹かれた人々が小屋から出てきて、葦の茂みのなかに集まった。痩せこけた手足をして腹の膨らんだ、クモのように汚い子供たちだ。それに、ぼさぼさの髪に獰猛な眼つきをした、サリーに身を包んだ女たち。男も何人かいる。近隣の農民や、アリ・ナキ・カン〔ムガル帝国崩壊後の北インドの支配者〕支持者の復讐を恐れる北部からの難民たちだ。

アナンタは母親に身を寄せてうずくまり、息をひそめ、一心に見つめていた。燃え上がる炎の前で、太鼓と横笛のリズムに合わせて女たちが踊った。固くなった地面を足の裏で連打し、ブレスレットや銅製の重い首飾りを鳴らしながら踊った。女たちのまとったサリーは真新しく、水色またはトルコ石色だった。油を付けた黒髪に、火のように真っ赤な大きなショールをかぶっていた。

やがてリルが一人で踊った。他の女たちは周囲に腰を下ろし、水太鼓と同じリズムで手を叩いていた。

それからギリバラがアナンタに、どんなふうに手を動かして踊るか、両手を口もとにもち上げ、横笛奏者のように指を立てて、クリシュナ神のしるしを象って見せた。知っている身振りはすべて示してみせた。両手を翼のように広げる神鳥ガルダのしるし。左右の手のひらを合わせて回す輪のしるし。片手を広げて胸の前に突き出すアラパラーヴァ、すなわち蓮の花、のしるし。片手を額に添える幸福のしるし。両手を開き、親指同士を結んで指を震わせる、愛と、鳥のぴくぴく動く心臓のしるし。

女の子は目を瞠っていた。アナンタははじめて母親の前で踊った。長い衣装に身を包み、小さな足に支えられて、まだおぼつかない動きだった。その日リルは、六歳のときにもらったブレスレットをアナンタに贈った。模造ガラスの真珠を五粒あしらい、舞踊の女神イエラマのメダルが付いていた。白檀の煙の酔わせるような匂いのなか、乾いた地面を裸足で連打しながら、アナンタは母親とリルのために長いこと踊った。その姿を眺めていると、ギリバラは恐怖も、戦争も、見つけた子供が乳母の血に染まった胸に抱かれていた光景も、アナンタの名を思いついた大河にたどり着くまで草原を逃げた記憶も忘れることができた。

浜辺に燃える松明の前で、人々が葦の茂みを動き回るなか、小さな水太鼓のリズムに耳を澄ましながら過ごしたその夜は、とても長かった。アナンタが疲れ果てて動かなくなると、ギリバラは娘をリルの息子といっしょに包みの上に寝かせた。女たちは夜通し踊りつづけた。その後リルは、二カ月前、敵から町を守ろうとして死んだ美しいラクシュミー・バーイーの話を会衆に語って聞かせた。マンドラとカシという名の、心の絆で結ばれた二人の女友だちに囲まれ、彼女が馬に乗ってイギリス人と剣を交える様子を、リルは身振り手振りで表現した。やがてマンドラが心臓を撃たれて倒れたが、王妃は彼女を見捨てようとはしなかった。剣の一撃でイギリス人の首を刎ね、カシとともに川まで逃げた。カシが二発目の銃弾に倒れると、ラクシュミー・バーイーは苦痛で正気を失い、川の前で馬を何度も旋回させた。じっと見つめる群衆の前で、リルは両腕を広げてその場でぐるぐる回り、敵の銃剣で刺し抜かれたラクシュミー・バーイーのように、ばったりと地面に倒れた。

ジプシーたちは、雨期の間ずっとベナレスにとどまった。河の水は黒く濁り、渦を巻いてうねりながら、岸辺からもぎ取った木の幹を運んでいった。筏で航行することなど不可能だった。そのときには、もう穏やかな河ではなく、ハラサカラ、破壊者シヴァ神のとさか、の異名をもつ河だった。平原は水浸しになり、収穫は台なしになった。飢饉のせいで、河には海賊がいると噂された。かつて村々を襲い、女たちを強姦した謀反人たちだと言われた。

暴力は町に上る階段まで迫っていた。ある朝ギリバラは、町の中心からたち上る喧騒で目が覚めた。それは嵐のようにしだいに大きくなった。カーンプルでのできごとを思い出した。セポイの喧騒が田園で高まり、町を取り囲んだ。胸の動悸がひどくなった。

それは、反逆心からバハードゥル・シャー二世[45]支持者の色の衣服をまとった若者たちで、イギリス騎兵隊に追跡され、町を逃げ回っていた。若い男たちが岸辺を駆け、住宅の中庭や寺院に身を隠した。恐怖に震えるアナンタを抱きしめて、ギリバラはその場に立ちすくんでいた。そして何度も言った、「何でもないさ、怖がらなくていいのよ」娘に、アナンタという名をそっとささやくのだった。

平穏が戻ってきた。しかしその晩にはもう、イギリス人が河のほとりの階段のそばに長い絞首台を据え付け、シーク教徒に捕えられた十人ほどの若者を絞首刑に処した。まだ年若い子供もいた。彼らは衣服に、帽章さながらの叛徒の色を塗っていた。バハードゥル派の青と赤を、ジャーンシーやグワリオールの町の、またラクシュミー・バーイー妃の緑色と金色を。

リルや女たちの何人かは筏を出して出発したがったが、シング爺さんは承知しなかった。ベナレスでは神殿の階段にいるのが安全だと言った。

ジプシーたちの筏は、河から町に上がる階段に繋留されていた。夜になると、女たちがアンナ銅貨と少しばかりの食料をもらって薪番をした。マルメロの木切れと水晶状の松脂を農夫から買った。掃除をして薪の準備をした。死人の面倒も見た。服を着せ、香を塗り、白檀の粉を振りかけた。ギリバラはもう何カ月も、死人と触れながら暮らしていた。リルや意地悪女アナラとともに、真っ黒に染めた衣裳をまとい、死にかけた人間を探して河岸の階段を歩き回った（大柄で痩せぎすのアナラは、女に変身したカーダマ王にちなんでイラとも呼ばれていた、大柄で痩せぎすなうえに上唇の上に髭が生えていたからだ）。家族と交渉のうえ、すでに硬直した死体を運び、河の水で洗い清め、精製したバターを注ぎ、白檀の柴の小さな束を四肢に結わえなければならなかった。夕闇のなか、河の階段を上がったところに据えられた薪に火が点けられると、ハエをも退散させるような鼻をつく煙が、町の上空にもくもくと広がった。

その冬は、戦争と、疫病と、飢饉のせいで、多数の死者が出た。死体は、荷車に乗って、さもなければ人々が怖がる黒人の船頭の漕ぐ伝馬船でやってきた。リルの話では、船頭たちは山に住む野蛮人だった。宗教をもたず、塩というものを知らない。猿やオウムはおろか、ヘビまで食うということだった。

アナンタは、ときどきギリバラに付いて寺院の階段まで行った。最初は怖くて、母親や他のジプシー女たちが死人の髪をほどき、顔に灰を塗って火葬に付す仕度をするのを、なかば隠れて眺めていた。やがて大胆な気持ちになった。死人は動かなかった。何も言わず、悪さはしなかった。黒ずんだ目と血の気の引いた唇をした、干からびた大きな人形にすぎなかった。ただ歯だけは、河の水で洗うときに、きらきらと光った。

アナンタは、炎がバターを塗った死人の皮膚を舐めはじめ、腋に挿んだ松脂の玉を燃え上がらせるときの、鼻をつく臭いにさえ慣れた。

薪はほぼ夜通し燃えつづけた。その間、女たちは忙しく立ち働き、掃除をしたり、燃えさしに水をかけたり、枝を足したりしていた。熾が消えかかるときがアナンタの好きな時刻だった。ギリバラは熾の近くの地べたに寝ていた。幼い娘は、母親が死から救い出してくれたときにそうしたように、母親の肉体の温もりと匂いを感じようとして、大きなショールに顔を埋め、母親にぴったり身を寄せて縮こまっていた。しかし眠りはしなかった。夜が明けて、恐怖から解放されるのを待っていた。寝入った母親の息と、冷めていく熾が立てる音に、耳を澄ましていた。昔、カーンプルの城壁のまわりをうろつく獣たちが立てていた音や、乳母の乳房を求めていたときに聞いた、泥土の壁をうがつ人殺したちの立てる緩慢な音に似ていた。それでアナンタはギリバラにしがみついた。あまりに強くしがみつくもので、母親が目を覚ました。「どうしたの、どうしてほしいの？」アナンタは声を立てないよう、泣かないように、顎をぎゅっとすぼめていた。濃い霧を透かして、ようやく日が昇ってきた。アナンタは、大河に立つ巨人にも似た寺院のシルエットを眺めていた。そうしてやっと寝入ることができた。目覚めると岸辺の、繋留された筏の前にいた。日がさんさんと照っていた。

雨期の終わるころには、ジプシーたちは十分な蓄えを作っていた。そのあとも、たぶんベナレスにとどまったのだろう。しかしある日、火葬司祭の使いの男がやってきた。彼は以前、女たちの踊りを見たことがあり、彼女たちがジプシー、すなわち不可触民チャマールであり、夫をもたない女であることを知っていた。ただし、そのなかに明るい色の眼と鋼色の髪をして、イエラマ女神の首飾りをかけた女の子がいるのに目を付けていた。男は司祭にその話をし、ジプシーに宛てた司祭の伝言を携えてきた。司祭は明るい色の眼をした少女を買いうけて、ヤムナー川沿いのクリシュナ生誕の地マトゥーラに送り、舞踊を習わせたいと考えていた。何不自由なく暮らせるだろう、ハリことヴィシュヌ神の妻となり、真珠貝のような肌のラーダー〔クリシュナの幼友達にして恋人〕になるだろう、と言うのだった。男はジプシーたちにある金額を提示し、母親には、かつてイギリス人から贈られた巻き布何本かを与えると言った。

ギリバラはアナンタを抱きしめた。彼女は怒りと恐怖で震えていた。「何を言うのさ、まだほんの子供じゃないか」司祭の使いは、落ち着き払ったほほ笑みを見せた。「そのとおり。ものを学ぶに適した年齢だ」男はアナンタの首飾りを指さした。「この子はすでにマヒに仕えているよ」返答を待つと言って、男は寺院に戻っていった。

ギリバラは何も言わなかった。しかし持ち物を取り集め、アナンタと筏に乗った。もしだれかが出発を妨げようものならそれで追い払おうと心に決め、大きな棹をつかんだ。

ジプシーたちは彼女に続いた。リルと息子がギリバラの筏に乗った。それから他の女たちがもうひとつの筏に乗った。シング爺さんはただこう言った、「何にしても、いつかここを離れねばならなかったのさ」だが、彼は棹をもつ手に猛然と力をこめて、二床（しょう）の筏は岸を離れ、ふたたび大河の流れのなかに入った。

六月二十四日

今日が何日なのかわかったのは、ひとえにシュザンヌの誕生日のおかげだ。今日だった。シュザンヌ自身が忘れていた。だがジャックはそれを祝いたかった。朝早くからパリサッド村の近辺まで行って、農夫と交渉のうえ、見事なパパイヤと鶏卵を少々買い、万事ひそかに準備してあった。

ジュリユス・ヴェランはジャックをやんわりとからかった。「卵だと！　そいつがどんなものやら、もう忘れてしまっていたなあ！」

ぼくとしては、何を贈ろうか思いつかぬまま、ラグーンの底で割った珊瑚のかけらを、香を滲みこませたハンカチのように瑞々しくてしっとりしたプラタニラの葉に包んで持参した。この植物の芯の部分の葉を破らないように広げ、包帯代わりにするやり方を教えてくれたのはシュルヤだ。

暗い部屋でシュザンヌは、目を見開いて横になっていた。昨夜からまた熱がぶり返している。顔は充血し、腕と脚は関節硬直でこわばっている。プレゼントを見ると、目がパッと輝いた。

「ありがとう、どうもありがとう」シュザンヌは鶏卵とパパイヤに感嘆し、美しい薄紫色をして毒を含んだ珊瑚に目を凝らした。

「本当に美しい花だわ」とつぶやいた。

「そうだね。だけど触っちゃいけないよ、ひどく痛いから」

ぼくは平らな石の上に珊瑚を置いた。ラグーンの水が沁みとおったように、朝の光がほとんど青い色調でそれを輝かせていた。

誕生日の喜びのひとときが過ぎると、ジャックはまた心配になった。シュザンヌは興奮して震えていた。起き上がろうとしてこう言った。

「喉が渇くの、とても渇くの」

ジャックがコップを差し出すと、嫌悪に震えながら身を引いた。「そんなひどい貯水槽の水はいやよ」

ぼくは言った。「新鮮な水を汲んできてやるよ。泉のある場所を知っているんだ」

ジャックがいっしょに来ようとした。挑発するようにぼくは言った。

「本気なのか？　火山の向う側だぞ」

ジャックはためらっていた。

怒りがこみ上げてきた。

「兄さんが行けば向こうの病人たちは喜ぶだろうに、シュザンヌを一人にはできないというのだな？」

熱に浮かされたように、ぼくは容器を、バケツを探した。ジャックは意を決した。

「よし、いっしょに行こう」

藪を抜けて墓地まで、ぼくらは早足に歩いた。それから火口の北側斜面を登った。バケツをもっているせいで、ジャックは付いてくるのに苦労していた。背後でぜいぜいと喘ぐ声が聞こえたが、同情はしなかった。太陽が照りつけ、火山の黒々とした内壁がぼくらの上方にそびえていた。物音はまったくなく、ただ溶岩のなかを吹く風のざわめきだけが聞こえた。大きな岩の一つひとつを、割れ目のそれぞれを、蔦の一本一本を知っている気がする。何年も何年も前から、この風景のなかを休みなく歩きつづけてきたみたいだ。

ぼくらは静かに岩間を滑るように進んでいく。まるで泥棒だ――パリサッド村の禁じられた水をかすめとろうとしているかのように、そう思わずにはいられなかった。

ぼくらは、だれに見つからないようにしていたのか。望遠鏡と制式ピストルと偽物の回照器を携えて、灯台の廃墟に住みついた独裁者ヴェランとその手下か。それとも、棒を片手に、呼び子をお守りのように首にかけて岸辺を測量している現場監督と周旋業者か。隔離が始まってひと月も経っていないのに、ぼくらはおかしくなっていた。わずかばかりの冷たい水や米のことで気をもみ、他人が死の徴候を見せていないか、頬のしみや青あざがないか、唇から血を流したり、熱に浮かされて目が異様に輝いていたりしないかうかがっているうちに、おかしくなっていた。いぜんまともなのは、シュルヤの家のまわりの賤民だけだった。黒のぼろ着をまとって夜動き回る薪番たち、帰属する世界をもたない、亡霊さながらの薪番だけだった。

「見て」

生い茂るニガウリや蔦やハイビスカスの下の、玄武岩の間から迸る密やかな水を、ジャックに見せた。バラ色の釣鐘状の花を付けた大きな朝鮮アサガオが、雨谷の上に生えて、水はその影でひどく暗い。その場所があまりに美しくて、ぼくらはひとしきり立ちどまった。しかしあえて近づかなかった。雨谷というよりも火山の溶岩に亀裂が入ったような地形であるが、その底部に見えるのは、海でもパリサッドの村でもなく、暗い青を湛えた空だけだ。一瞬アンナにいるような錯覚を覚える。朝、子供たちが冷たい水に身体を浸したあの黒々とした雨溝のことを、ジャックがよく話していた。

ジャックもアンナを思い出しているにちがいない。泉の前にひざまずいて眼鏡を外し、長いこと、濡らした手で顔を撫でて髪を梳かした。それからぼくらは、動物のように水の上に身を屈めていっしょに飲んだ。水は淡水で冷たく、穏やかに喉もとを流れた。

バケツがいっぱいになると、雨谷を登って隔離所に戻った。そのとき、急な流れを下ったところにあるハマムラサキの木陰に、シュルヤの影が見えた。シュルヤは大きな赤いネッカチーフで顔を隠し、じっとたたずんでいた。ぼくに何かを頼みたいとでもいうふうに待っていた。バケツを置いて駆け寄ろうとすると、ジャックが遮った。いらだちのこもる不安げな「レオン！」という叫び声に、ぼくは立ち止まった。「レオン！　シュザンヌが待っている、急ごう！」と続けた。その直後には、シュルヤの姿はもう見えなかった。

シュルヤのことをジャックと話したことは一度もないが、ジャックがシュルヤのことを知っているのはわかっている。シュルヤがアナンタの、島の向こう側の賤民の町を統べるあの謎めいた女の娘であることも、ジャックはきっと知っている。いつかシュザンヌが冗談めかして「あなたの踊り子」という呼び方をした。今もシュザンヌはこの呼び方をしている。この名はシュルヤによく似合っていると思う。当人のように軽やかで、きれいな名前だと思う。マリ爺さんがシュルヤと母親のこと、それに、ぼくが夜を過ごしにいく賤民の家屋のことを話したにちがいない。

みんなは何を怖がっているのだろう。ジャックは不器用に、小石につまずいて水を半分こぼしながら、足早に薮を進んでいく。墓の立ち並ぶ湾の墓地に、二つのバケツを左右に置いて腰を下ろした。ジャックはひどく疲れているようだ。ふぞろいな頬ひげをして、長く伸びた髪は首にべったりとくっつき、シャツは裂け、埃まみれの靴は灰色で、難破した島に暮らすロビンソン・クルーソーに似ていた。

「もうだめか」

「なあに、そんなことはないさ。ちょっと休んでいるだけだ」

一八八一年の夏、パリでジャックがはじめて発作を起こしたときのことを覚えている。父が病気になり、ウィリアム小父さんの家に預けられにいったときのことだ。息を詰まらせたジャックの喘ぎ声で、夜中に目を覚ました。小父さんの家の女中のマリ婆さんがジャックに毛布をかけ、彼女がモーリシャス島から持参した、悪臭を放つカシア果やバジリコで作った呪術師の薬を吸わせた。マリはジャックの背中をマッサージしていた。ジャックはすっかり血の気の失せた顔色をして、息絶えようとしている魚のように口を開けていた。とても怖かったことを覚えている。のちにジャックから聞いたことだが、「死んじゃいやだ、死んじゃいやだ」とぼくが言うもので、笑いたくなったそうだ。

ジャックと並んで、一つの墓石の上に腰を下ろした。目の前にはくすんだ青の海が広がり、湾の奥の漂着した海藻の壁に波が音もなく打ち寄せていた。頭がくらくらするほど強烈な臭いがした。

「いっしょにパリサッドに来るべきだ。みんな兄さんを必要としている。医者は兄さん一人で、病人は大勢いる。薬も何もないんだ」

ジャックはすぐには返答しない。先日の暴徒たちに割られたレンズを意に介することもなく、垢まみれのハンカチで無意識に眼鏡を拭いた。

「うん、行かなければならないな」

ジャックは立ちあがってバケツをもち、また隔離所のほうへ歩きだした。

水を目にするとシュザンヌはひざまずき、両手を一方のバケツに浸けて、顔や耳の後ろ、服の切れこみから胸を、そして腕の裏側を、念入りに洗った。青白い顔をして、痩せていた。ジャックはこう話した。

「そこは泉だ。インド人にはパリサッド湾のそばに泉があるんだ。よくなったら、さっそく君も行かなくてはならない。レオンが場所を教えてくれるよ」

「それはどこ。遠いの。すぐに行きたいわ」

シュザンヌは身体を震わせていた。ジャックはベッドに戻らせて寝かせた。とても優しい立ちふるまいだった。子供に言い聞かせるように話した。

「今はまだだめだよ。遠すぎるし、日差しがきつすぎる」

「お願い。わたしにはどうしても必要なの。あなたにはわからないわ。身体が焼けるようだわ。大丈夫、わたし歩けるわ。そこに連れていって」目には涙をためていた。すがるような声音も涙もぼくには耐えがたかった。視線を逸らして入口のほうを見ていた。

「何なら、もう一杯汲んできてやるよ」

シュザンヌは嗚咽にむせびだした。

「いいえ、けっこうよ。わたしが願うのは、そこに行くこと、泉を見ることなの。行けないのなら死んでしまうわ」

シュザンヌは、そうしなければ背後に倒れてしまうというように、ジャックに、その衣服にしがみついた。ジャックはキニーネを飲ませ、水を湿した布を額に当てた。シュザンヌは小さく震えていた。それから、おとなしく寝かされるままになり、目を閉じた。シュ湿した布を手にしたまま、ジャックはかたわらに腰を下ろした。疲れきっている様子だった。

「いつになったら、ぼくらを連れにくるんだ」そうつぶやくのが聞こえた。同時に「絶対に来やしない!」と自分で答えた。押し殺した声に怒りはなかった。それから、しゃべるな、という合図をした。シュザンヌは寝入った。発熱による不安を鎮めるために、ジャックはキニーネの粉に阿片チンキを混ぜておいたのだ。

ぼくは音を立てずに外に出た。ガブリエル島の真向かいに立つ、昔の監視塔のような隔離所の建物の黒い正面に、日が燦々と照っていた。

日が傾き、空にはしだいに雲が出てきた。潮が満ちて水量を増したラグーンを渡る小舟の舳先にぼくはいる。ジャックとジュリユス・ヴェランは長椅子に座り、マリ爺さんがゆっくりと棹を押す。天然痘の痕に覆われた顔にはどんな表情もうかがえず、白濁した眼は盲人の眼のように空を向いている。爺さんは歯ぐきを真赤に染めるキンマの噛みたばこをいつまでも噛んでいる。爺さんがものを食べたり飲んだりしているところを、だれも見たためしがない。もしかしたら、深緑の葉に包んだビンロウジを噛むだけで生きているのか。それは、あちこちへこんだ彼の小さなトランクに隠された唯一の宝物かもしれない。そのトランクを爺さんはどこに行くにも手離さず、そのせいで、まるで遭難した旅商人とでもいったおかしな様子を見せていた。ジュリユス・ヴェランによると、爺さんはガブリエル島に商品をもぐりで荷揚げする作業を取り仕切っているらしく、キンマや大麻やブランデーを夜間にモーリシャス島の漁師から分けてもらい、それを小売するらしい。

片脚を船縁にかけて小舟の船尾に立った老船頭は、ひとしきり力をこめて棹を押した。すると船首がやや斜め向きに、珊瑚礁すれすれに、ぐいと前に動いた。ニコラとトゥルノワ氏を火葬した薪の燃えかすを発見した日からこの方、一度もこの島には来なかった。ジャックに同伴させてほしいと申し出たとき、ジュリユス・ヴェランは最初拒んだ。ガブリエル島には不治の病に罹った者と彼らを看護する者以外は足を踏み入れるべきではない、というのがその理由だった。ジャックは肩をすくめて、同伴するように言った。ただし、こう注文を付けた。「収容所には入るなよ、危険すぎるから」

灰色がかった青い透明な海を舟はゆっくりと滑っていく。舳先に身を屈めて、珊瑚礁が雲のように背後に飛んでいくのを眺めている。まるで別世界に入っていくように、その時間が長く感じられる。

小さなガブリエル島を、それと容易に確認できない。何も実際には変わっていないのだが、どこかが違う。それが何なのかわからない。ひょっとして、クーリーたちが貯水槽一帯の山道を清掃したせいか。小屋の立ち並ぶのが見える地点まで来ると、一人のインド人が近寄ってきた。この前、シャイク・フセインに仕える周旋業者だと思った男だ。年齢不詳の痩せた男で、腰衣のように結わえた布だけを身にまとっていた。色は黒く、坊主頭で、額には大きな染みのように黄土色の塗料を塗っていた。ただひとつ今風な感じを与えるのは、丸いレンズの付いた鋼の眼鏡で、そのせいで眼が老鳥の視線のように鋭く見えた。それがラマサウミーだった。

ジャックはまず、クレオール語で話しかける。「何をしているのですか（キーウーフェール）」老人は完璧な英語で答える。ジャックとヴェランは収容所に近づいていく。小屋の北側の、木立と岩に囲まれた陰に、オイル・クロスでテントめいたものが造られ、日除け代わりになっている。ラマサウミーによると、昼間は猛烈に暑いので、病人たちはテントの陰にベッドを移動して息をつくそうだ。

禁じられてはいたが、番人の前を通って日除けをくぐる。番人は無関心な様子だ。三個の石にバランスよく乗せた黒い鍋で湯を沸かすのに余念がない。テントの下には十人ばかりの身体が横たわっており、男も女もいる。肘をついて前を見つめている者もいれば、染みの付いたシーツを、まるで屍衣にくるまるように、すっぽりかぶっている者もいる。腫れた顔、黒ずんだ唇、青あざが見える。ときおり風が運んでくる臭いがものすごい。いわば死臭だ。

全員がインド人である。日除けの影の中に入ると、数秒間は何も見えない。やがてジョンの緩慢な息が聞こえる。聞きなれた息だ。この島に移送される前は、隔離所で毎晩これを耳にしていた。小屋の内部を進んでいくと、突然背後で性悪男ヴェランのおぞましい声が聞こえる。「止まれ！　それ以上進むな！」それでも歩きつづける。息詰まるような薄闇のなかに、シーツに包まれた、亡霊のような身体が二つ見える。

相並ぶ格好で、二人ともいる。仮面のような顔つきのジョン・メトカルフは、狂気を思わせる奇妙な炎で眼をぎらぎらさせて、地べたに寝ていた。重い頭をのけぞらせ、膨れた口はおもむろに空気を吸いこみながら、何かが裂けるような音を立てていた。額も胸も両手も、あちこちの皮膚が大きく剝けていた。ジョンの後ろの壁際にサラがいた。サラの顔もこわばっているが、半開きの目に輝きはない。一瞬、死んでいるのではないかと思った。やがて、ため息をつくように胸がもち上がるのが見える。サラは病気ではない。単に放心しているのだ。

ぼくはゆっくりと後ずさりする。めまいがして、今にも倒れそうな気がする。支えてくれたのはジャックだ。ぼくを外に引っ張っていく。介添えして石の上に座らせてくれる。テントの支柱の一本に背中をもたせかける。「連中は今に死ぬぞ……今に死ぬぞ……」それだけ言うのがやっとだ。ジュリユス・ヴェランが近づいてきた。眼前に埃まみれのブーツが見える。ジョンとサラの身に起こったことに関与しているかのように、病の源であるかのように、この男が憎々しい。

ジャックは何も言わない。小舟の舳先が休息している白い浜辺のほうへ、ぼくを引っ張っていく。マリ爺さんは、ぼくを向う岸まで渡してくれるのに、モクマオウの木陰から出てくる。現実に立ち向かう勇気をもてなかったことに、とてつもない自己嫌悪を、吐き気のような感覚を覚える。熱帯鳥がいらだったように往来する空の下、舟はまばゆいほど青いラグーンを進んでいく。

隔離所の黒い家屋は、いつもにもましてがらんとして、冷たく見えた。玄武岩の壁は日差しに熱され、タコノキもアロエも、一帯の茂みは乾ききっている。見慣れた植物はひとつもない。花の一輪も香木の一本も見当たらない。ただ、グンバイヒルガオの肉厚の葉だけが、動物のように、息苦しいほど密生している。

家屋のほうへ歩きながら、クーリーの街のことを思った。岬の向う側の、賤民の住む地区に立ち並ぶ小屋のことを。道はよく清掃され、庭にはバジリコ、サツマイモ、サトウキビ、キャベツ、オクラなどが植えられ、町の高台には棕櫚やココヤシの農園がある。自分の故郷はあそこであり、永遠の遭難者たちの住むこの野蛮で打ち捨てられた場所ではないような気がする。

暗い小屋で、戸口の光に顔を向けて、シュザンヌは待っていた。ぼくだとわからないかのように、しげしげと見た。しわがれた奇妙な声で言った。

「いるの？　来たの？」だれのことを言っているのか自分でもわからないふうだ。いらだったように繰り返した。「ねえ、答えてよ。わたしたちを連れにきたの？　ジャックが言っていたわ……」

シュザンヌは途中で言葉を切った。舌がもつれており、ぼくは阿片の粉末を思い出した。別のことを言いはじめた。「インド人はわたしたちの召使でも奴隷でもないわ」何を言おうとしているのかわからなかった。

シュザンヌも、ジャックやバルトリやヴェランと変わらない。ひたすら救援の船が戻ってくるのを心待ちにしていて、始終そのことを思っている。シュザンヌにとって唯一大事なのはそのことだ。逃げ出すこと、逃れること。発熱のような、狂気のような眼の輝きは、それを表している。

ぼくがなおも答えないので、シュザンヌは痩せた首を筋が浮き出るほど伸ばして身を起こし、彼女には無縁と思われた憎しみの感情で目を輝かせていた。彼女と救援隊の間にぼくが入って邪魔しているといわんばかりだった。

「あなたにはわからない、理解できないのだわ。どうでもよいのね。足止めをくらったうえに、自分のまわりで苦しんでいる人たちに何もしてやれないことが、ジャックにはどれほど辛いかなんて。あなたの考えているのはあの娘、あのインド人のことばかり。あの娘といっしょになってわたしたちを裏切り、ジャックを裏切っているのよ。あの娘はわたしたちを忌み嫌っている、早く死ねばよいと思っている！」シュザンヌは泣き崩れた。自分が口にしたことを恥じているのかもしれない。壁のほうを向いてしまったので、発熱で汚れ、ほつれた濃い毛髪しか見えない。圧迫されているような息が聞こえる。どうしてよいやらわからずに、後ずさりしながら、そっと外に出た。しだいにシュザンヌのシルエットが薄闇の中に消えていき、とうとう黒い壁を背景にした青白い斑点にすぎなくなった。

太陽はタコノキの細長い葉や岩に、また海に、照りつけていた。遠方には、はるか昔からある島々、ロンド島、蛇島、ガブリエル島が海に浮かんでいた。孤独無援を痛感した。もう隔離所の建物にいるのはいたたまれなかった。ジョンとサラのメトカルフ夫婦のことも、日除けの下でシーツに包まれた病人たちの身体のことも、思い出したくなかった。レンズの割れた眼鏡の背後に見えるジャックの濁った眼と眼を合わせたくなかった。

たし、ジャックのお決まりのコンディ消毒液の容器を見たくもなかった。海岸沿いを、見捨てられた墓地の方向に、懸命に駆けた。洞窟まで行こうと決めた。

パリサッド湾の夕方が好きだ。現場監督の呼び子が日課の終わりを告げ、祈禱の合図が鳴り響くと、空が黄色に染まる。ひととき静寂が広がり、ほとんど幸福を感じる。そんなときには、何もかも忘れたくなる。ヘイスティングズの浜辺で三人そろって夜の帳が海に降りてくるのを眺めていたときと同じく、今このときをジャックやシュザンヌとともにすごしたい。隔離所の黒い壁から、ガブリエル島から二人を救ってやりたい。ジョンやサラも、いやバルトリやおぞましいヴェランでさえ救い出したい。どうして彼らは、われとわが身をがんじがらめにしたのか、自分自身を平穏から遠ざける掟や禁止を編み出したのか。ぼくらがここにわれとわが身を拘留していることが、今になってわかる。イギリス人のせいなどではない。岬の高みから回照器と望遠鏡で周囲を監視するヴェランのこれ見よがしのふるまいが、何を変えたわけでもない。この岩にぼくらを引きとめ、孤立させているのは、ぼくら自身の恐怖だ。新たな病人が出るごとに、後ずさりさせられ、モーリシャス島からぼくらを隔てる入り江が以前よりも少し深く掘られる。同時に、モーリシャス島の支配者、連帯政治クラブの人間たちが、移民を監禁するこの収容所を作ったことも忘れはしない。ジュリユス・ヴェランはアルシャンボー伯父の手先、その密使になった。ぼくらはいつになってもここから出られないかもしれない。不分明な言葉をつぶやく民衆の側と呼び子を吹いて指図する者たちの側とに、まがい物の境界で仕切られて、人生の終わりまでここで暮らす運命にあるのかもしれない。ぼくらが島を発ったら、ヴェランやシャイク・フセインはどうなるのだろう。ろくでなしに戻るだけだ。彼らはもともとそうだった。モーリシャス島の富豪たちが経営する製糖所の鬼監督か、郵船会社の汽船のありふれた乗客か、落伍者か、冒険者崩れといったところで、だれも寄り付かない。

昔の墓地を見下ろす藪をひとたび越えて、火口の縁の下方に累々と転がる玄武岩の集積を通りすぎると、とつぜん自分の居場所に来た感じがする。それはぼくの夢見てきた国、シュルヤヴァティの世界だ。まずは立ちのぼる煙がある。火鉢で豆クレープ（ドゥルプーリ）を焼いたり、鍋で米を炊いたりしている。バジリコやコリアンダーの匂いがして、薪の上では白檀が香っている。人声が聞こえ、子供が大声を上げ、犬が吠え、囲い場ではヤギが鳴いている。シュルヤの居場所はわかっている。火山の切り立った崖の南側の山道から少し引っこんだところに、ぼくらの洞窟がある。そこからだと、自分の姿を隠したまま、周囲が見渡せる。現場監督の眼や、独裁者が架空の境界を見はるかす望遠鏡の視界を逃れられる。

そこは魔法の洞窟だ。そこの話をはじめてしたときに、シュルヤはそう言った。玄武岩のなかに開かれた割れ目で、ランタナと茨の藪の壁で守られている。シュルヤはそこに入る前に島の主であるヤマと、その妹ヤムナーに供え物をする。木の葉に包んだ米菓子と豆クレープ、または唐辛子をまぶしたココナッツを数切れ供える。供え物をおいしくするには、冷たい物と熱い物、甘い物と辛い物を組み合わせなければならないからだという。ヤマの神は火口を通ってあの世からやってくる。毎晩、その身軽な伝令がそよ風のように通りすぎ、ぼくらの肌を震わせる。シュルヤが死者の灰をぼくの顔に塗った夜、薪の下に座っていたとき、はじめてそれを感じた。今ではもう、それが怖くはない。

シュルヤとともに洞窟の入口に腰を下ろし、太陽に向かって立ちのぼる煙を眺める。暗い海は紫色に近く、まばゆい空は水平線に切断されている。

あいかわらず、押し合いながら洞窟から出てくるコウモリがいる。コウモリを見るのがこれほどうれしいのははじめてだ。ここ、パリサッド湾に守られたこの岩の割れ目で過ごす、薄明の時刻が好きだ。シュルヤヴァティの手はたくましく柔らかで、その温もりが自分の手に伝わり、身体全体に広がるのを感じる。

やがてシュルヤは、母親の出生の話をする。カーンプルの戦いの犠牲者たちの血を洗い落とすために、祖母の手でヤムナー川の水に浸けられたときの話だ。その日、祖母は娘に名を付けた。「アナンタ、アナンタ、おお、永遠よ！」とその名を何度も反芻した。それはシュルヤが飽くことなく口にする名であり、そのつど、母親が話したとおりに、またそれ以前に祖母が話したとおりに語る、世界中で最も真実で最も美しい話だ。

「ギリ婆ちゃんは今もここに住んでいるわ。火葬されても、魂はここ、この島に残った。だから、もうすぐ死ぬ母も、祖母と同じようにここに来たかったの」

シュルヤヴァティは誇張なしに、平然とそう言う。母親の死を口にするのははじめてだ。

「なぜそんなことを言うんだ。君の母さんは死んだりしない」

シュルヤヴァティはじっとこちらを見る。その目にはけわしい光を含んでいる。

「何よ、わからなかったの。お兄さんなら、医者だからすぐにわかるでしょうに」嘲りがこもった口調だ。「あなたたち、お偉方には、そんなことはお見通しよ」

「どういう意味だ」

「母は数年前から病気なの。おなかが蝕まれる病気。ポート・ルイスの医者は母に、もう手の施しようがなく余命は数カ月、と言ったらしいわ。母は呪術師に会いに行った。呪術師は阿片を呑んで、やはり同じことを言った。ただし、痛みが出ないように木の葉を何枚かくれた。去年自分の病状を知った母は、死後にまた会えるように祖母の間近にいたいと思い、この島に来ることを望んだの」

洞窟のなかは暗くなりはじめた。シュルヤは陶製の小さなランプに灯を点した。

「お母さんは君をここに連れてきたのかい」

「わたしが付き添うことは望まなかったわ。育ててくれたマエブールの尼さんたちのもとに、わたしを帰そうと思っていた。だけどわたしは付き添いたかった。だってそうでしょう、母には息子がいない、死んだら火葬の火を点けるのはわたしよ」

シュルヤはパリサッドの街を眺めるのに、切り立った崖の際まで進み出た。その声は不意に不安の調子を帯びる。

「母の病状を知っているのはあなただけよ。母はわたしが他人にこの話をするのを嫌がるわ。離れ小島のガブリエルに連れていかれたくないのよ。だれにも言わないわね。母を辛い目に会わせないでね」

今度はぼくがシュルヤの手をとり、とても強く握る。彼女の横顔を、ふしぎな知識が詰まっていそうなまっすぐな額を見る。ぼくはおごそかな口調で言った。

「もちろんさ、シュルヤ、だれにも何も言わない」

シュルヤはひょっとしたら、ぼくには構わず、自分に言い聞かせていたのかもしれない。こんなことを言った。

「母の本当の両親がだれだったのか知りたくてしかたがないの。カーンプルで殺されたイギリス人であることはわかっている。何ていう名の、どこの出身の人だったか、それだけがわからない。まるでわたし自身の一部が、うんと昔から死んでしまっているみたい。できることなら……」

気がつけば、シュルヤはじっとしたまま、静かに涙を流している。シュルヤの両肩に腕を回して抱き寄せる。慰めの言葉が見つからない。知っていたインドの言葉の一つを口にした——「バヘン」（かわいい妹）それがシュルヤを笑わせた。崖の縁から離れてぼくの手をとった。

「来て。消灯時刻までに下に降りないと」

パリサッドに着くと、いっしょにいるところを見られないように、少し後ろから付いていこうとした。シュルヤもそれを望んでいるものと思っていた。ところがこう言う。

「どうしたの。何を待っているの」

いっしょに町に入っていくのははじめてだ。大通りを上っていくときのシュルヤは、背筋をしゃんと伸ばし、悠長な、堂々とした歩きぶりで、マルセイユの街を行くジプシー女たちを思わせた。大きな赤のネッカチーフを髪と肩の上になびかせ、上着が短いせいで腰回りの浅黒い肌が見えていた。日差しに色あせた多色のスカート、銅の環を付けた華奢な足首、しかも裸足だ。ぼくは真後ろに付いてシュルヤの影に入っていた。それほど美しい娘と歩いたことはなかった。祭りみたいな気分だった。自分の身なりは忘れてしまっていた。あちこち裂けて汚れた服、毛髪はぼうぼうで塩気が混じり、唇の上に髭が生えはじめ、顔も両の腕も日に焼けていた。

人々は家の前に出てぼくらが通るのを眺めていた。スリマティ・アナンタの娘、シュルヤヴァティのことは知っていた。シュルヤに呼びかけ、口さがない女たちは冷やかしを放ち、シュルヤも言い返していた。ぼくの後ろを駆け、服に触れては「閣下(ジャナーブ)!」と叫ぶ少年たちがいた。振り返ると、笑いながら姿を消した。少年たちは火葬場を越えて町はずれまで、ぼくらを遠巻きにして付いてきたが、賤民居住区の入口で追跡をやめた。シュルヤは、ヤギに向かってするように、小石を投げるしぐさをした。

これもその夜がはじめてだったが、シュルヤは母と暮らす家にぼくを引き入れた。いつものように浜辺に行って待っていたが、シュルヤはぼくの手を取り、家まで連れていった。

周囲を溶岩の壁で囲まれ、屋根を棕櫚の葉で葺いた一部屋だけの狭い家屋で、とても清潔で整頓されていた。戸口を入って右側の木箱の上に小さな祭壇があり、三神一体を描いた青と赤の彩色画が何枚も飾られていた。絵の前には小さな陶製ランプが点されていた。地面にはタコノキの葉で編んだござが敷いてあり、部屋の奥は、天井に取り付けられた白い大きな蚊帳で占められ、それがこの家で唯一の贅沢品だった。表ではアナンタが竈の前にしゃがんで、飯を炊き、鉄板で豆クレープを焼いていた。シュルヤはぼくをござの上に座らせた。シュルヤが母親のところへ行った。インドの言葉で話すかと思うとクレオール語でも話す二人の声が聞こえた。ときどき笑い声が混じった。

宵闇が家のなかに侵入して、眼もとに化粧をした巨大な三神の絵の前のランプが、いっそう強く輝いた。神様たちは、乱舞する羽アリに取り囲まれていた。人声や笑いなどあの聞き慣れた物音が聞こえ、煮えている米と燠の匂いがした。やがてシュルヤが食事を運んできてくれた。ライスと、カレーソースで味付けしたタコが数切れ、くすんだ色をした苦いタロイモの葉というメニューだ。シュルヤはぼくが食べているのを見るのに、戸口にひざまずいた。

「こっちへ来ないの。それに君の母さんは食べたくないの」

「空腹じゃないのよ。本当に少ししか食べなくなったわ、鳥みたいよ」

スプーンを宙に浮かしたままだったので、

「あなたはお食べなさい。母はあなたのこと、若いのに痩せすぎていると思っている。お偉方のもとでは、おなかが空いても食べていないにちがいないと言っているわ。もう少し太ったら、ほぼ言うことなしですって」

シュルヤは楽しげだった。眼が輝いていた。ひっきりなしに表に出ていって、鍋のごはんとカレーソースとタコを取ってきてぼくの皿に入れ、コップに紅茶を注いでくれた。

「母が訊いているわ、イギリスでは皆、あなたのように痩せているかって」

ぼくは笑った。隔離所のことも、ガブリエル島のことも、ジュリユス・ヴェランが境界を監視している見張り台のことさえ、一切を忘れてしまった。

「イギリスには、痩せるために食事を控えたり、女中が背中に片膝をついて紐を締めるほどひどく窮屈なコルセットを身につけたりする女の人がいるよ。それでときには窒息しそうになる」

シュルヤヴァティは目を大きく開いて見つめた。そんなふうに、幼い娘のような表情で、唇の間から白い切歯を覗かせるときの彼女がぼくは好きだった。シュルヤはかつて自分がもつことのなかった妹で、ぼくがもっぱら彼女のために、妖精やイギリスの王女様にまつわるいろんな話をして、戸外の暗い夜を忘れさせてくれるのを期待しているように思えた。それで、彼女を笑わせることになったが、「かわいい妹（バヘン）」と呼んだのだ。シュルヤもぼくをとても優しい名で呼んだ。「兄さん（バーイイー）」と語尾を伸ばすのだった。

シュルヤの母親は、背を曲げて戸口で身を屈めながら入ってきた。小柄で弱々しく見えた。痩せた身体に何枚ものヴェールをまとっていた。ベッドに腰かけて、蚊帳の一隅をめくった。

「母さんに話して、兄さん（バーイー）。わたしに話してくれたことを話して、ロンドンやパリには何があるの。母さんは庭園、それも大きな庭園のことを覚えているらしいわ。そこでは、毎晩音楽が演奏されていたそうよ。その後、母さんは母親に連れられてインドにきたの。父親がカーンプルの町に駐屯中のイギリス軍に所属していたから。広大な庭園のことを母さんに話してやって。母さんが聞きたいのはそれよ」

ぼくは公園のことを話そうとした。アナンタが思い出せるかのように、神秘的な詩の文句をつぶやくように、すべての公園の名をゆっくりと口にした。シュルヤヴァティはよく聞きとろうと身を乗り出している。アナンタはじっとしたままだった。

「ハイド・パーク、ケンジントン、オランダ・パーク、セント・ジェイムズ、キュー・ガーデンズ……」

シュルヤヴァティは目を輝かせている。そして大きな声で言う。

「きっとその名前のひとつだわ。母さんは覚えているわ。音楽が聞こえていたと言っているもの」

シュルヤはぼくを母親のほうに引っ張っていき、その前に座らせる。浅黒い顔のなかでひときわ明るい光を放つふしぎな目で、こちらを見つめている。

「どんな音楽でした？　その音楽はどんなふうでした？」とぼくは訊ねる。

アナンタは自分の言語で、何やら小さくつぶやいた。

「ずいぶん昔のことだから思い出せないのですって」とシュルヤが言う。「だけど、どこでも耳にすることがない音楽なんですって。天使の音楽と言っているわ」

ぼくは驚いて反芻した――「天使の音楽？」

シュルヤは母親に確かめた。

「そのとおりと言っているわ。ロンドンの庭園で一度聴いたきりだそうよ。その後、インド行きの船に乗ったのだわ」

シュルヤはぼくのほうに身体を屈めた姿勢のまま、待っていた。アナンタまでが、その天使の音楽とやらのおかげで、記憶をよみがえらせる鍵をぼくに見つけてもらえると期待しているらしかった。父母の名前、自分の生誕地、生まれた家のこと、家族のことなど、カーンプルの殺戮になかに呑みこまれてしまったすべてが取り戻せると期待しているようだった。ぼくとしては嘘をつけなかった。それでこう言った。

「ぼくにはわからない。ロンドンでもどこでも、そんな音楽は聞いたことはないよ」

「さっき名前を並べていた公園でも？」

ロンドンはとてつもなく大きな都会で、何千もの街路と何十万の人名があると説明した。ひとたび見失った人間を見つけることは不可能だと言った。シュルヤヴァティは怒りだした。ぼくの返答が受け入れられなかったのだ。きつい声音になった。

「母を助けたくないのね。わたしたちを助けたくないのよ。あなたも皆と同じ、興味がないのだわ、わたしが自分の一族の名前を見つけることなんか、あなたは願っていないのよ」

アナンタはシュルヤの手を取り、なだめようとする。抱き寄せて髪の毛を優しくなでる。立ち去りたかったが、アナンタに引きとめられた。彼女はぼくをじっと見て、はじめて英語で話しかけてきた。行かないでほしいと言う。その目には力がこもっていて、立ち去れない。それどころか、一瞬にして、彼女の言っていることが真実で、シュルヤが語ったとおりに事が起こったのだという確信をもった。それ以外のこともすべてが本当で、アナンタは生涯を終えるためにこの島に来ていたのだ。

「君のお母さんの両親の名を見つけだす唯一の手段は、ロンドンの植民地事務所に行って、戦争中にカーンプルで死んだ人々全員のリストを調べることだ」シュルヤを慰めるのにぼくが思いついたのは、それだけだった。シュルヤの顔がぱっと明るくなった。

「母さんを向こうに連れていけると思う？」

　しかしたちまち、気落ちして、

「だめ、遠すぎるわ。母さんはそんなに長くは待てない。そんな遠くまで行きたがらない。母さんがいなくなったら、事情がわかったところで何にもならないわ」

　シュルヤはぼくの手を握った。目にはもう怒りの色はなかった。「あなたは本当の兄さん（バーイー）、わたしの本当の兄弟（ダウジ）だわ」

　真っ暗な夜で、月は見えず、満天の星が輝いていた。シュルヤと岬に向かって、狭い浜辺を歩いた。消灯の鐘はとうに鳴っていたが、人々はまだ戸外にいた。サリーに身を包んだ女や、小さな家屋の間を走り回る子供たちもいた。腹をすかせた犬たちが、うめきながら戸口の近くをうろついていた。

シュルヤはぼくに、空で輝く星をすべて教えてくれた。中心を占めるのは、王たるラマの兵士、美男子シュクラ〔ヴィーナス、金星〕だ。オリオン座のトリシャンク、広大な空の西に立つ「三大罪」〔三ツ星〕、それに、バララーマの母親で船乗りたちがアルデバランと呼ぶ星ロヒニが雨季の来るたびに現れる空の地点を教えてくれた。シュルヤは驚くべきことをいろいろ知っていた。しかし、まるでぼくも知っていて思い出して当然とでもいうように、それを子供のような声で素朴に語った。ガンジス川の水を飲み干した賢人ヤーヌ、それに運命の綱を綯る二人の乙女である、ダータとヴィダータという半神、さらにまた、姿は見えないのに夜ときどき鳴いては朝露しか飲まないチャタク鳥。

岬の端（はな）では風が強く、耳もとでヒューヒュー鳴っていた。金剛岩に近づきながら、岩に砕ける波の間断ないとどろきを聞いていた。未知に向かって北の方角に行く大きな黒船の舳先にぼくたちだけがいた。

岩陰のランタナの茂みの下に腰を下ろした。そこは心地よい隠れ家で、草木が胡椒のようにかぐわしく、唇は塩の味がした。自分にぴったりと寄り添うシュルヤの軽やかな身体を、その顔の温もりを感じた。シュルヤはぼくの肩に頭を乗せた。ぼくはシュルヤの唇を、顔を求めた。ひどく震えるもので、「寒いの？」とシュルヤは訊いた。「きっと熱があるな」とぼくは答えた。しかしそれは欲望だった、彼女の顔を、身体を、あまりに間近に感じたためだった。シュルヤの髪に唇を当て、首の温もりを求めた。シュルヤの息が吸いたかった。シュルヤは手荒いほどにぼくを跳ねのけた。「今はいや」ぼくから身を離したが、目の前に立っていた。その姿は暗くてほとんど見分けがつかなかった。「母のところに行かなければ。とても具合が悪いの。待っているわ」

　ぼくは迷っていた。そこは境界線のすぐ近くだ。隔離所のほう、ジャックやシュザンヌのいるほうに戻る道から数歩のところだった。シュルヤヴァティはぼくの腕を引っ張り、ほとんど怒ったような口調で言った。「来て！　何を待っているの」やがて、ぼくがいつまでも迷うのを見て自信を失い、懇願するように言った。「来て、兄さん（バーイー）。明日の朝までいっしょにいて」どうしてよいかわからなかった、どちらかに決めるのが怖かった。たしかに、藪のなかを徘徊して、独裁者ヴェランの命令やシャイク・フセインの呼び子に挑むのが好きだった。シュルヤの髪の匂いを嗅ぎ、軽やかな腰回りを指の下に感じ、石のようになめらかな掌や顔の温もりを感じるのが、そして身体中で欲望が震えるのを感じるのが好きだった。それがどうしたことか、すべてが不滅になることが、あまりに現実的になることが、不意に怖くなった。まるで実際に境界線があって、それを越えるともう後戻りができないみたいだった。

　シュルヤにとられた手を握りしめ、足並みをそろえて、並んで歩いた。

　その夜、シュルヤは蚊帳のなかで母親と寝た。ぼくは戸口で、シーツにくるまり、石に頭を載せて、棕櫚葺きの屋根を打つ風と雨の音を聞きながら寝た。

六月二十五日、パリサッドにて

夜明け前、海から吹いてくる冷たい風に目が覚める。空に細長いバラ色の雲の裂け目が見える。遠くで、夢のなかで鳴っているように、起きろ、火を起こす時間だ、と女たちに告げる現場監督の呼び子が鳴っているようだった。まるでモーリシャス島から聞こえてくるように、激しく吹きつける風に乗って、はるか遠くで聞こえた。何とも変な感じだ。プラト島に上陸したとき、おぞましいものに思われたあの呼び子が、今では、毎朝ラグーンを渡る海鳥の鳴き声のように、島で目覚める生活のざわめきのように、なじみ深く安心を与えるものになった。

シュルヤヴァティはもう水源から戻ってくるところだ。冷たい水を一杯入れた桶を右肩に担いで、海岸沿いに歩いてくる。ぼくがまだ、寒さにかじかみながらシーツにくるまって寝ているころに出かけ、ほかの女たちよりも早く火山のふもとに着いた。水源に向かって岩の割れ目伝いに山を登る。多くの人々は、もっと下流の、せせらぎが海岸近くで水たまりを形づくっている場所に行くが、そこの水はきれいではないとシュルヤは言う。

シュルヤの姿を玄関越しにじっと見ている。風に背を向け、炉代わりの三個の石の前にしゃがんで火を点けようとしている。アナンタは起床していない。何日か前から蚊帳にこもったきりだ。シュルヤが熱いお茶をもっていく。

ぼくがお茶を飲んでいる間にも、一番乗りの労働者たちが、防波堤工事を続けるのに湾のほうに向かう。二度目の呼び子が、一度目よりも近くで、力をこめてけたたましく鳴った。向こう側の隔離所では、アヴァ号の乗客たちがすでに目覚め、起き立ての目で、沿岸警備船が来るはずの水平線を探っているにちがいなかった。空はとても淡い黄色味を帯びて、茂みの上空にはまもなく円い太陽が姿を見せる。

シュルヤといっしょにプランテーションに通じる道を歩く。アナンタの畑は、墓地の東側、湾に面して墓が並んでいるほうにある。黒い肌をした、言葉を話せない少年ショトが、石を投げて動物を追い立てながら、ぼくらの前を歩いていく。ヤギの姿は見えないが、火山の中腹を駆け、立ちはだかる柵を飛び越える音が聞こえる。

シュルヤがぼくに畑まで付いてきてほしいと言うのははじめてだ。ゆうべの雨で地面は水浸しになり、ランタナの葉は冷たい雫を垂らしている。しかし空は明るく、朝の光を浴びて何もかもが常になくくっきりとして、鋭利なほどの鮮明さだ。火口の黒い断崖は空に向かってそそり立つ壁である。人っ子一人いない。モクマオウの林が火山の頂上にいる監視人たちの眼を遮ってくれる。ぼくらの上空を通るのは鳥だけだ。それもカモメやアジサシで、熱帯鳥はいない。ここは熱帯鳥の縄張りではないのだ。

「見て。ここはわたしたちの土地よ」

シュルヤヴァティは玄武岩に囲まれ、南側はタコノキが境界を画している小さな谷を指さす。

「ここにいろいろなものを植えたのは母さんよ。この場所を選んだの。母の母は、亡くなる前に、ここ、この畑に住んでいたらしいわ」

最初は何も見えなかった。よそと変わらない藪があり、黒々とした岩がよそと同じように累々と転がっているようにしか見えなかった。しかし下りはじめると、低い壁と丸い囲い地が見えてきた。まだ朝の九時になるかならないかというのに、ひりひりと焼けつくような日差しだった。

シュルヤは作業を始めた。目もとまで覆う赤いネッカチーフを頭に巻きつけて、畑の石ころをとり除いていた。黒い地面には、赤や黄の実をつけた蔦(つた)が這っていた。シュルヤは実を集め、藁の袋に入れた。ぼくのほうを向いて「手伝って」と言った。

「それは何だい」と尋ねると、驚いたようにじっと見て、

「トマト(ポム・ダムール)よ」

シュルヤのそばにしゃがんで、銃弾のように固い、小さなトマトを摘みとる。その少

し先に行ったところで、シュルヤは蔦に絡んだ他の作物を見せる。「オクラよ」キダナトウガラシや、ジョン・メトカルフに付いて植物採取をしていたときに見つけた野生種のナスもあった。「逃亡奴隷のナス」とシュルヤは呼ぶ。

下のほうの柵まで連れていかれた。そこは雑草が茂り、崩れ落ちた岩石が地面を覆っていた。ぼくは棒で最も大きないくつかの岩の根もとを掘り起こしながら、石を取り除きはじめる。シュルヤは石を積んで低い石垣を造りなおす。下のほうに四角い一隅があり、最初そこが草に覆われているのかと思った。「あれは稲よ」とシュルヤが説明する。「このあたり一帯に稲を植えるつもりなの。春には食べるものに事欠かないわ」さらに先に行ったところで、モクマオウの林の入り口を教えてくれる。ジュリユス・ヴェランの架空の境界線が通っているところだ。「母はあそこに穀物やレンズマメを植えたの。それにカボチャも。ここに来たときには何もなくて、あるのは石とランタナばかりだったって」

急斜面の頂上近くの、パリサッド湾に向かってふたたび下りになる地点で、低い石壁が他にもあることに気がついた。それはまだ手つかずのいくつもの囲い地で、灰緑色の染みのようなサトウキビ畑や、トウモロコシの鋭い茎、カボチャの蔓が見える。シュルヤは立ち止まって、畑という畑をぼくに指し示した。「上のほうにあるあの畑はラマサウミーのもの。左手にあるのはビハル・ハキム爺さんの畑で、病気を治す薬草が植えてあるわ。あっちの、大きな岩のそばはシタマティの畑。夫が二カ月前に冷たい病〔コレラ〕で死んで以来、外に出たがらない。それでわたしが、野菜に撒く水を運んできてやらなければならないの。シタマティは香木も植えてあるわ」

周囲を見渡して畑や壁を見つけることに飽きなかった。日差しがまぶしかった。少しずつ他の壁が現れた。それらは火山から海まで、ぽつんぽつんと立っていた。乾燥した藪と思われたのは、じつはバジリコやオクラやトマトやインゲンマメのプランテーションだった。グンバイヒルガオのなかに、青菜やサツマイモのくすんだ色の葉が光っていた。「人間を救うのは植物だ」とジョン・メトカルフが言っていたが、そのとおりだ。

溶岩の間に人影が動くのが見えた。石を除去したり除草したりしている男たち、それに土色のガニーをまとった女たちだ。乾いた土を掘る鍬の音、石を打つ刃の甲高い音が聞こえた。それから、もっと鈍い音、空気を切る風の音や岩礁に打ち寄せる波のとどろきに混じる、両手をこすり合わせるような、息のような音だ。シュルヤは地面に身をかがめて、囲い地にはびこるシバムギやグンバイヒルガオをむしり、灌漑用の水甕を造るのにトウモロコシやトマトの苗の周囲の土を手で掘っていた。木の葉や黒い岩や青いラグーンに日が照りつけていた。円錐形をしたガブリエル島が遠くにあり、ふしぎな世界のように見えた。その先に、モーリシャス島のほっそりした緑のラインが、雲の渦巻きの下に見えた。コワン・ド・ミール島のほうへ、一艘の釣り舟の斜帆が滑っていき、大波の谷間に消えた。大きな岩の根もとを露出させているうちに、汗が顔を流れ、目に入ってくる。ぼくはこの小さな土地、あの柵よりほかのことは、嵐に備えて建造しなければならない壁以外のことは、一切何も考えない。

もしかしたら、見張り台の上からジュリユス・ヴェランとその手下のバルトリが、水平線のほうをうかがい、助けを求める合図を砲兵崎に向けて送っているかもしれなかった。ジャックがガブリエル島のほうに目を凝らして、ガンジャ入りのたばこを吹かしながら埠頭の前で待っているかもしれなかった。隔離所で一人きりのシュザンヌや、ガブリエル島の収容所で囚われの身のジョンとサラのことを、あまり考えないようにした。ここでぼくの感じているえがらい自由は、干上がったこの土地にも似て、発熱したように火照り、黒曜石の輝きのように鋭利だった。

あたりは静まり返っていた。あのような物音しか、風音や海のざわめきに混じる虫の音や作業する手が立てる音しか聞こえなかった。ときおり、ヤギのかぼそい鳴き声や、ショトの舌打ちが、岩の割れ目のどこかで聞こえた。

日差しがきつすぎて、くらくらとした。不意に目の前が暗くなった。膝から崩れ落ちたが、掘り出したばかりの岩にしがみついていた。シュルヤヴァティが支えてくれた。「かわいそうな兄さん、慣れていないのね、本当のクーリーではないから」自分の身体で陰を作り、大きな赤いネッカチーフをほどいて、日差しをさえぎってくれた。胸でも血管でも激しい動悸を感じた。水は残っていなかった、シュルヤが最後の一滴まで野菜の苗に注いでしまっていた。シュルヤが籠から一枚の苦い木の葉を取出してぼくの口に入れると、口のなかは唾でいっぱいになった。「逃亡奴隷のキンマ」と呼ぶ。シャツを脱ぐのを手伝ってくれる。歯で布地を大きく切り取り、ターバンのようにぼくの頭のまわりに巻きつけた。笑いながらぼくを見る。「そんなふうにすると、えらい旦那には見えないわね。本物のクーリーみたいだわ」

夕方になって現場監督の呼び子がパリサッド湾に鳴りわたるまで、ぼくらはそこにいた。その夜は、賤民居住区の家で、ずっと土間に横たわっていた。背中の筋肉という筋肉が痛く、両腕と両脚が疲労で無感覚になっていた。顔面にも喉にも、なお照りつける日差しを感じていた。蚊帳のなかにいるアナンタのところに行く前に、シュルヤヴァティはぼくの近くに来た。無言のまま、ぼくに添い寝しながら両の腕を首に回し、頭をぼくの胸に置いて鼓動を聴こうとした。動けずにじっとしていた。シュルヤの軽やかな身体が疲労をすっかり癒してくれた。寝入る前から、ぼくはシュルヤの夢のなかに入った。

ベナレスから下ったヤーンプルやバーガルプル、それにムルシュダバードに一同は停泊した。河はあまりに広大で、夜明けの濃霧に岸が霞んで海かと思われた。ときおり、火事の煙が陸にも海にもかかり、火葬場の臭い、戦争の臭いがした。ギリバラには、うんと昔から筏に乗り、シング爺さんが棹を押すリズムに従って岸辺が背後に流れていくのをじっと見つづけていたような気がしていた。

昼間、日が強烈に照りつけるので、ひっきりなしに手のくぼみで水を掬ってアナンタの額や髪を湿してやる必要があった。

筏はふしぎな地方をいくつも横切っていった。昔の宮殿に森が侵入し、藪のなかでプランテーションが干上がっていた。夜になると、死体置場のまわりでジャッカルが鳴いた。近づいてこないように火を焚かなければならなかった。あちこちの村でシング爺さんが笛を吹き、女たちが踊った。リルはいつも、イギリス人の銃弾を受けて落馬するジャーンシーの女王の物語を演じた。村人たちは発酵乳や果物など、食べ物の供物を一同のもとに持参した。アナンタは今では、水太鼓のリズムに合わせて踊ることを立派に学んでいた。本当のジプシーのように褐色の肌の、すらりとした娘に成長していたが、頭には金髪の輝きをとどめ、透きとおった眼をしていた。ギリバラは娘が自慢だった。娘のことをアナンタ女神（デヴィ）と呼んでいた。

ジプシーの一行と別れることなど、たぶんギリバラは考えもしなかっただろうが、ある日、リルの息子がまたも病気になった。日照りのせいだった。いや、もしかしたら、毒へビに嚙まれたのかもしれない。子供は意識を失い、飲むことも食べることもできずに、身体中の血が尻の穴から流れ出た。子供は意識を失い、その夜のうちに死んだ。リルは自ら河岸に墓を掘り、ジャッカルが掘り起こさないように、息子の遺骸の上に大きな石を積み上げた。葬儀も祈りもなかった。ジプシーは獣のように生まれて死んでいく、だれも注意など払いはしない、そうシング爺さんは言った。

しかしこの日を境に、リルは気が触れた。口を利かず、身体を洗わず、髪を梳かしもしなくなった。もう美しいラクシュミー・バーイーの伝説を踊ることはできなかった。ぼさぼさの汚い髪をしたリルを見かけると、村人たちは土くれを投げつけた。

リルはわけもなくギリバラを憎みはじめた。ギリバラをののしり、アナンタをぶったり、髪の毛を引っ張ったり食べ物を盗んだりした。錯乱のなかでリルは、ギリバラが森で出会った、死んだ子を抱えた年若い女乞食が眼前にいると思いこんでいた。リルはギリバラを恨み、息子に毒を盛ったのはギリバラだと断罪した。シング爺さんが仲に入った。棒を手に、リルを踏みつけた。リルは口から泡を吹きながら後ずさりし、やがて苦痛に耐える獣のように筏の端に身体を丸めた。昼間は、息子の衣服や肌着にくるまって寝るのだった。

筏はイングリッシュ・バザール〔マルダ〕の手前の、南部に向かう街道の入り口に着いた。シング爺さんはギリバラに言った。「これ以上先には行かない。雨季が来る前に北へ引き返すのだ。お前は行くがよい。そうすればリルも治るかもしれない」

それでギリバラは持ち物をまとめ、筏を離れた。アナンタの手を取り、二人は南に向かった。遠い土地、ミリチ・タピュ、ミリチ・デシュ[46]に向かう大勢の人々に交じって歩いた。

六月二十六日

今日、二時前に沿岸警備船が戻ってきた。防波堤工事に従事するクーリーたちのところにいると、合図が鳴った。知らせを告げたのは、ウカという名の、火葬場の使用人の一人、いわゆる「清掃人」をしている賤民村の若者だ。何日も前からシャイク・フセインはウカを火山南側の端で見張りに立たせていた。それはまた、隔離所と性悪男ヴェランの動向を監視するためでもあったのだろう。

あたりは静まり返っていた。だれもが玄武岩の敷石の上の自分のいる場所に釘付けになって動かなかった。海も空も風に吹き払われた素晴らしい天気で、力強い大波が防波堤まで泡を押し運んできた。

沿岸警備船は岬の端を、波に揺られながらゆっくりと回った。歓声が一度だけ上がった。プランテーションの労働者たちも、女も子供も、身振りを交え、呼びながら、浜辺に駆けつけた。現場監督が呼び子を吹いても、部下たちが大声を張り上げて制止しても、騒ぎを抑えることはできなかった。シャイク・フセインは群衆を横切り、ぼくには眼もくれずに脇を通りすぎた。年老いた兵士らしい日焼けした顔に、厳しい表情を浮かべていた。堂々たる白い頬ひげを蓄え、薄黄色のターバンを巻いていたが、そのターバンはぼろ着のような上着と対照的だった。鼓笛隊の隊長か預言者のように、黒檀の大きな棒をこぶしのなかに握りしめて早足で歩いた。背後に控えたラマサウミーとビハル・ハキムは、裸同然の痩躯をさらし、古い布きれを頭に巻いていたが、いかにも貧弱に見えた。群衆の動きに押されて退散を強いられたぼくは、陸（おか）のほうに逃れた。

沿岸警備船は、湾の手前の、建設中の防波堤の正面に停止した。大波が舳先をもちあげ、ボートをもやい綱の先端で旋回させていた。ときどき、螺旋を描きながらもくもくと上がる黒煙とともに風に運ばれてくる機械音が聞こえた。甲板には人影が動いていた。軍医たちに、コモロ人船員もいる。やがてボートが警備船から離され、船員たちが一本のロープを岸に向かって投げた。するとすぐさま、それを拾い上げようとする若者たちが海に飛びこんだ。ぼくは浜の上のほうでしゃがんで待っていた。船はぼくらを迎えにきたのではなく、食糧と飲料水の樽を荷下ろしするための渡し綱を設置しにきたにすぎなかった。連帯政治クラブは、この岩場でぼくらを飢えと渇きで死なせる危険を冒したくなかったのだ。

浜の人盛りはすごかった。早くも怒号や呪詛が聞こえた。目でシュルヤを探すが見つからない。浜辺には来なかったのだ。何にしても、沿岸警備船が戻ってきたところで、シュルヤには用のないことだ。

食糧の荷下ろしが、いわば不器用に、慌てふためいて始まった。船員たちは木箱を、ロープにつなぐ労すら取らずに海に投げた。玄武岩の平石の上に落ちて砕ける箱もあった。素っ裸の少年たちが胴まで海に浸かり、木箱や樽をつかんで、岸のほうへ押していた。波はゆったりと力強くうねり、黒い岩に泡がまぶしく散った。空は強烈に青かった。日が照りつける浜に集まった人々が沖合に停泊中の沿岸警備船の暗い船影を見つめるこの光景には、何か絶望的なもの、劇的なものがあった。すべての食糧の荷下ろしが終わって木陰に置かれると、ボートは沖合めざして戻りはじめた。もう終わりだと島の者たちは理解した。大半の人々は街やプランテーションに戻っていった。けれども何人かの男たちは防波堤近くに残り、空しい威嚇の言葉を吐きながら、海に向かって石を投げはじめた。警備船は相変わらず湾の手前に停泊したまま、うねる波に前後左右に揺られていた。ときどき機械のとどろきが聞こえ、煙突から黒煙が出たが、煙はたちまち激しい風に散った。と不意に、清掃人のウカが防波堤の先にいるのが見えた。神経がひどく昂ぶっているようだった。切り石の縁に立って、風が吹く中、両手を広げて大きな黒い鳥のようにバランスをとり、狂気でぎらぎら光る眼をしてその場でくるくる回っていた。それから海に飛びこんだ。一瞬泡のなかに見えなくなったが、ほどなくボートの方向に猛然と泳いでいくのが見えた。浜辺や防波堤にいただれもが、立って見つめていた。騒動が収まった今、あたりは長い間静まりかえり、打ち寄せる波の音だけがその静寂を満たしていた。

ボートの船員たちは不意打ちを食らって、しばらく漕ぐ手を止めた。ぼくらは皆、ウカの頭が波間に消えてはまた現れるのを、早くも目的を達したかのように、島からの逃亡に成功したかのように眺めていた。やがてボート上で何かがきらりと光った。その直後に銃声が聞こえた。舳先に立った一人の船員が銃を構えていた。別の船員が発砲した。するとたちまち、防波堤の上にいた男たちはみな、陸の岩陰に避難した。ウカはボートに向かって泳ぎつづけた。しかしまもなく、そこに行き着けないことが明白になった。船員たちはふたたび力いっぱい漕ぎはじめ、たちまち沿岸警備船に合流したからだ。海の真ん中で、ウカはひとつの点のように、波に揺られるゴミのように見えた。ウカはなおも、助けを呼ぶように腕を振る動作をしたが、すっかり力尽きて押し戻されるに任せた。やがて波に岸のほうへ運ばれた。

そのとき、一つの集団が火山の斜面から出てきて浜に着くのが見えた。バルトリを先頭に、ベルトに銃を装備したジュリユス・ヴェランが続く。少し後ろにジャックの姿があった。三人の男は防波堤まで歩いたが、その間にもクーリーたちはウカを浜に引き上げ、木陰のほうへ連れていった。このとき、まぶしい光と泡に包まれた浜には、奇妙な沈黙があった。百メートルも離れていないところで、警備船の周囲を回りながら揺れているボートは、まるで近づきがたいおもちゃのようだった。

厚紙をメガホンのように丸めて、ヴェランは警備船の将校たちに意思を伝えようとした。しかし砕ける波のざわめきに覆われて、何を叫んでいるのかわからなかった。数秒後、もくもくと立ち上る煙が一段と厚みを増した。ウインチに錨の鎖が巻かれる音と、機械の振動が聞こえた。沿岸警備船は一瞬、岸に向かうかのように惰性で漂流したが、そのあと後退しながらゆっくりと旋回し、沖合に向けて出発した。船は数分のうちに火山の端を越えて、その陰に隠れてしまった。その間ずっと、だれもが浜の上のほうにじっとしていた。銃撃から身を守るのにいぜん岩陰にしゃがんでいる者もいた。アヴァ号の乗客一行は、木の葉葺きの屋根の下に隠れて、いろいろ経緯があっても警備船は今に戻ってくるとでもいうように待っていた。浜に突っ立ったシャイク・フセインは指揮棒を砂に突き立てていた。古い人形か、ぼろを着た戦士みたいだった。やがて踵を返し、呼び子をくわえて、とても長く吹いた。その音は増幅され、極端に甲高くなり、最後には嘆きのような低い音に下がった。

そのとき、忘れられない光景が出現した。静寂のなかで仮借ない光景だった。現場監督の目の前で、クーリーたちは屋根を棕櫚で葺いた倉庫から街の共同住宅まで続く長い列をなして食糧を運び出していた。とても緩慢な、暴力を伴わない動きだった。黒檀の棒切れにもたれるように浜に突っ立ったシャイク・フセインの痩躯と、木箱や米袋、油樽や淡水を運搬するクーリーたちのくすんだシルエットだけがあった。前屈みになり、言葉を交わさず、積もり積もった時間の底から来たってもう一方の先端に向かうかのように、食糧をかついで果てしない街道を行くのだった。

アヴァ号の三人の乗客は動かなかった。あれこればかげた道具を手に、その場で茫然と立ちつくしていた。ヴェランは拳銃と潰れかけた厚紙製のメガホンをもち、バルトリが両手で抱えた回照器(エリオトロープ)は、ときおり思いがけない閃光を発していた。ジャックは往診かばんを下げていた。きっと、ぼろ着と片方のレンズの割れた眼鏡が与えるみすぼらしい印象を払うためだ。

だが、ジャックも無言だった。群衆がこの先数週間分の食糧を運び去るのを阻止するためにどんな手立ても講じてはいなかった。おそらく真っ先に肩をすぼめたのはジャックだろう、どうにもならない状況だと判断するときにいつもそうするように。やがてジャックは、二人の無力な監視人を伴って、隔離所のほうへ引き返した。

ジャックのたどった道は、ぼくのいる切り立った斜面のすぐそばを通っていた。ジャックは頭を上げ、ぼくをじっと見た。日差しにまぶしく照らされていた。ほとんど見も知らぬ人間のような、ひげに覆われた青白い顔が見えた。髪も、眼鏡も、喉もとまでボタンを留めたせいで墓掘り人夫のように見える例の無用な上着にいたるまで、埃にまみれて灰色になっていた。立ち上がってジャックのほうへ駆けていき、両腕で抱きしめたかった。しかしジャックが目を逸らしたので、ぼくを見なかったのだと、いや、見たとしてもぼくだとわからなかったのだと理解した。もうぼくらは、いっしょに育った兄弟ではないかのようにかけ離れてしまった。ジャックの後ろにヴェランが続き、そのあとをバルトリが歩いていた。不意に、三人がただの歩行者のように、日差しが照りつけて埃っぽい片田舎で迷子になり、自分たちを自宅まで連れ戻してくれる辻馬車を探してさまよっている、どこかの町から来た散策者のように思えた。

どこへ行けばよいかわからなかった。海岸一帯を見渡してシュルヤを探した。浜には人けがなかった。共同住宅の前の、ウカをそこまで引き上げて日陰に寝かせた男たち女たちのなかに、シュルヤの姿を見たように思った。だが近づいてみると、引き上げられたウカはもうそこにはいなかった。シュルヤがこの島の真の主であるヤマ神とその妹のヤムナー神のために毎晩灯をともしにくる洞窟まで歩いた。しかし近づく思い切りがつかなかった。シュルヤヴァティだけがぼくをそこへ導き入れることができる。泉が湧きでる雨谷に行こうとも思った。どこに行っても、何も起らなかったように現場監督の呼び子が聞こえて、石材運搬人の仕事をふたたび仕切っていた。不安や嫌悪を覚えるたびにするように、鳥の群れる岬に行った。金剛岩の向こう、インドのほう、大河が合わさる河口のほうを向いている岬だ。

そこは、インド洋を越えてアデンの巨岩まで、もろもろの神話的な土地まで、航行していくアヴァ号の舳先のようだった。

風に吹き払われた雲が、ぼろ切れのように空に浮かんでいた。午後いっぱい、鳩舎岩のまわりを旋回しながら群れ集う鳥たちを、じっと眺めていた。大カモメや、アジサシや、輝くように白い聖処女鳥〔マスカリンサンコウチョウ〕がいる。どれも大きな鳴き声を立てて、岩に止まり、また飛び立つ。鳥たちの羽ばたきがボイラーのようにぶるんぶるんと空気を震わせている。

日没のころ、現場監督の呼び子を聞きさえせずに、賤民村に戻った。ササゴイが、暗鬱な鳴き声を上げながら、湾の水面すれすれに飛んでいた。夕餉の香しい匂いがした。骨の折れる仕事を済ませた労働者たちが、夕食の支度ができるまで、火のそばに腰を下ろしておしゃべりをする世界中のどんな村でも同じだろう。

賤民村の入口で、自宅の戸口に座った娼婦のラザマーに会った。子供っぽさの抜けきらない顔に重苦しい化粧をして、奇妙だった。ファンデーション代わりに滑石の粉を塗っているために、いくぶん緑がかった顔色をしていた。唇を真っ赤に塗り、両の頬にも赤い丸を描いていた。赤いドレスに身を包み、髪はココナッツ・オイルを塗って入念に梳かし、マリファナ入りのたばこを吸うラザマーは、どこか別世界から来たように思われた。少し離れたところで、弟が片方の脚に重心をかけて立ち、猜疑の目でこちらを見ていた。

ラザマーは最初何も言わなかったが、アナンタの家のほうに行こうとすると、先日と同じくこちらに向かって嘲弄やからかいの言葉を叫んだ。それどころか、子供たちが野良犬を追い払うように、小石を拾って投げつけてきた。ぼくは幻覚に囚われていたのだろうか。気の触れた女が孔雀の鳴き声をまねながら、ぼくの名を叫んでいるように思われた。昔リュエイユ・マルメゾンで寄宿生たちが呼んだように、「レオオ！　レオオ！」と叫んでいるような気がした。

暗い小屋でアナンタはござに横たわっていた。頭を石にもたせかけ、宵の冷気を取りこむために蚊帳の一角をめくり上げていた。ほどいた髪は艶のある大きな布のように周囲に広がり、その温かみと若さは、老いて痩せた顔と対照的だった。アナンタは驚くこともなく、長いこと凝視しながらぼくを迎えた。アナンタの眼の明るい虹彩が小屋の暗闇を穿っているようで、屋内に入る思い切りがつかなかったが、彼女は手で小さく合図してぼくを招き入れ、自分のそばに座らせた。歌うような言語で何かつぶやいた。問いただすような、懇願するような言葉だった。手を差し出すようにという身振りをし、ぼくの手を長いこと握った。すり切れてはいてもとてもやわらかい肌の感触で、海に洗われてつるつるの小石を思わせた。

アナンタが何を望んでいるのかわからなかった。シュルヤに話しかけたときと同じく、まずは英語で言葉をかけ、ロンドンについて知っていること、つまりジャックがエレファント&キャッスルのセント・ジョゼフ病院で研鑽を積んでいたころに暮らしていた界隈のことを話した。アナンタは、耳になじんだ名前のように「エレファント&キャッスル」の名をゆっくりと反復した。すると不意に、この名前の魔法のおかげで、大河のほとりの庭園に立つ宮殿の窓辺を象が散歩するインドの方々の都にも似たロンドンの街が、アナンタには見えるのだと思えた。

そんなことをいろいろアナンタに話しながら、同時にジャックとともに過ごしたロンドンの春を思い出していた。ジャックはまもなく結婚するところだった。ぼくは気管支肺炎を患ったばかりで、ジャックはル・ベール夫人から、ぼくを引き取って養生させる許可を得たのだった。ぼくが思い起こそうとしたのはそのことだった。今や消えかけ、埃のように漠たるものになっているあの何カ月かの記憶だ。あちこちの庭園の木は花盛りで、にわか雨は降っても空は抜けるような青をして、テムズ河を伝馬船がゆっくりと航行していた。シティを、セント・ポール大聖堂の近くを、街路から街路へとでたらめに歩いた。歩道には人出が多く、日曜日のセント・ジェイムズ公園では、こぬか雨のなか、傘をさした美しい娘たちが散歩していた。

アナンタが聴いていたかどうかわからない。痩せた顔は闇のなかで青白く光っていたが、目は閉じていた。しかしぼくの手を離さず、ぼくから力をもらいたいとでもいうように、握りしめていた。

そんな体験は一度もなかったので、身体が震えた。母が死んだのは、一歳になるかならないかのころだ。母親というものはぼくには存在しないも同然だった。しかしアナンタがそこにいた。ぼくはその温もりを感じ、生命を感じた。アナンタが生きてきたものすべてを思った。カーンプルの殺戮、ギリバラが乳母の遺体からアナンタを引き離してよその地へ連れていき、ヤムナー川で水浴させたことなど、シュルヤから聞いたあれこれの話である。アナンタの目が見たもの、手が触れたものを思っていた。そのすべてが、アナンタのなめらかな手のひらを伝ってぼくの心臓まで沁みとおってくるようだった。

外は夜になっていた。話をやめると、アナンタはぼくの手を握っていた手を引いた。ぼくには目もくれずに、めくり上げた蚊帳の一角をもとに戻した。ぼくは戸口のランプを灯して外に出た。シュルヤはまもなく泉から戻ってくるはずだ。ほとんどの家でランプが光っていた。夕餉の火はゆっくりと消えていくところだった。隔離所にいるジャックとシュザンヌのこと、ガブリエル島で死と格闘しているジョンとサラのことを思った。あちらではランプに入れる灯油もなくなり、すっかり夜の闇に包まれているにちがいない。残っているのは、何升かの米と、貯水槽の酸っぱい水だけだ。

子供たちが岸辺のぼくのいるところにやってきた。もうぼくを怖がったりしない。それどころか大胆にも、砂浜のぼくの横に腰を下ろす。ぼくの名を呼んでは笑う。いつもシュルヤと走り回っている口のきけない牧童のショトは、少し離れたところに座った。砂のなかに羊の小骨のような物(オブジェ)を投げ入れておもしろがっている。「それは何だい」そのうちの一つを見せてくれた。たぶん昔の防波堤か難破船の骨組の一部をなしていたものだろう、錆びたただの鉄片だった。海に侵食されて化石化した骨に似ていた。しげしげと眺めていると、ぼくの手を閉じて、あげる、という身振りをする。巻き毛の密生した髪に包まれた顔はとてもつややかで、眼は黒曜石の輝きを放っていた。ショトの宝物は所有者に似て、奇妙でかつありふれた、時と死を物語るこの島の破片だった。

ショトは砂浜の自分のそばにぼくを座らせた。ぼくらはひとしきり羊の小骨で遊んだ。ショトはぼくの前腕を指先で軽く触れる、毛を触ろうとしているのだ。夜の闇のなかでその顔はほとんど見分けられなかったが、眼だけは黄色く輝いていた。

ようやくシュルヤヴァティが、母親に使わせる水を運んできた。子供たちは散っていった。ショトだけがその場に残り、横笛を優しく吹きはじめた。笛の音はどこから来るともしれず、夜に包まれた浜辺のどこかから流れていた。それはショト自身には聞こえなかった。ただ指使いを思い出しながら吹いていた。

パリサッドのほうでは薪が燃えはじめていた。だれのためでもない、ヤマ神がその香りを喜ばれるようにという配慮である。白檀と油の匂いが、海の香りと、横笛の音と、母親の気持ちを和らげるシュルヤの声に混じっていた。向こう側で泉の水を待ち望んでいるシュザンヌのことを、ずっと考えていた。もしかしたら、ぼくは発熱のせいでうわごとを言っていたのかもしれない。

シュルヤヴァティがごはんを盛った皿をもってきてくれた。その身振りには、焦燥か、それとも怒りか、何か張りつめたものがあった。平らな石の上に皿を置き、大きなネッカチーフですっかり顔を隠して少し後ろに腰かけた。ぼくが食べ終わるとこう言った。

「あなたはもうここを離れなければならないわ」嫌気がさしたような声で、そんな口調はこれまで耳にしたことがなかった。「これ以上いてはだめよ」「なぜだい」ぼくは立ち上がった。浜はすっかり暗くなり、もう子供はいなかった。ショトだけは、のんきな他愛のない旋律をまだ吹いていた。

「どうしてぼくを行かせたいのだい。シャイク・フセインの指図かい」

シュルヤは怒りだした。

「違うわよ。シャイク・フセインは何の関係もないわ。もう来てはならないと、わたしが言っているの」

その声は少し震えていた。シュルヤは言葉を探していた。

「あなたたちお偉方は、みな嘘つきよ。わたしたちのことが好きだと言いながら、さっさと忘れてしまう。母はもう長くないわ。母の身に厄介を引き起こしてもらいたくないの、苦しめないでほしいの」

それはないだろうと言おうとすると、シュルヤも立ち上がった。薄闇のなかに見るシュルヤのシルエットは、ヴェールが風にはためいて、とても大きく見えた。シュルヤの言うことが理解できなかった。同時に、パリサッド湾で何が起こったのかはよくわかっていた。武装した船員たちが、波間でもがいていた哀れなウカを撃ったのだ。そのことが何かを変えてしまっていた。シュルヤは激昂した口調で言う。

「わたしのいない間にやってきて母に優しく話しかけたわね。その裏であなたたちお偉方は、ここから連れ出してもらうためにいろいろ企んでいる。昔と同じようにわたしたちを置き去りにして、一人残らずこの島で死なせようとしているわ」

「企んでいるって何のことだい。君の言いたいことがわからない」

だが、ぼくの声には嘘がこもる。ヴェランとバルトリが、アヴァ号乗客を砲兵崎に移送するよう要請する手紙を総督宛に送ろうとしているのを知っていたからだ。

心臓の鼓動が高鳴る。弁明の言葉が出てこず、こう言った。

「だけど連中はどうするつもりだ。シャイク・フセインが食糧をすべて巻き上げてしまったので、向こう側にはもう食べるものはない」

シュルヤは蔑むような微笑を浮かべた。その声はつれなく冷ややかだった。不意に、自分勝手で残酷なお偉方をシュルヤがどれほど憎んでいるかわかった。生涯をかけて奉仕してくれたアナンタを見捨てたのだから。

「あなたたちは食べることしか考えないのね！　始終食べ物をほしがっている」シュルヤは喉を詰まらせ、今にも涙があふれそうだった。「母さんがいつから物を食べていないか知っている？　もうすぐ死ぬわ。だけどあなたが心配しているのは、たらふくごはんを食べられないことね！」シュルヤの言い分は不当だった、悪意がこもっていた。しかしぼくには、それまで以上に愛おしかった。シュルヤはぼくの手を取り、賤民たちの小屋のきらめく灯りが見える道まで引っ張っていった。

「見て。あの人たちは何か食べている？　伝染病とカーンプルの戦争に恐れをなしたお偉方に見捨てられていた何カ月もの間、あの人たちはお米など食べていた？」シュルヤはいきり立ったように付け加えた――「あんたたちがわたしたちを貪るのよ、わたしたちの貧しさを貪るのよ」

シュルヤはぼくを残して立ち去った。家に入り、自分の体の温もりをアナンタに分けてやろうと蚊帳の下にもぐりこんだ。

薪の煙が浜を覆っていた。口の中が灰の味、血の味がするように思えた。走って岬に向かった。それ以上その臭いを嗅ぎたくなかった。船の舳先にいるように、風と波を切り、海と鳥たちの世界に入っていきたかった。

風が雨を運んできた。寒かった。暗礁にぶつかり膨らむ潮が、間断ないとどろきを立ていた。玄武岩に囲まれた気に入りの場所、鳩舎岩の前に腰を下ろし、ぼくはその夜をゆっくりと横断しはじめた。

明け方、砲声で目が覚めた。すぐ近く、貯水槽のほうで聞こえた。一瞬、また暴動が始まったのか、シャイク・フセインが隔離所に軍隊を出動させたのかと思った。藪を掻き分けて近づいていった。

貯水槽に着くと、何かが走る音がした。ショトが世話をしているヤギの一匹が、全速力で逃げながらそばを通りすぎた。地面に血が滴っていたので、負傷していたにちがいない。貯水槽近くの森のはずれで、夜明けの薄明かりのもと、バルトリの鈍重な姿が見えた。次いで、拳銃を手にしたジュリユス・ヴェランも見えた。ぼくを認めると、ひと言も発さずに踵を返して遠ざかってしまった。このヤギ狩りにはひどく滑稽であると同時にひどく恐ろしいものがあって、浜のほうへ逃げ出し、ラグーンの水に飛びこむことしかできなかった。どうやらぼくらは今や、狂気のなかに入ってしまったらしい。

六月二十七日

午後、隔離所に戻ると、日差しを浴びた建物は、マリ爺さんが医務所の周囲に撒いたバジリコの茂みや、イギリス式の生垣さながらに海岸まで下っていく緑濃いグンバイヒルガオに彩られて、ほとんど真新しい建物のように見えた。ぼくらをこの島に閉じこめている理由を忘れてしまえば、ここはほぼ、ジャックが話してくれた幼年時代の楽園そのものだった。アンナの地所の建物、いろんな秘密の場所がある大きな庭に囲まれた、彗星館と長老館というあの二つの家のことだ。ジャックによると、あちらでは浜辺の黒砂に打ち寄せる波の音だけが聞こえ、空が沖合の青い水と溶け合っているらしい。

隔離所に戻ってきたのはそのためだ、ジャックに当時のことをもっと話してもらうためだ。ぼくの人生を変えられるものはなかった。明日に希望をもたせるものは他に何もなかった。イギリスに滞在したときみたいに語らうこと、夏の初めにジャックとシュザンヌがヘイスティングズへの新婚旅行にぼくを連れていき、大きな毛布にくるまってメディーヌやアンナの土地のことを話したあのときのように語らうこと、もっともっと語らう他に希望はなかった。シュザンヌとぼくは聞き入っていた。ぼくらの目は魔法にかかったように輝いていた。山麓まで果てしなく広がるサトウキビ畑、オー・ブイイの海沿いの小道、フリッカン・フラック湾、そして北にはベル・イル川とテバイードの屋敷、ラ・メック。これらの名は夢のなかにしかありえない場所を指していた。

建物に入ると、シュザンヌが一人でいた。体調は上向きだった。一時的な小康状態だった。顔は晴れやかで、持ち前の微笑、人をからかうような目つきを取り戻していた。

「レオン？　知らないの。きっとわたしたちを迎えに来るわ。モーリシャスの砲兵崎にもうすぐ移送されるのよ。ジャックが総督宛の手紙を出すはずで、まもなく船がわたしたちを連れに来るわよ」

ぼくは返事をしなかった。シュルヤヴァティがきのう言ったことを、シュルヤの怒りを思っていた。

「どうしたの。変よ。ジャックに会った？　あなた、どこにいたの。きのうはとても具合が悪かったので、何も覚えていないの」

落ち着きのない声でこう答えた、「泉のきれいな水を汲んできてやろうか」

シュザンヌはぼくの両手をとった。手のひらはひどく熱かった。

「いいえ、大丈夫よ」シュザンヌは気が急くように昂ぶっていた。「その必要はないわ。明日になればモーリシャスに行って、好きなだけ水が飲めるのですもの。ジャックの話だと、メディーヌの近くに小川があって、冬になると水が冷たいらしいわ。小さな湖もあって、空を飛ぶ鳥たちが水を飲みに来る。ダーム・セレ〔フナまたはコイの類の淡水魚〕という魚がいっぱいいるそうよ。夕方になるとインド人の女の人たちが水浴びに来る。わたしもそこで水浴びをしたいわ、アルシャンボー伯父様のお気に召さなくてもね。川に泳ぎに行きたいわ。わたし、泳ぎがうまいのよ。寄宿舎で泳げるのはわたしだけだった。こっそり川に泳ぎに行ったわ。水が冷たくて、それはもう気持ちがよかった……」

シュザンヌの話は止まらなかった。少々うわごとめいていた。病気が重くても、ぼくの好きなあの表情を取り戻していた。きらきら光る灰色がかった青い眼、頬にさす紅、真っ白な糸切り歯を見せて半開きになった唇。パリのウィリアム小父さんの家をシュザンヌがはじめて訪れたとき、自分がどれほど恋心をときめかしたか思い出していた。

「シュザンヌ・モレルさん、ぼくらと同じく両親を亡くしたレユニオン出身の女性です」とジャックはあらかじめ紹介していた。チャツネ、お茶、揚げ菓子(ガトー・ピマン)[47]からなるクレオール風の晩餐めいたものが開かれた。

シュザンヌは何にでも触り、笑い、兄を抱きしめた。それまでそんな人にはお目にかかったことがなかったような気がする。シュザンヌは浴室に化粧用具入れやハンカチを置き忘れた。ぼくはそのハンカチに顔を埋めて匂いをかいだ。当人に見られているかもしれないと思うと恥ずかしくなった。まだ、あの甘い、頭がくらくらするような、少々鼻を刺すような匂いを嗅いでいるような気がした。

「覚えているかしら、ヘイスティングズに行ったときのこと？」

ぼくは何ひとつ忘れてはいなかった。シュザンヌに心の内を見抜かれたような気がした。

「はじめて会ったとき、あなた、実際の年齢よりうんと幼く見えたわ。黒いぼさぼさの髪をしてジプシーみたいだった。弓型に並んだすばらしく長い睫毛に縁取られた、憂いに満ちた目なんて、わたし、からかい半分に言ったわね」

シュザンヌは、戸口の近くに、膝を両腕で抱えて座っていた。海辺に出かけたときにはいつもそんなふうにして、ベンチに腰かけようとはしなかった。原っぱや、浜辺の風から守られた一隅を選ぶのだった。ジャックによれば、シュザンヌは母さんに似て、世評などには無頓着だった。

「覚えてる？　いつかの晩、ジャックを抱擁していたら、浜辺だったわ、女の人が近づいてきて、英語でわたしを罵ったわ、『たくさんよ。そんな下卑たことはホテルでしてちょうだい！』って」

シュザンヌは笑っていたが、こちらは心が締めつけられる思いだった。ジャックが例の手紙を書かなかったのは明らかだったからだ。それに、かりに書いていたとしても、どっちみち総督に渡すことはできなかっただろう。今、ヴェランとバルトリが火山の頂上の灯台の廃墟にいて、群がる雲の下ですでに遠く灰色に霞んで冷淡な風情を見せているモーリシャス海岸の方向に、日没前の明かりを利用して、すらすらと言葉を発することのできない吃音者のように、急ごしらえの回照器で光の信号を送っていた。

シュザンヌが喉の渇きを訴えたので、貯水槽のどす黒い水を与えた。水面に浮かぶ蚊の幼虫を一匹一匹、木の葉の切れはしを使ってあらかじめ除去しなければならなかった。

「これが最後ね……」とつぶやいた。

シュザンヌはひどく疲れていた。眼球の重みで顔全体が落ちくぼんだようだった。

「それで、あなたの好きな人は、あなたの舞姫は？ 紹介してもらわないとね」ほんの一瞬だけ持ち前のからかうような調子を、まなざしをよぎるあの微笑を取り戻していた。

「シュルヤのこと？」と訊くと、その名を小声で繰り返すように唇を動かした。しかしシュザンヌは別のことを考えていた。

「きのうジャックが言ったわ、『絶対にあの人たちを見捨てない』って。手紙には、島の全員を砲兵崎に移送してほしいと書いたし、移民を置き去りにして自分たちだけが島を離れることはないって言ったわ」

「わかっている……」

「あなたのことをいつも庇っているわ。この前の晩、あなたがここにいず、あの娘といっしょだったとき……、あなたが向こうに行けないように監禁しなければならない、ってヴェランが言ったの、あなたが危険な存在になったって。するとジャックは怒って、『自分を何様だと思っているんだ』って怒鳴ったわ。そして気違いだの詐欺師だのとこき下ろしたの」

シュザンヌはぼくの気を晴らすため、ぼくを引きとめるために、おどけたことを言おうとしていた。ちょうどウィリアム小父さんの家にはじめてやってきた彼女の冗談の一つひとつに、ぼくが注意を凝らしていたときと似ていた。

「それだから、あなたがあの娘を連れてきたら、モーリシャスで連中はあれこれ噂するでしょうよ。連中を痛い目にあわせてやりなさいよ！」

シュザンヌはボードレールの詩を暗唱した。

暖かな秋の夕べ、眼を閉じて
温もりこもる君の胸の匂いを嗅げば
目の前に幸福な岸辺が広がる、
灼熱の太陽にただまぶしく照らされて。
〔「異国の香り」〕

ぼくは唖然としていた。数日前から熱が引かず、水だけで命をつないでいるというのに、シュザンヌはぼくより明晰だった。その目は薄闇のなかで輝いていた。

「レオン、あなた忘れたの？」

「いや、忘れちゃいないよ」ぼくは押し殺したような声で答えた。

「ボードレールの話をしてくれたわね。わたしはとてもいやだった。悪意に満ちた男、その女性嫌悪ときたら！　何も聞きたくないとあなたに言ったわ。だけどあなたは〈慈悲深い心をもつ女中は……〉の詩を、『死人たち、哀れな死人たちはひどく苦しんでいる』の句を暗唱してくれた。身体が震えたわ。覚えてる？　わたしは『ハイアワサの歌』〔インディアンの英雄伝説に素材をとったロングフェローの詩〕を暗唱した。二人で言葉の闘いを交わしているみたいだった。詩のわからないジャックは、ラマルティーヌのあのやりきれない『湖』を暗唱しようとしたわ！」

すべて遠い昔のことだ。ここ、溶岩の壁に囲まれ、日没時の温まりすぎた空気が包む荒涼とした場所にいると、それは奇異なことに、ほとんど理解できないことのように思えた。

「あなたは『旅へのいざない』を暗唱してくれた。白状したくはなかったけれど、あんなに美しい詩をあれ以前に聞いたことがなかった」

ぼくらは同じこと、同じときを思い出していた。

「覚えてる、あなたがアデンに上陸したときのこと？　とても暑いので少し外の空気を吸おうと思って、わたしは甲板の長椅子に座っていた。ボワロー船長がいたわ。ジャックが蒼白な顔をして戻ってきた。死にかけている人を見た、と言ったわ。泣き出しそうな声をしていた」

シュザンヌは仰向けに身を伸ばし、黒い地面に寝そべった。そして目を閉じた。ぼくは片手をとり、ぎゅっと握った。しなやかで温かい、力強い手だった。ため息をつきながら、まるで現実に知り得た人物のようにこう言った、「ああ、どれほど憎んだことか、あのランボーという男！」

建物の壁に風が吹きつけていた。ジャックの声が聞こえてくるのがわかった。マリ爺さんの小舟で船着場に着いたのだ。クレオール語を話しているように歌うような調子の言葉が、きれぎれに聞こえてきた。どこかに隠れたかったが、シュザンヌが手をとって引きとめた。ジャックが来ないうちに、シュザンヌは早口でしゃべった。

「悪い奴よね、あなたのランボー。だけどきれいな詩を書いたわ。きれいな詩を書くには悪い人間にならなければならないのかもしれない」

「というか、もしかしたら逆かもしれない。悪い人間になったのは美しい詩を書いたせいかもしれない」

「いいえ、そうは思わないわ」シュザンヌはぼくをじっと見た。押し殺したような声で暗唱した。

平然と動じぬ大河を次々と下っていくうちに
曳船人夫に導かれる感覚はいつの間にか消えていた。
わめき騒ぐ赤肌土人が奴らを的に捕らえては
身ぐるみ剝いで色とりどりの杭に釘付けていた。

ヘイスティングズでのことだ。どこにでも携帯していた手帳に書きつけたのだった。シュザンヌの記憶力は比類がなかった。ぼくがこの詩を読んだのは一度きりだ。シュザンヌは子供の真剣さで聴き入っていた。

〔「陶酔の船」〕

建物の外に出た。日暮れの光がまぶしい。光が、持続する振動のように、音となって聞こえてくる気がした。ヴェランとバルトリが医務所の付属施設に入った。ジャックがこちらに向かってきた。

「彼女はどうだ」

「上向きのようだ。すごくしゃべるよ」

逆光になってジャックの顔は見えなかった。体つきは華奢で、猫背に見えた。頰ひげも髪も乱れて禿げかかっていた。禿げはアルシャンボー家の特徴で、シュザンヌはそれをからかっていた。ジャックは疲労の濃い、ためらうような声で話した。

「物資がほとんどなくなった。キニーネも消毒液もない。パリサッド村に食糧を物乞いしに行かなければならなかった。ヴェランは食糧を奪い取ろう、拳銃を携えて襲いかかろうと言っていた。あいつは危険になっている」

取り乱した様子で周囲を見回した。

「石灰を生産しなくてはならない、それも大量に」

「総督に連絡できたのかい」

　ジャックは肩をすくめた。

「シュザンヌが話したのか」

　ジャックは性悪男ヴェランを目で探していた。

「あのもったいぶったばか者が思いついたことさ。奴は、自分が要求すれば、こちらに船を回してもらえると思っていた。しかも、もちろん護衛艦だとさ！」

　あまりに落ちこんだ口調だったので、信じてもいないぼくのほうが、なだめようとせずにはいられなかった。「不安と期待……」という古い文句を思い出した。

　明るい空を背景に、ジャックの横顔を見ていた。頬ひげ、わし鼻、禿げはじめた広い額。父だ、父についてぼくが覚えているすべてだ。一八六〇年に母がイギリスに向かうインド汽船の船上で出会ったころの父がどんなふうだったか、想像できた。今のジャックとちょうど同い年だった。ロンドンで法律の勉強を終え、優秀でロマンティックな少壮弁護士で、女性たちに人気があった。たちまちその一風変わった娘、世界の向こう側の果てに勉強しに出かける、大胆であるようで控えめなユーラシア人女性に恋した。当時の娘たちには、一夜のパートナーに選んだ男性に長い質問票を渡して回答させる習慣があったが、アマリアがそれを書いた大判の紙をジャックは取ってあった。

今夜したいことは？

――あなたを見つめていること。

あなたの嫌いなことは？

――他の男があなたを見ること。

あなたの好きなダンスは？

――ありません。踊れないのです。

あなたの英雄は？

――アレキサンダー大王。

あなたのヒロインは？

――ジュリエット。

何を夢見ていますか？

――遠い国々。

どんな国で暮らしたいですか？

――わかりません。ラポニー〔スカンジナビア半島北部〕かな。

あなたが好む男性の資質とは？

――率直さ。

女性の資質は？

——優しさ。

願い事をするとしたら？

——毎晩あなたに会うこと。

いま現在のあなたの心境は？

——不安と期待。

ジャックがあの紙をどうしたのか知らないが、ぼくはその内容を書き写し、暗記し、リュエイユ・マルメゾンのル・ベール夫人の寄宿舎で、夜になると芝居の台詞のように朗誦した。一番好きだったのは、ジャックと朗誦するときにいつも笑わされたのは、最後の答え「不安と期待」だった。人生の困難にぶつかったとき、何かを恐れているとき、いつもどちらかが「不安と期待」と言ったものだ。

ジャックはニヤッと笑った。同じように思い出していたのだ。

隔離所に夜の帳が下りてきた。風雨が数日続いたあと、空には雲ひとつなく、星がきらめいている。眠れない。明かりが強すぎる。それに島の基底を揺るがすようなあの震動、玄武岩を横切ってここまで響いてきて、両脚で立ったぼくを震わせる波動がある。

大洋の真ん中に突き出た、誕生の埋もれた火花を宿すこの島全体が、記憶であるかのようだった。

ぼくらがフランスで、モンパルナスでいっしょだったころ、ジャックは止めどなくぼくらの島のことを話した。世界中の青を集めたように青々とした海、ときに暗く荒れて、ときに透明で新鮮で円い河のように穏やかに凪ぎ、泡の花を運びながらラグーンを渡って流れる海のことを。また空のこと、夜空の星のことを。じっと聴いているうちに、とうとう自分がそうしたものすべてを実際に目にし、今思い出しているのだと、モーリシャスを去るときに宝物のようにしてそれらを持ってきたのだと思えてきた。シュルヤのことを思う。シュルヤもまた、母親を通してひとつの人生を知った。そして震える記憶を、自身の人生と混じり合う一個の記憶をもっている。それはアナンタとギリバラを乗せていくつもの大河を漂流した筏の記憶、アラハバードの壁やベナレスの寺院の階段の記憶だ。大海原を滑りながら、未知に向かって、世界の向こう側をめざして母子を運んでいった船の振動だ。

それなのだ、今ではよくわかる。ぼくのなかで震えおののいているのは記憶だ。あのような他のもろもろの人生の思い出、荼毘に付された肉体の思い出が、島の地表にまで浮上してくるのだ。だからこそシュルヤは、パリサッドの浜のどこかで薪の火のなかに消えた祖母の話をする。その魂は解き放たれて、黒い岩や茨の茂みの間を動きつづけ、風のそよぎに混じり、ガブリエル島のラグーンの上空に熱帯鳥を永遠の哨兵のように旋回させている。やがてアナンタが死んだら、二人してヤムナー川まで帰っていくだろう。

隔離所の入口前の、当初選んだ場所に横になった。蚊に刺されるのを避けるためだ。枕代わりに使っていた、水と風に摩耗した古い溶岩を確認した。ランタナの葉やヤシのなかでざわめく風に耳を澄ます。夏のような夕べだ。土ガニのかさかさいう音、アブラヤシの中を駆けまわるネズミの音、全身に鉄の鎧をまとったムカデが走る音さえもが、はっきりと聞こえるように思われた。まぶたがひりひりするほど疲れているのに眠れない。シュザンヌの静かな息と、部屋の奥に寝ているジャックの鼾を聞いている。いっとき小便をしに外へ出た。鏡のようなラグーンの水面に輝く満月が見えた。潮が満ちはじめていた。とはいっても、暗礁の道を歩くシュルヤの背後で後光のようにうねっていた大波ではなく、窪みの一つひとつに、珊瑚礁の筋の一本一本にゆっくりと流れこんでくる穏やかな波だった。鳩舎岩のほうで遠いとどろきが聞こえた。波が刀身のように鋭い暗礁の層にぶつかって砕ける音だ。夜の闇のなかで人の足音がして、心がときめいた。シュルヤだと思った。近づいた人影を見ると、シュザンヌだった。長い白のネグリジェに身を包み、ほどいた髪を風になびかせながら、夢遊病者のように立っていた。

「どこに行くんだ？」ぼくの声はいらだっている。自分の感情に操られている印象がする。

シュザンヌは小声でしゃべる、おずおずした様子だ。隔離所の建物は月明かりに輝いている。シュザンヌはジャックをびっくりさせるのが怖いのだ。

「どこにも。行かないわよ、どこにも。あなたを探していたのよ」

足取りがふらふらしている。ぼくに腕をとってもらうのを、歩く支えになってもらうのを待っている。

「レオン、どこにも行かないわね。わたしたちを置いていかないわね。ジャックにはあなたしかいないのよ。わたしにもあなたしかいないわ」

ぼくはじっとしている。自分が平然としているのがわかる。

「もちろんだよ。どこに行くっていうんだい。戻って寝なよ。ジャックが心配するぞ」

シュザンヌは手洗いに行きたかったが、一人で歩いていく体力がなかった。ところがそれが言えなかった。不具者のように彼女を腕の下から支え、小股で、トイレ代わりに掘った穴の上まで連れていった。座るのを手伝おうとすると、ぼくを追い払う。「わかるでしょう！　これくらいできるわよ」

戻る途中でシュザンヌは何度も転びそうになった。汗をかいている。彼女の息を嗅がないように、少し道から逸れて歩く。それに気づかれないように、冗談を口にしてみる。

「さあ、もう少しだ。二、三日前よりもよくなっているぞ。何しろ起き上がれなかったのだからね」

やがて追いつく。

「レオン、何てことなの、わたし――わたしの膝は、反対側に折れるのよ」

「何を言っているんだ。そんなことありえないじゃないか」

「いいえ、嘘じゃないわ、本当よ。こんなひどい状態になっているなんてわからなかったわ」

シュザンヌは泣き言をいう。建物の壁にもたれたまま地面にくずおれる。

「もう戻りたくない、もう耐えられない。悪臭ふんぷんとするなか、壁に囲まれて、何もかもに吐き気がする。戻ったら、今夜中に死んでしまうような気がする」

ジャックが眼を覚ました。

「どうしたんだ。彼女はどうした」

シュザンヌがその場にいないかのように三人称で呼ぶことに、ぼくは驚いた。

「レオン、彼女を中に運ぶのを手伝ってくれ」

シュザンヌは猛烈に抗う。もがいて抵抗するが、やがて泣きながらぐったりと倒れる。

「放っておいて。帰りたくないの。二人ともひどいわ。あっちへ行ってちょうだい！」

ぼくは後ずさりした。何も言えない。しかしジャックは説く。

「ここで、風にさらされてはならん。熱があるので肺炎になる恐れがある」大声のやり取りを聞きつけて、ジュリユス・ヴェランとバルトリが近づいてきた。別棟の玄関前にいて、何事が起こっているのか見てとろうとしている。ヴェランは「だれだ?」と誰何さえした。

不意にシュザンヌが自分を取り戻した。「いったいどうしたいの。あっちへ行ってちょうだい。少し静かにしておいてよ」

石を補強する突き出した金具につかまって、自力で立ち上がった。そうして建物のなかに入った。

ジャックは貯水槽の水を汲みに行き、金属のコップにキニーネの粉末を溶かした。子供に言い聞かせるように、ジャックが優しく話しているのが聞こえる。「ねえ、お願いだから飲んでくれよ。飲んでくれよ。そうしないと絶対に治らないぞ」シュザンヌはまだ息苦しそうにいう、「いやよ、そっとしておいて。ひどく疲れているの」

結局飲んだのかどうかわからない。少ししてから家屋のなかに入ると、灯火の明かりの下で二人が抱き合って、まるで寝入ったかのようにじっと動かないでいるのが見えた。

シュルヤ、君の姿を見ることなく、何日が過ぎたのだろう。

島の反対側へとシュルヤに追い払われて以来、あちらには近づいていない。向こう側で起きていることを確かめようとしたことはない。毎朝、火山の支脈の、墓の並ぶ湾に通じる山道を歩いた。そこから水平線にうす緑の海岸が、不幸崎を洗う波の泡が、鮮明に見える。じっと見つめすぎて、あの海岸が遠く離れているのか間近にあるのかわからなくなってしまったが、ときおりあの海岸が、雲の帆をふくらませて滑るように遠ざかっていく巨大な筏さながらに見える。

こちらに届く島の向こう側の情報は、もっぱらマリ爺さんから伝えられる。それをバルトリと性悪男ヴェランは尾ひれをつけて反復する。

昨夜、ゾウリムシに食われたレンズマメを加えて炊いた米飯の夕食を摂ったあと、ジュリユス・ヴェランが一人の賤民の企てを話題にした。ココヤシの腐食した幹とタコノキの気根とで筏を造り、モーリシャス島まで波に運ばれていこうとしたという。若者はパリサッドの端(はな)で海に飛びこんだ。ヴェランは滑稽な場面を語るようにその話をする。若者は一瞬、小舟を前進させようとするように四肢をばたつかせて沖合の方に浮遊したが、大波に押し戻されて平たい玄武岩に打ち上げられた。危うく溺死しそうだったという。

「その若者の名前は？」ヴェランはぼくの質問に驚いた様子だ。

「わたしの知ったことですかい。ほんの若造です、賤民です」

それ以上聞く必要はない。それが先日泳いで警備船にたどり着こうとして溺れそうになった清掃人ウカの話であるのはわかっている。

「ぼくも同じことをしてやるつもりだ」——ぼくはそう虚勢を張った。ヴェランはばかにしたように肩をすぼめた。

「やりたいならやるがいい、止めませんよ。しかし絶対にたどり着けません。水の流れが複雑すぎます。なぜモーリシャスの連中が、われわれをこの島に監禁しているかわかりますか」それからこう付け加えた。「見事な白ザメが何匹かいることは勘定に入れずとも無理です」

ジャックは聞いてすらいなかった。しかしシュザンヌは不安そうに目を凝らしていた。もっぱら自分の忌み嫌うこの男に挑むために、ぼくがこの計画を実行するのではないかと恐れているのだ。バルトリが言う、「実現不可能なことです。ごくわずかなチャンスでもあろうものなら、これまでに大勢の人間が実行しているはずです」

ヴェランはそれでもその途方もない考えに自ら取りつかれたかのように、妙な目つきでぼくを見た。「われわれにはまともな船が必要だ。何にしても、フランソワ・ルガは櫂でロドリゲス島からモーリシャス島へ首尾よく渡ったのだ」ヴェランはぶつくさつぶやきながら思案していた。「堅固な木材が要る。デッキ、フロート、帆桁付きのマストを作らねば。パリサッド湾には、積荷用の木箱の木材、それに渡し綱の滑車式巻上げ機がたしかにある。もっとも、クーリーたちがすでに薪にして燃やしてしまったとしたら話は別だ。ガブリエル島に行く小舟もある。それらすべてを使えば、十人くらいは輸送できるだろう」

バルトリは懐疑的だった。「『まともな船』というのはそれか。船縁は当然ながら海面すれすれの低さで、魚の群れが波を起こせばたちまち転覆してしまうだろうよ」

ジャックが言う、「それで、ひとたび向こうに着いたらどうなる？」

「われわれの話に耳を傾けて、砲兵崎に向かわせないわけにはいかないでしょう。ここに連れ戻されることはありませんよ！」

「いや、まちがいなく連れ戻されるさ。コワン・ド・ミール島を越える前に沿岸警備船が来ているはずだ。乗船してこの島に戻るか、砲撃を喰らって海に沈められるか、二つに一つを選ぶことになるだろうよ」

「だとしたら、あの賤民は正しかった」、そうバルトリは結論づける。「結局、奴はそれほど無分別でもなかったのさ。筏を造り、サメに気づかれないことを願いながら、一人で泳いで渡ること、それしかないのさ」

こうしたやり取りは、シュザンヌを安心させるものではなかった。仮小屋を出るとき、ぼくが現に今夜にでも海に飛びこもうとしているかのように、シュザンヌの眼がこちらを見つめて離れないのを感じた。

ぼくがこちら側に戻ってきてからは、ぼくらは大方の時間を医務所で過ごしている。そこにマリ爺さんが炊事場を設えた。午後になると、ジャックはチェスを中断してガブリエル島の病人たちの具合を見に行くが、その間、ぼくがシュザンヌの相手をする。ぼくらは敷居から動かない。小暗い部屋の息苦しい空気を、シュザンヌがひどく嫌うからだ。しばらく話してから、トイレに行くのを助ける。ときおり並外れて、熱烈なまでに、シュザンヌの意識が明断になることがある。じっと見つめる眼の光にぼくはうろたえ、ニコラの目つきを思い出してしまう。顔の皮膚は極端に張って、皺一本なく、人形のようにぽっちゃりとした表情になる。苦痛も懸念も消え去ったかに見える。

きのうの午後、シュザンヌはジャックに、髪の毛を切ってほしいと頼んだ。何週間も前から髪を切ることも洗うこともできないでいるのだ。ジャックには鋏(はさみ)がない。髭剃り用の大きなカミソリで、ぼくの好きな黄金色の輝きを放つくすんだ栗色の豊かな髪を切った。だが、何とはなしに悲劇的になりかねないこのシーンは、シュザンヌのおかげで陽気に、少々浮かれたものになった。仮小屋の前の、石の上に腰を下ろしたシュザンヌのネグリジェは襟元が切れこみ、肩は、アデンに寄港したときジャックに買ってもらったインド製のショールに包まれていた。ジャックが厚い髪の房を切り落とすたびに、シュザンヌは笑った。カットが終わると、ぼくに見てもらおうと姿勢を正した。突き出たおでこ、まっすぐなうなじ、赤く火照った耳先をして、いつも以上に修道院から逃げ出してきた小娘といった風情だった。ぼくがここから動けないのは、立ち去れないのは、シュザンヌのせい、シュザンヌが体現するものすべてのせいだと思った。シュザンヌの顔、その額、灰色を帯びた青い眼のせいで、ぼくは隔離所に囚われている。二人の姉妹の一人を、なぜ選ばねばならないのか。

毎日、午後の陽がラグーンに傾くころになると、熱が出る。シュザンヌが最も明晰になる時刻だ。悪寒が始まり、目には不安が波のように満ちてくる。凸凹だらけの金物コップでキニーネの粉を貯水槽のおぞましい水に溶かして飲ませる。この世話をジャックはぼくに託した。シュザンヌはジャックが相手だと聞き分けがなくなるからだ。そうしてぼくは、キニーネを飲んだ褒美とでもいうように、すでに黴に食われた青と黒の革装丁の豆本を開く。シュザンヌの眼は待ちきれないというようにきらめいている。

ぼくは『ハイアワサの歌』を、隠れた意味などない子供向きの童話のように、単なる言葉の音楽のように読んで聞かせる。夢見させるためだ。ときおり、際限なく同じくだりを読んでいるように思えてくる。

あれははたして海面の向こうに
沈みゆく太陽か
それとも魔法の矢を射られて傷を負い
ふらふらと頼りなく飛ぶ赤いスワンが
波という波をくれないに染めているのか
命はぐくむ血のくれないに……

もの寂しい鳴き声を立ててササゴイが岩礁すれすれの高さを飛んでいく間、シュザンヌはラグーンの光が変化するのをじっと見ている。言葉はどうでもよい。重要なのはシュザンヌの眼の光だ、彼女が待ち望んでいるものだ。

その日の夕方、ジョンとサラの様子を見に行ったジャックがガブリエル島から戻るのを待ちながら浜辺を歩いた。珊瑚の岩礁を越えてくる潮の、最初の兆候をうかがっていた。海は静かで、ときおり大きな波しぶきが虹を浮かばせ、塩辛い突風が吹きつけた。目の前のガブリエル島は裸で黒々として、生命の気配がまるでなかった。シュルヤヴァティをはじめて見たまさにその場所にぼくはいた。シュルヤはシラサギを思わせる姿でラグーンの真ん中に立っていた。今、岩礁にはだれもおらず、そこを縫う道はほとんど見えず、見捨てられた場所のようだ。この前の朝の発砲騒ぎ以来、逃げ出したヤギに向けてヴェランが拳銃を撃つという滑稽にして悲愴なできごとがあってからというもの、子供たちは貝を採りに戻ってこない。今や、この岩礁の灰色の壁が、島の向こう側とぼくらを隔てる真の境界線をなしているように思われる。

不意に風向きが変わり、現場監督の吹く長い呼び子と、祈りの時刻の告知が聞こえる。祈りを唱える声がこれほど間近に聞こえたことはないように思えた。一瞬、あちら、島の反対側の、あの声に最も近いところにいる自分を思い描いた。隔離所に着くと、ジャックがヴェランとバルトリを相手に話しているところだった。ヴェランはいきり立ち、ジャックはほとんど威嚇するような口調でしゃべり、ジャックは呆然としていた。シュザンヌを驚かせたくないとでもいうように、ジャックが小声で告げた。

「奴らは明日の朝、シュザンヌを連れていこうとしている」

ぼくには呑みこめない。「連れていくって、どこへ？」

「他でもない、あそこさ、向かいさ。ガブリエル島だ。感染者の収容所だ」

声を荒げずにはいられなかった。「だけど、ただの発熱じゃないか」

ジャックは容赦のない口調でぼくの言葉をさえぎった。

「シュザンヌは天然痘が全身に広がっている。それはまちがいない」

ジャックの絶望ぶりがあまりに激しく、ぼくの眼は涙でうるむ。何と言えばよいのか、どうすればよいのかわからない。隔離所のまわりを歩いて、空の光が消えかけているラグーンの水と、ガブリエルの暗い島影を眺める。岸に打ち寄せる海のざわめきに耳を澄ます。ぼくらはなぜシュザンヌをこんな罠にはまらせてしまったのか。ぼくのなかに、ぼくら二人のなかに空虚が肥大し、何をもってしても埋めることができない。これまでのすべてが一瞬のうちに思い出される——出立の準備、マルセイユまでの汽車の旅、アヴァ号への乗船、夜のお別れパーティー、シュラウドに取り付けられた薄暗いランプ、別れを惜しむ紙テープ、一等船客にカドリーユを演奏する楽団。ジャックとシュザンヌは抱き合って中甲板で踊っていた。黒くなめらかなドックの水、旧市街の明かりの反映、沖合では舳先に付けた集魚用のアセチレン・ランプがゆっくりと移動していた。

心が痛む思いで部屋に入る。ジャックはシュザンヌのそばに座って、何かが起きるのを、ある決定が下されるのを待っているみたいだ。灯油ランプのもと、ジュリユス・ヴェランが一目見て察知したものにはじめて気づく。シュザンヌの張りつめた顔、重く垂れたまぶた、乾いて膨らんだ唇、ガブリエル島に連れていかれる前のジョン・メトカルフの顔に見たあの放心したような苦痛と驚きの表情。

性悪男ヴェランが、純朴な様子で、ただ近況伺いをするようにして毎日シュザンヌの具合を見に来ていたのだと思うと、不意に怒りがこみ上げてくる。じつはヴェランは、シュザンヌをガブリエル島に追放するために、生きている者たちから遠ざけるために、病気の最初の徴候をとらえようとしていたのだ。もう自分が抑えられない、怒りで身体が震え、暴君を探しに医務所のほうへ歩いていく。そこにはマリ爺さんしかおらず、いつもの場所に座って、哲学者めいた様子でガンジャのパイプを吹かしている。まずフランス語で「ヴェランはどこにいる」と尋ね、次いでクレオール語で「コット・フィン・アレ?」と訊いてみるが、その乳白色に濁った無関心な目で見つめるばかりで答えない。だが爺さんの答えなど不要だ。岩場を駆け抜けて墓の並ぶ湾まで行く。息も継がずに火山の斜面を登る。夜にならないうちに火口に着きたい。そこはパリサッドの方角を眺めるためにヴェランが毎晩やってくる場所で、玄武岩が累々と積み重なっている。水源の真上の平らな巨岩に、男は座っている。その下では、すでに影に包まれているが、インド人の女たちが水を汲んでいる。腰まで裸になって長い髪を洗っている女もいる。黒い岩の上に干した衣服の赤や黄の斑が見えた。怒りが湧いてくる。この秘密の場所、このけがれない水の上に注がれるヴェランの邪悪なまなざしが許せない。この男のこれまでの行状を思う、ウカの絶望を、ショトのヤギを狙った発砲を。

ひと跳びでヴェランに襲いかかる。肘の内側で首を絞めつけた瞬間、顔をこちらに向ける。左こぶしで殴ると、一瞬不意を打たれて前屈みになる。それからヴェランは身を起こし、組み伏せられたぼくは頭を岩にぶつける。「この餓鬼めが、思い知らせてやる」巨軀のヴェランは重くて頑強だ。両腕を両の膝で押さえつけられ、必死に抵抗するが動けない。やがて、冷徹な怒りをこめて、ヴェランはぼくを窒息させようとする。両の手がぼくの首を絞めつけ、喉もとを押さえつける。窪んだ黒眼をした仮面のような顔が、真上に見える。憎しみと興奮の表情に顔立ちがこわばっている。ヴェランはひと言も発さず、身動きをしない。ただ両手でぼくの首を絞めつけ、息ができなくする。気を失いそうになった瞬間、バルトリのしわがれ声が聞こえる。バルトリはヴェランの両肩を背後に引いて、絞めつける手を放させようとする。こう叫んでいる――「この野郎、放せ。ほんの子供じゃないか。殺す気か」バルトリの両手がヴェランの指を一本一本開く。そうしてようやくヴェランは絞めつけを緩める。「放しなさい。あんたは気が触れているぞ」

ようやく息ができる。ヴェランはバルトリに引っ張られて立ちあがる。顔面蒼白で、絞殺の思いになおも歪んだ表情をしている。

岩の間をよろよろと歩くと、息をするたびに喉が空気にひりついて、目には涙があふれてくる。首を絞められたことと、自分の怒りが無力を露呈したことのどちらが自分を苦しめているのかわからない。

振り返ることなく、共同墓地に通じる坂道を下っていく。夕日を浴びた潟は血の色に染まり、島々は、煙のような雲と夜の闇に運ばれていく黒い凝塊である。昔の共同墓地を横切っているときに、シュルヤに会う。岩場の真ん中に立って、今にも逃げ出そうとするように、なかば踵を返している。上方には、ぼくが働いたことのあるアナンタの畑や、いくつもの段々畑、円い囲い地がある。あたり一帯は静まり返り、がらんとしている。シュルヤはそばまで来て、ぼくの顔に手を当てる。岩にぶつけたこめかみには、出血で毛髪が貼りついている。

「いったいどうしたの。喧嘩をしたの」

この間、何事もなかったかのような、きのう会ったばかりのような口調だ。海岸までいっしょに歩き、そこで別れて、シュルヤは母親のもとに戻っていく。去り際にこうつぶやく。「今夜、上で待っているわ」洞窟の入口がある切り立った急斜面を指さす。

その夜、ぼくらは眠らない。隔離所の建物にはぼくら三人しかおらず、風と海のざわめきに囲まれている。ぼくらがともに過ごす最後の晩だ。ジャックは決心した。明日、ぼくらはガブルエル島にいるだろう。

シュザンヌは部屋の奥に寝ていて、そばに置かれたハリケーン・ランプが、その顔を、半開きのまぶた越しに漏れる視線や唇のひび割れた口を、照らしている。発熱のなかで見る夢に乗って、どこか別の世界に、別の時へ滑り落ちていくのかもしれない。それはヘイスティングズのあまりに緑濃い草原か、そうでなければ、海鳥が飛び回るなか、楽団がオペレッタ『こうもり』〔ヨハン・シュトラウス作曲、一八七四年初演〕の序曲を奏している防波堤の散歩道か。

シュザンヌが眠りの底からぼくらの会話に耳を澄ましているように思えて、ジャックにこう言う。

「またアンナの家のことを話してよ」

ジャックは呑みこめずにぼくをじっと見る。眼鏡を外している。鼻の付け根に、アルシャンボー一族のわし鼻を強調する眼鏡の痕がある。

「ぼくはアンナで生まれたのかい」

「お前が生まれたのはアンナの家の二階の部屋だ、覚えているよ。すさまじい嵐の最中だった。皆、サイクロンを恐れていた。医者がいないので、キャットル・ボルヌ[48]まで迎えに行かなければならなかった。叩きつけるような雨のなか、山間の道を縫って父さんが馬車で出かけた。夜になり、皆が父さんの帰りを待っていた。待っている時間はじつに長かった。おれは玄関で寝入ってしまったのだと思う。お前はおれが寝ている間に生まれた。父さんが医者を連れて戻ったときには、お前はもう生まれていた」

ジャックがぼくの誕生のことを、嵐のことを話すのは、はじめてだ。聞いているうちに辛くなる。しかし同時にジャックの話は、ぼくに力を与え、熱い気持ちにしてくれる。シュルヤのことを、別れ際につぶやいた言葉を思い出していた。夜の時間がもっと早く進めばよいのに、と思っていた。

風の音が聞こえる。島に着いた日と同じく、唇が塩からい。向こう側で現場監督の呼び子が鳴っているようだ。それにしてもなぜ？　夜明けまでにはまだ時間があり、夜は長い。

「お前をはじめて見たのは翌日だった。いや、ひょっとすると、翌週まで見なかったかもしれない。お前は早産で虚弱だと医者が言っていたから。きれいな顔をしたほんの小さな赤ん坊で、ふつうの乳飲み子とは違っていたのをはっきりと覚えている。黒髪がふさふさしていた。生まれてきたときにすでに目を開いていて、すぐさまとても注意深く周囲を見たらしい」

シュザンヌは動かないが、聞いているにちがいない。苦労しながらゆっくりと呼吸している。胸苦しくなるその音を聞きたくない。もっと言葉を聞いていたい。

「すぐに寝室があてがわれたの？」

「いや、とんでもない。母さんはお前を放さなかった、夜もそばに置こうとした。動かすとギーギー軋む、昔おれが使った木製の揺りかごがお前のものになった。母さんは乳母を望まなかった。一人でお前の世話をしたかった。熱病を恐れて、自分の蚊帳にお前を入れた。ねずみが走りまわるのが聞こえると言っていたから」

ジャックは話しながら、まるでよく思い出そうとするように、少し身体を揺すっていた。ウィリアム小父さんが言うには、父にも同じ癖があって、子供たちが尋問を受けるときのようだったということだ。

「アンナにはネズミがいたの？」

「いたさ、でかいのが。父さんはとうとうフォックステリアを一匹買った。それがネズミ退治の唯一の手段だった。ネズミどもはアブラヤシのなかを走りまわり、夜になると屋根裏部屋で梁を爪で引っ搔く音が聞こえた。父さんはカービン銃で撃ったりもしたが、うまく当たらなかった。しかもけたたましい音がした」

ぼくらは笑う。アンナの家の話をするのはふしぎな感じがする。何もかもがあたりまえで、ぼくらは世界の向こう側の端まで旅したあと、現実に帰還の途上にあるかのように思えた。すべてがまた始められるように思えた。

空の雲が風に払われて、星がくっきりと輝いている。ラグーンの上空に昇った月は下弦の月で、食べかけの果物のように片方に傾いている。今ジャックはシュザンヌのことを話している。名前は口にしないで、結婚した二人がヘイスティングズで過ごした夏の話など、ほとんど無意識にしゃべりつづけている。

「あれは何があっても、風が吹こうと雨が降ろうと、毎朝海水浴をしたがったものだ。大きなシーツをもち出して、小部屋のような空間を作ろうとした。おれも水辺まで付き添ったが……地方新聞の噂になり、『水浴する美女（ベイジング・ビューティ）！』と呼ばれた」

夜は果てしなく思える。海は満潮に達し、ラグーンは水が張って月光の下で輝いている。あまりに美しく穏やかなので、死に取り巻かれていることなどありえないと思えてくる。アナンタのことを思う。その身体からは生命の波がゆっくりと引いていく。ジャックはしゃべるのをやめた。イギリスたばこの最後の一本に火を点けると、戸口から吹きこむ風に甘い煙が四散する。ジャックはかくも近い楽園を、海峡の向こうにある楽園を夢みている。風が吹くと波のようにうねるサトウキビ畑、白い家々、庭、モクマオウに縁取られた小道、日曜の朝になると賑わう都会の街路、アンナの家。道をたどって行った先の海辺に、母のお気に入りの場所があった。そこを母は「劇場」と呼んでいた。毎日夕暮になると、ムクドリのさえずりを聞きにそこへ出かけたからだ。ジャックの姿は闇に隠れて見えなくなった。たばこの先端に点いた火だけが見える。ぼくの身体は震えている。ずいぶん前、いつかわからないほど昔のことだが、マルセイユ港を離れるときに聞こえていたアヴァ号のエンジンの震動のような慄きを、今も身内に感じている。

暗がりのなかを、昔の共同墓地に向かって歩いた。ただもう煙の臭いを、薪のなかに白檀の匂いを嗅ぐために、犬の吠えたてる声を聞くために、急斜面の頂上にたどり着きたかった。月が火山を照らし、玄武岩の墓が光っていた。踵を返して、広大で金属めいた色をたたえたガブリエル島の向こう側の海と、空から落ちてきた隕石のような島々を眺めた。

やがて、彼女が夜陰に身を潜めて、間近からこちらを見つめている気配を感じた。風と海のざわめきに混じる呼気か慄きか、シュルヤはぼくの名を「兄さん（バーイー）……」とつぶやく。

洞窟の入口を隠している茂みを、上空から月の光が照らしていた。大きな岩をよじ登っていくと、シュルヤが見えた。洞窟の入口にランプが灯されていたが、シュルヤの姿を照らしだしたのは月明かりだった。シュルヤは地面にひざまずいていた。いつもの大きなネッカチーフを着け、ほどいた黒髪は分け目で二分されていた。ぼくが岩場を動かずにいたので、待ちきれないとでもいうように、「来て！」とまた呼んだ。

洞窟入口のシュルヤのそばに腰を下ろした。そこではもう風は吹いていなかった。小さな灯油ランプが星のように光っていた。洞窟の奥から、とても甘い、酔い心地に誘うような香が匂ってきた。シュルヤヴァティは母親の言葉でぼくに話しかける。小声で歌われる俗謡が、自分のなかに入ってくるようだ。こちらからも話しかけた。何を話したのか思い出せないが、あるいはイギリスのこと、シュルヤの母が夢みる町のことを話したのかもしれない。それはロンドンでもパリでもなく、庭園や泉がたくさんあって、ジャーンシーのガンガーダル・ラーオ王の邸宅が「エレファント&キャッスル」と呼ばれる町だ。王妃ラクシュミー・バーイーが親友のマンドラとカシを引き連れて、色鮮やかな長いショールを旗のように背後になびかせながら馬の巻き乗りを見せた並木道のこと、そして無敵を誇った彼女たち三人がいっしょに死を遂げた、水かさの増した川のことを。シュルヤの声は奇妙で、低くかすれていた。「母はヤムナー川へ行くの」呑みこめないままじっと見ていると、「わたしたちのところでは、死ぬとは言わないの。ヤムナー川の国ヴリンダヴァンに行くと言うわ」ありふれた言葉でもよい、何か言ってやりたかった、助けを申し出たかった。しかしシュルヤは、ぼくの手をとり、ぼくの口に当てた。その顔はぼくの顔の真向かいにあった。月明かりが頬骨を照らし、ときおり白目がきらりと光った。シュルヤの匂いがして、身体の温もりが、呼吸が感じられた。ショトが横笛を吹いている間、ぼくら二人が浜辺に腰を下ろしていたあの晩と似ていた。美しい夜だった。生まれてこのかた、こんな夜を過ごしたことはない。これがこの先二度とありえないこともわかっている。風が空の雲を吹き払い、ほのかな月明かりが大きな岩を金属の薄片のように見せていた。藪もタコノキもいつもとは違っていた。周囲の墓が、生き物さながらにすっくと立っているように思われた。風の音に、自分の脈動に、かすかな海のざわめきに耳を澄ましていた。それにまた、自分のなかで肥大する、大洋の底から湧いてくるようなあの震動を、記憶の慄きを聴いていた。

シュルヤはぼくの両肩に手を置き、格闘家の身振りでぼくを洞窟内部の地面に寝かせた。抵抗のしようがなかった。白檀の匂い、お香の煙がぼくらを包み、口は塩と灰の味がした。海や鳥たちのはるか上方の絶壁の頂に、前人未到の場所にいて、虚空に宙吊りになっているような感覚だった。シュルヤに接吻した、まずは手に、次いで顔に、まぶたに、唇の合わせ目に。その軽い身体を抱きしめた。一瞬顔をそむけたものの、やがて唇をぼくの口に激しく押しつけてきた。口のなかでシュルヤの唾の味がした。シュルヤの首の窪みや髪の生え際に、灰の匂いを嗅いだ。サリーの胸の切れこみを開いて、乳房に唇を押しあてた。身体が欲望でひどく震えて息がしにくい。具合がおかしくなった気がする。沿岸警備船が戻ってきた日以来、船員たちがウカに発砲し、シャイク・フセインが飲料水と食糧をかすめ取ったとき以来のあれこれのできごとのせいだ。自分がどうなっているのかわからなかった。シュルヤを欲していた、触れたかった、その匂いのなかに身を沈め、その唇や肌を味わいたかった、シュルヤとひとつになりたかった。だが同時に、シュルヤが怖かった、憎しみめいたものを抱いていた。シュルヤヴァティはぼくが震えているのを感じ、身を離した。

「どうしたの」やがて蔑むように、

「わたしにどうしてほしいの」

ぼくは絶望していた。何をすべきかわかっていなかった、ほどなく隔離所へ、あの暗い牢獄へ引き返さざるをえないのだと思った。シュルヤはすでに衣服を整えていた。その黒髪は、くすんだ大きなヴェールとなって両肩に垂れていた。額の髪の分け目が、くすんだ赤色に塗られているのに気づいた。

シュルヤはぼくを自分の真向かいに座らせた。間隔が近すぎて膝がからみあった。

「こっちを見て」

甘苦い味のココナッツ・ジュースで満たしたひょうたんをくれた。それをぼくは長々と飲んだ。冷たいジュースが身体の震えを鎮めてくれた。シュルヤに声をかけたかった、詩に夢中の同じ年ごろの若者が発するような震え声で、たとえば「君が好きだ」と言いたかった。しかしシュルヤはしゃべるなという合図をした。祭壇のそばの火もとに樹脂を数片置くと、炎は鮮やかな黄色になった。彼女は言葉を継いだ——「こっちを見て。あなたがわたしを見るのははじめてよ」ランプの光を受けたシュルヤの顔は黄金の仮面、両の眼はさながら影に包まれた底なしの穴だった。シュルヤの視線は物質的でかつ生命ある物のように、波か接吻のように感じられた。その視線はぼくの内部に入ってきて、ぼくを浸し、彼女の像や体臭と混じり合った。一人でガブリエル島に行った日の午後、黒い岩の上で彼女の肌のきめを思い、性器が勃起して泡立つ海のなかに射精したことを思い出した。

もうぼくが話す必要などなかった、シュルヤが話す必要もなかった。ぼくには彼女のすべてがわかった、すべては彼女の心からぼくの心にじかに伝わってきた。もしかしたら、シュルヤは喉の奥で、風のざわめきと区別がつかない甲高い鼻歌を歌っていたのかもしれない。それとも、遺骸を焼く薪のそばで過ごしたあの夜、親指と人差し指を合わせた右手を高く掲げ、開いた左手をシラサギの翼のようにぴんと広げて、踊りながら自分の名を告げたように、心の思いを両手の動きで伝えていたのか。ぼくは酔いしれ、眼は燃えていた。この夜は、はじまりも終わりもなしに永遠に続くかと思われた。

肌にシュルヤの手を感じた。顔にも胸にも両肩にも感じた。老女の手のように荒れてはいるが優しい手、埃とウコンをまぶした温かいやせた手は、ぼくの身体にいくつもの円を描き、筋を引いていた。衣装をほどくと、薄闇のなかに華奢な乳房が見えた。右の乳房に描かれた奇妙なしるしは円盤なのか輪なのか、白い肌に咲いた紫の花は乳首に似ていた。シュルヤはぼくの右手をとり、自分の胸に当てた。胸の温もりを、肌の優しさを、心臓の遠い鼓動をぼくに感じさせるためだ。

その時が来たのがわかった。ぼくの人生で最も大事な時だった。ぼくがアヴァ号に乗船し、ボワロー船長が禁令を犯してザンジバルに寄港し、ぼくらがプラト島に置き去りにされたのも、そうとは知らないまま、今この瞬間のためだった。何一つ偶然ではない――それがようやくわかった。隔離所に戻ったときには、すべてが終わったと思っていた、シュルヤヴァティに二度と会うことはないと思っていた。まもなく、モーリシャスかフランスかわからないが、自分の世界に帰るものと思っていた。あのような昼も夜も、パリサッド湾で死人を焼く薪の煙も、泉のけがれない水も、村に聞こえる子供たちの喚声も、ショトが奏でる音楽も、アナンタの家も、一切を忘れてしまっていたかもしれない。アルシャンボー一族の者になり、ランパール街に商社を構え、シャン・ド・マルスの競馬を観に行き、連帯政治クラブ（シナルシー）の娘と恋に落ち、『ル・セルネアン』[49]紙に詩を書き、『コマーシャル・ガゼット』に〈長老〉攻撃の復讐記事を寄稿していたかもしれない。ぼくは今とは違った人間、砂糖屋の息子か奴隷商人の孫か、どうでもよい人間になっていたかもしれない。シュルヤは地面に、角が六つある星を二つと、悪霊を遠ざけ、〈長老〉たちの法を廃棄し、アルシャンボー一族の驕りに眼つぶしをくらわせるスカンガ軍神を、粉で描いてあった。シュルヤの眼はたまらなく魅力的だった。澄みきった真実に輝き、夜の暗がりの中までも太陽のきらめきを呼び戻すのであった。

シュルヤの身体の波動が自分の身体に伝わってくるのを感じた。彼女の肌の下には、玄武岩の冷徹なきらめきと、灰のような埃があった。まぶたは塩辛く、ぼくの血管と彼女の胸には脈動が聞こえた。ぼくが挿入すると、痛かったのか、少し顔をそむけた。しかしぼくは、あまりに迅速に欲望に流されて自制できなかった。今では彼女の息がぼくの息とひとつになって聞こえた。流水のようにみずみずしい彼女の身体を感じた。ぼくは火と化していた。熱と、血と化していた。シュルヤは太腿の間でぼくを強く抱擁した。

こうしたすべてがはるか以前からわかっていた、夢では数知れず体験していた。汗が額を濡らし、背中を伝い落ちた。シュルヤも腰のくびれに汗をかいているのがわかった。

ぼくの心臓の鼓動と、洞窟から発する長い震動が、彼女の心臓をも満たしていた。それに彼女の息の味、髪の毛の灰と潮の味。彼女の顔をじっと見る。弓形をした黒い眉はツバメの両翼に似ている。赤銅色の虹彩には、青と緑の筋が混じっている。ぼくは一人ではなかった、シュルヤといっしょだった。彼女はぼくの周囲を包む、冷たい、緩慢な、動きやまぬ海だった。ぼくの性器は、この黒くまっすぐな石は、彼女の柔らかで湿り気を帯びた陰唇を滑っていく。石を包む蓮の葉だ。グーとパーの戯れを思い出す。火葬場の近くでぼくのために踊ってくれた夜の、シュルヤの手を思い出す。彼女の眼の光を、ぼくの目の前で、閉じた右手の親指を左手の手のひらの上に立て、動きを止めて見せてくれた神様の身振りを。

ぼくはもう以前のぼくではなかった。別人だった。ぼくはシュルヤだった。いや彼女よりも前、昼は葦の茂みに身を隠し、幼いアナンタを連れて燃えさかる野原を横切りながら川沿いを逃げ、ヤムナー川の泥水に子供を浸けて顔にその名をささやいたギリバラだった。

シュルヤが声を立てた。同じ波がぼくからシュルヤに伝わっているかのように、射精が近いのを感じた。それは世界から、火山の黒々とした岩から、海が打ち寄せる岩礁から噴出するのだった。ぼくは怖かった、今にも起ろうとしていることが、この抗いがたい力が怖かった。顔をしかめたシュルヤを見る。痛そうで、生皮を剝がれたような息が聞こえ、肩にも背中にも胸にも汗が滴たっているのがわかる。毛髪はこめかみにべったりと貼りついている。シュルヤもまた同じ恐怖を感じたのかもしれない。目を閉じて、ぼくのうなじに両手を回し、起き上がろうとするように引っ張った。シュルヤはぼくの名を、彼女の言語でぼくに付けてくれたバーイー、兄さん、という名をつぶやいた。ぼくらが藪を横切り、ショトが前方でヤギに小石を投げて追いながら跳ね回っていたときに、彼女が口にした名前だ。彼女がこの名を口にするときの声音が好きだった。

洞窟の暗がりの消えかけたランプの近くで、ぼくらはぴったりと身体を寄せ合って横になった。二人の肌は一つに合わさり、二人の顔は一つの顔になった。彼女の見開かれた眼は二つの琥珀の穴のようだった。その眼を通じてぼくは世界を眺め、彼女の口を通じて息をしていた。もう怖いものなどあるまい、苦痛も孤独もないだろう。海と風の音に運ばれて、ぼくらは肥大した。毛髪のまわりで蚊の羽音が、火山の向こう側ではクーリーの街のざわめきが聞こえていた。ぼくのなかにある、彼女のなかにある、それらすべてが広がり、虚空で結び合わさった。それは波ではなく戦慄、死を予告する女神シタラの冷たい息、雨に先立つ風であった。黒い溶岩が、黒い溶岩の筏が、火と燃える洋上を滑っていき、空では遠い星たちが瞬いていた。人々は向こうに、あんなに遠くにいる。海に囲まれた楽園にいる。またロンドン、パリ、エレファント&キャッスル交差路に集まる街路、マルセイユ港の埠頭、コンセプシオン地区(50)に通じるサン・ピエール街といった、禁断の都会にいる。あるいは、モンスーンが吹いて波立つフーグリー川を前にして、トリース・ナラー運河河口に停泊した船のなかで、大洋の反対側の端まで、ミリチ・デシュのほう、デメララ〔南米ガイアナの大西洋に面した地域〕のほう、ジョージタウン〔ガイアナの首都〕のほうへと、トリニダード・トバゴへと、フィージー諸島へと出発する日を待ちわびている。それにいつだって、火葬の薪の煙が土手いっぱいに広がり、岸辺に緩慢にたなびいては、甘美にして吐き気を催させもする臭いを放っている。

いつまでも血と唾と汗の味を感じていたかった、それがシュルヤの味、彼女の生命の味だったからだ。足の裏から濡れた手のひらにまで、濡れた髪の毛根にまで、彼女の身内でこみ上げる慄きを感じつづけていたかった、彼女の眼のなかに身を浸したかった。シュルヤの声は、問いただすように、嘆くように、ぼくの名「バーイー」を優しく呼んでいた。両手はぼくのうなじをつかんで放さなかった。彼女の身体はおもむろに海から出て高く上がり、ゆったりと息づいていた。ぼくらは空の黒い翼を背景に、いっしょに飛翔しながら、というかむしろ滑空しながら移動していた。ぼくらは鳥だった、完全に鳥だった。

昂揚はゆっくりと引いていった。黒曜石の硬い先端を感じた。洞窟は暑くてじめじめしていた。背中と肩甲骨の間を汗が筋を引いて流れた。シュルヤヴァティは立ち上がっていた。大きな赤いショールに身を包み、そっと外に出て藪を抜けるのが見えた。彼女は行ってしまった。彼女の名前を無意味に叫んだ。ぼくもまた、バヘン、かわいい妹よ！　と言ってみた。夜は静まり返っていた。ランプの灯りは消えていた。目の前には火山の斜面、燐光きらめく硬い岩があった。雲がきれぎれになり、空のあちこちで雲間から星が差した。シュルヤヴァティは、ぼくに声を立てるなと言いに戻ってきた。洞窟の入口に腰を下ろした。顔も手も冷たい水に濡れていた。

ぼくらは、プランテーション沿いに広がるモクマオウの小さな林まで、無言で歩いた。風が立ち騒ぎ、波が岩礁に打ち寄せていた。隔離所の建物のすぐ近くまで来ていた。ほのかに明るい空の下、燐光のきらめく砂地を歩いた。そこでは何もかもが冷たく不吉だった。ショトや他の子供たちがなぜあえてここまで来ようとしないのかがわかった。ジュリユス・ヴェランの拳銃のせいだけではなかった。すべてが死を思わせた。ぼくらをパリサッドから隔てるものは、いくつかの小山と黒々としたモクマオウの幹だけだった。街はすぐ近くにあって犬が吠えていた。だがここは見捨てられた場所、風に、波しぶきに委ねられた場所、遭難者の海岸だった。喉のなかまで侵入してくるおびただしい蚊の群れに包まれながら、ぼくらは便所と貯水槽の近くを通った。シュルヤは道の石に置く足の運びも正確に、木の枝に触れることなく巧みに潜り抜けながら、速足で歩いた。浜に着くと、ぼくを待つことなく水に飛びこんだ。海は満潮で、黒々とした湖のようだった。岩礁の向こう側では、砕け散る波がラグーンの底まで震わせていた。月明かりのもと、ときおり金剛岩の端（はな）に立ち並ぶ黒い岩の間に、迸る蒸気が見えた。なまぬるくとても心地よい水にぼくも入り、シュルヤを探した。彼女の身体が自分に触れるのを感じた。シュルヤの衣服は肌に貼りつき、髪の毛は水中に広がって海藻のようだった。これほどの欲望を、これほどの幸福を感じたことはない。ぼくにはもう、恐怖などなかった。別人に、新しい人間になっていた。

「バーイイ、見て、日が昇るわ」海水は灰色にきらめきながら、川のようにぼくらをすり抜けていった。それは岩礁の北側の水路から入りこみ、二つの島の間の海峡を通って南側の水路に達した。

ぼくの唇はシュルヤの口を探していた。しなやかな腰をつかむと、彼女は笑った。二人いっしょにまた水に飛びこんだ。シュルヤの脚がぼくの脚に絡まり、腕がぼくを抱擁する。ぼくらの息は詰まりそうだった。息継ぎをする一瞬だけ身を起こした。ぼくらは子供に戻っていた。ラグーンの水のなかで生まれ変わり、過去も未来ももたなかった。死は何でもなかった。冷たい女神の吐く息が、島の上を通り過ぎるにすぎなかった。ふとシュルヤが漏らした――「ここは母が生まれた川に似ているわ」

彼女は、腰まで水に浸かった格好で、奇妙な厳粛さをまとってぼくの前に立っていた。空はゆっくりと明るくなったが、彼女の姿しか目に入らなかった。ラグーンの冷たい水がぼくを洗い清め、神経をほぐしてくれた。ぼくは平穏を、無垢のような何かを感じていた。

シュルヤは言う、「母さんが祝福してくれたわ。私、あなたの奥さんになれるって。母さんはヴリンダヴァン川に行く時が来たの」

ぼくの心臓はゆっくりと打っていた。一切が水と同じく穏やかだった。朝の光がシュルヤを照らし、その髪や肩で輝きはじめていた。ぼくらは浜辺に戻った。珊瑚礁にぶつかる波の鈍い音も、とても緩慢で長く尾を引いていた。風は止んでいた。ぼくらの髪の毛のまわりを蚊が飛んでいた。空気は温かく、すでに熱いほどで、まもなく円い太陽が金剛岩の岬の上空に現れるはずだった。シュルヤは、大きなショールを乾かすのに、グンバイヒルガオの上に広げていた。彼女の胸に頭を乗せた。「ぼくを連れていってくれるかい」――泣いてぐずる子供のような調子で訊いた。「いつまでもいっしょだね？」シュルヤは答えなかった。ロンドンに連れていってほしいと彼女が頼んだようにぼくは言った、「ヤムナー川に連れていってくれるね」彼女は温かい両手でぼくの顔を包んだ。すべて口先だけのこと、真実味のない作り話だと、言いたかったのかもしれない。

彼女の胸に頬をもたせかけ、島の土台に響く波の震動とひとつになった心臓の鼓動を聴きながら寝入った。水平線から暁の光が現れるより少し前に、彼女はゆっくりと起き上がり、ぼくに腕枕の姿勢を取らせて、去っていった。一瞬ぼくの手をとった。夢うつつのなかで引きとめたので、シュルヤはぼくの指を一本一本外さなければならなかった。

ぼくが今思うのは彼女のこと、舷門を渡って、高い煙突から分厚い煙を吐き、ミリチ・タピュこと、モーリシャスに、ひとたびそこへ旅立てばけっして戻ってくることのない国にこれから向かう灰色の船に乗るのに、母親の手をぎゅっと握りしめている幼い娘のことだ。大河を下りながら暑く乾燥した数カ月間を過ごし、カルカッタのボワニプル収容所やトリース・ナラー運河の上で果てしなく長い日々を送ったあと、雨期に入り、早くも季節風が吹きはじめている。

船という船がすでに、世界のもう一方の果てに向けて出航してしまった。収容所前に係留されたイシュカンダー・ショー号だけが残っていて、約二百名の男、六十名ほどの女、それに子供たちからなる移民を、羊や家禽とともに、モーリシャス島に運んでいく予定だった。

船のデッキに架かる朽ちかけたボードを渡りながら、少女は何を思ったか。収容所を閉ざしている土壁、木製の高い扉、窓のない板壁と木の葉葺きの屋根をしたクーリーたちの共同住宅、独身男女が毎朝炊事をする壁沿いに半円状に並んだ小屋の列、貯水槽、夕方になると男たちがその下に座って談論するすっかり葉を落とした低木――そうした光景にいくぶん愛着を感じるように、最後にもう一度、収容所のほうを振り返ったか。アナンタは母親の手を握りしめ、無言で収容所を見つめる。彼女はいつまでも、生きているかぎり、その光景を忘れるまい。

　アナンタのことを思うのは、だれか知り合いを思い出すのに似ている。ぼくがその血と記憶を受け継ぎ、その魂がぼくの奥底にまだ命脈を保っている先祖を思い出しているようだ。ところが彼女について知っているのは、ただ名前と、一八五七年のセポイの大反乱の最中にカーンプルで、殺された乳母の胸から拾い上げられたことだけだ。子供のころ、失踪した大叔父レオンの伝説を話してくれた祖母のシュザンヌがそう言っていた。しかし彼女の命を救った女性、ラビンドナート・タゴールを思い出してぼくがギリバラ〔タゴールが英語で書いた短篇のヒロイン名〕と呼んでいる女性については、何も知らない。どんな冒険よりもぼくにたしかな印象を与えるのは、アナンタとギリバラの旅である。季節風が運んでくる雲を貫いてトリース・ナラー運河の河口の方向で弾ける夜明けの光。そして水面を掠めるように飛びながら、川の蛇行に沿って身体を傾けるトキたち。緑青に覆われた銅板一枚の滑りやすい舷門を、しっかり手を取り合った母娘が意を決して渡ろうとしている。アナンタはいつまでも忘れないように、収容所のほうをじっと見つめている。

夜の闇が消えていった。死臭も、人殺したちが虐殺した女の叫喚も、ベナレスの絞首台で縛り首にされた、記章を首にかけた子供たちの無残な姿も、夜の闇とともに運び去られた。それにカルカッタのボワニプルの収容所にたどり着くまでの間、くる日もくる日も、くる月もくる月も、緩慢に、重たく流れていたあの泥水、対岸が霧に隠れて見えなくなるほど広大だった大河も。

ギリバラも振り向いて、船のデッキから周旋業者が早く乗れと急かしているにもかかわらず、一瞬立ち止まる。この瞬間ギリバラも、過ぎ去った別の人生を思い出すように、岸辺の移民収容所に留まるすべてのものに思いを致している。

ジャーンプルでギリバラはさる勧誘人に会うが、彼女と娘はこの人物によってバード・アンド・コンパニー社から派遣されたルメールというフランス人に売られる。この小柄ででっぷりした勧誘人は、申し分のないリネンの三つ揃いを着て、イギリス人風にヘルメットをかぶり、彼に劣らず嘘つきで狡猾な通訳を従えていた。到着する女たちのだれにも同じ話をした。かの地、あの奇跡の島で彼女たちを待ち受けている仕事の話、イギリス人「権力者（サルカール）」の城館は庭付きで、そこをいくつもの川が流れているという話、新しい生活のため、結婚のために彼女たちが行なう貯金の話などだ。フーグリー川に向け、カルカッタの町に向けて出立を組織したのはこの男だった。女たちの一人が咎めて立ち去ろうとすると、気を惹くようなことを言ったり脅したりするのだった。そうして通訳の口を介して、周旋業者に支払った代金から船旅の費用にいたるまで一切を払い戻せというのだった。そのうえ、彼女が受け取ったシーツの代金や、収容所に到着してから食べた米と干し魚は別払いだった。

しかしギリバラは泣かなかった、めそめそしなかった。バード・アンド・コンパニー社の登録簿に、赤インクで親指の押印をした。そこにはこのような記載があった――「七歳前後の女子を同伴」押印の見返りに、ギリバラは「首飾り」と呼ばれる、隅に一〇九の数字が書かれた真鍮のメダルと、雇用契約書や移民地を離れることを可能にしてくれるパスポートなどの書類すべてを入れる小さなブリキ箱を受け取った。彼女ははじめて自分が働きに行く地所の名を聞いた。アルマ(51)という奇妙な名前で、ギリバラはずっとその地で暮らしてきた場合と同じくらいなじみ深くなるまで、その名を頭のなかで反復した。

その夜、契約に署名したあと、収容所の炊事場近くで雨宿りをしながら、女たちが信じられないような話をしていた。さらわれた子供が、油を絞りとるのに、頭をココナッツのように押しつぶされているとか、老人たちが白人の飼い犬の餌にされているとか、西洋人（フェリンギー）がクーリーを地獄に落とすために彼らの食べ物に不純な食品を混ぜているとかいう話だった。ギリバラはこれらの駄弁を、肩をすぼめて聞き流していた。彼女がカーンプルで目にした光景ほど恐ろしいものはなかった。セポイが棒切れで女子供を撲殺し、イギリス人は復讐に、兵士たちを大砲の砲口にくくり付け、畑の上空で彼らを木端微塵にするのだった。

ギリバラは自分のただひとつの財産、唯一の宝である娘を抱きしめた。アナンタ・デヴィのためなら、大洋だろうが、旅の危険だろうが、男たちの悪意であろうが、何にでも立ち向かう用意があった。娘のためなら、その宝石のようなサファイア色の眼のためなら、黄金のきらめきを放つ娘の長い髪のためなら、世界の向こう側の果てまでも、ミリチ・タピュ、ミリチ・デシュまでも行くだろう。

七月一日

　ガブリエル島へ出発したのは朝だった。廃墟と化した桟橋まで、ジャックはシュザンヌを支えていった。ぼくはシュザンヌの右側から、その手を握って歩いた。シュザンヌの身体は熱で火照っていた。途中、少し泣きべそをかいた。「わたし、行けない、行けないわ、見てよ、脚が言うことを聞かない！」そうして岩の上に座りこんだ。まぶしい黄色の光が空に縞模様を付けていた。ぼくらの目の前、ラグーンの向こう側には、暗くて敵対的な、陰気なピラミッドさながらの小島が見えた。水面すれすれに鳥が飛んでいた。カモメやサギゴイだ。だが、この小島の本当の主人たち、赤い尾の熱帯鳥の姿は見えなかった。

「さあ、おいで、もうすぐ着く」シュザンヌが動けないので、ジャックが両腕で抱え上げた。扇のように地面まで広がる丈の長い白のネグリジェを着て、暑さで短髪が巻き毛になったシュザンヌは、布切れで作ったマネキンのように軽そうだった。二人はまるで二度目の結婚祝いをしているみたいだった。しかしジャックの顔つきは険しく、レンズの割れた眼鏡をかけ、伸び放題の髭と埃っぽい衣服をまとった彼は、浮浪者さながらだった。栈橋にはジュリユス・ヴェランの巨軀が見えた。少し下がったところに、監視人のような姿勢のシャイク・フセインが周旋業者を従えていた。それに、ネッカチーフで顔を隠した見知らぬ女が何人かおり、素っ裸同然の子供たちもいた。あたりは静まり返って、厳粛で、どことなく不吉だった。シュザンヌは受刑者のように舟まで歩いた。その舟は腐蝕して転覆しそうになり、浸水があまりに速いために、ガブリエル島へのごく短時間の航行の間も、たえず水を掻き出さなければならなかった。

潮位はまだ高かったが、南の水路から引き潮があふれはじめた。ぼくが水の汲み出しに余念がない間、マリ爺さんとジャックは潮の流れを相手に奮闘していた。爺さんはオールを操り、舳先に立ったジャックは棹が突ける場所を探していた。水路に近づいたとき、ジャックが棹を突く水底が見つからなくなり、一瞬パニックになった。船は斜め向きになって水路に向かって漂流しはじめた。ジャックは片脚を舷側に載せ、棹をオール代わりに漕ごうとしたが、いっそうひどい浸水を招くばかりだった。それでマリ爺さんは叫んだ。「こっちへよこせ、大将、こっちへよこせ！」他の状況ならこの場面はまったく滑稽であっただろうが、このときにはおぞましく、悲劇的だった。色あせたパラソルをさしたシュザンヌは血の気がなく、小包や丸めたマットレスに頭をもたせかけていた。ジョンとサラのメトカルフ夫婦がガブリエル島に渡ったときのことを思い出した。

しかしずいぶん前のことで日付が定かでなかった。おとといかもしれない、あるいは先週だったか。だが一年前であってもふしぎではない。あれ以来いろんなできごとがあったから。

ジャックがようやく棹をマリ爺さんに手渡し、爺さんが何度か力強く突くと、舟はガブリエルの砂州の上に乗り上げた。下船して仮住まいまで歩くのに長い時間がかかった。しかし、この航海がモーリシャスへの出航の前触れとでも思っているのか、シュザンヌは不意に気力を回復した。ぼくはマリ爺さんとマットレスを運んだ。シュザンヌは散歩中のようにジャックの肩に片腕を回し、パラソルを後ろに傾けて、ぼくらの前を歩いていた。

仮住まいは島の中央に位置する尖峰のふもと、貿易風から守られたところにあった。ニコラとトゥルノワ氏が荼毘に付され、彼らの思い出にぼくが小塚（ケルン）を築いた場所から遠くない。あの日からここに戻ってきていなかったが、以前に比べると今ではガブリエル島は恐ろしい土地ではなくなった。最初の居住区があり、その先にもっと貧弱な小屋が二軒続いた。ジョンとサラはその一軒に住み、もう一軒には感染したクーリーたちがいた。シュザンヌが住むことになる小屋は、溶岩の低い石塀の上に、防水シートと木の葉で急ごしらえの屋根を設えたものだった。ジャックがすべてを用意し、掃除もした。地面にはコンディ消毒液を撒き、壁の基部には漆喰を塗り、周囲の土地の雑草を抜き、石ころを除去した。何日も前から、だれにも話さずに、この陰気な場所にほぼ快適な外観をまとわせるための準備をしてきたのだ。

ぼくらが仮住まいに着くと、藪のなかに、人馴れない、野生の人影が現れた。それがサラ・メトカルフだとは容易にわからなかった。サラはシュザンヌに接吻しようと近づいた。ぼくのこともジャックのことも覚えていないようだった。とても痩せて、日焼けと煤で顔も両手も真っ黒だった。シュザンヌとの再会がうれしそうで、快活にさえ見えた。垢と煙の混じった、少々鼻をつく臭いがして、ぼくは嫌悪を催した。やがてぼくのことも思い出した。ぼくの手を引っ張り、大声で話した。「さあこっちへ。来てくれて満足よ。あの人を見舞いに来てくれればいいなと思っていたわ。あの人にはあんたへの頼みごとがいっぱいあるから」間延びしたような話し方だが、声は明瞭だ。ジョンの身体にしがみつくようにしていた、出発の日のサラの姿が浮かんだ。ずいぶん前のことのような気がする。「あの人いるわよ。再会できて喜ぶわ。あんたのこと、弟みたいだって言っていたから」藪をかき分け、サラの後に付いて、感染者たちの住む小屋がある二つ目の林間地まで行った。そこはもうガブリエル島の端に近く、岩間に水平線とモーリシャス島の長い帯状の島影が見えた。「あの人、戸口の近くにいるわ。そこから始終自分の楽園が見えるの。自分の島が見えるの。とても満足なはずよ」小屋は空だった。林間地の端の累々と重なる岩のなかに一枚の板が立っており、それは積まれた黒い石の小山に支えられていた。板には黒鉛で名前と日付が「ジョン・メトカルフ、一八四七年七月五日生　一八九一年五月二十八日没」と文字列がゆがんで記されているのが読めた。理解できないまま、一挙に合点が行った。何か突飛で、もっともらしさに欠ける感じにはっとさせられたのは、とくに日付だった。それがジョンの死そのものよりも重要なことのように、注意をこらしてもう一度読んだ。サラが板に書きつけた死没の日付は、ぼくらが隔離所の建物に着いたまさにその日だ。彼女の狂気のなせる技か。それとも、あれを機にぼくらが見放されてしまったとでもいうように、沿岸警備船がぼくらを島に置き去りにした日付を実際に覚えているのか。いや、こんなことがはたして重要なのか。

サラ・メトカルフは、髪の毛とぼろぼろの衣服を風にかき乱されながら、墓のそばに腰を下ろした。美しい海に朝日が照り、水没した隕石のようなコワン・ド・ミール島をはじめ、あちこちの小島をごく間近に見せていた。そしてぼくらの前方には、緑色の、広大なモーリシャスの海岸と、雪を戴いた青く険しい峰がいくつか見えた。「雲の帽子被りし牧人たる岬」――ユゴーの詩句〔『静観詩集』（一八五六）所収「牧人と羊の群れ」第四〇句〕が、サラにもわかるかのように脳裏に浮かんだ。それにシュザンヌがあれほど上手に空で言える「陶酔の船」の詩句も。

知っているとも、空切り裂いて走る稲妻を、龍巻を、

逆巻く波を、海流を。知っているとも、夕暮れを、

群れ立つ鳩のように白む〈夜明け〉を……

墓のそば、少し下方の、風や波しぶきでぎざぎざの切れこみができた岩の間に、枯れ枝を不器用にはめこみ、それを防水シートの切れはしで覆って石で留めてある一軒の小屋がある。隠者の庵か、橋脚に貼り付いた浮浪者の小屋のようだ。サラは、突然ぼくのことを放念したように、こちらには目もくれず、四足で這いながらすばやくその小屋に入っていった。隔離小屋に戻ると、こちらから尋ねるまでもなくジャックが言った。シュザンヌに聞こえないように押し殺した声だった。「こっちに来たその晩に死んだ。どうしようもなかった」サラの気が触れたという話はジュリユス・ヴェランの口から聞いていたが、信じたくなかった。

中央の尖峰まで歩いた。すでに日は燃え盛り、あちこちの玄武岩の三角の壁面を大きな閃光で照らしていた。ガブリエル島はプラト島よりもはるかに暑くて過酷だ。この小島は隣の島の素描のようだ、いやむしろ青写真というべきか。いっさいが角張り、折れ曲がって、溶岩流と刺のある灌木の森に覆われ、南西岸は砕ける波の音に取り巻かれ、北側一帯には、長い爪のような白砂が横切るエメラルド色のラグーンが広がっている。

どういうわけか、ガブリエル島の浜に降りたとき、安堵のようなものを感じた。シュザンヌも無頓着な様子に見えた。ジャックにもたれて歩きながら、笑っているような表情だった。シュザンヌにとっては、ガブリエル島に渡ることは、帰還の道の第一歩だった。沿岸警備船に乗ってヨーロッパに送還されるように、ぼくらだけが隔離されたのだと考えていた。しかし、もしかしたら、このような壊れやすい仮小屋以外に住まいはなく、ヴェランの監視の目からも現場監督の呼び子からも遠く離れて、このむき出しの岩肌を、孤独の極みのような海を、荒々しい風を発見する喜びを噛みしめていたのかもしれない。熱く燃える岩や藪が、ぼくらの苦痛や発熱や恐怖を癒す力をもつかのようだった。ひょっとしてぼくらは次々と狂気に屈し、煤煙にまみれて黒ずんだ顔と、水平線上の近づきがたいモーリシャスの島影を凝視しすぎてくらんだ目をして、サラ・メトカルフの幻想を分かちもつことになるのか。

尖峰の、北側に面した頂上にたどり着いた。果てしない大洋に囲まれた自分の領地の境界を見て取るロビンソン・クルーソーの気分だ。吹きつける風によろめいて、息もできない。昔、信号柱が立っていたセメントの古ぼけた平台に、背をもたせかける。ハリケーンで柱が折れてしまっている。残っているのは、海水に腐食され、錆びて骸骨を思わせる枠組の残骸だけだ。尖峰の斜面はラグーンまで下りている。あの半月形の珊瑚礁が、シュルヤヴァティがプラト島からこちらに来るのにたどるほの暗い道が、透明な水のなかにくっきりと見える。目の前のプラト島はぽつんと孤立して、打ち捨てられた気配だ。隔離所の黒い真四角の家々は、それ以上にがらんとしている。ジュリユス・ヴェランがあんなものを、風に捻じれた木々の立ち並ぶ荒涼たるあの岩場、あのごつごつした海岸、医務所のそばの、窓に人影のないぼろ家を、自分の王国のように守ろうとしたのは、何とばかげたことか。生命あるものの気配がまるでしない。マリ爺さんさえ姿を消した。二人の見張り人は、戦争前夜のように、望遠鏡と拳銃を装備して、火山の頂上の見張り台に戻ったはずだ。ガブリエル島から見るとプラト島はふだんよりも大きく見える。長い岬が、海面すれすれの高さで東方向に延び、後光を冠したように鳥の群がる二十面体の金剛岩のところで途切れているが、そのせいで、未知の土地が果てしなく広がっているように見える。

火山に目を凝らして、生活の動きを推し量ろうとする。藪に隠れたショトがヤギを見張っていないか。急斜面のほうでは、女たちがプランテーションで働いていないか、稲やサツマイモに水やりをしていないか。老女や子供が火を燃やすための木切れを探していないか。火口の向こう側には、玄武岩のなかにじめじめして生暖かい、虫のざわめく窪みがあり、そこで女たちは、大きな朝鮮アサガオの陰に隠れたタロイモやサツマイモを掻き分けながら、泉から湧く冷たい水で肌着を洗うのだ。

ジョンと過ごした午後を、ぼくらが雨谷に向かって降りていったときの彼の熱狂を思い出す。「ここはパラダイスだ！」ジョンは標本にする草花を集めたが、側根のまわりをそっと掘り、湿ったフェルトを詰めた簀子の間に葉を一枚ずつ配置した。晩になると、ケンケ灯の明かりのもとでホルマリンの壺を開けたが、部屋中に臭気が充満した。「メトカルフさん、ぼくらにその死臭を嗅がせるんですか！」とジャックは大声を上げた。だが彼のほうは、その巨体を前屈みにして、ランプの熱を浴びた赤い顔から汗を垂らしながら、永遠の霊薬に浸した製菓用の筆で葉と根を塗っていた。やがてジョンはサラに植物の名前をゆっくりと告げた。するとサラは、魔法の呪文のようにその名を鉛筆でノートに記すのだった。その晩は、島特有の藍は見つからなかったが、泉の近くの割れ目でホウライシダのめずらしい見本を見つけていた。斑のある長い蔓で、その名は忘れもしない、アディアントゥム・カウダトゥムといった。鼻を突く、官能的な匂いのするレモングラスの一種で、これもまたホルマリンに漬けられた。

日焼けがひりつくのもお構いなしに長いこと、夜になるまで、黄金探索者のように二人で歩き回った火山の峠を見やる。パリサッドのすぐ近くだったので、家のなかで女や子供の声が聞こえた。ぼくらを追い返したのはラマサウミーだった。ただし現場監督のような乱暴なやり方ではなく、道のはずれに姿を見せて、無言のままぼくらを見つめることで追い返したのだ。そうしてその晩、積まれた薪のなかでシュルヤと再会した。

プラト島に目を凝らすと、過去そのものがまとった形のように思えてくる。まるで自分が別の人生のなかに紛れこみ、時間の外の観測所に位置しているみたいで、物の細部の一つひとつ、石の一つひとつ、茂みの一つひとつがよく見えて、何もかもがぼくの生きてきたことを証言してくれているようだ。さもなければ、夢に迷いこんで、どこやらの狭い格子窓から隣室の奥で自分が暮らし行動している様子を見ているような気分だ。ぼくが見たいのは、反対側の斜面、火山の向こう側のパリサッド湾だ。そこには今のぼくに大切なものすべてがある。シュルヤヴァティ、アナンタ、怖いけれども手に入れたいものすべてがある。向こう側に行きたくて、夕餉の匂い、白檀やウコンの匂いがまた嗅ぎたくてたまらない。話し声や笑い声、インドの言葉のなめらかな響き、ベンガル語やウルドゥー語やタムール語の歌が、海に向かってショトが吹く優しい横笛の音色が聴きたくて仕方がない。

愛する人からぼくを隔てるのはあの細い海峡だけ、潮が満ちると途切れるあの砂と珊瑚の地峡だけだ。ぼくは、信号機の廃墟のコンクリートの上に腰を下ろしている。背後、左右には、荒々しい海が開け、モーリシャスの海岸が広がっている。自分の領分はあんなに間近にある。それなのに、なぜここで流謫の身をもて余しているのか。生まれてからずっとプラト島で暮らしてきた気がする。あの島に生まれ落ちて、そこですべてを学んだのだ。それ以前には何もなかったし、以後にも何もない。

目が涙でにじむ。頭がくらくらして、胸がむかつく。ひどく空腹だ。発熱のせいで手足がちぎれるように痛い、身体の真ん中に冷気が吹きこんでくる。これは一帯の島々を治める冷たい女神シタラのしわざで、主なるヤマ神の出現を予告していることがぼくにはわかる。

透明な水に飛びこんで、向こう側まで、あの船着場まで泳いで渡りたい気持ちに駆られた。だが同時に、そんな力はもう自分にないこともわかっている。細い水路を走る急流を越えるのはむずかしく、沖合に流されてしまうだろうし、やがて波に運ばれて切り立った岩礁に打ち上げられるだろう。船頭の小舟は隔離所の小屋の近くにあるが、グンバイヒルガオに隠れて見えない。腐食してあちこちから浸水しているおんぼろ艀だが、あの舟がなければ向こう岸に着けない。マリ爺さんはきっと医務所の建物の日陰に腰を下ろして、キンマを嚙んでいるのだろう。爺さんの眼が緑内障にやられて空ろなのが、そのまなざしに何の期待もこもっていないのがわかる。もしかするとぼくらは皆、思い違いをしているのか。ぼくらをここに拘留しているのは、現場監督でもヴェランでも〈長老〉ですらないのかもしれない。それは盲人の執着を備えた船頭なのだ。

観測所の高みで、発熱のせいで緩慢な悪寒に震えながら、ぼくもまた夢想にふける。思い浮かべるのは、はじめて見たときのシュルヤの姿だ。泡の壁を背景に、女神のようにほっそりとした姿で軽やかに、ラグーンの水の上を暗礁伝いに歩く姿だ。今そんな彼女が現れるのが見たい。彼女のところまで届くほど大声でシュルヤの名を叫んでみたい。向こう側、日に照らされたプラト島の岸辺に、今にもシュルヤが現れて、すべてがふたたび始まるかもしれない。

ひょっとしてぼくは叫んだのか。尖峰の頂上をよろよろと歩き、やがて岩伝いにラグーンのほうへ下りていく。貯水槽の上に着く。一八五六年にこの小島に置き去りにされたクーリーたちの唯一の名残だ。貯水槽はどれも大きく、プラト島のものより保存状態はよい。それぞれに鋳鉄製の蓋が昔のまま残っており、それにブリキのバケツが付いている。屋根にひざまずき、重い蓋を回してバケツを貯水槽の底に投げる。水は冷たくてほとんど塩気がなく、隔離所にあるような吐き気を催させる蚊の幼虫もない。身体を焼く火照りを消し、身体の芯に吹く冷気を消すために、その水を長いこと飲む。ジャックとシュザンヌのことを思う。二人を助けなければ、彼らのことを気遣ってやらなければならない。飲み水をもって行き、何か食べるものを用意してやらなければならない。

テントの下で、ジャックは暑さに喘ぎながら眠っていたが、シュザンヌは寝てはいなかった。埃っぽい長いネグリジェに身を包んで、地べたにじかに横になっていた。とても白い素足と、両の腕が見える。両手をぺたりと地面に置いたまま動かない。一瞬怖くなる。「シュザンヌ!」と呼ぶと、目を開いて弱々しい微笑を浮かべる。張りつめた表情の顔は腫れぼったく、まぶたも重そうだ。唇はひび割れて、糸切り歯の上で半開きになっている。しかし、まなざしは他人に不安を感じさせる光をはらんで輝いている。額に触れなくても、熱があることがわかる。

「少し水を飲む？　喉が渇いているかい？」

答えずにじっとこちらを見る。まばたきをするが、息が苦しそうで、たえだえだ。唇の隅や首、それに肘の内側には、擦過傷がある。

ぼくは貯水槽まで駆けていく。バケツで水嚢に水を汲み、元どおりに蓋をする。その動作をしながら、ふと、ここで死んだクーリーたちの、パリサッドの人たちの、シュルヤヴァティやアナンタのもとにいる気がする。

シュザンヌはぼくの肩にもたれて身体を起こし、少量の水を飲むことができた。彼女はジャックを起こさないように小声で話す。背中が痛い、めまいがするとこぼす。「わたし、ジョンのように死ぬのかしら」と言う。その口ぶりは平然として、悲嘆も誇張もこもらない。「わからない」慰めの言葉がもう見つからない。もう嘘はつけない。シュザンヌはサラのことを言う。「知っている？　彼女、できることなら死にたかったのよ、だけど今まで死ねなかった。死の女神が毎晩やってきて、人々に息を吹きかけるというのは、本当かもしれない」

ジャックから聞いたことだが、インド人の女たちが毎朝マリ爺さんの舟で海を渡って、病人に食べ物を運んでくる。米飯と土地独特のクレープを携えてサラのあばら家まで行き、石の上に供え物のように置いて立ち去る。女たちが遠くまで行くと、サラが隠れ家から出てきて、そそくさと食べ、墓の近くの隠れ家へ戻っていくという。

シュザンヌはそれを知っているのか。目に涙が滲んで、頬を伝って流れ落ち、髪を濡らす。しかしそれは、むくみのせいで涙腺が塞がれているのかもしれない。身を焼く熱のせいで、シュザンヌは美しい。それが苦痛の跡をすっかり消してしまうのだ。そっと彼女に近づき、子供にするように額に接吻する。まぶたが震えたが、何も言わなかった。

ヘイスティングズでの夏のことが、埠頭での夜祭が忘れられない。カドリーユを奏でるオーケストラ。明るい色のスーツを着た紳士たち、ダンディたちだ。長いドレスを身にまとい、麦わら帽子をかぶった娘たち。シュザンヌはぼくを引っ張って、どうしてもワルツの踊り方を教えようとした。「いち、にっ、さん。いち、にっ、さん！」ある晩、ぼくらは浜の前で開かれているサーカスに出かけた。黒装束に幅広帽子の騎士たちが、マリアッチ〔メキシコの大衆音楽の楽団〕の演奏に合わせて行進を始めた。シュザンヌはひどく疲れていてぼくの肩の上で寝てしまったので、身動きできずに、彼女の香水の匂いを嗅いでは、その髪の軽やかな重みとすっかり預けられた手を感じていた。ずいぶん遠いことのように思えるが、すぐそこ、眠る彼女の重く垂れたまぶたの裏側にそれは宿っている。

真新しいグレーの三つ揃いを着こみ、白いシャツに黒の絹のネクタイを締め、オペラハットを片手に、当時愛用していた杖をもう一方の手に携えたジャックの姿を思い出す。その杖は、モーリシャスの、アンナに住んでいたころのただひとつの思い出の品、ぼくらの祖父アルシャンボー家の頭領が所有していた仕こみ杖だ。硬質材で作られ、握りはブルドッグの面をかたどっていた。それをジャックが愛用していたのは、だれかと渡り合うためだった。リュエイユ・マルメゾンで、エレファント&キャッスル界隈の暴漢のことを、ジャックの口から聞いたことがある。シュザンヌを笑わせるのに、ジャックは浜辺で剣を抜き、海藻の山に向かって突きのまねをして見せた。当時すでに鉄製の枠の丸眼鏡をかけていて、それが頬ひげや濃い栗色のロマンティックな髪の毛と対照的で、どことなくジャックらしからぬ雰囲気、詩人か音楽家の雰囲気を与えるのだった。片方のレンズの割れたその眼鏡を、寝るときには外したが、すると鼻の付け根に窪んだ痕が見えた。

二人ともずいぶん若くて、かよわい感じだ。二人を見捨てるなど、これ以後二人に会わなくなるなど、想像すらできない。一時間でもぼくが彼らから目を離せば、冷たい息をもつ女神に食い尽くされて、二人の姿は消え失せてしまいそうだ。

小屋の彼らのそばに長いこと腰を下ろしている。風がテントをはためかせ、藪のなかをひゅうひゅうと吹いていく。ここでは、海の音はプラト島のように遠いざわめきではない。それは間近で岩と大地を震わせる絶え間ないとどろきだ。サラ・メトカルフの気が触れたのは、あるいはこの音のせいかもしれない。恐怖をはらみ、ぼくのなかの過去も未来も消し去り、記憶のない人間にする音だ。自分がガブリエル島のようにものに動じない、暗鬱な存在になっていく気がする。

日は真上から差していて、沸き立つような熱気だ。クーリーのキャンプまで歩いた。累々と連なる岩場に窪地のような場所があり、そこに石積みと木材で作った大きな小屋が立っている。すき間は漆喰で詰めてある。モーリシャス政府が移民者をガブリエル島に置き去りにした年に彼らが住んでいた家屋の跡形はまったくない。入口の軒の陰に、色褪せたサリーに身を包んだ色黒の痩せた老女がいる。近づくと、恐怖混じりの粗野な表情にぎらぎらした目つきをして見据えるので、思わずその場に立ちつくす。老女はやがて立ち上がり、ぶつぶつ言いながら、小屋に戻っていく。

身を屈めて小屋に入る。暗くて何も見分けがつかない。明かりがないので、岩の割れ目の内部のように息詰まりそうな空気だ。ヴェールをかぶった女が二人いる。裸同然の男の子が一人外に飛び出し、恐れながら挑むような表情でこちらを見つめる。娼婦の弟のポタラだ。二人の女はラザマーと年老いた母親ミュリアマーだが、ミュリアマーのほうは見覚えがなかった。

ラザマーは立ち上がって入口まで歩いてくる。日光のもとで、彼女の美しい整った顔立ちと蜂蜜色の眼を見る。額にしるしを付け、黒髪を丁寧に分け、分け目にはウコンを塗ってある。彼女も不安と不信の表情をしている。とても弱っていて、床に座りこまなければならない。四足動物のような格好で、何かを話そうとするように片手をこちらに差し出しながら、歩み寄ってくる。シャイク・フセインが彼女の小屋に足を運んでいたころの様子を覚えている。あの傲慢な眼つき、そして暴動の翌日に彼女が吐いた罵り。ミュリアマーは小屋の奥に立っており、その眼は薄闇のなかで燠のように光っている。あのできごとのせいで、二人は島流しにされている。パリサッドの街が二人を追い出したのだ。

マリ爺さんの船には他のインド人の女たちがいる。どこに行ってきたのだろう。ぼくの疑問を推し量ったように、ラザマーが答える。ぼくを罵ったときと同じ不快なしわがれ声、美しい顔と対照的な声だ。「みんな死んだわ、みんな死んだわ」ただそう繰り返す。母親は動かなかった。シュルヤがラザマーについて言ったことも覚えている。そこにこもる怒り、恐怖、憎悪しか見えない。ラザマーの眼の微光しか見えない。そこにこもる怒り、恐怖、憎悪しか見えない。さる周旋業者に売られ、ぶたれて、カルカッタで売春をしていたところを、母親に連れ出され、船で可能なかぎり遠くまで連れていかれたそうだ。彼女がシュルヤに語ったというこの台詞が忘れられない――「なぜ神様は、どぶに住まわせるためにこの顔と身体をわたしにくれたの？」ラザマーは嗄れた声でなおも叫ぶ、「みんな死んだわ！」そうして、かつて賤民の村の彼女の家の前を通りかかった朝と同じく、四つん這いになってぼくに投げつける石を探す。

海岸沿いを行くと、風が渦を巻き、光がまぶしい。島の南端のほうへどれほど遠ざかったところで、いぜんラザマーの声が耳から離れない。サラ・メトカルフに対するのと同じように、ラザマー母娘にもインド人女性たちは毎朝食べ物を運んでくる。無言の施しだ。


テントの下でジャックは目を覚ました。寝床のそばにほうろう引きの小鉢をおいた。シュザンヌのネグリジェの切れこみを広げて、皮の剝けた皮膚を洗浄する。白い胸に、乾いた血のようなくすんだ赤の斑ができているのがかいま見えた。小屋に入っていくと、シュザンヌが顔をこちらに向けた。じっと見てほほえもうとする。そんな仕草が何にもまして痛ましい。もはや羞恥心などなく、腰まで裸のまま床に横たわった身体が縞模様を付けて輝いている。

ジャックはボラックス溶液を染みこませたぼろ切れを押し当て、次いでとても優しく拭う。医者というより恋人の動作だ。ふと、ぼくが来ているのに気づいて、動作を止めて言う。「数日かかるだろう、たった数日だ」ぼくにはその意味がわからない。「中毒を避けることだ。発疹が引けば、万事うまく行く。ワクチンは打ってあるから、これからが戦いだ。二日しのげば大丈夫だ」

貯水槽に新鮮な水を汲みに戻った。貯水は豊富で、プラト島よりも質がよい。貯水槽の熱いコンクリートに触れ、貯水の底のほうの冷たさを感じるのが好きだ。ぼくらの前にここで暮らしたクーリーたち、置き去りにされた旅人たちの生活を見ているような気がする。石を一つひとつ運んではモルタルで接合して、これらの貯水槽を築いたのは彼らだ。彼らは今もここに住んでいる。現実離れしたブルーのラグーンに、とても緩慢な波がうねっている海に面した、尖峰のふもとのあの黒い岩のなかに住んでいる。反射する日光のなかに、自分に注がれる彼らの視線を感じる。彼らは来ない船を待ちわびながら、くる日もくる日もモーリシャスの島影をうかがっていた。次々に浜辺で荼毘に付されれ、その遺灰は大洋に運ばれていった。そして今、ぼくは同じ場所にいて、彼らの遺骸の上を歩いている。喉の奥は彼らの遺灰の味がする。ぼくの毛髪に混じり、肌の上を滑る細かい埃の味が。

太陽がずいぶん傾いた。赤く長いリボンめいた尾を小さな旗のように背後にたなびかせながら、熱帯鳥が尖峰の上空でまた旋回しはじめた。

明け方、イシュカンダー・ショー号は、トリース・ナラー運河をフーグリー川の河口に向けてほとんど音もなく進みはじめた。水面と甲板には瀑布のような雨が降り、床板のすき間沿いに、また通風管を伝って、船倉に滴り落ちていた。船尾の中甲板の、独身女とカップルが身を置く区画で、ギリバラは心地よい冷気と、きちんと閉まっていないハッチから迸り落ちる水を味わっていた。ジャーンプル、イングリッシュ・バザール方面へ向かう途上、焼けるような日差しのもとであれほど長い日々を過ごし、ボワニプルの収容所でも長い間待機したので、いま吹いている季節風はその報いのようだった。アナンタは機械の振動までが、音楽さながら、とても心地よく感じられた。とうとう、母親の膝に身を丸めて寝入ってしまった。

約束の島までは遠く、これから幾日も幾夜もかけて進んで行かなければならなかった。あまりに遠くて、それが実在するかどうかさえだれにも言えないほどだった。その島はこれから幾夜も重ねて行く果てに、まるで海の怪物に呑みこまれたようにイシュカンダー・ショー号の腹のなかで長い時間を過ごしたその果てにあった。濡れたシートが、水しぶきを上げながら、ハッチの上ではためいていた。

ギリバラは他の移民たちに混じって、船の肋材の近くに場所を見つけた。各自がござを広げ（ござはぼろを縫い合わせた敷布とともに会社の代理人ルメール氏から供給されたものだが、そのぼろはもともとクーリーたちの嫁入り道具だった）、衣類の包みを枕がわりにして盗まれないように用心していた。舳先の、ボイラーの反対側が、独身男たちにあてがわれた区画だった。揚げ戸を開けて船倉に降りると、縛られたセポイたちがいた。モーリシャスの徒刑場に送られて、道路や鉄道の敷設に携わるはずだった。

イシュカンダー・ショー号は日が昇る時刻にフーグリー川に入った。女たちは油で汚れた船窓のいくつかに集まってカルカッタの街や総督邸を見ようとしていた。唇に入れ墨をしていた。あれはドグリジュ・ロケー族の女たちさ、とマニが言った。女たちは粗野で、海を知らなかった。ギリバラの知らない言葉をしゃべり、ひそひそ話をするかと思うと、押し殺した笑い声を立てるのだった。今や出発の不安は消えて、代わって子供じみた焦燥が支配していた。

ギリバラの隣にいる女はマニと言った。まだ若い女だが、熱で顔がこけ、年端の行かない男の子をショールにくるんでいた。マニは英語を少しばかり話した。ともに子供を連れていたので、たちまちギリバラと意気投合した。いろいろな設備のありかを教えてくれたのはマニだ。機械類の近くにある復水器に取り付けられた真鍮の蛇口をひねれば、生ぬるく味気ない水が錫のコップにちょろちょろと出てくることを。それから機械室の左側の、船縁に向かって開いた木造りの小屋が便所で、床に穴が掘ってあり、海水を掬う手桶があることも。手桶があるとはいえ臭気は強烈で、中甲板のすみずみに充満していた。男たちは舳先の舷窓からじかに用を足した。縛られた囚人たちには、船倉の底の桶で用を足すことしか許されていなかった。

フーグリー川下りは一日中続いた。日が昇るにつれ、船内の熱気がますます重苦しくなった。移民たちの多くはござの上に横になって寝た。

五時ごろ、米飯と魚の干物の配給があったが、ギリバラもアナンタも口を付けることができなかった。マニは二人の分も平らげ、着物をはだけて干からびた乳房を出して息子に吸わせた。

雨が迫っているせいで、風が急に強くなった。船員たちが甲板上を走るのが聞こえた。メインマストの帆が、船体と帆桁を震わせる大きな音を立ててはためき始めた。縦揺れが激しくなった。

禁止を犯してギリバラはハッチに上り、シートをめくって周囲を眺めた。アナンタを梯子の上にもち上げて、いっしょに眺めた。前方、船の舳先で、川は泥色の広がりとなって、夕日が金色に染める海のように開けていた。視界を限るものはなかったが、閃光の走る大きな黒雲がもくもくと渦を巻くなか、眺めはかき消された。視界の中央には歩く巨人にも似たツリー状のスコールが広がり、それを前にした鳥たちが逃げていく。それほど壮麗で恐ろしいものを見たことがなかった。力いっぱいアナンタを胸に抱きしめ、二人の目は海の眺めを前にして大きく見開かれていた。雨雲の下で河の両岸は遠ざかり、掻き消され、浮遊しては蛇のように波打ちながら変容する灰色の砂の帯となった。それから突然、舳先の真正面に巨大な不動の波が現れ、怒号しながら砕けた。そこはフーグリー川が海と出くわす地点だった。舳先がこらえようもなく渦に引き寄せられていくようで、船はもちこたえるために全身を震わせていた。長い棹を携えた船員たちはというと、「ラム！　ラム！」と叫びながら夢中で測深していた。舳先にぶつかる木の幹の鈍い衝突音と、浅瀬に乗り上げた竜骨の軋む音が聞こえた。ギリバラは船の前方で逆巻く波から目を逸らせられなかった。女たちがアナンタをつかんで船尾の陰に連れていったが、女たちの大声などギリバラの耳には入らなかった。顔に雨が滴るのも構わずに、ハッチのすき間から恐怖と驚嘆の思いで見つめていた。イシュカンダー・ショー号は波を叩いた。浅瀬を越える間、船の骨組み全体が軋んでうめいた。縦横に揺れながら、一挙に船はまた海に浮いた。ギリバラは身を屈め、船員たちのからかいも耳に入らず、甲板上で長いこと吐いた。しばらくして、マニが調理場から戻ってきた。硬貨一枚と引き換えに水差し一杯の湯をもらい、それにタイムの葉を浸してあった。「お飲み、すぐによくなるよ」

その飲み物はとても熱くて苦かったが、ギリバラはござの上のアナンタのそばに寝ることができた。もう何カ月も、何年も寝ていないかのように、ほとんどすぐさま寝入ってしまった。

二日、明け方

六時ごろ、尖峰の上空が白む時刻に起床。夜は小屋の入口のテントの陰で過ごしている。絶え間なくラグーンに吹く貿易風のおかげで、それに水や植物がまれなせいで、ガブリエル島には蚊の類がほとんどない。夜はまた、プラト島よりも涼しく、寒いくらいだ。それも砂漠のような寒さである。ここに来てからぼくの発熱が止んだ。ぐっすり眠れて疲れがとれる。寝床といっても粗布一枚にくるまり、石を枕代わりに寝るだけだ。ガブリエル島でぼくらを悩ますのはそんな不便ではない。それは空腹だ。ぼくらにはシャイク・フセインからあてがわれた最小限の配給があるだけだ。各自二升のサイゴン米、一升のとうもろこしの粉、一合四勺の豆、少々の植物性の油脂だけだ。ジャックは自分のお茶数箱と固形石鹼をもち出し、けちけちと使っている。ぼくらは原始的な炉の上で、交代で煮炊きをする。燃料となるのは、小枝やぼくが浜辺で拾い集める漂流材であるが、漂流材のほうはひどい緑色の煙を立てて燃える。ミュリアマーはもう一方の居住区で煮炊きをしており、孤立と貧窮の境遇にありながら、毎朝ぼくはこちらまで届く文明の匂いを嗅ぐ。一日一度きりの食事を終えるとすぐ、ラグーンを見下ろす場所まで行って、プラト島を、金剛岩まで延びる長い端を眺める。そしてシュルヤヴァティを待つ。

空は風に洗われ、太陽は水平線から出るとたちまち熱く燃える。北側の海岸では、ほとんど黒に近い色をして泡の斑を浮かべた海が広々と開けている。あたり一面が静まり返って、あるのはただ緩慢な波の動きと、ときおりがらがらのような乾いた鳴き声を立ててぼくらを見張るように上空を飛んでいく熱帯鳥だけだ。

ガブリエル島にいると、向こう側、プラト島で起きていることがまったくわからない。現場監督の呼び子も、朝の祈禱の合図も、夕べのモスクの歌うような時報係の声も聞こえない。パリサッドの生活の何ひとつとして、プランテーションで働く女たちの姿も、際限ない堤防工事も、火山のふもとの鉱脈から滑石を切り出す作業も見えない。タロイモの葉に隠れた川の流域で水が輝いている雨谷を思い出そうとしてみる。それにまた、女たちが水浴びや洗濯をしに来る場所の近くに生えている、大ぶりで有毒の朝鮮アサガオを。累々と連なる巨岩に囲まれ、日光と風に目がくらみながら、自分のいる場所から生活の気配を探している。今では、隔離所の建物は、古い時代の遺物のようにいっそう廃屋じみている。ジュリユス・ヴェランとバルトリは、もう火山の頂上の見張り台から離れない。到来することのないとどめの一撃とやらを待ち受けているのかもしれない。

マリ爺さんはといえば、毎朝恵みの食事を運んでくるインド人の女たちを渡し終えると、桟橋の近く、医務所の陰で、忘れ去られた見張り番みたいに夢想に耽りながらたばこを吹かしている。

今日、潮が引いているときに、シュルヤが岩礁の上にやってきた。タコノキの葉で編んだかばんを肩から斜めにかけて、長い銛にもたれるように立っている。ラグーンの真ん中で、潮の流れに腰まで浸かったまま一瞬立ち止まる。それからガブリエル島のほう、海岸に通じる半月形の砂浜まで上がってくる。

二人でパリサッド村の上のほうにある洞穴に行った晩と同じ水色のサリーを着て、それがラグーンの色と溶け合っている。浜辺まで下りると、心臓が高鳴る。五感のどれもが敏感になり、シュルヤの顔、左肩に載せた重い編み毛、額の赤い点、鼻に付けたピアスがはっきりと見える。その目は黒く縁どられている。彼女はとても美しい。シュルヤは浜辺のぼくの正面にいる。じつに飾らない身振りで、タコノキの葉のかばんを砂に置き、それを開いて菓子やら、自宅の庭でとれたトマトやら、ハーブと乾燥させた葉の小さな包みやら、持参したものをぼくに見せる。

「母がこれをあなたに、って。冷たい病の傷を治すのに、皮膚を洗浄するのにとてもいいのよ」

葉っぱをよく見るとツボクサだった。ラマサウミーがぼくらを通すまいとした日、ジヨンがパリサッド村近くの険しい斜面一帯に植えられているのを見つけた草だ。ヒドロコティレ・アジアティカというラテン語学名さえ覚えている。

シュルヤはグンバイヒルガオの茂みのなかにかばんを隠す。それからぼくの手をとる。このところ何事も起こらなかったかのように、前日も二人して会ったかのように、ぼくを尖峰のほうに引っ張っていく。「来て、お香にする木を探しに行くの」

ぼくらはいっしょに岩山を登る。激しく吹きつける風によろめき、息が詰まるが、シュルヤは足早に進んでいく。敏捷に岩から岩へと飛び移りながら、目で探している。あ
る窪みのなかに探すものを見つけると、子供のように喜ぶ。「こっちに見にきて」玄武岩の割れ目にくすんだ緑の葉を付けた植物があって、日差しを受けて光っている。葉はぎざぎざで、少し棘もあり、芯の部分にはうす緑の小さな花房が見える。シュルヤは葉と花房を手早く摘んで、自分のサリーにそれらを結わえる。

ぼくらは頂上近く、セメント造りの信号機の下に来ている。シュルヤは風の当たらない岩陰に腰を下ろす。周囲を壮大な荒海が取り巻いている。モーリシャス島のラインが見える、不幸崎を囲む泡の縁取り、緑青色のサトウキビ畑、いや、家屋のシルエットや石灰窯(いしばいがま)の塔さえ見える。あんなに近くにありながら、世界の果てのように行き着くことができない。

今、熱帯鳥が近づいてきた。ぼくらの存在が気になって、尖峰のまわりを神経質に飛び回っている。ひと組のつがいがぼくらにまっすぐ向かってきたと思うと、やがて炎の

ように赤い尾の羽を風になびかせて、鳴き騒ぎながら大きく身を傾ける。ひどく近くを通るもので、赤いくちばしや青みがかった足や、黒いダイヤのようにぼくらに注がれる鳥たちの冷酷な瞳がはっきりと見える。風を受けて傾くときに、悲嘆と怒りのこもる長いしわがれ声を立てる。追い払う動作をすると、シュルヤはぼくの手を止める。

「そんなことをしてはだめ、怖がるわ。巣の近くに来ているもので、わたしたちが悪さを企んでいると思っているのよ」

シュルヤは向かい風のなか、峰の反対側へぼくを引っ張っていく。

「来て、鳥たちの巣を見せてあげる」

目立たないように前屈みになって、ゆっくりと歩く。こちらの斜面では風は向こう側ほど強くはなく、植物もこちらのほうが密生している。グンバイヒルガオ、トウダイグサ、ランタナがある。進むにつれて、鳥たちの鳴き声がせわしく鋭くなる。今は四組のつがいが旋回していて、風で信号機の向こう側に押しやられたと思うと、ぼくらの背後にまた姿を現す。

シュルヤが立ち止まって、秘密を告げるようにぼくの耳にささやく。「見て、兄さん（バーイー）、鳥の家よ」前方に侵食された斜面があって、尖峰の斜面のそこだけが開墾され耕されているように見える。黒い土のそこここに穴が開いており、地中の巣の入口のようだ。岸からは見えなかった。ランタナの茂みが入口を覆っているからだ。うさぎの巣に似ている。数えると五十を超える。熱帯鳥の村の前にやってきたわけだ。

荒っぽい身振りはせず、音も立てずに、四つん這いになって進みつづける。「雛がいるの、だから上空でわたしたちに鳴きわめくのよ。よそへ行けと言っているのよ」と、シュルヤは耳打ちする。

侵食された斜面の真下の、巣穴からわずか十五メートルの地点に来ている。熱帯鳥たちはぼくらの上空で乱れ飛んでいる。鳥の羽音や、くちばしを大きく開いて立てる音にならない激怒の鳴き声が、間近で聞こえる。泡の色をした羽と、赤い色の長い吹き流しをまとった鳥たちは、魔法めいてしかもぎこちない。互いにぶつかり合っている。地面のぼくらの目の前に着地した鳥もいる。一羽が脅すような様子で、目を逸らしてこちらに歩いてくる。嗉嚢（そのう）の羽を逆立てている。ぼくらを怖がらせようとしているのだが、その身のこなしはグロテスクで揺れが大きい。怒った雌鶏にそっくりだ。

シュルヤヴァティを見る。地面に寝そべって、顔には子供じみた驚嘆の表情を浮かべている。「見て、兄さん（バーイー）、あれは母鳥よ。子供を救うのに戦おうとしているわ」その背後に、少し退くようにして、もう一羽いる。「あれはお父さん」とシュルヤは決める。鳥たちはいらだったように行ったり来たりして、くちばしを土に擦りつけて研いでいる。空を飛んでいるときにはあれほど大きく見えて、鎌の刃の形をした白く長い翼を広げて尖峰のまわりを旋回しては石のように海に落下する鳥たちは、陸地で見ると小さくて無防備だ。大きさはほとんど鳩と変わらない。

シュルヤは肘で身体を支えて這いながら、なおも掘られた穴に近づく。目は巣穴に釘づけになり、まるで獲物を狙う猫みたいだ。間近まで来ると、熱帯鳥の一羽がけたたましい声を立てながら飛び立つが、もう一羽は前を向き、嗉囊をふくらませて、半開きのくちばしから憎しみと恐怖の呼気を洩らしながら、ふらふらとシュルヤのほうに進んでくる。その場で跳ねてはシューシューと息を吐き、攻撃するぞといった構えを見せる。ぼくも這いながら巣の近くまで行くと、鳥はこの戦いに勝ち目はないと悟り、突如力いっぱい羽ばたきながら、鳴き声も立てずに遠ざかっていく。豪奢で無用な吹き流しを引きずりながら、空高くに上がる。

ぼくらは巣穴の入口前にいる。はじめ暗がりのなかには、貝殻やイカの骨など食べ物のかす以外に何も見えない。やがて、空洞の奥、糞まみれの小枝の陰になかば隠れて、もじゃもじゃの毛をしたまだらの雛が一羽だけいるのが見える。黒いくちばしのせいで重く垂れた大きな頭をして、頭蓋の皮は青みを帯びている。いろいろな声音でいらだった鳴き声を立てる。巣のなかで立ち上がろうとしているのだが、頭が大きすぎてよろけてしまう。可愛くて見苦しい。このようなひよこが、いったいどのようにして、ある日長い火の吹き流しを波打たせながら、まるで休息をとることなどないかのように、あのような純白の堂々とした姿で海原の上空を滑走する翼ある神へと変貌しうるのか。

つがいは、おぞましい鳴き声を立てながら、ふたたびぼくらの上空を旋回しはじめた。混乱に引き寄せられた他の鳥たち、カモメやウミツバメ、それにカツオドリまでがそれに加わった。耳を聾するような騒ぎだ。シュルヤはぼくを引いて後ずさりし、ぼくらは尖峰の斜面をラグーンに向かって下っていく。鳥の声に耳が麻痺し、光と風に目がくらんでいる。モクマオウの林のほうが少し影になっていて、そこでひとしきり休む。シュルヤの胸に頰を押し当てると、また鼓動が聞こえる。二人はずっといっしょで、離れたことなどなかったような気がする。

　そのあと、シュルヤが持参したものを食べる。不意に空腹を感じ、さっそく豆クレープ（ドルプーリ）を口にする。

　皆と分け合うことを考えなかったのが恥ずかしい。「あっちにいるみんなに何かもっていってやらないと」ジャックとシュザンヌの小屋、それにインド人の女たちの小屋を指さす。

　シュルヤは立ったままだ。迷っている。ラグーンのほうに目を凝らす。

「戻らなければいけないわ、上げ潮になるから」

　太陽とまぶしい砂を背にしたシュルヤの服は水色で、顔はくすんだ赤銅色だ。ぼくはがっかりする、いや怒りに近いものを感じる。「今帰ってしまうなんてだめだよ。兄とシュザンヌに会ってくれないと。ぼくらの仲を裂く権利なんかだれにもないんだ」

仮住まいに行く道をぼくのあとからついてくる。シュルヤは大きな赤いショールで顔を覆った。賤民の村のどんな女たちとも区別がつかない。くるぶしにかけたブレスレットが鳴る音や、長い服の衣擦れが聞こえる。動悸が激しくなる。彼女が兄の住まいまで付いてくるのははじめてだから。

ぼくも裸足だ。日差しから身を守るのに、頭のまわりに白い布切れを巻いた。

テントの下は熱気で息詰まるほどで、小バエの群れが舞っている。ぼくらが到着すると、ジャックは起き上がってぼくをじろじろと見る。だれかわからないのだと理解する。「どなたですか。だれをお探しですか」と兄は尋ねた。お偉方と違って、インド人に馴れ馴れしく呼びかける習慣がジャックにはない。

それから、ぼくをよく見るのに眼鏡をきちんとかける。シュザンヌにはぼくがわかった。顔が腫れていて微笑むことすらむずかしいが、眼は、ウィリアム小父さんの家ではじめて逢ったときと同じ快活な光で輝いているように見える。

シュルヤヴァティはテントの入口に立ったままで、自分の名前が言えない女生徒のようだ。シュザンヌのほうから「こっちにいらっしゃい」と合図する。唇がひび割れて、はっきりと言葉が出せず、間延びした声だ。それでも「なんてきれいな人！」と言う。さらに続けようとして焦っている。「なんていう名……」しかし最後まで言えない。それでぼくが「シュルヤヴァティっていうんだ」と答える。

ぼくが前に立っているので、シュザンヌはシュルヤをよく見ようと、いらいらした様子でぼくを押しやる。続けてこう言う、「なんてきれいな人……お入りなさいな、ごめんなさいね、わたしだめなの――起き上がれないの」

懸命に話そうとして、シュザンヌは少し活気づいた。

ぼくは不意に、シュザンヌの容態に打ちのめされる。ひどく痩せて、乾いた肌には赤いかさぶたができている。首の付け根と肘の内側の傷はぱっくりと開いている。シュルヤを迎えようとして消耗してしまった。背後に倒れこみ、はあはあと息をしている。額は熱いが、手は凍てついている。ジャックがそばに座っている。ほうろう引きのたらいには、少量の濁った水に湿布用の布が浸かっている。

「硼砂（ボラックス）がなくなった、もう何もない」その口調にこもる静かな絶望が痛々しい。「だけど滑石（タルク）を採りに行ったりはしないよ」

シュルヤが寝床に近づいた。ジャックには眼をやらず、ひとにぎりの葉っぱを取り出して手のひらで揉み、たらいの水に浸した。黒っぽい汁が細糸となって流れる。葉っぱが練り粉状になるまで潰れると、シュルヤは丁寧にそれを傷口に広げる。湿布はきっと冷たいのだろう、シュザンヌは身震いしている。

「それは何」弱々しい声でシュルヤに尋ねる。

「ツボクサ」とシュルヤは名前だけ告げる。

別の湿布も準備している。シュザンヌの前に膝をつき、デコルテを開けて血や膿で汚れた肌を洗浄する。その動作はとても優しい。シュルヤはこんなふうにアナンタの世話をしている、かさぶたが痛まないように毎朝水を使わせているのだ。

ジャックとぼくはいくぶん脇にやられ、入口に立っている。戸外の熱気は和らいだ。ランタナの枝のざわめきが、上げ潮に伴う風を告げている。

それから、足音が聞こえてくる。一瞬、ヴェランか現場監督が巡視に来たのかと思った。ポタラと母親だった。少年はほとんど裸で、腰布を着けているだけだ。小屋の前で立ち止まり、一方の腰に体重をかけて腕組みをしている。ミュリアマーは静かに小屋に入った。オレンジ色のヴェールを背後に払った。ギリシアの女神のような顔は、老いてやせ細り、青銅色をして、灰色の髪は二本の長い編み毛にまとめられている。シュザンヌの前で立ち止まり、無言で見つめる。

シュルヤが振り向いた。何かを目で探している。蚊帳代わりに使われている布を手に取り、ミュリアマーの助けを借りて、それを小屋の両側の柱に衝立のように引っかける。ジャックのほうを向いて、「身体全体を洗わなければなりません」と言う。ぼくらを外に出すための、ぶっきらぼうな、命令めいた言い方だ。ジャックは抗弁しない。率先して外に出て、石の上に腰を下ろす。日向で見るジャックは髪も髭もボサボサで、服装は埃まみれで、素足に擦り切れた靴を履いて、いっそう疲れて見える。抑揚のない声で一人ごとを言う。「今朝の衰弱は恐ろしかった……おれのこともわからないほどだった。何日か、いや何時間かでも時間を稼がなければ」無意識に紙たばこを巻く。風のなかを回る煙は、かすかに甘みを帯びた変わった匂いがする。ジャックも、マリ爺さんの知り合いの、密輪をやっている漁師たちと取引をしたのだ。吹かしているのはガンジャだ。

ポタラがさっきから近くの岩場にじっとしている。細い身体は黒い蔓のようで、白い腰布を着け、髪はもじゃもじゃだ。モーグリ(52)を思い出させる。こちらから何度か話しかけてみた。注意深く耳を傾けるが、顔は依怙地で、そっけない返答しかしない。ときどき咳の発作で身を震わせている。

シュルヤが処置を終えた。カーテンを外す。ジャックがまずなかに入り、シュザンヌのそばに膝をつく。屋根のすき間から黄色い光線が一本入ってきて、シュザンヌの顔を照らしている。落ち着いた様子だ。濡れた身体にぴったりと貼りついたシーツに包まれて、乳房と腰の形がはっきり見える。短い髪が背後に流れるように梳かされている。ぼくの番になって近づくと、シュザンヌは緊張のほぐれた冷たい片手を伸ばしてくる。ぼくのためにささやく、「彼女は天使よ」

シュルヤの仕事は終わっていない。今度はミュリアマーがシュルヤの腕を取り、もう一つの居住区のほうへ引いていく。賤民に独特の、なかば振り返るような姿勢で、シュルヤを先導する。ミュリアマーの頼みは容易に理解できた。ラザマーの具合がひどく悪いらしい。冷たい病が昨夜娘を襲い、数時間のうちに身体中にはびこってしまったというのだ。

ぼくの番になってミュリアマーの小屋に入り、猛烈な臭気にぞっとさせられる。死臭だ。小屋のひどく暑い空気のなか、ラザマーはござの上に寝ている。薄明かりのなかでも、黒ずんだ顔が見分けられる。腫れて形が変わってしまっている。口は半分開いている。腫れ上がったまぶたの向こうから、生命と聡明さの耐えがたい微光をはらんだ両眼が、以前と変わらず輝いている。しかしその唇はわずかな言葉を発することもできない。ポタラとともに入口にとどまった。シュルヤはラザマーの前に膝をつく。ミュリアマーに近づくよう、水を少量もってくるように合図するが、老女は動けない。小屋の片隅に立ちつくし、嫌悪と魅惑を同時にそそる見世物を前にしているように、娘をじっと見ている。

ジャックはぼくのそば、小屋の扉の前にいる。無言で長いこと、同じように見つめている。やがてぼくらの仮住まいに戻っていく。引き止めようとすると頭を振る。「もう手の施しようがない」何かつぶやき、ぼくが理解していないと見るや、落ち着き払って繰り返す。その落ち着きがぼくに怖気をふるわせる、「すぐに薪を用意しなければならないぞ」

ぼくは呆然としている。だれもが理性を失っていくようだ。ぼくらは性悪男ヴェランに似てきた。わずかばかりの食べ物を手に入れるのに、または戦うために、血を流すのも平気になっている。いっとき、ミュリアマーの小屋の裏手の藪のなかでかさこそ音がした。サラ・メトカルフらしい人影が、南の岬の洞穴のほうへ走り去るのがかいま見えたように思う。ポタラが石を投げつけた。だれもが狂っている。

シュルヤはラグーンへ戻っていった。振り返らずに立ち去り、浜辺まで岩場を足早に歩いていった。くすんだ赤銅色の顔の表情はかたくなで、緑色の服の端を髪に当てている。

海はすっかり満潮になり、珊瑚の道は消え、砂州も海中に沈んだ。シュルヤヴァティが合図するまでもなかった。マリ爺さんの小舟が、潮のせいで少し迂回しながらラグーンを渡ってくる。舳先が岸に届かないうちに、娘は舟に飛び乗った。舳先に立って棹を押し、もう二度と戻ってはこないかのようにプラト島に向かっていく。

いつものように夕暮れはすばらしい。風が凪ぎ、空には緋や紫の帯が掛かっている。ラグーンの水面は穏やかで、海底から光が湧いてくるように鮮やかな青をたたえている。ここは完璧に静まり返っている。島の反対側で岩礁にぶつかる寄せ波がとどろき、金剛岩周辺の岩場に向かう鳥が飛んでいるだけだ。熱帯鳥たちはすでに信号機の付け根の巣穴に戻った。

　ジャックが枯れ枝に火を点けて湯を沸かしている間、シュザンヌのそばに座りに行く時刻だ。それが儀式のようになっている。灰や泥で汚れた紺色の小さな本のなかから、シュザンヌの好きな詩をこれから声高く朗読するところだ。その詩集がぼくには世界で一番大切な本になっている。一つひとつの言葉、一文一文が、ぼくらの現実の生活を照らす神秘的な意味をはらんでいるように思える。

　朗読を始めると、シュザンヌの顔が明るくなるのがわかる。眼の輝きが増し、呼吸も楽になるようだ。ぼくは「海辺の町」〔『港にて』一八八二年刊所収〕を読む。一八八一年五月十二日にロングフェローの書きつけた言葉が、シュザンヌのなかに入っていき、痛みをほぐして精神を洗う。ぼくは読みはじめる。するとジャックが入口に近づく音がする。茂みでポタラの軽やかな動きも聞こえる。もしかすると、岩場に身を隠したサラが、息を殺して聴いているかもしれない。

　息たえだえの町が海に向かって叫んだ
　わたしは暑さで弱っている――おお、どうか息を吹きかけて！
　すると海は言った、見よ、息を吐くぞ！　だがわが息は
　ある者には生命（いのち）を、他の者には死をもたらす！
　苦痛を安楽で癒そうと

プロメテウスのもとに海神の娘たちが来たように
容赦ない太陽の炎に焼かれる
灼熱の町に西風が到来した。
それは深海のうねる胸から吐かれた息、
夢のように押し黙り、眠りのように思いがけない息、
もたらすものははたして生命、それとも死、
おお、情け深くも薄情な海の吐く息よ。

夕方、ガンジス川とフーグリー川の河口を通過したイシュカンダー・ショー号は、垂れこめた空の下、稲妻が走る闇のなかを、外海に出た。この旅は眠りに似ている、長い病気のあとのぐったりと萎えた状態に似ている。くる日もくる日も、昼夜を問わず、船を横に揺すってはみしみしと鳴らし肋材を軋ませる大波の緩慢な動きと、波から出るときのスクリューのとどろきと、帆に重く吹きつけて横揺れを和らげる風のなかを運ばれていく。

ギリバラはボワニプルのキャンプの売店で買った小判の学習帳に日にちを記して、日数を数えていた。英語しか書けなかった。カーンプルのミッション・スクールに通っていたころの名残はそれだけだった。しかも週の七曜しか書けなかった。乗船前日、ギリバラは注意深く「月曜」と書いた。それからそれに下線を引いた。

毎朝、目が覚めると、包みからノートを取り出して新しい日を記し、下線を引いたあと、丁寧にしまうのだった。それはギリバラにとって唯一の貴重品だった。

毎朝、五時半になると、周旋業者が呼び子を吹いた。起床の合図だった。めいめいがござを丸め、シーツと寝巻をそそくさと片づけ、肋材のすき間に荷物を押しこんだ。六時に炊事係が米飯を配りはじめた。まずは独り身の女性、次いで夫婦者が、小鉢を携えて順番にはしごの下に行き、お玉で掬った米飯を一杯、配給として受け取った。二度受け取る者がないように、配給の様子を二人の周旋業者が見張っていた。すべてが秩序立って、このうえなく静かに経過した。各自がまた、銅製の大きな湯沸しから注がれるコップ一杯の紅茶をもらった。ランプの灯りの下でそそくさと朝食を済ませると、女たちは列を作り、中甲板の中央にあるトイレの小部屋に二人ずつ入って手早く身繕いをした。

当初ギリバラは、二人ひと組で用を足して洗面をしなければならないことに困惑した。ジプシーたちと旅するときですら、めいめいが違う方角に行って河のなかにうずくまり、首まで水に浸かって用を足したものだ。やがてそれにも慣れてしまった。アナンタの身体を丁寧に洗っても、ポンプの塩水のべとつく感じがとれず、髪の毛も粘ついた。雨水で身体をすすぎたくても、甲板に上がる時刻を待たなければならなかった。

やがて祈りの時刻になった。船の中央の、男しか立ち入れない一角で、イスラム教徒たちが昇る日に向かってひれ伏していた。周旋業者の声が祈りを朗唱していた。アナンタは扉の近くまで忍びこみ、男たちが祈るのを、何を尋ねるわけでもなくじっと眺めていた。他の男たち、それに後方甲板の女たちは、手のひらに少量の水を掬って、太陽に朝一番の奉納を行なっていた。

出発後しばらくして、船の前のほうで諍いが起こったことがあった。インド人移民の男二人がナザレ人イエスの像の前にろうそくを灯そうとしたのだ。ラザロとジョゼフという名の、ポンディシェリから来たキリスト教徒だった。周旋業者が蠟燭を消してキリスト像を没収しようとしたので、二人の男は彼と殴り合いになった。やがて船長の命で、二人のキリスト教徒は、鎖につながれたセポイたちのかたわらに監禁された。

毎朝、朝食と祈りを済ませると、甲板上の屋外散歩が始まった。移民たちは半時間外気に当たるために、二十人のグループになって、順番に甲板に上がる。最初に上がるグループは日ごとに変わったが、海水と黒い石鹼で甲板を洗う役目になっていた。後続のグループは、コンディ消毒液でござやマットレスを消毒したり、料理用具を洗ったりといった、別の仕事を行なった。働かない帆を修繕したり、索具を繕ったり、手すりの角材を修理する者もいた。

なければならないにしても、息苦しい中甲板から出て、風を吸いこみ、雨や日差しの温もりを感じることのできるときを、移民たちのだれもが今か今かと待っていた。そんな焦燥とは無縁の男が二人だけいた。白い服を来た北方出身の男たちで、初日からチェスのゲームを始め、夕方まで続けるのだった。マニやギリバラは独り者の女たちのグループに入っていたが、甲板に出るのは八番目で、午前の終わり、十時と十一時の間だった。その時分には、骨の折れる清掃作業はすっかり終わっていた。水でざぶざぶと洗われた甲板は、磨かれた大理石のように光っていた。白物の衣服や台所で使う鉢の類も木箱に入れて日干しされていた。真水を得るための復水器の真鍮製蛇口は、貴金属でできているかのようにきらめいていた。

女たちは汚れ物だけを持参して、甲板にじかに膝をつき、ポンプで組み上げた海水で洗った。塩気を溶かすのに十分なにわか雨が降った場合は別だが、復水器の生ぬるい真水ですすぎをする権利があった。それから、大きなこうもり傘をかざした周旋業者の一人に監視されながら、洗濯物を甲板に広げ、乾くのを待った。ほとんどいつも中甲板の、ボイラー近くに設置された干し紐にかけて干さなければならなかった。

ギリバラはこうした時間がとても好きだった。なおもカーンプルの叔母の家にいるみたいに、アナンタとともに干し物のそばに脚を折って座った。日差しが強烈で、中甲板から外に出るとくらくらして脚がよろけ、目から涙があふれた。アナンタの顔を自分の服の一部で隠し、手探りで甲板上の、帆の陰になったお決まりの場所まで進んで行った。

やがて徐々に慣れてくると、ギリバラとアナンタは周囲を眺めた。見渡すかぎりの海原だった。くすんだ青をして、動きやまず、きらめきに満ちていた。大きな赤い帆を東の風に膨らませた船は、波の間を浮き沈みしながら不動であるかに見えた。高い煙突から船尾楼の上空にもくもくと吐き出される黒煙が、旋回しながら舳先のほうに折れ曲がった。ときどき、風向きが急変して煙の雲が船尾のほうに吹き戻された。するとギリバラは、自分とアナンタの顔をショールで包んだ。黒煙は甲板上に白熱した火の粉を落とし、それが肌に触れるとやけどするほどで、洗ったばかりの肌着に煤の染みを付けた。

最初の数日、未開部族のドグリジュ・ロケー族の女たちは、中甲板から出ることを拒んだ。まるで海に突き落とされでもするかのように、肋材にしがみついて泣き喚いた。だがマニが身振り手振りを交えて優しく話したので、ある朝、はしごを登り、甲板に出て風に当たることに同意した。ただし、船縁から最も遠い船尾楼まで行き、それにもたれるように腰を下ろした。そうして、めまい覚めやらぬ目つきで、身を寄せ合ってじっとしていた。

船内で過ごす日々はひどく長かった。ギリバラは、果てしない海の残像が、眼を焼くあの青、唇を塩辛くするあの風が、いつまでも消えずにいてほしかった。暑い日差し、風に膨らみながらはためく大きな赤い帆。甲板で乾いた肌着のなかに、アナンタは大洋の匂いを嗅ごうとした。母親のショールの上に寝そべり、すり切れた布に頬を押しつけて、横揺れにあやされながら、われ知らず夢のなかに入っていった。ギリバラはアナンタが眠っていると思った。ボワニプルのキャンプで乗船を待つ何日かの間に編んだ藁のふいごで、アナンタに風を送った。まるで娘がまだごく幼くて、乳母の血みどろの胸から引き離した赤ん坊のままとでもいうように、ギリバラははやし唄を優しく歌った。

だが、アナンタはふしぎな夢を見ていた。あまりに古い夢で、生まれる前から始まっていたように思えた。あまりにふしぎで、言葉にできなかった。アナンタが夢に見ていたのは別の船で、キャラベル船(53)のように船尾がもち上がり、何度も修繕された継ぎ接ぎだらけの帆を掲げ、シューシューと音を立てる蒸気機関が毎晩故障するイシュカンダー・ショー号の古ぼけた船体ではなかった。

それはひとつの町のように巨大な船で、灯火がきらめき、山のように高い帆を付けた三本のマストを備えている。アナンタはこの船に乗り、雲のような薄い紗に囲まれた白い大きなベッドに寝そべって、夢を逆さまに滑り落ちるように、どこまでも、楽々と、大洋を滑っていく。

ときどき夢のなかで、音楽が聞こえたが、それが何なのかわからなかった。どこでも聞いたことがない、とても穏やかな音楽だった。もう船のなかではなく、緑深い大きな庭園にいて、そこではいくつもの噴水が滝のように落ち、無数の鳥や蝶が舞い、無数のかぐわしい花々が日差しを浴びて輝いていた。

ある夜、大河の河口にあるボワニプルのキャンプで、アナンタが不意に飛び起きた。夢のなかで耳にしたものを母親に告げたかったのだ。ギリバラはアナンタの話をじっと聞き、それから娘を両腕で抱きしめた。「お前が聞いたのは天使の音楽だよ」アナンタはその説明に安心して、また安らかに寝入った。イシュカンダー・ショー号が前後左右に揺れながら大洋を進んでいく今、アナンタにはその音楽がいっそう強く、いっそう間近に聞こえる。ミリチ・デシュに向かう船が舳先で波をひとつ越えるごとに、アナンタの夢見る庭園、天使の苑へと二人を近づけてくれるようだった。

四日

シュルヤはここ二日来ない。おとといの朝早く、米飯と油脂を運んでくる女たちとともに、小舟でラグーンを越えてやってきた。タコノキの葉で編んだかばんに、果物や、シュザンヌの手当をするためのツボクサの葉を入れてあった。しばらく小屋のなかにいたが、不安そうな、奇妙な表情をしていた。湿布の用意をしながらシュザンヌに小声で話しかけた。帰路は浜辺まで見送った。いっとき、熱帯鳥のつがいが、長い吹き流しを風に漂わせてラグーンの上空を渡った。それを見てこう言った、「人間みたいだわ、子供は一羽しかいないのよ」イギリスのことをぼくにあれこれ尋ね、二人がどこで出会ったのか知りたがった。シュザンヌのことを口にした。そんなことをどうして知りたがるのか、ぼくにはわからなかった。

シュルヤが他の女たちと小舟で帰っていったあとで、アナンタが死んだのだと理解した。一日中岬の、セメント造りの信号機の近くにいた。シュルヤの姿を見たかった、呼び寄せたかった。午後の三時ごろまで干潮が続いて、水流が往き来する狭い湾口まで、砂州が広大な白い三日月形を描いていた。砂州の向こう側を岸辺沿いに貝を探して歩く人や、黒い水たまりでタコを獲る子供たちがいた。彼らがここまで冒険しに来たのははじめてだ。何かが変わった。

ヴェランは姿を見せなかった。バルトリ一人が手を額にかざしながら医務所から出てきて、ぼくらのいる方角に眼を凝らした。それからまた建物のなかに戻っていった。いったいどのように時を過ごしているのだろう。壁に向かって架空のチェスの手合わせでもしているのか、それともマリ爺さんのようにガンジャを吹かしながら夢想にふけっているのか。

シュルヤを待った。やがて待つ気持ちは失せた。もうまちがいない、アナンタが死んだのだ。シュルヤの言うように、「ヤムナー川へ帰った」のだ。尖峰の近くの岩場で薬草を探す。ジョン・メトカルフに教わったことはむだではなかった。西側の斜面で、葉に広い切れこみがあるプシアディア〔キク科の薬用植物〕を見つけた。鎮痛に効く葉である。風雨から守られた一角に、シュルヤが「マルバール菜」と呼ぶ丈夫なアマランサスや、カスティック〔トウダイグサ科の自生種〕まで見つけた。そこから少し下りた、熱帯鳥の住む斜面の下で、レモングラスが見つかった。これを使ってシュザンヌにお茶を入れてやれるだろう。

シュルヤのおかげで、ここで何カ月も暮らした人々、ぼくら以前にガブリエル島に置き去りにされたハイダリー号のクーリーたちの痕跡が、それとわかる。錆びた鉄片、壺のかけら、それにインドや中国の古銭さえもいたるところに転がっている。

岩の割れ目に、溶岩に彫りつけられた円や三角形やバラ窓のような奇妙なしるしを見つけた。これらの痕跡を残したのはだれか。日に焼けた顔の女が一人、来る日も来る日も、遠くに幻影のように浮かぶモーリシャス島の緑のラインを眺めながら、祈りを唱えるようにこれらの絵を描いていた姿を思い浮かべる。あるいは、一人の男かもしれない。布切れを顔に巻いて岩に腰を下ろし、まるで永遠の哨兵のように、海を前にして身じろぎもしないでいる。

アマランサスやレモングラス、それにもっと低い場所、貯水槽のほうで見つかるオオバコを植えたのはあの人々だ。ときどき彼らの足音や、声や、尖峰の周囲で反響して熱帯鳥の鳴き声に交じる名前が、聞こえてくる気がする。パリサッドとおなじように、晩になると子供たちが、「ショタ、オクラー、サバラーアム！アウイ！」と呼び合っている。

魔法使いめいた鳥たちが、風のなか、信号機のまわりを飛んでいる。彼らの巣穴に接近しすぎると、声にならない鳴き声を立てるので、髪に平手打ちを喰らう思いがする。ここ、この小島で、身体の芯に波の絶え間ない震動を抱えながら、玄武岩と泡のきらめきのなかに閉じこめられているぼくは、狂気に付け狙われているのかもしれない。シュルヤヴァティしかいない。シュルヤだけが、彼女の視線、眼の光、手のぬくもりだけが、ぼくらを生ける者の世界につなぎ留めてくれる。以前のシュザンヌは、ぼくのことを話題にするたびに決まって交える皮肉をこめて、シュルヤのことを「あなたの舞姫」と呼んだ。今では毎日、視線をたえず入口の方に向けてシュルヤが来るのを待っている。だれかが敷居をまたぐと、熱っぽい視線が輝きを増す。

夕方、ぼくの心臓は早鐘を打っていた。ぼくの奥底には、暗礁に砕ける波の音や海鳥の絶え間ない鳴き声に混じって、あの震動があった。昂ぶりが戻ってくるのを感じた。とても遠くからやってきて、徐々に高まる戦慄だ。ジャックが長く伸びたひげを切るのに入口近くに置いていた鏡の端に映る自分の顔を見た。鏡を見ることなど久しくなかった。無関心もあるが、毎日の生活に忙殺されていた。自分の変化に驚いた。肌は日に焼けて黒ずみ、髪はくすんで縮れている。ぼくもまた狂人に見えるだろう。シュルヤヴァティは、ぼくがアンゴリ・マーラに似ていると言った。森で人々の指を切った山賊、仏陀の力で狂気から快癒した男だ(54)。しかしぼくには発疹など、病気の兆候などまったくない。

屋外に出るとき、シュザンヌが目で追ってきた。ぼくが夜中に抜け出してパリサッドのほうに行ったときと同じ、不安そうな表情だ。しかしここだと、抜け出してどこに行くというのか。

シュザンヌのほうに戻った。シュザンヌは、小屋の奥に身体を丸めて寝ているジャックを起こさないように、ごく小声でささやく。水か何かがほしいのか、あるいはトイレに行く介添えをしてほしいのかと思った。しかし、ただ「わたしたちを助けて」とだけ言った。それから壁のほうに寝返りを打った。

海に入ると、何とも言えず心地よい。まだ明るい空の下で、ラグーンの水は黒々として動かない。半月形の砂浜を歩く。それから潮の流れに飛びこむ。ほとんど流されない。飛びこんだとき、耳もとでさらさらと水音がした。水面近くを潜って進むために息を溜め、闇のなかで目を開き、海のたゆたいだけに導かれてゆっくりと泳いだ。

長い横断だった。いっとき目の前にプラト島の岩盤と、ぎざぎざの火山の形がはっきりと見えた。

まったく音は聞こえず、灯りも見えなかった。海上に眠りこんだ巨獣のようだった。崩れ落ちた埠頭の近くに上陸した。そこは猛毒の針をもつ泥カサゴの生息地だ。珊瑚礁で切り傷をしたとき、シュルヤがはじめて介抱してくれたのはここだ。

水から出ると、風が冷たいくらいだ。月に濃霧が掛かっているのか、雨の匂いがする。藪を抜け、なじみの小道を通って岬まで走った。かつて目印に付けた折り枝が、まだそれとわかる。両の足は、痕跡や障害物を見分けることを心得ている。ぼくは何ひとつ忘れてはいない。無人となった隔離所を遠巻きにして通った。ヴェランとバルトリがそこに来るのは、もっぱら昼間寝るためだ。夜は火山の頂上の、積み石の壁に守られた場所で、架空の敵の到来を待ち受けながら過ごす。貯水槽さえも忘れられ、ランタナが生い茂っている。澱んだ水の臭いと蚊の群れのなかを突っ切った。こうして、独裁者が編み出した境界線が現実のものとなり、島のこちら側では何もかも腐敗してしまったかのようだ。

廃墟と化したその区域から逃げた。何やら冷たい風が吹いていて、ぼくを震え上がらせた。夜の闇のなかで通り道をふさぐ茨の扉にぶつかりながら、二度も道を間違えた。やがて不意に、島の反対側の、ココヤシのプランテーションが始まる急な斜面の上方に来ていた。そこは賤民村の前にあたり、パリサッド湾が見えた。

家のなか、扉の前、いたるところで灯火が輝いていた。海岸沿いでは薪の山がいくつも赤く燃えていた。薪の煙に混じって、何かの食べ物の匂いがいつまでも消えずに漂っていた。それを急斜面から犬みたいにくんくんと嗅いだ。もう何週間も何カ月もこんな匂いを嗅いだことはなかった。ぼくは今では石と風の世界に、香りなどなく、ただ残忍な眼をした鳥たちだけが動き回る世界に属している。海と日差しに擦り剝かれた世界だ。

下山するのが怖かった。犬たちを驚かせないよう、風上に向かって到着するように迂回をした。賤民村でミュリアマーの小屋を見た。だれもいないのに、玄関先に小さなランプが灯っていた。

アナンタの家もがらんとしていた。入口では、灯油の芯の先でランプが揺らめいていた。アナンタが寝ていた場所の床は、片付けられてきれいになっていた。もう蚊帳もシーツもなかった。アナンタの白檀の大箱も、三神一体の絵も香炉もなくなっていた。どきどきしながら、海に突き出した平たい岩まで海岸沿いを走った。シュルヤはすぐには見つからなかった。薪の山のうす明かりに人影がいくつか見えた。火が消えないように注意を払っている女たち、長い枝で火を掻き立てている男たちがいた。岩の上には衣服に包まれた遺体が寝かされていた。

シュルヤがいるのがわかった。岩の縁に腰を下ろしていたが、ときどきすっかり煙に包まれることがあって、シュルヤ自身も燃えているようだった。その前にはアナンタがいた。子供の遺体のように細い、小さな人型で、すでに焼け尽きていた。足もとには、彼女の所持品のすべて、宝石も櫛も白粉も生活のすべてが詰まっていた白檀の大箱の残骸があった。しかしシュルヤは、バード社の錫の箱は取っておいた。それには祖母の移民証明書や、ボワニプルから乗船するときにアナンタが首にかけていた一〇九という番号の付いた真鍮の首輪が入っていた。

ぼくが着いたときには、火葬は終わりかけていた。シュルヤには近寄らず、薪の山の反対側の海に突き出した平たい岩の下、ぼくらがはじめていっしょに夜を過ごした場所にいた。

一人の男がシュルヤのそばに立っていた。ときどき油を注ぐと、炎がパチパチとはぜて跳ね上がった。それは〈長老〉ラマサウミーだった。当初シャイク・フセインの部下だと勘違いしたが、じつはパリサッドの本当の指導者だった。無言のままひたすら油を注いでいた。注ぐたびに痩躯の周囲に煙が渦を巻いて立ちのぼった。

あたりは静まり返っていた。聞こえるのはただ、突風にうなるような炎の音と、火の粉のはぜる音だけだった。

もっと遠くの大通りには、往来する人々や眠らない子供たちがいた。交尾をしては、やがて甲高く吠えながら取っ組み合う犬たちもいた。灯りに引き寄せられた洞穴のコウモリが、煙の渦をジグザグに横切って飛んでいた。甘くて吐き気を催させるお香の匂いがした。汗の臭いもした。ぼくはぶるぶる震えていた。熱がおもむろに上がり、悪寒がひどくなった。暖をとるために火のすぐそばに腰を下ろした。階段に子供が一人座っていて、彫像のように身じろぎもしなかった。それはショト、アナンタが可愛がっていた横笛吹きの少年だった。シュルヤヴァティは炎をじっと見ていた。同じく身じろぎもしなかった。ただときおり、煙がしみる眼をぬぐった。

火葬場の熱気のなか、地べたに横になる。騒音はしだいにやみ、地面に潰れるように寝入ってしまう。明け方に眼を覚ますと、燠はすっかり燃え尽きていた。見渡すかぎり、海までずっと、薄い灰の膜に覆われたようにグレー一色だった。

茂みまで行ってうずくまるような姿勢で小便をした。それから海岸まで歩いて身体を洗った。潮が引いて、水はぬるかった。浜辺では、残飯をあさる犬たちがうろついていた。こちらに向かって唸り声を立てるので、石を握り、腕を振り上げて歩いた。賤民村の通りには人けがなかった。わずかに浜辺に数人の男女の人影がいて、水の中に立って祈っていた。

ヤギの通り道を伝って急斜面のほうに行った。もう家々の裏手では、こちら、またあちらと、ほのかな灯りが灯るところだった。あと少しすると、飯を炊きお茶を沸かす水を用意せよと女たちに命じる現場監督の呼び子が鳴り響くだろう。すると大勢の男女がいくつもの群れをなして、鍬を頭に載せて平衡をとりながら、あるいは堤防まで黒い石を運ぶのにタコノキの葉で編んだ袋を携えて、プランテーションに出かけるだろう。洞穴の下に着くと、星形の灯火が輝いているのが見えた。シュルヤヴァティがすでに来ていた。シーツに包まり、疲労困憊して悲嘆に打ちひしがれ、頭を灰色の空に向けて寝ているのだと思った。

あえて近づかずにしばらく待った。いっしょに寝たあの夜、心で呼びかけてくれたように、ぼくが来ているのを察知して呼んでほしかった。

シュルヤは眠ってなどいなかった。ぼくを待っていたのだ。明け方のほのかな光の中、彼女の顔立ちはいつもより歳をとったように見えた。顔にも手にも服にも灰の染みが付いていた。ぼくが洞穴の前に着くと、シュルヤはランプの火を二本の指でもみ消し、荒れ果てた共同墓地のほうへぼくを引っ張っていた。頭上にはまだ霧に包まれた火口が、黒く威嚇的な壁を作っていた。脅迫や命令を投げつけるヴェランの声、バリケード事件のころと変わりなく警備を続けているかのように「そこを行くのはだれだ」と叫ぶ声が、今にも聞こえて来そうだった。

雨混じりの突風に倒されそうになりながら歩いた。風の音楽に包まれてモクマオウの小さな林を横切った。まだ闇に包まれた木々の下で、針のような枝を敷きつめた地面に寝た。シュルヤヴァティはぼくに身体をすり寄せてきた。寒くて震えが止まらなかった。シュルヤの瞼にキスをすると涙の味がした。どんな言葉を口にしたのか覚えていないが、シュルヤがぼくを黙らせた。「終わりよ。もう今までのわたしじゃないわ」シュルヤはやがて落ち着きを取り戻し、ぼくが起きている間、少し眠った。雲の背後から日が昇ると、シーツや身の回り品、それにアナンタの錫の箱を入れたタコノキのかばんを手に取った。埠頭の前ではマリ爺さんがぼくらだけを待っているようだった。そうして向こう側、ガブリエル島に渡してくれた。

小屋のシュザンヌのそばにいると、性悪男ヴェランが現れた。シュルヤがぼくと島に来たのを知っていて、逮捕しようと探していたのかもしれない。情報収集に来た、とヴェランは言った。順調に快復に向かっていることを希望しているとも。だが、ベルトに拳銃をぶら下げて、民兵のように気味が悪かった。毎晩見張りに立ち、寝るのは昼間だったので、顔は赤茶け、視線には攻撃的で問いつめるような表情があった。小屋に入ってきたとき、ジャックが追い出そうとしたが、ヴェランは相手を壁に押し返した。そのときシュザンヌが寝床で身を起こした。怒りに顔が活気づき、まなざしには暗い輝きがあった。

「わたしがどんな具合かお知りになりたいの。何を探しているの。もう十分じゃないですか。なかなか死なないのがお分かりになった?」

ぼくはシュザンヌをなだめようとした。ジャックは身動きできずに、壁にもたれたままだった。

激怒に駆られたシュザンヌには、ふだんの何倍もの力がみなぎっていた。自力で起き上がることができ、小屋のなかを何歩か歩いた。そうして息を詰まらせた。不意に両手で寝巻きの襟元を腰まで引き裂いた。薄明かりのなかで上半身が奇妙に光り、白い肌に血が固まった黒い傷の斑がいくつもできていた。

「知りたかったのでしょう？　だったらお分かりだわね、ごらんになったわね。なら、お帰りなさいな。出ていきなさい。モーリシャスに、政府に、〈長老〉に、あなたのメッセージをお伝えなさい。わたしたちはもう長くはもたないとおっしゃいなさい」

ヴェランはほうほうの体で逃げていった。顔は汗で光り、すぼめた目には恐怖と憎しみが満ちていた。後ずさりしながら小屋を出て、「あの女は狂っちまった」とつぶやいた。ヴェランが藪を抜けて桟橋まで逃げていく間、ポタラに倣って石を投げた。ぼくも狂ってしまったのか、「さらばだ（シューダ・ハフィーズ）！」と叫んだ。

ヴェランがマリ爺さんの舟に乗り、少し斜めに逸れながら潟を遠ざかっていくのが見えた。やがて火山の方角の茂みのなかに姿を消した。

シュルヤがぼくの手をとる。手のひらが優しくて温かい。ジャックとシュザンヌの小屋の前の、布の庇の下にいっしょに腰を下ろした。

ポタラがぼくらを探しにきた。ただ無言でテントの前に立った。顔の表情はこわばっていた。ジャックがいくら入るように合図しても、お椀に盛った米飯を与えようとしても、近寄ってはこなかった。こちらから近づくと逃げた。日差しを背に受けたシルエットはひょろ長く、延びた影のようだった。シュルヤヴァティは第二の居住区に向かってポタラの後に付いていった。その後ろをジャックとぼくが歩いた。途中でサラ・メトカルフを見かけた。茂みの陰に隠れるようにして、ぼくらが通るのを見ていた。こちらから話しかけようとすると藪のなかに逃げ、恐怖に駆られた動物のような鋭い奇声を上げた。ポタラは小屋の前で扉の敷居にうずくまり、視線を小屋の内側に向けていた。

小屋の奥では小さなランプが点されていた。ミュリアマーが両脚を折って座り、身体を前後に揺すっていた。口を開くことなく何かを奇妙につぶやいて、虫の羽音を思わせた。シュルヤが入ってくると老女は振り向き、顔に指で付けた灰のしるしが見えた。その視線にはどこか緩慢で冷めたものがあった。怖がるように少し後ろに下がった。シュルヤが壁のところまで歩くと、汚れた古いシーツにくるまれて地面にじかに横たわるラザマーの身体が見えた。その顔はじつにすべすべして、子供の顔のように初々しかった。口角と首の付け根を除けば、病気の痕跡はなかった。

香炉でお香がくゆっていたが、耐えがたい臭気があった。ジャックはぼくとシュルヤの腕をとり、戸外に連れ出した。ぼくはラザマーの顔から眼を逸らすことができなかった。広くてすべすべした額、優しい鼻梁、瞼にかかる影、糸切り歯が光っている半開きの口、汚れた古シーツにくるまれた若々しい肉体、伸ばされた両腕、地面にぺたりと置かれた手。シュルヤから伝えられた言葉を、悲劇のせりふのようにぼくを戦慄させたあの文句を、まさに聞いている気がした。「なぜ神様は、どぶに住まわせるためにこの顔とこの身体をわたしにくれたの？」

ポタラの手を借りて、浜辺を漂う木片、塩で朽ちて漂着した木箱の破片など、シュルヤとぼくは集められるかぎりの木切れを集めた。シュルヤは、火葬場の奉仕をした夜に着けていた大きな赤いショールに身を包んでいた。アナンタが死んでから、彼女のなかで何かが変化していた、何か動じないものが生まれていた、放心して夢見るような様子とでも言おうか。

夜までに祭壇をこしらえる間はなかった。ジャックは冷たい声で言った。「さっさとやらねば。その場ですべてを燃やさねば」

唯一の価値ある品、蠟引きシートを外すのをジャックが手伝ってくれた。地面に広げてそれをぐるぐる巻いた。屋根の大部分が取り払われると、黒い石壁がラザマーをとり囲み、今では無意味な囲い地のなかで小さく華奢に見えた。遺体はすでに柩に納められている。

埃が早くもラザマーの顔を覆いはじめていた。ぼくらは遺体に枯れ枝をかけた。海のざわめきを運んでくる生ぬるい風が、小島を包んでいた。シュルヤヴァティはラザマーの遺体に油を注いだ。すっかり夜になる直前で、空の色は薄く、海は紫に近い青みをたたえていた。シュルヤはポタラにランプを渡し、どこに火を点さなければならないかを教えた。数分間は何も起こらなかった、塩気を含んだ木片がなかなか燃えなかったからだ。ミュリアマーが、藁を四角に編んだものを扇子代わりにいらいらと扇ぐ音が聞こえた。彼女が炊飯用の鍋をかける火をおこすときにいつも聞こえる耳慣れた音だ。やがて、渦巻く煙のなか、真っ赤な炎が立ちのぼった。ジャックはさらにひとしきり眺めたあと、仮住まいのシュザンヌのもとへ帰っていった。

ぼくは炎から眼を逸らすことができなかった。すっかり夜になり、風は穏やかだった。燃える薪のまわりを、虫を求めてコウモリが飛び交っていた。シュルヤが火の番をしていた。枝を投げ入れ、燃えさしを奥に押していた。ミュリアマーはラザマーの持ち物すべて、宝石も白粉さえも火にくべた。娘のどんな痕跡もこの世に残すまいと決意したかのようだった。ポタラは燃え盛る火の反対側でじっとしていた。そうするうちに、地面にじかに寝転ぶのが見え、そのまま眠ってしまった。

火の粉が舞うのを眺めているうちに、ぼくも眠りに落ちた。

シュルヤヴァティが肩を触ってぼくを起こした。言っていることが呑みこめなかった。シュルヤはもう一度繰り返した。「シュザンヌが会いたがっているの」よろめきながら小屋まで行った。入口でジャックが待っていた。ランプの反映が揺らめいて、ジャックの顔が妙な表情に見えた。小屋のなかでは、ラザマーを見た部屋と同じほの暗い光がランプから出ていた。床に就いたシュザンヌはとても具合が悪そうだった。ジャックが言う、「うわごとを言っている。始終お前の名を呼んでいる。お前が教えたランボーやボードレールの詩を口にするんだ。シュザンヌが望んでいるのは、そばにいてほしいのはお前だよ」ぼくが近づくのをためらうので、ジャックは冷めた口調で付け加えた、「死にかけているわけではないのかもしれない、闘おうとしているのかもしれない」ジャックがロンドンのセント・ジョゼフ病院のインターンをしていた時期、産褥熱で死にそうな女の話を聞いたのを思い出す。「医者たちは悲観的だが、もしかしたら切り抜けるかもしれない」その女が快癒したのかどうかが、シュザンヌの生命に何か重要な意味をもつかのように思い出そうとするものの、どうしても思い出せない。

ひどく熱いシュザンヌの額に手をやる。苦労の末にゆっくりと頭を回した。ラザマーと同じまなざしをしており、苦痛のせいで頭が冴えわたっていた。

「わたし、死ぬの？　それは今なの？」ジャックに聞こえないよう、つぶやくようにそう言った。シュザンヌの手を握った。自分の力を送ってやりたかった。ヘイスティングズの浜辺を風に向かって三人いっしょに歩いたときのことを、まざまざと思い出す。シュザンヌも思い出しているのかもしれない。海の匂いをはらんだ冷たい風が、ぼくらの出立の願望をそそったものだ。モーリシャスに行こうと決めたのはあの日だった。

シュザンヌは酔ったように話しつづけ、何か不明瞭な単語を発していた。ジャックはそばで横になり、ほどなく寝入ってしまった。ぼくはジャックの寝息とシュザンヌの錯綜した言葉に、それに夜の物音や岩場の鳥の鳴き声に、耳を澄ましていた。上げ潮とともに風が強くなっていた。

夜明けに起きると、シュザンヌは静かに息をしていた。危機は去っていた。顔の浮腫が引き、ほつれ毛が汗で額に貼りついていた。

戸外では燠の臭いは消えていた。風が灰を吹き払っていた。ミュリアマーとポタラの姿が見えた。その向こうで、岩に寄りかかるようにシュルヤが寝ていた。風は海の深みから吹いてくるように冷たかった。シュルヤの顔に触れると振り向いて、自分が横たわる生温かい砂の窪みのほうにぼくを引き寄せた。シュルヤの唇が自分の唇に重なるのを感じた。ぼくらの息はひとつになっていた。

航海の七日目に、ギリバラは「日曜」と書き、長い下線を引いた。その日、冷たい女神シタラが船に侵入した。明け方、船員たちが甲板掃除をさせるのに囚人の一組を徴集しに船倉に降りていくと、セポイの一人が、脚を仲間の脚に結えられたままグロテスクな格好で、身体を二つに折って船体に寄りかかっていた。医師のセン氏がやってきて、囚人の口に鏡を当て、死んでいることを確認した。船倉に充満する悪臭と、遺体が汚物にまみれている点からして、死因については疑いの余地がなかった。医師から悪い知らせを受けた船長は怒りもあらわに周旋業者を招集し、なぜ警告しなかったのかと問い詰めた。今や船内でコレラが発生しており、それは船の遅滞と、他の病人の、いやおそらくは死人の発生を意味した。病人を乗船させたとしたら、バード&コンパニー社に対するその責任は船長にあった。

船員たちが遺体を軛（くびき）から外し、アンモニア水に浸したボロ布に包んで甲板上に運んだ。移民たちが冷たい女神のことを口にしはじめたのは、そのときだった。

中甲板に反逆の兆しが現れた。インドに引き返してくれと言う者もいれば、瘴気を逃れるため、中甲板の住まいを出て屋外で暮らしたいと言う者もいた。女たちが身を置く一角でも恐怖が高まっていた。徒刑囚のトイレや居場所からできるだけ離れるために、大半は船尾に集まっていた。ドグリジュ・ロケー族の女たちだけは、何が起こっているのか理解できず、恐怖で目を丸くしながら、当初からいる場所にじっとしていた。マニとギリバラは離れずにいた。アナンタは高まるざわめきを聞きながら、カーンプルの時代が再来したかのように母親にしがみついていた。

棍棒をもった船員が残りのセポイたちを軛(くびき)から外し、甲板上に誘導した。遺体が海に投げられる重量感のある音がした。たちまち甲板上に静寂が戻った。しばらくして、船員たちが船倉を殺菌するのに、バケツと壺入りのコンディ消毒液をもってきた。この一件をおおげさに吹聴している移民の男に向かって、今後は感染を避けるため、航海中は囚人たちに甲板上の狭い医務所で暮らしてもらう、と船員の一人が説明した。マニは首を振りながら、「もう冷たい女神が乗船してしまっている。他にも死人が出るわ」と言った。息子を守ろうと、一粒の種と白檀のかけらでできたお守りをその首にかけた。

アナンタには、母親の登録番号が刻まれた真鍮の鑑札を付けた首飾りの他には何もなかった。

今、イシュカンダー・ショー号の内部には何か不分明なもの、脅威または恐怖めいたものがあった。それは中甲板の薄明かりのなかに始終あり、空気中に充満し、機械の振動に混じって震えていた。船の横揺れや肋材のかすかな軋みのなかにもあった。過ぎていく時間のなかにも、日よけシートのすき間から見える空の色の変化のなかにもそれはあった。

女神が徘徊するのはとくに夜だった。ギリバラは娘と身体を絡ませてござに横になっていた。眠らずに、暗闇のなかで眼を見開いて待っていた。いっとき深い淵に落下するように寝入ったが、やがて胸をどきどきさせながら顔にびっしょり汗をかいて飛び起き、アナンタを抱きしめた。

「ママ、いつになったら着くの」とアナンタが低い声で尋ねた。

「まもなくよ、ひょっとしたら明日、いやあさってかもしれないわ」

しかしギリバラは、まだ長い時間がかかることを知っていた。何日も、何夜も、いやもしかしたら何カ月もかかるかもしれなかった。

ときどき、暗闇のなかを流れる息か嘆息のようなものがあった。人々を総毛立ちにさせる冷気だった。その息が自分とアナンタの上を通り過ぎるのを感じると、ギリバラはもう動くことも息をすることもできなかった。それはシタラの吐く息、死神ヤマの到来を告げるシタラの息だった。ヤムナー川の葦の茂みのなかで、死んだ子供を抱え、片腕を差し出し、逃れがたい幻惑を及ぼしながら自分に向かってきた虚ろな目をした娘のことを、ギリバラは思い出していた。リルが背後に引き寄せて、娘の視線から引き離してくれたのだった。

毎朝、明け方の灰色の光のなか、周旋業者の呼び子が鳴ると、移民たちは身を起こし、目でお互いの人数を数えた。夜のうちに倒れたのはだれか、女神に息を吹きかけられたのはだれかを知ろうとした。

ある朝、一人の男の子が起きなかった。アナンタから数歩のところにいて、顔は蒼白で唇も青く、目を半開きにして、汚れた布類の山に寄りかかるようにして寝ていた。母親は単調な嘆き節で子供をあやしながら起こそうとしていた。

病気の進行は速かった。冷気が身体に入り、指や唇まで青くし、子供は数時間のうちに体内の水分をすっかり失った。医者が来たときにはすでに死にかけていた。一人の船員が、古ぼけた人形を扱うように子供をぼろ布にくるんで運び去った。あとには母親の嘆き節だけが残った。中甲板の薄明かりのなか、いたるところから同時に湧き出てくるような歌だった。そしてまたも、海に沈められる遺体の重たい音、その上にふたたび閉じる海の音。

屋根のない甲板に出ても、もう以前と同じではなかった。自分たちの番になると、ギリバラとアナンタはいつものように、めくるめく感覚にとらわれた。空と海がぐるぐる回り、主帆が風をはらんで膨らみ、甲板上にそびえる高い煙突からは渦巻状の煙が煤を撒きながら噴き出していた。しかし今では、ヤムナー川のほとりで見た娘の視線に似た、彼女の体臭や凍てついた息に似た、恐ろしい気配があった。

甲板上では女たちが立ち働き、洗い物をしていた。だれもしゃべる者はいなかった。ボートのそばに、ある印が付けられていた。そこは、毎朝、女神に囚われた遺体を海に投げ捨てる場所だった。

マニまでがしゃべらなくなってしまった。始終、肋材の間の自分の場所に腰を下ろし、ショールを顔に巻きつけ、皺の寄った胸に息子を抱きしめていた。

乗組員も寡黙になっていた。セポイが医務所に隔離されて以来、船員たちは船尾の機械の陰で、甲板にじかに寝ていた。もう中甲板には降りていかなかった。炊事係がはしごの下に米飯の入った大鍋を置き、移民たちは周旋業者の監視のもと、それを順番によそいに来た。白い長衣を着て丈の高いターバンをかぶった北部出身の二人の男だけは、赤の碁盤模様の大きなハンカチの上で、チェスの勝負を続けていた。この世でチェスをおいて重要なものなどないかのようだった。アナンタは何度も抜け出して男たちの対戦を見に行ったが、男たちは女の子に気づきさえしなかった。

ギリバラはすでにノートの二十八ページまで書きこみを行ない、月曜日と書くのは四回目だった。そのとき、移民たちを仰天させる新しいできごとがあった。まだ早朝のことで、風は止み、船体を疲労させ肋材を軋ませる長い波もなく、ガンジス河口の砂の端を渡ったときのような小さな波が立っていた。

やがてあの妙な音、軋むような、嘆くような音がした。あまりに珍しいことなので、女たちは油じみた船窓から様子をうかがおうとした。音の正体を真っ先に見てとったのはマニだった。ギリバラの腕を握ったマニの顔は喜びに輝いていた。「聴いて、ほら聴いて、陸に近づいたわよ、耳を澄ましてごらん」

ギリバラを引っ張って、マニは人をかき分けて船窓のところまで行った。

ギリバラはガラス越しにエメラルド色の海と、島々のラインと、とてつもない姿をしたココヤシの木を見た。軋むような音は、甲板すれすれに空を旋回しながら船を追いかけてくる海鳥の鳴き声だった。

甲板に出る合図は鳴っていなかったが、ギリバラとアナンタは急いではしごの上まで上り、マニと他の女たちも後に続いた。島々は左舷の方向に見え、船の舳先の前方にたゆたっていた。女たちは長いこと陸を見ていなかったので、その島々はこの世のものとも思えず、巨大な川の河口のように近寄りがたく見えた。真ん前の水平線に、帆と煙突の陰に一部隠れているが、別の陸地があった。泡に縁どられ、頂が雲に隠れた尖峰がいくつもそびえていた。マニは陸地のラインを指差した。「ここよ。わたしたち着いたのよ。ミリチ・デシュよ」

マニの眼は感涙にうるんでいた。あるいはあの光のせいだったかもしれない。アナンタはギリバラの手を握り締めた。「ママ、本当に着いたの」しかしギリバラには何も返答ができなかった。かくも細長い、かくも白い陸地を、山々や雪を、そして自分の目から流れ落ちた涙を見つめることしかできなかった。本当に着いたことがなかなか理解できなかった。

徐々に他の移民、船首を陣取っていた男たちが、甲板に出てきた。周旋業者も上がってきて、舳先の、索具を扱う区画に立っていた。だが船員たちは、甲板にいる人々を退去させることなど思いつかなかった。イシュカンダー・ショー号はすべての帆を緩め、自らの馬力をこれが最後と見せつけるように、蒸気機関の力だけで進んだ。

一行の眼前には、三つの島が難破した動物さながらにゆっくりと漂っていた。さらにその少し先の入江の真ん中には、鋭い巨岩がひとつ、大洋からそそり立っていた。やがて船長はわれに返り、さまざまな命令を出した。周旋業者は呼び子を吹いて、一同を中甲板に下ろした。朝の冷気にもかかわらず、船の内部は日差しで暑くなっていた。屋外ではそよとの風もなく、海は凪いでいた。早くも移民たちはそそくさと所持品を折りたたみ、荷の包みの端を結び合わせていた。人声のざわめきや叫び声が聞こえ、焦燥と熱気があった。到着したのだ。

風がいつまでも吹きやまない。おかげで嵐の脅威は遠のいた。目に痛いほどの青空と、暗く過酷な、船を渡せない海。島の南端の尖峰のふもと、熱帯鳥の巣の下に、シュルヤとぼくは仮住まいを設えた。その場所を選んだのはシュルヤだ。鳥たちのそばで暮らして、水平線の広がりや、鳥たちがけっしていくことのないモーリシャス本島の海岸を、鳥が眺めるように眺めたいと言った。

シュルヤはプラト島を去る前に、蚊帳も炊事用具もそっくり他人にやってしまった。手もとに残したのは、銛とタコノキの葉のかばんだけだ。学習帳も、ロンドンやパリが話題になっている『ロンドン画報』の切り抜きも、焼いてしまった。それを知り、シュルヤにはもう何もないことがわかったとき、ぼくは戦慄を覚えた。間近に迫った真実が与える戦慄だ。

玄武岩の角に突風が吹きつけ、グンバイヒルガオや藪をなぎ倒す。遠くから吹いてきて、沖の味をはらんだ風だ。太陽は明け方から海に沈むまで熱く燃えている。玄武岩がきらめいている。タコノキでさえきらめきに満ちている。ときどき光のなかを、糸を引くように虫が飛んでいる。海のほうに運ばれていくスズメバチか。

尖峰はたえず震動している。はじめは何かわからず、海のざわめきと思いこむ。小島の端（はな）の黒い暗礁に砕ける波の音に思える。だがその震動は風に近い。一番深い所から、大地の腹から吹いてきて、ぼくらがしがみついている岩まで昇ってくる。地べたに横になっても、岩の割れ目から聞こえてくる。シュルヤヴァティはぼくの手を取って握りしめる。「いつまでもいっしょよね、兄さん（バーイー）……」大地とぼくらの身体を貫いてこのように震動しているのは、熱病なのかもしれない。それとも冷たい女神がぼくらをとどめて放さないのか。

ぼくらの小屋から遠からぬところで、サラ・メトカルフが暮らしている。

ラザマーが死んでから、サラに食べ物をもっていくのはシュルヤだ。施しの中身は米飯と少々の果物、それに貝である。こちらから話しかけてみたものの、ひどく臆病になっていて隠れ家から出てこようとさえしない。けさの焦げ飯と干し魚は、ウシドリ〔アマサギ〕がまんまと平らげてしまった。しかしシュルヤのことは怖がっていない。サラは石に腰かけて、ひと言も発さずにそそくさと食べる。水は、付近にだれもいないときを見計らって、貯水槽から手桶に汲んでじかに飲む。衣服はぼろぼろで、胸の悪くなるような悪臭を放っている。いったい何を、だれを恐れているのか。シュルヤによれば、ヴェランに閉じこめられるのが怖くて隠れているらしい。追いつめられた動物のように、昼間はずっと穴ぐらに潜んでいる。夕方になってようやく外に出て、水を飲み、潮が引いている間に岩場の水溜りで貝を採る。

ジョンの名を書いた板は風で倒れてしまったが、サラはそれを起こそうともしない。それでも、最初に死んだ者たち、ニコラ、トゥルノワ氏、それに二人のインド女性を記憶に残すためにぼくが建てたピラミッドの近くで、ときどきサラを見かけた。もっとも、サラがそこに行くのはただ風を避けるためかもしれない。ポタラはジャックに叱られても、サラを見つけると相変わらず石を投げる。怖いからかもしれない。するとサラは、鳥のような甲高い声を立てて逃げていく。

まさしく鳥たちがいる。夜が白んでくるとすぐさま、シュルヤはぼくを尖峰の高みの熱帯鳥の巣まで連れていく。乾燥した藪のなかを音も立てずに這っていく。岩場を風がひゅうひゅうと吹く。海はなんと青くて広々としていることか。ぼくらは今では鳥の眼で海を見ている。窪みの一つひとつ、水の流れの一筋ひと筋をうかがう厳しい視線だ。けさシュルヤが岬の沖の水面を滑っていく黒っぽいものを指さした。「見て！」一頭のシャチが海面を沸き立たせながら泳いでいた。やがてひっくり返って白い腹を見せた。

熱帯鳥が獲物を求めて旋回している。一羽のアマサギが、大きな鳴き声を上げながら、黒の縁取りのある巨大な翼を風のなかに広げて尖峰をかすめていく。それが一匹の魚に狙いを定め、石が落ちるように降下すると、その背後を熱帯鳥たちが追って次々と降下する。鳥たちの身体が水面でぶつかり合う音が聞こえ、やがて争いが始まる。熱帯鳥の縄張りに入る者は無傷では済まない。

ぼくらはどの巣も知っている。シュルヤが先導役になって、這いながら巣の入口まで進んで行く。熱帯鳥は今ではシュルヤのことを知っている。もうぼくらを襲ってはこない。くちばしを開いて唸りながら、侵食された斜面をぎこちなく歩く。シュルヤヴァテイが優しく話しかける、鳥たちと交わす優しくなめらかな言葉、ドム族の言語、アナンタに習った秘密の言葉だ。シュルヤはいう、「熱帯鳥はわたしたちと同じ。さすらい者で泥棒よ」いくつかの単語を教わったぼくが反復するのを聞いている、シュルム（泥棒）、シャロ　グル　ライエ（家に入ろう）。だがシュルヤは鳥たちから何を盗むわけでもない。

鳥たちが近づいてきたり飛び立ったりする間、シュルヤは地べたに寝て、長いこと眺めている。ぼくは少し後ろの岩場にいる。鳥たちが波打つ真っ赤な長い吹き流しを風になびかせ、身体を真珠層のように光らせながら、海にまっすぐ降下するときが好きだ。

ぼくらは話さない。歌みたいな二言三言を交わすだけだ。あるいは、風が頭上でひゅうひゅうと音を立てる穴ぐらにうずくまっているときには、額の真ん中に大きな眼のしるしを付けたシュルヤが、自分の息をぼくの息に混ぜながら「バーイー……」というぼくの呼び名を繰り返すだけだ。

毎日、午後になると岬を下る。貯水槽に行って、マリ爺さんにもらったヤギ革の袋に水を汲むのだ。それからキャンプに行ってぼくらの米の配給を受け取る。シュザンヌは床を離れはじめた。とても痩せていて長い衣装がだぶだぶだ。ジャックが米を炊くのを手伝う。シュザンヌの食欲は旺盛だ。三本指でとても優雅にごはんをつかむが、その食べ方をシュルヤに教わった。ぼくがそう言うと笑う。シュザンヌの笑顔を見るのはずいぶん久しぶりだ。

ジャックがニュースをもって来る。

「バルトリがやってきた。今日明日にも沿岸警備船がぼくらを迎えにくるというんだ。クーリーたちが待ちわびて浜に集まっているらしい」

ほうろう引きの皿に飯を盛りながら、ぼくはうわの空で聞いている。鍋底にこびり付いた焦げ飯が好きなシュルヤのために、丁寧にとってやる。

「ヴェランは気が触れたようだ。火口の頂にバリケードを築いて立てこもり、夜どおし見張りに立っては、今夜は大事な夜だ、奴らはわれわれを皆殺しにするつもりだと言っているらしい」

シュザンヌが口を挿む。

「だけど食事をしに、ときどきは下りてこなければならないでしょう？」

ジャックは肩をすぼめる。

「ぼくらからくすねたものがたっぷりあるから、食料は十分なはずだ。それにすぐ下に泉がある」

ジャックはシュザンヌに聞こえないように小声で話す。

「この前の夜、奴はヤギの首を掻き切って血を集め、サイフォン管を自分の尻に差しこんで輸血しようとしたそうだ。狂っちまって、もうあいつの住処にはだれも近寄らない」

数日前なら、ヴェランの気が触れたという知らせに大喜びしただろう。血まみれのヴェランが、拳銃を握り、亡霊の襲撃を待ち受けて、灯台の廃墟にバリケードを築いて立てこもっている。今ではそんなことはどうでもよい。長い病気から快癒して思い出す色あせた悪夢のようなもので、汗とともに霧散してしまう。

シュザンヌがぼくの手をとった。夕暮れの光のなかで見ると青白く、ぼんやりした様子だ。おずおずとこう言う。

「あなたたち、どうしてここに、わたしたちのところに来ないの」シュルヤの名を口にすることができずにいる。つい最近まで「あなたの舞姫」と茶化していたのが恥ずかしいのだ。

だが、ガブリエル島の風はすべてを吹き払ってしまった。もう詩情などない。ロングフェローの少々荘厳な長ったらしい美辞麗句を読もうという気はもう起こらない。アデンの男の激越な言葉すら、空に消え、風に運び去られ、海に沈んでしまったようだ。米を集め、革袋に新鮮な水を注ぐと、岬のほうに急いで向かう。そこでは、彗星のような熱帯鳥が執拗に舞う空の下に横になって、シュルヤヴァティがぼくを待っている。

シュザンヌは何かが自分から逃れていくと感じた。わからないままに、ぼくを引きとめようとした。昔のようにロンドンや、ヘイスティングズや、『ハイアワサの歌』の話をぼくにしようとする。モーリシャス島のことを、メディーヌの畑やアンナの家のことを、ジャックがまた話してくれればよいと思っている。「聞いた？　明日かあさって、わたしたち、とうとうあちらに行けるわ」もう忘れてしまったのか。老アルシャンボーの復讐は、かすめただけでシュザンヌに何の痕跡も残さなかったのか。

シュザンヌは別のことを考えている。それはぼくらの問題をそっくり解決する方策のようなものだ。「むしろレユニオン島に行きましょう。あちらのラヴィーヌ・ア・ジャック〔ジャックの雨溝、の意〕の隔離病棟では医者や看護婦が必要らしいわ」そう言って言葉を切る。「わたしたちにはお似合いの地名だわ――それに何と言ってもわたしの故郷だし。夏には駕籠（かご）に乗ってシラオスの高い山に行きましょう。寒いわよ。凍った滝がいくつもあるわ。蘭の咲き乱れる森もね。天国よ」シュザンヌに生気が戻ってきた。頰に赤みが差し、眼は輝いている。いろいろ計画を立て、また夢を見はじめた。ジャックはシュザンヌを抱きしめて接吻をする。近眼特有のうるんだ眼をしている。話そうとするが、どうしても以前のようにはモーリシャスのことが話せない。もはやそのすばらしさを信じていないかのようだ。ぼくのほうを振り向いたが、そのときはじめて、冷淡の表情、ほとんど憎しみの表情を見た。何が起ころうとも、アルシャンボーの家名から恩恵を被るようなことは今後一切すまいと心に決めているのがわかった。

自分の領分に戻るため、そしてシュルヤと合流するために、尖峰に向かって駆けた。藪のなかで、あちこちぶらついているポタラに逢った。とても痩せていて色が黒い。子供の背丈なのに、大人びた険しい眼つきをしている。カルカッタを出発してこのかた、どれほどの辛酸をなめてきたかと思う。

食べ物を少し与えて機嫌をとろうと試みる。焦げ飯を盛ったほうろう引きの皿を差し出す。腹を空かした者が見せる、燃えるような眼をしている。しかしこちらが近寄るにつれて後ずさりする。フランス語で言ってみる、「ほら、さあ、怖がるんじゃないよ。君を食べてしまおうというんじゃないのだから。君はあまりに痩せすぎているよ」ポタラはどんな言葉も話さない。シュルヤによると、ポタラと母親は「ジプシー」、インド山岳地帯のコルハチ族の出で、旅芸人ないし盗賊ということだった。子供を盗み、サルを仕込んでは家々に侵入させ、蛇を番犬代わりにするらしい。

住処にしていた小屋を焼かれてしまい、ミュリアマーとポタラは今では宿無しだった。あまりに人慣れていないために、ジャックやシュザンヌと同居はできない。昼間は暑い日差しを逃れるために、浜辺の近くのモクマオウの茂みに避難する。グンバイヒルガオのなかにじっとうずくまっている。葉むらに二人の身体の形が残っているのが見える。晩になると、森のはずれの水槽やトイレの近くで寝る。ミュリアマーは毎朝、無言で米飯の配給を受け取りにくる。小さな島ガブリエルは一切の言葉を干上がらせる。風と、硬い岩と、波のとどろきが、ぼくらの真の言葉になってしまった。

ジャックもモーリシャス島のラインを眺めに南の端にやってきた。ほとんどまばたきもせずに見つめている。ぼくはあらゆる細部を、ラインの裂け目の一つひとつを知っている。眼をつぶって砂に描くことさえできる。すぐ右手には、難破船の舳先を思わせる形をしたコワン・ド・ミール島、その背後の遠方には、海や空と区別がつかない長いモーリシャスの砂浜が東のほうに延びている。さらにサトウキビ畑になっている緑の斜面、そして尖った頂上を雲に隠した十二の尖峰がそびえている——リヴィエール・ノワールの尖峰、ランパール山、コール・ド・ギャルド山、オリー山、プース山、二つの乳房のようなドゥー・マメルの姉妹山、帽子をかぶったようなピーター・ボース山、カルバス山、ブランシュ山、バンブー山、カン・ド・マスク山だ。ジャックからこれらの名前を教わり、リュエイユのル・ベール夫人の寄宿舎のベッドで、連禱のようにこれらを声に出していた。ピーター・ボース山をよじ登る場面を想像していた。それはジャックと交わした約束のようなものだった。「父さんは兄のアレクサンドルに言ったそうだ、『いっしょに上まで登るなんて兄さんにはとうてい無理だね』アレクサンドルは『帽子』の基部の、縄梯子が掛かっているところまで父さんに付いてきたが、そこでめまいがした。それで父さんは一人で頂上に上がり、岩の帽子に腰かけた。それまで見たことがないほど美しい眺めだった、と言っていた」

今となっては、ジャックとぼくがピーター・ボース山にいっしょに登ることなどないことはわかっている。あまりに多くのできごとがあった。山登りの話など存在しないかのようだ。ピーター・ボース山は他の山と変わらない。青みがかったラインに付いたただの歯状の刻み目にすぎないが、ぼくは眼がくらくらするまで、吐き気がしてくるまで眺めた。

だがジャックは風景を眺めにきたのでも、ぼくらの小屋の様子を見にきたのでもない。ぼくを問いつめにきたのだ。

ジャック――「お前はどういうつもりなんだ」

ぼく――「つもりって、何が」

「おれの言いたいことはわかるはずだ。明日かあさってには船が来る。お前は腹を決めなければならない」

「それが兄さんの知りたいことなら、ぼくはここに残りはしないよ」

ぼくの茶化すような言い方がジャックには気に入らない。

「あの娘のことを言っているんだ。あの娘に何を約束した?」

今度はぼくがいらだつ。

「何も約束などしちゃいない。何を約束しろと言うんだ。こんなところで約束などできるか?」

ジャックもいらだちを見せる。いらいらすると、眼鏡を外して指を鼻梁に当てる。父とアルシャンボー伯父にも同じ癖があったらしい。以前はそれをおもしろがったが、今はこの癖が耐えがたかった。

仏頂面をした子供をあやすように、ジャックはゆっくりとしゃべる。

「おれの言いたいのは、おれとシュザンヌがお前に言わねばならないのは、お前がモーリシャスで皆目知られていないわけではないということだ。お前は一つの家族の一員であり、アルシャンボー家は権勢をもっている。寡頭政治の一翼を担い、有名な連帯政治クラブの一員だ」

ぼくが言葉をさえぎる。

「〈長老たち〉のことを言っているのか」

「そう、〈長老たち〉さ。望むか否かにかかわらず、お前はその階級の人間なんだ。しかもあの娘がお前とは違う身分の人間である事実を変えるわけにはいかない。それはここではどうでもよいことだ。ここは格差などない土地、無人島だからな。しかしここを出ればたちまち、何もかも元どおりだ。そのことを考えたことがあるか。あの娘にお前は率直に話さなければならない、本当のことを言わなければならないのだ」

ぼくは水平線の島影をじっと見ている。一刻一刻、様相がすっかり変わる。あちらでは雲が湧いてきた。西のコワン・ド・ミール島のほうに斜めに重くのしかかる巨大な棒のような雲だ。早くも山々は、雨をはらんだ濃霧のなかに消えていく。さっきよりも冷たくなった風が、ジャックの髪とひげに吹きつけている。あごの横のひげに白い毛が混じっているのが見える。

ジャックはぼくの沈黙を誤解する。保護者気取りでぼくを両腕で抱える。シュルヤが自分の妻を救ってくれたことを忘れたのか。

ぼくは言う――

「兄さんの言うのが正しいのかもしれない。ぼくらは違う人間になったんだよ」

ぼくがそう言ってもわからないと見える。

ジャックは水平線を指さす。

「見ろよ、何といってもあれはおれたちの国だ。あれ以外におれたちの国はない。おれたちの生まれたのはあそこだ、アンナだ」

ジャックは村々や架空の家々を指し示すように手を伸ばす。ぼくは眼をしばたきながら、グラン・ゴーブの漁民小屋や、砲兵崎の灯台や、ユニオン、アレル方面の石灰窯のやぐらが輝くのを眺めた。

ジャックが思い違いをしているのは明らかだ。ぼくにシュザンヌの話をした。モーリシャス島のフローレンス・ナイチンゲールになって、無料診療所を創設し、農民の状況を改善したいという少々ばかげた計画をもっていて、それによるとジャックは彼らのお医者さんになるのだった。なぜかわからないが、そうしたことの一切がもうすっかりぼくから遠のいた。そんなことはもう信じなくなった。

「おれの言うことがわからないのか」

ジャックは驚いた様子でこちらを見る。ぼくは、ジャックが聞いたことのないような険しい、決然とした声を発している。

「ぼくらは互いに無縁な人間になったんだ、もう同じ世界には属していない」

ぼくの顔は日に焼け、ぼさぼさ髪は塩気でねっとりして、ジャックははじめて逢った人間を見るような眼つきで見る。

「気が狂ったのか」

「そんなことはない、ぼくをよく見ろ。自分をよく見ろ。ぼくらはもう何も共有していない。もうこれまでとは違うんだ。兄さんとシュザンヌが行く方向と、ぼくの行く方向とは違うんだ。もう二度と会わないかもしれない。まもなく船が兄さんたちを迎えに来るよ。メディーヌに、ポート・ルイスに、どこだか知らないけど行けばいいさ。兄さんはずっとアルシャンボー家の人間だ。フランスに、あるいはイギリスに戻ることもできるさ。ぼくはシュルヤのもとにいる。いつだっていっしょだ、もうぼくの家族だから。〈長老〉であれ、ぼくの居所は知らせるものか」

ぼくは海に背を向ける格好で岩場に立っている。怒りに捉えられ、今にもジャックに飛びかかって平手打ちを見舞いかねない。兄を憎めるなんて、それも兄自身のせいというよりは兄が代表している世界、つまり〈長老たち〉の精神のせいで兄を憎めるなんて、これまで想像したこともなかった。ジャックはぼくと同じくぼろ着をまとっている。やせ細り、腹を空かし、発熱と赤痢に蝕まれている。素足に靴を履き、眼鏡は割れている。それなのに指令を出しつづけ、統率者として君臨しつづけている。

「お前の言うことはまったく非常識だ、ばかげている。お前の家族をどうして否定できるのだ? 今あるお前、おれやシュザンヌ、お前が皆から受けた恩恵のすべて……それをどうして否定できるのだ?」

ぼくはジャックにそれ以上言わせない。不意に恨みがこみ上げて、口からあふれ出る。

「そうじゃない、眼を開け。すべてを仕組んだのはあいつらだ、〈長老ども〉だぞ、ぼくらを捨てたのは。昔、ハイダリー号の乗客をこの島に何カ月も置き去りにしたように、な。奴らには、兄さんなんかどうでもよい。自分のサトウキビ畑以外はすべてどうでもいいんだ。アルシャンボー家というけど、兄さんはアルシャンボー一族から辱めを受けて追い出された男の息子だ。会計報告書を見て『できそこない！』と父さんに言ったのは、アルシャンボーの伯父だ。望むものを手に入れると、ぼくら全員を追い出し、母さんを死に追いやった。母さんが上流の出じゃなかったからさ、ユーラシア人だったからさ。なのに、ぼくに奴らのところに戻れというのか、何もなかったかのように振舞えというのか。おかしいのは兄さんのほうだ。奴らは兄さんをけっして受け入れないよ、兄さんもシュザンヌも。ぼくは奴らのために生きているんじゃない。奴らはぼくがだれかもわかるまい。ぼくが奴らに会うことは金輪際ない、奴らが車を飛ばして通りすぎるときに轢かれないように溝によけるような場合を除けばね」

ジャックは呆然としている。返事をしない。岩に腰を下ろし、顔に日差しを浴び、折れた鼻梁はいくぶん青白い。ぼんやりと遠くを、山々が雨に霞む水平線のほうを見ている。

かっとなったことが恥ずかしい。

「いいかい、わかってくれよ、もうぼくらには何もないんだ、家も家族も」

兄を苦しめているのはわかっている、とうの昔から兄も感じていることを口にしているのだから。シュザンヌとこの島に来たのは、もっぱらモーリシャス本島から永久追放の憂き目にあうためだったようではないか、という思いでいるのだから。

シュザンヌが岬の端でぼくらに合流した。よろめきながらたどり着いたが、痩せた身体を覆う長い衣装はぶかぶかだ。衰弱してはいるものの、顔は微笑で輝いている。ぼくらが口論していたことを嗅ぎつけている。昔、ヘイスティングズの浜辺でしたように、ジャックの肩に身をすり寄せて髪をなでる。二人が恋していたころの、目の前に人生が開けていたころの身振りを取り戻したいと思っている。シュザンヌはぼくの手をとり、三人いっしょに腰かけようとぼくを引き寄せる。

「どうしてわたしたちのところへ来ていっしょに暮らさないの。もうすぐ向こうでまたいっしょよ。以前話したとおり、すばらしいことばかりだわね？」だがシュザンヌの声には、それが自分でも信じられないような、美装本に書かれた夢想にすぎないかのような、問いかける響きがある。こうも言う、「親戚のみんなに会いに行きましょう。わたしたち、けっして離れないわね」

ジャックは答えない。ぼくには何を考えているかわかる。こちらを見るときの冷たい視線が語っている。ぼくらにはもう親戚はない。あるいは親戚などいたためしがないのかもしれない。それは孤独のなか、ル・ベール寄宿舎の寒い共同寝室で、ひもじさを紛らわすためにぼくが育んでいた夢にすぎなかった。母が死んだとき、アルシャンボーの伯父は、ぼくらの痕跡のどんなに微細なものもことごとく消し去った。ぼくらに対してアンナの家の扉を閉ざした。それでぼくらは何もかも失った。青々とした大地を、エメラルド色の海さながらのサトウキビ畑を、雲が湧き出るけわしい峰を、ピーター・ボース山をも失った。伯父がそれを望んだのだ。そうでなかったら、ぼくらはプラト島とガブリエル島に置き去りになどされただろうか。

シュザンヌは震えている。

「疲れたわ。別荘に戻るのを助けてちょうだい」どれほど悲惨な状況でも、シュザンヌはぼくらを笑わすことができる。

歩きはじめると、藪のなかで物音がして、すばやく逃げる獣の動きがある。サラ・メトカルフだ。シュザンヌの声に惹かれたのか、隠れ家から出てきた。岩場に立って、強すぎる日差しに眼をしばたいている。若々しい顔は日に焼けて赤くなり、髪は乱れ、絡んで塊になったり枝毛になったりしている。呼び寄せようとしてシュザンヌが合図をするが、気の触れた女はまもなく隠れ家のほうへ姿を消した。

黒いピラミッドの前を通るのを避けて遠回りをした。途中、ぼくの腕に寄りかかったシュザンヌが震えているのを感じた。岬への往復はとても骨の折れることだったのだ。

「動悸がひどくて、もう歩けないわ」ジャックとぼくは手を組んで駕籠（かご）を作り、シュザンヌを乗せて「別荘」まで連れ帰った。ぼくらの肩にシュザンヌが両腕を回して運ばれていくさまはきっと、トンボー湾でポールとヴィルジニー[55]が戯れているような、驚くべき眺めだっただろう。ポタラは少し離れた場所で、グンバイヒルガオのなかに隠れて、ぼくらが通りすぎるのを眺めていた。

小屋に着いた。怒りに駆られてシュザンヌの信頼を裏切ったのが恥ずかしかった。プラト島に着いたときのことを思い出していた。荒波で接岸しにくい岸、波が砕け散る平たい玄武岩、荷下ろしの往来を始めたボート、それらを沿岸警備船の甲板から眺めていた。自分の人生のはるか昔に起こったことのように思えた。それでいて、細かいことの逐一が、打ち寄せる波の音一つひとつが思い出された。アヴァ号の甲板にいたジャックとシュザンヌを覚えている。あんなに若々しくエレガントで、ジャックはグレーのフランネルの背広とチョッキを着こみ、よく磨いた黒の靴を履いていた。シュザンヌは首までボタンの付いた薄地のモスリンのロングドレスをまとい、巻き髪（シニヨン）に結った黄金色の厚い髪に白い帽子をピンで留めていた。

まもなくシュザンヌが小屋から出てきた。身体を洗ったと見えて、短い髪はまだ皮膚に貼りつき、大胆で自信に満ちた様子だった。地面を裸足で歩き、アメリカの若き女性開拓者か、南アフリカの開拓農民の娘を思わせた。

ジャックとぼくが口論している間に、シュザンヌはいたるところを箒で掃き、小屋をすっかり片づけてあった。戸口にはカーテン代わりの布を一枚かけていた。火を起こして米を炊いていた。信じられないくらいの手際のよさだ。不幸な幽閉の場所にイギリスのコッテージ風の雰囲気を出すことに成功したのだ。ジャックは感動の面持ちで、テントの陰のシュザンヌのそばに腰を下ろす。シュザンヌはぼくにも手招きする。

「いらっしゃい。ここに座って。シュルヤはどこ？」

すべてが自然なことのように、快活な口調だ。

「知らない。きっと向こうの島に渡ったのさ」

今にも一切が崩壊しかねないように、シュルヤが永久に離れていくように、ぼくも内心同じ不安を抱えている。

シュザンヌはシュルヤのことなどもう忘れ、別の話をしている。モーリシャスのこと、一族のこと、アンナの土地のこと、ルイの娘のこと、四月に生まれたばかりでぼくと同じくらい褐色の肌をしているという〈長老〉の孫娘のこと。

ぼくはじっと聞いている。ほんのひと月前であれば、そうしたことがどれも格別に大事なことに思えたはずだ。シュザンヌの若いころのアルバムをよく眺めた。モレル家の人々やシラオスの家が写っていた。ジャックはシュザンヌの聖体拝領のときの写真と、誤字だらけだが誠意のこもる彼女の手紙を大事にしまってあった。それにはこう書いてあった――「いまにわかるわ、愛しい人、向こうに行けば、和解の時を打つ鐘が鳴るわ」髪が長く額の広い、真剣なまなざしの娘が写っていた。

ここにいるのはシュザンヌのためだ。ぼくが留まったのは彼女のためだ。ぼくの家族はシュザンヌだけだ。一族にあって部外者にすぎず、虹色のリボンが斜めに入ったレジオン・ドヌール女学校(56)の制服を着た学生だった彼女だけだ。パリのモンパルナスに移り住み、わずか十四歳で兄の許婚になったレユニオン島出身の娘。ぼくはシュザンヌが好きだ。忘れることなどできない。ぼくを怒らせるのはそれだ、目を潤ませるのはそれだ。

潮が引くとシュルヤは暗礁伝いに漁をする。夕暮れ時で風も凪ぐ。シュルヤはカモメやクロアジサシやアマサギなどの鳥とともにいる。鳥は金剛岩からやってくる。シュルヤは鳥に混じり、彼らの鳴き声に包まれて暗礁の上を歩く。彼女は海の女神だ。はじめて見たときと同じくすらりとして背が高く、水面を滑るように動く。銛を振り上げて突いたタコを水から引き上げると、タコは銛の柄に脚を絡ませる。その皮を剝いてポケットをひっくり返すように裏返す恐ろしい作業を、正確な動作でやってのける。そのように処理した大ダコを、タコノキの葉で編んだ縄に通し、玉虫色の旗のように腰に巻く。ここではすべてがあまりに美しく、孤独で、寡黙で、身体の内側が引き裂かれるような感じがする。壊れやすいひとつのイメージが今にも崩れようとしているのに、ぼくにはそれを救えない。

ラグーンの向こう側、プラト島の隔離施設は、今や奇妙な廃墟と化している。珊瑚の浜辺を子供たちが歩いている。少し離れたところに、シュルヤがクリシュナ神と呼んで可愛がっている横笛吹きのショトが見える。浜の端のほうで、漂着した木材を薪用に拾い集める少々ぎこちない身のこなしの男はウカだ。海峡を泳いで渡ろうとして溺れそうになった清掃人である。サリーをまとった女たちもいる。のろを作るのに貝殻をかばんに一杯拾い集めている。

平安と幸福をしみじみ感じる。だから性悪男ヴェランは思い違いをしていた。何もわかってはいなかったのだ。彼は攻撃に備えて、拳銃をもち、砦の高みに立てこもった。しかし島を手中に収めたのはインド人だ。しかも、騒ぎを起こすでも大声で威嚇するでもなく、ただ女たちのリズムで、子供の遊戯でもってそれを行なった。彼らは斜面の石を除去して新しい畑を造り、そこにこれから野菜の種を蒔く。貯水槽の水を汲んで稲田をうるおす。黒々とした火口の縁は島のなかの島となり、ヴェランはそこから出てこられない。

マリ爺さんの舟は、薄闇のなか、ゆっくりとラグーンを渡る。棹を片手に携えて舳先に立つ男がいる。バルトリだ。乗客と彼の荷物を下ろす間だけ、マリ爺さんは小舟を停める。バルトリは潮が引いてむき出しになった砂州に降り立つ。ぼくらを目に留めるが、会釈一つしない。米袋を肩に担いで小屋のほうに向かう。火山にとどまっているのは、今やヴェラン一人になった。風に削られた切り石の砦の陰に隠れて、夜が到来しパリサッド湾に灯りがともるのをうかがっている。木箱の残骸と、玄武岩の窪みに拾い集めておいた漂着物の木片とで、ヴェランも火をおこす。回照器（エリオトロープ）のことは忘れてしまい、もうモーリシャス島の砲兵崎に向けて合図を送らない。今は毎夜、座った姿勢で、風がひと吹きするごとに火の粉の渦が舞い、炎が踊るのをじっと眺めている。まるでその炎が、越えがたい巨大な壁を目の前に現出させて、自分を恐怖から、クーリーの群れから、暗殺者から守ってくれるとでもいうように、虚ろな眼でうかがっている。手の届く岩に拳銃を置き、炎の照り返しに眉を焼きながら、彼は夜番をしている。火はヴェランの内部にまで入ってきた、火は彼の体熱だ。彼を蝕み、また養う狂気だ。

　シュルヤヴァティが帯にタコを何匹も吊るして暗礁から戻ってきた。まなざしが奇妙で、島の間に沈む陽と同じ色だ。獲れたものを下ろした。砂の上に並べられたタコの全身が広がって、玉虫色の花のようにきらめいた。蝿がナイフのまわりをぶんぶん言いながら飛ぶ。すさまじいがありきたりの光景だ。シュルヤはタコを細断したあと、あたかもお祈りをするように水に入り、身体を洗った。振り向いてぼくの名を呼ぶ。「兄さん（バーイー）、わたしの（メラ）兄さん（バーイー）……」

　ためらっていると、ぼくの手をとり、水のなかに引いていく。海水は空気と変わらず軽くて透明でとても心地よい。いっしょにラグーンの水面を滑るように泳ぐ。ほとんど肌に感じない水が、夢の陶酔感でぼくらを包む。

　夜とともに潮がラグーンに押し寄せてくる。それは息に似ている。そのことをこれほど強く感じたことはない。放水門を開くような動きがある、欲動の発露と言おうか。シュルヤが身体を押しつけてきた。両の脚をぼくの脚に絡ませ、両手をぼくのうなじを抱えるように組み合わせる。顔が間近にあってとても大きな目が見える。髪が周囲にひるがえり、顔の上を海藻のように滑る。ドム族(ジプシー)の秘められた言葉でとても穏やかに話す。家屋に侵入する泥棒たちの台詞、アナンタがシュルヤをあやすのに歌っていた泥棒(ラリ)の歌だ。

「シュールム、カラ、シャロ　グル　ライエ、泥棒よ、こっちへ来い、この家に入ろう……」

シュルヤはふざけてぼくを水底のほうへ引きずる。それでぼくも、互いの息が苦しくなるまで、水のなかにシュルヤの頭を沈める。ラグーンの向こう側のプラト島は、黄色の空を背景にした暗い巨岩にすぎない。上げ潮の息吹に、砂州に沿ってゆっくりと大きな川の流れのなかに押されていき、やがてその川に包まれる。

薄暮のなか、ギリバラがアナンタを死から救い出して沐浴させたヤムナー川に自分がいるさまを想像した。今度はぼくがシュルヤに引かれて川に入っているというわけだ。世界の廃墟の間を流れる、軽快で穏やかな水だ。シュルヤがぼくを抱えたまま、股でぼくの腰を挟み、上半身はまっすぐ水面上に立てて泳ぐうちに砂州に乗った。すると砂のなかに棲む魚が大胆にもぼくらの足をかじろうとするのでくすぐったい。ぼくらはラグーンの真ん中の砂州に乗ったまま水に浸かっていて、遠くに退いた島々は漂流中の黒い影のようだ。鳩舎岩からやってきた鳥たち、水面をすれすれに飛ぶ陰気なササゴイや、すばやいダンシャクシギやクロアジサシの群れが、鳴き声を立てながら降下したり分散したりしている。ぼくらはまるで、鳥たちとともに地上の最後の住人のようだ。上げ潮がラグーンに息を吹きこんでくる。今、水は轟音を上げながら岩礁に満ち溢れ、足が立たなくなるほど深くなる。ぼくらは離れないようにしながらガブリエル島の岸に向かって泳いでいく。

真っ暗闇のなか、水から出てぶるぶる震える。浜辺のモクマオウの木陰で針のような枝と木切れで火をおこす。シュルヤのマッチが濡れていて、ぼくは小屋までひと走りして別のマッチを取ってこなければならなかった。炊事道具をひっくり返してしまい、だれかが小屋から出てきた。一瞬ジャックかと思ったが、よく顔を見るとバルトリだった。ジュリユス・ヴェランがまだ火山の頂上にいるのを忘れていた。覚悟を決めて身を起こす。「だれだ?」とバルトリが訊く。やはり武器を携えているのか。ここに来たのはインド人を抑えるための露営を築くためか。ぼくは「マッチ!」とだけつぶやくように答える。バルトリはそれに満足したようだ。「そうなのか!」ジャックに話しかける声が聞こえる。「あんたの弟だ。マッチが要るそうだ」シュザンヌはもう寝ているのだろうか。一瞬出てくるかと思ったが、バルトリと中断した会話をまた始めるジャックの声が聞こえるだけだ。出立のこと、取るべき措置のこと、総督に書こうとしている手紙のことを話している。二人はやがて、ヴェランの狂気とぼくらのガブリエル島への出発で中断していたチェスの勝負を再開する。平然と「王手!」と言うジャックの声が聞こえる。まるで重大なことなど何も起こらなかったようだ。

走ってモクマオウの林に戻る。心が痛む。何かが起ころうとしている気がする。予見できるものの実態が思い描けないあるできごと、震えおののかせる何か、ひとつの変化だ。日夜、島の土台を揺らしているのは、ぼくを眠らせないのは、それだ。

あまりに心乱れて、シュルヤを見つけられない。ほんの一瞬、ありそうもないことだが、シュルヤが去ってしまったのではないか、船頭の爺さんが来て向かいの島に連れ帰ったのではないか、と心配になる。

あたりに目もくれずに浜辺を歩く。「妹(バヘン)よ! おおい、妹よ!」と不安に駆られて呼ぶと、「静かに!」とシュルヤが言う。水際に膝をついて潮でタコを洗っている。

火がおこり、簀子にタコの脚を載せて焼くとパチパチとはぜる。匂いにつられてミュリアマーとポタラが来る。音を立てずに近づいてきては、火の前にしゃがみこむ。二人の眼は燠のように輝いている。空腹で死にそうなのだ。焼けて革の切れはしのようにねじれたタコの脚を分け合い、冷飯に混ぜて食べる。火のほうを向いて無言で食べる。海が寒かったので、タコの食事と火のおかげで身体がぽかぽかする。こんなごちそうにはありついたことがない。

ミュリアマーはしゃべらない。消えかけた火を一心に見ている。ときどき足の親指の先で燠を突くと、火の粉がぱっと広がる。ポタラは食べ終わると、相変わらず警戒しながら裏の藪に腰を下ろしに行く。

シュルヤは大きな赤いショールをまとい、髪も顔もそれで包んだ。海の色の服は、砂と灰が付いてまだ濡れている。皆が食べ終わると、シュルヤは海水で小鉢を洗いにいく。それからまた、その小鉢一杯にごはんとタコを盛る。ぼくに差し出して「はい、兄（バーイー）さん、これはあなたの兄さんとシュザンヌの分よ」このうえなく自然なことのように、平然とそう言う。さらに、いくばくかのごはんとタコの残りを布切れに入れて四隅を結び合わせる。それを平らな石に乗せて、供え物のようにサラ・メトカルフの隠れ家の入口にもって行く。

熱帯鳥の住む斜面の下に先に行ってシュルヤを待つ。モクマオウの針のような枝を集めてマットレスまがいのものを作った。防水シートのテントの下だと、鳥の巣にそっくりな、相当に温かい寝床になる。ここからだと、島の土台から昇ってくる振動がよく聞こえる。鍛冶場のけたたましさ、というかむしろ、血が脈打つ音だ。ぼくらの上のほう、尖峰の山腹では熱帯鳥が巣穴に入っている。シュルヤが着くと鳥たちは神経質になり、一羽また一羽とくちばしを鳴らしたり声を立てたりする。最後にはガブリエル島の群れ全体の合唱になる。

シュルヤは小屋に滑りこんできて、ぼくに身を寄せて横になった。上半身も脚も海水にぬれてまだ冷たい。ぼくの肩に頭を置いて言う。「わたしたちが邪魔なのよ、出ていけ、家へ帰れ、と言っているのよ」シュルヤは帰還の日が近いことを知っている。ぼくらはそれを口にしなかった。シュルヤもぼくに劣らず恐れているにちがいない。

身体をぴったりと寄せ合ったまま、ほとんど息もせず身動きもせずにいると、ついには鳥たちの騒ぎも静まった。

夜気が冷たい。黒い岩から出てくるおののきがある。ここは鋭く硬い鉱物の世界であり、ぼくらはひどく弱い。ここで暮らす権利をもつのは鳥だけだ。まばたくことのない眼をもち、眠ることがない。夢を見ることなどないのだ。

肩に載せたシュルヤの頭が重くなり、息が緩慢になるのがわかる。ボートの底のように狭い住処でぼくに身を委ねて、子供のように寝ている。とても心地よい。しかしまた、なぜかわからないが、喉が締めつけられ、動悸が激しくなる。ついさっき「兄さん、疲れたわ」と言った。近くの鳥を驚かせないように低い声で「わたしたち、どうなるの？今がいつまでも続いてほしいけど」とささやいた。

ぼくも心臓が早打ちしていて、これから起こることが怖い。出航するはずの船は衛生局の沿岸警備船ではなく、郵船会社の大きな客船、煙を吐く煙突を何本も備えた金属製の海上都市だ。アヴァ、アマゾン、ジェムナー、長江（ジャンツィ）、海河（ペイホー）、イラワジなどかつてぼくを夢想に駆り立てた大河の名前を冠し、寄港地や出発の日付を暗記していたあのような船舶の一つだ。今はこれらの名を聞くとぞっとする。

それでは、船に乗ってヨーロッパに帰らなければならないのか。マルセイユ、ボルドー、パリ、ロンドンといった騒々しい町へ戻らなければならないのか。母親が死んだとき、シュルヤヴァティは泣かなかった。ひと言も発さなかった。ガブリエル島に来てぼくの妻になったとき、ロンドンのことを口にしたが、それはただ、アナンタといっしょでなければ行くことはないと言うためだった。

ぼくはどこへ行くというのだ。向こうへ何をしに行くのだ。ロンドンなど、シュルヤがいなければ存在しないも同然だ。それでもシュルヤを連れていくことを夢見た。海の色のサリーをまとい、真っ赤なショールで顔を包み、金の鼻ピアスをして腕には赤銅のブレスレットをはめたシュルヤと、ロンドンの旧市街(シティ)の街路をフィリアス・フォッグに腕を絡めたミセス・アウーダ[57]みたいに歩いている場面を思い描いた。シュルヤは群衆のなかを王女のように歩いている。こうもり傘の下に身を丸めた、だれもが一様で見分けのつかない人々に交じって、車の騒音と公衆浴場や工場の煤煙とのなか、シュルヤは雪の降る街路を、シェパーズ・ブッシュ界隈、ベイズウォーター界隈、エレファント&キャッスル界隈を歩いていく。

だが、そんなことはもう考えたくない。今のこの瞬間だけを思っていたい。ぼくにかかるシュルヤの息を、頭の重みを感じていたい。シュルヤの身体の甘い匂いを嗅ぎ、海の果てしない震動と寝ずの番をする熱帯鳥の鳴き声に耳を澄ましていたい。

未来も明日もない。夜は、昔の信号機の柱のように島の中心に打ちこまれた軸のまわりを、星とともにゆっくりと震えながら永遠に続かなければならない。

なおもアナンタのことを知りたい。すべてが彼女から始まったかのように思えるからだ。当時、プラト島の隔離施設は真新しく、ラグーンに面した溶岩の壁はきれいに目塗りされていた。埠頭が造られ、貯水槽は雨水を貯める用意ができていた。火口の頂上では毎晩灯台に灯がともった。パリサッドでは、移民収容所が軍隊の野営地のように清潔で、長い通りが二つの広場をつないでいた。それぞれの広場には縦横が二十ピエと十ピエほどの共同住宅が六軒あり、炊事場に隔てられた各戸には棕櫚の物置小屋が付属していた。まわり一帯が、道路とうまく連結された整然としたココヤシ畑やサトウキビ畑、また盛土の庭に囲まれ、二つの部分からなる収容所の中間には、巨大な玄武岩塊を使った斜めに伸びる防波堤が築かれ、そのおかげで天候を問わず接岸が可能になった。ラグーンの反対側では、ガブリエル島の尖峰の頂に信号柱がそびえ、大英帝国の赤い吹流しをとても高くはためかせていた。

しかし、これらの何一つとして現実には存在しなかったのかもしれない。

それは政府お雇いの地理学者であったコービーとかいう男〔本書巻頭の地図の制作者〕が、その一年前に島に置き去りにされた男女の無残なイメージを追い払うために編み出した机上の計画にすぎなかったのかもしれない。

プラト島に移民者たちが上陸した直後の数日は、雲ひとつない快晴で、風も穏やかだった。ギリバラとマニは独り者の女が居住することになっている、収容所の一号棟で暮らした。ボワニプルよりはましだった。アナンタはときどき思い出したように「いつ出発するの」と繰り返した。一同は政府の決定を待っていた。

伝染病は止んだ。それまでセポイたちはラグーンの反対側のガブリエル島にある、枝葉で覆っただけの小屋に隔離されていた。夕方ギリバラがアナンタを火山の反対側に連れていくと、浜辺に灯がともっているのが見えた。徒刑囚たちがいるしるしだ。よい報せを聞いた。週末までに船が来て、刈り取りの仕事を始めるのに一同をモーリシャスに連れていくはずだ、とマニが言った。

ギリバラがかつてこの島で起こったことを理解したのはいつだろう。島には証人がいたのかもしれない。気の触れた老女で、生存者を連れに船がやってきたときも藪に隠れていたために忘れ去られた女だ。ギリバラはアナンタを連れて海岸一帯を歩き、山道伝いに藪を抜けた。海岸沿いに島の北側までいたるところに火葬の痕があり、昔のプランテーションでは人骨の切れはしを踏みつけながら歩いた。

マニはパリサッドの収容所を離れたがらなかった。なかば黒こげになった骸骨や、嵐で開いた岩の亀裂に人間の頭蓋骨を見たからだ。島の南側の共同墓地にさえ、墓の間に焼け焦げた骨が転がっていた。

ある晩、だれかがハイダリー号のことを口にした。それは気の触れた老女と遭遇し、彼女から話を聞いた女だった。老女は三年前のできごとを、船が島に置き去りにした人々のことを話した。——そのころ、嵐が立てつづけに襲来した。いやもしかしたら、モーリシャスのプランテーション経営者たちが少し前にインドで起こったような反乱の勃発を恐れたせいかもしれない。移民たちはプラト島で来る日も来る日も、来る週も来る週も待った。もう食べるものはなかった。爪で土を掘り、グンバイヒルガオの塊根を掻き出した。子供たちは貝を探しているうちに暗礁の上で溺れ死んだ。冷たい女神が島に住み着き、毎夜いくつもの遺体を取り立てていた。それで生存者は浜で火を焚いて死者を焼き、モーリシャスの住民に助けを求めた。しかしだれも来なかった。移民のほとんど全員がプラト島で死んだ。

ギリバラは震えながら話を聴いていた。アナンタを連れてきて罠に陥れることになったのではないかと怖れてか、娘を抱きしめた。今ではこの島のすべてに、灰の色と味が付いてしまったようだった。

ところが数日後、衛生局の船が来た。正午ごろ、凪いだ海をやってきて、パリサッド湾前に停泊した。そこからは堤防までボートが走った。ボートには一人のイギリス人将校が乗っていた。日差しを浴びてきらめくブロンドの見事なひげを生やし、すばらしい白の軍服を着た、大柄で屈強な男だった。かばんから赤い大判のノートを取り出し、堤防に降り立つと一連の名前と番号を読みはじめた。そして周旋業者が大声でそれを逐一反復した。

不意に、なぜかアナンタが逃げ出した。呼ばれるのを待つ人々のなか、胸をどきどきさせながら目に涙を一杯ためて、焼けつくような浜を駆けだした。自分を呼ぶ母親の声、「アナンタアア」と最後の音節を伸ばして名を呼ぶ声が聞こえた。顔をランタナの茎に引っ搔かれながら、アナンタは山道を火山の方に向かっていた。大きな岩から岩へヤギのように活発に飛び跳ねていた。どこに行くのか、なぜ逃げるのか、自分にもわからなかった。岩の亀裂でも地中の穴でもよい、だれにも見つからないように身を隠す場所、姿を消せる穴場を探していた。あまりにたくさんのことが起こり、あまりに多くの死者が出た。それにパリサッドの浜に照る灼熱の太陽、船底での待機があった。アナンタが思い出すかぎり、動くのをやめたこと、逃げたり、船を待ったり、街道を歩いたりするのをやめたことは一度もなかった。今はもう、人々の氏名を呼ぶ男の声を聞きたくなかった。もう船であの国ミリチ・デシュへは、いったん行くとだれも戻ってこないあの島へは行きたくなかった。

もしかするとアナンタが本当に望んでいたのは、イシュカンダー・ショー号の船上で寝ているうちに囚えられたあの男の子のように、冷たい女神に囚えられて、ふたたび海の向こう側へ、あの大河まで、乳母の胸まで戻っていくことではなかったか。そこでようやく安らかに眠れるだろうから。人殺したちの声も遠のいて、永久に聞こえなくなるだろうから。

アナンタは急斜面の頂上の、玄武岩の間に洞穴の入口を見つけた。溶岩流のなかに空いた窪みで、その出入口は茨の茂みでなかば塞がれていた。アナンタは洞穴のなかに入った。動悸が激しいのは丘を走ったせいであるが、また恐怖のせいでもあった。中に入って薄闇に眼が慣れてくると、洞穴に人が住んでいることがわかった。奥に祭壇のような平たい大きな石があり、その上に果物や菓子、白檀のおがくずが入った素焼きの壺が置かれていた。祭壇の足もとには消えたランプがあった。

洞穴の内部は静まり返っていた。ひんやりとして、どこか岩蔭でせせらぎのような音が聞こえ、煙と草の匂いがしていた。焼けつく浜辺で何時間も待ち、とげのある植物のなかを駆けたあとなので、アナンタには宮殿の入口にでも着いた感じがした。ずいぶん前から来たかった、平安と心地よさに満ちた宮殿だ。すべての船から、すべての異邦人から遠く離れ、この洞穴に住みつきたかった。しかし周旋業者に見つかって堤防まで連れ戻されるのが怖かった。アナンタは疲労で震え、口にまで溢れる涙を流していた。そして祭壇近くの地面に横になった。目覚めると皆は遠ざかっているだろう、金色のひげの男の船が人々を向こう側に、あの大きな島に運んでいるだろう。自分を探しに出た母は洞穴まで来る道を見つけるだろう、二人は将来など怖れることなくいつまでもいっしょにここにいるのだ——そんなことを考えていた。

夕方になって、洞穴のなかでアナンタを見つけたのはあの老女、イシュカンダー・ショー号の移民たちが気違いと呼んでいた女である。アナンタのそばに膝をつき、顔を触って起こした。怖がるアナンタを老女は安心させた。「あんたは娘にそっくりだ」悲しそうな顔をしたので、アナンタは「死んだの?」と尋ねた。老女は顚末を話した。船でこの島にやってきた人々が置き去りにされ、それから冷たい女神が彼らを次々に捕えたことを。老女の娘は最初に死んだ一人で、浜で荼毘に付したという。それから女はこの洞穴に避難した。何カ月も経ってから船が戻ってきたときも、娘を残して一人で発つことを望まなかった。それで身を隠したのだ。

アナンタはもう怖くなくなった。空は黄色く、海は輝き、波の一つひとつがきらめいていた。堤防では最後の乗客がボートを前にして待っていた。アナンタは母親の姿を認めた。最初は、まぶしい光に目を細めながらゆっくりと下っていったが、やがて岩から岩へ飛び移りながら藪を抜けて走った。浜辺に着くとギリバラの腕のなかに強く抱きしめられた。堤防ではイギリス人将校が気を揉んでいた。二人いっしょにボートに乗りこむと、水夫たちが波を横切って船の弾みをつけるのに力一杯漕いだ。アナンタは目で火山の方角の藪をうかがったが、老女の姿は消えていた。

なかなか寝つけなかった。いっとき、シュルヤを起こさないようにそっと小屋を出た。鳥が大騒ぎしないように、岩場をとてもゆっくりと這った。風が激しく吹いていた。累々と連なる玄武岩のなかに、空と海を眺めるのに適した陰を探した。満天の星で明るい夜だった。水平線上に砲兵崎の灯台が断続的にまたたくのが見えた。左側にはグラン・ゴーブの人家の明かりがぼんやりと見えた。すべてが間近に見えて親しげなのに、星座の模様のように現実離れしてもいた。海は夜の闇になでられるように凪いでいた。暗礁を打つ波の音、澪（みお）を抜けてラグーンから潮が引いていく音をじっと聞いていた。それらを全部覚えておきたかった、とどめておきたかった。それらはぼくのものだった、ぼくの生命、ぼくの起源だった。疲労かそれとも熱があるのか、眼がひりひりした。顔は石のように固かった。血管のなかの脈動が、上げ潮と引き潮に混じって聞こえた。この小島にはじめて来た日、自分の精液が黒い岩の上に広がり、泡と混じったときの、眼がくらむような感覚を忘れない。

今となっては、自分が生きてきたのはもっぱらそのため、シュルヤと出会い、ガブリエル島の岩場の真ん中のこの割れ目で彼女と暮らすためであったように思われる。まぶたのない魔法使いのような鳥の群れと隣り合って暮らし、海から日が昇る瞬間を彼らとともに待ちわびるためであったように思われる。

シュルヤヴァティがぼくに触れたときにはぎくりとした。音も立てずに来ていたのだ。熱帯鳥がぼくらの友になり、ぼくらが隣にいることをようやく許容してくれたのかもしれない。ぼくらは彼らの秩序のなかに入ったのかもしれない。

ぼくらは座ったまま、長いこと海と闇を眺めている。やがて岩の割れ目のテントの下へ戻る。「触ってみて、兄さん（バーイー）、わたし身体が熱いの」シュルヤは手のひらをぼくの顔に近づけ、頬や首で熱を感じさせようとする。交わったぼくらのピストン運動にいらだった鳥たちが、またも互いに応答しながら次々に鳴きだし、とうとう群れ全体が狂熱に捉えられる。それで笑うこともささやくことも控えて、息が混じり合うほどくっついてじっとしていると、ようやく騒ぎが収まった。

シュルヤヴァティの愛戯は太陽のように熱く、海のように緩慢で強烈で、風のように真実だ。鳥たちと同じく、ぼくらも自分の洞穴のなか、縄張りのなかで身を寄せ合っている。

こんな幸福感ははじめてだ。もう分別めいたものも夢想めいたものもない。あるのは島の岩盤を侵食し打つ海の動き、潮の満ち引きの緩慢な往復、ぼくらの口や喉の塩辛さだ。黒い岩はじつに心地よい。はるか昔の灰のように指で触れるととてもなめらかな砂塵が、肌の上を滑る。尖峰の鳥たちの鳴き声はますます強く鋭くなり、いっそうしわがれていらだちが募る。それだけがこの島で聞かれる言葉だ。巣穴では、夜明けを待ちながら片眼を暗い空に向けた何組ものつがいが、寝ずの番をしている。

ぼくの身体のなかにある震動には覚えがある。パリサッドの小屋でジャックとシュザンヌのそばに横になっても寝られなかった最初の夜から感じていた震動だ。それは明確な音ではない。心臓の鼓動のように、血管のなかの血のささやきのように、低くて緩慢だ。海のざわめきか、鳩舎岩のまわりを飛ぶ鳥の羽ばたきか。それは名前をもたない。シュルヤの胸の、乳房と乳房の間のとても柔らかい窪みに耳を当てた。それは到来しては止まり、また始まる。大地の血管を伝って、水面上に現れた大洋の唇まで、そしてシュルヤの身体まで昇ってくる。シュルヤの唇にぼくは生命を飲む。シュルヤの息を吸い、その手のぬくもりを受け取る。シュルヤは腹の中心でぼくを締めつける。それに岩も、ラグーンの海水の流れも、同じくぼくらを締めつける。

突然、これから起こるはずのことが怖くなくなる。唇は火葬の灰の味がする、永遠の塩の味だ。もう一人ではない、ぼくはまたシュルヤのなかにいる。シュルヤはぼくで、ぼくはシュルヤだ。ぼくらはとても強くとても甘美な運動のなかで結ばれている。それにぼくらはまた島の黒い岩肌であり、海であり、夜明けの最初の光線を待ち構えている鳥の精神でもある。夜が、風と溶け合った夜が、ぼくらを締めつけ、山腹や藪を押さえつける。雨粒が頭上の防水シートの上で音を立ててはぜる。ときどき突風が岩の亀裂のなかに渦を巻きながら吹きこみ、その冷たい手をぼくらの身に這わせる。喉にシュルヤの心臓の拍動を感じる。ぼくはシュルヤの肌のなかにいる。自分のなかに彼女の生命の音を持っている。かすかだが紛いもない震動だ。シュルヤの息が速くなり、うなじの、髪の生え際や、腰の窪みに小粒の汗を感じる。ぼくらの汗はおなじひとつの汗だ。ぼくはシュルヤのなかにあって、彼女はぼくのなかにある。ぼくの性器は彼女の奥深くまで貫入し、彼女の膣に締めつけられている。グーとパー、こぶしとそれを包む手のひらのように結び合う関係だ。もはや後にも先にも何もありえない。あるのはただ、あのむき出しで仮借ない黒い岩と、茂みを吹く風と、岸に打ち寄せる波だけだ。玄武岩と、砂塵と、灰だけだ。それに、星の上に貼りつけたような雲が湧きあがる空と、巣穴の熱帯鳥、日の出を待つ彼らのまぶたのない眼だけだ。

鳥たちはときどき鳴いたり、唸ったりしている。歩きもして、くちばしを鳴らしたり、羽をぶるっと震わせたりもする。鳴き声が高まり、一つになり、やがて消える。シュルヤヴァティはぼくを抱えるようにして腕を組み、顔を横に背けている。そして突然、まるで心臓が止まり、時が死にたえるかのような、あの爆発が起こる。ほんの一点、一番深いところにある一点に苦痛が走り、シュルヤは両の手のひらでぼくを少し押しやりながら小声で呻いた。ぼくは身体中の筋肉をこわばらせ、息を殺してシュルヤのなかに射精した。放出の律動は続いたが、やがて緩慢になり、解けた。岩の割れ目のなかで、並んで倒れこんだ。今や周囲は静まり返り、ぼくは海のとどろきを聴いていた。鳥たちは口をつぐんでいた。もしかするとあの震動も止んだのか。まるでひとつの巨大な舌が大地の中心へと引き返し、奥深い地下道に身を沈めてしまったかのようだった。それは遠ざかっていくところだった。さらに、さらに、いっそう低いところへ、いっそう遠くへ。空の、忘れ去られた星まで。シュルヤはぴたりと身を寄せてきた。ぼくには彼女の温もりが必要だった。ぼくの耳もとで、息を吐くようにつぶやいた。「今夜、あなたの子供ができたわ」シュルヤにそれを知るすべもなかったが、ぼくは彼女の言うとおりだと確信した。今やぼくらには子供ができたのだ。

夜はじつに長い。シュルヤヴァティは起き上がって静かに外に出た。熱帯鳥は鳴き声を立てなかった。ぼくは小屋で待つ。背中の汗が乾いていく。近隣の鳥たちの鼻をつく臭いがする。小便と糞の臭い、それに胡椒を撒いたようなランタナの匂いも混じっている。少し寝る。シュルヤのひんやりした身体に触れて目が覚めた。ラグーンで身体を洗ったと見えて、服が濡れ、髪も塩水を含んで重い。身震いをして、腕にはすっかり鳥肌が立っている。

夜が明ける前にすっかり静かになった。熱帯鳥も鳴きやんだ。潮が引きはじめ、川のように静かな音を立てて、ラグーンの水が水路を抜けて引いていく。玄武岩の割れ目でシュルヤはぼくに寄りかかり、丸くなって寝る。早朝の寒気のなかの、温もりある生けるものの姿だ。

七月七日、朝

船が戻ってきた。ジャックはそれを見越し、「モーリシャスではもうすぐサトウキビの伐採の季節が始まる。プランテーション経営者たちは猫の手も借りたくなるだろう」と言っていた。冷たい女神シタラは一帯の島から離れた。食べるものがなくなったからかもしれない。

スクーナーが着く場面は見なかった。明け方からパリサッド湾沖合の水路の前に停泊している。あれほど大きいとは思っていなかった。あの雨の午後、ポート・ルイスの錨地で、アヴァ号の甲板の高みからはじめて見たときには取るに足りない船に見えた。せいぜい、スクーナー特有の縦帆艤装ともくもくと黒煙を吐く不釣合いなくらい巨大な煙突をもつくたびれた漁船といったところで、ロンドン港に停泊するおんぼろタグボートに似ていた。

船は、火山の前に下ろされた錨のまわりをゆっくりと回っている。真っ黒で、母港名も数字もなく、旗も掲げず、どこか不吉な雰囲気を漂わせていた。モーターは速度を落として回っているものの、連接棒の打音が、出発を待つ蒸気機関車のようにラグーン一帯に反響していた。忘れていた音だ。ぼくの耳は、昼も夜も岩礁に打ち寄せる波のとどろきと、鳥の鳴き声と、岩に吹きこむ絶え間ない風の音に満たされている。あの音は奇妙で強力な、ぼくらの島には異質の機械音、人間の音だ。

鳥は恐慌をきたしている。ぼくらが船のモーターの振動だと気づく前に警報を発したのは鳥たちだ。こぞって飛び立ち、鳴き声を上げながら水路の上空を何度も何度も回った。一瞬、嵐が近づいているのかと思った。さもなければ、パリサッドでふたたび暴動が勃発して、クーリーがぼくらの喉を掻き切ろうとラグーンを渡る用意をしているかと思った。ジャックとバルトリは警戒態勢をとり、ジグザグの障害柵を造ろうとしていた。浜辺に着くと、ひとところにじっと動かないミュリアマーとポタラの姿が見えた。二人のそばには、ラグーンを前にしてシュルヤヴァティが立ち、船を見つめていた。

それから、棹で小舟を押しながら船頭が到着した。船首を砂に突っこまず、出発まで舟を固定するのにただ棹を渡した。

ぼくは浜辺でシュルヤのそばにいる。向かいのプラト島の海岸では、隔離所の建物が相変わらず廃屋めいて見える。子供たちが岸辺を駆け、女たちが呼び声を上げている。シュルヤが言う。

「今日よ。もうすぐここを発つのよ」

怖いのか、押し殺したような声でそう言う。ぼくも不安はひしひしと感じている。サラのように、島の反対側の岩の割れ目の隠れ家にいきたい。真っ青な海に浮かぶスクーナーはとても大きい。現実離れした眺めだ。だれも乗っていないように見える。ただ、鈍い音を立てる機械と、高い煙突から渦を巻きながら立ちのぼる煙がある。それは人を怖がらせるとどろき、何かキマイラめいた怪物の吐く息か。

「もうすぐ発つんだわ……」シュルヤはそう繰り返す。ぼくの手をとても強く握る。シュルヤは折れそうなほど華奢で、少女の面持ちを残し、その浅黒い顔には不安が刻まれている。シュルヤはアナンタに似ている。ぼくは一瞬、二人してここに残ってはどうか、という子供じみた考えを抱いた。それを口にさえしたと思う。熱帯鳥の巣の下にある岩の割れ目に隠れれば、だれも探しにこないはずだ。――雑踏に紛れてぼくらも乗船したと皆が思うだろう。だれもがあんなに急いで乗船しようとしているのだから。――シュルヤは答えなかった。

ジャックの声が聞こえる。そわそわして大声を上げ、持ち物を全部集めている。シュザンヌは旅行用のショルダーバッグと帽子と日傘を探しているにちがいない。ラグーンの反対側では女たちがプランテーションでせわしく立ち働いている。パパイヤやカボチャを刈り取っているのだ。子供たちは隔離所の無人の建物で、ランプやほうろう引きの古びた皿や空瓶など見つかるものは何でももち出している。

ジャックとシュザンヌがようやく浜に着いた。ジャックはメスや聴診器の入った往診かばんと、シュザンヌの旅行かばんを携えている。シュザンヌはかばんに書類一式を大急ぎで雑然と詰め、青い小判のロングフェロー詩集を衣類のすき間に押し込んだことだろう。ジャックはシュザンヌが小舟に乗るのを手伝う。ミュリアマーとポタラはすでに、水のたまった後部の船底にじかに腰を下ろしている。もう一人乗れば、舟はまちがいなく沈む。ジャックは舟を沖のほうに押しやった。履物は脱ぎ、ズボンをひざまでめくり上げている。昔、アンナの家のまわりの野原を駆けにいったときのように、紐を引っかけて靴を首から吊るしてある。舟を出すのを焦るあまり、シュルヤのことなど気にもしていない。だが朝日のなかに、まるでそんなにそそくさと出立するのを詫びるように、シュザンヌが奇妙に顔をしかめるのが見えた。

バルトリは二回目の便に乗る。彼には持ち物はない。米袋は小屋に置いてきた。肉厚の顔には早くも汗がにじみ、不安そうな目で周囲を見回している。ぼくらが小舟の中央に座ると、ジャックは舳先に乗り、長い棹をつかむ。マリ爺さんは艪（ろ）を漕いで舟を導く。干潮なのに水の流れがひどく速くて、小舟の進路がなおも斜め向きになってしまう。

ジャックは棹で漕ごうとするが、そのつど少々の水を船に流れこませるだけである。船尾に立ったマリは、見えない眼を沖のほうに向けてゆっくりと漕ぐ。最初に渡ったときと同じくこの不首尾の船旅には滑稽なところがあり、今にも難破に変わりかねない。船頭の甲高い叫びも船を立て直すにいたらず、シュルヤが棹を奪いとる。ジャックは抵抗することもなく、少し船尾寄りに腰を下ろした。シュルヤは舷側に立ち、棹を最も深いところに沈め、首尾よく珊瑚の丸まった塊を突く。そしてひと突きでぼくらをプラト島の海岸に向けて送り出す。

崩れた埠頭では、シュザンヌがぼくらを待っている。紅海を航行中にアヴァ号の甲板で差していたレースの縁飾りの付いた日傘を、はじめて開いている。首までボタンの付いたロングドレスをまとい、髪は短く切り、手に深靴をもったシュザンヌには、毎夕シュルヤにプラト島のバルサムを使って行水をさせてもらい、生死の境で揺れているように見えた病人を思わせるものは何もない。メニー・ミュリエル・ドーウィに似た、世界の果てに出かける用意のできた若い女性冒険家に見えた。小舟が埠頭の石に触れると、シュザンヌは笑いながら拍手をする。日傘と深靴を置いて、一同が荷物や旅行かばん、それにジャックがガブリエル島に捨てることを望まなかったコンディ消毒液の大瓶を下ろすのを手伝おうとした。シュルヤとぼくには、衣類、タコノキの葉で編んだかばん、タコを獲る銛のほかには何もない。ぼくにはもう靴さえない。過去もかばんもなくした遭難者みたいだ。風と塩で摩滅し、日差しに黒ずんで硬くなったガブリエル島の岩に似ている。

ジャックはぼくにはほとんど目もくれない。シュザンヌの腕を取り、移民が集まっている急斜面の高みのほうへ引っぱっていく。ラグーンから遠ざかりながら、シュザンヌが振り返った。その目にはひとつの悔恨が、断腸の思いが読めた。もっともそんな思いは、ぼくが勝手に付与しているのかもしれない。

シュルヤとぼくも道を歩いていく。隔離所のある海岸にはだれもいなくなり、マリ爺さんだけがいる。爺さんには旅など関係ない。次の移民を迎えるのにここにいなくてはならないのだ。昔の医務所の壁の陰で、お決まりの岩に腰を下ろし、青い眼をラグーンに向けてキンマの葉を嚙んでいる。

シュルヤヴァティが不意に振り返った。ガブリエル島に目を凝らしているので、一瞬思い出に浸ろうとしているのかと思った。やがて「サラは？　他の人たちといっしょなの？」と訊く。ジャックは道々立ち止まって、バルトリと話している。近づくと、心配そうに言う。「客の乗船がまもなく始まる。すぐ来なければいけないぞ。ヴェランはもう乗っているらしい」アヴァ号の乗客の境遇などどうでもよい。シュルヤヴァティのことを思い、ふたたび無力な怒りを感じる。ガブリエル島に閉じこめられたままのサラ・メトカルフのことを話すと、ジャックは知ったことかと言わんばかりに肩をすぼめる。

その眼はレンズの向こうで潤み、両手が震えている。「すぐ引き返して連れてこなければ。船は待ってくれないぞ」それからジャックはシュザンヌのほうへ戻り、自分と別れてパリサッド湾に向かうよう説得を試みる。シュザンヌは重すぎる旅行かばんと肩までずり落ちた日傘を携えて、不承不承遠ざかっていく。同伴するのはバルトリとミュリアマーだ。ポタラ少年はぼくらと残った。子供の眼は奇妙に光っている。気の触れた女の探索に興味を惹かれるのだ。

ぼくらはふたたび小舟に乗り、シュルヤが操船した。ポタラはオールを漕ぐ。力強く漕ぐので、ベンガル地方の漁師の息子ではないかと想像する。マリ爺さんは壁の陰から動かなかった。ぼくらが小舟を水路に向けて押し出したときも、その白っぽい眼は動かなかった。

ガブリエル島に着くとすぐ、ジャックとシュルヤとぼくは、南の端の方向にサラを探しに走った。ポタラは藪を抜けて別の道を行った。気の触れた哀れな女を怖がらせないように、ぼくらは大声を上げない。プラト島の前では、迎えの船が相変わらず錨を降ろしたまま、煙突からもくもくと黒煙を吐き、速度を落としたモーターを鳴らしていた。おそらく乗船はもう始まっているだろう。ガブリエル島ではまったく音がしない。死の島のようだ。熱帯鳥はよそへ逃げてしまった。おそらく他の鳥と合流して鳩舎岩近辺にいるのだろう。それとも、沿岸警備船の振動音に恐怖を感じて、巣穴に潜りこんでしまったのか。

ポタラがすでに南の端に着いて、岩の上に身を丸めている。獣を追い立てるようにサラの隠れ家に入ったにちがいない。シュルヤヴァティは無言でポタラの前を通りすぎ、累々と連なる岩場を降り、扉がわりの茨の覆いをはぐる。そして「サラ！」と呼ぶ。だれもいない。洞穴は空っぽだ。入口の平らな石の上には、きのうシュルヤが持参した飯が残っている。鳥もついばんではいない。身を屈めるとサラの寝床が見える。灰と土で汚れたシーツ、半開きのかばんに入った粗末な衣類、インドの櫛がひとつ、数個のルピー銀貨とひと握りのアンナ硬貨、錆色の旧約聖書一巻、波しぶきの染みが付いたひと束の手紙があった。これらの残された品々の眺めは、喪中の家で見つかる故人の取るに足りない品々と同じく、どこかおかしくて、もの悲しくもあった。寝床のそばの床に落ちている赤い飾り紐で綴じられた黒い手帳に目を惹かれた。ジョン・メトカルフがどこに行くにも携帯し、あらゆる観察や発見を書きこんでいた貴重な手帳だ。

サラは傾斜した一様な筆跡で毎晩奇妙な植物の名前を清書していた。表紙のラベルには同じ彼女の筆跡で「フラット島〔プラト島の英語名〕、一八九一年五月二十八日～」と記されていたが、手帳のおしまいの日付は未記入だった。それはぼくらが隔離所に入った日付、そしてジョンが荼毘に付された場所の土に立てた墓標代わりの板にサラが同じ筆跡で記した日付だった。

お金と手紙はそのまま残し、黒い手帳をもっていくことにした。ジョンは他のだれでもない、ぼくのために、ぼくが忘れないように、彼に続いて植物学の講義を行なうようにという配慮で、これを残してくれたように思う。藍の木を探しながら歩いていたときに言った言葉を覚えている。「人の生命を救ってくれるのは植物だよ」

南の端では風に吹かれてしぶきが飛び散っている。高波がエメラルド・グリーンの腹を見せながら岩礁に打ち寄せている。ぐずぐずしてはいられないと感じる。船は係留ロープの間で横揺れしているはずで、長くはもたないだろう。気の触れた女はどこにいる？

シュルヤヴァティは、ぼくらの小屋のあった場所の近くの、黒い岩が崩落した場所でサラを探している。まるでサラが、怖がらせてはならない一羽の鳥とでもいうように、シュルヤは音を立てずに進む。シュルヤ自身も、できれば身を隠したい、皆を乗せた船がこのまま出航してくれればよいと思っているのかもしれない。きっとサラが正しいのだ、ぼくらはあの岩の割れ目の小屋に戻って、残る人生を熱帯鳥とともに暮らすべきなのだろう。モーリシャスがぼくらを忘れ去ったように、ぼくらはモーリシャスを忘れなければならないのだ。

ジャックの声が聞こえる。じりじりしている。小舟を離れ、ぼくらに戻れと告げるために尖峰の斜面を登ってきた。言葉が風でとぎれ、「おい！……おおい！……」と意味不明の断片しか届かない。シュルヤが浜辺に立って共同墓地に通じる道のほうを向き、ぼくらやボートに乗る他の人々が来るのが見えないかと待っている姿を思い浮かべる。

猟犬のように藪のなかを探索するポタラのあとに付いて、ガブリエル島を巡回した。サラはどこにもいない。尖峰の頂上の、信号機のセメントの下に逃げこんだのかもしれない。だがそれはありえない、鳥を怖がるだろうから。鳥たちは彼女をつつき、大きな鳴き声を上げて弾劾したことだろう。侵食された急斜面の近くに着くと、熱帯鳥はけたたましく鳴きながら頭上を旋回し、威嚇的になる。ポタラはそれ以上近づくことはしない。ぼくらはもうよそ者、敵なのだ。鳥がぼくらを追放するのだ。

ポタラはサラのことを忘れてしまった。見事な赤い羽根を求めて岩場を這っている。できることなら、熱帯鳥を捕まえて羽根を抜き取ろうとするだろう。

ぼくらは浜のほうへ降りていった。ジャックはすでに乗船していて、大声で訊く。

「それで？　見つかったか？」

ぼくは首を振る。ジャックはけわしい声で

「仕方ないな、これ以上は待てん」そう言いながら後ろめたいのか、こう付け足す。

「もう島を離れたかもしれんな」

そのとき収容所に通じる道に、サラ・メトカルフを支えながらシュルヤが現れる。若いサラはよろめきながらゆっくりと歩く。暑さと栄養失調で不具者のようになっている。

ジャックがもち上げて小舟に乗せたときも抵抗すらしなかった。ぼろ切れにくるまって船底に横になる。

シュルヤヴァティが最後に乗船した。何人も乗りこんで重くなった小舟が水路を渡りながらゆっくりと方向を変えている間、シュルヤはガブリエル島のくすんだ岩壁にじっと顔を向けている。小屋や貯水槽からぼくらを追う視線があるような気がする。それはただ、信号機のまわりを旋回する鳥のけわしい眼なのかもしれない。ラグーンに押し寄せる海水のざわめきのなか、置き去りにされた者たちの全員が今も生きているかのように、あのはるかな震動が、あの息吹が聞こえる。

水路は大きな渦を巻いている。ポタラは船首を埠頭の方向にうまく保つことができない。珊瑚礁の黒い森の上を進みながら、一瞬、狂犬のようにぼくらのまわりを徘徊しては追ってくる影を見た。見ればラグーンの主、オニカマスだ。この魚はこれまでずいぶん長い間縄張りを往き来させてくれたように思う。こいつにとっても、今日をかぎりに、ぼくはまたよそ者になる。

ぼくらは正午少し前にパリサッド湾に着く。湾が開ける切り立った斜面の頂に立って、シュルヤともども仰天する。どうしてもそれ以上前に進めず、心臓が激しく早打ちする。サラのようにぼくらも藪のなかに逃げこみたい気がする。

火山のふもとから共同住宅まで、パリサッド湾は人でごった返している。島のあちこちから、方々の小屋、畑、モクマオウの林からインド人たちがやってきて、白い浜の、建設中の防波堤の前に集まっている。忘れていた、こんなに大勢の人間がいるとは知らなかった。大群集であり、千人ほどか、いやそれ以上かもしれない。密集して黒っぽい、もの言わぬ塊を作っている。ただ女たちの衣装が、派手な色のコントラストにより、あちこちで輝いている。群衆は、影ひとつない激しい日差しの下で、まぶしい海を前にして立っている。ジャック自身が立ち止まった。気を取り直そうとしている。動揺をぼくに悟られまいとしている。

「シュザンヌはどこだ、姿が見えないのだが」眼がよく見えなくて起こっていることが理解できないでいるが、大勢の人間が押し黙った軍隊のように浜に並んでいるのは十分見えている。

湾の一番端の、かつて食糧の積荷を降ろした倉庫の近くに、明るい色の衣装に身を包んだシュザンヌを見つける。そばには小太りのバルトリの姿があり、禿げた頭がインド人たちの豊かな毛髪と対照的だ。

「奥さんはあそこです、待っていますよ」シュルヤがジャックに話しかける。優しい声でそう言うと、ジャックの腕をとり、向かなければならない方向を示す。シュルヤはぼくよりも寛大だ。

ジャックが先に降り、ぼくはほとんど無意識にあとに続く。ぼくらは藪を抜けて湾のほうに降りていく。風がときどき強く吹きつける。海と空を撫でつけるような熱い風だ。スクーナーの煙が風に散って、ぼくらのほうに戻ってくる。突然、鼻をつく機械の臭い、石炭や、熱せられた油の臭いがする。こんな匂いがあることを知らなかった。動物のように空気の臭いをくんくんと嗅ぎ、舌で味をみる。ぼくの動悸を激しくすると今や機械の振動音が、海一面に満ちてぼくの足下を走る重い振動となった。ぼくの動悸を激しくするとどろきだ。マルセイユではじめてアヴァ号の甲板に上がり、船が艤装を整えはじめたときもこれと同じ音がしていたのを思い出す。鈍く、強烈で、不安を掻き立てる音だ。ジャックのはるか背後を、後ろを振り返りもせずに下る。

浜辺に着くと、急いだことがむだだったとわかる。乗船は始まっていなかった。スクーナーは浮遊する鎖に抑えられながら、鎖の軸のまわりで回りつづけ、ひどく横揺れしている。船首楼ではイギリス人将校が乗組員に囲まれている。将校はときどき望遠鏡でぼくらのほうを見ている。状況を見積もっているにちがいない。スクーナーに移民全員を乗せるのはどう見ても不可能だ。他の船が何艘もいるし、何回も往き来しなければなるまい。二日、いやそれ以上かかるだろう。

船首近くの甲板に明るい色の制服を着たコモロ人の船員たちがいる。暴動のときに目にした周知のシュナイダー銃をもっている。ヴェランなら「これがあれば、五百メートル離れたところにいる人間だって撃ち殺せるぞ」と言いかねない。

ところで、あの性悪者はどこへ行ったのか。一瞬、自分の船とともに沈む船長さながらに、まだ火山の頂上の、城砦をめぐらせた野営地に立てこもっているものと思う。やがて、アヴァ号乗客のグループのなかにいるヴェランに気づく。もはやかつての傲慢のかけらもない。食糧倉庫の木製の支柱の陰で、砂のなかに腰を下ろしている。バルトリと同じく顔色が悪く、不眠のためにやつれている。出航の時刻が近づいた今、ヴェランはしがない金もうけ主義者に、彼が一貫してそうであった恒常的に破産した商売人に戻った。ヴェランがそばに腰を下ろしにきても、シュザンヌは目もくれなかった。

浜辺には群衆が密集していて、ぼくらは容易に通れない。男たちは立ったままで、顔には汗が流れ、服はびっしょり濡れている。ジャックが往診かばんとコンディ消毒液をもって着くと、彼らは敵対心を見せずに脇に寄る。かつて石を投げつけていた暴徒とは打って変わっている。とても穏やかな表情をして、美しく強いまなざしをしている。ジャックのことを、自分たちを解放し、旅を続けさせてくれる人と思っているのかもしれない。ぼくは彼らのなかを支障なく通り抜ける。男たちは無言だ。とても若く、まだ子供といえる者もいる。長い腕に長い脚、蔓植物のようにしなやかな身体を覆うものは白い腰布だけだ。ウカはどこだ、牧童のショトは？　それにまた、一度も見たことのない人々が駅のホームで汽車を待つような様子で、旅装束を着けて日差しのなかに立っている。上下ひと続きの衣装の上にチョッキと上着を着こみ、よく磨いた靴を履き、大きなこうもり傘を差して、ロンドン旧市街のジェントルマンさながらだ。男たちはぼくに眼もくれずに通してくれる。彼らが見つめているのは湾の前に停泊した船、鎖のまわりを回り大波を受けて横揺れしている船だ。強すぎる日差しを浴び、緩慢になった機械音だけが聞こえるなか、浜辺には濃密でとぎれない静寂がみなぎっている。

突然、シュルヤヴァティがいっしょでないことに気づく。ジャックとともにぼくを行かせ、自分は岩場にとどまった。引き返してシュルヤを探したいが、シュザンヌが近づいてきてぼくを抱擁する。「怖かったわ。あなたたちがこっちまで来られないかと思ったわ」シュザンヌはサラを抱き締め、木陰のジュリユス・ヴェランのそばに座らせる、ジャックを抱きかかえ、不安を隠そうと早口でしゃべる。真昼のきつい日差しのもとで見るシュザンヌはとても痩せていて、美しい顔の皮膚は今や艶を失い、サラと同じように日に焼けている。ジャックはシュザンヌの言うことを聞かずに、ただ安心させようとしている。「乗船はまもなくだと思うよ」ジャックに怖気をふるわせているのは、浜辺にいる人の数だ。「絶対に真っ先に乗らねばならないぞ」その言葉を恥じるように「二艘目の船を送ってよこすだろうから」と付け加える。バルトリは肩をすくめて言う。「前回のように行ってしまったら、革命だ」

暑さと風で唇が乾いているが、貯水槽まで行ったり泉まで岩を登ったりしようと思う者はいないようだ。崩れ落ちた埠頭の残骸には、現場監督の棒に寄りかかるようにシャイク・フセインが立っている。ぼろ着をまとい、ターバンも裂けて風にひらひらしているが、いぜん誇り高い様子を留めている。冷淡に見下したような態度で、日差しを避けて少し顔を逸らしたままじっとして動かない。一瞬たりともアヴァ号の乗客のほうを向こうとはしなかった。もうすぐ、数時間後には、ぼくらの世界は変わるだろう。彼はすでにぼくらのことなど忘れてしまっている。

それから突然、明らかな理由もなく、客を乗船させる作業がはじまった。ボートがスクーナーから外され、波に運ばれてまっすぐパリサッド湾に向かってくる。四人のコモロ人船員が乗っているが、非の打ち所のない白の制服を着た彼らの肌はとても黒い。そのうちの二人がオールでカヌーを波打ち際に固定する。残る二人は岸との往来を指揮する。彼らがロープの片端を岸に投げると、そのにわか作りの橋を伝って、最初のグループがボートに引き上げられる。まずはシャイク・フセインが最も高齢の者たちのなかから選んだ数人のクーリーが、小さな包みを頭上に結わえて乗りこむ。その次は女たち、ミュリアマーと息子のポタラ、他のインド人の女たちだ。色とりどりの長い衣装が大波をかぶって身体にぴったりくっつく。波が高くても、危険があっても、叫び声一つ上がることなくすべてが経過する。わずかに、波が目の前の玄武岩の上に大音響を立てて砕けると、幼い子供たちが母親にしがみついてしくしく泣く。ようやくアヴァ号乗客の番になった。それを命じたのはシャイク・フセインだ。するとインド人たちは素直に道を開けた。

最初にシュザンヌがサラを導きながら乗る。ジャックが二人に付き添って海に入る。連結ロープにつかまってまず往診かばんと自分の荷物を運ぶのだが、荷物のなかには例のコンディ消毒液の大瓶もある。それから波に背を向けて女たちのほうに引き返し、手を差しのべる。サラ・メトカルフはボートまでうまくたどり着くが、シュザンヌが飛びこむ番になってそれまでより強い波が覆いかぶさってくる。波間に姿を現したシュザンヌは綱を離していて背が立たない。泡のなかを泳ぎ、帽子も日傘もなくしてしまっている。ジャックが水に飛びこみ、しばらく二人は波に煽られながら、きらめく海で自由に泳ぐ。シュザンヌが一切の禁止をものともせずにヘイスティングズの海で堤防の付け根に飛びこんだ、あの夏のようだ。コモロ人の船員が二人をつかみ、一人ずつ引き上げてボートに乗せる。なぜだかわからないが、ボートに乗った二人のうれしそうな様子に胸を締めつけられる。すでに彼らはボートに乗って波に運ばれていく大勢のなかの二人にすぎず、今度はヴェランとバルトリが海に入り、連結ロープを伝って移動する。これから行こうとする瞬間に、バルトリはぼくのほうを見て「あんたも来るかい」と訊いた。

老兵士のように皺の刻まれた顔は真剣で、不意にぼくのなかで遺恨が消えた。一度も話しかけたことはないもののずっと前から知っている人間のように、何かありきたりで親しげなものがバルトリの明るい色の眼には漂っていた。問いには答えずに首を振った。するとバルトリは海に飛びこんで、綱にはつかまらずにボートまで泳いだ。

すべてが敏速に行なわれた。もうボートは満杯で、あまりに大勢を乗せすぎて横に揺れるたびに水をかぶる。船員が縄の片端をボートに戻し、泳ぎ手たちがボートを岸から離すのにオールに力を入れた。ぼくはインド人たちと平らな岩の上に立っていた。ジャックとシュザンヌに合図を送ることすら思いつかなかった。ボートは縦に揺れながら後退し、ゆっくりスクーナーのほうへ向き直る。ジャックとシュザンヌがどこにいるかももうわからない、二人を見失ってしまった。突風は凍てつくように冷たいにちがいなく、ジャックがシュザンヌを抱きかかえ、大波から守っているさまを想像する。シュザンヌは浜にいるぼくを見つけようとするものの、巨大な河のほとりに立つようにして立っている移民たちの黒い群れしか目に入らないのかもしれない。

なぜ群集はこれほどに静かなのか。浜辺を歩いて見覚えのある顔を探す。アナンタの家に行ったときに出くわした人々だ。すばらしい薬効のある草を手にもちきれないほどもらって彼女の家から帰っていった老人たち、ターバンを巻いた農民、先の尖ったスリッパを履いた北部出身のインド人、四隅を結んだハンカチに隠したドル銀貨数個を唯一の路銀に当てもなく出立した少年たちだ。赤いネッカチーフで身をくるんだ華奢で厳しい顔つきの女たちもいる。顔は素焼きの壺のように赤茶けて、大きな鼻リングを嵌め、額にはヤマ神のしるしを付けている。浜辺を歩くと黙って通してくれるが、人々はほとんどこちらを見ない。ぼくは家族も祖国もなくして、本当に彼らに似てきたのかもしれない。記憶をすべて洗い流し、かつてそうだった「お偉方」の何も自分には残っておらず、アルシャンボーの家名を脱ぎ捨てたのかもしれない。今ぼくは新しい人生のバッジを身に着けている。それは火葬場の灰であり、ガブリエル島の黒い砂塵であり、鳥の臭いだ。ぼくは新しい眼をもっている。かつての自分にはけっして戻るまい、自分の島に帰って先祖に再会するなどという、虚しい考えを抱いてアヴァ号の舷門を登った男には戻るまい。

パリサッド海岸を端から端まで歩いた。火葬の薪のそばでいっしょだった清掃夫のウカに会いたいと思った。水に飛びこんでモーリシャスまで泳ごうとした日以来、彼こそが自分の兄弟になったように思うからだ。あちこちの人の群れのなかにウカがいると思ったが、目を逸らす冷淡な顔つきの若者ばかりだった。シュルヤヴァティはいない。自分を待たないで船に乗ってしまったのではないかと不安になる。ボートの往来が、同じやり方で規則的に繰り返されている。船員が索具を投げると一人の若者がそれをフォアマストの支柱に結ぶ。そうして男も女も、泡立つ水のなかをロープ伝いにボートまで行く。すでに六回、いや十回の往復があり、乗船した数は百人を超える。パリサッド湾沖に浮かぶスクーナーの甲板は人で一杯だ。船は危ないほど横に揺れていて、黒煙が突風のなかで渦を巻き、ときどき乗客の姿がまったく見えなくなる。浜辺ではだれもが日差しと風に酔いしれている。水面の泡は雪のようにまぶしく、水平線の眺めは息を呑むように鮮明だ。だが立ち去ろうとする者はいない。シュルヤの姿が見えないかと、ときどき浜の上方の急斜面を見やる。それからぼくの目はどうしても海のほうに向いてしまう。

夕方、ついにスクーナーが帆を張る。合図の一つもない突然の出発だ。ただ、機械類の振動が激しくなり、船員たちが二本のマストに掲げた帆が風にはためいて、もくもくと出る煙のなかに見えなくなった。海岸にいる者は皆、石炭のえがらい臭いを、空に散っていくとても甘美な匂いを吸うのだった。

船の出航が明らかになったとき、島に残る群衆のなかに絶望に似た動揺が生まれた。まだ大勢のインド人がいた。そのとき、沿岸警備船は戻っていったら二度と引き返してはこまい、という噂が流れた。あるいはそれは、日差しを浴び、風に吹かれながらあれほど長く待った疲労のせいだったのかもしれない。海岸を駆けて、堤防によじ登り、船に向かってわめき、大きな身振りをする男たちがいる。腰まで水に入り、水のなかをよろめきながら歩く者がいる。スクーナーはもはや、クルミの殻に似たボートを航跡のなかに引っぱりながら波の谷間に消えていくひとつの黒い影にすぎない。

浜辺に包みを置いて、そのそばに腰を下ろす者もいる。まるで祈りを唱えるように、心ここにあらずといった夢見る眼をしている。そのなかにあの老賢人、ジョン・メトカルフとパリサッド村に通じる道に踏みこんだ日に路上で逢ったラマサウミーがいるのに気づく。海に背を向け、司令棒を脇に置いて、玄武岩の上に胡坐をかいている。荷物はなく、四隅を結んだハンカチさえない。白い腰衣の上に着古したイギリス風の上着を着ている。襟の高い、ボタンが二列に付いた旧式制服の上着だ。他の者も彼に倣って、海岸に次々と取り囲むように座る。ラマサウミーからはあるふしぎな力が立ちのぼっていて、これから起こるはずのことが彼だけにわかっているかのようだった。シュルヤが待っている急斜面へ登っていくのに浜辺に座った彼の眼前を通りかかると、じっと見つめられ、老人のもつ光、彼の確信のいくばくかをもらっているような気がする。老人の顔はくすんだ色で、髪はたいそう短く切ってあり、年齢不詳だ。黄色い眼は優しくかつ鋭いものを含んでいて、なぜか不意に、民間病院の病室の息詰まる薄闇のなかにいたアデンの男を、無言のうちにぼくを刺し抜いたあの眼を思い出す。

クーリーの大半は共同住宅に戻った。戻らない者は、彼らの夢を託した船が、昼夜を問わず、いつ戻ってくるとも知れないとでもいうように、いぜん海岸をぶらついたり、崩れた堤防の上に群れたりしている。

しかし今日はもう遅く、船が戻ってこないのは確実だ。空はすでに日暮れの黄色を呈している。スクーナーが去ってから大胆になった鳥たちが、ふたたび湾岸を飛びはじめる。火山に近い海岸の波打ち際で、ひとつがいの熱帯鳥が上げ潮の時刻に漁をするのを見た。とても高いところを滑空してから、やがて波間に降下する。プラト島でこの鳥たちを見るのははじめてだ。ぼくらの出発が迫っていて、もうすぐラグーンの縄張りが自分たちの手に戻ることを知っているにちがいない。

どこに行けばシュルヤが見つかるかはわかっている。夜になる前に急斜面を登る。茂みのなかをヤギが駆け下りる音が聞こえる。だが、囲い場にヤギを閉じこめる役目を果たしていたショトはもういない。捨て犬が早くもジャッカルのように野性に戻り、ヤギを狙って茂みをうろついている。犬の足跡を付けていくと咆哮が聞こえる。万一に備えて、斧のように鋭い立派な溶岩を手にもった。

プランテーションを横切る。出立に際してインド人の女たちが残していったものを、ヤギが踏み荒らしてしまった。苗は引き抜かれ、菜っ葉は短くちぎられ、乾いた土の表面まで野菜が食われている。小さな石壁さえ、ところどころで崩れている。日差しを浴びた地面に長い亀裂が入りはじめた。そこのカボチャの蔓や稲田に、女たちは毎夕壺何杯分もの水を注いでいた。そうした営みの何一つとして存在しなかったかに、あるいは存在したのは百年も前であったかに見える。

急斜面の頂上の火口の影になった場所に着く。風があまりに強くて後ろによろめく。大洋の向こう側から吹いてきて、潮流を大きく波立たせる風だ。波のとどろきと岩礁の臭いに満ちた強烈な息吹である。インド人たちはパリサッド湾に定着し、風から守られた場所に家を建て、畑にものを植えた。ところがここでは風がすべてを消し去る。ガブリエル島と同じく、風は壁の上、貯水槽の上、囲い地や墓の上を吹いてすべてを摩滅させ、最後には傷痕しか残らない。

昔の共同墓地のトマ・メロットの墓の近くに腰を下ろして、シュルヤヴァティは海とガブリエルの島影を眺めながら待っている。海の色をした美しいサリーを着ているが、頭に巻いた大きな赤いネッカチーフのせいでアナンタそっくりだ。かたわらにはタコノキの葉で編んだかばんを置いてあり、それには祖母ギリバラの形見である錫の首輪やサトウキビの伐採に雇われたときの被雇用者番号が入っている。シュルヤがガブリエル島からもち帰った荷物はそれだけだ。

島に早くも夜の帳が下りてきた。シュルヤがこちらを見ると、彼女の眼の光が見える。ラグーンのほとりではじめて逢ったときにぼくを魅惑した琥珀色の微光だ。彼女がこれから口にすることが、まるで自分の人生がその一瞬に賭けられているようで怖い。シュルヤは近づいてきて、ぼくの腰に片腕を回して言う。

「シュザンヌは行ってしまったわ。どうなるのよ、兄さん(バーィー)は?」

こんなふうに茶化す口調は、シュルヤのものだ。ぼくらだけで熱帯鳥の住む先鋒にいたときもそうだったが、彼女のなかにある子供っぽい満足感とでも言えるものだ。シュルヤはぼくを、急斜面のふもと、共同墓地の方角に導いていく。ぼくらの領分をあらためて眺め、すべてを確認し、ぼくらだけのものだったラグーンの水に映った空や、黒い島影や、海のとどろきや、ときに水のように冷たくときに吐息のように生温かい突風のなかで嗅いだランタナの匂い、それらを全部携えていくために、あとわずかな時間しか残っていない。いやまだある、日差しのなかで見る熱帯鳥の最後の通過もそうだ。鳥たちは彼らの無意味な王族的気品の象徴をなびかせて飛ぶせいで、アンナの屋敷の最後まで残った家の小尖塔に設えられた彗星印に似ている。

ぼくらは墓地のなかに立って、夕闇に包まれてしだいにおぼろげになっていくガブリエル島の隠れ家、グンバイヒルガオの群生、黒い岩の割れ目、モクマオウの針のような枝を眺めている。ぼくにも持参する荷物などない。もう靴すら履いていない。ぼくの唯一の宝物といえば、赤い飾り紐で綴じられた黒い小さな日記帳だ。そこでジョンは、人生最後の日々を語り、南方で生育する藍の木の探索や、植物が人類のあらゆる傷を癒してくれるようなよりよい世界の夢を語っている。それをなくさないように、パリサッド湾口の平らな石の下に隠した。

シュルヤは墓の間を走り、茨を跳びこえる。ぼくよりも活発だ。しかしそれは遊びで、ぼくを近づかせておいて、ぼくが捕まえそうになると、大声を上げてひと跳びで遠くに逃げる。

こんなふうに戯れながら、海岸の隔離所の建物まで行く。心臓を早打ちさせ、息を切らして、夕闇のなかをぼくらは走る。船の脅威や、機械類の振動や、ボート上の武装した船員のことなど忘れてしまった。

貯水槽の裏を通った。家々の黒い壁はほとんど見えない。グンバイヒルガオの茂みのなかの廃墟だ。島の端に向かって走る。人を酔い心地にさせる風が吹いているだけの岬だ。火葬の煙がここに落ちてきたことはない。ここはどんな記憶もない場所だ。

鳩舎岩に着く。あらゆる鳥のたまり場になっていて、けたたましい騒ぎだ。海の祭りが始まる。クロアジサシもカモメも、アマサギも、アジサシも、巨大カモメも、カツオドリも、赤い喉袋をもつグンカンドリも、全員がおそろいだ。空はまぶしく、波しぶきは虹色に染まり、クジラが潮を吹いている。

岩礁の暗い水たまりで、シュルヤは島での最後の食事の素材を獲った。紫がかったウニ、カサガイ、それに波が運び忘れた大きな巻貝まである。銛を墓地に置き、鋭利な石で貝を開けて珊瑚色の身を取り出す。波しぶきのなかを怖がらないで進み、まるで一回ごとの寄せ波や返し波を予測できるように、ぼくを岩場伝いに導いていく。「どうやって漁師になるか教えてあげるわ。マエブールでカヌーを買いましょう」海から上がりながらそう言って笑う。服が身体にべったりとくっつき、髪は海水に濡れて重くなっている。唇や肩にキスをすると海の味がする。「方々の島に漁に行くのよ。女には行けないサン・ブランドンにも行きましょう。男の服装をするわ、そしていっしょに出かけるのよ」シュルヤは岩礁の上で踊っているように見える。上げ潮の海と風に、ぼくらを包むこのあふれ返る金色の光に酔っている。ラグーンは鏡のようになめらかでうかがいしれない。これほどに自由を感じたことはない。ぼくはもう記憶をもたない、名前をもたない。

夜がゆっくりとやってきた。貝とウニを食べてから、これが最後とラグーンの水に入った。煙のように心地よい軽快な水で、急流のように肌をかすめていく。上げ潮が生き物を運んできた。ダツやいろんな魚の群れがある。岩礁の近くの、ガブリエル島のほうへ湾曲している帯状の砂浜に横になって、暗闇のなか、砂に棲む魚が無礼にも足をかじるのを感じながら、背後で砕ける波の音に耳を澄ます。

浜辺を後にしたときは寒いくらいだった。暗闇のなかを歩いて賤民村に向かった。満天の星だった。

隔離所からパリサッド湾にいたるこの道ほどぼくがよく知っている場所は、この世にないように思える。ヴェランと現場監督がでっち上げた禁止区域を突っ切ってぼくが開拓し、毎晩歩いた道だ。

あまりに多くのできごとがあり、あまりに多くのものが壊れたり、別なふうに作り直されたりした。ぼくらの感情や観念がそうだし、目つきや話し方、歩き方、寝方まで変わった。死んだ者もいるし、気の触れた者もいる。これからはもうけっして以前のままではない。

シュルヤの手をつかむと、手のひらが温かくて生気に満ちている。薄闇のなかで横顔は見分けにくいが、北東の突風に押されながら狭い山道を歩く間、ランタナのようにいくぶん甘くて胡椒が混じったような彼女の体臭を嗅いでいる。

かつてよく立ち止まってアナンタの家を眺めた斜面の縁にいる。今では賤民の居住区域はがらんとして打ち捨てられている。だが、クーリーの街に近づくにつれて、ざわめきが聞こえてくる。人けのない道でぼくらに犬が吠え、唸りながら背後に付きまとって離れない。

パリサッド湾はすばらしい眺めだ。浜のいたるところ、そして火山のふもとまで、灯りがともっている。夜の闇に赤い炎の穴をうがつ五十か六十の炉がある。はじめて夜間外出禁止令が解かれた。シャイク・フセインは今夜、〈秩序〉党や、モーリシャスの連帯政治の領袖の定めた掟を廃棄した。いずれにせよ、彼にはこうするより仕方がなかった。スクーナーが戻ってきて以来、彼はもう現場監督ではなく、移民の一人にすぎない。そうなることを自ら望んだのだ。スクーナーが出航すると、硬い木材でできた司令棒を浜の砂に置き、ラマサウミーを囲んで皆といっしょに座った。彼は敗残兵士のまなざしを海に向けた。自分が忌み嫌ってきたこの男、皆に恐れられ、ぼくらを流謫の境遇に追いやり飢餓で苦しませたこの男が、突如感動的に見えた。浜辺にいる彼を見て、インドの大反乱についてジャックが話していたことを思い出した。ナーナー・サーヒブ指揮下のセポイがイギリス軍に敗れ、長い列を作って廃墟を歩いている情景である。また、鎖につながれた囚人が船に乗せられ、鉄道の敷設や道路の建設のためにモーリシャスに移送される光景を思い浮かべた。ごく短い間、シャイク・フセインは権勢と栄光を取り戻し、世界の果てにあるこの島の統治者だった。今やふたたび、何者でもなくなった。彼はポート・ルイスの波止場やパウダーズ・ミルの野営地で大勢の農民のなかの一人になろうとしている。プランテーションの現場監督は彼の名を名簿に書きこみ、彼の写真を撮り、労働許可証を与えるだろう。

この空の下、浜辺には火が点り、陶酔の夜だ。火葬場の平らな岩の上のお決まりの場所まで、シュルヤヴァティに連れられていった。ときどき突風が吹き、大洋のざわめきと匂いを運んでくる。シュルヤが燠を一つ取り、宝石のように手のひらに乗せてもってきて、ぼくらは小枝とモクマオウの針のような枝ですばやく火をおこす。白檀とバルサムの匂いが湾に漂い、甘美な雲となって星を見えなくする。

終わった一日の疲労をものともせず、だれもが起きている。いたるところで火が輝き、パリサッド湾岸の長いカーブを、海港都市さながらに描き出している。火のほのかな光に照らされたシュルヤの顔は、彫りの深い陰影と弓形のすばらしい眉を備えたとても古い仮面のようだ。盛大な祭りでも始めたように、周囲には焦燥と願望とがみなぎっている。波の音、風のざわめき、枝が火に蝕まれて折れる音に交じって、人声が、笑いやささやきが聞こえる。家族や友人同士のグループがいくつもできている。たばこを吸う者もいれば、過去のあれこれを、いろんな話を、語って聞かせる者もいる。ときおり歌が、言葉よりもはっきりと立ちのぼる。横笛の音色のように高くなったり低くなったりする澄んだ声だ。炎のうす明かりに照らされて浜辺で踊る人影さえ見える。年若い青年のしなやかな身体だ。手を打って音頭を取る拍子がしだいに速くなる。陶酔が高まって、息吹のように湾を渡り、膨らんではしぼみ、また生まれる。長かった待機が終わろうとしており、移民たちは明日かあさってにも仕事を始めるだろう。海のように広大な畑が、彼らの眼前に広がるだろう。長い伐採刀を手に、日差しを浴びて進んでいくだろう。素足の下に赤土の砂塵を感じるだろう。サトウキビの鼻をつく匂いを嗅ぐだろう。そう、まさに焦燥であり願望だ。地面に耳を当てて横になると、相変わらずあの震動が聞こえる。ぼくにはおなじみの震動、ガブリエル島で毎夜感じた振動だ。世界の表層のすぐ近く、火口の縁や、海に浮かぶ泡の房飾りの上にある、生き生きとして永遠の何ものかだ。そう、それは今夜、人々の身体のなかで震え、彼らを眠らせないでいる願望だ。ヤマ神の思し召しに叶うように、薪の山がいっせいに燃えた夜に似ている。それは巣穴の奥の鳥たちの体内でも、彼らの閉じない、まばたきしない眼のなかでも震えている。

「ねえ、聞こえる？」シュルヤは平たい玄武岩に耳を押し当てる。何も言わないが、きっとぼくと同じく震動を感じている。シュルヤはショールを外した。燠の光を受けて眼が輝き、きらきらした歯も見える。笑みを浮かべて、ぼくのために夜にふさわしい踊りを見せてくれる。最初は緩慢だが、しだいにテンポが早まり、ショールの四隅をつかんで腕を伸ばしたまま、移動することなくぐるぐる回る。背後で火も踊り、煙がシュルヤを包み、髪や肩に灰が落ちる。上空では、空のダイヤモンドことシュクラ神〔金星と同一視される〕が、ゆっくりと西に傾いていく。その神様のためにもシュルヤは踊り、火はパリサッドで燃えさかる。陶酔はいやまさる。それは、海底で生まれ、ぼくらの島まで寄せてきて、向こう側へ、ぼくらを待っている土地へ連れていく波だ。

火が弱まると、シュルヤは膝をつき、両手で燠を押して小枝を加える。

暗闇のなか、湾一帯で火が燃えている。そうして向こう側、モーリシャス島の砲兵崎でも、グラン・ベーでも、グラン・ゴーブでも、遠く水平線上に漂ってぼくらのことを、ぼくらの待機、ぼくらの願望を語りかけるこの灯りが見えているはずだ。向こうの浜辺のどこかで、見知らぬ友人たちがぼくらに応答するために火を点した。

とても長くて美しい夜、果てしない夜だ。ぼくらは世界の果ての、陸地の際(きわ)にいる。玄武岩の筏に乗ってゆっくりと新しい人生に、ぼくらの母親に向かっていく。ぼくらは夢の子供だ。ようやく自由となり、鎖がとれた。

暗闇のなか、人々が海岸沿いを歩いている。銅の大きなティーポットに入った紅茶とコップをもつ男たちがいる。皆、自分の番になったら飲む。

まずはシュルヤが飲み、それからコップに半分ほど注いで差し出す。苦くて生ぬるいが、これほどおいしい飲み物を味わったことがない。お茶を配っている男は大柄で痩せていて、その顔はぼろと化したターバンになかば隠れている。男のそばに不可触賤民の清掃夫ウカがいることに気がつく。彼はぼくらの近くの他の男たちに湯呑を差し出す。ウカを呼ぶ声や笑い声が聞こえる。もうタブーはない。今夜、すべての男が同類になった。だれもが太陽と風に酔って興奮しており、眼は燃え、肌は彼らの寝た石と同じく灰で覆われている。皆、同じ言葉をしゃべっている、心が語る言葉、唇を必要としない言葉だ。

夜は長く、きらきらと輝いて、音楽と煙に満ちている。シュルヤがぼくにぴったりと身を寄せて横になったので、穏やかな呼吸の動きや身体の温もりが感じられる。ぼくはいっとき起き出して、焚かれている火の間を抜けて浜辺を歩いた。ぼくが通りかかると、人々が振り返る。いろんな顔が見え、いろんな言葉が聞こえる。ぼくに触る手があり、いろいろと問いかけてくる。パリサッド湾の上方のプランテーションは黒々として、棕櫚の木が大きなざわめきを立てて風に揺れている。火山は見えない。火口の、ヴェランが見張り番をしていた場所に、まったく灯がともらないのははじめてのことだ。今夜は穏やかで、敵もなければ恐怖もない。浜辺から昇ってくる人声や音楽が聞こえ、火の臭いがする。ぼくらが発てば、島は自然の状態に戻るだろう。パリサッド周辺の茂みでかさこそ騒々しく走り回る音がする。野性に戻った犬が、累々と連なる岩場でヤギを追いかけているのだ。まもなくここは彼らの世界になる。

はるか昔にあった夜、世の始まりに似た夜だ。火の明かりが、ぼくらが嵐のなかで最初の夜を過ごした共同住宅をぼんやりと照らしている。ああしたすべてがもう遠くなり、夢のように霞んでしまった。

ポケットに錆びた鉄の一片が入っていた、はじめて賤民村に足を踏み入れたときにシヨトがくれたものだ。どうしてこんな物を捨てずにいたのかわからない、お守りのつもりだったのか。それ以前に起きたすべてが今のぼくには現実味がなく、消えていく伝説か噂話のように思われる。ぼくには浜辺に座っている連中と同じ確信がある――すべてがきっと新しくなる。

　果てしない夜だ。各瞬間が別の瞬間とつながってけっして昼にならないみたいだ。炎は小さくなり、揺らめいては、熾の近くで水色に発光して煙の渦を立てながら、ふたたび活気づく。もっと離れた浜辺沿いの火のなかには、消えたものもあれば、新たに灯ったものもある。ひとつの炉から別の炉へと往来する人影がある。男もいれば女もいる。先ほど歌っていた声が止んだかと思うと、また始まって、同じ歌、同じ嘆き節を続ける。頭上の空では星がゆっくりと傾いていく。シリウス星は水平線近くにあり、シュクラ神は寝てしまった。今も覚えているが、かつて洞穴にいたときシュルヤが、水平線すれすれの位置に見える七聖賢〔北斗七星がヴェーダの七詩聖に見立てられる〕の図をぼくの肌に灰で描き、魔人の話をし、不死の神々が食する牛乳入りライスのデザート「パヤサ」のことも話してくれた。今夜ぼくらは、宇宙を逆さまにしたように、浜辺に星座を編み出した。そうして、炎のなかに未来を読もうとしたために眼がひりひりするのを感じながら、溶岩の筏に乗って夜の闇をでたらめに漂流する。今日スクーナーに乗って出発した者たちはどこにいるのだろう。あちら、向こう岸のどの収容所にいるのか、避難所で寝ているのか。ジャックが話していた、埠頭に面した経理局の蒸し暑い大木の林にいるのか。それともムーラン・ア・プードル〔パンプルムース近くの地名〕の藁葺き小屋のなかで、風と日差しで疲れ切った、肌に黒い岩の瘢痕が付いた身体を、捕獲された鳥のように寄せ合っているのか。

今までわからなかったが、プラト島でぼくらは死者に囲まれて暮らしてきた。口のなかは火葬の灰の味がして、灰は服にも髪にも付着している。それにあの未知のまなざしがある。光に混じってぼくらをたえず貫く、まぶたのないあのまなざし、水平線を見渡す鳥のまなざし、岩に吹きつける風のまなざし、風と海が語る言葉、大洋の向こう側の端で生まれた波の長いおののき、あの絶え間ない震動がある。

シュルヤヴァティは浜の端でぼくと合流した。ぴったりと寄り添うので、暗闇のなかでも息の温もりがわかる。ぼくらはゆっくりと火葬場の平らな石の上の自分たちの場所に戻った。ぼくらの火に近寄ってくる者がいた。ひと組の移民のカップルである。女はとても若く、まだ子供といえるほどだが、その眼は燠のほのかな光を受けて鉱物的なきらめきを放っている。ぼくらが到着すると身を起こしたが、妊娠していて出産間近であるのがわかる。シュルヤは女に対してとても優しい。話しかけてはお茶をもってきてやり、風上の最も快適な地面に腰を下ろす手助けをする。

シュルヤはぼくにも話しかけてくる。それともそれは内なる声か、ささやきか、子守唄か。子供のときにアナンタが語ってくれたさまざまなお話だ。とりわけ王妃ラクシュミー・バーイーの伝説だ。

ぼくも火を見つめ、コウモリの旋回する暗い空を眺めながら、地べたに寝そべる。もう復讐の願望はない。リュエイユ・マルメゾンのル・ベール寄宿舎の寒い共同寝室で何年も待ちつづけたためにぼくのなかで凝り固まっていたものは、ぼくが石のようにもちつづけていたああしたおびただしい思い出や言葉は、すっかり消えた。

長い夜だ。この夜はすべての夜に付け加わり、岩だらけの島で経過する日々に、海の運動に付け加わる。ぼくはわが身を焼いていた火から、心を鎧わせていた火から遠ざかる。

ジャックがリュエイユ・マルメゾンを後にしてイギリスに行ってしまったとき、自分が死んでしまいそうな気がした。次の年の夏に再会したときには別人かと思った。見たこともない大人びた顔をして、虫眼鏡を通して世界を見るように小さく丸い鋼（はがね）の眼鏡をかけていた。共同寝室を抜け出して、学校の中庭の吹きだまりを歩き、やがて壁にもたれて倒れるまでじっとしており、フレシューが慌てふためいて人を呼んだあの夜、ぼくは死んでしまいたかった。ぼくはあのとき、アンナの海のとても穏やかなざわめきを聴いていた。波のとどろきが陸のいたるところを通り、石を敷き詰めた中庭を渡って、ぼくを探しに、ぼくを連れ戻しにくるのだった。

復讐心は消えた。アレクサンドル・アルシャンボーが何だというのだ。〈長老たち〉

が、連帯政治クラブの幹部たちが、彼らの「秩序と力と進歩」という傲慢なモットーが、ぼくをどうするというのだ。今ではわかっている。連中が存在するのはごく短い間にすぎない。大地の向こうの果てから来た風が、早くも彼らの上を吹いてその存在を消し去り、大洋のとどろきが彼らの声を覆う。単純で美しい真実、それは平らな玄武岩の上できらめく光のなかに、力強い海のなかに、あたかも無限を映し出す鏡のように、パリサッド湾沿いに灯りのともったこの夜のなかにある。真実なもの、それはこの女のとても穏やかで古風な顔であり、そばにいる男の優しい身振りであり、まもなく生まれるはずの赤ん坊だ。それはシュルヤの愛、ぼくの胸にかかる彼女の息、彼女の喉で脈打つ血、髪の毛や唇に付いた灰の味だ。ぼくの名を、歌のように緩慢で秘めやかな「兄さん（バーイー）」という名を呼ぶときの彼女の声だ。シュルヤが内に秘めているヤムナー川、アナンタが生まれた大河だ。それにその兄ヤマ、白檀の雫模様を記憶の眼のように額に付けた太陽神の息子だ。徐々に小さくなっていく燠のうす明かりのもとで、シュルヤが今、寝入る前に、眼を見開いて口ずさんでいるあの歌だ——歌はぼくのためか、それともまもなく生まれる赤ん坊、女が腹に宿している赤ん坊のためか。音もなく家に忍びこんだ泥棒の歌「ラリ」。靴を脱ぎ、ランプを灯し、子分に向かってささやくように言う、「リタラ、よく見張れ。危険が迫ったら土つぶてを投げつけるのを忘れるな……カジャ　シャマア、百姓がお前を狙っている。ティップ　ジャア　隠れろ！　ラリ　ルグ　ゴヤ！　シユールム、カラ　ルグ　ガヤ！　お前の盗みは終わった、そして泥棒は死んだ！」

ぼくらの火はもう赤々と輝く燠の山にすぎない。浜辺には、嵐のあとのように、大いなる平穏がある。海はゆったりとして力強い。

蚊が戻ってきた。そいつらを遠ざける煙はもうない。シュルヤは大きな赤いショールにくるまった。燠の向こう側に座ったインド人の若者は妻が眠っている間、シャツの端で風を送っている。

シュルヤに寄り添って横になった。彼女の身体の温もりを感じ、肩の窪みに吐息を感じるためだ。時の向こう側の果てに向かって、ぼくらはいっしょに海を渡る。ぼくはこれ以外の夜を生きたことがない、この夜はぼくの一生よりも長く続き、それ以前にあったことはすべて夢にすぎない。

彼女たちは出発する。まもなく姿が見えなくなる。もうしばらくだけ、二人を見ていたい、船着場の、経理局の大木の根っこの間にじかに腰を下ろしているアナンタとギリバラを、今の姿のまま記憶にとどめたい。周囲には大勢の移民がおり、包みを前において木陰に座っている者も、そわそわしながら怯えるように行ったり来たりしている者もいるが、彼らの衣装は奇妙だ。女たちはバラ色のサリーに身を包み、赤銅の大きな輪を腕と足首に着け、鼻には金の雫のような宝石を嵌めている。痩せて日に焼けた男たちの顔はひげで黒ずみ、眼は方鉛鉱のように輝いている。

日が照りつける波止場では、現場監督たちが出発時刻を待っている。イギリス軍の着古した上着をまとい、ターバンをかぶり、手には黒檀材の長い司令棒をもっている。

けさ、とても早くに、黒い三つ揃いを着てヘルメットをかぶった、バード・アンド・コンパニー社代理人のリンジーという男が、派遣先の製糖所ごとに移民たちの名前を読み上げた。プレーヌ・ヴィルエルム地方〔モーリシャス中西部〕に行く者、モカ地方〔同中央部〕に行く者、リヴィエール・ノワール地方〔同南西部〕に行く者。アナンタとギリバラはモカに行く移民たちと木陰に行って腰を下ろした。マニと息子は波止場の反対側の端に行った。並木道沿いに馬がずらりとつながれている。出発の時刻が近づいている。

アナンタはギリバラの手を離さなかった。ボワニプルで船に乗るのに舷門をまたいだあの日と同じくらい強く握りしめる。何か言いたい、母親に尋ねたいが、喉が詰まってしまう。これから何かが起ころうとしているかのように、港には静寂が重く垂れこめている。木々に止まった鳥たちも口をつぐんでいる。

十時ごろになってようやく出立が始まった。まずは、徒歩でグランド・リヴィエール、カン・ブノワ、ボー・バッサン方面へ行く耕作民たちの集団が出発する。多くの者は裸足で、頭に白布を巻き、両腕に荷物を下げて、囚人のように二列になって進んでいく。

続いて代理人は、リヴィエール・ノワールへの出発を告げる。アナンタは痩せたマニの姿を遠くに見る。マニは他の者たちと進み、振り返らずに乗車した。すると早くも御者が馬に鞭を入れ、馬車は並木道を遠ざかり、やがて家々の背後に見えなくなる。ほとんど間をおかずアルマ〔注51を見よ〕の地名が告げられ、ギリバラとアナンタは馬車に乗る移民に合流する。ギリバラは最後尾に腰を下ろし、足もとにアナンタを座らせた。敷石の上を回転する車輪が立てるけたたましい音に包まれて、疲れた馬が引く馬車が次々と出発する。早くもたいへんな暑さで、女たちは棕櫚のふいごであおぐ。すると幌のなかに砂塵が入ってくる。最初は灰色だが、街を出て畑を横切りシニョー山の方向に走るにつれて、赤い色になる。

　ギリバラは赤いショールに顔を包んだが、アナンタは幌のすき間から外を眺めずにはいられない。都会の家々が砂塵にかすみ、広く青々とした港の停泊地に浮かぶ船のマストが馬車からも見えるが、それらすべてが遠くなっていき、もう別の世界に属している。

　パイユではひどく砂塵が吹きこんで少女は咳きこむが、母親がショールで守ろうとすると押し返す。道路の細部を、小屋や茂みの一つひとつを、もらさず見たいのだ。間近にオリー山の暗い岩肌があり、その一部はまだ影になっている。反対側は、何本もの赤い急流がモカ川に流れ下っている。木が密生した丘、庭園、それにバガテル、ル・ボッカージュ、ウーレカなど大邸宅の入口が見える。やがて道は山をぐるりと迂回するが、そうなるともう先ほどのように埃っぽくない。ときどき涼しい風が吹きこみ、アナンタは黒い岩壁の間を滝となって落ちる水の音を聞いている。つぐみや赤い鳥が飛び、蝶が舞っている。

スイヤックの浅瀬で、馬車が停止した。御者は馬を車から外して水を飲ませる。移民たちはこの機会に下車してしびれた足をほぐす。女たちは茂みに隠れて用を足す。男たちは川べりにしゃがみこむ。木の間に見える水は空色をしている。マンゴーの木があり、子供たちは実を落とそうとして石を投げるが、女たちが心配そうな声で呼び戻す。今なお逃亡奴隷の伝説が流布しているからだ。プース山の頂かプロフォンド川の峡谷に逃げこみ、労働者の隊列を襲ったり子供をさらったりすると言われているラジタターヌと偉大なサカラブーの伝説である。

御者がふたたび車につなごうとすると、馬は地団駄を踏んで鼻を鳴らす。やがて馬車の一行はあらためて出発し、玄武岩の浅瀬を渡って平野のほうへ、風に吹かれて波打つ広大なサトウキビ畑に向かって下りはじめる。ベル・ローズ、ラグレマンの方向、エメラルド色の海を航行する不動の巨大な蒸気船のように、製糖工場の建物が高くそびえている方向だ。モン・デゼール、シルコンスタンス、バール・ル・デュック、そして下りきったところの貯水池の近くに、アルマがある。

一行はアルマの手前に、午後一時ごろ到着したにちがいない。馬車は交差路に停まり、移民たちは日差しのなかを農地の入口に向かって歩きはじめた。馬車は砂塵のなかを、ボヌ・ヴェーヌ、レスペランスといった東の地所に向けて、さらにはカン・ド・マスクに向けて、また出発した。

労働者たちは現場監督に導かれ、整列して歩く。サトウキビはあまりに丈が高く、アナンタには他のものが何も見えない。飛び上がってみても変わらない。ただ、畑の端にそびえる中央尖峰は見えるが、それも雲に隠れてしまう。アナンタは空を仰ぎながら歩く。頭上の空は強い青色で、白い雲が走っている。サトウキビの葉に日光が反射している。一風変わった強烈な臭いがする。サトウキビの絞り汁のえがらくて甘い臭い、葉が発酵する臭いだ。

やがて小さな集団はアルマの街に着く。むしろ村というべきで、日差しにあえいで影ひとつなく、板にのろを塗り、屋根をサトウキビの葉で葺いた似かよった家屋が並んでいる。移民たちを迎える人間がいない。男は全員、畑で働いているのだ。

移民たちは入るのをためらうように、一瞬立ち止まる。アナンタはまたギリバラの手を握る。出発の日、灰色の大きな船に乗ったときと同じ不安を感じている。アルマの広場では、腹を空かした犬が一匹のろのろと彷徨している。その向こうには一本の巨木がある。花葉飾りをされたイチジクの木で、まるで神様のようだ。

背の高い現場監督の後に付いて、移民たちは一人、また一人と、街に入る。熱い断続的な風に乗って、水車の稼働する鈍い音をアナンタははじめて遠くに聞くが、それは岩礁に砕ける波の音に似ている。

島の反対側で夜が白みはじめた。最初、暗闇を汚す一点の染みが生まれ、やがて不分明な大地の上に長い不動の羽根が何本もできてかすかな灰色の雲が現れる。火山の黒い塊がふたたび見えてくる。シュルヤは周囲を眺めるために身を起こしたが、少し震えている。「世界の終わりみたいだわ」確信めいた口調でそう言う。「世界が終わるときにはこんな色になるのよ、空気が地球を離れて、とても遠くに、太陽のほうに行ってしまうから」

ぼくらは浜辺で寝ている人々の間を歩いていく。燃え尽きた火が砂に黒い円形を残しており、風で飛んだ灰が寝ている者たちの身体に付いている。

シュルヤヴァティが前を歩く。だれよりも早く火山のふもとの泉に着こうと急いでいる。玄武岩はまだ冷たく、細かい露を置いて光っている。最初の水辺に着くと、大きく羽ばたきながら鳥が飛び立つ。シラサギ、クロアジサシのほかに、ベニスズメのような小鳥もいる。水は冷たく、まだ夜に浸されている。シュルヤは顔と腕を洗い、長いこと水を飲む。それから手を髪に通して梳く。下の方、浜のはずれの、せせらぎが海水と混じるあたりで、男たちが早くも祈りを上げている。お茶の用意をするために水嚢を携えてくる者もいる。彼らは急須とコップを洗い、新たに点した火のほうへ戻っていく。

朝日が差してくると、木の葉や地面で、また海の波の上で、光が深い息に似た音を立てるような気がする。同じころ、湾の端の浜辺のどこかで、祈禱時報係の声が響くのが聞こえる。その声は高くなり、少し震えて、断続的な突風に遠ざけられたり近づけられたりする。まるで何度も旋回する鳥の、とても長いうめき声のようだ。それからまた静寂が戻る。

海岸のいたるところで火がまた活気づいた。灰の下に赤々とした燠が残っているのを見つけ、人々はそれに新たな小枝や乾いた海藻の餌を供給した。パリサッド湾にもう一度煙の臭いが立ちこめる。米を炊いたり、豆クレープ（ドルプーリ）を焼いたりしている。食事の匂いが湾一帯に立ちこめ、空に昇っていく。世界の終わりなどではないだろう。

スクーナーが来ている。海は凪いで、移民たちが綱の橋を伝って順番に乗船する。空は明るい。ときおり、大きな光の束が海の上、泡の上を渡り、ぼくらの肩を焼く。十一時ごろにもう一艘の船が現れる。百トンの古いブリッグ船で、四角い帆が東の風に膨らんでいる。それを見て、百年前、自分の高祖父エリアサンが生まれ故郷サン・マロを後にして、喜望峰を回ってフランス島〔一八一四年イギリス領になる前のモーリシャス島の呼称〕に到着したときに乗っていたブリッグ船、エスペランス号のことを思い出さずにはいられない。

ブリッグ船は左舷に傾きながらゆっくりと進み、やがて帆を緩め、水路の前の、スクーナーのダルージー号よりいくぶん後ろの位置に錨を下ろす。船上には銃を携えた船員たちがはっきりと見える。

シュルヤとぼくがスクーナーに乗りこむ最後の乗客だ。ボートの船尾に乗りながら振り向いてパリサッド湾の浜辺を見やると、百人ほどのクーリーがブリッグ船に乗船するのを待っている。少し離れた、工事途中の防波堤の近くに、シャイク・フセインの姿が見える。衣服を風になびかせ、両腕を組み、堅苦しい姿勢をとっている。おそらくは、最後まで残ろうと、全員が去ってから島を離れようと決意しているのだろう。ラマサウミーは若者たちに支えられて、ぼくらより早く乗船した。ボートのなかで目が合うと、お前がだれか知っているぞと言うように、ほんの一瞬ぼくをじろっと見た。その顔には疲労が刻印されて、とても衰弱しているように見えたが、まなざしにはいつもながらのエネルギーがこもり、唇にはいつもと同じこわばった微笑が浮かんでいた。

シュルヤも疲れている。ぼくの肩に頭を載せ、ボートの動きに揺られるに任せている。船が海上を勢いよく走りださないうちに、シュルヤは祖母がボワニプルを発つ前にアナンタに与えた自身の登録ナンバープレートの付いた首輪を、お守りのようにぼくの首にかけた。これでぼくにも名前と家庭ができた。モーリシャス島に入れるというわけだ。

移民たちは、風に吹かれ、煙突から吐き出される煙の渦巻きに包まれながら、折衷型のおんぼろスクーナーの甲板の建物の陰に座っている。ぼくらは、昨夜火をいっしょに使った若いカップルのそばに場所を見つけた。だれもしゃべらない。すぐさま合図もなしに、帆を掲げもせず、ダルージー号はエンジンを大きく振動させて出航の構えをとる。ぼくらの背後の海は、火山の影に入って紫がかった暗い青色をしている。パリサッドの浜辺は早くも、海岸沿いの泡立つ切れこみでしかなく、棕櫚が風にたわんでいる。スクーナーはゆっくりと旋回し、真ん前の、波にぶつかる舳先の下には、コワン・ド・ミール島とモーリシャス島の長いライン、雲に隠れた見事な山々がある。

アンナ

一九八〇年八月

ローズ・ベルに向かう街道に雨が静かに降っている。先ほど渋滞でバスが停止したとき、道路脇を歩く若いカップルを見た。割れた樋から水が滴り落ちている、壊れかけた木造家屋の並ぶ道端を歩いていた。どうして彼らに目が惹かれたのかわからない。とり立てて変わった点は何もなかったからだ。あえて言えば、二人の若さか。ともにインド人で、男はとても色が黒く、薄いながらに黒い口ひげが唇にアクセントを添えていた。ともに粗末な身なりで、農民の作業服を着ていた。その衣服が、何時間も前から降り止まない小雨に濡れていた。女はまだごく小さな、せいぜい生後三カ月ほどの赤ん坊を抱いていた。外は暗かったけれども、その子の髪の生えそろわない頭と、寝起きの腫れぼったい眼が見えた。母親は大きなショールに子供をくるんでいたが、風が吹くとその覆いが半開きになって、子供は雨に濡れていた。ぼくの注意を引いたのはとくに若い女のほうだ。身なりは貧弱であるものの、まだ少女のような若々しい顔立ちで、弓形の眉の下、長いまつ毛の影のなかで、眼が琥珀のきらめきで輝いていた。褪せてはいるが色とりどりのショールの下に、黒髪の分け目が赤く塗られ、額の真ん中の眉の上部に雨に当たっても消えない同じ赤色の雫が描かれているのが一瞬見えた。

驚いたのは彼女の身のこなしである。彼女の力、自信である。バスが家屋沿いにゆっくりと走る間、女はほぼ同じ速さで歩き、ぼくとの間を隔てるものは雨滴が流れ落ちる窓ガラス一枚だけだった。男は女のかたわらの影のなかを歩いていた。二人とも道端を、でこぼこにつまずき、泥の水溜りをまたぎながら歩いていた。お互いに触れ合っていなかったが、いっしょに、同じ足どりで歩いていた。しかし歩行をリードしていたのは女のほうである。

男は栗色のビニール製の旅行かばんめいたものを右手に下げていた。泥の染みの付いたシャツが身体にくっつき、素足にビーチ・サンダルを履いていた。女は古いショールと水色のサリーをまとい、ヒール付きのビニール製サンダルを履いていたが、紐は結んでいなかった（たぶん止め輪が壊れたのだろう）。胸に大事な子供を抱いているので雨から守るのにいくぶん前屈みの姿勢をしていたが、そうした身のこなしは軽快で、しなやかで、若さのもつ活力と可憐さを見せていた。いっとき女がバスのほうを向くと、その深い視線がバスの汚れた窓ガラスを突き抜けてぼくのなかに入ってきた。雨が降り、雨滴が窓ガラスを流れ落ちているにもかかわらず、女があの澄み切った、怖れを知らない目でじっと見ているのはこの自分だ、と直感した。やがてローズ・ベルの交差路の渋滞が解消して、バスは隔たってしまった。振り返ると、カップルが歩道の際に立っているのが後部ガラス越しに見えた。亜鉛製のバケツやら、風に吹かれて始終揺れているサイザル麻の綱の巻き物やらを、たくさん並べた華僑の店のウィンドーの灯りを浴びている。二人ともとても柔和で、霧と見分けのつかない雨のなか、狭い歩道で平衡を保っている。あれほど若く、あれほどひとつに結ばれた二人は、どこかぼくの知らない場所に向かっていく。子供を守る屋根を求めてか、働き口を求めてか、それともよき星回りを求めてか。

それっきり二人を見失うのが怖くなった。もう少しで運転手に向かって「停めてください！」と叫び、二人と合流するために下車しそうになった。しかし彼らに向かって何が言えるだろう、何をしてやれるだろう。ぼくと彼らは同じ世界に住んではいない、互いにとってまったくよそ者だ。それでも、これほどの時間を隔てて、流謫の数世代を隔てて、自分がモーリシャスにやってきたのは、あの二人のためであるように思われた。

今や渋滞を脱したバスは、キュルピープやキャットル・ボルヌに向かう上り坂の道路を猛スピードで走る。しかしぼくはただ、ポート・ルイスの市（いち）で観光客が押し抜き器で思い出を刳り抜くように、ひとつのイメージを探し求めている。モーリシャスに着いて以来、ぼくの探している人々には顔がない。レオン、シュルヤヴァティ、これらの名は何かを意味するのか。ぼくの探す人々にはじつは名前があるわけでもない。彼らは亡霊、一種の幻影であって、夢にいたる道にしか存在していない。

ぼくが会いにきたのはアンナだ。この名の指すものは二つある。それはまず、メディーヌ方面にある家のことだ。サトウキビ畑のなかに漂着物のようにぽつんと立つ製糖工場の黒い廃墟である。もう一方のアンナとは、アルシャンボー家の末裔、クロード＝カヌートの娘で〈長老〉の孫娘のアンナである。これらの名は、かりにこう言えるなら、他の者が貴族の称号や株券を贈られるように、ぼくが誕生時に授けられた名前である。レオンの名にしてもそうだ、あの〈失踪者〉の思い出に、または彼の失踪の空虚を満たすために、ぼくが冠している名前だからである。子供のころから、ぼくのなかにはあの空隙がある、指であまりに長く皮膚を押さえると、痕が残るのに似ている。

もしかすると、ぼくは待ちすぎたのかもしれない。十八歳のときに来るべきだった。父が存命だったし、アンナもまだ六十七歳だった。当時アンナはまだキャットル・ボルヌの、少々傾いた古いクレオール風の家に住んでいた。きのう通りがけに見た、座礁した船みたいな、道路脇の少し傾いた家だ。〈長老〉の遺産として譲り受けた家具のすべてを、まだ所有していた。東インド会社の古めかしい行李や、難解な書物や黄ばんだ写真の詰まった靴箱を収めた彗星館の本箱などであるが、アンナが父に書いたように「すべてがらくた」だった。一人で維持管理するすべがなくなってその家を後にし、マエブールの修道院に引っ越したとき、書類や写真をすっかり焼き払うことに喜びを覚えた。アルシャンボー一族の記憶をなきものにする火を前にして、アンナは魔女のように笑いながら踊ったという。その様子が極端だったので近所の人々は怖気をふるったらしい。家具はヴィル・ノワール〔注41を見よ〕の土地の漁師に与え、東インド会社の枝葉模様の入った食器一式は、孤児院で使うようにとロレット修道院の尼さんたちに与えた。装幀本、組み鐘付きの大時計、インク壺、絵画、果てはサン・マロの海賊であった遠い先祖のアルシャンボーから伝わる、つばめ号(イロンデル)のワイン・キャビネットにいたるまで、売れるものは全部売り払った。ぼくがその話をすると、アンナは目にいたずらな光を浮かべて答えた。「何でも利用しなければならなかったのさ」言い伝えは嘘ではなかった。アンナはまさにアルシャンボー一族にふさわしい人物だ。ただ、もう一方の極端、清貧と拒否と頑固の極端を体現していた。

マエブールは重苦しい暑さで、息詰まるほどだ。北東の貿易風はバンブー山地に遮られる。海岸から水路群島(バス)の小島のほうを眺めるときは涼しい。何もかもが美しい。崇高な青をたたえた海、暗い山々のライン、獅子山(リオン)のたてがみ。

一歩小路に入ると、屋内は地獄だ。四月でもひどく暑いので、地べたのタイル張りにじかに寝る、とアンナは言う。アンナは大柄で痩せていて、赤銅色の顔は皺だらけだ。

灰色の髪は短く切り、自らヘア・アイロンでカールする。彼女唯一のおしゃれだ。だが、アンナの眼は光り輝く二つの緑の宝石で、その瞳は鋭利で危険だ。はじめて会ったとき、無言で長々と検分されたので、アンナの視線が尋問する光線のように自分の奥底まで入ってくるような気がした。ぼくにこう言った。「あんたは四十には見えないね。だからまさにアルシャンボーの人間だよ。若いときには老けて見えて、年をとるにつれて若返るのさ」それからこう付け加えた。「ほめていると思いなさんな」アンナが一族の話をしたのはそのときぎりだ。いや一度別の機会に、祖父とシュザンヌのことを話してくれた。「二人はとても美しかった」と言った。

ぼくは〈失踪者〉のこともシュルヤヴァティのことも口にしなかった。あまりに昔のことなので、彼らの話題は出ない。まるで存在しなかったかのようだ。というかむしろ、先ほども言ったように、頰にめりこませた指の痕だ。ところがアンナは、ぼくがここまで来たのは彼らのためであることを十分心得ている。彼らの形跡を見つけ、彼らのたどった道をたどり直すため、彼らの過去を嗅ぎとり、彼らの目が見たものをこの目で見るため、彼らの夢に参入するためであることを承知している。だが、それはぼくの問題だ。アンナはぼくを助けてはくれまい。それを彼女はぼくに教えている。

アンナは唯一の、最後の生き残りだ。すべてが彼女のなかにある。アンナが生まれたころ、彼女の名の由来でもあるアンナの地所は健在だった。広大な畑、製糖工場の煙突、石灰窯、搾りかすを燃やすボイラー、厩舎、古い奴隷小屋があった。アンナからグランド・リヴィエール、カン・ブノワ、バンブーを通ってポート・ルイスにいたる道は、珊瑚の砂利を敷き詰めてまぶしかった。そこを引きも切らずに牛車や馬車が通った。汽車があらゆる方角に出ていた。パンプルムース、リヴィエール・デュ・ランパール方面にも、それに南方面もマエブールまで通じていた。今ではコンクリートの道路が鉄道にとって代わった。マエブールの修道院からの帰り道、キュルピープからディジック街道を走るバスに乗った。古い家屋の間を縫う狭くて蛇行する砂糖道だ。

メディーヌに行くのにマエブールの中国人チョン・リーに車を借りたが、合わせて海辺の別荘も貸してくれた。車は古くてがたがたの薄黄色のブルーバードで、エンジン・オイルでつや出ししたような模造皮革をかぶせた座席だった。ワイパーがすぐに故障し、ときどきタオルでフロント・ガラスを拭かねばならなかった。レトロな時代の襟巻きのような濡れタオルを首にかけ、開けた窓からなかば身を乗り出して拭くという、モーリシャス式の運転に慣れるのは苦もなかった。

当然ながら、アンナは何も知りたがらなかった。「あたしがあそこへ行ってどうするのさ。美しい場所ですらないよ」メディーヌで熱病が毎月ぶり返し、クレオールの子供たちの腹が膨れ、眼がぎらぎらしていた話をした。鎧戸と扉にバリケードを築き、マットレスを丸めて壁に押しつけ、恐怖で喉もとに吐き気を覚えながら、皆がサイクロンの到来を待ち構えていた話も。

ジャックとシュザンヌがモーリシャスを最後に発ったころ、アンナも父もまだ子供だった。今では父は亡くなっているし、アンナも六十七年前から一度も家を見に戻ったことがないという。

「はっきり言って、なぜあんたがわざわざこんなたいそうな旅行をするのか、あたしにはわからんよ。あそこには何もありゃしない。石ころの山があるだけさ」

マリ＝ノエルの娘リリを連れていった。マリ＝ノエルが掃除をしにくると（貸し別荘の代金に含まれていた）、リリも付いてくる。戸外の、ハマムラサキの木の下に座って待っている。十七歳で大きな黒い眼と、ジンジャーブレッド色〔茶〕の肌をしている。クレオール語もフランス語も話すが、ぼくとは英語で話すことを好む。黄色のブルーバードを見ると、眼が輝き、自分も連れてほしいと言った。マリ＝ノエルはだめとは言わなかった。ブルー・ベイの別荘のドイツ人や南アフリカ人旅行客の相手を長時間やるくらいなら、アルシャンボー家の人間であるぼくを相手にするほうがましと思っているにちがいない。アンナ小母さんが、ぼくの道徳的保証になるのだ。

もちろんアンナの言うのが正しかった。メディーヌから昔の地所にいたる砂糖道をたどった。プランテーションの労働者の住む、板とトタンで造られた小屋が何軒かある。やがて道がひどく歩きにくくなる。水に浸かり、窪んで、熟したサトウキビの深緑色の壁が両側にそびえている。奥は大きな岩と藪で塞がれている。雨が降っているので、リリはそれより先に行きたがらず、ラジオを点けて車に残った。ぼくは徒歩で、昔の製糖工場の白い煙突まで進みつづけた。藪やランタナが廃墟にはびこっていた。製糖工場の周囲をひと回りしてみたがむだだった。アンナの家の痕跡も彗星館の痕跡もまったく見つからなかった。石ころの山さえないとは。メディーヌの砂糖道の入口で見たような小さな家々を建てるのに、土地の住民が石を使ってしまったにちがいない。

サトウキビの上を、海のような音を立てて風が吹いていた。雲が黒っぽい渦を巻いてコール・ド・ギャルド山の城塞やトロワ・マメル山にかかっていた。〈長老〉の死を境にここの生活の営みがそっくり停まってしまったように、人里離れた奇妙な感じがした。海まで、波が海岸を洗っているところまで行ってみては、という考えが一瞬浮かんだ。別の生活、別の世界で、子供だった父や祖父が駆けていた浜だ。

驚いたキジバトが鳴き声を上げて飛び立った。脚に茨の掻き傷を付けながら、父や祖父が藪から出てきたときも、きっとこの鳥たちは同じように飛び立っただろう。しかしそれ以上冒険することはやめた。何か暗く閉ざされたもの、ぼくの脚の内側に入りこみ、それ以上進ませないものがあった。どうしてもわからない秘密、あるいは禁止のようなものがあった。一個の呪い、あるいは魔法とでも言おうか。

ブルーバードのなかで、リリが焦れもしないで待っていた。その間ずっと爪に真っ赤なマニキュアを塗ることに余念がなかった。リリは何も訊かなかった。メディーヌやアンナがどんな重要性をもつというのか。リリにとってはただの地名、辺鄙な片田舎、ほとんど忘れられた土地にすぎない。彼女には今という時間しかない。だからすべてが彼女のものだ。何を失うこともない。生きるのに地名などいらない、ただ雨をしのぐ屋根と、食事と、爪に塗るマニキュアとTシャツを買う少しばかりのお金さえあれば十分だ。ラジオからティー・フレールの歌うセガ、「アニタ、そのまま眠って、アニタ」が流れている。昔、タマランの黒い浜では、サトウキビの伐採が済むと、この音楽に合わせて踊っていたのだろうか。リリはぼくのほうをちらちらうかがっている。こんな辛気臭い場所にいつまでぐずぐずしているの、と思っている。「そろそろ（ナウ）、戻ってちょうだい（ゴー・バック・プリーズ）」と言う。ぽんこつブルーバードは、がたついたり軋んだりしながら広い道路まで戻った。海岸沿いに、モルヌ山やスイヤックを通って戻るとあらかじめ告げてあった。詩人ロバート＝エドワード・ハートが住んだ家を訪ねたいと思ったからだ。しかしもう遅いし、雨が止みそうにない。

ポート・ルイスをふたたび通ったので、レストラン「モーリシャスのフローラ」に立ち寄り、アンナ小母さんのために、小母さんの青春の思い出に、ナポリタン・ケーキを買った。リリは大きなシュークリームを選び、食いしん坊の少女のように指を舐めながら立って食べる。ぼくらがエスニー崎〔マエブールの南〕に着いたときには、日はとっぷり暮れていた。

〈長老〉が死んだとき、アンナは二十三歳だった。末期の苦しみはすさまじく、何週間も、何カ月も続いた。居ながらにして身体が腐っていった。息子と仲違いをし、一族郎党に嫌われ、皆に見捨てられ、かつて奴隷であったトプシーという名の古くから仕えている黒人と、孫娘の子守り役であった女中、ヤヤ婆さんだけをそばに置いて、アンナの家で暮らしていた。訪ねてくる者はいなかった。連帯政治の仲間たちは、〈長老〉の意地の悪さと傲慢さに辟易し、次々と彼を見限った。

最初のころアレクサンドルは、ジャックが会いにくるたびに、「ペテン師」だの「ただ飯食い」だのと言って追い出した。寛大に扱われたのはシュザンヌだけだった。たぶんパリで暮らし、一族とは何の関係もなかったからだ。それにシュザンヌは美しかった。ある日〈長老〉が彼女についてこう言った、「非の打ちどころのないパリ女の顔立ちだ。反り返った鼻に小さな口、首がとても長い」この話をぼくの父にしたのは祖父のジャックで、自分を破滅させた男の話をしているときだった。ぼくは九つか十だったが、祖父の声を、夕食後に話していたあの歌うような抑揚を、とてもよく覚えている。聞きながら、呪われた城にこもるようにして自宅に引きこもったその怪物をしきりと想像していた。

〈長老〉が埋葬されたのは、キュルピープの植物園の共同墓地である。妻が死んだときに、そこに土地の払い下げを受けていた。ある雨の朝、敬虔な気持ちというよりも好奇心からそこに行ってみた。盛り土と白い石ひとつあるだけのイスラム教徒の墓を別にして、墓地というものを好んだためしがない。アレクサンドルと妻のジュリーの墓は、インドから輸入された黒大理石の大きな石棺を備え、大文字で刻印された故人の名前の金メッキが緑青色に変色していて、何とも陰惨だった。周囲の墓に記された名前も読んだが、知らない名ばかりだった。〈長老〉は親族も友人もなく、死ぬまで一人だった。

ぼくの探している男はここでは見つかるまい。ヴィル・ノワール出身の漁師でマリ＝ノエルの夫のドゥニが、ショー川〔マエブールの街を流れる〕上流にある古い共同墓地までカヌーで連れていってくれた。川が湾曲している地点に、丘の上へ通じるぬかるんだ小道があった。ドゥニはカヌーのそばに残った。番をするためと言ったが、ここに埋葬されている「お偉方」を訪ねる気など起こらないのだろう。ここの墓はもっと質素で、溶岩でできており、風雨に侵食されている。判読できる名前はないが、かろうじてピトという姓やピエールの名とおぼしき綴りが読める。ぼくが見てみたいのは、キュルピープ、ポート・ルイス、司祭渓谷、モルヌ山、グラン・ベーに残る昔の火葬場だ。だが、島全体がクーリーたちの火葬場である。サトウキビが育つこの赤土も、キジバトが歩いていたあの道路も、浜辺も、丘も、庭園も、新しい街々の街路もそうなのだ。この島のいたるところで、人はインド人労働者たちの灰の上を歩いている。

アンナがこの島に残ったのはそのためだ。アンナは生まれた土地にとどまった。けっしてよそへ行こうとは、死者のもとを離れようとはしなかった。何ごとも甘受しなかった、とくに忘却は許せなかった。結婚もしなかった。他の者たちのように生きたくはなかった。他の者は皆、よそへ行った。財を築きに他の場所、南アフリカのケープタウンやダーバン、オーストラリア、アメリカ合衆国に行った。カヌートの死とアルシャンボー家の没落に、彼らはもちこたえられなかった。ジャックさえ島を離れた。貧困を恐れ、特権や栄光を放棄しなければならないことを恐れた。すべてが風化する世界に彼の居場所はなかった。アルシャンボー家出身の医者など必要とする者がいただろうか。メディーヌに無料診療所を開き、移民労働者の生活条件の改善のために尽くしたいという祖母シュザンヌの夢も、陰謀や中傷や悪意には抵抗できなかった。資産管理報告が行なわれ、祖父がモーリシャスを去ろうと決意したのは、父が十四歳のときだった。アンナの所有地を手放すことで得た金で、ジャックはパリ郊外のガルシュに医院を開業した。無料診療を行い、祖母の願いをささやかな形で叶えた。シュザンヌはといえば、女学校でフランス語を教えた。ジャックは息子のノエルに、サトウキビに関わる一切を嫌悪させるような教育を施した。「息子を製糖業者にするくらいなら地獄に落ちるほうがましだ」ジャックは「奴隷売買業者」とでも言うように、「製糖業者」と言った。そしてこのぼく、レオン・アルシャンボー、一族の最後の生き残り（ジャックが若いころ編み出した誇り高いモットーがそれだった）、ぼくもまた医者になった。ただし、世界の果てに旅立つ前にあちこち放浪している、客も仕事もない医者だ。

毎日午後一時ごろ、修道院の庭にある木蓮の大木の陰で、アンナが出てくるのを待つ。少しよろめきながら家（アンナは「バンガロー」という語の使用をぼくに厳しく禁じる、英語だからだ）の入口に現れると、そのつど彼女の弱々しさと痩軀に驚く。アンナは薄闇に浸された寝室にぼくを招き入れる。息詰まるような熱気なのに、上下ひと続きの灰色の服のボタンをきっちりと首まで留めてある。革靴を履き、衣服をまとい、短髪にした姿は、修道女に似ている。

台所のテーブルには、昼食の残り物で一杯の皿にアリがたかっている。挽き肉と米で形のそろった小さな肉団子を作ってある。ぼくが到着すると、急いで白いナプキンで包んで四隅を結ぶ。こちらから何を尋ねたこともないが、マエブールでそれを知らない者はいない。アンナに白い粉、つまりストリキニーネを調達しているのは、大通りの中国人チョン・リーである。アンナはそれを肉に混ぜるのだ。彼女の小遣いはすべて毒の購入に遣われる。その金は、従兄弟たちの仕送り、それに父がしていたようにぼくがフランスから忠実に送り続けている金である。

アンナは今か今かとぼくを待っている。白内障の眼を守るために、古い布の帽子を目深にかぶる。そうしてぼくらは出かける。

戸外では日が照りつけている。マエブールの街路はお昼時で閑散としているが、市場のほうへ下っていくにつれて人の往来が増える。埃っぽい駐車場に向かって、バスががたがた揺れながら走っている。いたるところに自転車が走っている。黒の大型フライング・ピジョン〔有名な中国製自転車の商標〕に乗った若いインド人たちが、激しく鈴(りん)を鳴らす。アンナの出番だ。正午を回ると市場は徐々に人がいなくなり、犬がやってくる。

アンナはもうしゃべらない。身体をこわばらせて、苦痛で顔を引きつらせながら歩く。修道院のミュグロー医師は、アンナの関節が硬直しており、ひざは関節症で曲がらず、腰も鎖骨も同じ症状だと言った。医師の説明には称賛の調子がこもっていた。彼女のような状態なら、ふつうは肱掛け椅子に釘付けになってもおかしくなく、アンナが歩いているのはひとえに意志のおかげだという。車から降りて身を伸ばすとき、苦痛で顔をしかめる。それをアンナはユーモア混じりに説明する。「ねえレオン、わたしゃ、アンデルセンの人魚姫みたいだ。脚があるせいで苦しむのだからね」

外に出られなくなったら、アンナは死ぬだろう。彼女自身がそう決めている。しかしそれを人に言うには及ばない。彼女の祖父と同じく誇り高いのだろうか。アンナは人に借りを作ったことは一度もないし、いつも極端に孤独な生活をしてきた。インド人の老女のような鋭い横顔を、そして目の周囲の深い皺、頭の姿勢、ぴんと張った筋が二本走っている肉の削げた首をじっと見ているうちに、アンナの地所で独裁を振るっていたころの〈長老〉アレクサンドルの、ぼくが見た唯一の写真を思い出さずにはいられない。二人は明らかに似ている。

ぼくらはごみの散らばった並木道の、澱んだ水たまりの間をゆっくりと歩く。市場はまだ完全に閉まってはいない。ぼろぼろになった幌の下に、ジンジと呼ばれる小さくて甘いバナナ、グァヴァや、割られて黒い種を見せているパパイヤや、父がよく「ぶよぶよ（マフ）だ」と言った熟れすぎのマンゴーなどの果物、それにあまり新鮮ではない野菜が載った物売り台が残っている。並木道が切れるところで、一人のインド人が大きな甕に入れたフレッシュ・チーズを配っていた。それまで黙っていたアンナが、「あれが見えるかい、ぞっとするよ」と注釈する。父も酸っぱい牛乳をとくに嫌っていたが、どんな形のものであれ、およそ牛乳を好まなかった。

この人混みのなかで、ぼくは唯一のヨーロッパ人だ。アンナはこの民族区分には入らない。肌の色と痩せ具合、首から上の姿勢から言えばインド女性であるが、歩き方やしゃべり方はクレオール特有のものだ。アンナが通りかかると人々が挨拶をして何か言葉をかける。アンナはそれをじっと聞き、頭を少しかしげてクレオール語で返答する。人々は彼女とともに笑う。アンナがここに何をしにくるのか人は知っている。そのことで彼女を非難する者はいない。それはこの世界における彼女の役割だ。彼女がいなくなったら、代わりにそれをする者はいないだろう。彼女の役割は終わる、それだけだ。

騒がしい子供たちが、しばらくぼくらの後を追ってくる。なかの一人はほとんど裸で、泥の付いた腰布を当てている。ほっそりとして、小麦色に焼け、大きな暗い眼をしている。竹笛を手にしており、甲高い音を鳴らしながら、市場に通じる並木道を駆ける。ヤムナー川のほとりで幼いころのクリシュナを見る思いだ。しかし比較はその先にはいかない。ショー川は荒廃して、その両岸はごみに覆われている。マエブールはマトゥラー〔ヤムナー川沿いのクリシュナの生地〕ではない。

アンナがぼくを連れていくのは肉屋の方角だ。水辺まで下っていくぬかるんだ道の脇に犬たちがたむろしている。多数いて、ほとんど人間の数に劣らない。痩せこけ、毛を逆立てて、腹は背中の曲線と交わるところまでへこんでいる。一個の残骸をめぐって何匹かが争っている。そのうち最も強い二匹が残骸の両端をくわえ、他の犬が近づくと、口を開けることなく唸っている。

少し離れたところで、空腹にもかかわらず二匹が交尾している。後半身でつながり、滑稽なカニの横ばいめいた歩き方をしている。

アンナは問題の場所の前で立っている。ひと言も発さない。このような瞬間に見せるあの厳しい表情、あの鋭さで、じっと見つめている。ぼくの腕をほどき、現場の縁（へり）まで一人で歩いた。よろよろした歩き方で今にも転びそうだが、ぼくは背後でじっと動かない。それはアンナが一人でやり遂げたい行為だからだ。

現場の中央では、二匹の猛犬が残骸の上で踏ん張っていた。二匹が食べているのは餓死した一匹の犬だった。あるいはバスにひき殺されたのかもしれない。恐ろしい、耐えがたい光景だった。

しかしアンナが来たのはその犬たちのためではない。彼女の眼は、肉屋の肉切り台のほう、並木道沿いに投げ捨てられたごみの山のあたりを捜している。

アンナは背筋をしゃんと伸ばし、開いた包みを手にもって、ゆっくりと歩いていく。日陰になった地面にアンナが肉団子を撒くのが見える。そいつらが潜んでいるのはそこだ。離乳するかしないうちに親に捨てられた子犬たちである。骸骨のようにやせ細り、毛も生えず、衰弱がひどいために、目の飛び出た巨大な頭を支えかね、隠れ家を離れられずにその場でよろめいている。音を立てずに近づくと、アンナが優しく話しかけているのが聞こえる。ぼくの知らない声音だ。「あわれな可愛い子たち」クレオール語で子供に言うような優しい言葉をかけている。すると子犬たちは、野生の獣のねぐらにも似た穴から少しばかり這い出してくる。

子犬たちはアンナの声に、愛撫のように優しい、ふしぎな抑揚に惹かれている。子犬たちの目の前に、アンナの撒いた毒入り肉団子が見える。食べはじめた。十匹ほどいる、いやそれ以上かもしれない。まもなく砂埃のなかには何も残らないだろう。ストリキニーネの効き目がほぼ即座に現れる。犬たちは後ずさりし、まるで酔っているかのようにその場でくるくる回る。そして即刻息絶える。薄暗がりのなかで、小さな身体が横向きに寝ている。そのばら色と黒の混じる肌に、早くも凧が砂塵をかぶせ、蝿が頭のまわりでぶんぶん羽音を立てている。

アンナは無言のまま踵を返した。空っぽになった白いナプキンを大きなハンカチのように手にぶら下げている。焼けた木材のような色をした顔は、かたくなで、無表情で、目からは澄んだ涙が流れている。

焼けつく日差しのもと、大通りに通じる並木道をぼくらはいっしょに歩いた。駐車場では、バスが砂煙を上げながら動き出していた。人々は、プレーヌ・マニャン、ローズ・ベル、キュルピープ方面、そしてポート・ルイスまで出かける。賑わっており、大通りの商店、カセットテープを売る店や布地を売る店は、活気にあふれている。売り子がぼくに「お土産？　プレゼント？」と声をかける。アンナがぼくの腕にもたれかかると、遠のいて、ぼくらを通す。

アンナが疲れているのがわかる。腕が少し震えているので、ひどく気分が悪いのだろうと思う。ブルーバードの座席に崩れ落ちるように座るとき、小さな叫びを上げそうになるのをため息で押し殺した。

「こんなことをするには年を取りすぎたわ。これが最後と思っていいよ」しかし疲れのせいばかりではなかった。アンナを内側から蝕み、疲弊させる何かがあった。道路や市場をうろつく野犬が車に轢かれたり、共食いしたりしており、子犬が巣穴で腹を空かして死んでいくという思いに、何年も前から、ほとんど毎日、ほとんど始終取りつかれていた。

修道院の庭の奥にある一軒家の暑苦しい寝室で、アンナは革靴を脱ぎもせずに十字フレームベッドに横になった。薄明かりのなかで見ると、顔色が悪い。ほとんど蒼白である。そんなアンナを見ながら、なぜかわからないが、コンセプシオン病院で死の床にあるランボーを思い出した。たしかにランボーもハラルの犬に毒を盛った。たぶん同じ理由からではないだろうが、本当のところはだれにもわかりはしない。

「昔は体力があった。恐ろしいことをしたものさ。あの子たちを捕まえてエーテルで眠らせ、キャットル・ボルヌの家の泉水で溺れさせるのも怖くなかった」放心したようにゆっくりとしゃべる。外のヴェランダ伝いに、気の触れた一人の女が、甲高い声であれこれ叫びながら忍び足で歩いている。やがて不意に扉を開けた女が、逆光の向きに立つ。

ほとんど真っ黒な顔のなかで、眼がふしぎな光で、緑の炎を放って輝いている。アンナをにらんで、クレオール語とフランス語で罵倒するが、ぼくには言っていることがつかめない。ただ、いきり立っているために鈍重な口のなかで音がゆがむのがわかる。「アルシャンボー！　死骸！」という言葉が聞こえる。残りは聞きとれない。

「あっちへお行き！」とアンナが言う。声を荒げず穏やかにしゃべる。「うちにお帰り。わかるだろう、うちはお客さんだよ」気の触れた女はそっと立ち去る。あとにものすごい悪臭を残していく。

「小母さんは何も怖くないの」アンナはぼくの質問を取り合おうとしなかった。

「あんた、何を怖がることがあるの。気の触れた哀れな女さ。正気の人間の大方はもっと危険だ」

子犬の処分をしにこのように市場まで出かける以外は、アンナは家を出ない。もっとも、礼拝堂に出かけて、ミサや少女たちの歌を聴くことはときどきある。修道院は身をもち崩した娘たち、ドイツや南アフリカからやって来る観光客が大好きな、ビロードの眼をしたクレオールの娘たちの避難所である。彼らは現地斡旋業者のもとで予め娘たちを買ってある。海辺の別荘を借りる代金や半日のメカジキ釣りの費用とともに旅行費用に含まれているのだ。モーリシャスに来て以来、ホテルのバーやプールサイドや浜辺でそんな娘たちを目にした。リリの姉たち、女友達のパメラもその仲間だ。病気になったり実家に引き取られたりすると、この修道院にやってきて、しばらくいては去っていく。多くの者は消息不明になって二度と戻ってこない。娘たちは偽造旅券をもって飛行機に乗り、遠い危険な国々に運ばれていって戻ってこない。クウェートや南アフリカやスイスといった国だ。

アンナは、午後ヴェランダでお茶を入れてくれる娘がお気に入りだ。紺のスカートと白いシャツという修道院の質素な制服を着ていたが、くすんだ赤銅色の巻き毛にアンナが摘んでくれた一輪のハイビスカスをさした。緩下剤としての効能を暗示して、アンナは「イギリス婦人（マダム・ラングレ）の花[58]」と呼ぶ。

「わたしのクリスティーナだよ」と言って、しばらく娘の手を握る。アンナのインド女性風の顔に優しい微笑が浮かぶのを目にするのははじめてだ。

「ものを読むのが好きなあんたに、あげるものがある」

ぼくにくれる学習帳を取りにいった。「この前、行李の底からこれが見つかったのさ。十八のときに書いたもので、捨てるところだった。いつか役立つとも思えなかったからね。死なないうちにあんたにあげるよ」そしてこう言う。「島を離れる前に読んじゃならないよ」そうして〈長老〉の孫娘にふさわしい科白を付け加える。「これが敵の手に落ちるのが心配でならなかった」ノートの最初のページには、傾いた、ロマンティックな字体で、ひとつの名前が書いてある――

シータ

プラト島まで行くのに、マリ＝ノエルの夫のドゥニを六百ルピーで雇った。面倒を避けるために、潜って何か獲りたいのだとドゥニには言った。潜水マスクとゴムの足ひれ、それにパナマの大河で暮らしていたころの水中銃を持参した。グラン・ベーで待ち合わせて、だれかにカヌーを借りるつもりだ。リリが義父についてきた。現地の娘の大半がそうだが、リリは海水着になりたがらない。ローリング・ストーンズだかビーチ・ボーイズだか忘れたが、どちらかをあしらったTシャツと、赤いトレアドル・パンツを穿いている。相変わらず物静かだ。もしかすると怯えているのかもしれない。リリは問題を抱えていて、それはきっと、彼女を方々のホテルに引きこんだ友人のパメラのせいだ。リリも、今の生活の貧しさと単調さから逃れるためであれば、だれとでも、どこへでも、旅立つ用意はできている。カヌーの舳先に位置を定め、脚を身体の下に折り、風に顔を向けてまっすぐな姿勢で座っている。グラン・ベーの水は魔法のようなエメラルド・ブルーをたたえ、珊瑚の基底部や付着生物が見える。カヌーは砲兵崎を越え、明け方のバラ色の空にココヤシの木が軽やかな羽根飾りを描いている。岬を過ぎると、波が船首にぶつかってくる。船内のエンジンが水上飛行機のような重い音を立てる。ドゥニは前腕を舵輪において、無関心な様子で前方を見つめている。朝の七時だが、すでに焼けつく日差しだ。

先ほど、ドゥニを待ちながら砲兵崎まで歩いた。コレラ患者の隔離所のあったところ、インド人移民がシャワーで身体を洗われ、浜辺で服を焼却されたあと、閉じこめられていた場所には、今では豪華なヴィラができており、棕櫚やハイビスカスの生えた美しい庭園が備わっている。かつて隔離所と西側の地所を仕切っていた濠と二重の壁を見つけようと思ったが、跡形もない。すっかり地ならしされている。しかも、まさに移民たちの住居があった場所で作業中のブルドーザーに出くわした。掘削機で藪を掘り起こし、灰色の土を混ぜ返していた。おそらくはプール付きの豪華ホテルの基礎を築くためだ。

カヌーは今、不幸崎を過ぎたところで、前方に、錆びた古いアイロンを思わせるコワン・ド・ミール島が見える。波が高くなり、カヌーは正面から水をかぶる。リリはしぶきがかからないように少し後方に下がった。大きすぎるTシャツの端を腹の上で結んだので、鳥肌が立った腰の皮膚が見える。

コワン・ド・ミール島の岩壁に、波が破城槌のように打ちつけている。水深がかなりあるようで、鳥がめまぐるしく旋回している。ドゥニが穴のあいた岩を指さし、「奥方の穴」というあけすけな名前を告げる。

風変わりな、くすんだ色のプラト島が目の前に見える。火口の頂きには良好な状態の灯台があり、目につく人間の形跡はそれだけである。それを除くと、島は荒涼としている。プラト島の右側に控えているガブリエル島は、ただの岩のような小島だ。十時ごろ、ドゥニがプラト島とガブリエル島の間の水路にカヌーを押し出す。海の動きが止まり、海底が現れはじめる。ラグーンに入ると、リリが棹をつかむ。ドゥニがエンジンを止めた。ガブリエル島の白い浜に向かって、なめらかな水面を音もなく滑っていく。ラグーンの中央に小さな双胴船が停泊中で、だれが乗船しているのか見分けがつかない。たぶん潜水漁をしにきた旅行客だ。

この船旅を正当化するために、ぼくも水中銃を片手に水に飛びこむ。日の光に照らされた海底はすばらしい。珊瑚に生息する魚やダツやハコフグがいる。しかし一時間後、まったく成果なしのまま浜に戻った。ドゥニは驚かない。彼の説明では、このあたりの海底はダイナマイト漁で荒廃しているらしい。

マリ＝ノエルはこの事態を予想していた。リリはピクニック用のバスケットから、刻んだ干しダコをちりばめた魚入りごはんの大皿と、チャツネを取り出す。それぞれが自分の場所で別々に食べる。リリは土地の娘たちの礼儀作法に従って、手で顔を隠して咀嚼している。やがてドゥニがハマムラサキの若木の日陰に行って、イギリスたばこを吸う。

痕跡や墓を探してガブリエル島を歩く。リリが銛をつかみ（鉄棒の先を尖らせただけのものだが）、岩礁のほうに大ダコ（オクトプス・ウルガリス）漁に出かけるのを見た。小島には人けがなく、何らの指標もない。ただひとつ、セメントで固めた溶岩の墓石が、一八八七年に十七歳で、天然痘で死んだオラース・ラザール・ビジャールという少年の墓であることを示している。他の者たち、ハイダリー号やファッテイ・ムバラク号で到着し、島に置き去りにされた〔一八五六年、コレラ発生による〕あれほど多くの移民たちの、どんな形跡も残っていない。風、雨、日差し、それに波しぶきが、すべてを消し去った。モーリシャスとの唯一の交信手段であった腕木信号機がかつて設置されていた島中央の尖峰に登っている間に、はじめて熱帯鳥（ファエトン・ルブリカウダ）のしわがれた鳴き声を聞く。警戒態勢の鳥たちは、巣を守るために尖峰のまわりを旋回している。

ここには何か奇妙なものがある。何なのかわからないうちに、それはゆっくりとぼくのなかに入ってくる。自分は好事家として、無名の訪問者としてこれらの島にやってきた。それ以外にどんな訪れ方がありえただろう。ほとんど知ることのなかったあの祖父ジャック、とても近しくまたとても遠い祖母シュザンヌ、いろんな話を語って聞かせてくれ、「陶酔の船」やロングフェローの詩を朗読してくれた、短髪で皮肉っぽい眼をしたあの老婦人——彼らがぼくの誕生以前に、ここでもうひとつの生活を送っていたことを、ぼくはいったいどのように想像していたのか。それに、ぼくが名前を譲り受けたあの未知の男、ぼくには知りようのない一人の女のためにすべてを打ち捨て、永久に姿をくらました男、おそらくはアガレガ、アルダブラ、モザンビーク海峡のファン・デ・ノヴァといった遠い島々に旅立った男のことを。二人はまるで、今となってはそのかけらも残らない夢の世界の人物のようだ。

それでも、彼らが今もここにいるような気がする、尖峰の周囲を旋回する鳥の視線に似た彼らの凝視を受けているように感じる。この島の岩の一つひとつ、茂みの一つひとつが、彼らの存在、彼らの声の記憶、彼らの身体の痕跡をとどめているように思われる。それは一個のおののき、緩慢で低い音を立てる震動のようなものだ。それをよりよく感じ取るために、玄武岩の間の黒い土の上に寝そべった。

浜ではドゥニがしびれを切らしている。潮が引きはじめるところで、まもなくプラト島の埠頭に近づけなくなるからだ。細い水路を越えるのにしばらくエンジンを動かす。するとカヌーは惰性で水面を滑る。舳先にはリリが立っている。正真正銘の漁師の娘で、足の指を開いて舷側をつかみ、長い棹に重心をかける。カヌーの底では、皮を剝いて裏返しにされた大ダコが日差しを受けて輝いている。

ドゥニはカヌーの前部を埠頭の左側に引き上げた。タバコをもう一本吸うのに、日陰を探している。彼は何かを本気で思案することはない。お偉方や観光客の気まぐれに慣れなければならないのだ。

リリは火山に向かって狭い山道をぼくに先立って歩く。時間の経つのがじつに速かった。日差しはもう傾きかけているようだ。太陽の手前に紗が掛かっているようで、ラグーンは憂愁の色を帯びている。

火山まで行く時間はないだろう。バークレー湾の裏山の荒れはてた共同墓地に着く。そこでも風と塩気がすべてを消し去った。墓は、藪や生い茂るランタナや名高いグンバイヒルガオのなかに雑然と放置されている。リリは猫のように墓から墓へと飛び移る。世界の裏側の果てまで出かけて何もない島々で散歩するお偉方の気まぐれなどには、彼女も関心がない。

すでに火山の影に入った急斜面の上に立つと、かつてクーリーの収容所があったパリサッド湾が見える。平らな玄武岩に波が打ち寄せ、その周囲はがらんとして、生えているのは干からびた藪と、火事を免れたモクマオウの木立だけだ。湾の中央に、なかば砂に埋もれ、まぶしく広がる泡に包まれた堤防の残骸がそれとわかる。

去る前に隔離所の廃墟を見ようと、急いで島の反対側に回った。屋根が崩落してから相当な時間が経ったに違いない、溶岩で造った壁しか残っておらず、そこに藪がはびこっている。

生い茂った植物を掻き分けながら内部に入った。リリは一番大きな家屋の内側の窓枠に腰を下ろした。九十年前、もしかするとジャックとレオンがそこに腰かけていたかもしれない。古いペンタックスのカメラで記念に写真を何枚か撮った。廃墟を写すためというよりも、リリの、もう会うことはないはずの、わがひと夏の野生児の画像を残しておくためだ。黄金色の光がリリのなめらかな顔面や巻き毛で輝き、はちみつ色の虹彩のなかにからかうようなきらめきを灯す。ぼくは恋している。しかし口には出さない。ぼくは歳をとりすぎていて、ぼくの属する世界は彼女に何を贈ることもできない。

画像など何になるだろう。ぼくの記憶はこの廃墟の特定の場所ではなく、いたるところにある。岩壁のなかに、ランタナが発する胡椒を撒いたような匂いのなかに、風のざわめきのなかに、玄武岩の平らな石の上に広がる白い泡のなかにある。自分の探すものが見つからないことは承知で、プラト島とガブリエル島が見たかった。ところが今、時が摩滅させたこの黒い壁のなかで、ぼくの何かがほどけたようだ。以前よりも自由で、息がしやすくなった感じだ。長い間、〈長老〉の過ちのせいで自分には故郷も祖国もないのだと思っていた。ぼくらは永久に流謫の境遇にいると思っていた。しかしカヌーが大きな波を受けて傾き、空を切って加速するエンジンのとどろきとともに、水路を渡ってモーリシャス島のほうに遠ざかっていくとき、ここそ自分が属する場所、大洋からぬっと現れでた黒い巨岩やあの隔離所こそ、誕生の地のように自分が属している場所だと悟る。ぼくはここに何も残さなかったし、何ももち帰らなかった。しかし自分はもうここに来る前の自分とは違うと感じる。
カヌーに乗るときに、リリがある物をくれた。あの廃墟で拾った古めかしい錆びた鉄片だった。リリはそれをぼくの手に載せ、その上から何も言わずにぼくの指を閉じた。まるでそれがぼくの貴重な所持品で、ずいぶん前にぼくがここに置き忘れていたのをようやく見つけ出したみたいだった。

自分が知りたいことを理解するのに残された時間はほんのわずかだ。その一瞬一瞬を、アンナのそばで過ごすことで意味あるものにしたい。ぼくが修道院の庭に入る時刻と、夕方六時ごろの夕食の時刻にはさまれた時間、それはじつに短い。海岸に行ったりポート・ルイスを散歩したりする気すら起こらない。ヴァンセンヌの研究所での仕事が二週間後に始まる。それはおそらく、ぼくを待ち受けている新生活だ、それも四十歳にして！　それに母が、父の死からこのかた、なかなか立ち直れない。かりにここに残りたいと思ったところで、もう泊まるところがない。チョン・リーから借りた別荘には、八月十五日以降の予約が入っている。借り手は、毎年やってくるエール・フランスのパイロットだという。もっとも、他の宿泊場所を探すことはできる。たとえば、赤ら顔のイギリス人銀行員たちがよく泊まるブルー・ベイのホテルに行けばよい。しかしぼくには、その種のことに対する怠惰のようなものがある。モーリシャスは、世界でぼくが最も観光客になれそうにない場所だ。

アンナ自身がぼくの出発を計画に入れている。曰く「あんたがフランスに帰ったら……」あるいは、先日言うには、「残念だけど、楽しい時間が経つのは早いわね」

ひょっとして、ぼくに飽き飽きしているのか。アンナはだれにも会わず、もっぱらマエブールの市場に出かけて捨てられた子犬を毒殺するのを生きがいとしているというのに、ぼくは毎日面会を求め、話すよう、気持ちを言い表すよう、思い出を攪拌するよう強いた。それはじつに不当なことだ。アンナには自分を取り戻し、ふたたび自分の殻にこもる必要がある。お偉方があれほど上手に説いてみせる信条で自分をだましたりしない、凛としたまなざしの、老いて孤独な女戦士に戻る必要がある。アルシャンボー家の人間がもつ御しがたい自尊心、それを表すのはいつも、リュエイユ・マルメゾンのル・ベール寄宿舎時代(59)にジャックがレオンの象徴として選んだ図柄、アパナプテリクスこと、モーリシャス・クイナの最後の一羽だ。ぼくらの一族のだれもがそっくりだとジャックがよく言った、二本脚で丈高く立って不安げな様子を見せる鳥で、その長いくちばしには「ウルティムス　メイ　ゲネリス〔我ガ種ノ最後ノ生キ残リ〕」と記した吹き流しを咥えている。

なぜアンナはぼくを受け入れてくれたのか、他の者でなくこのぼくを。ロンドンに住んでいる親戚の女性に、アンナ小母さんに会いにモーリシャスへ行くことを話したとき、大声を上げて、「アンナ小母さん？　会ってすらくれないわよ」と言った。気が触れていて、修道院の外に出るのはもっぱら界隈の犬たちに毒を盛るためだとも言った。さらに、もし〈長老〉の孫娘でなかったら、ずっと前に監禁されていたはずだとも付け加えた。

気が狂ったという噂があるのは知っている。イギリス王家のさるプリンセスに敬意を表してレデュイで開かれた歓迎会に招待されたときのエピソードを、父が話してくれたことがある。たとえプリンセスがキャットル・ボルヌの自宅まで来てくれても、お目にかかる時間はあるまい、と返事させたというのだ。王から貴族の称号を与えられ、キュルピープの街路の名前にもなっている連帯政治の領袖であるのに、その孫娘が、公式の招待にこんな返事をするとは！　人々はアンナのふるまいをおもしろがったが、赦しはしなかった。

アンナはぼくにどんな質問もしなかった。ぼくに関すること、医学を修め、アンドレアと結婚したあと、むずかしい離婚を経て、パリやアフリカや中央アメリカでいわば流れのままに生きてきた経緯は、まちがいなくすべて承知だ。父は毎月アンナに宛てて夕イプ用紙に長大な手紙を綴り、アンナのほうは、切手を剝がして盗む輩がいるのを恐れて、昔からもっぱらアエログラムで返信していた。二年前に父が死ぬと、母に宛てて、苦痛をユーモアで包み隠すようなアエログラムを送ってきた。またそれを境に、重要と思える当地のできごとに下線を引いた『ル・セルネアン』紙を送ってこなくなった。ぼくをモーリシャス島につないでいた最後の絆が切れたような気がした。

　四時になると、クリスティーナがヴェランダにお茶を運んでくれる。ぼくのために、アンナの家の最後の形見である支那風の茶箱を取り出した。赤い繻子をかぶせた籐の箱で、注ぎ口が雁首形をした急須と龍の絵柄のある古い磁器の湯呑が並べられている。急須の雁首が二カ所で割れてしまい巧みに接着されているのだと、アンナが明かした。

「あんたが来る少し前のこと、盲目の人間みたいにやらかしてしまったよ」

　墨色をした濃厚なお茶で、異国風の味わいを出すのにホテルで茶に加えるバニラの香りもなくて渋い。このお茶の種類を尋ねると、持ち前の皮肉をこめて「これはディ、ッテという名前。中国人の店に行って、『ディッテをひと袋ちょうだい』〔「お茶（デュ・テ）」をわざとクレオールなまりで発音〕と言うのさ」

　彼女がこうしたひとときを楽しんでいるのがわかる。日は傾き、エプロンを当てて麦わら帽をかぶった娘たちが、庭に水を打つ。アンナの住む一軒家は敷地の端にあり、東を向いている。祖父の〈長老〉が、アンナの乳母であるヤヤ婆さんがひっそり暮らす家として建てたものである。今はアンナがそこに住んでいる。アンナが死んだら、家は修道女たちに返されるだろう。

アンナは少しだけ昔の話、あちら、メディーヌに住んでいたころの話をする。あまりにかけ離れていて、どこか別世界で、インドの真ん中か中国で起こったことのように思われる。タマラン湾やランパール川で父と漁を競った話をする。男の子も女の子も太腿のなかほどまで水に浸かり、女の子は長い服の裾をめくり上げて網代わりに小エビを掬ったそうだ。「言っても信じないだろうけど、あんたの父さんは女の子みたいに寒がりで怖がりだったのよ。水をかけてやったら泣き出したわ」アンナは当時、父親と乳母とともに彗星館に住んでいた。母親はアンナがほんの赤子のころに、ぼくの曾祖母のアマリアと同じく、肺病で死んだ。アンナを育てたのは乳母のヤヤだ。〈長老〉はあまり来なかった。いつもポート・ルイスのランパール街の事務所にいて、そこから製糖工場やさまざまな事業を動かしていた。あらゆる土地を小作地にし、サトウキビ伐採後、製糖の工程にかける費用の見返りに収入の半額を受け取っていた。人手の調達も、砂糖袋も、波止場への運送も、倉庫代も、費用は全部自ら支払った。土地がアントワーヌの子孫のものにならないよう、畑も、工場も、アンナの家までもすべてを抵当に入れた。

こうしてある日、家屋敷は差し押さえられ、〈長老〉が筆頭株主をしている銀行に売却された。売却時の条件は、死ぬまで自らアンナの家に住めるというものだった。しかし自分の息子や孫娘のことは気にかけなかった。まるで彼の死とともに、世界が停止するとでもいうように。

こうした話をアンナが口にすることはなかった。古い話だ。父が死んだとき、父が交わした手紙のなかに、アンナの家からの立ち退きの様子を語るアンナの手紙を見つけた。サイクロンの到来が近い夏のことだった。墨のように黒々とした空の下、祖父と父はベンチ付きの荷車に荷物を積んだ。馬車一台すら残っていなかったからだ。シュザンヌはすでにフロレアルの家にいて、嵐の前のじっとりする暑苦しさのなか、ヴェランダで待っていた。メディーヌからフロレアルにいたる道は長く、馬はボー・ソンジュに向かう海岸を登るのに苦労した。サトウキビの若茎の上を風が吹き、永久に着かないのではないかと二人は思ったそうだ。三つ乳山（トロワ・マメル）の尖った頂が、地平線に稲妻が走るなか、雲の塊に突き刺さった黒い鉤爪のようだった。夜の帳が降りてきたみたいだった。アンナが二人に同伴して出立した。彼女の父親の具合がすでに悪く、フロレアルの家に引きこもっていたからだ。アンナと父は姉弟のように身を寄せ合い、互いの恐怖をますます募らせていたらしい。手紙のなかでアンナは父に語りかけていた。「覚えている？　着いた場所は地獄に見えたわね」

今ではそんな様子のかけらもない。わずかに、古傷を覆う皮膚のように硬くなったもの、節くれだったものが、アンナにはある。インド女性を思わせる風貌や、水色の虹彩のなかにかいま見える何かだ。また、ぼくがメディーヌに行くと告げたときに見せたあの苦いユーモアだ。「あそこにはもう何もありゃせんよ!」

アンナは自分と同じ時代を生きた人々の話をするのを好む。彼らの偏執や欠陥、偉大なものへの熱狂を事細かに語る。アルシャンボー家の者には数多くの悪癖があったが、貴族の身分を得ようとする悪癖だけは一度ももち合わせなかった。年老いた〈長老〉に(英国王エドワード七世から「サー」の尊称を与えられたばかりのころだ)、貴族の称号を買わないかとだれかがもちかけた。その姓に「デュ・ジャルダン」〔文字どおりには「庭園の」の意〕を付け加える権利が得られるはずだった。〈長老〉は茶化してこう言ったらしい。「デュ・ジャルダンだと! ド・レターブル〔牛小屋の〕かド・レキュリー〔馬小屋の〕ではなぜ悪いのだ!」

アンナは彼女ならではの流儀で、モーリシャスの小貴族の大半がどんなふうに誕生したかを概括する。連中がロリアン〔注15を見よ〕で、東インド会社の登記簿に名前を登録してもらいにいった際、こう尋ねられた。「名前は?」「ニコラです」「生まれは?」「ケルバスケンです」書記は名簿に「ケルバスケンのニコラ」と記した。[60]

アンナは、彼らの城館や祝宴を、白い手袋をはめて髪粉を振ったルイ十五世時代の召使に変装させられた当地生まれの彼らの使用人をあざ笑う。彼らの舞踏会や競馬やキャンプ、それに彼女が「屠畜」呼ばわりする狩猟をあざ笑う。

一人ひとりについて、アンナは滑稽な逸話を握っている。ぼくがロバート・エドワード・ハートの珊瑚の家を訪れるつもりであることを知ると、二十歳のころ詩人に遭遇した話をした。ある日、ポート・ルイス行きの汽車のなかで、いくぶん肥えた男が目の前に座り、自己紹介して口説きはじめた。アンナはすぐに制止してこう言った。「そんなことなさってもむだですわ。あなたとは結婚いたしませんから」

それに、偉い人というのはアンナの関心を惹かず、むしろいらだたせるのだが、奴隷を救ったラヴァル神父(61)と、一九〇三年に（アンナが十二になるかならないかの時期だ）砂糖栽培の「志願労働者」の服装でモーリシャス島を訪れたマハトマ・ガンジーだけは別だ。「ガンジーの訪問が知れ渡らないように、モーリシャスの住民をつんぼ桟敷に置くために、イギリス人が企んだのよ」

イギリス人は彼女のもうひとつの話題だった。アンナは彼らに対して、いわれない、しかし修復しようのない、根っからの嫌悪を抱いている。修道院で水が出なくなると、それは隣に住むイギリス人が自宅プールの水門を開いたからなのだ。砂糖価格の高騰、貧困、観光事業の弊害、干ばつ、サイクロン、あらゆる災禍はイギリス人によって引き起こされる。「連中は傲慢で、他人を蔑み、図々しいわ。モーリシャスに来れば、フランス語がわからない振りをする。わたしたちは彼らと英語で話さなきゃならない。自分たちが世界の主人だと思いつづけているのよ」

アンナから見て許せるイギリス女性は、フローレンス・ナイチンゲールだけだ。彼女の書いた手紙をアンナはすべて読んだ。「ヴィクトリア女王にあえて楯突いて、イギリスが鉄道敷設のためにインドに支払わせた代価を訴えたのは彼女だけさ。インド政府に巨額の金が課せられたからよ、国民が飢えと流行病で死んでいるというのに」

アンナの好きな逸話は、先の戦争中に広まった、日本軍がモーリシャスに侵攻するという予告だ。それまで戦争は悪夢のようなものだった。顔を曇らせようが、志願するそぶりをしようが、どこかよそで起きているものだった。やがて、日本軍がやってくる、というニュースが伝わった。鎧戸に釘を打ち、米と小麦の蓄えを抱えて家に閉じこもる人々がいた。受け身の抗戦を組織する者もいた。日本語で歓迎の意を表す数語を発音する練習をする者さえいた、とアンナは言う。ふつうの民衆だけが仕事に励みつづけた。

彼らにとっては、いつだって物資制限の時代だった。

日本軍はついぞ来なかったが、戦争末期にはスペイン風邪と百日咳が流行し、大勢が死んだ。ヤヤ婆さんが死んだのもそのころだ。修道院の庭の、〈長老〉が婆さんのために建てた家から遠からぬ場所に埋葬された。

毎日、午後になると、待ち合わせの場所に行く。他のことは一切、モーリシャスにしにきた調査も、レオンに関する探索も忘れてしまう。自分では思いもよらなかったが、ぼくがやってきたのはアンナに会うためだったのかもしれない。失踪者たち、つまりレオンと、ぼくがこれまでシュルヤヴァティと呼んできた女性の形跡を見つけたかった。彼らがなじんだ場所、メディーヌや、アンナや、ヴィル・ノワール、それにプラト島、ガブリエル島を、自分の目で見たかった。今となっては、それらすべてがアンナのなかに生きているのがわかる。アンナはあの時代を生き延びた。彼女のまなざしのなか、声のなか、しゃんとした姿勢のなか、亀の首みたいに痩せた長い首の上に載った、日に焼けた顔のなかに、すべてがある。

ときどきインド人の女たちが、光沢のあるサリーに女王のように身を包み、ゆったりとした立ちふるまいでやってくる。クレオール語やボージュプリー語でアンナに話しかける。クリスティーナがお茶を出しがてら運んできた庭園用椅子に腰を下ろし、しばらくとどまる。女たちが来るのは、おしゃべりするため、またときには手助けを請うため、あるいは少々の金を無心するためだ。お役所の煩雑な手続きに悩まされている五十がらみの女のために、アンナは自ら手紙を一通書いてやる。「そのようなわけで、所長様、……していただけますならば深甚に存じます」回りくどくても重すぎない表現を操ることを心得ている。それにアルシャンボー家の威信というものがある。「せめてこの家名が、結局のところ何かの役に立ってくれれば」

こうした訪問には、あたかもアンナの家の時代の何かが、〈長老〉がすべてを台なしにしてしまう以前、だれの目にも果てしなく続くように見えた幸福の暖かい色彩が島のあの一帯に残っていた時代の何かが通りすぎていくような、古風な荘重さの趣がある。ぼくの心臓は早鐘を打つ。プラト島の火山の斜面を登り、眼下にパリサッド湾が開けてきたときに覚えた鼓動と同じだ。ぼくがモーリシャスに探しにきたのはまさにそれだ。アンナのおかげでようやく、検疫隔離の思い出に、ジャックとシュザンヌが遠ざかっていく一方、レオンとシュルヤは海岸にとどまったあの瞬間に、触れることができる。

日は傾き、庭は黄金色の光に包まれている。一日のなかでもアンナの好きな時刻だ。そんな光を自分の「金粉」と呼ぶ。メディーヌやアンナでは一帯がこの色に染まった。山々は薄紫の影をなした。ジャックはランパール山を正面に見る位置に画架を立て、水彩画を描いた。ノエルとアンナがそれを見にくると、こんな説明をした。「何色だかあやふやなときは、まばたきしてみるといい。すると金色が見える、薄紫の影も見える」絵を一枚だけとってある。祖母のシュザンヌが寝室のベッドの上に掛けてあった絵で、ボー・ソンジュ方面を流れる川〔ランパール川〕の一隅が描かれ、遠くに山の稜線、三つ乳山（トロワ・マメル）の尖峰が見える。前景には二人の子供が描かれ、双子のように二人とも上下ひと続きの服を着て、まったく同じ丸い帽子をかぶっている。一人はノエル、もう一人はアンナだ。父は収穫後の麦畑の立ち藁のようなブロンドの頭、アンナはインド人女性のような豊かな黒髪をしている。

蚊が出てくる前の時刻だ。突然アンナが手を上げる。「聴いて！」遠くのほう、修道院の壁の向こう、マエブールの人がうごめく街路のその向こうから、夕暮れのかすかな風に乗って、信者に祈りを呼びかける祈禱時報係の声が聞こえてくる。

「あの声が聞こえない場所ではとうてい暮らせない」とアンナはつぶやく。冷ややかな顔つきをしているが、祈禱時報係の長く尾を引く声が伝播する情動に染まった、夢見るような眼をしている。「昔、子供のころ、メディーヌであの声を聞いたわ。一人の老人が製糖工場の屋根に上がって呼んでいたの。とても澄んだ声だったから、どこにいても聞こえた。畑でも、村でも、わが家にいても聞こえてきた。とくに夕べの祈禱が好きだった。とても優しくて、聞くだけで気分がよくなった。神様が聞いておられることがわかったわ」

庭の奥のオオバコの陰に、例の気の触れた女の影らしいものが見える。ぼくらを見張っている。茎を踏みつけながら歩いている。アンナが身震いするのがわかる。あのように言いはするものの、やはり怖いのだろうか。出かける時刻が近づくと、気の触れた女は激怒したように歩き、アンナの背後に回る。歯切れの悪い口から罵倒の言葉が溢れでるのが聞こえる。いつも同じ文句だ。「アルシャンボー、腐った死骸」

アンナのいないところでどのように生きようか。どのように生き延びようか。今夜、言いつけを破って、古い学習帳を開けた。そこには少し傾いたアンナの筆跡で、シータの物語が書かれていた。

インクがところどころ薄くなり、紙は黄ばんでいた。二十世紀はじめの、かさかさしたわら半紙で、指で触れるとぼろぼろと崩れる。このノートがいまだに存在していることが奇跡だ。

シータとはだれだろう。アンナの文章は、彼女の話しぶりとはかけ離れている。これらのページには辛辣なもの、破壊的なものは皆無だ。メディーヌで成長した一人の娘の単純な物語で、その娘はアンナの最良の友、唯一の友、彼女の秘密だった。

かくして物語は始まるが、アンナが書かなかった小説の出だしのように、冒頭の数語が今も記憶に残っている。「わたしには秘密の女友達がいた」

アンナはそれをだれにも告げなかった。毎日アンナの家で行なわれる、ボルドー出身のフランス人女性の先生の宗教教育の授業が終わると、サトウキビ畑を駆け抜けて、待ち合わせの場所まで行くのだった。

シータはアンナと同い年であったが、十三歳にしてすでに成熟した女性に近かった。彼女は美しく、アンナの目にまぶしかった。アンナが友達になりたいと思ったのは、何よりもシータの美しさのせいだ。シータは午後になると自由で、農場での辛い仕事はなく、製糖工場近くのアレカヤシの大木の蔭に腰を下ろしにこられる。嵐と、追放の脅威と、資産管理報告が差し迫っているが、アンナはもうあの牢獄のような大きすぎる家のなかに閉じこもった孤独な娘でも野生児でもない。

シータといっしょだと、何もかも忘れることができる。同じ環境で育ったかのように、同じ人格の半身ずつを成すかのように、二人は何時間でもあれこれと話していられる。沈黙が長く続くときもある。茂みに隠れた草のなかに二人とも寝そべって、強烈な青に染まった空と、そこを飛んでいく綿毛のような雲を眺める。冬の間じゅう、二人は外でいっしょに過ごす。二人の背丈よりも高く伸びたサトウキビのなかを、道伝いに歩いていく。伐採が始まると、海辺の石灰窯の廃墟の近くに隠れにいく。二人は手をつないで歩く。シータはアンナに、腕の所作と、眼の動きと、裸足で地面を踏み鳴らす動作とでどんなふうに踊るかを見せてくれる。また、自分にも意味のわからない古いインドの歌を教えてくれる。シータは自分の大きな眼を黒い線で縁取り、泥を混ぜた白檀の粉末で色を作りだす手順を見せてくれる。ある日シータは、ヤムナー女神が永遠の愛を告げるために兄のヤマ神の額に付けたような魔法の雫を、アンナの額に描きさえした。シータの眼はとても大きく、虹彩には黄金のきらめきと雲とが混じっている。あなたの眼のなかを旅することができるわ、とアンナは言う。

その年の一月、雨の季節にも二人は会いつづけている。ところがそれは、すべてのドラマが起こる年なのだ。〈長老〉は、自分の息子を含むアンナの屋敷の借家人全員を追い出すために、陰謀の糸を張りめぐらせた。二つの家と、サトウキビ畑、風車小屋を売り払った。悪天候に備えて、シータは叔母がポンディチェリ〔インド東岸の町〕からもってきた大きな傘を、毎日午後の待ち合わせに持参した。傘の下で身を寄せ合い、水たまりのなかは裸足になって歩いた。二人はアレカヤシの木の下で、もっと先では海岸のハマムラサキの木の下で、雨宿りをする。

引越し後は、アンナは週に一度か二度しかシータに会わないと心に決める。ときどき、メディーヌまで下っていくベンチ付き荷馬車に乗る。あるいはシータがフロレアルまでやってくる。こみ入ったことになったが、また刺激的でもある。二人は街の通りを散歩し、キャットル・ボルヌの中国人の店に揚げ菓子を食べにいく。互いに話すことが何と多いことか！

ある日、シータが息せき切って到着した。重大な報せをもってきた。父親が死んだ、それで母親はキャットル・ボルヌに住むことに決めたという。学校のあとで毎日会うことがふたたび可能になろうとしている。二人はフェニックス方面の、線路に近い、ちょうど中間にある場所を選んだ。それぞれが半時間歩くことにした。そこには嵐になぎ倒されて土手に横たわる大木があり、ベンチにはもってこいに思われた。もし雨が降れば、ボヌ・テールの修道院の庭で雨宿りすることにした。

また冬が来た。シータは今では立派な娘になった。すらりとした背格好、赤銅のブレスレットをはめた長い腕、その胸、巻き髪（シニョン）に結った濃い髪、そんな彼女はインドから来たプリンセスと見紛うようで、どんな男も振り返る。アンナも大きくなったが、相変わらず痩せぎすで優美さに欠けている。美しい黒髪を短く切り、鋭敏で聡明な顔つきをしている。胸のふくらみを隠すために、灰色の衣服の下にリンネルの帯を巻いて身体を締めつける。アンナは男の子たちがシータをじろじろ見る眼つきがきらいだ。二人いっしょに彼らをばかにする。二人は笑い、道路を一目散に駆けて、倒れた大木のところまでいく。

ある日曜の午後、シータは来なかった。どしゃぶりの雨だった。倒木の近くで冷たい雨に降られながら、アンナは長いこと待った。空は暗く、日が暮れかけてきたので、息も継がずにフロレアルまで駆けた。

そんなことははじめてだった。父親に厳しく叱られた。アンナは何日も寝室に閉じこめられ、庭の木々に降る雨を眺めながら過ごした。やがて、シータを長時間待った日に寒い思いをしたせいで、病気になってしまった。

体調が快復してくると、アンナは大きな空虚を感じた。シータに会わない日々はやたらと長く思われた。宗教の授業のあとに、もはやすることがなかった。それに家ではすべてが悪い方向に向かっていた。父親は病気で破産していた。〈長老〉がアンナの一家に代わって、アンナの屋敷に居を定めた。彼は訪問を禁じた。ヤヤ婆さんの語るところでは、〈長老〉は棕櫚の木をすべて切り倒し、泥棒を恐れて階下の鎧戸を釘で固定させた。息子と絶縁したあと、すべての親類縁者を追放し、〈道徳秩序〉党を解散し、連帯政治の夢の終焉を予告した。だれも二度とアンナに来ないことは明らかだった。

しかしある日、父親が寝ているときに、アンナはシータに再会した。黒い大きな傘に隠れるようにして、家の前の街路に立っていた。アンナは胸がいっぱいになって、外に飛び出した。二人の友は長い間抱き合っていた。しかし何かが変わったことにアンナは気づいた。シータの眼は相変わらず輝いていたが、顔立ちはきつくなり、肌の色に生気が失せていた。首廻りには肉が付き、額の中央の髪の分け目がくすんだ赤に塗られていた。

アンナを抱擁しおえると、シータは一歩後ろに下がった。言葉を探しているように無言のまましばらくアンナを見つめ、やがてただこう言った。「もう会えないわ。わたし結婚したの。あなたにさよならを言いにきたの」細い雨が黒い傘にしずくを落とし、雨滴は転がり、結ばれて、傘の骨の先で重く垂れていた。アンナは雨滴を見つめていたが、やはり何と言ってよいかわからなかった。街路では人々が急ぎ足で歩いていた。ガニーに身を包み、頭に鍬を載せて平衡をとりながら、畑から戻る女たちだった。垂れこめた空が木々の梢にのしかかっていた。

アンナは背中や肩に悪寒を感じ、喉に吐き気を覚えた。そうこうするうちに、父親が庭の入口に現れた。するとシータは傘を下げ、寒さよけにか、赤いショールの一部を口に当てた。そうして足早に街路の端、ヴァコアの方向に延びている線路のところまで歩いていった。

アンナが屋内に戻ると、父親がタオルを出してくれていた。「あれはだれだ」と尋ねた。アンナは答えた、「何でもないわ、だれでもない」

それ以後、シータには一度も会わなかった。街道の線路際に、倒木は長い間そのままに横たわっていた。やがてある日、道路工夫がのこぎりで挽き、裁断した木片を運び去った。

もう一度来ることがあるかわからないまま、モーリシャス島を後にした。自分が探しにきたものの何をもち帰るわけでもない。時を経ても――まもなく百年になる――〈長老〉が壊してしまったものの何一つとして見つけられない。植物園の墓地の黒大理石の霊廟で勝ち誇っているのは〈長老〉だ。

過去の何も残っていないが、たぶんそのほうがよいのだろう。流血や流謫の記憶、サトウキビのモロク神に捧げられた人々の記憶を抱えて、どうして生きていけようか。アレクサンドル・アルシャンボーが傲慢にも消し去ったものなど、取るに足りない。コロニアル風の家屋、虚栄に満ちた列柱回廊、小さな尖塔を頂いた彗星館、熱がいつまでも引かないもの憂いヴェランダ、毎晩ヒキガエルが交互に歌いだすホテイアオイのはびこる池、それにあのもろもろの名前、肩書き、モットー、でっち上げられた思い出、あの空一面の金粉、また眼のなかの金粉。あのさまざまな仮面、それら一切はどうでもよいのだ。

逆に忘れてはならない人々、それは飢饉と不公平を逃れ、新しい楽園を求めてブルターニュからやってきた初期の移民だ。サン・マロやヴァンヌの出身者、ロリアン、パンポン、ポンティヴィ、ミュール・ド・ブルターニュから来た人々だ。世界で一番残酷な〈会社〉に愚弄され、遠い島々に置き去りにされ、毎年〈会社〉から強制労働という形の取り立てを受けた人々である。

忘れてはならないもの、それは不死鳥（フェニックス）号、神託（オラークル）号、アンテノール号、黒王子（プランス・ノワール）号といった恐ろしい名前をもつ奴隷船だ。それぞれ、モザンビークやザンジバルやマダガスカルの海岸で捕らえた男、女、子供を五百人ほど積載していた。奴隷たちは二人一組で鎖につながれ、船倉の奥に運ばれ、長さ五ピエ・五プース、幅十五プース、高さ二ピエ・六プースの狭い空間に押しこめられた。ナント出身のララルド船長の名を忘れてはならない。彼は、ブルボン島やフランス島でさばいた奴隷の売値の五パーセントを受け取ることで、財を成した。同じくけっして忘れてはならないのは、インド人クーリーたち、カルカッタやマドラスやヴィシャーカパトナムでたぶらかされて船に乗せられた「歩兵(ポーン)」のような連中、周旋業者やにせ下士官やクーリー調達人によって村々で誘拐され、製糖会社の代理人に売られ、看護も受けられず、下水道もなく、食べ物もほとんどない収容所に閉じこめられ、二度と戻らない旅に出かけるためにレイゲイト号、グナマ号、タンジャヴール号といった新たな奴隷船に乗せられた若者たちだ。アルフォンシーヌ号、ソフィー号、イースタン・エンパイヤー号、ポンゴラ号を忘れてはならない。飢饉や戦争、蜂起したセポイに対するイギリスの弾圧を逃れてアワドやボージュプルからやって来た移民を乗せ、一八五六年一月にカルカッタを発ったハイダリー号を忘れてはならない。移民たちは、剝き出しの巨岩ともいうべきプラト島とガブリエル島に何カ月も置き去りにされた。

そのとき、プランテーション経営者たちの党の幹部たち、「秩序と力と進歩」という仰々しくも空虚な名目のもとにアレクサンドル・アルシャンボーの新聞に寄稿していた連帯政治の信奉者たちは、聞く耳をもたず、盲目になっていた。助けを求める移民たちの声がどうして聞こえなかったのか。火山の頂の、役立たずになった灯台の廃墟の下に毎晩灯される遭難信号を、どうして見なかったのか。ときおり北の風が吹けば、火の臭い、移民たちが遺体を焼く火葬の薪の臭い、鼻をつく死の臭いがしたはずだ。その年は、二月に嵐が立て続けに来たあと、すばらしく穏やかな天候が続いた。海は鏡のようになめらかで、空は燃えるような青をたたえていた。不幸崎の沖合の小島のほうに、移民たちが遭難者のように暮らしているあの黒々とした二つの筏のような島のほうに、だれ一人として視線を向けなかったのは、太陽がまぶしすぎたせいなのか。救援隊を送るよう、隔離所に閉じこめられている者たちを解放するためにボートを浮かべるよう要請する声がひとつも上がらなかったのは、ポート・ルイスの人々が失念してしまったためなのか。五カ月の忘却を経て、六月に衛生局の沿岸警備船がプラト島に行くと、上陸していた八百人のクーリーのうち生存者は数十人しかいなかった。浜辺にも、パリサッド湾にも、バークレー湾にも、ガブリエル島の海岸にも、いたるところに火葬の薪の跡があった。岩場では、人の死骸が海鳥に食い散らされていた。荼毘に付す燃料がないためか、墓を用意してくれる人間がいないためか、死骸が墓と墓のあいだに転がっていた。日差しと海水で眼をくらまされ、肌を焼かれた少数の生存者たちが彷徨していた。

ぼくの探していた人物は見つからなかった。その人物がランボーに似ていればよいと思ったのだが、ランボーの場合同様に、彼の人生も彼の伝説となった。祖母シュザンヌのアルバムのなかに他の肖像よりも惹かれる肖像があって、子供のころによく眺めたものだ。セピア色の写真で、唐草模様の縁取りがしてあった。痩せて褐色の肌をした若者の肖像写真で、黒髪は濃く、大きな目のまわりに少しばかり隈ができ、唇の上にはうっすらとひげが生え、ジプシーのような雰囲気を漂わせている。写真には名前や日付は記載されていない。それがレオンの肖像である可能性を、シュザンヌはいつも否定した。むしろウィリアム家のだれか、姻族か未知の親族の写真だと言った。しかしシュザンヌの挙げる理由を受け入れたくなかった。

その肖像写真は、ジャックが医学を学びにロンドンに発った年にパリで撮影されたにちがいない。当時レオンはまだ、リュエイユ・マルメゾンのル・ベール夫人のところの寄宿生だった。ジャックがモーリシャスへの大旅行を企てていた時期、レオンはこんなふうだったにちがいないと思われた。アデンの総合病院の病室でランボーが見たのも、このようなレオンだっただろうと想像した。ジャックは狭くて息詰まるような、砂漠の砂の赤い反映に満ちた病室に入っていったが、死に瀕した男が怖かったのか、レオンは戸口にとどまった。祖母のアルバムのなかでその写真をよく眺めた。あまり頻繁に見るもので、まるで身体と顔を取り替えたように、自分がだれなのかわからなくなってしまうことがあった。そのときぼくはレオンだった。もう一人のレオン、愛する女と旅立つない。

それからある日、その写真がアルバムから消えてしまった。どうなったのか知るすべはない。

だからすべてが作りもので、根も葉もない。夜ごと同じ夢を見つづけるときも、生活は別に続いていくのに似ている。父は死に、祖父ジャックも祖母シュザンヌも亡くなった。彼らから授けられ、今ももちつづけているもの、それは奇妙な、現実離れした言葉や名前だ。すべてが永久に分け隔てられてしまったあのプラト島とガブリエル島で始まる、ひとつの伝説のざわめきだ。

自分のなかにあの亀裂を抱えていることは、いつだってわかっていた。それはひとつの痕跡、復讐への嗜好のように、誕生の瞬間に自分に与えられたものだ。父が十二歳になる年にアンナの家を去ったとき、父のなかに忍びこんできた古くからの裂け目が、そのまま持続し、年ごとに広がってぼくにまで達した。そうしてぼくはレオンになった。いつの日か戻ってきて、自分を追放した連中の破産をとくと楽しんでやろうという希望を抱いて姿をくらまし、世間に背を向けた男とひとつになった。リュエイユ・マルメゾンの凍てついた寄宿舎でのレオンとおなじく、今ぼくはまぶしい海を、アンナの黒い岩に打ち寄せる波の音に思いをいたしている。いつか戻ってこよう。そのとき、まるで時間が経過しなかったように、すべてがまたひとつに結ばれるだろう。ぼくは戻ってくるだろうが、製糖業者の資産を手に入れるためでも土地を所有するためでもない。分かたれたものを結び合わせるためだ。ジャックとレオンの兄弟を結び合わせ、ぼくのなかで新たにインド人とブルターニュ人を、農民と流浪の民を、またぼくの血のなかに生きている仲間たちを、彼らが体現できる力と愛を、ひとつに結び合わせるためだ。

今ぼくが思い起こしているのはシュルヤとレオンのことだ。彼らが老いて、病気になり、窮乏や畑仕事のせいで疲れ果てているさまは、想像しがたい。シュルヤはイギリス人の母親がそうであったように大柄で細身の老婦人になって、眼に水の反映のように澄んだあの光を宿していただろうか。彼女は魔女に、つまり薬草の知識をもち、人間の心のなかに入りこもうと構えている悪霊を、赤ん坊の頭蓋を揉むことで遠ざけられる呪術師になっただろうか。それとも、果てしなく続くあれこれの物語を、ジャーンシーの女王ラクシュミー・バーイーの伝説や、詞をさかさまに配置した泥棒の歌を、ドム族の言葉で孫たちに語り聞かせただろうか。レオンはというと、アルシャンボー家の男たちが皆そうであるように、痩せて干からびた姿になっただろうか。インドの老賢人のように腰衣だけを身に着けていただろうか。ひげを伸ばしては、祖父が八十歳になってもやり続けたように、はさみで手入れしていただろうか。何にせよ、レオンは老年になるまで、とても黒く優しい眼、ユーラシア人の母親からもらい受けた眼を失わなかったにちがいない。アンナなら雌ジカの眼と呼ぶだろう。

レオンは、ジャックが子供のころ遭遇した男に、憎悪と酒のせいで曇った眼をしていながらあんなに軽快な言葉を書きつけることのできたサン・シュルピスの酒場のあのごろつきに、似ていたと思いたい。だとしたら、終わりなき旅人と同じく、ハラルの毒を盛る男と同じく、レオンが老いることはありえなかった。彼は不屈の炎に浸されて、永遠に、魔法のように、若いままであったにちがいない。一八九二年四月二十九日、歴史が始まって以来最も恐ろしいサイクロンのひとつがモーリシャスを襲った。風速計は時速三百キロメートルの風を記録して壊れた。改修されかけていたプラト島の灯台はすっかり破壊され、移民の手でパリサッド湾に築かれた堤防は、数時間でちぎられ、その残り部分が今も当時のままになっている。

モーリシャス島西岸地域では、倒壊家屋に埋もれたり倒木の下敷きになったりして、多くの犠牲者が出た。多数の漁船が沈没したり、海岸に打ち上げられたりした。なかには津波で百メートルも内陸に押し流された船もあった。

アンナの屋敷の凋落を画すのは、このサイクロンである。それはまた〈長老〉の破滅的な狂気と、緩慢な臨終の始まりをも画すものだ。ときとして、レオンとシュルヤヴァティ——（ソーマデーヴァが『千夜一夜物語』の最初のヴァージョンである『インド伝奇集』を書いたのはカシミールの王女のためであるが、その王女の名にちなんでぼくが彼女に付けた名前がシュルヤヴァティだから）——が、空と海がそのように荒れ狂っているときに、いわば二人がかつて出会ったガブリエル島の人けないラグーンに立ち戻るようにして、永遠に姿をくらましたと想像するのが好きだ。

シュルヤヴァティが腹に宿していた子供、島ではらまれ、アンナやノエルと同じ年に生まれた子供のことを思う。(63) わが一族の忘れられたひとつのイメージ、ひとつの影、未知の弟か妹のようだ。この子がいるからこそ、レオンとシュルヤがサイクロンのさなかに姿を消したとは認めがたい。ある日、ひょんな人生の成りゆきで、きっとその子の子孫に出会うにちがいなく、そうなれば自分にはすぐそれとわかるような気がする。

その子は、到着翌日に、雨が降るなか、ローズ・ベルの交差路でバスの窓から母親に抱かれているのを見たあの子供に似ているのではないか。父親とともども親子三人で、夜を過ごす場所を、働き口を、よい星回りを探し求めて歩いていた。

大洋上を飛ぶ飛行機のなかで、アンナがくれた黄ばんだ学習帳を眺めているうちに、突然確信した。

アンナが恋い慕ったのに、ある日彼女の人生から出て行ったきり戻らなかったシータ、あのインド人の娘こそシュルヤとレオンの子だ、荒涼としたガブリエル島ではらまれた子供だ。シータとアンナの遭遇は偶然起きたのではなかった。二人の誕生のときから、計画されていた。おそらく二人とも口には出さなかっただろう。しかしシータは知っていた。だからこそ、結婚後は二度とアンナに会ってはならなかった。アンナは知っていただろうか、見抜いただろうか。そうでなければ、なぜ、このうえなく貴重な形見のようにこの学習帳を生涯手放さなかったのか。このぼくにくれたりしたのか。このノートをぼくにくれることで、アンナはいかにも彼女らしい皮肉にして深い思いをこめた流儀で、モーリシャスにぼくが求めにきたものすべてに対する回答をしてくれたわけだ。

人はまだカルキ[64]を知らない。

まずはバラ・クリシュナ〔赤子のクリシュナ〕、まだ歩きもせず、すえたバターの玉を片手に、地べたを四足で這って遊ぶ子供の姿をとるだろう。

いつカルキが来るか、カルキとはだれかは、だれにもわからない。しかしその到来が近づいており、まもなく権能を授かることは明らかだ。肌は褐色でとても優しい眼をしたその子が、たぶんマエブールの市場だろう、地べたに座り、自分の足の親指をしゃぶりながら仰向けに寝転がり、夢想の夜のなかで太陽のように輝いているさまを、ぼくはときどき思い浮かべる。

ぼくは突飛な思いつきを追求したのだろうか。あの旅行から戻った今、以前と変わらず何も手にしていない。見捨てられた岩塊にすぎないプラト島には、無名の墓があちこちに散らばり、崩れた堤防の残骸と、漁師たちがホテルの宿泊客を連れて一日限りのロビンソン風の孤島体験をさせにくるラグーンがあるだけだ。潮が引くたびに、水中の珊瑚の建築物の上を透明な水が流れつづけている。ときどき、番犬のようなオニカマスの不気味な影に出くわす。それに相変わらず熱帯鳥が、巣を見張るために、信号機のある尖峰の周囲をゆっくり旋回しながら飛んでいる。

アンナの生涯最期の日々は、彼女が赤銅色の美しい蔓植物のようにかわいがり、ハイビスカスの花――「イギリス婦人の花」――を摘んでやっていたクリスティーナの失踪によって、悲しみの色を帯びた。クリスティーナは、安易な生活に、危険な狼どもが小娘の肉を貪る大ホテルの酒場兼淫売屋の鏡に惑わされて、修道院を出ていった。

われわれが別れてからわずか数週間後に、老人にはよくあることだが、アンナは寝室のタイル張りの床で転び、大腿骨頸部を骨折した。それを発見し、通報したのは、例の気の触れた女だった。かつてなかったほど泣いたらしい。アンナが運ばれていくとき、担架にしがみついて「マンマン！」と叫んだという。

ぼくに手紙をくれたミュグロー医師は――アンナが告げた唯一の連絡先がぼくだった――彼女の最期を次のように的確に略述していた。アンナはいっさいの手当を拒んだ。ものを食べなくなり、いろいろ手を尽くしたが彼女の決意を変えられなかった。三週間後の夜、ひっそりと彼女は死んだ。八十九歳だった。

マルセイユ、一九八〇年八月末

思い起こすのは、またあの男のことだ。今でも覚えているが、十か十一のころ祖母が、その晩サン・シュルピスの酒場で何があったか話してくれた。「陶酔の船」の数節を読んでもくれた。ぼくは祖母に尋ねた。「そのランボーという人は、ぼくには親戚の小父さんみたいな人なの」皆がその男をかくまったり追い出したりしたのは、まさしく彼がごろつきで、レオンと同じように、皆を捨ててどこかへ行ってしまったからだと思っていた。

それで、先祖の眠る墓地を訪れるように、その男が最後に暮らした場所に行ってみたいと思った。彼が見たものをこの目で眺め、彼が感じたものを感じるためだ。マルセイユはまだ夏の盛りだった。九時半に汽車を降りると、焼けつくような空気で、街には火事のような臭いが漂っていた。

タクシーには乗りたくなかった。サン・シャルル駅からコンセプシオン病院までランボーが馬車でたどった道を、地図上で確認してみた。当時は広い並木道やトンネルがいくつもあったが、何一つ残っていなかった。

ドイツ軍が破壊せずに残したマルセイユ旧市街を縫うように蛇行する、長いサン・ピエール通りをたどった。四階建ての老朽化した建物、格子窓、集合住宅の正面扉。ほの暗い酒場には、アニスの匂いが漂い、東洋風の音楽が流れている。病院をめざしてカーテンを閉ざした馬車を引いていく馬のひづめの音が、並び立つ建物沿いに聞こえるような気がした。そのときランボーはもう意識を失っていたかもしれない。三度目だから、なじみの道ではあった。最初はアマゾン号を下船した五月二十日金曜。次はまる二カ月後、北フランスに向かう汽車に乗るため。そして三度目のこのときは……。まさに目的に到達しようとしている、今にもすべてが明かされるという思いで、ぼくは狭い街路を進んでいく。今にもあの〈失踪者〉が見つかるような、一つの形跡、一つのしるし、中庭を吹く風に揺れる一輪の花、彼がその陰に腰を下ろした木が、石に刻まれたひとつの名が、見つかるような気がする。一軒一軒の家が、窓や扉の一つひとつが証言者だ。

通りが途切れる地点、かつて徒刑囚を収容していた監獄を改造してできた古文書館ないし博物館に隣接して、当時の建物が解体された砂塵の上に流しこまれた新病院の大きなコンクリートの白壁がそびえている。昔の病院の名残はまったくない。何のためということもなく、廊下や、二つの駐車場に挟まれる形でわずかに残っている庭をぶらぶらした。「ここで詩人……は現世の冒険を終えた」という碑文を読む。アルチュール・ランボー講堂というものもある。待合室では、ジャージ姿のアラブ人の男が素足に白いスニーカーを履いて、トランジスター・ラジオを聴いている。顔は瘦せこけ、苦痛のせいで削げている。彼もささやかな口ひげを蓄えており、髪は徒刑囚のようにごく短く刈ってある。音楽を聴いており、思いはここから遠いオーレス山地(65)〔アルジェリア東部〕のほうにあるらしく、優しい、夢見るような眼をしている。「アッラー・ケリム！〔神の思し召しならば〕」

ところであの男、ランボーは、松葉杖に寄りかかり、びっこを引きながら入口の大きなプラタナスの木のところまで来て、涼しい木陰に腰を下ろしただろうか。妹イザベルの腕に寄りかかって、苦痛から大声を立てたりしないように唇を嚙みしめて庭の奥まで歩き、街の甍（いらか）と丘の連なりの間に、空に広がる乳のような白斑と溶け合う遠方の海を眺めただろうか。

それは八十九年前の同じ夏のことだった、レオンとシュルヤヴァティがあたかももう一つの世界に、生の反対側に踏みこんでしまい、彼らを透明人間と化す薄膜でぼくとは隔てられてしまったかのように、アルシャンボー一族の記憶から抹消されたあの夏のことだ。今このときほど二人が間近にいると感じたことはない。

空腹を覚えた。自分が自由だと感じた。灼熱の空気を吸い、樹齢百年にもなる大きなプラタナスの淡い木陰の涼気を味わっていた。病院を出たところのパニオルという店で丸いパンを一つ買い、駅まで蛇行する長い下り道を引き返した。

訳注

(1) ヒンドゥー教バーガヴァタ派の聖譚詩で、第五ヴェーダの重要部分をなす。ヴィシュヌ神の化身とされるクリシュナ神の栄光が一万八千句で謳われている。

(2) ロングフェロー『渡り鳥』*Birds of passage*（一八四五年）所収。

(3) ヴェルレーヌ「忘れられたアリエッタIII」（『詞（ことば）なき恋歌』*Romances sans paroles*〔一八七四年〕所収）。

(4)「道徳秩序」とはフランスでは一般に、一八七一年の普仏戦争の敗戦、同年のパリ・コミューンとその瓦解を経て、七三年から始まる第三共和政の初期に台頭した王政復古派の政治思想を指す。ここでは直接には、第三共和政下で王党派極右主義、反リベラリズム、反国際主義を唱え、機関誌『アクション・フランセーズ』を主宰したシャルル・モーラス（一八六八―一九五二）の言動から発想されているという（作者の教示による）。

(5) セルパント街（パリ六区）二十三番地に現存するホテル。

(6) いずれもよく知られたランボーの韻文詩。

(7) 一八七一年から翌年にかけて、パリに滞在したランボーがヴェルレーヌたちと頻繁に出入りした酒場の通称。

(8) メキシコ東南部、メキシコ湾に面したカンペチェ州の州都。人口約二十万。

(9) 大学の位階制度をめぐる学生の抗議に端を発し、政治、社会、文化のあらゆる面で伝統的な支配体制に対する異議申し立てに発展した社会的運動。いわゆる「五月革命」。一国の政策の民主化のみならず、中国の文化大革命と相まって、世界的な学生紛争に波及した。

(10) パリ北東十三キロメートルに位置するフランス最初の空港で、一九一九年の開港。三二年に開港したオルリ空港とともに、フランスの主要空港の役割を果たした。一九七〇代初頭にシャルル・ド・ゴール(ロワシー)空港が開港してからは、個人フライトや定期航空ショーに限って利用され、空港の一角には「航空宇宙博物館」がある。

(11) ペルー南部、アンデス山脈の高地に位置する都市。

(12) 「ぼくは夏の夜明けを抱いた」で始まる散文詩「夜明け」(『イリュミナシオン』所収)。

(13) 一八七一年九月、ヴェルレーヌの招きで故郷シャルルヴィルを離れてパリに出ようとしていたランボーが、友人ドラエーに漏らしたとされる言葉。

(14) フランスにおける「連帯政治」とは一般に、権力と権威を区別し、権威をもつ複数の元首の合議により統治される政体をめざすユートピア的政治観を指す。アレクサンドル・サン=イヴ=ダルヴェイドル(一八四二―一九〇九)が理論化を試み、のちに、一九三〇年代のファシズム的傾向をもつフランスの権威主義的政治勢力を指すのに用いられるようになった。ただし作者は、時期的に相前後するが、一九一〇年のメキシコ反革命における宗教的・権威主義的な長老支配の回帰に想を得ており、ヨーロッパからの発想はないと言う(作者の教示による)。

(15) ブルターニュ地方、大西洋岸の港町。十七世紀後半以降、フランス東インド会社の拠点港として重要な役割を果たす。巨大な造船所を有した。その名も文字どおりには「東洋」である。

(16) パリ西方八キロ、ヴァレリー山のふもとに位置する町。
(17)「仇敵」(『悪の華』所収)の最終節。
(18) 一八四五年発表の同名の詩集の巻頭に置かれた詩。
(19) ボードレール「人間と海」(『悪の華』所収)。
(20) アフリカ東岸、ジブチ、エチオピア、ソマリアに居住する黒人部族。
(21)「ペニンシュラー・アンド・オリエンタル・ナヴィゲーション・カンパニー」は、一八二二年、イギリスとイベリア半島を結ぶ航路として運航を開始したイギリスの船舶会社。その後世界中に航路を広げる。リューク・トマスは一八四二年、アデンにおける「ペニンシュラー・アンド・オリエンタル」の代理人となり、のち、その名を冠する会社が代理業務を請け負った。また、アデンに電信設備を敷設した。「郵船会社(コンパニー・デ・メッサージュリー・マリティーム)」は、一八五一年マルセイユの海運業者が「国営輸送(メッサージュリー・ナショナル)」との提携により創設した「国営輸送」に起源をもち、以後「帝国輸送(メッサージュリー・アンペリアル)」、「郵船会社」(七一年)と改名され、主として地中海東部方面との旅客・貨物の海運を担った。ジャック夫婦とレオンが乗ったアヴァ号は、同社の代表的な定期船。
(22) ジブラルタル海峡に立つ一対の巨岩で、ヨーロッパ側の岩は「ジブラルタルの岩」、モロッコ側のそれはアビラ山(今日のジュベル・ムーサ山)。古来これらの巨岩は神話・伝説に富み、両者は合わせて「ヘラクレスの柱」と呼ばれる。
(23) エチオピア南部ショア地方の王であったメネリク二世は、一八八九年、エチオピアの植民地化を図るイタリア王国との戦いで戦死した皇帝ヨハンネスの跡を継いでエチオピア皇帝に即位、抗戦の末に九六年イタリアに勝利を収め、列強に独立を承認させた。ランボーは、一八八五年から八七年にかけて、ヨーロッパから取り寄せた大量の旧式銃をメネリクに売却しようとしたが、逆に買い叩かれ、惨憺たる結果に終わった。

(24) 一八八八年末、ハラルのランボーは、自分の管理する店に野犬が頻繁に闖入して、コーヒー袋に小便をするのに腹を立て、ストリキニーネにより毒殺を企てる。その結果、十匹以上の野犬に加えて羊まで殺してしまう。この事件は住民の怒りを買い、現地のヨーロッパ人のあいだにも波紋を呼ぶ。ランボーは投獄されるが、周囲の尽力で数日後には解放された。ル・クレジオは、本書におけるランボー像の構築にあたってこのエピソードを重視し、最終章のアンナによる子犬の毒殺の伏線ともしている（使用される毒薬も同じである）。

(25) ランボーの最も有名な韻文詩のひとつ「酔いしれた船」*Le Bateau ivre*（一八七一年）の現存する唯一の草稿は、ヴェルレーヌの筆写になるものである。以下の引用は二十五節（百行）からなるこの詩の第十九節（七三―七六行）。

(26) 一八九一年五月一日、北仏の町フルミで軍隊が平和的ストライキ決行者に向けて発砲し、九人の死者を出した事件。国中に反響を呼び起こし、以後の労働者運動の象徴となった。「メーデー」はこの日にちなむ。

(27) エチオピア中央部、標高二千数百メートルの高地に位置する町。のちにメネリクがアジス・アベバと改名して首都とした。

(28) モーリシャス島北端の岬で、その名はかつて遭難が多発したことに由来する。

(29) 「コワン・ド・ミール」は「照準角」の意。モーリシャスの北方約八キロメートルに位置し、この島名は、急傾斜してほぼ直角をなす特徴的なその頂上部の形に由来する。
(30) インド系の女性の民族衣装で、身体を包むように細長い布をまとう。
(31) モーリシャス島西部の地名。「アンナの家」のアンナの地に近い。
(32) ソーマデーヴァは、十一世紀のカシミール地方（インド・パキスタン北部）のアナンタ王に仕えた宮廷詩人。政情不穏な時代に王妃シュルヤヴァティの退屈と不安を紛らわせる役目を担い、古代神話を素材に韻文説話を多数書いた（『カタ－・サーリット・サーガラ』〔物語の流れ込む海、の意〕）。トーネーによる英訳第一巻は一八八〇年刊。プルーラヴァスは、この作品に登場する王で、ブダー（水星）の息子にしてソーマ（月）の孫。宇宙の英知を体現するとされる。自らが救い出したアプサラ族の妖精ウルヴァシーとの恋で知られる。
(33) モーパッサンの同名の小説（一八八五年）の、出世欲にとらわれた主人公ジョルジュ・デュロワへの暗示。
(34) モーリシャス島には「マヨク」または「マニオク」と呼ばれる、メジロ属の固有種の鳥がある。ル・クレジオ夫妻による『鳥に関する小さな語彙集』では、この鳥が以下のように紹介されている。「マニオク鳥、興奮しやすく、不器用で、おしゃべり。鳥の世界の愚か者であり、人間がときに、この鳥にはどこか自分に似たところがあると感じてきたのは驚くべきことだろうか？」（*Sirandanes* suivies d'un *Petit lexique de la langue créole et des oiseaux*, Seghers, 1990, p. 86）。日本語名はマスカリン・メジロまたはモーリシャス・メジロ。
(35)『千夜一夜物語（アラビアン・ナイト）』中の「シンドバッド第五の旅」で語られる、「海の老人」に化身した悪魔のエピソードを踏まえる。せせらぎを前に、自分を肩に乗せて渡らせてほしいと頼む老人は、対岸に着いてもシンドバッドの肩から下りようとはせずに、逆に背後から首を絞めたり脇腹を蹴ったり、幾日も苛みつづける……

(36) 一八五七年七月十五日、セポイの反乱（インド大反乱とも。一八五七―五九）のさなか、インド軍がイギリス人女性・子供の捕虜百二十人をカーンプルで惨殺する事件が起こり、以後「カーンプルを忘れるな」を合言葉にイギリスが対印弾圧を強化するにいたった史実を踏まえる。

(37) アカオネッタイチョウ、正確な学名は「ファエトン・ルブリカウダ」。本書末尾近くで話者（現代のレオン）が再度この鳥に言及する際には、正しい学名が用いられている（後出五五七ページ）。この点をめぐる訳者の質問に対して、作者からは「永遠なるがゆえにフェニックス」という簡潔な回答があった。この偽りの学名が植物学者ジョン・メトカルフの口から発されている点にも留意すべきだろう。

(38) コクニーとは、ロンドンの下町イーストエンド地区生え抜きの住民。

(39) 英国の女流作家（一八六七―一九四五）。カルパティア山脈一人旅を綴った『カラパティアの娘』は、旅の翌年（一八九一年）に刊行された。

(40) 冷たい女神シタラは、ヒンドゥー教において、コレラ、天然痘をはじめ、結核、はしか等のかつては致命的であった伝染病、ひいては盲目、不妊をも引き起こす恐るべき死神。同時に、「母（マー）」とも呼ばれ、これらの病を癒す能力を備えるとされる。

(41) ヴィル・ノワールは、モーリシャス島南東部の町マエブールのフランス人植民者の多い地区。

(42) ドム族は、インドのカースト外の不可触民で、古来葬儀業などに従事してきた流浪の民。ロム族（ツィガーヌ、ジプシー）の先祖。ドム族については、盗みを生業としたという伝説がある。

これ以後再三言及される「泥棒の歌」はそこに由来する。

(43) アレクサンドル・デュマ・ペールの小説『モンテ・クリスト伯』の主人公。

(44) ナーナー・サーヒブ（一八二四頃―一六〇頃）は、インド、マラーター王国末期の将で、セポイの反乱においては、ラクシュミー・バーイーとともに、反乱軍と行動をともにした英雄とみなされている。

(45) バハードゥル・シャー二世（一七七五―一八六二）は、ムガル帝国最後の皇帝（在位一八三七―五七）。セポイの反乱で自由の象徴に祭り上げられたが敗北を喫し、五八年イギリスの裁判にかけられ、ミャンマー流刑の処分を受けた。

(46) ともにインド人によるモーリシャス島の呼称。「ミリチ」はモーリシャス、「タピュ」は島、「デシュ」は自国、母国の意。

(47) 揚げ菓子（ガトー・ピマン）とは、干しエンドウ豆をつぶして作ったピュレを辛子、コリアンダー、クミンなどで味付けし、団子状にして油で揚げた料理。

(48) キャットル・ボルヌは、モーリシャスの首都ポート・ルイスの南約十五キロ、アンナの東約十キロに位置する中西部の町。

(49) 一八三二年に創刊され、一九八二年まで百五十年間続いた、モーリシャスを代表するフランス語日刊紙のひとつ。「セルネアン（シルネ人）」とは、十六世紀初頭に島を発見したポルトガル人ディエゴ・フェルナンデス・ペレイラの命名「白鳥（シルネ）の島」に由来する。

(50) 脚に腫瘍を病んだランボーが息を引き取った、マルセイユ市のコンセプシオン病院がある地区。本書末尾を参照のこと。

(51)アルマは、モーリシャス中央部、モカの東にある小村。二〇一七年刊のル・クレジオの小説『アルマ』はこの地名をタイトルに冠している。

(52)モーグリは、イギリスの作家キップリングの短篇集『ジャングル・ブック』(一八九四、続巻九五年)の主人公で、インドの森で狼に育てられた少年。

(53)キャラベル船は、十五世紀のポルトガル、スペインで用いられた三本マストの小型帆船。

(54)ル・クレジオ『偶然/アンゴリ・マーラ』(菅野昭正訳、集英社、二〇〇二年)を見よ。

(55)ベルナルダン・ド・サン=ピエール(一七三七―一八一四)の『ポールとヴィルジニー』(一七八八)は、モーリシャス島(当時のフランス島)で兄妹のように育てられた二人の牧歌的悲恋物語。数年の別離のあと、フランスから帰国するヴィルジニーを乗せた船が到着直前に嵐に遭遇し、島の北東部のプードル・ドール付近で難破、ヒロインは脱衣を促す船員の忠告を拒んで水死する。絶望のあまり、まもなくポールも後を追うように死に、憔悴した母親たちも次々と他界する。

(56)両親、祖父母または曾祖父母がレジオン・ドヌール勲章の受章者である貧しい戦争孤児の教育のために、ナポレオン一世が一八〇五年に創設した公立の現存する寄宿制女学校。パリ郊外のサンジェルマン・アン・レとサン・ドニに施設があり、この小説が位置している一八九〇年代には、前者で技能訓練や職業教育を、後者ではより高度な教育が施されていた。

(57)ともにジュール・ヴェルヌ(一八二八―一九〇五)の小説『八十日間世界一周』(一八七三)の登場人物。主人公フィリアス・フォッグは、召使同伴の世界旅行の最中、夫に殉じて焼死を強いられそうになった若いインド女性ミセス・アウーダを救出、ロンドンに連れ帰り、二人は結婚する。

(58)モーリシャスに居住するイギリス女性は、しばしば便秘に悩み、ハイビスカスの花を煎じて便秘薬としていたという通説への、揶揄に満ちた暗示（作者の教示による）。

(59) かつてモーリシャス島のみに存在した、ニワトリより大きめのツル目の鳥。乱獲により十八世紀初頭に絶滅した。

(60) デュ・ジャルダン（Du Jardin）のように、前置詞 de に導かれる姓は貴族の身分を表すとみなされる。de は文字どおりには「……の～」を意味し、……には地名等が、～には人名が来る。貴族姓の起源が「どこどこのだれだれ」という言い方に由来する実例として、アンナは「ケルバスケンのニコラ」の例をもち出している。

(61) 原文「デュヴァル神父」は、おそらく誤り。長老の揶揄に満ちたもじりも、この定式を踏まえている。ジャック＝デジレ・ラヴァル（一八〇三―六四）はフランス・エール県出身の聖霊宣教会の宣教師で、四一年にモーリシャスに赴任、黒人への布教と教育、ならびに弱者救済に尽力した。

(62) ピエは昔の長さの単位で一ピエは約三二・四センチメートル、一プースは十二分の一ピエ。したがって、約一七六×四一×八一センチの空間である。

(63)〈長老〉の孫娘アンナの誕生は、「一八九一年四月」と明言されている（四五九）。これに対し、九一年七月初旬、プラト島を離れる直前にシュルヤヴァティが身ごもったと信じる子供（四八二）、および、同年五月アデン寄港中に、船上でのジャックとシュザンヌの交わりで孕まれたと話者が想像する子供、すなわち彼の父ノエル（六二）は、ともに翌九二年の生まれと考えるのが自然である。三人が同年の生まれというのは、話者レオンの記憶の錯綜と解すべきか。

(64) カルキは、ヒンドゥー教においてヴィシュヌ神の最後の化身で、白馬に乗って世界の悪を滅ぼす英雄の姿で表象される。巻頭のエピグラフを参照のこと。

(65) 全身癌に冒されて死に瀕したランボーが、マルセイユの病院で行なったカトリックへの回心表明とされるが（義弟パテルヌ・ベリションによる一八九七年刊の『ランボー伝』、メルキュール・ド・フランス社、二五二ページ）、これはアラブ語でイスラムの神を称える言葉である。ランボーの死を看取った妹（ベリションの妻）イザベルの証言には、兄の人物像を美化するための改竄が多分に認められる。また、「アッラー・ケリム」はランボーが勤務先のハラル（エチオピア）で瀕死の病人たちの口から唱えられるのをよく耳にしていた祈りである、という説がある（J・J・ルフレール『アルチュール・ランボー』、ファイヤール書店、二〇〇一年、一五八ページ）。ル・クレジオは死に近いランボーのこの「回心表明」の奇異さにしばしば言及している。

記憶、夢想、フィクション──『黄金探索者』から『隔離の島』へ

本書『隔離の島』（*La Quarantaine*, 1995）は、『黄金探索者』（*Le Chercheur d'or*, 1985）に始まり、『回帰』〔邦題『はじまりの時』〕（*Révolutions*, 2003）でひとまず完結する、十八世紀末にフランスからインド洋西部モーリシャス島に移住して数世代を重ねた作家の先祖の歴史に素材を汲んだ半自伝的小説三部作の第二巻である。

これらに、『黄金探索者』執筆と併行して書かれた日付のない日記『ロドリゲス島への旅』（*Voyage à Rodrigues*, 1986）、『春、その他の季節』（*Printemps et autres saisons*, 1989）に収録された「雨季」、パリを舞台にモーリシャスから引き揚げてきた人々の世界を描いた『飢えのリトルネロ』（*Ritournelle de la faim*, 2008）などを加えた総体を、先祖の経験にフィクションを織り交ぜたモーリシャス作品群ととらえることもできるだろう。読者は、それぞれの作品の小説的感興を享受する一方で、一九四〇年にニースで生を享けて以来、自分は本来身を置くべきルーツから切り離されているという思いを抱きつづけてきたル・クレジオにとって、現実と虚構、記憶と夢想を絡めたこれら一連の作品を書くことがもつ実存的意味に、おのずと思いをいたすことになる。「いずれにしても、強い情愛がこもっています」

——二〇〇六年一月、三十九年ぶりに再来日した作家は、三部作をめぐるセッションをそう結んだ。

表題について予めお断りしておく。原題 *La Quarantaine* は、文字どおりには「約四十、四十代」を意味するが、また、コレラ、天然痘、マラリアなどの伝染病に感染した恐れのある者を約四十日間の検疫隔離に服させることを意味する中世以来の定型表現 «mettre en quarantaine» をおのずと喚起する。フランス語以外の西洋近代諸語においても、これに対応する語が存在する。ところが、日本語の「隔離」はそのようなコノテーションをもたない。また「隔離」一語ではやや素っ気ない。こうした事情を勘案し、作者の了解のもと、作品世界を多少ともイメージしやすい「隔離の島」を邦題とした。

楽園回復の夢

『黄金探索者』は、モーリシャスで裁判官を務めるかたわら、四十歳を過ぎてから、疑わしい財宝文書を頼りに、北東方向に六百キロメートル隔たったロドリゲス島で、長期にわたって断続的な黄金探索を試みた父方の祖父レオンをモデルとしている。一方『隔離の島』は、レオンと双生児であった母方の祖父アレクシが、パリで医学を修めていたころ、故郷のモーリシャスに帰省する船上で天然痘が発生し、モーリシャス島の北に浮かぶプラト島への隔離を余儀なくされた体験に想を得ている。

『黄金探索者』の主人公がレオンではなくアレクシ、『隔離の島』の主人公の名前がアレクシではなくレオンであるのは、現実とは入れ替わっており、読者は戸惑いを覚えるかもしれない。かつて訳者が著者から受けた説明によると、作家は黄金探索者であった祖父レオンを生前に知ることがなかったので、接する機会のあったもう一人の祖父の名をあえて主人公名にしたということだ。『隔離の島』では、前作の主人公と区別する必要から、逆にレオンの名を採用したものと推測される。いずれにしてもこの三部作は、単一の大河小説の三部ではなく、楽園喪失という共通のテーマと多少とも相似的な人物配置に基づきながら、そのつど独自のヴィジョンと形式に則って変奏しなおす、互いに独立した三作品である。

『黄金探索者』と『隔離の島』はともに、レオンとアレクシの父親ウジェーヌ卿の時代に、ウジェーヌとその兄ヘンリーの間の抗争ないしは権利売却によって、島中西部のモカ近郊にある先祖伝来のクレオール・ハウス〈ウーレカ〉――「百の窓をもつ」家（『ロドリゲス島への旅』）――からウジェーヌ一家が追放されたできごと、いわば楽園喪失と、その回復への希求に動機づけられている。重要なのは、この楽園喪失が、単なる史実ではなく、幼少期以来の流謫の感覚の起源として、作家にとって切実な現実でありつづけている点だ。

二作を合わせ読む読者は、まずは多くの類似点に驚くだろう。主人公はともに、強いノスタルジーに突き動かされる二十歳前後の若者であり、孤島（ロドリゲス島／プラト島）で、別の新たな世界へといざなう野生の娘（ウーマ／シュルヤヴァティ）と遭遇する。また彼らには、実業家としては失格の夢想家肌の父親と、その兄で、広大なサトウキビ農場経営者にして製糖工場主の、強欲で冷酷な伯父（リュドヴィク／アレクサンドル）がおり、伯父は首都ポート・ルイスのランパール街に事務所を構えている。アレクシにはロールという姉がおり、レオンにはシュザンヌという義姉がいて、ともに深い情愛で結ばれているが、姉たちは旧来の価値観のなかで夢を紡いでおり、その枠組そのものを超えるか否かという問題を抱える主人公は、彼女たちとは別の道を歩まざるをえない……といった、人物配置と状況設定の類似である。

また、強烈な牽引を及ぼす人物の存在(一体化ないし分身のテーマ)も、両者に共通する重要な要素である。『黄金探索者』の主人公にあっては、長い黄金探索が物質的成果をもたらさないことがしだいに明らかになり、それでも探索に執着する主人公のなかに疲弊が募るのと併行して、彼にとっての「黄金」の意味が変容する。もはや物質的な財宝ではなく、関連文書を解読しながら、財宝を隠した海賊の身振りをなぞること、海賊の眼で星空を眺め、海賊が聴いたように潮騒や鳥の鳴き声に耳を澄ますことが、探索の目的、幸福感の源泉になる。

『黄金探索者』ではこうした未知の海賊との一体感が漸進的に深まるのに対し、『隔離の島』では一人の神話的人物が登場人物たちに及ぼす牽引力が、はじめから与えられている。小説は、一八七二年初頭のパリの夜の酒場に、「ごろつき」ランボーが現れ、店の客を威嚇する言動を見せたあと、ヴェルレーヌになだめられて去っていく場面から始まる。母親をなくしたばかりの九歳のジャックが、母アマリアの後見人であったウィリアム小父さんに連れられてその現場に居合わせる。「一八七二年の冬の晩、サン・シュルピス街のカフェですべてが

モカにあるクレオール風邸宅「ウーレカ」。
十八世紀末、フランス革命時に、ブルターニュ地方からモーリシャスに移住したル・クレジオ一族の二代目で、作家の高祖父にあたるジュール＝ウジェーヌ・ル・クレジオが、一八五六年に取得し、作家の祖父と父はこの家で生まれ育った。しかし一九一九年ごろ、作家の直系の先祖はこの家からの立ち退きを余儀なくされた。『黄金探索者』のブーカンの家、『隔離の島』のアンナの家の発想源になっている。現在では一般公開されている。

始まった」（三二）と言われるように、このできごとが後の人物たちの生き方を規定することになる。その十九年後、本書第二部で語られるように、「隔離」措置に遭遇する前段階でアデンに寄港したレオンは、土地の総合病院に入院している一人の同国人を診察にいく兄に同伴して、重篤のランボーに遭遇し、それがだれか知らないままに、強烈な印象を受ける。幻惑の強さは、いったん船に戻ったあと、もう一度病院に引き返さずにはいられないほどだ。パリの酒場での最初の遭遇は、子供のジャックに恐怖混じりの衝撃を与え、ジャックは弟レオンに、そしておそらくは長い婚約時代にシュザンヌにも語り伝え、一八八〇年代に公刊されたランボーの詩を弟のために筆写してやっている。しかし兄の遭遇のエピソードと詩作品を通じてランボーへの傾倒を深めるのは弟レオンのほうであり、シュザンヌも義弟の影響を受けてランボーを愛読し、二人でその詩を暗誦するまでになる。彼らに比してジャックは文学的関心をもち合わさず、後年アデンでの再度の対面の際にも、あくまで医者として足に腫瘍を病む同胞と対面するのであって、同じく相手の素性を知らないレオンが受けたような、論理を超えた持続的呪縛とは無縁である。こうしたランボーへの関心と無関心は、隔離期間を通して二人の間で決定的になる溝を予兆するエンブレムのように働いている。

ランボーの呪縛はまた、祖母シュザンヌが孫に好んでした話を通して（「祖母は何よりも話を聞かせるのが好きだった」）、現代のレオンにも植えつけられる。この孫には、家族のなかで〈失踪者〉として語り草になってきた見知らぬ先祖、彼がその名を受け継いだ大叔父レオン・アルシャンボーへの強い関心が根づいている。名前の同一性は、彼を大叔父の探索へとア・プリオリに差し向けているかのようである。それゆえに彼は、彷徨と離婚を経て、医学者として新しい勤務を始めようとしている人生の岐路の間隙に、大叔父の形跡を求めてモーリシャスに飛ぶことを選ぶ。大叔父の消息を探り、その生き方に肉薄することが、自分の人生の核心に関わっているように感じるのである。その大叔父の人生を遠心的な方向に、既存の価値観の彼方に振り向けたのがランボーであり、大叔父への希求はおのずとランボーへのそれと重なる。本書第一部でランボー縁（ゆかり）のパリのスポットを訪ね歩く彼は、自分にとってのランボーを次のように語る。「ぼくの探している男は名前をもたない。影よりも、何かの形跡よりも、亡霊よりも稀薄な存在だ。その男はひとつの震えのようなもの、願望のようなものとして、ぼくのなかにある。ぼくをよりよく飛翔させるための想像力の飛躍、心の弾みのような存在として」（四一）。ランボーは主要人物たちの存在様態の模範として、いわば遍在する磁極として、小説全体にその磁力を及ぼしている。話者レオンが、冒頭でランボーが歩いたパリの街路をたどり、最終部でランボー終焉の場所、マルセイユのコンセプシオン病院を訪ね、その場面で小説が結ばれるのは、周到な構成である。

ちなみに作者は、ランボーの伝記から通常はあまり注目されない一つのエピソードをとり出し、本書の展開の要に据えている。一八八八年暮れ、エチオピアのハラルの店に野犬が頻繁に侵入し、商品のコーヒー袋に小便を引っかけることに腹を立てたランボーは、毒を撒いて十余匹の犬を毒殺する。その際、近隣の羊まで殺してしまったため、住民の怒りを買う。この事件はハラル在住のヨーロッパ人の間でも波紋を呼び、「ランボーあるいは犬どもの恐怖〕といった揶揄も飛び交う（『ランボー全集』青土社、二〇〇六年、六九四ページ、川那部保明訳）。ランボーは投獄されるが、周囲の尽力で数日後には解放され、追放も免れる。本書第二部のタイトル「毒を盛る男」や、病に伏す「アデンの男」の夢やうわごとに登場する野犬のエピソードは、この伝記的事実に基づいている。これはまた、第四部において、マエブールの市場の片隅で腹を空かしている虚弱な子犬たちの群れを毒殺しにいくことを日課とするアンナ小母さんの、奇妙で不思議な魅力を秘めた肖像の発想源にもなっている。犬の毒殺に用いられるのは、いずれの場合もストリキニーネである。

作者の虚構化

大叔父レオンに対する現代のレオンの、ランボーに対する大叔父レオンの、そしてランボーに対する現代のレオンの、一体化の希求の複合的様態は、じつは『黄金探索者』と『ロドリゲス島への旅』を合わせ読むときに了解される、祖父に対する作家の、未知の海賊に対する祖父（主人公）の、未知の海賊に対する作家の一体化という、相似的な三重の希求の変奏として理解される。「日記」と銘打たれた『ロドリゲス島への旅』には次のような一文が読まれる。「この鉱物的な風景のなかに、この風、この太陽、この光とともにあって、束の間私は、自分の探している人間その人であった！　もはや私ではなく、私の祖父でもなく、未知の〈私掠船船長〉であった」（拙訳、一六七ページ、一部改訳）。『黄金探索者』で祖父に成り代わって一人称で語った——祖父が憑依したと言ってもよい——作家は、身近な先祖の人生を素材に小説を書く行為に託された内的要請を、取材旅行の体裁をとる「日記」に生の声で綴らずにはいられなかった。『黄金探索者』はそれ単独で読んでも比類なく美しい小説であるが、作者にとってのその実存的射程を、翌年刊行された「日記」が事後的に明かすのである。作品が刊行後も生成を続ける好個の事例である。

一方、『隔離の島』の作者は、そうした物語的次元と実存的次元、あるいは詩的次元と自己批評的次元の分離を、単一のフィクションのなかに統合してみせる。本書の大半を占める第三部を挟む残りの部分、冒頭約五十ページ（第一部、第二部）と末尾約六十ページ（第四部）の話者である現代のレオンは、『ロドリゲス島への旅』の作家の、虚構の人物への変容とみなせる。レオンは物書きではなく医学者であるが、一九四〇年生まれで小説の現在が位置する一九八〇年には四十歳である点は、作家の分身を強く感じさせるし、彼が自分のルーツを求めて行なうモーリシャスへの旅は、一年のずれをもって八一年に作家が行なったモーリシャス島とロドリゲス島への厳粛な旅に呼応する。このような設定を採ることで、作家は先祖の事蹟を追いながら、誕生以来切り離されてきたルーツに自分を結びなおそうとする企てそのものを物語化する。

いきおい、小説の物語構造は厚みと複雑さを増し、現代のレオンの語りが冒頭と末尾から、隔離の模様を描く大叔父レオンの長大な語りを挿む入れ子構造を見せる。こうした二重構造はじつはさらに複雑で、第三部だけを取っても、大叔父レオンの語りに植物学者ジョン・メトカルフの日記の九つの断片が挿入され、さらに、余白を大きくとったページ組みで、シュルヤヴァティの母アナンタが養母ギリバラに連れられてインドの大河を下り、インド洋を渡って、ミリチ・デシュことモーリシャスにたどり着く一八五九年の旅の断章が十一箇所に挿まれる。異なるページ組みを交互に配して二つの物語をパラレルに語り、ある時点で交差させるのは、『砂漠』(*Désert*, 1980) や『オニチャ』(*Onitsha*, 1991) でも駆使された、ル・クレジオでは馴染みの手法である。

ギリバラとアナンタの旅には、一八三〇年代にイギリスで奴隷制度廃止法が成立して以後、モーリシャスのサトウキビ栽培と製糖業を支える、黒人奴隷に代わる労働力として、同じイギリス領のインドから大量の移民が徴集されるようになったというマクロな歴史的事情が関与している(今もモーリシャスの住民の約七割はインド系である)。二人は、船上で発生したコレラのために、乗客一同とともにプラト島に上陸させられる。隔離された移民たちの間で、三年前に大型客船ハイダリー号上で天然痘とコレラが発生した際、島に置き去りにされた乗客八百名のうち、数カ月後に迎えの船が来たときには数十名の生存者を残して大半が死んでいたという話 (実話である) が交わされる。一八九一年の隔離のなかにフラッシュ・バックのように五九年の隔離にいたる旅が挿入され、これら二度の隔離の当事者たちは、ともに五六年の悲惨な前例をわが身に引きつけて話題にする。一つの隔離の物語のなかに、時を隔てて同じ島で起きた三度の隔離が交錯するのである。そして五九年の隔離の当事者の子孫が、九一年の隔離の当事者と出会い、結ばれる。このように『隔離の島』は、『黄金探索者』の直線的・単旋律的な叙情的語りに比して、物語構造と主題の両面で錯綜しており、小説としてポリフォニックな厚みを備えている。

ところで、上記の「入れ子構造」を仔細に見れば、単純な入れ子構造ではないことがわかる。たとえば、第三部に挿入されるジョン・メトカルフの日記の内容は、ジョンの死後、正気を失ったサラの捜索をしている最中にレオンが彼女の隠れ家でジョンの日記を見つけて持ち帰った、という記述（四八八—四八九）によって保証される。では、同じく大叔父レオンによる物語のなかに挿入されたギリバラとアナンタの旅は、だれが語っているのだろうか。「ヤムナー川」と題されたこの物語の冒頭で、「まるで自分が体験したようだ、ついきのう夢に見たみたいだ」（二〇七）と語るのはだれだろうか。注意深い読者は、ごくまれに出くわす明示的記述を見逃さないだろう。たとえば、以下の記述を読めば、だれが語っているかは明白である。

ところが彼女（＝アナンタ）について知っているのは、ただ名前と、一八五七年のセポイの大反乱の最中にカーンプルで、殺された乳母の胸から拾い上げられたことだけだ。子供のころ、失踪した大叔父レオンの伝説を話してくれた祖母のシュザンヌがそう言っていた。（三六二）

あるいは、二人の旅の記述のなかに話者の独り言のように挿入される、イギリス海軍省作成のプラト島の古地図（本書巻頭に掲載）をめぐる以下のような論評。

しかし、これらの何一つとして現実には存在しなかったのかもしれない。それは政府お雇いの地理学者であったコービーとかいう男が、その一年前に島に置き去りにされた男女の無残なイメージを追い払うために編み出した机上の計画にすぎなかったのかもしれない。(四六九—四七〇)

語っているのは明らかに、シュザンヌの孫、現代のレオンである。シュルヤにも大叔父レオンにも会ったことがなく、幼少時に存命であった祖父ジャックは、「晩年、モンパルナスに居を定めたが、寡黙な人で、幼いぼくを構ったりせず、ひっきりなしにたばこを吸いながらいつまでも新聞を読んでいた」(二四)といわれる老人であったとすれば、レオンの情報源はおのずと祖母シュザンヌに限られる。それにしても、シュザンヌはいかにして、ギリバラとアナンタの旅の詳細を知りえたのか。小説内でのシュザンヌとシュルヤヴァティの交渉は限られていて、後者から前者に対し、祖母と母親の苦難の旅に関する詳細な情報の伝達が行なわれたとはとうてい思えない。語り部シュザンヌについて孫は、次のようなコメントを加えている。

大方は作り話で、ザミという名の抜け目ない猿を登場させた。けれども、ときには本当の話もした。そんなときは、こう予告するのだった。「よくお聞き。これから話すのは本当にあったことだよ。余計な付け足しなどないさ。お前に子供ができたら、あたしから聞いたとおりに話して聞かせるんだよ」(二四)

話者レオンはまた、聞いた話を再現する際の自身の態度について、忠実さを説いた祖母の教訓に背いていると同時に、背くことで祖母の作り話への傾きを踏襲していることを、図らずも明かす。

[……]祖母は、アマリアが死に、祖父がカフェ・バーに入っていったその夜、サン・シュルピス街で起こったことを話してくれた。時刻は宵ですでに暗く、ひょっとすると雨が降っていたのかもしれない。話の細部は定かに覚えていないが、いっさいが空想にすぎず、祖母の忠告に反して、自分の記憶を付け加えてしまったように思う。(二六)

これは、単に祖母から孫への忠告が遵守されたかどうかの議論の次元にとどまるものではなく、『隔離の島』の語りの本質に関わる告白になっている。そもそも、小説の「真実らしさ」の観点から見た場合、四十日間の隔離の経緯を語る大叔父レオンの長大で詳細な物語は不自然さを免れない。〈失踪者〉であるレオンがなぜ語るのか。いかにして、だれに向かってこのように語りえたのか。植物学者ジョン・メトカルフの日記のような記録を彼が書き残したという言及は、小説中には一切ない。レオンは自分の語りのなかに、サラの隠れ家からもち帰ったジョンの日記を繰り返し引用すらしている。こうした練り上げを彼は失踪前のいつ行なうことができたのか。他方、「すべては祖母のシュザンヌから聞いた話だ」(二四)という孫の証言を、字義どおりに受け取るのも無理である。レオンが語る数多くの場面のうち、シュザンヌが立ち会っているケースはむしろ数少なく、居合わせていない場合のほうがはるかに多い。しかも彼女は、夫ジャックの手厚い看護の甲斐あって——シュルヤの薬草の効果もあってのことだろう——生還するものの、一時は深刻な天然痘の症状を呈し、床に伏している時間が長かった。とりわけ、レオンとシュルヤが二人だけで過ごす場面の詳細な描写を、シュザンヌの見聞に帰すことはできない。かといって、現代作家ル・クレジオが、小説のあらゆる場面に遍在し、人物たちの身に起きるできごとを知悉している全知全能の話者〈作者〉という前近代的小説作法に、無自覚に依拠しているとも考えにくい。

想定できることは二つある。まず、レオンの語る内容のかなりの部分がシュザンヌの作り話ではないか、という仮説である。彼女が、事実と想像を自由に混ぜ合わせておもしろい話(「大方は作り話」)を編み出しては孫に聴かせることを無上の喜びとしていたとすれば、この仮説は一定の蓋然性をもつ。しかしその難点も明白だ。小説の約四分の三を占める第三部では、四十日間の隔離生活のなかで、レオンが島のクーリーたちの現実を知り、権威主義的で冷酷なモーリシャスの〈長老たち〉への憎悪を募らせるだけでなく、シュルヤの体現する別の世界、別の価値観、別の生き方に目覚めながら、幼いころから彼のなかに醸成されてきた楽園的ヴィジョンを脱皮していくプロセス、そしてモーリシャスへの郷愁にいぜん囚われたままの兄夫婦との間に埋めがたい溝が穿たれるのを自覚するプロセスが、きめ細かい、ゆったりとした筆致で描かれている。かつてパリ郊外の寄宿舎に住んでいたレオンは、ある夜、モーリシャスの波のとどろきが自分を連れ戻しにきた感覚にとらわれる。この幻聴体験は、思春期の彼を規定していた楽園幻想がいかに強固であったか、兄の物語を通じて擬似記憶と化したモーリシャスが彼のなかにいかに深く根を張っていたかを示して余りある。長引く隔離が掻き立てる焦燥のなかに生まれる、憐憫と憤りと情愛がないまぜになった兄弟間の葛藤と離反は、この小説の味わいどころの一つである。軽妙な語り部のシュザンヌは、この緻密で緩慢で厳粛な物語、レオンが変わらぬ情愛を抱きながら彼女自身の世界から遠ざかっていく過程を描く物語の、潜在的な話者であるとは考えにくい。

むしろ、繰り返し聞いた祖母シュザンヌの穴だらけの体験談をベースに、孫のレオンが、祖父母の生きた隔離の日々を自らの想像力で丹念に埋め、〈失踪者〉の失踪以前の肖像を織り上げていったと考えるほうが、理に適っていないか。つまり、明示的に彼の語りだとわかる第一、第二、第四部のみならず、第三部（プラト島での隔離生活）を含む小説全篇を、現代のレオンが語っていると考えるのが妥当ではないか。そうだとすると、第三部の話者レオンは、大叔父レオンの声音を模しながら、その語りの内実は、（祖母の伝承から大枠を借りているにせよ）自身で編み出している。

同じような事情は、話者が話者として語る部分でも認められる。たとえば、ジャックとレオンの兄弟が、足に重い病を抱える同国人（ランボー）をアデン市内の総合病院に見舞う第二部で、レオンが病人から受ける奇妙で強烈な呪縛をめぐる情報の源が、シュザンヌであるとは考えられない。停泊中の船にとどまり、二人に同伴しなかったシュザンヌは、そのようなレオンの心の動きを知るべくもなく、また、医者として病人の容態に衝撃を受けることはあっても、存在の根源に関わる幻惑とは無縁のジャックにも、弟の受けた衝撃を代弁できるはずがないからだ。兄弟が重篤な容態の男に寄港中に遭遇したという事実だけは、ジャックからシュザンヌに報告され（「彼はシュザンヌにただこう言った――『死にかけている男を見たよ』」、六三）、長い歳月を経たのちにシュザンヌから孫のレオンに語り継がれるが、その場面の細部の描写、病人と対面した兄弟の内面の動きはすべて、現代の話者レオンの想像力の産物である。

読者は小説冒頭で、「そうしてぼくは、レオン・アルシャンボー、かの〈失踪者〉になったのだ」（三二）という唐突な断言に面食らうにちがいない。しかし末尾近くで類似の記述に出くわすときには、すでに話者の想像力の動きに慣れており、無理なく再認することができる――「祖母のアルバムのなかでその写真をよく眺めた。あまり頻繁に見るもので、まるで身体と顔を取り替えたように、自分がだれなのかわからなくなってしまうことがあった。そのときぼくはレオンだった。もう一人のレオン、愛する女と旅立つためにすべての係累を絶ち、名前にいたるまで一切を変えてしまった男になっていた」（五八〇―五八一）。話者は終始、一体化の希求を研ぎ澄ませながら、〈失踪者〉である大叔父を追跡し、その肖像を描きだすことに腐心する。

『隔離の島』はこのように、一貫して、話者であり登場人物でもある一九四〇年生まれのレオン・アルシャンボーによる、同名の大叔父を探索する物語として読めるのだが、そこには二種の語り口、二種のエクリチュールが併用されている。長大な第三部「隔離」を挟む冒頭と末尾で話者は自らの探索そのものを物語化しているが、それは『黄金探索者』という小説の成立過程、執筆動機を外部から語っていた『ロドリゲス島への旅』の作者が、小説の人物として自らを虚構化するふるまいにあたることはすでに指摘した。それに対して、話者が大叔父レオンに重なりながら一人称物語を展開する第三部は、『黄金探索者』の語りの形式をそのまま踏襲するものと言える。『黄金探索者』の一人称語りが、作家が祖父の皮膚の内側に入り込むようにしてその声音を演じる形式であったように、本書第三部の話者は、けっして主観を表面には出さず、あたかも腹話術師のように大叔父レオンの語りを演じる。『隔離の島』の語りのポリフォニックな性格は、詩的次元と自己批評的次元の融合に由来するばかりか、両次元を融合させた語りと純然たる詩的次元に位置する語りとの並立にも由来している。話者レオンが作者ル・クレジオの分身であるのは、年齢や出自の共通性にもまして、語りをめぐる彼の多重的役割が作者のそれを代行しているからである。

夢想の領分

話者レオンは、自由と寄る辺なさを同時に抱える話者である。祖母シュザンヌから物語への嗜好と、〈失踪者〉への並々ならぬ関心とを植えつけられたものの、その大叔父への肉薄の助けとなる客観的情報は乏しく、自身の想像力と夢想に頼るしかない。彼は自分の苦境、自分が紡ぎ出す物語をめぐる恣意性への思いを隠さず、また自分を駆動する幻想や空想を躊躇なく物語に取り込んでしまう。そしてそうした自分のふるまいをも物語の対象とする。でき上がった芝居のみならず、舞台稽古や舞台裏をも晒して見せる演出家に似ている。それがときに、「すべてが作りもので、根も葉もない。［……］父は死に、祖父ジャックも祖母シュザンヌも亡くなった。彼らから授けられ、今ももちつづけているもの、それは奇妙な、現実離れした言葉や名前だ。すべてが永久に分け隔てられてしまったあのプラト島とガブリエル島で始まる、ひとつの伝説のざわめきだ」（五八二）といった暗鬱な述懐となり、「レオン、シュルヤヴァティ、これらの名は何かを意味するのか。ぼくの探す人々にはじつは名前があるわけでもない。彼らは亡霊、一種の幻影であって、夢にいたる道にしか存在していない」（五三二―五三三）と、自分が構築してきた物語の無根拠性にうなだれる瞬間を招来する。実際、シュルヤヴァティの名前からして、現実のものではなく、物語構築の必要上、彼が「ロンドンで読んだトーネー訳によるソーマデーヴァの本のなかで、カシミールの王妃に語られたウルヴァシーとプルーラヴァスの恋物語の記憶から」（九八）採用した名前であることが明かされる。

しかし、逆に、想像力や夢想の自由な行使が、小説の展開に弾みをもたらすと同時に、話者自身に活力を授ける瞬間がある。一行の乗ったアヴァ号がアデンに寄港中に病重い同国人を兄弟で見舞ったあと、レオンと別れて船に戻ったジャックは、船室でシュザンヌと長いことセックスをする（この情報自体、孫のファンタズムでしかありえない）。話者は、その午後に自分の父ノエルが孕まれたと想像し、かつ自身も「世界の果てのある町、つまりアデンなのだが、その停泊地に投錨した船の上で孕まれたように想像してきた」（六二）という。

この種の突飛ともいえる想像力が、輻輳する小説の複数の流れを一気に束ねる電撃的効果を発揮する局面が、最終部に用意されている。モーリシャスを訪れた話者は、雨の夕方、バスの窓越しに見かけた、赤子を抱いた若いインド人のカップルになぜか強く惹かれる。その後、一族の最後の生き残りである長老の孫娘、アンナ小母さんから、「シータ」と題された古いノートを贈られる。そこには若かりしアンナと、シータという美しく早熟なインド人の娘との、熱烈な友情の交流が記されてあった。それを読んだ話者レオンは、シータこそは隔離が終わる直前にレオンとシュルヤヴァティがガブリエル島でもった交わりから生まれた子供だと直感する。そして彼ら親子三人の影を、モーリシャス到着翌日にバスの窓から見かけた若いインド人カップルと赤子に重ね見る。まったく無根拠な空想なのだが、無根拠は無意味の同義ではない。子孫を残したからには、レオンとシュルヤは、〈失踪者〉となりながらも、サイクロンで命を落とすことなく生きながらえたにちがいないし、もしシータが「隔離」の翌年に生まれた彼らの娘で、一歳違いのアンナと強固な友情で結ばれていたのだとすれば、それは一家を追放した長老の孫娘と、追放された男（ジャックとレオンの父アントワーヌ）の孫娘とが、二世代を経て一族に和解をもたらし、その絆を結びなおしたことになる──そのような暗黙の愉悦が底流している。この最終部ではまた、貧窮にも孤独にも動じず、生涯独身を通し、周囲から変人扱いされながら長老の孫娘として重んじられてもいるアンナの肖像が、独特の光彩を放っている。ちなみにこのアンナは、作家の父ラウルと双生児の叔母アリスを発想源として造形され、本書はアリスの思い出に献げられている。『黄金探索者』刊行時のインタビューでル・クレジオは、「私の関心を惹いたのは、祖父がその生涯を夢のなかで過ごしたということです。私も祖父といっしょに少しばかりその夢を見たかった」と語っている。また、「祖父が一つの妄想のためにすべてをなげうったのに対し、私は夢見ることですべてを取り戻そうと試みています」とも。事実、モーリシャスを舞台とする彼の一連の作品では、作家の創作行為は、それが依拠すべき一族の過去をめぐる情報の不足による制限を受けている。その不自由はしかし、欠落を埋め合わせるべく想像を羽ばたかせ、探索と夢想を融合させる自由に直結している。夢想が探索の手段になるのだ。それはとりもなおさず、現実世界で失われたものを想像世界において取り返すこと、つまり修復を意味する。ル・クレジオはしばしば、回想録への留保と小説への帰依を対照的に表明する。回想録は自分が生きた過去の再現に終始するが、小説では、他人の内面に自らの視線を滑り込ませ、人物像を自在に造形できるからだという。作家はまた、こうした虚構化こそが、個人的体験に普遍性を付与する、最良の手段と考えているようだ。

郷愁を越えて

『黄金探索者』では文字どおりの黄金が見つからない代償に、疲弊した主人公アレクシは、海賊との一体感を通して世界とのハーモニーという別種の黄金を発見し、何よりも山の娘ウーマの愛という黄金を手に入れた。しかし、小説末尾でのアレクシの立ち位置は曖昧である。母が他界し、姉が修道会に身を寄せ、恋人がどこか遠くに去った状況で、黄金探索を放棄したあと、彼はどのように生きようとしているのか。未来が素描も暗示もされないまま、現在に受動的に身を安らわせるその姿は、「思い出すかぎり遠い昔から、ぼくは海の音を聞いてきた」で始まった小説が、「ぼくは押し寄せてくる海の激しいとどろきを、身体の隅々まで染み渡るように聞いている」で結ばれる反復的展開のなかに反映している。

アレクシがウーマに惹かれながら彼女の世界に参入できず、ウーマにも彼を迎え入れる用意がなく、二人は束の間の交情のあとの別離を運命づけられているのに対し、『隔離の島』の〈失踪者〉レオンは、兄ジャックによって植えつけられ、孤独な思春期を通して自分を支えてきた楽園幻想、モーリシャスの擬似記憶を振り払い、シュルヤの世界に身を投じる。その世界は昔ジャックが話してくれたモーリシャスの楽園に似てはいるが、それとは本質的に異なり、「万事がえがらくむき出し」（一八七）の世界である。一方シュルヤも、イギリス人孤児であった母親アナンタの記憶の底でおぼろげに震える影を、擬似記憶として共有するが、母親の死とともに、そうしたロンドンやヨーロッパへの憧憬をいとも容易に振り捨てる。彼女は、銛と、漁の獲物を入れるタコノキの葉のかばん以外のものは何ももたずに、レオンとの新たな人生へと踏みだす。こうした決然たる越境能力とでも呼ぶべきものが、『隔離の島』の主人公たちを『黄金探索者』の人物たちとは明確に分かつ。隔離の日々を生きるレオンの次のような言葉は、後戻りのない再生への、新たな生への、投企を告げている――「今ぼくは新しい人生のバッジを身に着けている。それは火葬場の灰であり、ガブリエル島の黒い砂塵であり、鳥の臭いだ。ぼくは新しい眼をもっている。かつての自分にはけっして戻るまい、自分の島に帰って先祖に再会するなどという、虚しい考えを抱いてアヴァ号の舷門を登った男には戻るまい」(四九九)。

小説『黄金探索者』の成立に父方の祖父レオンが果たしたような「モデル」の役割を、隔離を体験した母方の祖父アレクシが、『隔離の島』の成立に対して果たしているわけではない。アレクシのように医者を職業とする祖父は、作品内ではジャックであるが、彼は小説の主人公ではなく、レオンのかたわらに配された副次的人物にすぎない。未知の世界に自分を開き、そこに決然と身を躍らせることのできるレオンという人物像は、純然たる想像の産物であり、作者の実存の地平に具体的モデルがいるわけではない。ル・クレジオは未知なものに自分を賭ける能力を備えた、自らの理想を仮託できる人物を編み出し、その人物の変容を存分に描きながら、同時に、そのような人物像に牽かれる自分の姿を、小説内に話者として配置した。ともに、楽園喪失とその回復への夢という動機づけから出発しながらも、『黄金探索者』と『隔離の島』の結末は正反対の志向を示す。前者では、楽園への郷愁があからさまには放棄されることはない。主人公は疲弊のなかで、楽園への回帰の不可能を甘受するだけである。後者では、郷愁の放棄、古い自分からの脱皮の意志が実行される。

両作品の刊行の間には十年の歳月が流れている。主人公の郷愁の扱いをめぐる際立った差異の他にも、その間連綿と維持されてきた側面と、意図的に大きな変化がもたらされた側面とがあるように思われる。それに、維持されてきた側面にも微妙な変質が認められる。最も顕著な持続の側面を挙げれば、人物たちの存在様態が世界と歴史に向かって開かれ、つねに個を超えるものとの交感に浸されている点である。ただし『黄金探索者』では、たとえば、ロドリゲス島に向かう船旅の場面（「水平線を横切りながら別の世界に入った感じがする。どこにいても海のざわめきが聞こえたブーカンでの子供時代と似た世界だ。ゼータ号が、時間を廃棄する道を逆戻りしていくようだ」）や、ロドリゲスの渓谷での探索の夜に満天の星を眺める場面（「星空を眺めているうちに目くるめくような感覚に囚われて、ぼくは時を超えた。未知の「海賊」はまさにここにいる。彼はぼくのなかで息づいている。ぼくは彼のまなざしを通して空を眺めている」）に見てとれるように、世界との交感は静的、瞑想的な様相をとる。『隔離の島』でも、このような静謐な交感の瞬間がないわけではない。

　シュルヤに寄り添って横になった。彼女の身体の温もりを感じ、肩の窪みに吐息を感じるためだ。時の向こう側の果てに向かって、ぼくらはいっしょに海を渡る。ぼくはこれ以外の夜を生きたことがない、この夜はぼくの一生よりも長く続き、それ以前にあったことはすべて夢にすぎない。（五一七）

しかし、総じて交感は激烈で、しかも外界と内界、肉体と精神、知覚と記憶といったカテゴリーの障壁を苦もなく貫通してしまう力が作動している。それを最もよく示す語は、vi-bration「震動、振動」である。

それに島の基底を揺るがすようなあの震動、玄武岩を横切ってここまで響いてきて、両脚で立ったぼくを震わせる波動がある。大洋の真ん中に突き出た、誕生の埋もれた火花を宿すこの島全体が、記憶であるかのようだった。／［……］シュルヤのことを思う。シュルヤもまた、母親を通してひとつの人生を知った。そして震える記憶を、自身の人生と混じり合う一個の記憶をもっている。それはアナンタとギリバラを乗せていくつもの大河を漂流した筏の記憶、アラハバードの壁やベナレスの寺院の階段の記憶だ。大海原を滑りながら、未知に向かって、世界の向こう側をめざして母子を運んでいった船の振動だ。（三二九―三三〇）

隔離の島の岩盤を揺るがす波の轟音がレオンの心臓の鼓動に直結し、さらには記憶のゆらめきと響き合う。大胆かつ頻繁なこの語の使用によって、外面と内面の、無機的世界と生命ある世界の、また物理と生理と心理の、仕切りが取り払われ、レオンにとってシュルヤの世界への参入は、世界の運行に向かって開かれた原初の感覚を取り戻すことでもあるかのようだ。「震動（振動）」およびその類義語（慄き、脈動、鼓動、波動など）は小説全篇にちりばめられ、二人のレオンを内側から描くキーワーズ、隠れた切り札として機能している。

風の音に、自分の脈動に、かすかな海のざわめきに耳を澄ましていた。それにまた、自分のなかで肥大する、大洋の底から湧いてくるようなあの震動を、記憶の慄きを聴いていた。（三五一）

心が痛む。何かが起ころうとしている気がする。予見できるものの実態が思い描けないあるできごと、震えおののかせる何か、ひとつの変化だ。日夜、島の土台を揺らしているのは、ぼくを眠らせないのは、それだ。（四六四）

ぼくの心臓の鼓動と、洞窟から発する長い震動が、彼女の心臓をも満たしていた。（三五六）

他方、一九八五年から九五年の十年間に最も大きく変化したのは、作家の文体かもしれない。『黄金探索者』は終始、失われたものへの愛惜に染められた、疼くようにうねる文体で綴られていた。次のような一節が典型的だ。

それにしてもロールのことを思うとき、そしてこんなふうに心が締めつけられるとき、逆に今こそロールの一番近くにいることがぼくにはわかる、ロールはふたたびブーカンにいる。家の近くの、蔦や花が生い茂った広い庭にいる。さもなければ、サトウキビ畑の狭い道を歩いている。ロールは好きなその場所を一度も離れたことがないのだ。ぼくの旅の果てには、タマランの黒い岸辺に押し寄せる海があり、川と川が出会って海に注ぐ河口の磯波がある。ぼくが旅立ったのはあそこに戻るためだ。だが戻ってくるときには今のぼくではないだろう。だれか見知らぬ人間のようになって戻ってくるだろう。

（河出書房新社版三一五）

『隔離の島』は、このような叙情的散文に依拠する語りを斥ける。多くの場合、乾いた短文が連ねられ、一文一文は叙情の発露に与らない。しかし小説全体の読後感としては、きわめて詩的な散文世界を通過してきた印象が残る。この文体の変化は意識的選択であり、練り上げの結果である。郷愁に満ちた感情よりは、宇宙の運行に直結した始原的感覚の定着をめざす、雄勁な文体とでも言おうか。ではこの先、最終巻『回帰』（『はじまりの時』）で、作者はどのような新たな変奏を用意しているか。前二作の先にどのような新境地が開かれるか。そこでは、新たな構想、新たな人物配置に基づいて、モーリシャスに移住した始祖以来六世代にわたる一族のいっそう大規模な叙事詩が繰り広げられている。そこで駆使される、死者や不在者に言葉を付与する活喩（プロソポペ）は、前二作には見られなかった趣向である。この最終巻はすでに翻訳が存在するので、本書の刊行とともに、相互に独立性の高い三部作の各巻を日本語で読み比べ、またこの連作の全体像を捉えることが、遅ればせながら可能になった。

先祖の地モーリシャスを舞台とするル・クレジオの一連の小説は、読者が、それぞれの作品の物語的興趣を享受するにとどまらず、先祖の過去をめぐる限られた記憶を手がかりに作家が想像力と夢想で独自の虚構世界を構築し方向づけていくその様態に、つまり虚構と実存の関わりに、注意を払うよう要請している。『隔離の島』の作家は、依拠すべき客観的データが乏しい状況で物語世界を築こうとする自分を襲う気後れや頼りなさを、虚構の人物である話者を介して告白することを憚らない。しかし一連の「自伝的」小説を執筆する作家を満たしていたのは、何にもまして、ひとつの幸福感であったと思われる。歴史的現実の枠組に沿いながら、夢想の力で分断を修復し、より充実したもう一つの現実を織り上げていく営みがもたらす喜悦である。モーリシャス三部作にこめられた「強い情愛」とは、真率このうえない自己注釈であろう。なかでも本書は、「いつまでも書きつづけていたかった作品」というう述懐にうかがえるように、数あるル・クレジオの作品のなかでも、その執筆が作家に生の躍動を汲みとらせる泉ともいうべき一篇であったにちがいない。

この夏、はじめてモーリシャスとロドリゲスを訪れた。一九八八年に出た『ロドリゲス島への旅』の翻訳に取り組んでいたころから、一度は訪れてみたいと思っていた。予定よりも大幅に遅れた本書の訳稿がようやく仕上がってまもなく、初校チェックの前に舞台となっている土地が見てみたく、いくつかの細部も確認したかった。とくに本書第三部の舞台となったプラト島とガブリエル島の空間を肌で感じたいと思った。

久しく夢見てきた土地をいざ訪れようとすると、漠とした不安がよぎる。そこが想像とはかけ離れた場所ではないか。それどころか、現実の土地を見ることで、それとの間に培ってきた想像的距離が無化され、思い浮かべていたたたずまいが駆逐されるのではないか。発見は忘却を代価としないか。期待に劣らぬ不安が湧いた。

幸い、現地を見ることで、虚像が脳裡から消えることも、想像的距離が廃棄されることもさしあたりはない。その代わり、冬場には（南半球だから季節の巡りが半年ずれている）よくあるそうだが、陸上は穏やかな晴天なのに海はひどく波立って、どの渡し船も界隈の港に連日足止めを食っていた。結局、滞在中にモーリシャスの北の海に浮かぶ二つの小島を訪れる機会はめぐってこなかった。せめて間近から眺めたいと思い、最北端の不幸崎に行ってみると、船を出してくれる漁師がいた。外海に出るのは危険なので、珊瑚環礁に囲まれたラグーンのなかを、モーリシャス島に最も近いコワン・ド・ミール島のはるか後方に頼りなげに揺曳するプラトとガブリエルを遠望しながら、一時間ほど遊覧した。『隔離の島』の登場人物たちは二つの小島から、かくも「すべてが間近に見えて親しげなのに、星座の模様のように現実離れして」（四七六）もいるモーリシャス島を、焦燥と恨めしさの思いで凝視したのだが、私には、ラグーンの小舟から想像裡に視線を反転させ、彼らの心情に思いをいたすことしかできなかった。

短時間の航行中にも、晴れ間とにわか雨が目まぐるしく入れ替わるモーリシャスの冬特有の気候を味わったが、途中、船頭が釣り糸を垂らし、バラクーダことオニカマスを釣りあげた。クレオール語で「タゾール」とも呼ばれるこの魚は、小説中ではラグーンの主とされ、大きいものは体長二メートルにもなると言われる。見かけない人間には危害を及ぼすこともあるが、野生の娘シュルヤヴァティが手なずけているおかげで、レオンは透明な水をよぎる巨大な影にも恐怖を感じることがない、とされている。老漁師の釣ったタゾールは、三十センチほどのごく小ぶりの魚で、その名のとおり、日本で見慣れたカマスに似ていた。しかし予想外の悪天候に落胆していた身には、多少は憐れみをもち合わせた偶然の神が仕組んだ、粋な慰めと感じられた。

本書は、これまで手がけた仕事のなかでも、訳者には手ごわい相手だった。植物学者の日記中に書き記されたおびただしい植物の正体を確認する作業もさながら、インドの神話や歴史、モーリシャスの食文化やクレオール語表現等に関して、いくつもの困難が立ちはだかった。この翻訳を曲がりなりにも完成にこぎつけられたのは、多くの方々の惜しみないご教示のおかげである。

訳者の質問票への懇切な返信と日本語版への序文をブルターニュから寄せてくださった著者ル・クレジオ氏をはじめ、モーリシャス滞在中にお世話になり、帰国後メールで何度も疑問を解いてくださったモーリシャス大学のイッサ・アスガラリ教授とサロジーニ夫人、英語表現に関して御教示いただいた東京大学名誉教授行方昭夫先生、いつもながら訳稿準備段階から相談に乗っていただいた東京大学フランス文学研究室の同僚マリアンヌ・シモン＝及川さんに、心から御礼を申し上げる。また、訳者の個人的事情で当初の予定より大幅に遅れた翻訳作業を辛抱強く見守り、編集者の枠を超えて併走して下さった筑摩書房の岩川哲司さんへの、言葉に尽くせぬ感謝の念を、ここに記させていただく。

二〇一三年九月

中地義和

文庫版のための訳者あとがき

本書は、複数の文化、複数の時間の流れのなかに、おびただしい細部を縒り合せた複雑な構造をもつ小説である。数あるル・クレジオ作品のなかでも、著者がこのうえない愛着を持って書き上げた渾身の一作だと思われる。翻訳中に味わった特別な苦楽が今も記憶に新しく、七年ぶりに新たな装いで再刊されることを喜ばしく思う。

目下、「新型コロナウイルス」が猖獗を極めている。本書の人物たちを苛むのは天然痘であるが、小説が位置する十九世紀には欧米ではすでにワクチンが開発され、予防接種（種痘）が実施されていた。しかし、ワクチンを接種した者でも罹る天然痘の新たな症例が現われたので、モーリシャス保健当局（本書では〈長老たち〉）は、発症した二名を含むアヴァ号乗客一同をいっそう厳格な隔離状態に置く方針を採ったとされる。レオンの兄ジャックは医師であるが、妻のシュザンヌを救うことも容易ではない。

プラト島には、人種差別によって恒常的隔離を受けている賤民村があり、築堤工事や農作業に携わるインド人の移民労働者（クーリー）が多数居住している。彼らの間でも、種々の伝染病で死者が後を絶たない。また、アヴァ号以前に航海中の伝染病発生のためにこの島での検疫隔離を余儀なくされた船舶の先例がしばしば話題になる。養母ギリバラに連れられてモーリシャスをめざした、シュルヤヴァティの母アナンタが乗った船もそのひとつである。隔離の対象となった乗客一同は、島の住民から仕切られた一角にある隔離所に住まうが、発症すれば、干潮時には砂州でつながるガブリエル島に早々に移送される。隔離のなかの隔離である。ザンジバルから乗り込んだ最初の感染者二名のほか、植物学者ジョン・メトカルフ、凌辱を受けて気のふれた美しい娼婦ラザマーらは、そこで死を迎える。一方シュザンヌは、いったんは重篤な状態に陥るが、辛うじて生還する。

離島での隔離生活は、義姉シュザンヌに対するレオンの情愛をより深いものにすると同時に兄ジャックとの疎隔感を決定的にする。そして何より彼を、父祖の地、誕生の地であるモーリシャスへの郷愁から解き放ち、シュルヤとの新たな生活に向かわせる。隔離の四十日は、人物たちを身体的に分かつにとどまらず、彼ら相互の心情的、精神的な離反と紐帯のカンヴァスになっている。

メディアが、感染者や死者の日々肥大する数としてウイルスの脅威を訴え、感染拡大を防ぐための外出自粛を説く時代の読者に、十九世紀末、インド洋上の小島で作家の祖父の身に起きた実話に基づくこのフィクション、人間が地を這うようにして生き延び、生まれ変わる、陰惨にして壮麗な物語は、はたして何を伝えるだろうか。

ところで、『黄金探索者』と『ロドリゲス島への旅』に始まり、『隔離の島』、『回帰』(邦訳『はじまりの時』）と書き継がれた父祖の土地モーリシャスを舞台とする作品群については、作家自身が「完結を見た」と語っていた。その言に反して、『回帰』から数えて十四年後の二〇一七年、新たな「モーリシャス物」である『アルマ』が刊行された。この前言撤回には外的要因も働いているらしい。モーリシャスで一生を過ごした親戚・縁者が他界してから一定の時間が経ち、貴重な証言者でもあった彼らのことを書いてもよいと思えるようになったのだという。しかし外的要因はあくまで副次的であって、作家のなかにモーリシャスについてまだ書き切れていないという思いが募っていたことが重要だろう。なにしろ『アルマ』の構想は三十年前からあったというのだから。その『アルマ』の邦訳も近く刊行される予定である。これを合わせて、モーリシャス作品群を読み直せば、本書『隔離の島』は多少とも異なる様相を呈することになるかもしれない。『ロドリゲス島への旅』が取材日記という形で『黄金探索者』を逆照射したように、『隔離の島』によって『黄金探索者』以後の作家の歩みがくっきりと浮き彫りになったように、『アルマ』は先行するモーリシャス作品群に新たな光を当てるに違いない。作品は刊行後も生成することが、あらためて例証されるだろう。

二〇二〇年四月

中地　義和

本書は二〇一三年十二月、筑摩書房より刊行されました。

ギリシア悲劇（全4巻）　古沢岩美・絵
大場正史訳

荒々しい神の正義、神意と人間性の調和、人間の激情と心理。三大悲劇詩人（アイスキュロス、ソポクレス、エウリピデス）の全作品を収録する。

バートン版
千夜一夜物語（全11巻）　古沢岩美・絵
大場正史訳

めくるめく愛と官能に彩られたアラビアの華麗な物語――奇想天外の面白さ、世界最大の奇書の名訳による決定版。鬼才・古沢岩美の甘美な挿絵付。

ガルガンチュア
ガルガンチュアとパンタグリュエル1
フランソワ・ラブレー
宮下志朗訳

巨人王ガルガンチュアの誕生と成長、冒険の数々、さらに戦争とその顚末……笑いと風刺が炸裂するラブレーの傑作を、驚異的に読みやすい新訳でおくる。

文読む月日（上・中・下）
トルストイ
北御門二郎訳

一日一章、一年三六六章。古今東西の聖賢の名言・箴言を日々の心の糧となるよう、晩年のトルストイが心血を注いで集めた一大アンソロジー。

ランボー全詩集
アルチュール・ランボー
宇佐美斉訳

束の間の生涯を閃光のようにかけぬけた天才詩人ランボー――稀有な精神が紡いだ清冽なテクストを、世界的ランボー学者の美しい新訳でおくる。

ボードレール全詩集Ⅰ
シャルル・ボードレール
阿部良雄訳

詩人として、批評家として、思想家として、近年重要度を増しているボードレールのテクストを世界的な学者の個人訳で集成する初の文庫版全詩集。

高慢と偏見（上・下）
ジェイン・オースティン
中野康司訳

互いの高慢さから偏見を抱いて反発しあう知的な二人がやがて真実の愛にめざめてゆく……絶妙な展開で深い感動をよぶ英国恋愛小説の名作の新訳。

分別と多感
ジェイン・オースティン
中野康司訳

冷静な姉エリナーと、情熱的な妹マリアン。好対照をなす姉妹の結婚への道を描くオースティンの永遠の傑作。読みやすくなった新訳で初の文庫化。

荒涼館（全4巻）
C・ディケンズ
青木雄造他訳

上流社会、政界、官界から底辺の貧民、浮浪者まで巻き込んだ因縁の訴訟事件。小説の面白さをすべて盛り込み壮大なスケールで描いた代表作。（青木雄造）

ソーの舞踏会
バルザック
柏木隆雄訳

名門貴族の美しい末娘は、ソーの舞踏会で理想の男性と出会うが身分は謎だった……驕慢な娘の悲劇を描く表題作に、『夫婦財産契約』『禁治産』を収録。

コスモポリタンズ　サマセット・モーム　龍口直太郎訳
舞台はヨーロッパ、アジア、南島から日本まで。故国を去って異郷に住む〝国際人〟の日常にひそむ事件のかずかず。珠玉の小品30篇。（小池滋）

眺めのいい部屋　E・M・フォースター　西崎憲／中島朋子訳
フィレンツェを訪れたイギリスの令嬢ルーシーは、純粋な青年ジョージに心惹かれる。恋に悩み成長する若い女性の姿と真実の愛を描く名作ロマンス。

ダブリンの人びと　ジェイムズ・ジョイス　米本義孝訳
20世紀初頭、ダブリンに住む市民の平凡な日常をリアリズムに徹した手法で描いた短篇小説集。リズミカルで斬新な新訳。各章の関連地図と詳しい解説付。

オーランドー　ヴァージニア・ウルフ　杉山洋子訳
エリザベス女王お気に入りの美少年オーランドー、ある日目をさますと女になっていた――4世紀を駆ける万華鏡ファンタジー。（小谷真理）

バベットの晩餐会　I・ディーネセン　桝田啓介訳
バベットが祝宴に用意した料理とは……。一九八七年アカデミー賞外国語映画賞受賞作の原作と遺作「エーレンガート」を収録。（田中優子）

キャッツ　T・S・エリオット　池田雅之訳
劇団四季の超ロングラン・ミュージカルの原作新訳版。あまのじゃく猫におちゃめ猫、猫の犯罪王に鉄道猫。15の物語とカラーさしえ14枚入り。

ヘミングウェイ短篇集　アーネスト・ヘミングウェイ　西崎憲編訳
ヘミングウェイは弱く寂しい男たち、冷静で寛大な女たちを登場させ「人間であることの孤独」を描く。繊細で切れ味鋭い14の短篇を新訳で贈る。

動物農場　ジョージ・オーウェル　開高健訳
自由と平等を旗印に、いつのまにか全体主義や恐怖政治が社会を覆っていく様を痛烈に描き出す。『一九八四年』と並ぶG・オーウェルの代表作。

トーベ・ヤンソン短篇集　トーベ・ヤンソン　冨原眞弓編訳
ムーミンの作家にとどまらないヤンソンの作品の奥行きと背景を伝える短篇のベスト・セレクション。「愛の物語」「時間の感覚」「雨」など、全20篇。

誠実な詐欺師　トーベ・ヤンソン　冨原眞弓訳
〈兎屋敷〉に住む、ヤンソンを思わせる老女性作家。彼女に対し、風変わりな娘がめぐらす長いたくらみとは？　傑作長編がほとんど新訳で登場。

品切れの際はご容赦ください

ちくま文庫

隔離(かくり)の島(しま)

二〇二〇年六月十日　第一刷発行

著　者　J・M・G・ル・クレジオ
訳　者　中地義和（なかじ・よしかず）
発行者　喜入冬子
発行所　株式会社　筑摩書房
東京都台東区蔵前二―五―三　〒一一一―八七五五
電話番号　〇三―五六八七―二六〇一（代表）
装幀者　安野光雅
印刷所　株式会社精興社
製本所　株式会社積信堂

ISBN978-4-480-43681-8　C0197